The Musicalization of Fiction
A Study in the Theory and History of Intermediality

小说的音乐化：媒介间性的理论与历史研究

[德]维尔纳·沃尔夫（Werner Wolf） 著
李雪梅 译　杨燕迪 校

华东师范大学出版社
·上海·

华东师范大学出版社六点分社　策划

国家双一流高校建设与上海高水平地方高校创新团队（音乐学理论）建设项目

缘　　起

自中国全面卷入现代性进程以来,西学及其思想引入汉语世界的重要性,已是有目共睹的事实。早在晚清时代,梁启超曾写下这样的名句:"今日之中国欲自强,第一策,当以译书为第一事。"时至百年后的当前,此话是否已然过时或依然有效,似可商榷,但其中义理仍值得三思。举凡"汉译世界学术名著丛书"(北京:商务印书馆)、"现代西方学术文库"(北京:三联书店)等西学汉译系列,对中国现当代学术建构和思想进步的重大意义和深远影响,无人能够否认。

中国的音乐实践和音乐学术,自　世纪以降,同样身处这场"西学东渐"大潮之中。国人的音乐思考、音乐概念、音乐行为、音乐活动,乃至具体的音乐文字术语和音乐言语表述,通过与外来西学这个"他者"产生碰撞或发生融合,深刻影响着现代意义上的中国音乐文化的"自身"架构。翻译与引介,其实贯通中国近现代音乐实践与理论探索的整个历史。不妨回顾,上世纪前半叶对基础性西方音乐知识的引进,五六十年代对前苏联(及东欧诸国)音乐思想与技术理论的大面积吸收,改革开放以来对西方现当代音乐讯息的集中输入和对音乐学各学科理论著述的相关翻译,均从正面积极推进了我国音乐理论的学科建设。

然而,应该承认,与相关姊妹学科相比,中国的音乐学在西学引入的广度和深度上,尚需加力。从已有的音乐西学引入成果看,系统性、经典性、严肃性和思想性均有不足——具体表征为,选题零散,欠缺规划,偏于实用,规格不一。诸多有重大意义的音乐学术经典至今未见中译本。而音乐西学的"中文移植",牵涉学理眼光、西文功底、汉语表述、音乐理解、学术底蕴、文化素养等多方面的严苛要求,这不啻对相关学人、译者和出版家提出严峻挑战。

认真的学术翻译,要义在于引入新知,开启新思。语言相异,思维必然不同,对世界与事物的分类与看法也随之不同。如是,则语言的移译,就不仅是传入前所未闻的数据与知识,更在乎导入新颖独到的见解与视角。不同的语言,让人看到事物的不同方面,于是,将一种语言的识见转译为另一种语言的表述,这其中发生的,除了语言方式的转换之外,实际上更是思想角度的转型与思考习惯的重塑。有经验的译者深知,任何两种语言中的概念与术语,绝无可能达到完全的意义对等。单词、语句的文化联想与意义生成,移植到另一种语言环境中,不免发生诠释性的改变——当然,这绝不意味着翻译的误差和曲解。具体到严肃的音乐学术汉译,就是要用汉语的框架来再造外语的音乐思想与经验;或者说,让外来的音乐思考与表述在中文环境里存活。进而达到,提升我们自己的音乐体验和思考的质量,提高我们与外部音乐世界对话和沟通的水平。

"六点音乐译丛"致力于译介具备学术品格和理论深度,同时又兼具文化内涵与阅读价值的音乐西学论著。所谓"六点",既有不偏不倚的象征含义(时钟的图像标示),也有追求无限的内在意蕴(汉语的省略符号)。本译丛的缘起,来自"学院派"的音乐学学科与有志于扶持严肃思想文化发展的民间力量的通力合作。所选书目一方面着眼于有学术定评的经典名著,另一方面也有意吸纳符合中国知识、文化界"乐迷"趣味的爱乐性文字。著述类型或论域涵盖音乐史论、音乐美学与哲学、音乐批评与分析、学术性音乐人物传记等各方面,并不强求一致,但力图在其中展现对音乐自身的深度解析以及音乐与其他人文/社会现象全方位的相互勾连和内在联系。参与其中的译(校)者既包括音乐院校中的专业从乐人,也不乏热爱音乐并精通外语的业余爱乐者。

综上,本译丛旨在推动音乐西学引入中国的事业,并籍此彰显,作为人文艺术的音乐之价值所在。

谨序。

杨燕迪

2007年8月18日于上海音乐学院

中译本序一

文学、美术、音乐,并列属于传统"美艺术"(fine arts)的核心部类。既如此,它们相互之间自古以来就有"扯不断,理还乱"的相互影响与紧密关联。虽然这种影响和关联似是常识,无须争论,但要真正阐明其中的学理问题,厘清相关历史的线索和脉络,却并非易事一桩——所谓"扯不断,理还乱",其实并不是一句戏言。

《小说的音乐化》一书正是在严肃意义上讨论文学和音乐之间发生关联的扎实论著。就此而论,以往我们更为熟悉的现象和课题是音乐如何受到文学影响,如何得到文学的滋养——想想古典音乐中基于文学名著的诸多歌剧杰作,以及大量的艺术歌曲如何受益于各大语种中精美诗歌的启发!然而,此书所讨论的却是音乐如何在切实的意义上影响了小说的构思与创作。我想,这一话题的探讨不仅会让音乐家感兴趣,也会对文学家有助益。

众所周知,热爱音乐的文学家有很多,国外的如司汤达、托尔斯泰、萧伯纳、罗曼·罗兰、托马斯·曼、昆德拉、村上春树等,中国的作家中沈从文、徐迟、肖复兴、赵丽宏、余华等也对音乐情有独钟。罗曼·罗兰的《约翰·克里斯朵夫》是以作曲家为主角的小说名篇,经傅雷先生的传世迻译,曾在中国的知识界产生过难以估量的巨大影响。德国20世纪的代表性作家托曼斯·曼在《浮士德博士》一书中关于音乐的著名描述(尤其是第八章中对贝多芬最后一首钢琴奏鸣曲充满激情和洞见的讲解)甚至让音乐理论界和评论家也刮目相看。而多年前,我自己曾写过一篇题为《听昆德拉谈乐》的文章,为昆氏对音乐的理解之精当、深入而惊叹与倾倒。前段时间读复旦大学张新颖教授的《沈从文的后半生》,不免对这位中国作家在困顿中通过古典音乐而找到心灵慰藉和精神寄托而感慨不已……

但奥地利学者维尔纳·沃尔夫(Werner Wolf)在此书中要探讨的是更具"科学精神"与"学术性格"的问题。于是,音乐如何影响文学,在这里就被置于极为严格、冷峻和条理的视野中——这部论著是学术研究中"史论结合"的佳例,也是所谓"历史与逻辑相统一"的研究方法的示范。它的"上篇"是理论与概念的研讨,"下篇"则是个案例证与历史过程的梳理。针对我们通常认为的小说中的音乐书写大多为"文学性"的描述,本书对小说中效仿与借鉴音乐的音乐化现象进行了全面深入的研究,不仅对小说音乐化的证据、辨别方法做了细致的分类和论述,还将这一现象放置在文学史的脉络中考查其音乐化功能,从而让读者认识到,小说的音乐化现象不仅是外在甚或是表面的"炫技",而是自觉的美学选择与文体探索的有效途径。

"小说的音乐化",这是一个非常特别的学术课题,它要求从业者最好同时具备文学和音乐的双重修养。作者维尔纳·沃尔夫是奥地利格拉兹大学英语系教授,是国际文字与音乐协会(WMA)的创始人之一,他在书中令人信服地展现了这种难得的学养。而从某种角度看,译者雪梅堪称这一汉译工作的最佳人选——她是正宗的中文系学士、硕士和博士,又自幼喜爱和研习古琴,2011年入上海音乐学院艺术学博士后流动站(我是她的合作导师),完成了《文学的音乐言说研究》这一跨学科的课题研究。在博士后流动站工作期间,她提出翻译维尔纳·沃尔夫的《小说的音乐化》一书,作为她的博士后研究的补充,我觉得这是个很有意思的选题,便予以鼓励,并决定将中译本收入"六点音乐译丛"。上海音乐学院音乐研究所也将这一翻译选题纳入到年度建设项目中。雪梅的中文译笔准确而流畅,值得信赖,保存并体现了原著的学术品格和质量,可喜可贺!

音乐与文学之间的相互借鉴与比较参照尚有广阔的天地值得进一步开掘。相信此书在这一事业中必定会发挥其应有的作用。

是为序。

杨燕迪

2018 年 4 月于沪上书乐斋

中译本序二

当我 1995 年 1 月在格拉兹大学做"媒介间性作为文学研究的新范式?以弗吉尼亚·伍尔夫的《弦乐四重奏》为例,提出以文学为中心进行的语言文字艺术与其他艺术的考察"①的就职演讲时,我并不能够预到料媒介间性——不同媒介与艺术之间关系的发展前景,但后来这确实成了西方世界中一个主要的新领域与教学范式。这个领域中最值得注意的研究首先来自德语国家。如尤根·E. 穆勒[Jürgen E. Müller]主要集中在媒介演变的研究②,尤其是伊莉娜·O. 拉杰夫斯基[Irina O. Rajewsky]设想的有价值的媒介间性形式的类型③。然而,过去的几年中,其他很多国家也出现了媒介间性研究。在这些较热门的研究分支以及相关领域中,特别值得注意的是跨媒介(媒介比较)研究(特别重要的是跨媒介叙事)与日益得到重视的音乐-文学关系的研究。在致力于这一领域的研究中,我想提及"媒介间性研究丛书"(SIM,2006 年至今已出版 6 卷)与"文字与音乐研究丛书"(WMS,1999 年至今已出版 12 卷);这两个系列都由 Rodopi/Amsterdam

---

① 用德语发表在《美国与英国语言/历史/文化研究》(*Arbeiten aus Anglistik und Amerikanistik* 21,1996)上,第 85—116 页。

② 他最近的一篇文章给出了他从特殊路径进入媒介间性的洞见:《媒介间性再思考》(Intermediality Revisited. Some Reflections about basic Principles of this *Axe de Pertincence*. Lars Elleström, ed. *Media Borders: Multimodality and Intermediality*. Houndmills, Basingstoke: Palgrave Macmillan,2010),第 237—252 页。

③ 参阅她的富有创意的著作《媒介间性》(*Intermedialität*. Tübingen: Franke,2002)。

出版,并且都与格拉兹大学有关,特别是格拉兹大学的媒介间性研究中心(CIMIG)以及以格拉兹为据点的国际文字与音乐研究协会(WMA)。

我很高兴能为读者介绍本书,这也是上文提及的音乐-文学关系的媒介间性研究的一部分。该书在 1999 年出版后,引起了令人兴奋的关注。这么多年来我对(音乐-文学)媒介间性的观点也有所变化,但我希望这本 1999 年的书的大部分,今天依然是能够接受的(事实上,我自己和其他的一些研究者都将之用于音乐化小说进一步的阐释①)。我的观点中有所扩展的是关于媒介间性的概念,特别是鉴于拉杰夫斯基的研究,以及在与她的讨论之后。现在,我不再将媒介间性局限于"传统上不同的表达或交流媒介"之间的明显关系,"可以证实的两种或更多媒介卷入人工作品的意义中……"。我现在更愿意认为这种媒介间性的"结构内"[intracompositional]变体只是媒介间性的一个(主要)部分,也即媒介间性包含两种子形式,即"多媒介性"(在给定的文本、作品或表演中能指层面上超过一种媒介的在场)与"媒介间参照"(对他者媒介的主题化或模仿)。除了原来的媒介间性的结构内变体,我现在将"结构外"[extracompositional]的媒介关系也纳入到媒介间性的概念中。这是超越了个体作品限制的媒介

---

① 例如. Meike Reher,《当代英美教育小说中的音乐表征》(*Die Darstellung von Musik im zeitgenössischen englischen und amerikanischen Bildungsroman*. Frankfurt a. M.: Lang,2010)或者我自己的文章《夏希波维奇的"哥德堡:变奏曲"中的音乐功能》(The role of music in Gabriel Josipovici's *Goldberg: Variations*. *Style* 37/3,2003),第 294—317 页。我的 1999 年的书中以文本为中心的类型学方法,正如所期望的那样,符合批评的需要,有意思的是也要求在这种方法与文化主义之间有个整合或是"平衡"(例如 Lars Eckstein/Christopher Reinfandt,《用舞蹈表现建筑:文化实践与超越之间的文字与音乐》[On Dancing about Architecture: Words and Music between Cultural Practice and Transcendence. *Zeitschrift für Anglistik und Amerikanistik*(ZAA)54.1],第 1—8 页;亦可参阅 Daniel Stein,《从以文本为中心的媒介间性到文化媒介间性》或《如何使跨媒介研究更具文化性》[From Text-Centred Intermediality to Cultural Intermediality, or: How to Make Intermedia Studies more Cultural. Frank Kelleter/Daniel Stein, eds. *American Studies as Media Studies*. Heidelberg: Winter, 2008],第 181—190 页)。然而,应注意的是,在所有的文化历史、功能阐释之前,可以说新领域都需要选择概念工具,并且类型学与术语学的基础准备都是必需的。显然,这样的"工具箱"只有用文化历史阐释的方法才是有意义的。在我自己的研究中,我一直认为这一点很重要。至于以文本为中心的方法,也遭到了一些批评,但我相信文本、作品、结构或表演是所有艺术与媒介研究不可缺少的基础,严肃的媒介间性研究领域也必须集中在文本(广义上)上,优先于所有的其他关注。

关系，无论是"媒介间置换"（将一种媒介的一定形式或内容元素翻译到另一种中，如将小说的转换成音乐的）还是以"跨媒介性"（指的是一定现象的特质在超过一种媒材中出现，诸如叙事性、框架、描述性、元指涉、审美幻象之类①）的方式。

本书被译成中文本身无疑便是个跨文化现象：由于本人的西方文化（会产生这样一种危险的局限性：不恰当的、"本质主义"与欧洲中心或西方概念意义上的作为媒介的文学和音乐）背景的文学与音乐认知的局限性，我无法预见在非常不同的非西方文化的接受语境中，在理解我的观点时这些局限性将会产生的问题。这将由译者的开阔胸怀，以及冒险进入源自外国文化的问题的中国读者来验证。另一方面，我也相信文学和音乐是人类共同的关怀，即便文化背景不同，读者在运用"音乐化小说"的可

---

① 关于这一思路下的媒介间性理论上的重构，见我的在线文章《媒介（间）性与文学研究》（[Inter]mediality and the Study of Literature. *CLCWeb: Comparative Literature and Culture* 13.3,2011,http://docs.lib.purdue.due/clcweb/vol13/iss3/2）；关于实际运用，特别是对提及问题的跨媒介运用，参见如，Very Micznik,《音乐与叙事再议：贝多芬与马勒作品中的叙事性程度》(*Music and Narrative Revisited: Degrees of Narrativity in Beethoven and Mahler. Journal of the Royal Musical Association* 126,2001),第 193—249 页；或我的文章《叙事音乐？叙事性的叙述学概念及其在器乐中的运用》(Erzählende Musik? Zum erzähltheoretischen Konzept der Narrativität und dessen Anwendbarkeit auf Instrumentalmusik. Melanie Unseld/Stefan Weiss, eds. *Der Komponist als Erzähler: Narrativität in Dmitri Schostakowitschs Instrumentalmusik*. Ligaturen 2. Hildesheim: Olms,2008),第 17—44 页；以及 SIM 和 WMS 丛书的各卷册：Werner Wolf/Walter Bernhart 编的《文学与其他媒介的框架边界》(*Framing Borders in Literature and Other Media*. Studies in Intermediality 1. Amsterdam: Rodopi,2006); Werner Wolf/Walter Bernhart 编的《文学与其他媒介中的描述》(*Description in Literature and Other Media*. Studies in Intermediality 2. Amsterdam: Rodopi,2007); Werner Wolf, Katharina Bantleon, Jeff Thoss 合编的《跨媒介元指涉：理论与案例研究》(*Metareference across Media: Theory and Case Studies-Dedicated to Walter Bernhart on the Occasion of his Retirement*. Studies in Intermediality 4. Amsterdam/New York: Rodopi,2009); Walter Bernhart/Werner Wolf 合编的《文学与音乐中的自我指涉》(*Self-reference in Literature and Music*. Word and Music Studies 11. Amsterdam/New York: Rodopi,2010); Werner Wolf/Katharina Bantleon/Jeff Thoss 合编的《当代艺术与媒介中的元指涉转向：形式、功能、阐释》(*The Metareferential Turn in Contemporary Arts and Media: Forms, Functions, Attempts at Explanation*. Studies in Intermediality 5. Amsterdam: Rodopi,2011); Werner Wolf/Walter Bernhart/Andreas Mahle 合编的《深潜与疏远：文学与其他媒介中的审美幻觉》(*Immersion and Distance: Aesthetic Illusion in Literature and Other Media*. Studies in Intermediality 6. Amsterdam: Rodopi,2013)。

能性中,也能够为他或她自己在中国文化中建立起连接。

在文学研究中,"音乐的"[musical]是个模糊并有可能令人误解的词。大多数情况下都只是纯粹的赞美词汇,仅仅是个隐喻,并不能比表示音韵优美的文本的肯定性美学品格。与此相反,希望本书的读者会发现"音乐化"的条件,当运用于文学时,即便是用中文写就的作品,一种对西方人的耳朵来说本身便具有突出的音乐性的语言,也不仅限于此,而是可以有着更为准确的意义。事实上,正如我已经解释过的,如果一个文本满足了这两个条件,便可以说是音乐化的:1)必须含有具体的技术和特征,由于文学媒介使用了这些技术和特征(在不多的特殊例子中),可以感觉到朝向或逼近音乐,以一种超越了纯粹"谐音"的方式;2)文学中参照或确实模仿了音乐,因而音乐成为文本意义不可分割的一部分。然而,不能不一再重提的是,"音乐化小说"最终依然是小说,永远不可能变成真正的音乐。在这个意义上,"音乐化(在'成为音乐'的意义上)"这个词中暗含的变形也永远只是个隐喻。然而如果处理得当,它便不应只是由于一些读者或批评家印象主义的感觉的隐喻,而是可以由某种确定的文本特征来证实的,因此不应忽视文学模仿音乐的尝试,以免错过所讨论文本的一些至关重要的层面。

在序的最后,我想表达对所有帮助本书翻译的人的感激。首先深深感谢译者李雪梅,她在5年前写作博士论文《中国现代小说的音乐性研究》的过程中,发现了本书,之后与我联系,申请到奖学金之后,来格拉兹访问学习了一整个学年(2009/2010)。她在这里勤奋学习并开始翻译本书。我经常与她讨论,收获颇丰。我相信她是我最合适的译者。我也要感谢我在格拉兹的同事。特别要提及的是我的秘书克洛巴赛克-莱德勒[Klobasek-Ladler]小姐,她尽其所能地帮助雪梅一起解决在奥地利学习的一些问题。并且,我也深深感谢支持雪梅以及她的翻译的所有老师、朋友和机构,特别是上海音乐学院的杨燕迪教授,以及上海音乐学院音乐研究所。最后,还要感谢为雪梅在格拉兹的学习提供经费资助的中国国家留学基金管理委员会。

维尔纳·沃尔夫于格拉兹

目 录

致谢 / 1

1 引言 / 5

上篇:理论
音乐与文学的可比性;
媒介间性与文学/小说音乐化的特殊例子

2 音乐与(叙事)文学的主要异同 / 17
  2.1 音乐与文学的可比性 / 17
  2.2 音乐与文学能指的异同 / 23
  2.3 音乐与文学在所指与意义问题上的异同 / 32
  2.4 (叙事)文学音乐化理论的后果 / 46

3 "媒介间性":定义、类型及相关术语 / 48
  3.1 "媒介"、"跨媒介"和"媒介间性" / 48
  3.2 "外显的"或直接的与"隐蔽的"或间接的媒介间性与其他的类型区分 / 51
  3.3 显性"讲述"或主题化与隐性"展示"或效仿作为隐蔽媒介间性的基本类型 / 60

3.4 媒介间性与互文性作为"符际"[intersemiotic]形式 / 62

3.5 媒介间性与元-美学/元媒介自反性 / 65

4 音乐-文学媒介间性与文学/小说的音乐化:定义与类型 / 68

4.1 小说的音乐化的定义 / 68

4.2 音乐-文学媒介间性形式与可从媒介间性一般类型推导的音乐化文学/小说的定位 / 71

4.3 文学/小说中的显性音乐主题化形式:文本的、类文本的与语境;一般与特殊的主题化 / 74

4.4 文学/小说中的隐性效仿音乐形式:"文字音乐"[word music],对音乐结构与想象内容的类比,一般与特殊的效仿与"以文述乐"[verbal music]的问题 / 76

4.5 通过联想引用唤起声乐的形式 / 91

5 如何在阅读时识辨音乐化小说 / 96

5.1 识别音乐化小说的证据类型和标准 / 99

5.2 斯特恩的《项狄传》——一部"音乐小说"? / 114

下篇:历史
英语文学中小说的音乐化:从浪漫主义到后现代主义的美学前史与跨媒介试验

6 小说音乐化前史:从 18 世纪到浪漫主义音乐的美学地位上升
——阶段与因素 / 127

6.1 从"语言主导音乐"到"音乐从语言(与文学)中解放" / 127

6.2 从 18 世纪起音乐在美学评价中的上升及其主要原因 / 133

7 浪漫主义小说的音乐化:德·昆西之《梦的赋格》 / 145

7.1 梦及其主题含义 / 145

7.2 音乐化的证据 / 148

7.3 对赋格结构的类比与从传统故事讲述的偏离 / 149

7.4 试图音乐化的小说的功能 / 155

7.5 19世纪文学音乐化试验语境中的《梦的赋格》 / 160

8 现代主义小说的音乐化 I:乔伊斯的《尤利西斯》中的"塞壬"插曲 / 162

8.1 小说试图音乐化历史的第一个高潮:现代主义 / 162

8.2 "塞壬":主题化层面上的音乐化证据 / 165

8.3 模仿音乐 I:"塞壬"插曲作为"前奏和赋格"? / 171

8.4 模仿音乐 II:对音乐微观结构的类比与"塞壬"中的文字音乐 / 181

8.5 试图音乐化的"塞壬"插曲的功能 / 184

9 现代主义小说的音乐化 II:伍尔夫的《弦乐四重奏》 / 192

9.1 作为跨媒介作者的伍尔夫 / 192

9.2 《弦乐四重奏》中的音乐-文学媒介间性形式 / 194

9.3 《弦乐四重奏》的音乐化功能 / 201

10 现代主义小说的音乐化 III:赫胥黎的《点对点》 / 213

10.1 赫胥黎"对位"小说中菲利普·寇勒斯的"小说音乐化"的跨媒介计划与实现 / 214

10.2 巴赫、贝多芬与《点对点》的音乐化功能 / 223

11 后现代主义小说的音乐化 I:贝克特的《乓》
　　——一个媒介边缘的例子 / 237

11.1 小说试图音乐化历史的第二个高潮:后现代主义 / 237

11.2 贝克特与音乐 / 241

11.3 《乓》——一部音乐化了的小说? / 244

11.4 《乒》可能音乐化的功能层面 / 251

12 后现代主义小说的音乐化 II：伯吉斯的《拿破仑交响曲》/ 255
 12.1 《拿破仑交响曲》：上下文、文本证据与音乐化的主题化 / 255
 12.2 《拿破仑交响曲》中（第二"乐章"）模仿音乐的技术：赋予语言叙述以交响乐的形貌 / 260
 12.3 《拿破仑交响曲》音乐化的功能 / 270

13 后现代主义小说的音乐化 III：夏希波维奇的《赋格》/ 281
 13.1 夏希波维奇作为后现代主义者及《赋格》音乐化的证据 / 281
 13.2 故事及其被作为语言赋格阅读的可能 / 284
 13.3 《赋格》的赋格结构的功能 / 289

14 结语 / 296

参考文献 / 311
索引 / 337

致　谢

这本书构思了很多年,其中部分是在之前发表过的文章基础上完成的。这是一本对文学与音乐的双重兴趣促成的书,一个比较专业,另一个更多是一种业余的热情,(因为)我一直是音乐的听者和管风琴手。读者们请不要指望以下的篇章会符合音乐学专著的标准。

本研究曾得到很多人的帮助,我在这里对他们的支持表示感谢。我要特别感谢我的秘书英格里德·哈布勒[Ingrid Hable]为我做了非常有价值的工作:索引和排版设计;感谢我的研究助手英格丽德·布赫格[Ingrid Pfandle-Buchegger]、马丁·勒施尼希[Martin Löschnig]和莎拉·墨瑟[Sarah Mercer]的仔细校阅;感谢慕尼黑大学和格拉兹大学上我的"小说的音乐化"课程的同学们;感谢我的格拉兹同事和朋友、国际文字与音乐研究协会的创始人沃尔特·伯恩哈特[Walter Bernhart];同时还要感谢协会的其他很多成员,如史蒂文·保罗·薛尔[Steven Paul Scher]、约翰·纽保尔[Jone Neubauer]和劳伦斯·克莱默[Lawrence Kramer],他们与我口头的和电子邮件的讨论以及他们本身的研究,都促进和激发了本书的写作。最后,我想感谢我的妻子和我们的两个女儿,感谢他们对我在思考、写作这本书时的准后现代主义式的自我游离和"当下缺席"状态的包容。

1999 年春,格拉兹

什么？不允许也不可能用乐音来思考，用思想来演奏音乐？如果真的是这样，我们艺术家处于什么样一个窘迫的境地啊！多么苍白的语言，比语言更苍白的音乐啊！

（路德维希·蒂克，"颠倒的世界"[*Die Verkehrte Welt*]中的"交响乐"，第 274 页）

小说的音乐化……很大程度上是指结构方面的。冥想贝多芬。意境的变化，闯入性的连接部。[……]转调，不仅仅是一个调性到另一个，而是从一种氛围到另一种氛围。陈述主题，而后发展[……]，悄然裂变转型，直到变得很不一样，但依然可以具有身份的统一性。[……]

把这些用到小说中，如何可能？

（阿道斯·赫胥黎，"点对点"[*Point Counter Point*]，第 301 页）

世人所知这个疯狂的领域内最野心勃勃的努力
让叙事散文像音乐一样——可以听
当乔伊斯的《尤利西斯》中的"塞壬"
捕获了耳朵，最卓绝，极巧妙地
而其中的赋格却是如此滑稽迂腐
实际上，这只是个笨拙的玩笑
恰证明，此事不可为。

（安东尼·伯吉斯，《拿破仑交响曲》[*Napoleon Symphony*]，"致读者"，第 349 页）

1 引 言

"媒介间性"[Intermediality],即多种表达媒介在人类艺术作品意义中的交合使用,已经成为当代文学和文化批评的关键词之一。越来越多的研究成果证明了人们对这个领域的高度关注①。因而"媒介间性"这个词将有可能成为批评领域发现的又一时髦术语,因为它多少有点新鲜感,听起来(至少对某些读者来说)有点迷人的"理论化"色彩。然而媒介间性远不

---

① 著作及文章题目中出现"媒介间性"一词的包括:Hansen-Löve,《媒介间性与互文性:语词与图像的相互关系问题,以现代俄罗斯为例》(Intermedialität und Intertextualität: Probleme der Korrelation von Wort- und Bildkunst-Am Beispiel der russischen Moderne, 1983);Prümm,《媒介间性与多媒介性:媒介科学研究领域概览》(Intermedialität und Multimedialität. Eine Skizze medienwissenschaftlicher Forschungsfelder, 1988);Eicher/Beckmann 编,《媒介间性:从图像到文本》(Intermedialität: Vom Bild zum Text, 1994);Zima 编,《跨媒介看文学:音乐-绘画-摄影-影视》(Literatur intermedial: Musik-Malerie-Photographie-Film, 1995);Wolf,《媒介间性作为文学新范式? 一项以文学为中心的、以弗吉尼亚·伍尔夫的〈弦乐四重奏〉为例的文字艺术与其他媒介间超越界限的研究概述》(Intermedialität als neues Paradigma der Literaturwissenschaft? Plädoyer für eine literaturzentrierte Erforschung der Grenzüberschreitungen zwischen Wortkunst und anderen Medien am Beispiel von Virginia Woolfs "The String Quartet", 1996);Wagner 编,《引言:读画诗、图像文本与媒介间性——艺术的境况》[Introduction: Ekphrasis, Iconotexts, and Intermediality-the State(s)of the Art(s), 1996];Müller,《媒介间性:现代文化传播的形式》(Intermedialität: Formen moderner kultureller Kommunikation, 1996);Helbig 编,《媒介间性:跨学科研究领域理论与实践》(Intermedialität: Theorie und Praxis eines interdisziplinären Forschungsgebiets, 1998);媒介间性研究目前趋势概述,亦可参阅 Lagerroth/Lund/Hedling 编,《跨艺术诗学:论艺术与媒介的相互关系》(Interart Poetics: Essays on the Inter-relations of the Arts and Media, 1997)。

只是如此,对这个概念的日渐重视也可由很多更为重要的原因得到说明。

首先,媒介间性研究是对20世纪70年代出现的"互文性"研究兴趣自然而然的延续(事实上,媒介间性常被认为是互文性的一个特例。参阅Zander,1985;Plett,1991,第20页;Wagner,1996,第17页①)。这两个研究领域其实都与我们时代更为广阔的文化语境相关,在这个语境中,可以看到反本质主义倾向与对"封闭"研究的质疑,也即强调意指过程中多元话语的卷入,强调话语的交流与联系而非本质特征与逻各斯中心的差异,重视长期以来颇受关注的各种"他者"。最近的一些研究也显示出同样的趋势:在文化研究的裹挟下,日显突出的"跨学科"得以尽显身手,而跨媒介研究也将有助于"跨学科"的研究。就文学与其传统的印刷媒介的关联而言,"媒介间性"研究更进一步的目标也许是(再次)证实语言这种媒介的灵活性、开放性与适应性。因为在与当前非印刷媒介的激烈竞争中,有研究者担心文学将败北。

最后,在近期一些媒介与艺术本身的发展中,还可以看到一个重要的原因。除了对文学的职业兴趣与对音乐的个人爱好的结合,这一原因也是本研究最重要的动机②。事实上,我们的时代,尤其是后现代主义时代,具有非常明显的媒介间性趋势。我们甚至可以在当代文化历史的文化特点中,加上另一个与语言学转向、"元文本"转向部分相关的另一个转向——"跨媒介转向"③。在多媒体网络空间中营造近乎完美的现实幻景,是最新最引人注目的跨媒介转向例子,当然这并不是唯一的。在视觉艺术中也可以看到跨媒介边界的作品,如前卫的"装置"艺术,或者介于绘画与雕塑之间的一些比较温和的试验性结合(参阅Traber,1995和Brüderlin,1995)。

然而媒介间性的历史远不只是这过去的几十年。尤根·穆勒(参阅Müller,1998)在对"媒介间性"作为一个诗学与理论概念的历史追溯中指出,"媒介间性"这个概念可追溯到亚里士多德,以及"诗如画"[ut pictura

---

① 关于这两个"符际"现象的区分,见下文第三章第四节。

② 类似的动机,可参见 Müller,《媒介间性:现代文化传播的形式》(Intermedialität: Formen moderner kultureller Kommunikation,1996),第79页。

③ 也可参见 Ansgar Nünning 的评论,认为"呈现跨媒介的事物"(intermedialisierung)是当代英国小说最突出的特征之一(1996,第232页)。关于元文本性/元媒介性与媒介间性的关系,见下文第三章第五节。

poesis]的古典概念。至于更晚近的历史中,我们可能会想起跨绘画与雕塑媒介界限的巴洛克错视画[trompe l'oeil]技术、浪漫主义时期的整体艺术[Gesamtkunstwerk],或者现代主义音乐化绘画中的试图融合多种艺术,如乔治·布拉克(参阅 Maur 编,1985/1994,第 17 页)的画作《向巴赫致敬》[Hommage à Bach](1912)。

对于语言艺术来说,媒介间性也是个值得注意的现象。同样地,后现代主义文学中融入了其他媒介(因素)的试验特别突出,例如小说中有电影脚本,就像在戴维·洛奇的《换位》[Changing Places](1975)或萨尔曼·拉什迪的《撒旦诗篇》[The Satanic Verses](1988)中一样,但这只是漫长历史中最晚近的一个时期。在历史层面上,文学中媒介间性的一个极佳的例子,就是由来已久的"读画诗"[ekphrasis]现象,这个现象最近得到的关注也在日渐增多①。当然,有研究者可能会指出,(舞台上的)戏剧与歌剧从本质上就一直是多媒体艺术形式。

在与其他媒介或艺术的关系中,文学与音乐的联系尤为久远。然而,这并不意味着音乐与叙事文学的关系也同样古老,特别是本研究所关注的课题:音乐化小说。事实上,人们可能首先就会怀疑到底有没有"小说的音乐化"这回事。抒情诗,其名字便能够让人联想到乐器②,也许应另当别论。在很多诗歌中,与歌曲的古老联系依然存在。人们普遍认为音乐元素如声音、旋律和节奏在抒情诗中具有重要作用③。以上所述也许可以说明,为何在美学理论中经常强调诗歌的音乐性,为何在 18 世纪与之前时代

---

① 参阅,例如 M. Smith,《文学现实主义与读画诗传统》(Literary Realism and the Ekphrastic Tradition,1995);《对瓦格纳的研究与介绍》,1996;或 Claus Clüver,《音乐诗:读画诗体裁备忘》(The Musikgedicht: Notes on an Ekphrastic Genre,1999),他在广义上使用这个词。

② lyric 的词根"lyra",是古希腊的里拉琴。——译者注

③ 参阅,例如以下文对"抒情诗"的定义,以及"作为抒情诗主要特征的音乐本质"。选自《新普林斯顿诗歌与诗学百科全书》(The New Princeton Encyclopedia of Poetry and Poetics,1993,第 714 页与 715 页)中 William Johnson 的"抒情诗"条目:所有抒情诗不可化约的主要因素[……]组成这些的是与音乐形式共有的一些因素产生的。虽然抒情诗不是音乐,但在声音模式上具有音乐的特点:其格律和韵律基于歌曲的规则线性方式。或更进一步来说,是运用韵律与谐音以近似于咏唱或吟诵的音调变化。因此,抒情诗保留了它的旋律源头的结构性或实质性的证据,并且这个因素作为诗歌抒情性的范畴原则存在。

的诗歌被称为音乐的"姊妹艺术"之一①。在一些作品中,这种现象从诗的题目便可了然,如泰奥菲尔·戈蒂耶的《白色大调交响曲》(1853),艾略特的《四个四重奏》(1944),或者保罗·策兰的《死亡赋格》(1952)。但是可以将一部小说看作交响乐吗？或者小说的篇章听起来能像赋格吗？

尽管看上去很牵强,但这正是安东尼·伯吉斯与詹姆斯·乔伊斯所宣称的。前者含蓄地把他的小说命名为《拿破仑交响曲》(1974),后者则明确表达自己的观点:《尤利西斯》(1922)中著名的"塞壬"插曲是"用卡农形式写的赋格曲"[fuga per canonem](《书信选集》,第129页)。赫胥黎的小说《点对点》[*Point Counter Point*](1928)也与此相似:除了题目上显而易见的音乐术语,在那个著名的段落(上文的第二题辞中引用了一部分)中更为明显:虚构的小说家菲利普·寇勒斯,勾勒了他的"小说音乐化"(第301页)的美学计划——一个显然与赫胥黎自己的小说有着元小说关联的计划。乔伊斯、赫胥黎与伯吉斯的观点并非孤例,虽属于少数,却非常之重要。很多小说作者都声称他们的文本与音乐之间存在着相似性。

这种宣称的有效性可能会遭到严厉的质疑,而且也确实一再地出现这种情况,甚至连伯吉斯自己也置身于怀疑者之列(见他的有关乔伊斯的"塞壬"的批评文章,如上面引用的第三题辞)②。毕竟小说不能简单地成为音乐,文学的"音乐性"在文学批评话语中通常被误用,它仅仅是一个有疑问的隐喻性褒义词。因此不足为奇的是,激进的怀疑者质疑谈论"文学的音乐化"、文学(更别提小说了)与音乐在任何方面有相似的可能性。其中比较有名的怀疑者是法国的英语文学权威让-米歇尔·拉贝特。他在试图对"塞壬"插曲进行非音乐的阐释时,意味深长地名之曰:《塞壬的沉默》。文中舍弃了他认为"随意"的"所有的音乐术语",批评"音乐化"的概念,因为他认为,"没人会认同这个术语"(1986,第82页)。

---

① 参阅如约翰·米尔顿的颂诗"庄严的音乐"(At a solemn Musick),在这里,"音声与诗行"被称为是"一对幸福的海妖"[……]/"天生和谐的姊妹"(414);或参阅 Jacob,《论姊妹艺术》(*Of the Sister Arts:An Essay*,1734/1974)。
② 类似的悖论,或者说是不完全严肃的否认,可以在他对读者总结自己其他主要(部分)音乐化作品中看到,如 Burgess,Anthony,《莫扎特与狼帮》(*Mozart and the Wolf Gang*,1991,第146页;见下文第208页)。

因此，我们显然面对着两种相互矛盾的论调：音乐化小说的存在与音乐化小说的不可能。站在某一方强权的立场上简单地否定另一方，这当然是解决矛盾的简单方法：要么基于术语混乱而抹杀文学音乐化的整个事情；要么回避文学音乐化可能性的所有问题，认为音乐化是理所当然，并依此来判断作者们在两种艺术的结合上是否成功。然而这两种方式都过于肤浅，因为他们都忽视了自己所反对的观点里面暗含着的潜在事实，即使这个观点看上去似乎太激进或过于幼稚。也许更为明智的做法是对双方的观点都加以严肃对待，而这也是本研究的起点。

仔细考查这些直接反对音乐化小说可能性与意义的批评，引出一个最基本的理论问题：如果有可能，首先是在多大程度上（叙事）文学能够获得或至少暗示出音乐的特性？也许认同"音乐化"的大概含义是可能的，毕竟，一种建立在可信的标准基础之上的认同，可以允许在一定的条件下使用这个术语。

无论如何，应该考虑这样一个历史事实：不管成功与否，作家们确实为将音乐作为一种形塑性因素融入小说的意义之中努力过。如果我们反过来慎重考察这些努力，即使是那些不太有说服力的小说音乐化的试验，都能够对我们启发良多，特别是在功能与历史分析层面。考察这样的试验，确实可能从独特的作者与作品得到有价值的信息。而且，当音乐-文学媒介间性出现得相对频繁且出现在重要作品中时，我们可能会得到对时代美学或文学风尚的有趣洞见。小说在所有主要的文学形式中，好像是不大能够音乐化的，因此在小说这个文类中，与音乐的关系不被看好，因而那些不顾小说文类与媒介上的困难而做出的尝试，必然具有某些特殊的信息价值。

据此可以得出以下两个论点，而这将在本书的研究中进一步展开：1）文学的音乐化，特别是小说的音乐化概念也许可以相对清晰地、作为音乐-文学媒介间性的特殊例子来界定；2）这个概念有助于描述一些文学文本及其美学与文化语境，也为之前已经存在的使用提供标准。

当然，作家和批评家都已经严肃地对待音乐-文学媒介间性问题。就研究方面来说，对文学与音乐关系的考察出现了完整的研究支脉，而这到目前为止已有好几十年的历史了。音乐-文学媒介间性涵盖了（部分）原先叫做"比较艺术学"的批评领域、然后是"跨艺术研究"①,还有近期的新创词——"歌诗学"[melopoetics]②、"读乐诗"[melophrasis]③研究或对音乐-文学的"媒介间性"的考察。本书很大程度上受益于这些不管是在何种名义下展开的研究,特别是本领域的先驱如卡尔文·布朗和斯蒂芬·保罗·薛尔④的研究。当然同时也从很多其他研究中得到重要的启发,其中包括文化研究、部分叙事学研究,以及劳伦斯·克莱默尔(例如参阅 Lawrence Kramer,1990)将叙事学方法运用到音乐领域的研究。应该特别指出的是约恩·纽保尔(参阅 John Neubauer,1997)耐人寻味的与我自

---

① 研究中这两个词("interart"和"interarts")都在使用。(可以将 Lagerroth/Lund/Hedling 1997 年编著的书名《跨艺术诗学:论艺术与媒介的相互关系》[*Interart Poetics*: *Essays on the Inter-relations of the Arts and Media*]与同一卷中 Vos 的文章题目对比。)

② 这个词是 Lawrence Kramer 提出的(参阅《危险的合作:文学文本用以音乐批评》[*Dangerous Liaisons*: *The Literary Text in Musical Criticism*,1989],第 159 页),并被其他学者使用,特别是 Scher(参阅《前言》[Preface]1992:xiv,以及《再论歌诗学:文字与音乐研究理论化反思》[Melopoetics Revisited:Reflections on Theorizing Word and Music Studies,1999])。尽管与"音乐-文学媒介间性研究"对比,该词具有简洁的优势,但其构词成分中的两个方面易引起误解,因此不适合于本研究:首先是将音乐缩减至"旋律"(相当于我们所谓的"歌"),其次是给人的印象是文艺美学研究。

③ 这个词是 Rodney Stenning Edgecombe 提出的(参阅《读乐诗:对文学/音乐对话之独特体裁的界定》[Melophrasis:Defining a Distinctive Genre of Literature/Music Dialogue,1993])。乍一看,从其来源来看似乎是"读画诗"不错的对应词,但仔细斟酌,这个词显出很大缺点,因而对本研究也没有太大作用:与 Kramer 的"歌诗学"类似,不适当地将"旋律"作为音乐的唯一形式;并且因使用"phrasis"("表达")这个构词成分,"读乐诗"像是将音乐-文学媒介间性研究局限于本书将描述的媒介间"主题化"。至少在传统意义上,读画诗主要指文学与绘画间有限领域的媒介间性(然而,需注意的是,"读画诗"含义近来已从视觉艺术作品的言辞表达扩展到包括音乐在内的任何"用非-语言符号系统创作的虚构文本"[Clüver,《读画诗再思考:副语言文本的语言表达》(Ekphrasis Reconsidered:On Verbal Representations of Non-Verbal Texts),1997,第 26 页;也可参见 Clüver,《音乐诗:读画诗体裁备忘》(The *Musikgedicht*:Notes on an Ekphrastic Genre),1999]),既然"读乐诗"是由"读画诗"衍生来的,那么这个词也是如此了。

④ 除了可参阅 Calvin S. Brown 的作为开创性的并且依然非常重要的著作《音乐与文学:艺术之间的比较》(*Music and Literature*:*A Comparison of the Arts*,1948),还有 Brown,《作为研究领域的音乐与文学之关系》(The Relations between Music and Literature As a Field of Study,1970);《文学和音乐相互关系研究的理论基础》(Theoretische Grundlagen zum Studium der Wechselverhältnisse zwischen Literatur und Musik,1984) 与 Scher,《关于以文述乐理论》(Notes Toward a Theory of Verbal Music,1970);《文学与音乐》(Literature and Music,1982);《导引:文学与音乐——研究的发展与地位》(Einleitung:Literatur und Musik-Entwicklung und Stand der Forschung,1984 编);《前言》(Preface,1992 编)。

己的研究互补的研究方法①。

上述研究令人印象深刻的是,至少有五个重要方面在不同程度上被忽略了。前两个是与理论相关的问题,即1),术语不精确,例如关于"以文述乐"[verbal music]的概念,以及与之相对的"文字音乐"[word music]和"结构/形式"或其他对音乐进行类比的概念②;2),迄今为止关于这个问题尚没有令人满意的答案:什么时候我们可以说这是一部"音乐化"的文学作品③?第三个相对被忽略的问题是:3),对纳入研究范围中的文学对象的选择:诸多关于"文学音乐化"的讨论专属于抒情诗,因此对小说音乐化的尝试研究被降到次要地位——假设小说④可以被讨论。最后一些问题是:4),一种特定的"原子论";5),文学实践中许多关于音乐-文学关

---

① 我也想提及 Petri,《文学与音乐:形式与结构相似性》(*Literatur und Musik*: *From- und Strukturparallelen*,1964);Guetti,《叙事小说美学层面上的文字音乐》(*Word-Music*: *The Aesthetic Aspect of Narrative Fiction*,1980);Barricelli/Gibaldi 编,《文学的交叉关系》(*Interrelations of Literature*,1982);Huber,《文本与音乐:20世纪精选叙述文学里叙事和意识形态功能关联中的音乐符号》(*Text und Musik*: *Musikalische Zeichen im narrativen und ideologischen Funktionszusammenhang ausgewählter Erzähltexte des 20. Jahrhunderts*,1992);以及 Gier/Gruber 编,《音乐与文学:结构亲缘关系的对比研究》(*Musik und Literatur*: *Komparatistische Studien zur strukturverwandtschaft*,1995)。

② 关于盛行的术语不精确与混乱的例子,如可以对比"以文述乐"(verbal music)这个词的不同使用。在 Scher 的《关于以文述乐理论》(*Notes Toward a Theory of Verbal Music*,1970)中,是与"文字音乐"(word music)形成对照,而在 Fischer 的《怪异的语词,奇异的音乐:乔伊斯的〈尤利西斯〉中"塞壬"插曲的以文述乐》(*Strange Words*, *Strange Music*: *The Verbal Music of the 'Sirens' Episode in Joyce's Ulysses*,1990)中,其用法与布朗和薛尔那被称为"文字音乐"的一致。

③ 首先,仍未有足够的努力去回答这个问题,见 Peacock,《音乐语言问题》(*Probleme des Musikalischen in der Sprache*,1952/1984)与 Cupers,《音乐文学创作对象的选择:阿道斯·赫胥黎的音乐评论》(*De la sélection des objets musico-littéraires*: *Aldous Huxley critique musical*,1981);亦可参见 Wolf,《可以将故事读作音乐吗? 音乐隐喻用到小说中的可能性与限制》(Can Stories Be Read as Music? Possibilities and Limitations of Applying Musical Metaphors to Fiction,1992a),第213—217页。

④ 参阅 Peacock,《音乐语言问题》,1952/1984;Frye,《引言:词汇与旋律》(Introduction: Lexis and Melos,1957);Winn,《毋庸置疑的修辞:诗歌与音乐关系的历史》(*Unsuspected Eloquence*: *A History of the Relations between Poetry and Music*,1981);Barry,《语言、音乐与符号:从柯林斯到科勒律治的美学、诗学与诗歌实践研究》(*Language*, *Music and the Sign*: *A Study in Aesthetics*, *Poetics and Poetic Practice from Collins to Coleridge*,1987);Edgecombe,《读乐诗:对文学/音乐对话之独特体裁的界定》(*Melophrasis*: *Defining a Distinctive Genre of Literature/Music Dialogue*,1993)和其他一些文章。

系讨论可悲的片面性。就"原子论"而言,可以说虽然已经做了很多对单篇作品、个别作家甚至某个时代的有价值的研究①,但几乎还没有对音乐作为一种对(叙事)文学的形塑性影响进行历史性的梳理,特别是在英语文学中②。至于刚才说到的片面性问题,特别是那些学者在处理音乐化的"技术"问题时,可以看到他们忽略功能层面的倾向③。这样一来,到目前为止都还没有对英语文学中特别有趣的问题进行集中的研究:关于各种文学音乐化(更别提小说了)试验实现了哪些功能,以及是否可以在音乐化历史过程中发现这些功能一定的延续性④。

综合一些实际的考虑,上述的批评盲点很大程度上激发了本书的写作目的和兴趣。出于实际的考虑,显然必须对庞大的音乐-文学媒介间性领域进行大体上的界定。我将重点集中在(叙事)文学上也是出于个人能力的考虑。从概念上来说,媒介间性研究综合了两个学术领域,然而大多数学者(我自己也是)都是只专于一个领域,第二个领域只是业余的。暂时按照薛尔(参阅1984,第14页)所说的,一部艺术作品中出现的音乐和

---

① 对20世纪的研究,参见如 Aronson,《音乐与小说:20世纪虚构作品研究》(*Music and the Novel: A Study in Twentieth Century Fiction*,1980),对浪漫时期的研究,如 Barry,1988 或 Naumann,《由于音乐,不言而喻:弗里德里希·施雷格对类型诗歌场景下音乐元素的思考》(*Mit der Musik versteht sich's von selbst*: *Friedrich Schlegels Reflexion des Musikalischen im Kontext der Gattungspoetik*,1988)和《音乐的理念(思想)工具:早期浪漫派诗歌和语言理论中的音乐元素》(*Musikalisches Ideen-Instrument*: *Das Musikalische in Poetik und Sprach-theorie der Frühromantik*,1990)。

② 就这一点来说,Jean-Louis Cupers 的"音乐文学史……在很大程度上仍然是一片未知的领域"(《音乐文学创作对象的选择:阿道斯·赫胥黎的音乐评论》,1981,第278页),与 Müller 最近的观点"媒介的跨媒介历史……还有待书写"(《媒介间性:媒介研究新方法的一个请求与一些看法》[Intermediality: A Plea and Some Theses for a New Approach in Media Studies]1997,第296页),依然是有效的。

③ 这种偏见在该领域的开拓性(也是有价值的)研究之一中已经可以看到,如 Horst Petri 就文学中形式与结构对音乐类比的分析(参阅 Petri,《文学与音乐:形式与结构相似性》[*Literatur und Musik*: *Form-und Strukturparallelen*],1964),再如 Kolago,《20世纪德语文学中的音乐形式与结构》(*Musikalische Formen und Strukturen in der deutschsprachigen Literatur des 20. Jahrhunderts*,1997)中也是如此。

④ 德语文学中,Martin Huber 杰出的专著《文本与音乐:20世纪精选叙述文学里叙事和意识形态功能关联中的音乐符号》(*Text und Musik*: *Musikalische Zeichen im narrativen und ideologischen Funktionszusammenhang ausgewählter Erzähltexte des 20. Jahrhunderts*,1992)已经在某种程度上涵盖了这方面的研究。

文学，大致可以区分为三种可能的模式：音乐和文学的"混合"形式（如在歌剧中）；表面上看来两种不搭界的形式：一个是文学呈现在[in]（通过表现，或者转化为）音乐（就像在标题音乐中）中，另一个是相反的例子，音乐出现在[in]文学中（通过表现或者"翻译"成这种媒介）。这些一般模式中，最后一种更容易被像我这样不是音乐学者的文学学者接受。事实上，因为音乐化文学经常是文学作者（如托马斯·曼、德·昆西、詹姆斯·乔伊斯、弗吉尼亚·伍尔芙和其他人）作为一个"纯粹"业余爱好者对音乐阐释的结果，并且首先依然是文学，因此文学学者能够驾轻就熟的也正是这种跨媒介形式。

为了填补目前研究的空白，本书将主要着力于小说。作为一种类型，小说与音乐的媒介关联到目前为止很少被注意，并且注意到的层面远远少于诗歌。也就是说，除了举例说明一般的媒介间现象，关注点将是小说中音乐的媒介间在场，即，关注长篇小说或短篇故事中显示出的音乐"转换"成叙事文学迹象。然而我希望本书对许多问题的讨论还有更深的思考：揭示音乐-文学媒介间性研究一般意义上的关联。这些关联最明显的可能主要还是在理论方面，在这里，"小说"和"文学"有时可以通用。

从文学中心或小说中心的层面上来说，本书的兴趣领域将主要是延续、深入我之前在这个课题的研究，部分是对之前成果的修订（参阅 Wolf, 1992a, 1996, 1998, 1999b）。理论部分（第 2—5 章）围绕以下几个问题：在何种程度上，语言（文学）文本与音乐这两种媒介能够相容？在多大程度上一部语言艺术作品能够允许二者的媒介间融合？什么是音乐化小说或文学？与媒介间性其他方面相比，如何辨识和界定音乐化小说或文学？可以区分出什么样的音乐-文学媒介间性形式？这些源于对音乐-文学媒介间性特殊例子考虑的定义和类型学，某种程度上也有益于一个更远的考虑：作为对媒介间性一般理论所作的有益探索。

历史部分（第 6—13 章）将致力于叙事文学中的媒介间性历史。更准确一点来说，是对从浪漫主义开始的小说音乐化的重要尝试，以及对 18 世纪比较美学领域中关于这种尝试前历史的相关论述作出大致的梳理。

而选择英语(包括盎格鲁-爱尔兰)文学作为研究对象,原因之一是目前的研究内容不能膨胀到不适当的范围,二是因为英语文学本身能够为本研究提供非常形象的例子。正是在这种语境下,这里从一开始就必须马上作出进一步界定,强调本书的重点是对从德·昆西到后现代主义的一些文本的阐释,以及这些文本中可能出现的功能特征,而不是对英语文学史中音乐化小说的逐一列举,更不涉及对其他的文学的研究(虽然有时对非英语文本的参照可能有助于历史描绘的完整性)。

上篇：理论

音乐与文学的可比性；
媒介间性与文学/小说音乐化的特殊例子

2 音乐与(叙事)文学的主要异同

2.1 音乐与文学的可比性

小说与文学音乐化的概念本身已大体上预设了文学文本与音乐之间的某些可比性或相似性。否则,任何将音乐换置为文学的做法,尽管可能是有限的却也是不可想象的。换句话说,这两种媒介或艺术之间相似性的存在与范围,决定了小说音乐化的可能性(或不可能性)与限度。

音乐与文学具有可比性(通常是基于一般符号学的假设,在"音乐与语言"的标题下进行)这个观点有很重要的支持者,如卡尔·达尔豪斯(参阅 1979)或让-雅克·纳蒂埃(参阅 1987/1990)。然而异议也一再地出现:比较坚决的反对者如琼·福尔斯(参阅 1964/1980)或罗兰·哈尔维克(见 Harweg/Suerbaum/Becker,1967),不那么激进的如西奥多·阿多诺(1963/1984)和其他人。然而,阿多诺与埃米尔·本维尼斯特(参阅 1974,第 54—65 页)、莱因哈特·施耐德(参阅 1980)一样,只是认为音乐从严格意义上来看,并不构成一个符号系统("[Musik]bildet kein System aus Zeichen"[1963/1984,第 138 页]),但却乐于承认至少在某种程度上音乐和语言相似("Musik ist sprachähnlich"[同上]),因此是可比较的。而哈尔维克反对的正是两种媒介之间的这种可比性,他坚持着它们本质上的区别["essentielle Verschiedenheit"],并断然下了结论:"语言和音乐没有可比性"("Nichtvergleichbarkeit von Sprache und Musik"[Harweg/

Suerbaum/Becker 1967:第 394 页])。同样,按照福尔斯的说法,他指出在法国象征主义运动中已暗含着对"音乐和诗歌之间的历史性混淆",因而提出激烈批评,认为"音乐不是一种语言,所以那个隐喻是错误的"(1964:第 209 页)①。

尽管可能而且有合理的依据拒绝承认音乐与语言文本之间的所有共同基础②,它们还是值得认真对待,因为它们对任何关于音乐化小说的讨论和批评都提出了根本性的问题:音乐和语言文本这两种媒介之间具有何种程度上的可比性? 音乐和文学是"姊妹艺术"吗? 或者二者之间不相容,是"不可翻译"的媒介,因而小说音乐化的概念必然毫无意义? 在以下问题中,关于两种媒介③之间的不同和可能相似的思考,可以为更特殊的理论问题提供答案的根据,而这些理论问题是本研究的关键:作为音乐"转化"或转换成文学④的结果,在多大程度上(叙事)文学可以"音乐化"? 什么时候谈论一定的文本是"音乐化"了的有意义? 我们如何来认定这样的音乐化小说?

正如已经说过的,与我们论题相关的著作,若关注的是音乐与语言的异同,一般从书名中已表现出这一倾向了,如"音乐与语言断想"["Frag-

---

① 关于德语批评中音乐符号学的一般问题,参阅 Huber,《文本与音乐:20 世纪精选叙述文学里叙事和意识形态功能关联中的音乐符号》,第 129 页;以及他提到的研究(参阅第 128 页)。

② 参阅文学批评家 Ulrich Suerbaum 和音乐学家 Heinz Becker 在 Harweg/Suerbaum/Becker,《语言与音乐:一个观点的讨论》(Sprache und Musik: Diskussion über eine These, 1967)中对 Harweg 怀疑立场的反驳;亦可见 Albert Gier 对阿多诺拒绝将音乐作为语言来看待的评论(《文学中的音乐:影响与分析》[Musik in der Literatur: Einflüsse und Analogien, 1995a],第 62—65 页)。

③ 更详细的讨论,见 Brown,《音乐与文学:艺术之间的比较》(*Music and Literature: A Comparison of the Arts*, 1948/1987),特别是第 15—43 页和第 100—126 页;亦可参见 Brown,《文学和音乐相互关系研究的理论基础》(Theoretische Grundlagen zum Studium der Wechselverhältnisse zwischen Literatur und Musik, 1984)与 Gier,《文学中的音乐:影响与分析》(Musik in der Literatur: Einflüsse und Analogien, 1995a)第 61—68 页的有益评论;其他对同一话题有些价值的讨论包括 Longacre/Chenoweth,《作为音乐的话语》(Discourse as Music, 1986);Lindley《文学与音乐》(Literature and Music, 1990/1991)与 Gruber,《文学与音乐——比较的困境》(Literatur und Musik-ein komparatives Dilemma, 1995)。

④ Heinrich F. Plett,《互文性》(Intertextualities, 1991,第 20 页)推进的"可转变性"问题,可作为任何媒介间性理论的基础。

ment über Musik und Sprache", Adorno, 1963/1984], 或"语言与音乐——一种观点的商榷"["Sprache und Musik. Diskussion über eine These", Harweg/Suerbaum/Becker, 1967]。基本上,这种做法暗含着一种非艺术性的主要符号系统(语言)与像音乐这样的艺术之间成问题的对比,因为音乐和所有的艺术一样,具有尤里·M·洛特曼(参阅 1970/1973)所指出的"二级模拟系统"①性质。很显然,将两种艺术——音乐和文学进行对比更适合我们的目的。当然,这并不排除我们要考虑语言媒介的基本特点,但这样可以让我们集中在语言特殊的美学使用上。

作为艺术,文学和音乐事实上便显示出可比性的方方面面:对我们的目的而言,重要的是它们可以被看作是在某种程度上惯例化了的人类表意实践,都受制于各自的(在历史中变化的)"语法"(体裁惯例、音调系统等)②。这两种艺术有限制地、意图性地组织作品或"文本"是为了某种交流,与非艺术表意实践相比,这种交流较少受制于实际目的与效用。就目前来说,如果我们忽视两种艺术和它们的惯例在历史中变化的细节(这个问题在历史部分中很重要),我们可以对基本的理论比较界定一个更具体的领域:交流、接受的理论要素,以及最重要的符号学要素(甚至对像施耐德这样的怀疑者来说,符号学方法至少可以揭示出,与语言相比[参阅 Schneider, 1980, 第 24—25 页],"音乐不是什么")。

将只停留在语言媒介的两种媒介之间的比较具体化,具体集中在文学上而不是语言上,或更准确地说,正如下面要做的,集中在英语文学层面,是不够的。因为"音乐"是个相当大的对象,不是所有音乐层面都能够适合我们做与文学的对比分析。一般来说,声乐与语言艺术的关系比器乐要密切,同样地,单音音乐比复调音乐的要密切。然而,作为英语小说音乐化的讨论起点,音乐与英语文学之间的比较,也许更应该集中在那种

---

① 对于音乐,其对应的主要系统可以是人类以交流为目的的非-语言符号,如鸣钟或吹号角。然而,应承认这样的"主要系统"作为"二级系统"的基础,音乐远不如语言作为"二级系统"文学的基础那么精密。

② 因此,与各民族的文字语言相比,认为音乐是一种"国际语言",每个人都可即刻理解是一种误导;为使不同的音乐文化形式变得有意义,并且可以理解,必须像学习任何文字语言那样去习得。

经常被作为音乐化小说模仿对象的音乐,即过去三个世纪以来的西方非单音器乐。就文学来说,为了最基本的比较,大概首先应讨论最原初的"文学"体裁:抒情诗。

为了不只停留在纯粹理论层面的探讨,我将通过两部作品举例说明相关的比较点,这两部作品某种程度上可以作为各自艺术的典范,尽管在美学的复杂性上相当不同:(器乐复调)音乐为约翰·塞巴斯蒂安·巴赫的《赋格的艺术》[*Die Kunst der Fuge*,1750]中的第四首,文学为威廉·布莱克的《纯真之歌》(1789)中的《欢笑歌》。巴赫作为"绝对"复调音乐的大师,选择他的赋格,同时也为我们提供了小说音乐化历史层面的一个背景。因为就像我们将要看到的,这些文本一再声称与赋格形式有明确的关联。

由于看起来很简单,题目又部分地指向音乐,布莱克的《欢笑歌》被公认为整体上较少具有"文学"的典型特征。从纯化论者的角度来看,显然这是一个不利的选择,但《欢笑歌》也具备一些对我们的媒介间比较有利的因素。这首诗无疑首先是文学,虽然就像我们将要看到的,它与音乐的密切关系超过了一般的文学文本。正是布莱克的文本的"音乐性",使其特别适合我们所关注的叙事小说。某种程度上,文本不寻常的音乐性是布莱克特殊的浪漫主义的结果。其他方面,并且在我们的文中很重要的是,《欢笑歌》是一首抒情诗,这允诺了一个更严格范围内音乐与叙事文学之间可能的或期待的相似性比较视野。因此《欢笑歌》可以作为一个双重的例子:1)作为一般意义上的文学的例子;2)作为一种某种程度上音乐化了的、使用了不属于叙事小说特征之手段的抒情诗范例。

      Laughing song

      When the green woods laugh with the voice of joy,
      And the dimpling stream runs laughing by,
      When the air does laugh with our merry wit,
      And the green hill laughs with the noise of it,

5   When the meadows laugh with lively green,

> And the grasshopper laughs in the merry scene,
> When Mary and Susan and Emily
> With their sweet round mouths sing 'Ha, Ha, He!'
>
> When the painted birds laugh in the shade   14
> 10 Where our table with cherries and nuts is spread,
> Come live & be merry and join with me,
> To sing the sweet chorus of 'Ha, Ha, He!'
> (Blake, 16)

《欢笑歌》①
青青的树林笑出了欢乐的声音,
汩汩的流水笑出了酒窝的细纹,
轻风就用了我们的说笑来欢笑,
青青的山头就用它满山的鸟叫。

青草地一片青翠,笑得真清脆,
欢笑的蝈蝈儿不会在热闹里打瞌睡,
我们的小玛丽、小苏珊还有爱米莉,
张开了可爱的小嘴儿歌唱着"哈、哈、嘻!"

枝头上穿插着欢笑、欢跳的彩鸟,
树阴里我们摆一桌子核桃和樱桃,
快来吧,来生活,来作乐,来跟我在一起,
一块儿歌唱可爱的合唱调"哈、哈、嘻!"

---

① 卞之琳译,《卞之琳译文集》(中卷),安徽教育出版社 2000 年版,第 79 页。——译者注

至于巴赫的第四首赋格,前面的几小节便足以说明这里的问题:

图1 约翰·塞巴斯蒂安·巴赫,《赋格的艺术》,第四首,1—31小节

2.2 音乐与文学能指的异同

音乐可以通过符号学术语来分析,进而与(文学)语言加以比较,尽管这种观点遭到一些批评家反对(见上文,第 11 页),至今已被广泛接受(参阅 Dahlhaus,1979;Orlov,1981;Nattiez,1987/1990;Gier,1995a 和 b)。如果符号学术语至少作为比较的框架出现(我认为他们确实是这么用),那么我们可以追问:在何种程度上一部文学作品和一部音乐作品是离散符号系统? 在什么样的程度上符号的组成成分——能指与所指(在某些作品中也是与指涉对象的关联)——在这些作品中是可以辨认和比较的?

在文学中,对作品或完整的文本层次以下的离散表意单位的辨认没有什么问题,在这里可以根据各种标准细分,进而产生出更小的单位如(诗)节(如在布莱克的诗中)、章、幕、场,与段、句、词、词素,最后还有单独的音素或字母等。乍一看,音乐中很难有类似的细分。当然,在较大型音乐作品如交响乐中,一个乐章可能相应于文学中的一章,但如何对应于文学中的句子? 甚至更重要的单位如词语? 然而困难并不是难以克服的,如果我们认为在音乐学元语言[metalanguage]中,存在诸如"乐句"这样的术语,也许这可以对应于文字语言中的短语或句子。因此,就一些比较大的音乐单位来说,两种媒介之间似乎存在共同之处。但再下面的层次,这种对应开始变得模糊了:即使我们愿意接受在一些例子中这种对应的可能性,但更多的情况下,到底是一个单独的音符、部分旋律或和弦可以与语言的词语(或者词素?[1])相比较,还是单独的音符与"音素"相对应,常常是不清楚的。并且音乐中是否存在微观层次上的离散表意单位也是有疑问的(参阅 Schneider,1980,第 113—120 页[2])。

---

[1] 关于单个的有意义音符与"词素"意义相关联的可能,见下文第 23 页巴赫赋格中关于持续音的评论。允许我们谈论明确的音乐微观单位与词素关联的标准,显然是对讨论中的最小音乐意义单位的确认(关于音乐意义,见下文,第 2 章第 3 节)。

[2] 甚至 Schneider 也承认,在传统的音响微观单位结构中,语言与音乐有着密切的关系(参阅《音乐符号学》[Semiotik der Musik]1980,第 119 页);然而他否定音乐的符号学身份一样,当这样的单位指的是音乐的时候,他不把它称为"能指"。

音乐与文学能指之间大体上的相似性,最常见的是认为它们本质上都是属于声音的艺术,并且都是在时间中而不是在空间(这一方面如戈特霍尔德·伊弗列姆·莱辛已经在《拉奥孔》中强调的,与视觉艺术相对照)中展开变化的。另一个相似点是它们的音响能指都天生地需要一个声音通道,可以改写成视觉形式的:两种艺术都可将书面文本作为通道①。这种文本通道使得意义可以再生产,具有建构新的意义视野的可能[在文学和音乐的排字印刷技术上可以看到,如作图标用的"+",在音乐中用作重升记号,在德语中表示十字(形),在二者中亦都可指"交叉"的意思]。

音乐与文学共同的音响性质为两种艺术之间一系列更具体细节上的相似性提供了基础,对诗歌来说更是如此,二者的能指都拥有音高、音色、音量和节奏(在节奏中包括另外的时间因素)②特征。这些特性为文学音乐化的探讨提供了媒介间联系的可能性。虽然"音量"和"音色"因素正好在巴赫的赋格(不是为特定的乐器写,没有音量的原始指示记录,"p"表示"钢琴"[piano]是编辑加上去的)与布莱克的诗(吟诵者的声音决定此处的音量和音色)里都不确定,赋格(每小节两拍[alla breve])中的节奏因素可以与布莱克诗中的格律和韵律结合产生的节奏相比。在音高方面也有一定的可比性(音高也是《欢笑歌》的因素之一,是由于异常清晰频繁的中元音[i][e]和[a]的出现,与此对照的是只有两个"低沉"的例子[u](在"woods"和"Susan"中)。

然而必须承认的是,音乐与文学音响的精确程度在音高上(在这方面音乐比诗歌更准确)的变化是极为不同的,巴赫赋格中有关音量和音色的不确定性不是所有(西方)音乐的典型特征。一般来说,音乐中音高、音色、音量和节奏通常所达到的精确,在文学中永远达不到。正如在这些细节中所能看到的,能指层面上音乐和文学之间音响的相似性不得

----

① 关于"音乐作为文本"这方面的内容,参见 Dahlhaus,《音乐作为文本》(Musik als Text, 1979)。

② 事实上,这个抒情"声音模式"的音响特性通常被视为抒情诗最基本的"音乐性",参见上文注释(引言中——译者注)引用的《新普林斯顿诗歌与诗学百科全书》(The New Princeton Encyclopedia of Poetry and Poetics)"抒情诗"的定义。

不通过一些重要区别来做相对化处理。如果我们不管抒情诗而只考虑一般小说[prose fiction]，这些问题变得更为突出。无论如何，在对能指声音表面的不同关注上，文学和音乐是相悖的：在音乐中，这层表面极为重要，它构成了音乐的本质；而在（英语）文学中，则或多或少被忽视了；如果曾予以注意的话，也被一种音乐所没有的指涉意义所局限。对小说来说更是这样了，因为通常小说不会被大声朗读。一个故事从来不会被视为主要是声音，而声音对诗歌却很重要，但即使如此，比起音乐中声音占主要地位来说，还是不那么重要。因此，需要一种特殊的努力来提醒小说的读者，他正在阅读的文字的语言原初声音特性。即使突出文本的声音特性，在读者的脑海中可能有时会唤起对声音的注意，但这也只能持续很短的一段时间，之后（我们文化中的）读者（现代成人）将不可避免地重新滑入无视声音的习惯①。可以这样认为，对语言艺术来说没有可行的办法来创造一个可持续的、具体的、与音乐创造出来的一样直接自然的听觉现实。

而且，即使在文学文本如《欢笑歌》中，通过特殊努力，确实突出了能指的某些音响特征，但它与音乐的不同不仅表现在音乐中音响的精确性和赋予的重要性上，还体现在旋律方面（这是除了节奏与和声之外［西方］音乐的三要素之一）。虽然在个别语言中，可以存在与音乐旋律大致对等，因而在语言艺术中也可以大致对等的情况，但在英语中，旋律不作为文学的组成部分。并且，语言中的"旋律"与音乐旋律相比不那么灵活，更多地依赖于超出个人作品的决定因素，如一个特定民族语言的语调模式。

如果我们关注的是音乐与文学能指共有的时间特性，那么一个基本的、虽然部分相同的异中之同的相似局面出现了。一个相似之处是将音乐和语言叙述分割成有意义或至少结构上相关的单位：在我们的例子中，这些单位指的是赋格的不同部分（呈示部、自由插段、发展部和结尾）与布莱克诗歌中的诗节。

音乐与文学这两种媒介时间性特征上的最重要的相似之处，是在

---

① 小孩和早期、其他文化中的读者与声音的关系更为密切的事实众所周知。

各种层级上创造潜在的、有意义的重复出现的可能性。这些重复出现非常重要,因为正是这种重复出现,使得音乐与文学文本中的自我指涉美学关系可以展开,这种关系可能呈现为平行、变奏、对比或前景偏离。

在我们的案例中,首先而且最明显的层次分割与重复出现,是通过小节和诗节分成相似的节奏单位来实现的。在音乐中和在文学中一样,当作为"前景"的东西发生迁移时,循环出现的模式便具有了背景的意义:以巴赫的赋格曲为例,主题第四小节包含的"切分"元素就是这样一种节奏性的迁移转换;而在布莱克的诗中则体现在7/8行的跨行连续[run-on-line]上。

另一个"旋律性"重复出现在更小的能指(不管是否将这些看作"动机")单位层面。在巴赫赋格中,这种重复出现早在第5、6小节高音部完全相同的重复中便可以看到:

图2　约翰·塞巴斯蒂安·巴赫,《赋格的艺术》,"第四首",5—6小节。

而进一步的旋律重复出现是在上方第二声部第8—9小节旋律的模进式回响,这个出现本身构成了对上述高音部的变奏(倒置):

图3　约翰·塞巴斯蒂安·巴赫,《赋格的艺术》,"第四首",8—9小节。

在布莱克的《欢笑歌》中,可以看到运用大致类似的头韵("laugh with lively green"l. 5)的重复出现,尤其是在"变奏"("joy","by",ll. 1—2)的押韵中,出现了或多或少相同的声音模式("wit","it",ll. 3—4)。

由时间维度形成的重复出现,最重要的是主题层面上的(音乐与文学间最表层的这一相似之处,甚至导致我们在对两种艺术的描述中,对"主

题"、"乐句"与"动机"这些术语的滥用①)。显然,巴赫赋格的大部分是通过主题发展起来的:

图 4　约翰·塞巴斯蒂安·巴赫,《赋格的艺术》,"第四首",1—5 小节。

这个主题本身是对《赋格的艺术》原始主题的变奏(倒置):

图 5　约翰·塞巴斯蒂安·巴赫,《赋格的艺术》,"第一首",1—5 小节。

随着赋格的展开,主题出现了一个变化元素,如通常那样,主题会以不同的调性在不同的声部和音级上被复述,而此间主题的每次复述都会略有变动(例如当第二声部进入时,主题中的五度通常要改成四度)。核心主题,连同由它派生的三个动机(较之前者而尤甚),合力赋予了音乐文本以(织体上的)密集性和(动机上的)连贯性。动机一(在第 8—9 小节中音部第一次出现)来源于(原始)主题本身(将继而出现的例子 5—6 小节与图 5 第 4 小节相比):

图 6　约翰·塞巴斯蒂安·巴赫,《赋格的艺术》,"第四首",5—9 小节。

动机二(参见第 20 小节的中音部)也与主题的第 4 小节相联系,进而与前面的动机相关联:

---

① 对将"主题"作为音乐与文学共同特征这一术语成问题的使用,下文将会有一个简短的讨论,第 19—20 页。

图 7　约翰·塞巴斯蒂安·巴赫,《赋格的艺术》,"第四首",20 小节。

动机三被再次引入(此前它曾在 19/20 小节处出现过,先由高音部多次重复,紧接着中音部也跟着模仿),并依然维持着它那"下行三度"的特征,这是赋格中的一个对比性元素。

图 8　约翰·塞巴斯蒂安·巴赫,《赋格的艺术》,"第四首",19—23 小节。

不难在布雷克的文本中找到对音乐"主题"的类比。与巴赫的赋格相似,这个主题在诗歌一开始便出现了(如果不算题目,即是在第 1 行中):欢笑。它以一种后来在威廉·华兹华斯的人与自然和谐统一的浪漫主义观点的典型方式,在反复的变奏中,与不同对象("动机"?)——牧歌式的风景元素("树林"、"溪流"、"空气"、"山脉"、"牧场"),真实的及人工的动物("蚱蜢"、"画的鸟"),以及人类("我们敏捷的智慧"、"玛丽和苏姗和艾米莉"、"跟我一起")——相关联。

然而,面对音乐与文学时间维度上共有如此多的相似之处时,不应忘了二者之间一些重要的不同。首先是 C. S. 布朗(1948/1987,第 109 页)已经提出来的,"一般来说,音乐需要更多的诗歌中无法忍受的重复"[①](可以出现在抒情诗叠句中的逐字重复,几乎不可能出现在叙事文学中,除非出现在实验性的"抒情化"文本[②]中)。

---

① 由于我这里涉及的是过去三个世纪以来的西方音乐,出于结构目的系统地使用音乐重复是一种历史现象,但这在如中世纪音乐中便看不到,在这里可以忽视。

② 参阅 W·John 与 Ursula Rempel《引言》(Introduction,1985,第 vi 页),他们将此与口头文学(一个语言重复非常频繁的时期)式微、书面文学兴起相联系,在书面文学中"无需重复了","因为任何段落都可以返回去再次阅读"。

第二个不同与刚才说过的相关,同时也与音乐和文学间其他的不同有关,即音乐的与文学的"主题"(或"话题"或"动机")的可比性。普遍认为在这两种艺术中,"主题"都是构成"同一整体化原则"(Rimmon-Kenan,1995,第15页)的关键。然而,有一些重要的不同使得不同媒介使用同样技术术语时存在着普遍的问题①。音乐主题总是一连串准确无误的能指链(音符),而文学主题(如查尔斯·狄更斯的《艰难时世》中的阶级冲突或威廉·莎士比亚的《仲夏夜之梦》中的爱)通常较少指向能指层面,而更多地指向所指,它由解释者作出的"概念建构"组成,即从不同的词汇和符号内容(Rimmon-Kenan,1995,第14页)中,"将文本中并不连续的元素组织在一起"。与此相关更进一步的不同是,音乐主题通常"逐字地"重复出现,就是说重复出现一样的或相似的能指,而且大多数情况下对一个作品来说这种重复是独一无二的。然而,对于作为"概念建构"的文学主题来说就没必要这样了。就像我们在下文的文本阐释中将看到的(第7—13章),文学主题避免逐字重复,与音乐主题相比,经常显得不那么"原创",可以不同的形式重复出现在许多作品中(所以文学的主题常是"跨文本"或甚至"跨文化"[Escal,1995,第151、154页]的)。

两种艺术之间另一个不同点源于它们与时间的关系:一方面,与文学相比,时间序列在音乐中更严格,但另一方面,音乐从时间维度上享受着某种程度上更大的自由。每个人在相对规律的时间进程中演奏音乐时都必须严格遵循这个序列,这里的自由速度[rubati],如拍子或小节时值的变化,与语言文本的吟诵(更不用提阅读了)相比更为严格(即使不用巴洛克赋格作为例子)。

音乐在某种程度上更独立于线性时间的是与复调有关的现象。如我们说过的,假设音乐与文学都具有一种时间性,但这并不是说时间的线性

---

① 事实上,存在很多这种术语,包括本研究中使用的很大一部分用辞(例如"节奏"、"和声"、"乐句"、"动机"、"主题动机"、"变奏"、"赋格"等等)。就音乐与文学而言,至今为止对这一问题只有零星的评论(如Escal关于音乐和文学主题的《古典音乐中的主题》[Theme in Classical Music],1995),未有以系统全面的方式来进行的探讨。因此第一步,对这个庞大术语领域的清理,急需的是一部跨媒介音乐与文学术语辞典,然而出于显而易见的理由,本研究不能在此进行详述。

在这两种艺术中是一样的。众所周知,在大多数(西方)音乐中不仅仅存在一条声音序列,经常是多条同时进行的声音序列,而在(叙事)文学中只有一条语词线性系列①。特别是在音乐的复调形式中,比如,集中体现在巴赫的赋格中的,音乐在能指层面上可以同时传达多层完全不同的信息,并且贯穿整部作品。语言艺术中永远不能达到完全类似的"多维度性"和"空间化"。由于典型的单维度能指链,所有能做的只是通过或多或少权宜的方式来暗示"复调",这些方式中只有两种手段与能指层面相关(很不常见):1)分成几列的排字手段(如出现在布里吉德·布罗非的实验小说《过境》[*In Transit*]②中的一些页);2)通过不同字体写成的连续的(碎片)短语(如伯吉斯的《拿破仑交响曲》其中的一个段落所示③),系统、频繁地从一种上下文转换到另一种。然而这后一种手段也只是接近了能指的同时性,因为它不能没有所指层面,并且这两种手段中暗示的并置或多重现象内容都不得不只能在读者的脑海里发生。这两种"真正"的文学复调实验,与音乐的复调相比时,还有更深的弊病:很难持续一段比较长的时间。

然而,还应该提到的是音乐与文学间有关能指链同时性问题不同之处的一个例外。正如威廉·弗里德曼(参阅 1978,第 64 页)已经述及的,音乐中有一种历史性的作曲技术与刚才提到的文学中的第二种手段具有可比性:为了模仿各声部的(复调的)同时性,快速地交替并置的"对位"元素,虽然事实上一次只有一个能指链在场。局限于单维度或"单声部"的线性,一个叙事文本与(通常)只演奏一个声部的乐器可以相比。这种局

---

① 同样,在 Brown《音乐与文学:艺术之间的比较》(1948/1987,第 39—43 页)的研究中可以看到最全面的讨论;也可参阅 L. L. levin,《塞壬插曲作为音乐:乔伊斯的散文复调试验》(The Sirens Episode as Music: Joyce's Experiment in Prose Polyphony,1965—1966),第 13 页;Freedman,《劳伦斯·斯特恩与音乐性小说的起源》(*Lawrence Sterne and the Origins of the Musical Novel*,1978),第 59 页;和 Scher,《文学和音乐》(Literature and Music,1982),第 233 和 2234 页。

② 参阅 Brophy,《过境》[*In Transit*],《欧克舌头的故事》[L'histoire de la langue d'oc》,第 98—102 页,文中分成独立的两栏印刷,表面上看似色情的一个故事,与反讽的元语言和元小说评论同时呈现。

③ 参阅第 66 和 67 页,一场三个"部分"或"声部"(拿破仑、他的妻子、他们的孩子)之间争论的场景,更具体的细节,见下文第 202 页。

限可以通过那种"片段性的"复调来绕开,巴赫就是个著名的例子,例如,他在他的奏鸣曲和组曲的大提琴和小提琴独奏部分就使用了这种办法。在这些作品中,一个连续的、在不同音高之间跳跃行进的旋律(与单线进行的文本类似),不断造成一种复调效果,听者将赋予不同部分以轮廓,但是乐曲"完整"的旋律只能在他们的脑中形成①。

除了通过能指和所指层面的特别技术,营造出这种音乐复调幻觉的文本可能性之外,所有其他暗示同时性的文学手段更为严重地依靠所指层面,因而更多地依赖概念而不是可听的(或可见的)能指。情况就是这样的,例如,如果由于符号构成了"发声"(在抒情诗中)或者"故事"(在戏剧或小说中)层面,那么众多的人物可以被想象成同时在场、行动或者交谈。在布莱克的田园诗《欢笑歌》中,这体现在接收者意欲加入"甜美的合唱"(1.12)上。另一种手段是偶尔出现在各种隐含意义中的多重"声音",米哈伊尔·M·巴赫金(参阅 1963/1984)曾描述为"复调语词"[polyphonic word]:将字句插入多种意义语境中。然而在所有这些例子中,那种宣称的同时性被不可避免的线性阅读过程证明是有问题的,它至多只是想象的,而在音乐中同时的声音和复调(通常)是一个听觉现实。

与此相关的和声现象也是这样的,这是(西方)音乐的另一个重要组成部分。同样,和声转调也是如此。在音乐中,可听到的明确清晰的和声(与不谐和的程度相对照)与转调(如巴赫赋格中,第 11 小节里高音部和中音部之间的"降 B-A"小二度不谐和音响,或者第 23 到 27 小节出现的从 D 小调到 F 大调的转调)的可能性原则上是不变的,复调与和声惯例是给定的或暗含着的(如巴赫赋格中的音调织体)。文学中的"转调"最多只是"隐喻",就像在《点对点》中菲利普·寇勒斯对文学"转调"的思考,"不单单是从一个调性到另一个,而是从一种氛围到另一种氛围"(302)。

---

① 参阅对巴赫另一部分作品的令人信服的例子的讨论(他的 A 小调长笛组曲,BWV1013 的一部分,以及改编为三声部的段落)Winn,《毋庸置疑的修辞:诗歌与音乐关系的历史》(*Unsuspected Eloquence*: *A History of the Relations between Poetry and Music*, 1981),第 215 和 216 页。

当然,这里的"氛围"不是大调和小调而是"情绪氛围"之间的对照。至于作为能指特征的"和谐"与"不谐和",只有某种特定的文本具有可以对音乐术语进行遥遥地类比的可能,即押韵诗和戏剧的"纯"与"不纯"的韵之间的对照。小说在这里又一次被排除在与音乐的相似之外。因为小说只是与想象的、概念的"和声"相关,这种相关基于可以假定的所指层面(当然,抒情诗也是这种方式的,想想布莱克的"甜美的合唱",暗示了"和谐"的歌唱思想)。

总之,我们可以说,就能指层面而言,音乐和文学像是在有限的程度上彼此相关。不过值得怀疑的是"姊妹艺术"的隐喻在这个层面上是否有意义。音乐和文学当然不是"双胞胎艺术"。一方面,比较的结果显示,由于它们共同的声音和时间性质,它们是有重要的共同之处,这提供了一个文学文本音乐化可能性的基本要素。另一方面,不得不承认两种艺术被不可否认的不同区分开来。这些不同涉及各自所赋予能指单位音响表面(这里小说比诗歌更少与音乐相关)的不同重要性与能指同时性问题。对(西方)音乐的节奏、旋律与和声来说,这就是为什么只有节奏在(韵文)文学中具有相对密切的对应,而另外两种仅仅是模糊的类比。

2.3 音乐与文学在所指与意义问题上的异同

如果我们面对令人困惑的意义问题,即如果我们先抛开能指层面,对比文学的所指与指涉和音乐中的(潜在)所指与指涉,或一般的音乐意义,那么音乐与(叙事)文学之间的不同就会变得更为突出。不过,就像在下文的分析中将变得更清晰一样,这些不同并不是有些人(如 Harweg 在 Harweg/Suerbaum/Becker, 1967 中的文章与 Schneider, 1980)所认为的那么绝对。

意义问题在音乐中比在语言中(更别提文学)更是个成问题的领域。在这个领域,各自媒介的不同理论和不同术语可以相媲美——这也使媒介间比较成了更为困难的事情。就语言来说,即便是它的指示意义,这个语言符号最明显的意义形式,在语言学中都被从各种途径去构想。就像任何语言学学生打开参考书,如大卫·克里斯托的《剑桥语言百科全书》(参阅 1997,第 100—107 页)的语义学篇章,很快就会学到:指示意义被界定为对现实的指涉,或只是对纯粹概念的指涉,是就与给定的语言或文本(结构主义观点,意味着完全在语言或文本系统内部自我指涉式的意义界定)的语言学语境的关系而言的,或就情景(和文化)语境和实际使用的关系而言。如果我们跨出指示的或言内意义的限制,将遭遇同样的复杂面向。言语行为理论强调,这个意义绝不是唯一的一个,一系列的言外意义(如施为的、表达的和指令性的)与言后意义都应该考虑在内。后现代主义者罗兰·巴特和雅克·德里达提出了语言意义领域更复杂的方面:主要集中在文学与哲学(书面)文本,他们把矛头指向任何稳定的意义,这种攻击迄今为止还不知达到了何种程度。

音乐学中也对各种层次上的意义进行了广泛的讨论。最近流行音乐的非指涉性思想,使这种艺术指涉意义的不可能性从内部被瓦解到惊人的程度。贾尼斯·E·克里曼(参阅,1985)的超越了"表现"与"结构"意义简单的二分法(参阅达尔豪斯 1979,第 14 页),区分出四种音乐意义:1)自我指涉意义(出现在乐曲内部形式关系中),2)表现意义("情感的表现")[同上],3)"文化赋予的含义"(第 18 页),4)"对文化本身的参照……"(第 17 页),即对整体的文化概念与世界观的参照。让-雅克·纳蒂埃,在他富有影响的研究《普通音乐学与符号学》(1987;英语译本为 *Music and Discourse*,1990)中,区分了音乐意义的两种类型(参阅 1987/1990,第 102—129 页):1)"内向"所指,包含"音乐内"的"演奏形式"(第 112 页)、创造的期待和"我们将一首特定音乐与更大的音乐世界相关联"的"音乐间"参照(第 117 页),2)"外向"所指,特别是在运动、情绪和"空间联想"方面的参照(第 122 页)。

本书的研究不可能仔细探究语言学的、文学的和音乐语义学的具体细节。对我们的目的来说,指出音乐和文学意义之间的一些基本异同就足够了。至于能指层面,在我们的文中最重要的问题是在多大的程度上音乐和(叙事)文学拥有共同的基础,在这个基础上,"小说的音乐化"的概念最终具有了意义。

首先,应该说音乐作品是由离散单位组成的复合体,这的确与文学具有基本的可比性。在这些单位中能指(链)(如前面的章节中所讨论的)的确或可以与所指相关,或至少与特殊的功能相关,因而确实具有意义。正是因为这种关系,我们才能在事实上谈论音乐"符号"。然而,必须立即强调文学与音乐的意义的典型的与重要的区别。与相似性相比,也许我们更容易想到它们的不同点。

语言的能指与所指之间的关系通常是象征性的,因而是一种非常随意的关系。根据意义的指涉理论,这就是为什么语言符号一般指向一个几乎是无限的抽象或具体的概念储藏库,这些概念是在语言文本之外的,在有些情况下也指向可以辨认的文本外现实(指涉领域)。在这两种情况下都可以叫做"异-指涉"[hetero-referential](即指向纯粹文本之外的某些东西①,当然还包括它们所出现的这个文本②),这种异指涉意义在主体间的交流中可以达到高度的精确性。

与此相比,音乐中的能指和所指关系以及通常的意义生产,在很多情况下都具有某种相似性的特征,因而多少减少了任意性。当音乐形象地参照外部现象时正是这样的,比如音乐试图模仿音乐之外的声音③;同样地,每当一个音乐符号或一组音乐符号(一个乐句,动机或主题的出现)通过相似性、变奏或偏离的方式指向内部的其他(组)符号时也是如此。虽然这两种类型都基于相似性原则(在语言意义中远没有那么重要),但毫无疑问,第二种是更具音乐特色的类型,是语言与音乐意义之间关于指涉问题最明显的区别。即使是音乐可能具有外部含义的支持者也得承认,这种外部意义不是音乐中通常的意义类型。有些人甚至非常怀疑音乐外

---

① 当然,在这个"异-指涉"的定义中,必须放弃解构主义或后结构主义观点:所有所指和所有指涉最终只是纯粹的"语言效果",因而是种语言学上的自我指涉性征。

② 应注意的是这个"异-指涉"可以同时适用于所指与指称对象。

③ 关于音乐的形象性与音乐的象征意义的对比,参阅 Schneider,《音乐符号学》(*Semiotik der Musik*,1980),第 145 和 146 页(奇怪的是,Roland Schneider 像是承认音乐中这两种意义的可能性,尽管他坦率地批评音乐符号学的这种思想)。(此处疑为印刷错误,应为 Reinhard Schneider——译者注)。

部、指示意义①的这种可能性,而坚持音乐的上下文独立、自我指涉和纯粹的功能本质。就像福尔斯,在前文提到过的他对将"语言"这个术语运用到音乐中的批评,他说:"一个音符本身是没有意义的,将它放在一系列其他的音符之中,便得到了某种意义……"(1964/1980,第209页)。事实上,与典型的语言符号异指涉形成对照的是,音乐符号更经常是自动指涉,并且更多是由它们所出现的作品上下文中作为符号本身的特性决定的。如果音乐单位有意义,应该是与内在关系有关的形式或功能的意义,不是概念的或外部的意义②。在这种语境中,问题又出现了:如何定义这些意义单位(见上文第15页);甚至是将内在的、自我指涉的意义赋予音乐结构的所有部分,是否有意义。无论如何,音乐的意义似乎没有语言意义那么明显,即使是在超越了明显的外部模仿以及如动机出现之间这种易于辨认的自我指涉关系之处。

显而易见的是,占主导的形式自我指涉性(依靠模式的创造,对过去的认同以及对未来要素的预期),不仅限制了音乐的易于理解性,而且限制了其音乐意义的多样化和范围。因为音乐作品内部可能的自我指涉储藏库,与文学作品的语言符号所能指涉的概念范围相比是更有限的。可以在对文学与音乐的比较很重要的另一方面看到类似的局限,即与语言符号相反,音乐不能唤起未来(一种不一样的预期),没有召回过去的可能性。当然这也不是完全排除,只是在音乐中比在文学中更受限制③。大多数情况下,与音乐接受过程相关的只有一种进行中的线性时间,而在小说中可以达到三种不同的时间。有一种时间与线性音乐(聆听)时间可以作比较:接受时间(在叙事学中,这相当于阅读时间,由文本量与流畅的"可读性"程度决定的["话语时间/文本时间"Ⅰ]["discourse time/text-

---

① Gier(参阅《文学中的音乐:影响与分析》[Musik in der Literatur: Einflüsse und Analogien,1995a],第63页)坚持认为音乐没有"初级"的指示意义——一种独立于给定文本的意义,就像语言中一个词的意义一样。因此音乐的意义至多是"二级类型"的。

② 按照伊曼努尔·康德的说法,(乐器)音乐所产生的美是"自由美",无需以概念为前提:"Die[se][...]setzt keinen Begriff von dem voraus, was der Gegenstand sein soll."(康德,《判断力批判》[Kritik der Urteilskraft,1790/1957],第310页)

③ 局限于对同一部作品内段落的"文本内"参照,或唤起过去的音乐风格和/或作曲家。

time"Ⅰ])。除此之外,小说还有个可能的时间是"叙述者"(声称的)写作或"组织"文本的时间("话语时间/文本时间"Ⅱ),以及叙述或描绘的场景或故事(在叙事学中,"故事时间"①)时间。还有故事与话语之间的特殊关系:倒叙与超前叙述,因为小说中不需要总是线性地对待时间。当然,话语时间Ⅱ和故事时间只是想象的,是基于唤起一个虚构的现实,一种音乐不能达到同样程度的方式。

这指向了两种艺术之间的另一个不同之处。文学中全部符号的意义易于结合起来进而创造出众所周知的效果:进入虚构的"可能世界"的美学幻觉,觉得想象性地对之进行"重新定位"(一种特别经常出现在现实主义小说和戏剧中的效果)②。音乐不能产生这样的效果。在音乐接受过程中不是不经常"看到"颜色、形象等,事实上这构成两种艺术(如下所示)之间的另外一个联系,但显然这与作为文学效果的美学幻觉不同:文学幻觉比较客观且较清晰地被文本主导,因而至少在某种程度上可以在不同的读者中产生相似的"形象",而这种效果在音乐中是很难达到的,如果说不是不可能的话。音乐符号的主要目的不是建立一个虚构的世界,这个世界的主要特点对所有的接受者应该都是可以辨识和想象的,而是像很多理论家声称的,建立一个与其他音乐符号复合体的抽象关系网(主要是在同一部作品中)。

巴赫赋格第二部分的前面几小节便能够阐明音乐符号或符号组合典型的抽象或内在的意义(从第5小节开始,见第14页)。这个旋律的意义不是意指作品之外的某些东西,而是根据"赋格"音乐曲式的规则,通过相似性关系,为主题提供对位式回应。另一方面,巴赫赋格第5—6小节的高音

---

① 更多的有关叙事时间的内容,参阅,如 Rimmon-Kenan,《叙事虚构作品:当代诗学》(*Narrative Fiction: Contemporary Poetics*)1983,特别是第4章。关于"故事"(叙述的内容层面)这个术语,以及与此对照的"话语"("传达"和文学"形式"层面),从法国的结构主义叙事学中已经开始使用,如《故事与话语:小说与电影中的叙事结构》(Chatman, *Story and Discourse: Narrative Structure in Fiction and Film*),1978。

② 对美学幻觉的详细讨论,参阅 Wolf,《叙事艺术中美学幻想和幻想断裂:以英语幻想受阻叙事文学为重点的理论和历史》(*Ästhetische Illusion und Illusionsdurchbrechung in der Erzählkunst: Theorie und Geschichte mit Schwerpunkt auf englischem illusionsstörenden Erzählen*,1993a)。

部旋律的意义始终以自我指涉的方式,作为主题(它本身是对它在第1—4小节中第一次进入时的轻度变奏式回响)第二次进入的对比或"对位",进而形成一个可以辨识的动机,这个动机后来甚至作为主要主题独立出现,就这样形成变奏。甚至也可以赋予一个单独的音符以形式的(关系的)和功能的意义,正如指涉意义可能与语言文字单个的语素相关:例如,《赋格Ⅳ》(见第29页图9)中最后三个小节持续音的意义,是传统形式的结束记号。因为按照常规赋格的要求,它包含了一个与其他三声部不相谐和的低音,这不谐和音响一直到(最后当)四个声部全停落于D大三和弦上为止。

从这个语言(文学)与音乐的符号学对比中产生的不同也许可以用下面的公式表达:音乐意义能够完全地自我指涉,因而是"纯粹的形式",语言永远不可能(也许,除具体的诗外,虽然这种诗的能指依然倾向于创造某种混乱的异指涉意义,甚至不顾与著者意图相反)。因此似乎文学的所指或意义与音乐媒介之间根本不对称。在这个不对称中,作为潜在的"纯粹"形式的音乐似乎更是审美的艺术,这种印象正如我们在历史部分将看到的,在小说音乐化前史和历史中扮演了主要角色。

然而,有着一些合理的原因使得这种不对称多少有点弱化。就一般意义上的语言来说,福尔斯的乐音"本身没有意义",而是由它所出现的系统来决定"意义"的观点,自从费迪南德·德·索绪尔和结构主义以来,已经成为一个语言学的传统主题,对语词来说也是这样的。在语词的意义上,不是"在那"就是绝对的在场,从来就没有与语言学之外现实的纯粹异指涉关系。语言意义一般(也)是在系统内界定的:要么个别语言的系统,要么特定的文本语境,因而语言意义至少部分地也是以自我指涉方式界定。至于文学语言的特殊例子,这种自我指涉性就更为明显。特别是如果我们考虑罗曼·雅各布森(参阅1960)所谓语言的"诗学功能"的典型特征时更是如此,这种特征在文学中比在其他话语实践中更常见到。众所周知,这个"诗学功能"存在于产生或多或少显著的自我指涉关系的过程中,在创造对等物的范例中,这种对等物展开或投射到文本的"组合轴"。这个范例内的元素相互指涉(以相似和对比方式),范例反过来可以在同一个作品内部产生相似和对比性的自我指涉模式。

在布莱克的文本中,这样的(语义学)范例,其元素之间处在相互的(隐含的)自我指涉关系之中①,显然是"欢笑"主题或个别语词的重复出现,如"绿色"(Ⅱ.1,4,5)或"甜美"(Ⅱ.8,12)。我们也应该考虑声韵上的重复出现(节奏、押韵、格律)。在这方面,韵文的语言可以说比小说的语言与音乐有更密切的联系。在小说语言中,一般来说音韵的和形式的自我指涉比较少见,仅仅语词上的形式主义游戏是很难想象的:赫尔穆特·海森比特尔的一首具体的诗几乎没有指涉意义但仍然是诗,但一个小说文本若建立在同样的基础上就很难被视为叙事小说了,因为小说通常预设了讲故事,因而意义的展开胜过自我指涉性②。然而不变的事实是,"形式主义的"和典型的音乐的自我指涉性在小说中某种程度上也还是可能的。

在两种艺术中,符号的典型使用的不对称情况在音乐这一方面也可以缓和一些。当代音乐学中一再强调,音乐甚至音乐主题(参阅 Escal, 1995,第 154—160 页)确实有某种超越各自结构的外部意义。即使大多数情况下,与语言符号中相应的所指所唤起的相比,其所指也还是很模糊,不稳定且依赖于上下文。首先在这方面迈出一步的是音乐的"文本间性"[inter-"textuality"](仍然是属于音乐的内在指涉,但是通过引用其他音乐作品或建构与其他音乐作品的相似性,已经超越了个体作品)。约翰内斯·勃拉姆斯的《海顿主题变奏曲》op.56a[*Variations on a theme by Joseph Haydn*]中就存在这种"文本间性"(对其他作曲家作品的参照),或者假如我们将交响乐的乐章看作是各自独立的结构,在路德维希·凡·贝多芬第九交响乐的最后乐章中,可以说贝多芬是在插部中总述了前面乐章的主题(对作曲家自己作品的参照,这个情况下便产生了"回忆"的、某种类似于过去时态的叙述效果)。在巴赫赋格的例子中,主要主题中可

---

① 隐性的诗歌自我-指涉性可以从元文学/元文本元素来区分,这些元素以突出的或明确的方式(超出各自文类的惯例)强调文学文本的文学性或虚构性(见下文第48页)。在布莱克的诗中,可以在发声层面对歌曲的参照中看到(明晰的)元文本元素,这个参照映射出"欢笑歌"本身的歌唱性;"……来跟我在一起/一块儿歌唱可爱的合唱调……"(Ⅱ.11—12)

② 至于极端的例子,小说中的叙事性几乎消失,但仍然保留了基本的异指涉性元素,见下文第 11 章的第 3、4 节,对塞缪尔·贝克特的《乒》的讨论。

以看到这种超出个别作品的情况,如我们说过的,即是对《赋格的艺术》原始主题的镜像。

进一步走向音乐异指涉性的,包括"标题音乐"中对文学的音乐准"互文"或媒介间参照的各种例子,以及其他的通常是对音乐外世界的形象参照,这些参照事实上得益于文化所建构起来的"框架"(如安东·布鲁克纳的第四交响曲第三乐章中浪漫交响圣歌的宗教寓意唤起的"教堂氛围",或号角的使用表示狩猎)。音乐的异指涉意义也包含纳蒂埃(参阅 1987/1990,特别是第 119 页)曾强调的音乐外部意义的典型领域之一:作为一种动态艺术,音乐指向(再一次形象地)运动的能力,这些运动可能是物理的、生理的或情感性质的(一种巴洛克音乐中经常模仿利用的特点)。所有这些例子(还有更多的),都为一个双重的基础服务:一方面是作为附加于音乐或某些音乐的文化含义;另一方面是音乐的诉诸(大多通过形象的相似性)人类的节奏感、情感,并且最终诉诸想象力。

就诉诸节奏的身体性元素而言,巴特从强调"'节拍'[作为]音乐文本唯一的结构元素"(1982/1985,第 310 页①)开始,已经走得更远,以至于宣称"音乐中……指涉对象是身体"(第 308 页②)。然而这当然是一种夸大之词,毕竟,音乐中还有其他结构因素,不仅仅是"节拍",而且"身体"这个模糊概念是否真的能够是所谓的所有音乐的"指涉对象"是值得怀疑的。巴特的观点强调了音乐与感官维度的特殊关系。由于这种关系,音乐与语言明显地区别开来,而另一方面,在某种意义上音乐超越了它自己的"文本",与语言具有可比性。

关于音乐意义的想象维度,已经提到过的一个事实是音乐能够对听者触发一个过程,借此过程,听觉材料转变成一种想象的视觉材料。显然,如上文所说(见第 25—26 页),这种由音乐产生的形象化可能极为模糊和主观,与文学的美学幻觉不能对等,甚至被批评为不适当的音乐接受

---

① "[…]les 'coups'-seuls éléments structuraux du texte musical[…]"(巴特,《显性义和隐性义,批评文集之三》[L'Obvie et l'obtus:Essais critiques III]1982,第 274 页)。

② "[…]dans la musique[…]le référent[…]c'est le corps."(巴特,《显性义和隐性义,批评文集之三》,1982,第 273 页)。

形式,这不过是顺从了我们的视觉感知和形象所特有的接受倾向。然而我们仍然得承认作曲家有时是有意识地利用这种音乐对形象的可译性(著名的如印象主义者莫里斯·拉威尔)。在我们文中更重要的是这个过程可能与文学的音乐化有直接的关联:如果音乐(有时)可以译成形象,在一定情况下,文学形象可能也可以邀请读者将之(重)译为音乐,或至少通过某些方式唤起音乐①。

另一有趣的,虽然是音乐符号异指涉性间接的、很少有的例子,甚至有着准确的所指和参照,可以在巴赫赋格的下方中音部最后两小节中看到:这里,在《赋格的艺术》中首次在音符中出现了作曲家的"署名"(用德语拼写)B-A-C-H:

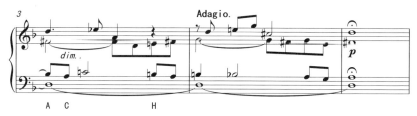

图 9　约翰·塞巴斯蒂安·巴赫,《赋格的艺术》,第四首,134—138 小节。

这种异指涉意义,巴赫之后成为"音乐文献中最常被引用的主题之一"(Escal,1995,第 159 页),但只在字母的组合中起作用,因此是在德语的半-语言学系统中命名的音符,如果一个人只懂拉丁或意大利阶名唱法系统将无法理解②。然而这是一个这样的例子,由于语言的随意的惯例,音乐能指的功能在某种程度上与语言符号所产生的那种象征意义非常相似。

---

① 见下文,第四章第四节,"想象内容类比"作为文学音乐化的一种形式。
② 在英语的拼写中也失去了这种指涉:降 A-C-升 B。

得益于最近的音乐学,一个特别有意思的方面:音乐的潜在意义成为了关注的焦点,即语言话语对音乐及其音乐意义(参阅已经提到过的达尔豪斯1979,第23页)的影响,以及作为这种影响的特殊例子的音乐与叙事的关系。这对小说音乐化的观念特别重要,因为与特定例子中音乐可以译成图像相似,这里强调了两种艺术之间潜在的共同基础,同时在小说音乐化方面来说,再次构成了一种互动的现象。如皮特·J·拉比诺维茨[Peter J. Rabinowitz](参阅1992)和约翰·纽保尔(参阅1997)所令人信服地指出的,大部分(如果说不是全部)的音乐接受(与文学的接受一样)都以文化概念特别是文化叙述为前提:"我们听到的音乐事实上总是已经安排好情节的[emplotted]……所有的故事积聚在它的周围。"(Neubauer,1997,第125页①)"为了所谓的音乐解释学,质疑形式主义者的态度。"(1992,第139页)劳伦斯·克莱默也一再坚持音乐具有表现能力(参阅,如1984,1990或1992),认为音乐的展开是以他所谓的"指示符"[designators]为支撑的,即"隐晦或明晰的暗示,告诉[……]观察者,所描绘的"(1992,第140页)。克莱默还讨论了音乐的叙事性问题,虽然带着应有的谨慎。例如他认为基本的故事性元素也许不是只在小说中可以看到,在其他艺术如戏剧和电影、一些抒情诗、特定的绘画和一些音乐中也可以看到(参阅1990,第6章;1992;以及1995:第4章:"音乐叙事学")。在他对约瑟夫·海顿的《创世记》[Die Schöpfung](参阅1992)的"再现混沌"[Die Vorstellung des Chaos]所作的案例研究中,他论证了音乐如何讲述从"混沌""进化"到"和谐有序的宇宙"(1992,第157页),到何种程度上像毕达哥拉斯的和谐的世界[harmonia mundi]、互文的(圣经的)和"音乐间的"关系这样的文化概念和传统,获得了隐喻,并有助于音乐意义的叙事化——一种确实远远超过纯粹的"技术"或形式主义自我指涉的意义。

除了个别作品,一些特定的音乐形式可能也具有叙事潜力。众所周

---

① 然而,从叙事学观点来看,"情节编织"(emplotment)这个词是有问题的,因为关于音乐的文化叙述不一定需要带"情节"的"故事";对本人来说,另一个可行的选择是福柯式的词:"话语"(discursivation)。

知,在19世纪,奏鸣曲形式常被解读为一个由"男性"和"女性"主题①参与的对比、冲突和解决的故事。这个观点受到纽保尔所有力指出的"积聚在音乐周围的文化叙述"的很大影响,而且还远未过时。某些流行的"音乐会指南",以及更有雄心的,主要是如安东尼·纽科姆[Anthony Newcomb,参阅1992]、皮特·J·拉比诺维茨(参阅1992)或苏珊·麦克拉瑞[Susan McClary,参阅1994②]等人的"文化主义"阐释,都是这样的。

克莱默(参阅1995,第119—121页)和其他学者(如Halliwell,1999)还发现了另一种叙事潜力。他们追问音乐-文学叙事的相似性,在多大程度上可以延续到在音乐中找到如文学叙述者这样对应的叙述者(Michael Halliwell假设在歌剧的管弦乐中存在③)。

如所想象的那样,不是所有从故事方面"读"音乐的尝试都一样地令人信服,也不是所有的这种操作程序都能够像在阐释一些范例中那样,能够轻易推广到大量的作品和音乐形式中去。因此,我不能确定像赋格这种形式的叙事阅读,在巴洛克时代的文化语境中是否能够得到同样的依据,就像19世纪的人们对待奏鸣曲形式那样。一般来说,我们必须记住的是,如克莱默正确地述及的,音乐本身,"以它自身无法叙述"(1995,第119页),更别提以作为文学叙事特征的虚构叙述模式了。同样地,纽保尔把他对音乐可叙述性的考虑做了相对的处理,他指出"器乐"缺少语言叙述的典型话语手段:它

> ……不能在展示和讲述之间交替,不能在第一或第三人称之间谈话,不能区别外在的和内在的(用热奈特的话:异-和同故事叙述者)叙述者,用间接的和自由间接的话语谈话,……在不

---

① 非常感谢Lawrence Kramer为我提供的信息,即关于奏鸣曲主题的性别化对置,已经可以在19世纪的音乐学者Adolf Bernhard Marx的《作曲法的理论与应用》[*Die Lehre von der musikalischen Komposition*](第二版,1845)一书的关于奏鸣曲形式的那一章论述中看到。

② McClary对奏鸣曲形式的兴味盎然(虽有时存在不太令人信服的牵强附会)的解读,如沃尔夫冈·阿曼德斯·莫扎特所使用的奏鸣曲形式,所讨论的"从贵族的/父权的权威的解放与表面上自主认同的自我-生成"(第74页),包含了该领域进一步探讨的有价值信息。

③ Halliwell的观点是有趣的,但遗憾的是在他尝试提出歌剧的管弦乐也能够看作是歌剧人物的"叙述者"时,言过其实了。

同层面讲述或聚焦。(1997,第 118—119 页)

纽保尔还继续写道：

> 虽然器乐不能够叙事,但它能够表现故事:可以展示,即使不能讲述;可以暗示情节,例如用主题和主题发展的方式。其最常见的语言和修辞隐喻,即**声部**,暗示着它能够表现乐器之间的隐喻性对话。(第 119 页)

我们可以在这个平稳的论述中看出,尽管音乐与语言叙事间存在明显的不同,音乐构成"听得见的经验的意符"(Orlov,1981,第 137 页)以及进行某种叙事或其表现意义的潜力是不能低估的。当然不能从武断的形式主义观点来看,轻视这种方法,认为这是对音乐"不纯"或"不专业的"理解方法。因为即使如巴赫的复调这样"纯粹"、"抽象"的音乐,也总是易于获得远不仅纯粹的形式、自我指涉方面的意义。"复调",包括我们已经引用的《赋格的艺术》中的类型,像巴赫金使用的术语所显示的,远不是"单纯的"。它绝不仅仅是个技术现象,而是经常(如果说不总是)能够被"读"作"对话"或"竞争"的声部或"人物"①彼此之间的冲突与和谐②。歌德聆听巴赫音乐之后写

---

① 当然,这样一种假设:在复调形式如在赋格中与叙事的不同类比,比在奏鸣曲形式中确定,然而在后者中,"人物"通常与主题相关,前者的"人物"充其量与音乐的各个声部相关。

② 如果愿意,可将巴赫的"第四首赋格"(Fuga IV)叙述为四个角色参与的一场"交谈"或一次"旅行",角色们共同聚焦于一个主要乐思(即主题),发展这个乐思,与其他乐思形成对抗,将它们引向主题(试看主题最后 1 小节出现的对位,以及那个下行的三度动机),与此同时,角色们还被引领到了不同的"思维"或"心境"区域(通过改变调性和调式),并最终——在经历了激烈的紧张(最后几小节中的属\主持续音)之后——在一个点上"达成共识"或曰"聚首返回"。显然,这样一种叙事性阅读看起来可能是有问题的,更何况不加区别地运用于几乎所有的巴洛克赋格。然而传统认为的赋格作为"静止"形式,集中在一个主题和一种情态上,离叙事性相当遥远,这种观点似乎是有问题的,假如面对我们经常遇到的复杂赋格,就像所描述的那样:多变的紧张与释放、指向终极目标的形式和情感的发展经验。当然,这不是说例如和赋格相比,奏鸣曲形式一般不能表现动态的、主题的、情感的比照及其高度发展;也不是说,赋格相对来说是静止的,不易于作叙事化阅读。无论如何,对赋格的叙事化阅读究竟是否站得住脚这个问题再深入探讨一些的话,将是很有趣的。更有趣的是,很多作者(我们将在第七、八和十三章中看到)正是通过尝试去模仿这种形式来尝试小说的音乐化。

的著名评论可以用来说明这个问题。也许文章只是片面地集中在"和谐"上,但带着"为自己逐字寻找一种概念"["sich einen Begriff machen"]来听音乐的倾向便显得意味深长。并且值得注意的是,在歌德看来,这个概念[Begriff]不是个"抽象"意义上的"观念",而是暗含着指涉的甚至叙事的含义:

> ……首先我……构想了一个关于你的伟大的造物主的概念。我是这么想的:犹如永恒的和谐与它自身交谈,仿佛创世之前不久已经出现在上帝心中。①

在这个陈述中,歌德显然受到"萦绕"着音乐的文化概念——毕达哥拉斯表述为宇宙和谐[*harmonia mundi*]的音乐含义的影响。更重要的是他将之转变为犹太基督教[Judaeo-Christian]创世故事的一部分,从而转置进叙事语境中。

大部分音乐与语言/文学符号意义之间的比较集中在指涉或自我指涉意义问题上。然而这是不完全的,因为情感的和意欲的意义也必须考虑进来②。在我们对两个例子的比较中,可以"感觉"到两种艺术(就像在任何艺术中一样)都可以使用它们的符号来表达情感,或在接受者那里激发出一定的情感状态。事实上音乐常常特别适合这个领域③。甚至多疑的福尔斯,也让他的小说《丹尼尔·马丁》(1977)的中心人物,在他内心发展决定性的转折点上听巴赫的《哥德堡变奏曲》,感觉音乐"确实带着一种

---

① 致 Zelter,1827 年 6 月 21 日(歌德《书信》376):
　　[...] dort [in Berka] war mir zuerst[...] ein Begriff von Eurem Großmeister geworden. Ich sprach mir's aus: als wenn die ewige Harmonie sich mit sich selbst unterhielte, wie sich's etwa in Gottes Busen, kurz vor der Weltschöpfung, möchte zugetragen haben.
② 关于"情感与音乐"论域,参见 Meyer,《音乐的情感与意义》(*Emotion and Meaning in Music*, 1956)。
③ 然而,这并不是意味着其他媒介不能表达或诉诸情感。Wilhelm Füger,《媒介间性何处开始? 一个需要阐释的概念的潜在前提和维度》(Wo beginnt Intermedialität? Latente Prämissen und Dimensionen eines klärungsbedürftigen Konzepts,1998)甚至称之为"媒介上中立"地"描绘情感"的过程。

语词之外的其他语言、意义系统的深刻暗示"(第627页)。不过,这两种艺术使用的方式似乎不同:音乐像是以一种更"直接"的方式诉求于情感,也就是说,它可以"读",而不需要概念的"迂绕"(注意巴赫的赋格最后的持续音所制造出的张力①),文学很难避开不断地对概念的依赖(因此如果一个人不懂英语,布莱克的诗就很难传达出无忧无虑的欢乐)。

这再次证明,所谓的"姊妹艺术"之间的不同没有如看起来的那么强烈。音乐可能而且事实上确实在历史中发展出一种情感"表达"的编码系统。如收入约翰·马特松著名的《完美的乐长》[Der vollkommene Capellmeister, 1739]中的巴洛克音乐修辞,就是个很好的例子。同样,阿尔伯特·史怀哲(参阅1908/1972)所阐释的巴赫较个人化的修辞也是这样。这些修辞"表达"运用传统上表示情感的程式,而不是直接求诸情感。所以它们与诗歌或故事的语言一样,通过媒介概念创造了间接的情感反应。

另一方面,文学特别是诗歌,为了强调一定的情感氛围,可能以音乐的、或多或少非概念的方式使用能指。这可以在布莱克的《欢笑歌》中看到,如反复使用抑抑扬格韵,或在那三个音节"Ha, Ha, He!"(作为一个边缘例子)中:这些音节(模仿歌曲中的笑声? 歌曲中的音节?)模糊的概念异指涉,或多或少使得纯粹的"表现"阅读有了较高的可能性。

总之,应该说认为音乐与文学的意义在性质上总是绝对的不同是错误的。两种艺术的意义都可以是自我指涉、指涉和表现情感的;两种艺术符号都有指示意义、隐含意义;两种艺术中的符号意义与单独作品的意义主要都是由情境语境和文化传统或框架决定的。然而,这并不是说两种

---

① 尽管"不谐和音"在音响现实中确实有一定的自然基础(可以被描述为由两个音调的频率构成的相对复杂的部分),在这个意义上,一些音乐惯例与功能的文化知识必然有益于"正确"的接受:临赋格结尾的持续音所营造的张力既是文化传统的一部分,也正是"和谐"与"不谐和"对立的一部分。其两声部的结构并不对应于音响现实中"声音"的无穷变幻(参阅达尔豪斯,《音乐作为文本》[Musik als Text]1979,第24和25页)。在这个语境中,须指出的是一般来说音乐的"纯粹"与普遍有效的情感经验这种观点是一种幻觉,也是一种对图景的单纯、"自然"的观照(正如恩斯特·H·贡布里希令人信服地指出的一样)。也许有其他文化或时代的听者不熟悉赋格的传统与西方音乐中一直盛行到19世纪末的和声系统,因此他们很难像巴赫的莱比锡同代人那么"自然地"理解他,"感觉"到他所构建的那种"张力"。

艺术中的意义通常是一样的。在大多数情况下，意义的各种层面在某些细节上不一样，并且在各自媒介中分布各异。最重要的不对称是音乐中强调自我指涉、形式和功能意义，因而是"去指涉化"[dereferentialization]的，而这一点在文学中通常无法得到相对应的强调。另一方面，一个确切的事实是，音乐能够有意义，使得音乐至少部分或一些元素对其他媒介来说具有可译性（这是施耐德激烈反对的，参阅 1980，第 28、29、30 页）。而且，就像在这个研究中将显示的，这样一种可译性不仅仅是理论上的可能性，在文学实践中确实也在尝试：在小说的音乐化现象中。

2.4 （叙事）文学音乐化理论的后果

上文的音乐与文学特别是与小说之间的比较，对语言艺术中两种媒介的跨媒介卷入的批评讨论，有着重要的方法论后果。很清楚的一个事实是：两种艺术之间有太多的基本相似，因而不能完全无视一定文学作品含义中音乐参与的可能性。然而，跨媒介或跨艺术批评必须承认的是，两种艺术也被一些根本的不同区分开来。无论如何，音乐与文学不同，如果说不是文学的那个"他者"，至少这种部分的不同将总是阻止文学文本真正成为音乐。正如经常指出的，这些不同在离音乐最近的诗歌之外显得更为突出。因此，一部音乐化小说原则上来说比一首音乐化诗歌更不寻常，这样，E·M·福斯特所持的论点"在音乐中，小说有可能找到最接近的对应"(1927/1962，第 169 页)便理应受到怀疑。无论如何，"音乐化"至多能够在文学中以暗示的和间接的方式（Lindley 1990/1991，第 1009 页）①存在，在小说中更是如此。所以，关于文学，作家和批评家应该谨慎使用那些被滥用的诸如"赋格"、"对位"等这样的音乐术语。严格来说，这些只能被视为启发式的隐喻（虽然是非常有用的，就像我希望在历史部分

---

① 虽然我同意 David Lindley 的"对读者而言，（文学）与音乐的联系是间接的"的观点，但我不赞成他坚持认为这种联系只是"理智"（同上）上的联系。事实上，小说的音乐化通常（如乔伊斯的"塞壬"或伍尔夫的《弦乐四重奏》）是一种揭示文学非-理智、感觉特性的手段。

表现出来的一样)。

即使谨慎使用,把音乐隐喻用到小说中还是有点成问题,因为如我们所看到的,它们的中间参照体[tertia comparationis],音乐和文学之间的相似之处是非常一般性质的,且在有些情况下相当有限。因而如何区分文学作品中"真正的"或至少有意识的音乐化形式和纯粹偶然的某些"音乐"特征便成了问题,而这将导致很难判断"音乐化"这个术语的使用。文学文本的一般特点,如源于再现因素的、对应的和结构对比的自我指涉性,显然不能(在所有情况下)被称为"主题动机"、"变奏"和"对位",如果不想把"音乐化"的概念铺展到不适当的程度。

然而,在讨论如何辨识音乐化文本这个特殊问题之前,应该澄清一个更普遍的问题:一方面,如果音乐与文学或小说之间的相似不排除这些艺术的音乐化,另一方面,严格来说,如果它们之间的不同在削弱这种看法,弱到隐喻的状态,那么"音乐化"的意义究竟在哪里?下面的章节将试图给出一个答案,也就是集中在"媒介间性"这个更大的框架内的"音乐化"这个术语及相关概念的界定。为了避免阐释话语中模糊的音乐隐喻,下文将做出如下努力:使用并且在一些层面上提出术语和类型,这些术语和类型将使得对媒介间现象(主要是音乐和文学领域的)的描述,比到目前为止的大多数研究中所使用的更为准确一些。

3 "媒介间性":定义、类型及相关术语①

3.1 "媒介"、"跨媒介"和"媒介间性"

音乐化文学的分析已被恰当地放置进"跨媒介研究"[intermedia(l) studies]的语境中,因此音乐化本身也可以被合理地视为"媒介间性"的一个特殊例子②。由于媒介间性的系统理论还未进一步展开,在讨论音乐化文学的特殊例子、并尝试为其设计概念和类型之前,更明智的做法应是首先追问什么是"跨媒介"与"媒介间性",可以区分出哪些形式。

"跨媒介"与"媒介间性",是建立在与流传甚广的"符际"现象——"互文性"类比基础上的术语,很显然指的是媒介之间的关系,正如"互文性"显示出的(语言)文本间的关系一样。不幸的是,基本术语"媒介"在目前的使用中可能比"文本"还要模糊。如评论者指出的,存在着大量的与"媒介"这个词有关的含义,并且有时是从一个狭窄的到极为宽泛的定义(参阅 Knilli,1979,第 230—233 页;Hess-Lüttich,1990,第 10—12 页;

---

① 关于这一章一些层面的简要分析,请参见伍尔夫,《音乐化小说与媒介间性:文字与音乐研究理论》(Musicalized Fiction and Intermediality: Theoretical Aspects of Word and Music Studies,1999b),第 1 章和第 2 章。

② 参阅音乐化文学集子的媒介间性卷,如 Zima 编,《跨媒介看文学:音乐-绘画-摄影-影视》(Literatur intermedial: Musik-Malerei-Photographie-Film,1995);或 Helbig 编,《媒介间性:跨学科研究领域理论与实践》(Intermedialität: Theorie und Praxis eines interdisziplinären Forschungsgebiets,1998)。

Müller,1997,第297页;Füger,1998,第41—42页),而其中只有部分含义是重叠的。对我而言,需要把"跨艺术研究"[interart(s)studies]的传统对象包括进更现代(通常也更广)的"媒介间性"概念中。因为把"媒介"限制在一个狭窄的技术或习以为常的交流渠道(如出版、收音机、电视、CD、公共演出等)①意义上将产生相反结果:我主要关心的不是两种出版物之间的关系(语言出版物和乐谱),也不是一本书或一场音乐会,而是音乐和文学作为两种如他们(参阅 Brown,1970,第102页,和 Scher,1981,第217页②)所说的"表达媒介"[med(ia)of expression]。在没有走到另一个极端的情况下,扩展马歇尔·麦克卢汉意义上的"媒介"概念。对麦克卢汉来说,"媒介"是任何"人的延展"[extension(…)of man](1964,第3页和别的地方)。可以在适当宽泛的意义上将"媒介"界定为传统的独特交流手段,不仅仅是通过特定交流渠道(或一种渠道),而且是通过利用一个或更多的符号系统为文化"信息"的传递服务。这个定义同时包括了传统艺术,以及那些不是或还没有发展到"艺术"地位的新的交流形式,如用计算机操作的"超文本"和"虚拟现实"。

在"媒介"这个意义的基础上,"跨媒介"就是一个灵活的形容词,从广义来说,可以用到任何包括超过一种媒介或原先认为只是一种媒介卷入的现象。这些"现象"可能是单个的作品,也可能是如忽视或超越媒介边界的一般文化或美学倾向。因此"跨媒介研究"不仅涵盖了本身超过一种

---

① 更局限性的定义,参见 Hiebel 编,《小媒介历史:微芯片的第一个角色》(*Kleine Mediechronik: Von den ersten Schriftzeichen zum Mikrochip*,1997),第8页;Hans·H·Hiebel 将"媒介"界定为"*materielle oder energetische (elektrische, elektronische, opto-elektronishce) Träger und Übermittler von Daten bzw. Informationseinheiten*";强调将"technische[…]Medien"作为未来"媒介间史学"基础的,参阅 Prümm,《媒介间性与多媒介性:媒介科学研究领域概览》(*Intermedialität und Multimedialität. Eine Skizze medienwissenschaftlicher Forschungsfelder*,1988)(在第196页引用)。

② 关于类似的虽然多少更广泛的"媒介"用法,也可参阅 Müller,《媒介间性:现代文化传播的形式》(*Intermedialität: Formen moderner kultureller Kommunikation*,1996),第81页与《媒介间性:媒介研究新方法的一个请求与一些看法》(*Intermediality: A Plea and Some Theses for a New Approach in Media Studies*,1997),第297页,对他来说"媒介是'那种基于(有意义的)符号(或符号结构)基础上,在合适的为人类以及人类之间的传达者的帮助下,起中介作用的(在空间与历史距离之上的)'"。

媒介的对象,而且也包括克莱默意义上的"音乐和文学作品的串读"(1989,第 159 页)[①];对媒介分化型"文本"或作品的历史学、解释学为主的讨论。他称这些为音乐和文学之间的"源于一般目的、效果或价值的"(出处同上)的"深层结构契合"(第 161 页),但这些作品肌质[texture]不需要包含不同媒介或显示出不同媒介的痕迹。

然而必须澄清的是,前文章节已经述及,本研究集中在一种比较特殊意义上"跨媒介"现象的形式、功能和历史分析。我将使用的"跨媒介",与狭义上的"媒介间性"相关,按照当前的用法,我设想与"互文性"相似。互文性确实不是表明文本之间的任何类型的关系,而是指在给定文本的意义中至少卷入了更进一步的文本(或文本类型)。尽管它的"之间-性质"[inter-quality],互文性也是一种"内部的现象"[intra phenomenon](一种文本内或"结构内"[intra-compositional]的现象),因为这种现象是可以在具体文本内部看到的。同样地,"媒介间性"也不仅仅意味着两种或更多的媒介之间的任何关系,在更严格的意义上来说,也是指一部人工作品或一组人工作品中值得注意的或特有的结构内现象。

然而,这还不够准确。如果"媒介间性"这个术语可以为普遍的批评使用,就应排除那种只是"隐喻性的印象主义"(Scher,1972,第 52 页)效果的假媒介间性,无论是作者或是评论者方面的。事实上应该排除的是,如果没有第二种媒介真正卷入(如这种情况:只有诗歌,而没有对音乐的模仿或参照)的迹象,而用动听的语词如"莎士比亚诗歌的音乐",来对"单媒介"艺术作品进行超过一种媒介卷入的隐喻暗示。所以,"媒介间性"——与"互文性"(这里是在非后现代主义意义上使用"互文性"[②])的

---

① 关于这种方法,参阅如克莱默本人最近的研究,以及 Wallace,《简·奥斯汀与莫扎特:小说与音乐中古典的平衡》(*Jane Austen and Mozart: Classical Equilibrium in Fiction and Music*,1983)。然而,由于缺乏狭义"媒介间性"意义上文本基础的对比,Robert·K·Wallace 将简·奥斯汀的小说与莫扎特的钢琴协奏曲联系在一起,认为它们都具有所谓的新古典主义"时代精神"(*zeitgeist*)(第 7 页),并从"对称、平衡、清晰以及克制"层面来界定,这是个有问题的例子。

② 在这个意义上,互文性限定在文本之间的特定关系,与此对照的是作为文本巨大回音室的后现代主义的文化概念,在这里,每一个文本都是其他一些文本的回音室。

大多数形式相似——不得不进一步界定为必须是一定程度上能证实的一种现象①：或者由于至少两种不同媒介明显地或直接地卷入到人工作品的含义之中；或由于第二媒介间接在场，但可以通过表面上只具有一种主要媒介特性的作品"之内"［within］对第二媒介的参照或留下的踪迹来确定。

因此"媒介间性"可以定义为传统的不同表达或交流媒介之间的特殊关系（一种狭义的"跨媒介"关系）：这种关系在于可以证实的，或至少令人信服地可辨认的，两种或更多媒介直接或间接卷入到人类艺术作品的意义中②。

显然，在音乐化文学（无论是小说、戏剧或诗歌）中可以看到的是这个意义上的"媒介间性"，因为在语言艺术作品意义中卷入了音乐，始终需要追问的是这种"参与"或"卷入"是如何发生的。然而，在能够回答这个问题之前，必须先介绍一些关于媒介间性基本形式的区分。

3.2 "外显的"或直接的与"隐蔽的"或间接的媒介间性与其他的类型区分

与互文性一样，媒介间性也能够以各种形式出现。下面，本文将尝试区分媒介间性的一般类型，以便我们具备一个理论网格，来处理如可以把小说音乐化从媒介间性的其他形式中区分开来的现象。由此我想解决一个真正迫切的需求，即 1997 年薛尔在格拉兹文字与音乐研究国际会议上所作的主题发言中明确表达的："音乐文学研究中使用的术语受到一再的

---

① 至于对这个显然成问题的标准的澄清，至少就音乐-文学媒介间性而言，可以见下文，特别是第 5 章第 1 节。

② 对此前相对狭窄的定义进行修正（参阅 Wolf《媒介间性作为文学新范式？一项以文学为中心的、以弗吉尼亚·伍尔夫的〈弦乐四重奏〉为例的文字艺术与其他媒介间超越界限的研究概述》［Intermedialität als neues Paradigma der Literaturwissenschaft? Plädoyer für eine literaturzentrierte Erforschung der Grenzüberschreitungen zwischen Wortkunst und anderen Medien am Beispiel von Virginia Woolfs"The String Quartet"］1996，第 86 页），我不再将几种媒介之间的"跨媒介"关系定义为"联系"［contact］，因为这个比喻说法像是不大适合我正在思考的扩展了范围的媒介间性的变体（见下文，第 3 章第 2、3 节）。

批判质疑……"(1999,第21页)。在我看来,下面一些一般的标准和形式对这样一种类型和媒介间性术语的更新至关重要,包括音乐文学的变体:

1. 卷入的媒介:媒介间性形式之间最明显的区别将从讨论中的不同媒介开始。例如:具音乐化小说特点的长篇小说或短篇小说中音乐的特殊卷入,可以与其他文学形式(如在布莱克的音乐化诗歌《欢笑歌》①或我们在许多歌剧脚本②中碰到的那种音乐化戏剧③)中音乐的卷入相对照,以及音乐和文学在其中都没有起作用的跨媒介关系相对照。

2. 媒介"主导"的构成:根据在一种关系中的出现情况,媒介间性可以进一步区分。在这种关系中,没有哪一种卷入的媒介占明显的主导地位,或者,由于一种媒介占主导,可以与没有占主导的形成对照。判断媒介占主导的标准包括了媒介关系的几个层面:可以是,1)(不)独立程度(各有不同,例如,在歌剧中,根据文本和音乐各自隐含的美学和价值特征);也可以是,2)数量关系(比起连环漫画,在小说偶尔的插图中,"语言

---

① 英语文学中其他的音乐化诗歌的著名例子,如 T. S. 艾略特的《四个四重奏》;德语文学中有保罗·策兰的《死亡赋格》;法语文学中的象征主义诗歌与"帕尔纳斯流派",诸如泰奥菲尔·戈蒂耶、斯特芳·马拉美或保尔·瓦莱里;在保尔·瓦莱里的《诗的艺术》(1874年完成,1884年出版)中,诗歌的音乐化变成更纲领性的问题,该书以著名的字行开始"音乐是最重要的"[De la musique avant toute chose](《诗集》第261页)。

② 关于剧本作为"音乐-文学类型",参阅 Gier,《剧本:一种音乐文学类型的理论与历史》(*Das Libretto. Theorie und Geschichte einer musikoliterarischen Gattung*,1998);然而,在他对这个类型的定义中,他更强调的不是音乐的媒介影响(参阅第6页),而是剧本独特的特征与"戏剧展开形式"之间的关系(参阅第14页)。

③ 关于试图将戏剧(单独的段落)音乐化,除了"剧本"(关于剧本,见下面的注释76[中译本中即下一个注释——译者注]和93[中译本第60页注释1——译者注])这种类型,参阅 Kesting,《发现与毁坏:艺术的结构性变革过程》(*Entdeckung und Destruktion:Zur Strukturumwandlung der Künste*,1970)第12章;Zapf,《抽象社会里的戏剧:现代英语戏剧的理论与结构》(*Das Drama in der abstrakten Gesellschaft:Zur Theorie und Struktur des modernen englischen Dramas*,1988,第222页;Hubert Zapf 提及 Peter Shaffer 的《莫扎特传》,1979),和 Lagerroth 的《将音乐化文本读作自我反省式文本:跨艺术话语的一些层面》(Reading Musicalized Texts as Sel-Reflexive Texts:Some Aspects of Interart Discourse,1999,第211和212页)。在其他的文本中,Ulla-Britta Lagerroth 提及蒂克的《错乱的世界》(1799),一部特别有趣的浪漫主义戏剧,剧中每一幕都由一节"音乐"先导。这些节音乐包括沉思(包含元-美学与媒介间的;见本书的第一题辞)与对音乐形式的模仿,最有说服力的是第四与第五幕各自开始时的"回旋曲"(Rondo)与"小步舞曲与变奏"[Menuetto con Variazioni]。

文本"媒介当然被认为比视觉媒介更占优势,在漫画中文本与图像经常同时出现);也能包含,3)关于一种媒介在这个意义上是否是主导的这个特别有趣的符号学问题:作品能指层面上明显的是一种媒介,而另一种非主导媒介没有出现在这个层面上,只是隐蔽地或间接地卷入到作品的意义之中(见下文,第5,"外显的"/直接与"隐蔽的"/间接媒介间性的对照)。

3. 进一步的区分标准,多数情况下与数量优势标准相联系,是一部作品跨媒介部分所占的量,与无跨媒介部分形成的对照。跨媒介"混合"有可能遍布在整个作品中(如在连环漫画中),于是我们有了可以称为"整体媒介间性"[total intermediality]的类型,及只有偶然的元素或段落(如对小说的举例说明),可以称之为"部分媒介间性"[partial intermediality]①。作为各种可能性的结果,便有了整体的跨媒介作品(通常构成特殊的[子]类型[sub]genre)与只是间断性的跨媒介作品。

4. 媒介间性各种形式间另一种区分的可能性是媒介间性的发生[genesis of intermediality]。可以是作者认可的(我们可以称为"主要媒介间性"[primary intermediality])或非作者认可的"次要媒介间性"[secondary intermediality]。前者的变体,如小说家本身对小说作的插图说明(如威廉·梅克皮斯·萨克雷对《名利场》的图解)或小说家和插图画家合作的结果(如狄更斯和乔治·克鲁克香克的合作),后者的变体是作者未认可的对作品的附加或修订(如在著作者死后为他的一首诗谱曲)。

5. 然而,最重要的类型区别是基于媒介间性卷入特性[quality of the intermedial involvement]的标准。类似于叙述学中所做的区别(参阅1980/1984),如琳达·哈琴[Linda Hutcheon]对两种元小说基本形式的区分与西摩·查特曼[Seymour Chatman]对叙述者的两种形式的讨论(参阅1978),我想要提出下面两种基本形式:

---

① 由于媒介占主导量上的不同,这是一种跨媒介作品中个体媒介的性质,因而整体媒介间性与部分媒介间性的不同指的是整部作品上的。在只卷入了两种媒介的作品中,部分媒介间性总是与量上占主导的媒介一致,另一种媒介非主导;整体媒介间性总是没有这样的主导情况。然而,作品中若包含超过了两种媒介成分,关系会更复杂。例如,19世纪的情节剧,其中音乐在数量上是非主导媒介,但与它的语言、视觉因素一起来看,情节剧整体上是整体媒介间性的一种。

a. "外显的"或直接媒介间性；

b. "隐蔽的"或间接媒介间性。

这些形式之间的区别也是受到音乐词语[music-word]关系传统类型学的启发，即薛尔(参阅 1970，第 148—149 页；1982，第 226 页；1984，第 10—14 页)提出并且在研究中被不同地使用的区分："音乐和文学"[Musik und Literatur]，"音乐中的文学"[Literatur in der Musik]，"文学中的音乐"([Musik in der Literatur]；薛尔 1984，第 14 页；见下文，第 70 页，表Ⅲ A)①。我的术语"外显的"与"隐蔽的"媒介间性是为了(除其他外)在媒介间性一般理论之内对薛尔的类型学进行重新概念化。

---

① Gier 也曾用过这个类型学(参阅《文学中的音乐：影响与分析》[Musik in der Literatur: Einflüsse und Analogien, 1995a]，第 69 页；《缺乏先见的交谈》[Parler, c'est manquer de clairvoyance]1995b，第 14—17 页)，我自己也曾在前几篇文章(参阅 Wolf,《介于透明与模糊之间的情感语言：18 世纪英国感伤小说的符号学》[The Language of Feeling between Transparency and Opacity: The Semiotics of the English Eighteenth-Century Sentimental Novel, 1992a]；《媒介间性作为文学新范式？——项以文学为中心、以弗吉尼亚·伍尔夫的〈弦乐四重奏〉为例的文字艺术与其他媒介超越界限的研究概述》[Intermedialität als neues Paradigma der Literaturwissenschaft? Plädoyer für eine literaturzentrierte Erforschung der Grenzüberschreitungen zwischen Wortkunst und anderen Medien am Beispiel von Virginia Woolfs "The String Quartet", 1996]和《"小说的音乐化"：19 和 20 世纪英语叙事文学中音乐与文学间的跨媒介界限跨越尝试》["The musicalization of fiction": Versuche intermedialer Grenzüberschreitung zwischen Musik und Literatur im englischen Erzählen des 19. und 20. Jahrhunderts, 1998])中探讨过这个问题。尽管薛尔的类型存在着没有基于明确区分标准的问题，但它具有简洁与涵盖了主要现象的优点，以一种可接受的方式。这种方式使得从音乐-文学再外推到媒介间性的一般形式更容易。Brown(参阅《作为研究领域的音乐与文学之关系》[The Relations between Music and Literature as a Field of Study, 1970])提出的并在其 1984 年的文章中修订的，类似的音乐-文学关系的类型就不是这样。他的第一个范畴，"结合"(参阅《文学和音乐相互关系研究的理论基础》[Theoretische Grundlagen zum Studium der Wechselverhältnisse zwischen Literatur und Musik, 1984]，第 34 页)，依然没有问题，与薛尔的"文学与音乐"以及我自己的"外显媒介间性"范畴一致。然而另外三个范畴，"替换"、"影响"与"平行/类似"(参阅《文学和音乐相互关系研究的理论基础》1984，第 34—39 页)部分地重合，而且依然处于存疑状态(也许正是因为如此，这些范畴在后续的理论反思中像是没有任何影响。)严格来讲，"替换"在我所指的结构内意义上，媒介间性没有这样的形式，因为一种媒介对另一种媒介的成功"替换"将取消第一种媒介的踪迹。而布朗的真正意思是，由他所谓的"分析、模仿与阐释"组成的媒介间性形式(参阅第 35 页)；但这也是有问题的，因为"模仿"特别难与"影响"和"平行/类似"(毕竟，这也可以是一种模仿的形式)区分开来。布朗的分类逻辑上的不合理可以在此看到，如对同一种现象：标题音乐，他既放在"替代"(参阅第 34 页)中，也放在"影响"(参阅第 37—38 页)的类型中。

从薛尔的音乐-文学媒介间性"和"[and]的变体,可以推断出更一般的"外显"或直接媒介间性形式。如果我们举出一部人工作品中卷入两种媒介最简单的例子,这种媒介间性变体便是:至少在一个间段中两种媒介以典型的或传统的能指直接出现,而且各自媒介还保持独立,并且各自大体上是"可引用的"①。在其他媒介间性的类型中,这种形式相当于"融合"了几种媒介到一个意指过程中(参阅 Müller,1996,第 103 页)或是"混合媒介性"与"多媒介性"(参阅 Vos,1997,第 327 页)②。无论如何,人工作品的"跨媒介"特质在表面就可以马上被辨认出来(因此是"直接的"或"外显的"媒介间性),这也使得正在考察之中的作品看起来像是媒介混血儿。结果,当外显媒介间性在众多人工作品中规律地出现时,常(虽然不总是如此)会产生出特殊的"艺术"类型或具有特殊"艺术"类型特征。

这样的例子如:戏剧是经典的"多媒介"人工作品(在舞台上文学与视觉元素的混合,另外还有音乐)③,有声电影(视觉元素的混合物,如动着的图片与文本或"小说",经常还有音乐),歌剧(戏剧和音乐的混合物)或像"老国王科尔"[Old King Cole]类型的简单歌曲(一种诗歌和音乐的混合物)。所有这些例子同时也是跨媒介类型(genres)的样本,与下面另一种外显的媒介间性例子形成对照,后者由于一种媒介的绝对优势,没有形成独特的类型:对小说的插图说明或在故事中插入音乐符号,就像在阿尔图尔·施尼茨勒的《艾尔丝小姐》[Fräulein

---

① 与此相似,"外显"元小说同样可以被引用为一种特殊话语元素,并且可以立即认定为是元小说。"外显的叙述者"亦是如此,以他或她的特殊、可辨别的声音在叙事中出现。然而,外显媒介间作品中各自的"引用性"不应是如下情况:媒介间要素的各自"可引用性"相当于它们的融合。(关于声乐中这方面的内容,见下文第 56 页注释 4)。

② 除了二者间任何一个具有的"独特性",Eric Vos(《永恒的网络:信件艺术、跨媒介符号学、跨艺术研究》[The Eternal Network: Mail Art, Intermedia Semiotics, Interarts Studies, 1997],第 327 页)把"连贯性/自足"视为另一个标准,为了区分"多媒介"(包含理论上能够自足的媒介因素)现象与"混合媒介"(这里"自足"的标准不适用)。Vos 讨论了其他几种类型,汲取了 Clüver 1993 年在斯德哥尔摩跨艺术研究会议发言:"跨艺术研究:导论"中提出的观点(参阅《跨艺术研究导引》[Interart Studies: An Introduction, 1993])。

③ 关于戏剧的多-或多媒介间性,参阅如 Pfister,《戏剧:理论与分析》(*Das Drama: Theorie und Analyse*, 1977),第 1 章第 3 节。

Else,1924]①或乔伊斯的《尤利西斯》②(分类为外显的媒介间性在这里是合理的,因为音乐符号是传统的音乐能指,虽然不是"真的"音乐)中可以看到的。

应该指出的是正在讨论中的这种媒介间性的外显特质不是机械地与主导媒介的存在相伴随③,不是明确的媒介混合(整体和部分形式都可能)数量形式,不是媒介间性具体的发生(主要的和次要的形式都有可能),也不是仅仅外显媒介间性的出现就能够给出任何关于进一步区分的结论,特别是与这种形式有关的区分:媒介间关系的强度(如媒介卷入的不均衡程度或相互融合或改编)。这儿有可能包含一个各种程度的关系连续体。这个幅度可以是从一部作品(这种情况下,可以看到媒介构成中只有最低限度的相互或单方向影响/改编)中两种(或更多)媒介间纯粹的"相邻"一极,一直延伸到各自媒介最大程度上的相互改编或融合之处。接壤一极附近分布的例子如简单的儿歌④,或与文本并置,并且只是通过参照个别场景而单向改编的一种插图说明。联系更紧且相互融合的例子是书的插图,不仅在没有影响文本的情况下重复了一定的文本场景,而且文本也暗示了插图,如在路易斯·卡罗尔的《爱丽丝漫游奇境记》[Alice

---

① 在这部试验性短篇小说中,只存在于同名人物的内在独白中。第 140、141 和 143 页中,音乐符号作为艾尔丝的特殊感知的暗示出现。参阅 John·D·Green,《文学中的音乐:阿图尔·施尼茨勒的〈埃尔泽小姐〉》(Music in Literature:Arthur Schnitzler's "Fräulein Else",1983)中关于媒介间性的此一形式部分。他的文章以"在……中"作为题目:"文学中的音乐:阿图尔·施尼茨勒的〈埃尔泽小姐〉"。这里薛尔应会用"和",这取决于所使用的标准不同。薛尔(隐含地)使用了符号学标准,我自己则用了显性的标准,Green 显然暗含了媒介主导(数量上)的标准(根据非-主导音乐符号出现"在"文学媒介占主导的作品"中")。

② 《尤利西斯》,Ⅰ.499(第 162 页)之后的第 9 章;Ⅱ.807 和 828(第 566—567 页)后的第 17 章。《尤利西斯》中的引用出自 Gabler 版本的,除非注明其他出处。

③ 小说作品中偶尔出现音乐符号表征的是具有主导媒介(这里是小说)的外显媒介间性类型,而抒情诗被谱写成音乐则是没有主导媒介(包括的德国抒情歌曲史有所不同)的外显媒介间性类型的实例。

④ 然而即使在这个例子中,外显媒介间性的结果也不只是两种媒介的相加;如 David·B·Greene 所正确指出的,"歌唱的词不只是简单的唱的语词,而是具有特殊质地的语词,有种'感觉'与这个词密不可分"(《舒伯特的"冬之旅":混合媒介的美学研究》[Schubert's "Winterreise":A Study in the Aesthetics of Mixed Media,1970],第 185 页)。这种"感觉"与 Kramer(参阅《语词与音乐之外:论歌唱性》[Beyond Words and Music:An Essay on Songfulness],1999)所谓的"歌唱性"[Songfulness]有关。

in Wonderland]的第九章中,叙述者问读者"如果你不懂什么是半狮半鹫的怪兽(Gryphon[希神]),请看图"(第 124 页)。众所周知的非常接近音乐-文学相互融合的例子是瓦格纳式的歌剧。

与直接或外显媒介间性形成对照"隐蔽的"或间接媒介间性可以界定为,在人工作品的意义中(至少)有两种常规上不同的媒介卷入,然而其中只有一种媒介以典型的或通常的能指直接出现,因而可以叫做主导媒介,而另一个(非主导媒介)则间接出现在第一种媒介"之内"。因此,这另一种媒介不以具有它自己特点的能指在场,但至少最低限度地作为一种概念、所指在场。另外,如在下文将要讨论的(见第 2 章第 3 节),也可能作为一个参照在场,甚至影响主导媒介的能指,但在所有这些情况中,主导媒介的能指保持了它们典型的特性,与非主导媒介的能指不同①。

这些是隐蔽与外显媒介间性的特征区别。事实是在隐蔽媒介间性中,非主导媒介某种程度上被主导的媒介"遮蔽"了,就是说在这里两种媒介不能彼此分离,而在外显/直接媒介间性②中这是可能的,至少理论上可能。此外,隐蔽媒介间性必定暗示了一种主导与非主导媒介间的关系,正如上文已陈述过的,而外显媒介间性则不必然:在媒介融合中,所有的"成分"在"表面"上可以识别,无论是主导和非主导媒介都是这样的。而且,"表面"也即能指层面,就定义来看,隐蔽媒介间性作品与外显媒介间性的不同:后者的媒介"表面"必然是异质的,而在隐蔽媒介间性中至少在表层上看来保持着相对的同质性,因为非主导媒介的在场,只能是通过正在讨论的作品意义中一些可以识别的踪迹,间接地被觉察到。结果,具有隐蔽媒介间性特征的作品比外显媒介间性作品更不易于形成特殊的类型。

在其他媒介间性的类型中,隐蔽的形式某种程度上可以对应于(或

---

① 因此在小说中对音乐会的描述,便是隐蔽媒介间性的例子,卷入了音乐,但当然,并未改变文本依然是文学的事实。

② 这可以与"隐蔽元小说"相比,在这种小说中,自反性不是像这样出现在文本表层,而是作为文本元素的特殊使用效果出现;与此相似的是,"隐蔽叙述者"的在场也不是自身直接呈现,如营造出可以与人物声音相对应的明显的叙述声音效果;但只是间接地,如通过叙述者留在文本中的评价或其他迹象。

与……相关)"媒介替换"[medial substitution](参阅 Müller,1996,第 102 页①)、"跨"[trans-]或"融合"[syncretic]媒介性(参阅 Vos,1997,第 326—327 页②)、"符际换位"[intersemiotic transposition](参阅 Clüver,1999),或"跨媒介化"[transmedialization](参阅 Bruhn,1999③)。由于从没有一个完全的对等概念,所以是否将隐蔽媒介间性概念定义为媒介的"翻译",或更好的说法如作为一种媒介("源"媒介)"转化"或"换置"到另一种("目标"媒介),如沃斯[Vos]的术语之一所暗示的(参阅 327);或作为一种媒介"在"[in]另一种中的出现,这是个角度的问题④。然而第一个概念化集中在创作者的"跨媒介"行为,第二个集中在给定作品中"跨媒介"的结果,和/或如何展示给接受者。显然,薛尔为音乐-文学媒介间性上选择了后一种观点,为"文学中的音乐"和"音乐中的文学"这种形式选择了"在……中"(in)这个词,这两个都将纳入我的隐蔽媒介间性类别,因为这种类型具有共同的特征。

关于对更精确的定义的预期,在这个阶段,我们已经可以说文学的音乐化(包括小说),事实上是隐蔽媒介间性的一种变体,虽然经常采用外显的形式。与外显媒介间性一样,隐蔽的形式不仅仅局限于音乐-文学媒介间性,在其他相关媒介中也可以看到。文字之外的隐蔽媒介间性中卷入了其他媒介的引人注目的例子,是现代主义抽象派的瓦西里·康定斯基,

---

① 然而,Müller 的明确目的不是作出媒介间性的"静态分类"(参阅《媒介间性:现代文化传播的形式》[*Intermedialität: Formen moderner kultureller Kommunikation*,1996],第 103 页),他从 Plett(参见《互文性》[*Intertextualities*,1991],第 20 页)借用了这个术语,但批评 Plett 将媒介间性限制在这种形式。总体上讲,这个词与布朗的"替代"一样不幸,因为这意味着原初媒介的所有迹象都应消失。

② Vos,《永恒的网络:信件艺术、跨媒介符号学、跨艺术研究》,第 327 页也使用了"跨媒介"这个词,但是与作为上位词的"媒介间性"相混淆。

③ Siglind Bruhn 用这个词来表示,如音乐中文学场景或故事的媒介间表现。这里列出的大部分其他的代换词,与下文(见第 3 章第 3 节)即将描述为"展示"的隐蔽媒介间模式有特殊的密切关联,并且或多或少忽视了跨媒介主题化("讲述"的模式)。

④ 角度的迥异可以与 Vos 对"换置"形式(这里应包括了文学的音乐化作为音乐转化"为"文学的过程)与"融合"形式所作的区分联系起来,因为以以图像诗[shaped verse]或视觉诗[visual verse]作为案例。视觉诗中的绘画特征事实上可以定义为"在"融合文字文本中的在场(甚至反过来也是如此)或者绘画性的能指转化"为"文字的能指,由此能指的颜色与形状必须遵循书面文本(同样地,这个过程也可以看作是开始,反过来亦如此)的惯例。

保罗·克利,乔治·布拉克(见封面插图)和其他人的作品,这些作品构成了一种音乐化绘画:结果依然是绘画,而音乐(其节奏、特定的无指涉或自我指涉模式)是作品的公开宣称的结构原则。文本中在文学与视觉艺术的跨媒介卷入方面,被讨论得比较多的"读画诗"[ekphrasis]现象(如小说、短篇故事或诗歌中的绘画语言化)应是间接媒介间性的另一个著名例子,也许可以将之与有插图的小说或连环漫画中文本和图像的直接跨媒介卷入相对照。与外显媒介间性形成对照,可能不那么引人注目的隐蔽媒介间性的另一些例子,也许可以在乔伊斯的《尤利西斯》中的音乐-文学媒介间性方面找到。如已经说过的,尽管这部小说中偶尔出现的音乐符号显然是外显媒介间性的标志,如扎克·伯温引用的那些段落(参阅1993,第33页)事实上却是隐蔽变体的例证:"*Comes lo-ove's old ……*"["听见了古老甜蜜的……"](《尤利西斯》5.161,第61页),"*Co-ome thou lost one*"["回来吧,迷失的你"](7.59,第97页),"*Glowworm's la-amp is gleaming, love*"["荧光灯一闪一闪的,宝贝"](8.590,第137页)。这里音乐没有外显地在场,而是由语言媒介诱发,通过两个分开如在装饰音中的音节,以及文中引用歌曲来强调其音乐性的方式,一起暗示出音乐①。最后,"塞壬"中布鲁姆对音乐特别频繁的反思,也是种隐蔽媒介间性,因为在这些段落中,音乐作为所指(或参照)卷入到语言文本的意义中,虽然没有直接以它自己惯常的媒介(表征)形式出现。

从《尤利西斯》我们可以看到,外显与隐蔽的形式能够在同一部作品中出现。另外,应该说与外显媒介间性相似,隐蔽媒介间性也能够(但不必)贯穿整部作品。还应当注意的是外显与隐蔽媒介间性的区别是分析性的,在有些情况下,特别是出现相互适应的情况时,便不容易把握。瓦格纳式主导动机将是这样一个最贴切的例子:如果这个动机出现在声乐的段落中,这一段和所有的声乐一样,必然将被归为外显跨媒介;而既然主导动机能够在音乐内完成准文学意义的功能,即作为一种赋予特定歌剧人物以特点的方法,就接近了"音乐的文学化",从而同时显示出与隐蔽

---

① 关于这里使用的技术手段,"通过联想引用的声乐唤起",见下文,第4章第5节。

媒介间性的密切联系①。然而这只是边缘的例子,不能使作为媒介间性一般形式"外显的"与"隐蔽的"的对照无效。

这个对照事实上不仅对跨媒介作品的类型学描述很重要,而且因为这两种对立的形式像是为评论家和一般接受者提出了不同的问题,所以也很重要。而关于媒介间性是否存在的问题,以及哪一种媒介受到影响,在外显媒介间性中是不成问题的。相反的是,很多隐蔽变体例子中的"他者"媒介,作为所指或参照出现并不太明显:媒介间性在这里常不得不被"发-现"[dis-covered],当然这样的发现是合理的。

3.3 显性"讲述"或主题化与隐性"展示"或效仿作为隐蔽媒介间性的基本类型

在第2章第1节澄清"媒介间性"概念的努力之后,还留下了一些问题。首先是确定媒介间性必须具备哪些条件:在给定的作品中,两种(或更多)媒介卷入的"能证实的"或至少"令人信服地可辨认的"性质。正如已经阐述过的,对于外显媒介间性,这是不难的。因为根据定义,讨论中的这个作品例子的表面已经显示了超过一种媒介卷入到它的意义中。然而由于跨媒介卷入的隐蔽性质,这对隐蔽媒介间性来说就成问题。如果没有参照主导媒介的具体信息,这个问题很难处理,因此不得不暂时搁置,放在第4章小说的音乐化的特殊例子中具体讨论。

第二个相关问题,也是关于媒介间性的隐蔽或间接形式的,可以在一个更普遍的层面上来处理。由于其隐蔽特性,如何认定"他者"媒介在主

---

① 相反,18世纪的歌剧脚本也许也可以看作包含了隐蔽媒介间性元素:脚本中模仿了特定的通常是音乐的形式,如典型的"返始咏叹调"[da capo aria]的ABA结构,明显偏离了通常的语言讲述的线性。不是为真正的歌剧写作的虚构性"剧本"中,也能够利用这种跨媒介卷入,来为音乐的文学性表现效果服务,如伯吉斯在《莫扎特与狼帮》(1991)中所体现出来的。Anja Müller-Muth(参阅《戏谑的文字与音乐关系评论:安东尼·伯吉斯的〈莫扎特与狼帮〉》[A Playful Comment on Word and Music Relations: Anthony Burgess's *Mozart and the Wolf Gang*],1999)已令人信服地指出,这里文本的安排设计暗示了音乐的在场,虽然对于伯吉斯唤起的具体音乐很难有一致意见。有意思的是,在外显与隐蔽音乐-文学媒介间性方面彼此一致的是塞缪尔·贝克特的《词语与音乐》(*Words and Music*,1962),见下文,第11章第2节。

导媒介中的在场？进一步的重要区分可能有助于解释这个问题：

1. 这个"他者"媒介可能只是作为一个所指或参照在作品中间接在场，主导媒介的能指以惯常的方式使用，具有自己的典型特征，但只是作为意义的基础，没有与"他者"媒介形象地相关；这就是我所说的"讲述"[telling]模式中非主导媒介的显性"主题化"。

2. 与作为隐蔽媒介间性主要形式的"主题化"相对照，有一种同样的非主导"他者"媒介贯穿（部分）作品的形式，它的能指和/或所指的结构以一种更本质的，但仍然是间接的方式存在：虽然保留了主导媒介的典型特征，但与非主导媒介生动地关联着，因此这部作品或作品的一部分，给人感觉在尽可能地去模仿表现非主导媒介的效果。结果这部作品看起来像是其特质、结构或典型效果以隐性"展示"[showing]的方式，对非主导媒介的"效仿"或"戏剧化"[dramatization]。

因此，电影场景展现绘画创作，绘画描述音乐家在举行音乐会或诗歌描述"希腊古瓮"[Grecian urn]都是跨媒介"主题化"（文学中相对频繁出现的形式①）。而一首诗模仿音乐结构或电影场景，由于对色彩、外形和静止视觉结构的高度强调而像绘画一样，可以看作包含了跨媒介"效仿"，假如可以清晰辨识那个参照媒介。

必须提到的是，这样的区分也凸显了一些问题。首先是隐蔽媒介间性概念中包含的"主题化"类型的问题。虽然关于另一种形式——"效仿"，是否属于隐蔽媒介间性不成问题（这种形式甚至构成了核心，提供了最有趣的范例），但如果所有属于主题化类型的例子都应包括在媒介间性概念中②，

---

① 文学中的跨媒介"主题化"意涵是显而易见的，即参照或讨论其他媒介（的作品）。在绘画中，包括了表现其他艺术门类的活动或对象以及标题（虽然严格来讲，标题属于语言媒介）。但在音乐中，音乐外现实的"主题化"几乎是不可能的（除了极少数的音乐符号被用作一种字母的例外）；因此跨媒介主题化在音乐这里常只剩下如单部（标题）音乐作品的文学性题目。

② 在之前的一篇文章（参见 Wolf,《媒介间性作为文学新范式？一项以文学为中心、以弗吉尼亚·伍尔夫的〈弦乐四重奏〉为例的文字艺术与其他媒介间超越界限的研究概述》[Intermedialität als neues Paradigma der Literaturwissenschaft？Plädoyer für eine literaturzentrierte Erforschung der Grenzüberschreitungen zwischen Wortkunst und anderen Medien am Beispiel von Virginia Woolfs "The String Quartet"]1996,第 87—88 页）中，事实上我将这种形式视为不属于真正媒介间性核心的现象。

确实有必要追问这样的问题。例如,判断小说中对另一媒介的单独参照是否需要"(隐蔽)媒介间性"这个标签,最终是个实际有效性问题,取决于各自的阐释目标。然而,一般来说他者媒介的主题化确实符合隐蔽媒介间性的标准:它们暗示了另一种媒介的卷入,且这种卷入是间接的,因为主导媒介(符号)表面看起来没有因为主题化而出现明显的变化。因而,很难在以下这种情况之间划清界限:如偶尔提及绘画或音乐作品作为部分的文学背景,与大量提及其他媒介。最后但也很重要的一点是,因为上文给出的媒介间性(见第3章第1节,第37页)概念是基于与互文性的大体类比基础上的,既然文本中所有对前文本的参照,不管它们的形式或程度如何,都可以被归类为互文性,那么把主题化作为媒介间性的一种形式,也许也是可以的。一般来说,承认其他媒介的主题化或是对其他媒介的参照,至少或多或少是媒介间性的外围现象,确实是有意义的。

第二个问题是如何具体描述"主题化"与"效仿"的对立。与外显和隐蔽媒介间性之间的区分一样,这种区分是纯理论的和分析性的,不是绝对的。由于"边界"和混合案例存在的可能性,"讲述"和"展示"最好应看作是之间有着许多色调的连续体的两极(在音乐-文学媒介间性中,两极之间的空间甚至允许存在不同的体裁形式;见下文,第4章第5节)。例如,用词言描述绘画大体上可以被界定为简单的参照或对所表现对象(没有形象地模仿,如通过文本的句法结构来模仿某个对象)的一般性列举,可以视为"主题化"。然而语言描述一旦开始跟随绘画结构,"主题化"之极就不再了,"效仿"一极出现了。同样地,文学中"用语言描述"音乐作品也是如此。

两个更进一步的问题是关于媒介间性与邻近的概念如元媒介性[metamediality]或互文性之间的关系。为了从总体上澄清媒介间性的概念,下面的两章中将简略讨论一下。

3.4 媒介间性与互文性作为"符际"[intersemiotic]形式

媒介间性被一再地与互文性联系在一起,不仅仅因为互文性是作为媒介间性概念的类比范例,如我在上文所做的,而且(也)是在类型学的意义上使用的。媒介间性甚至曾经被称为"互文性的分支"(瓦格纳,1996,第17页)。当然,这就预设了我们接受将广义的"文本"作为"符号系统"的同义词,如茱莉亚·克里斯蒂娃便这么用,曼弗雷德·普菲斯特也批判性地讨论过这个问题(参阅1985b,第5—11页)。

与"互文性"的这种广义用法相反,穆勒(参阅1996,第83页)令人信服地提出了对这个术语与"媒介间性"的互补使用。他想把"互文性"限定在语言文本之间的相互影响,这样与"媒介间性"的不同媒介之间的特殊关系区分开了。这是个根本性且明确的区分,我将在研究中予以采用。

在没有更恰当的术语的情况下,"互文性"与"媒介间性"也许确实可以叫做"符际关系"的两种形式。它们都存在于两种或更多"符号单位"(可以是个别的"文本"、符号类型或系统)的关系之间。因此互文性是单媒介(语言)的,媒介间性是符际关系的跨媒介变体。在这两种情况中,这些关系最好都视为"结构内"现象,即在给定的作品或文本中可辨别的现象①。

与互文性一样,媒介间性可以包含具体作品或具体体裁之间的关系或参照:1)具体作品(在媒介间性中:作品[一般]用另一种媒介传达;这与德语的互文性理论构成了一个对应,称为"Einzeltextreferenz",参阅布洛赫,1985);2)具体体裁(在媒介间性中是对另一种媒介的)。在这个意义上,两种形式都可以叫做准互文或加引号的"互文"。另外,在一部给定的作品中,媒介间性一般会以涉及不止一种符号系统的卷入形式出现(大概相当于"Systemreferenz"②),即,卷入另一种媒介,而没有进一步的详细信息。这种一般性的参照在互文性中是没有对应部分的:语言文本内出现的对"语言文本"系统的一般参照完全无法辨别,除非这个参照存在于元评论[meta-commentary](因而可以划归为"元文本性"[metatextuali-

---

① 与上文广义与狭义的"结构内"意义(见第36页)上的"跨媒介"区分一样,也应该对两种类似的"符际间"关系的变体做出区分(同样,"互文"的两种可能意义也是如此)。与我强调狭义上的跨媒介关系一致,我在这里主要集中在"结构内"意义上的"符际关系"。

② Pfister(参阅《互文性的相关领域:系统指涉》[Bezugsfelder der Intertextualität: Zur Systemreferenz]1985a,第55—56页)事实上已经构想了对"系统"的参照,也包括了对文学体裁的参照,但可能与我们文中的真正的参照不同,在我们文中"系统"指的是"媒介"。

ty])中。所以,一部作品中其他或超过一种符号系统(媒介)一般性卷入的可能性构成了互文性与媒介间性之间清晰的区分(除了互文性作为语言符际关系与媒介间性作为跨媒介关系之间根本的区分),而在涉及具体作品或体裁的可能性方面则显示出媒介间性与互文性之间高度的相似。两种符际形式的异同可以通过下面的图表得以呈示:

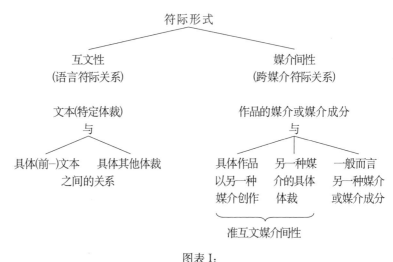

图表 I:

如这图表中所显示,不是所有的媒介间性同时也是互文性,甚至也不是准互文媒介间性。但是对赋格的语言模仿作为特殊的音乐体裁在我的类型学中属于"准互文"媒介间性,因为一般的音乐化文学没有这样具体的参照,如布莱克的《欢笑歌》,与互文性完全不同。

总之,与彼得·瓦格纳把"媒介间性"包括进"互文性"不一样,我建议至少要考虑到两个概念的不同之处。但是正如在媒介间性概念(见第3章第1节)中已经预设的,它们某种程度上显示出相似性,这种相似性保证了把一定的跨媒介现象划归为"准互文"现象的正当性。在音乐-文学媒介间性领域,这些准互文形式之一——对个别作品的具体参照,将呈现出类型学上的特别重要性(见第4章第4节关于"以文述乐"的讨论①)。

---

① 在音乐-文学媒介间性领域,甚至存在媒介间性与真正互文性结合的可能:如在引用歌词,同时唤起了歌曲音乐的例子中(见下文关于这一特殊例子的讨论,第4章第5节)。

3.5 媒介间性与元-美学/元媒介自反性

第二个与"媒介间性"有关的术语是"元美学/元媒介自反性"。必须简单解释一下概念。"自反性"是种特殊的自我指涉性,为讨论中的作品或文本直接或间接相关问题的"思考"认知服务。这样,"自反性"[self-**reflexivity**]与纯粹的形式自我指涉性不同,后者是用在如一首诗相似的押韵关系中或音乐里同样的动机再现关系①中。作为一种元美学/元媒介现象,其概念可以进一步界定为包含"元反应"的自反性,即反思文本、媒介或艺术作品的话语、媒介或虚构的状态。原则上,大部分媒介和艺术具备这种元反应或元自反性,就像在绘画中可以看到的"元绘画"[metapainting]、电影中的"元电影"[metafilmic]手段或文学文本中的"元文本性"(小说中的"元小说"②,戏剧中的"元戏剧"元素,诗歌中的"元诗歌")。

因为"互文性"会有与元文本性重叠的情况,"媒介间性"与这样的元反思性有着密切的关联,所以在所有情况下做出精确的区分是不可能的。但在这里却必须做出区分的尝试,主要的标准也是互文性和媒介间性的功能:也即这些符际现象是否致力于某种有关文本性、媒介性或虚构性问题的元思考。

为澄清问题,与互文性和元文本性之间关系的一个类比也许有所帮助。文本间性[**inter**textuality](也译成互文性,这里为了突出"间"——译者注),虽然可以看作文本自我指涉性的一种形式,却不是机械地与元文本性共存。例如,托马斯·哈代《德伯家的苔丝》中的教区牧师特林汉姆引用《圣经》中的一段话告诫约翰·德比费尔,"除了用'一世之雄,而今安在'的话来惩罚自己别无选择"["chasten yourself with the thought of

---

① 在文学文本中,这种形式的自我指涉性一般来说包括了 Jakobson(参阅《语言学与诗学》[Linguistics and Poetics], 1960)描述为"诗学功能"特征的现象。

② 在叙事文学中,这种带有"元"-含义("元小说")的自反性可以与叙事反思相对照,如对人物个体的道德品质的反思,便没有出现元-含义。一般来说,在研究中"自我指涉性"、"自反性"和"元反思性"[meta-reflexivity]通常用作同义词,虽然术语本身暗示了逻辑上的区分,正如此处所尝试的一样。

'how are the mighty fallen'"],这是个互文性的例子,而不是元文本性或元小说(如果元小说功能上是定义为小说中出现的文本的自反用法,即激发或暗示一种小说虚构性的前景化,无论是指其本质意义上作为"语言建构"或是作为"发现";参阅 Wolf,1993a,第 228 页)。这里圣经诗节的引用不是为了突出《苔丝》的虚构性,也不是暗示《圣经》的虚构性。与此对照的是,简·奥斯汀的仿作《诺桑觉寺》,确实是文学互文性(对感伤主义小说和哥特式小说的一般参照)与元文本性结合的例子:女主角凯瑟琳急切地批评由这些文本产生的有害幻觉,同时也暴露了它们的虚构性,有时戏仿的姿态甚至好像影响了戏仿文本本身的可信性。

同样,虽然隐蔽媒介间性至少可以看作媒介自我指涉性,但同时也存在不作为元媒介,或在审美媒介的例子中不为元美学功能服务的情况。例如,夏洛蒂·勃朗特让小简在《简·爱》(第 40 页)第一章中描述比尤伊克的《英国鸟类史》中的图画,主要是作为女主角心理及活跃的想象的描绘手段,因而主要不是具有元美学功能的段落。与此对照的是,伍尔夫的《去灯塔》中用读画诗方式描述莉丽·布里斯科的画画过程,而且还阐明了美学概念,因而这同时也是元美学反思的例子(那句"她并没有企图画得和真人一样"[52],反映了布鲁姆斯伯里团体的成员们提倡的非模仿美学,如罗杰·弗莱或瓦尼萨和克莱夫·贝尔,但也是《去灯塔》中隐含的伍尔夫自己的观点)。这里如在其他许多读画诗的例子中一样,对绘画的跨媒介参照凸显了它的人工作品状态(不只是作为房间的背景装饰出现),进而作为突出元美学观念手段贯穿正在被阅读的文本。

因此我们可以得出结论,虽然媒介间性与元美学或元媒介自反性的联系不是必然的(正如互文性和元文本性的关系不是必然的一样),在媒介间性一再地或以明显的方式出现的作品中,也许存在这样一种联系的设想并不牵强:这里的媒介间性同时具有媒介性或虚构性及相关问题上的元思考[①](正像文本中很容易发现的非常突出的互文性,这些文本同时

[①] 参阅 Lagerroth,《将音乐化文本读作自我反省式文本:跨艺术话语的一些层面》(Reading Musicalized Texts as Self-Reflexive Texts: Some Aspects of Interart Discourse, 1999),亦可见下文历史部分,也是对这一设想的(部分)证明。

也具有高度元文本性)的倾向。

＊　＊　＊

在这个离题的致力于媒介间性与相关术语和概念对照的澄清之后,先前的类型思考现在也许可以通过图表Ⅱ归纳出来。图表说明了媒介间性的重要形式和它们之间的关系,为了清楚明了,特殊的和一般的媒介关系放在括号里,包括上文第64页的图表Ⅰ中(这个区别在音乐-文学媒介间性指涉子范畴中将再次出现,如图表Ⅲ中显示出来的,见下文,第94页)。

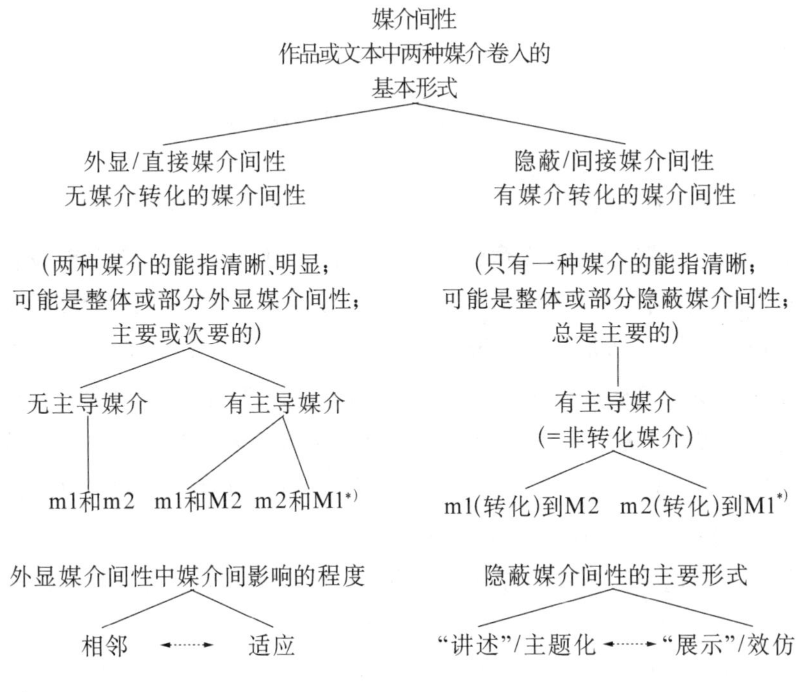

```
                        媒介间性
                作品或文本中两种媒介卷入的
                        基本形式
           ┌──────────────────┴──────────────────┐
     外显/直接媒介间性                   隐蔽/间接媒介间性
     无媒介转化的媒介间性                 有媒介转化的媒介间性

   (两种媒介的能指清晰、明显;            (只有一种媒介的能指清晰;
    可能是整体或部分外显媒介间性;        可能是整体或部分隐蔽媒介间性;
         主要或次要的)                        总是主要的)
     ┌────────┴────────┐                     有主导媒介
   无主导媒介      有主导媒介                 (=非转化媒介)
      │          ┌────┴────┐
   m1和m2    m1和M2   m2和M1*)       m1(转化)到M2   m2(转化)到M1*)

  外显媒介间性中媒介间影响的程度         隐蔽媒介间性的主要形式
       相邻 ←┄┄→ 适应                "讲述"/主题化 ←┄┄→ "展示"/效仿

   *)M=主导媒介;m=无主导媒介

                        图表 Ⅱ
```

4 音乐-文学媒介间性与文学/小说的音乐化：定义与类型①

4.1 小说的音乐化的定义

前文对媒介间性的大体讨论形成了一个框架，在这个框架内，小说的音乐化——我们文中最有意思的音乐-文学媒介间性的特殊类型，能够比前人的研究得以更准确地描述和定义。特别是这个框架使我们能够超越这样一种定义，如弗莱（Northrop Frye，1957，第 x—xi 页）描述的"音乐化小说"必须具备的那种"音乐的"特征，这种特征"表示文学中对音乐艺术进行了实质上的类比，以及在大多数情况下音乐艺术对文学的实际影响"②。这个定义作为为减少术语混淆而作的有价值的尝试，在当时是有益的。然而，这还不够准确，没有明确说明指的是文学文本中跨媒介在场的是哪些主要形式：效仿与/或主题化（也可以"表示音乐对［……］影响［……］"），并且也未解释"实质上的类比"到底是什么。

为了找到一个多少更明确的定义，我提出以下建议：首先，如已经说过的，很显然小说的音乐化是文学中出现的一种隐蔽或间接的媒介间性

---

① 这一章一些方面的简洁版，参阅 Wolf，《音乐化小说与媒介间性：文字与音乐研究理论》(Musicalized Fiction and Intermediality: Theoretical Aspects of Word and Music Studies, 1999b)，第 3 章。

② Scher 也采用这种定义（参阅《文学批评中"音乐的"如何有意义？》[How Meaningful a "Musical" in Literary Criticism?]1972，第 55 页）。

形式,因为正如术语本身已经暗示出来的,音乐化小说依然是小说,音乐只是以某种间接的方式在场。但这里的"某些间接的方式"意味着什么？是运用"主题化"的跨媒介模式的那种在场,即在段落中提到音乐吗？显然,这还不够。正如后缀"-化"[-ization]所暗示的,"音乐化"暗含的不止是音乐作为纯粹的抽象(参照的)概念在场,如弗莱的"对音乐……实质上类比"的要求已经表明:"文学的音乐化"指向文本意义中的音乐在场,这种在场像是源于音乐的某种向文学的转变。语言文本某种程度上像是或变得与音乐相似或有着与特定结构相关的效果,我们"通过"文本体验到音乐的效果。因此,"小说的音乐化"本质上是隐蔽媒介间效仿的特殊例子:在叙事文本中对音乐进行效仿。如我们在下文将具体分析的(见第5章第1节),在音乐化文本中,提到音乐或音乐术语总是发挥(至少表明)某种作用;然而,如果论及我们值得使用音乐化这个字眼,必须不是只有音乐的主题化——无论是在话语[*discours*/discourse]层面,"传达"层面(例如在文本的题目中),或在故事[*histoire*/story]①内容层面(例如,在人物的言论中):音乐化主要应在于话语层面的特殊形塑,一些情况下也存在于故事与结构层面的形塑中。

　　考虑到前文所述及的,小说的音乐化可以定义为(部分)小说或短篇故事中发现的隐蔽音乐-文学媒介间性的一种特殊例子。它存在于(大多数情况下)有意识的话语形塑(如影响语言材料、形式安排或叙事结构,以及使用的意象)中,有时也在故事(叙事的内容结构)中,因此是小说文本中出现的能证实的,或至少令人信服地可辨认的与音乐(作品)的"形象的"相似或类比,或对音乐所产生效果的类比。结果,读者有了这样的印象:音乐卷入到叙事的意指过程中,不仅作为一般的所指或具体的(真实或想象的)指涉,而且在阅读过程中可以间接体验到音乐的在场。

　　小说的音乐化作为音乐-文学媒介间性的一种特殊例子,如这里所定

---

① 关于"故事"与"话语"的区分,见上文,注释47。(中文在第二章第三节,第36页注释1——译者注)

义的,严格来说,与同样可以音乐化的诗歌和戏剧形成了对照。而这个定义中提到的标准,通过一些调整,对其他文学形式的音乐化也是有效的①,因此下文的理论论述直到而且包括第 5 章第 1 节,很大程度上可以同样适用于音乐化的诗歌和戏剧。然而,为了避免混淆,我将排除这些类型,集中在小说上。

上文的定义需要一些进一步的说明。强调与音乐的"形象的"关系,是用来区分以下两种情况:上文中被排除为不充分的例子,即人物或叙述者简单地谈论音乐(在这里音乐只是以"讲述"的方式在场)的例子;与其他真正的音乐化文本,这些文本的语言、意象和/或叙述结构和内容显示出与音乐(以"展示"的方式)的相似性或密切联系。

音乐化定义中包含的意向性[intentionality]像是有疑问的。当然,作者意图的采用不应建立在这样过分简单化的基础上,因为所有作者某种目的或观点的表白都容易被从表面上去理解,我也不是不知道找出作者的观点的艰难,许多情况下我们只有文本本身②。然而,尽管普遍不信任在阐释中将文学"意图"作为论据的观点(或"谬论"),尽管没有作者对媒介间性③实验的想法的明确证明,边界的例子也确实显示出音乐化特征,但可能的意图(本身显示出如跨媒介主题化④)至少依然可以作为有益的音乐化标准。因为如果没有这种假定,音乐和(叙事)文学间在"印象式的"或其他成问题的关联之间划一条界线是很困难的,实际上文本中看到的这些"音乐"类比,它们或多或少是偶然的、"无意的"(Wallace 1983,第 274 页)⑤或主要

---

① 首先需作出的调整的是,上文定义中使用的故事与话语的叙事学区分:这样的区分也许同样可以用于戏剧,但这种形式对抒情诗来说却不适合。
② 关于这个问题,见下文,第 5 章第 1 节。
③ 关于此类边界例子,见下文,对贝克特的《乒》[Ping]的阐释(第 11 章第 3、4 节。)
④ 更多详细的内容,见下文,第 5 章第 1 节。
⑤ 因此,除了任何进一步的考虑,E・A・坡(Poe)的《莫格街谋杀案》[*The Murders in the Rue Morgue*]与贝多芬的《悲怆》[*Pathétique*]第一乐章的结构类比,华莱士(参阅 Wallace,《"莫尔格街凶杀案"与奏鸣曲式》["The Murders in the Rue Morgue" and Sonata Allegro Form],1977)声称发现了从一开始它们就被排除在"小说的音乐化"的概念之外,因为它们——充其量——是"偶然的[……]与碰巧的",正如华莱士自己承认的(第 461 页)。

由音乐之外的其他缘由①激发的。"音乐化"或"音乐化的"术语本身暗示了一种行为或它的结果。这不能仅仅归因于纯粹的产品"文本",而是要预先假定归因于生产的人。也许可以说正是在这一点上,正好由于有目的的行为,在历史部分中要讨论的小说的音乐化的一些功能才变得有意义。

而且,为了排除误导性的音乐化暗示,必须列出小说文本中与音乐的相似或对音乐的类比应是"可证实的"或至少"令人信服地可辨认的"的标准。例如,这种误导也许是由题目涉及音乐引起的,但小说文本本身却不能证实,因而在批判性描述中就不能证明音乐隐喻的正当性。与音乐的(有目的的)相似或类比何时确实能够被认为"可证实的"或"可信"的是一个复杂的问题,将在专章中对此仔细论述(见第 5 章第 1 节)。另一个必须预先处理的问题是:首先,叙事文本在传达"文本音乐"的效果时,有一些什么样的话语手段? 与前文的讨论一起,问题的答案也将引向音乐-文学媒介间性这个更大的框架内,"小说的音乐化"的类型概述。

4.2 音乐-文学媒介间性形式与可从媒介间性一般类型推导的音乐化文学/小说的定位

由于前文讨论的媒介间性一般类型的观点(见上文,第 3 章第 2、3 节)已为更具体的媒介间性类型提供了框架,因而包括音乐-文学关系、一些适用于音乐-文学媒介间性的类型区分,特别是适用于音乐化文学/小说的区分,都可以直接从这种一般类型中推断出来。在继而进行的领域中可以做出下面这些重要的、大体上的区分:

1. 卷入媒介:音乐与文学。

2. 主导媒介构成:原则上,在音乐-文学媒介间性中所有形式都是可能的。然而,在音乐化文学/小说中,总是文学主导,不管在读者的脑子里是哪一种主导(审美的、数量的或符号的重要性)。

---

① 如由"共同的原型核心"[common archetypal core]激发的,J. Russell Reaver(《音乐的如何文学》[How Musical is Literature],1985,第 5 页)将之作为音乐与文学之间的一般纽带提及。

3. 基于"媒介混合的量"的标准的媒介间性形式——整体与部分媒介间性：这种一般的媒介间对照很容易转换成音乐-文学媒介间性，并且有助于描述这样两种媒介间性间的不同，例如，出现在19世纪的歌剧（整体）与在《尤利西斯》（部分）中不时出现的音乐记号；或者区分整部作品的音乐化，如在伯吉斯的《拿破仑交响曲》（整体）中，与同样这种例子的如《尤利西斯》（部分，因为只有"塞壬"这一章是音乐化的）。正如我们将看到的，音乐化小说像是属于前一种，但基本上在两种情况下都可以出现。

4. 根据"媒介间性发生"的标准的媒介间性形式——主要的，认可的与次要的，"未认可的"：这个对照，适用于音乐-文学媒介间性，可以用于如下的区分，例如，像亨策[Hans-Werner Henze]的歌剧《情侣悲歌》[*Elegie für junge Liebende*]这样的作品，如伯恩哈特（参阅 Bernhart 1994，第233页）所认为的，这是亨策、W. H. 奥登与奥登的朋友卡尔曼[Chester Kallman]合作的结果；另一种是音乐和文学间建立的作者去世后出版的（当然是未认可的）关系，如舒曼把歌德的《漫游者夜歌》[Ein Gleiches]谱成音乐。音乐化小说总是被列入媒介间性的主要类别，因为音乐在这里不只是附加给文本的一种元素（也不只是批评家纯粹的推断，决心将音乐或"音乐性""加进"小说或短篇故事中），而是从小说作品概念本身来说的特有现象。

5. 根据跨媒介卷入性质标准划分的媒介间性的基本形式——外显的/直接与隐蔽的/间接媒介间性：这种一般的跨媒介对照在音乐-文学媒介间性中也可以毫无困难地取得主导地位。所以外显或直接的变体，包含如歌剧中音乐和文学的结合（有或无主导媒介），艺术歌曲或小说中的音乐符号（在所有这些例子中，音乐和文学卷入到一部作品中，并保持了它们的能指特征），与隐蔽或间接音乐-文学媒介间性的例子形成对照，在后者的例子中，音乐作为非主导媒介，在文学能指的"外壳"下，转变成[into]文学或在文学中[in]出现。后一种形式已经构建为小说音乐化的界定标准了（见上文，第4章第1节）。

6. 根据"跨媒介卷入强度"标准的外显媒介间性形式——邻近与改编：如上文陈述过的（见第56页），这个对照用于以下不同的区分：例如，儿歌中音乐和文学以邻近的方式存在，相互没有太多影响，瓦格纳的歌剧也是如此。然而,这不能用于音乐化文学/小说。

7. 隐蔽媒介间性形式Ⅰ:一种媒介转化成或出现在另一种媒介中,当然,在相关的两个媒介(音乐和文学)中都可以有这两种途径:文学可能转化成或出现在音乐中(如标题音乐),相反,音乐也可以转化成或出现在文学中(如在音乐化小说中)。

8. 隐蔽媒介间性形式Ⅱ:显性主题化/"讲述"与隐性效仿/"展示":这种一般媒介间性类型之内的主要区分也可转换成音乐-文学媒介间性。在文学中适用于,如,将哈代的《绿阴下》[Under the Greenwood Tree]的第3章,在梅尔斯托克教堂中对音乐的描述作为"讲述"的例子;与此相对照的是,如,《尤利西斯》中的"塞壬"插曲作为"展示"的例子。主题化与效仿的区分对文学/小说的音乐化而言特别重要,因为如在第4章第1节中已经解释的,这种跨媒介现象就定义来看就是语言效仿音乐(的效果)。

因此,如已经论述的,小说的音乐化是一种隐蔽音乐-文学媒介间性形式,这种形式值得特别注意。除了迄今为止介绍的一般的类型区分,还有更多的音乐在文学中在场的具体形式,可以在隐蔽媒介类型"主题化"与"效仿"内部区分。这个将在下文小说音乐化的特殊参照中详细叙述。如将看到的,这里我利用了已经存在的类型区分,特别是薛尔(参阅1984)①

---

① 关于对Calvin S. Brown(参阅《作为研究领域的音乐与文学之关系》,1970;《文学和音乐相互关系研究的理论基础》,1984)提出的另一个类型的评论,他试图涵盖一般音乐文学关系,而且不仅仅是文学中具体的音乐重新呈现形式,见上文,第54页注释1。至于另一个,更晚近以来的关注此一特殊领域的术语,Edgecombe的"读乐诗的"[melophrastic]形式体系,尽管其主要参照是诗歌,也值得注意(参阅《读乐诗:对文学/音乐对话之独特体裁的界定》[Melophrasis: Defining a Distinctive Genre of Literature/Music Dialogue]1993)。至今依然有用的是,它包括了效仿音乐的重要技术形式:"结构读乐诗"[*structural* melophrasis, 17],与薛尔的和我自己的"形式与结构类比"(见下文,第4章第4节)大体一致;"标题读乐诗"[*programmatic* melophrasis, 12]类似我的"想象内容类比"(同样见下文,第4章第4节)的类型;以及隐蔽音乐媒介间性的主要形式的暗示:"换词歌曲"[*contra factum*, 7],这是我的"通过联想引用的唤起"(见下文,第4章第5节)类型的一部分。另一方面,奇怪的是埃基寇姆的类型并未将薛尔在这一领域的研究考虑在内,由于缺乏系统的结构,具有严重的缺陷,因此不适于进一步的拓展:没有区分文学中隐蔽的音乐在场显而易见的主要方式,如"主题化"与"效仿";以及不加区分地混合了功能类型(如"特征化读乐诗"[*characterizing* melophrasis, 15];讨论音乐对虚构人物的影响)与技术类型(参阅"结构读乐诗")。这方面最成问题的类型是"柏拉图式的沉思"(2):音乐的讨论或唤起,旨在"宇宙音乐"[music of the spheres]思想。这里,埃基寇姆融合了功能类型与技术类型,进而,他在主题化("沉思")形式与效仿("音乐是……由意象唤起的")形式之间犹豫不决。

的划分,并试图对它们进行发展和体系化。

4.3 文学/小说中的显性音乐主题化形式:文本的、类文本的与语境的;一般与特殊的主题化

就文学中显性音乐主题化而言,关于在哪里或在什么形式中出现这种主题化,存在各种各样的可能。然而,由于显而易见的原因,音乐效仿限制在小说(主要)文本,并且在"文本内"[intratextual]出现(否则,我们不能论及"音乐化小说")。在主题化范围中区分几种出现的位置是有益的,因为,我们将看到(见第4章第1节),这些位置会影响到作为文学音乐化可能线索的信息的可靠性和价值。可以区分出三种不同位置的形式:

1. 文本的主题化Ⅰ:有或没有元文本特殊功能或元美学思考的文本内主题化;

2. 文本的主题化Ⅱ:类文本[paratextual]主题化;

3. 语境的主题化。

以"讲述"方式将音乐引入文学作品中最明显的可能性是"文本内主题化"。小说中,这种类型出现在故事层面上,在这个层面上可以是讨论、描述、聆听音乐或甚至由虚构人物或"人物"("人物形象的"主题化)谱曲。文本内主题化也可能在小说的话语层面上出现,即无论何时叙述者用音乐比较或任何方式谈论音乐("叙事的"主题化)。两种情况中音乐的主题化都可能发展到元文本或元美学思考①的状态。

另一种主题化音乐的可能性是在热奈特(Gérard Genette,参阅1987)所谓的文学作品的"类文本"中,即围绕着主要文本的次生文本[secondary text]如题目、序言或脚注。这样的"类文本主题化",可能出现在例如整部作品的题目中对音乐或音乐形式(参阅伯吉斯的《拿破仑交响曲》,布

---

① 关于对其他媒介纯粹的跨媒介参照与"元媒介/元文本"或"元美学思考"的区分,见上文,第3章第5节。

莱克的《欢笑歌》或策兰的《死亡赋格》[Todes**fuge**])的参照；在章节标题(如"小尾声[更快]"[Codetta(Più Allegro)]，作为布里基·布若非[Brigid Brophy]的《过境》[*In Transit*]最后一章的标题)、前言或编后记(如在"致读者信"[An Epistle to the Reader]——《拿破仑交响曲》的后记中，作者在这里明确指出将贝多芬的《英雄交响曲》[Eroica]作为"模式"，把"拿破仑的生涯""重新编织"到他的小说[349])或题辞中。通常，作者负有提及类文本或讨论音乐的责任(我们称之为"著者的"主题化)，但理论上，类文本包含的参照音乐也可能是小说人物(这可以分类为"人物形象的"主题化)赋予的。

音乐和它与一般文学或特殊文本的关联也可以在作品的语境中讨论，如，在作者关于音乐的或文艺美学的书信或文章中。这是第三种形式："语境的主题化"①。严格说来，虽然这个变体不再是文学中音乐在场的真正形式，但是它能带来有价值的辨认音乐化试验的信息。

除了这些位置的形式，文学中其他音乐主题化形式也许可以在关于指向音乐的方式层面来区分为：

a. 普通的跨媒介参照；

b. 具体的准互文参照。

音乐或它的美学效果可以以一般的方式被提及。《点对点》这样的题目可能宣布了一种对作曲技法("对位法")的模糊类比，而没有参照任何具体作品或音乐体裁；或者，作者可能选择在引言中以非常普通的术语讨论他或她的作品音乐化的尝试。

这些一般的跨媒介(这里指音乐的)参照形式可以与准互文的如下参照对比，参照具体存在或"想象的"音乐作品(这可以视为在这一种关系中为文本定位的"前文本"(pre-texts)，即类似于互文性理论中的"单文本参照"[Einzeltextreferenz]，参阅布洛赫 1985②)或者参照特定的音乐体裁，

---

① 与语境的所有问题一样，很难界定相关材料的界限。为了排除潜在的无止境的"语境"，我决定不把以下情况作为证据，讨论之中的"音乐性"，但不是由小说作品的作者作出的音乐主题化。

② 这种情况与下文将要讨论的"以文述乐"(verbal music，见第 4 章第 4 节)与"通过联想引用唤起声乐"有关(见第 4 章第 5 节)。

如赋格或交响乐①。在小说中,对个别音乐作品的参照出现在著者的主题化层面上,例如,伯吉斯的"致读者信",作者在这里讨论他的小说与贝多芬第三交响乐的关系;或在人物形象主题化的层面,如赫胥黎的《点对点》中,对巴赫的 B 小调组曲和贝多芬晚期的 A 小调弦乐四重奏的描述(见下文,第 10 章第 1 节)。具体的参照经常在题目中已经暗示出来了,如夏西波维奇的《赋格》或戈蒂埃的《白色大调交响曲》[Symphonie en blanc majeur]。

4.4 文学/小说中的隐性效仿音乐形式:"文字音乐"[word music],对音乐结构与想象内容的类比,一般与特殊的效仿与"以文述乐"[verbal music]的问题

就文学媒介中隐性效仿音乐的形式而言,上文介绍的关于一般跨媒介关系的基本区分,这里不得不回想一下,以便用于音乐和文学间的特殊关系。我们说过(见上第 3 章第 3 节),跨媒介主题化意味着在主导媒介中明确参照非主导媒介,主导媒介的能指以它的通常方式使用,而不是与非主导媒介形象地相关。至于小说中音乐的主题化,主导媒介的符号——文学语言,以随意的惯常的语言特征方式使用。而相反的效仿形式,根据我们的定义,是隐蔽媒介间性的隐性形式,(部分)作品具有一种媒介特征,另一种媒介暗示了这第二种媒介在第一种(主导的)媒介中的在场,二者之间存在某种形象的相似性。在音乐-文学媒介间性中,文学作为主导的"第一"媒介,这种形象性或"语言类似音乐"(Scher,1982,第 229 页),构成了"音乐化"的实质,可以通过种种"语言学手段"或"暗示,激发,效仿或其他间接接近实际音乐的文学手段……"(同上②)获得。这种多样性主要可以区分为三种"技术"形式,所有的形式都与第 2 章中勾

---

① 依照第 3 章第 4 节已经论述的,我将"互文性"(intertextuality)的意义界定为对具体音乐作品或体裁的参照,为了使这个术语区别于"媒介间性"(intermediality)。

② 应该注意的是,在"间接"与"效仿"中,薛尔的描述包括了我自己的类型的简洁版,其中媒介间效仿被分类为间接(或隐蔽)媒介间性形式。

勒的音乐与文学之间的媒介相似性有关：

1. 文字音乐；

2. 形式与结构类比；

3. 想象内容类比（这种形式将在"以文述乐"的讨论之后介绍，它也曾被提议作为一种文学效仿音乐的变体看待）。

"文字音乐"是薛尔（Scher，1968，第3—5页；1970，第152页）创造的术语。它是指一种利用文字和音乐能指间的主要相似之处的音乐化技术。文字音乐"目的在于诗意地效仿音乐声音"（Scher，1970，第152页），通过突出语言能指的（原初的）音响维度造成音乐在场的效果。当然，这些能指依然是语言能指：它们不是成为而是模拟音乐。这种效仿可以通过音高、音色和节奏达到，通过音响的各种形式的重新呈现，引入"谐和"（或"不谐和"），或通过"广义的拟声法"（同上）达到。在所有这些例子中，文学语言不只是能读的，而且是能"听"的，如已经陈述过的，这就需要在通常不是大声地朗读的小说中做出特殊的努力。

在"文字音乐"中，由于文本和音乐间作为音响现象的相似性，音乐作为文本的能指出现。"形式与结构类比"是薛尔创造的另一个词，他在类型的上下文中对这个词的用法不统一（如作为"音乐的形式与结构的类比"，1984，第12页）。在这个词中，音乐作为关于音乐作为形式的所指出现。两种情况下，音乐的暗示都通过不同的方式得以实现：虽然在文字音乐中，音乐的效仿仅仅在文本的能指层面发生，有时可能在形式类比层面（如果不是主要地），但它们的结合影响了所指和结构，虽然语言能指在一些情况下也可能卷入进来。形式类比在文本物质性、音韵学、句法特别是语义层面运作，并且可以同时利用文学和音乐间主要相似性以及文学特有的话语手段：文本的排版，形式上分割为节、章或段，印刷手段、主题或动机的重新呈现造成音乐形式的模式暗示，以及产生"复调的"同时性效果的手段（通过在第2章第2节提到过的技术，如不同小说场景的快速切换或同步的暗示或几个人物间的"对位的"行为）。结果可能是对音乐微形式［microforms］和结构技法如回音、固定音型、主题变奏、转调、复调等的效仿，以及对"宏观形式"［macroforms］

或音乐体裁如赋格或奏鸣曲①的效仿。瑞弗尔[J. Russell Reaver]在他的其他方面成问题的文章中,令人信服地解释了如何通过参照我们的(文化形成的)"音乐记忆"来认识这样的类比,这种记忆包含了存储为"音乐性的"[musical,1985,第 3 页]②"抽象的理想形式"。

如果我们将布莱克的"欢笑歌"中对音乐的总体暗示(因而是参照),与如上文提到过的赫胥黎的小说《点对点》开头对巴赫 B 小调组曲中为长笛和管弦乐队而作的"描述"进行对比,我们看到这些文学效仿音乐的技术形式不足以用来此处的分析。除了文字音乐与结构类比可能不是唯一相关形式的事实外,显然,和音乐主题化一样,文学效仿音乐也许也可用参照的名义来分析。在这方面,两种已经介绍过的关于音乐主题化的参照形式再次派上用场:

1. 一般跨媒介参照,
2. 具体的、准互文的参照。

虽然所有音乐效仿可能都会产生出一般参照的感觉,无论是整体上参照音乐,还是参照一些音乐结构和作曲技术(这种一般参照可以在布莱克的诗中看到)。文学的音乐化意味着在文字音乐与形式或结构类比层面,可能在一些情况下,也准互文地参照具体的、真实的或想象的音乐作品或特定的音乐体裁,并试图在语言文本中(重新)表现([re]presentation)出来(如在刚才提到的《点对点》例子中的情况)。

至于对特定音乐作品的参照,这后一种形式让人想起薛尔曾命名的"以文述乐"(参阅 Scher,1968。该术语曾一再被采用,如 Brown,1984,第 35—36 页;Huber,1992,第 35—38 页;Gier,1995a,第 70—71 页)。然而,"以文述乐"从术语上看与"文字音乐"有相似的危险,因而容易产生混淆;也会被误用为与其他形式对立(我一会儿会回到这点);造成相当模糊的

---

① 关于最常见的形式的概述,参见 Petri,《文学与音乐:形式与结构相似性》(Literatur und Musik: Form-und Strukturparallelen,1964),第 2 章。
② 瑞弗尔的观点的问题在于他没有考虑获得文化能力的上下文,而仅仅集中在"非历史的……时间经验的原型"(ahistorical[...]archetypes of temporal experience,1985,第 5 和 8 页)。

界定方式。这两个方面都有不尽人意之处。如果想保留薛尔的这个术语,就必须在音乐文学形式普通类型学的语境中重新定义和廓清。才能让这个术语广泛被使用。

薛尔的"以文述乐"定义的第一部分被广泛接受:

> 以文述乐,我指的是任何对存在或虚构的音乐作品的文学表现(不管在诗歌或非韵文中):任何诗意的肌质都有一支音乐作为其"主题"。

但接下来的越来越成问题:

> 除了用文字逼近真正的或虚构的乐谱,这种诗歌或段落常暗示音乐表演特点或对音乐的主观反应。虽然以文述乐有时可能包含拟声效果,但它与文字音乐明显不同,它仅仅尝试以文学模仿声音。(Scher,1968,第 8 页;1970,第 149 页)

薛尔继续写道(1970,第 149 页,第 152 页):

> 它的[以文述乐的]肌质由艺术地组织文字构成,这种组织与音乐相关,只因为它们努力暗示音乐的体验或效果。
>
> ……
>
> 与其说是捕捉音乐声音的诗意的相似或效仿音乐形式,不如说以文述乐主要目的在于诗意地描绘音乐的理性与情感的含义,以及暗示的符号内容。

这里的问题是薛尔自己所谓的"文字音乐"也是为了暗示"音乐的效果",结果以文述乐与文字音乐好像没有"明显的"区别,如上文中的定义所声明的,结构类比也似是而非。薛尔的"以文述乐"的大致缺点是混淆了参照方面("文学表现……存在或虚构的音乐作品")与功能和技术方面("以文述乐的目的主要在于诗意地描绘音乐的理性与情感的含义,以及暗示的符号内容";"以文述乐有时可能包含拟声效果")。

虽然薛尔提到的功能与技术层面没有音乐化独特形式的有说服力的特点,他原来的"以文述乐"观点,即它的与特定音乐结构联系的定义,可以很好地为参照方面的目的服务。因此文学中对存在的音乐作品的"重新呈现"[re-presentation]与对虚构音乐作品的"表现"——这是薛尔做的一个有价值的区分(1970,第 152—153 页),有人可能可以把这叫做"真实"与"虚构的准互文媒介间性"——便不是与技术手段如文字音乐与形式类比形成对照,就像薛尔(参阅 1984)以及吉尔(Gier,1995a 和 b)①最近所做的一样,但这些参照选择主要对纯粹的音乐主题化与效仿有效。换句话说,文学中对具体音乐的参照是一种可以在所有隐蔽音乐-文学媒介间性形式中出现的选择,因而也可以在所有的音乐效仿的技术形式与音乐主题化的所有位置中出现。结果,以文述乐类型上不能定位在文字音乐和结构类比同样的层次上,而必须看作独立的类型系列的一部分,在这部分中参照的标准占主要方面。在这个子范畴里面,以文述乐作为对音乐具体的参照与所有隐蔽音乐-文学媒介间性固有的一般参照形成对照。

主要从文字音乐(因此必须大声朗读)方面选择的两个例子可能可以说明这个问题。如果我们暂时想当然地认为乔伊斯的"塞壬"插曲,特别是它的引言是音乐化的(具体从细节上来证实这种跨媒介阅读,见下文第 104—108 页和第 8 章第 2—5 小节),我们可以从书的开头引用下面几行

---

① 吉尔将薛尔的类型作为出发点,尝试通过建立一个与"符号学三角关系的三个方面":能指、所指与指涉(参阅 Gier 1995a,第 69—71 页)的平行关系,将这三种形式"文字音乐"、"结构类比"、"以文述乐"系统化。乍一看,这像是令人信服的,但若仔细斟酌,如吉尔所建构的,那种相互之间的关联变得极为稀薄。如果文学作品中的音乐的跨媒介暗示是成功的,音乐在所有的三种情况中便呈现为所指,因而不能限制于结构类比。而且,"文字音乐"与能指的相互关系,只有在语言能指效仿或显示出所指音乐(但不是"音乐作为意义"[Musik als Signifikant][70,强调为引者后加])的形塑性影响的时候才是可以接受的;如上文说过的,文字音乐的能指依然是语言。以文述乐与"音乐作为指涉"(Musik als Referent)之间的关联像是合理的;然而对将以文述乐从另外两种形式中区分出来而言,具体的"指涉化"(referentialization)是不够的,因为文字音乐与结构类比也都可以指向具体的音乐作品。

4 音乐-文学媒介间性与文学/小说的音乐化:定义与类型 *81*

作为文字音乐的例子,这只是一般的参照音乐:

> Bloomed crashing chords. When love absorbs. […]   61
>
> A sail! A veil awave upon the waves.
>
> […]
>
> Clapclap. Clipclap. Clappyclap.
>
> Goodgod henev er heard inall.
>
> Deaf bald Pat brought pad knife took up.
>
> (11. 20—21 and 28—30, p. 210)

> 嗡嗡响彻的和弦。爱得神魂颠倒的时候。……
>
> 帆船!面纱随着波涛起伏。
>
> ……
>
> 叽叽喳喳,叽叽咕咕,叽哩喳喇。
>
> 天哪,他平生从没听到过。
>
> 又耳聋又秃头的帕特送来吸墨纸,拿起刀子。
>
> (译者注:《尤利西斯》,萧乾、文洁若译,译林出版社,2005,第 11 章第 20—21 行与 28—30 行)

    这里的文字音乐特性源于语言能指的音响维度,这个维度被强调到了损害其语义和语法意义的程度。这种感觉在拟声词语(见第 20 和 28 行)、重复(见第 28 行)、某种程度上甚至拆散词语的节奏(第 29 行)、头韵(参阅第 30 行)和一些内部的押韵(特别是在第 21 行)中是可以辨认的。

    第二个音乐化小说的例子也包含了一些这种方式。这是从伯吉斯的出版于 1991 年(为纪念莫扎特逝世两百周年)的《莫扎特与狼帮》[*Mozart and The Wolf Gang*]的"K. 550(1788)"章节中选取的:

> THE black day is coming. *What black day is coming*? The black day is coming for you, me and everyone. *How soon now*? Quite soon now. The shadows closing, shadows closing. *I can see*

nothing.（85）

> 黑暗的日子就要来了。什么黑暗的日子就来了？黑暗的日子要为你，为我，为人人而来。
>
> 要多久？很快。影子逼近了，影子逼近了。我什么也看不见。
>
> （译者注：此为蒲隆的译本，书中采用了字体的区分。此处返回英文原著中的以斜体字来区分。安东尼·伯吉斯，《发条橙·莫扎特与狼帮》，王之光、蒲隆译，译林出版社，2001，第290页。）

这里没有拟声词，字句中也没有头韵，但和乔伊斯的文本一样，我们立即能感觉到字里行间的特定节奏，我们也注意到一种奇怪的词语的重复，结果形成了几组相同的节奏（我们也可以看到正常的字体与作为某种突出的斜体字的交替）。然而，使这个文本与乔伊斯的文本区分开来的主要是具体音乐参照的不同：如作为章节题目的"K.550（1788）"，副题紧接前面的引用："第二乐章"，暗示这一段模仿具体的音乐：莫扎特伟大的 G 小调交响乐第二乐章开始的小节：

图 10　莫扎特，G 小调交响曲（Symphony in minor, K. 550），第二乐章，第 1—4 小节。

从这些小节与《莫扎特与狼帮》中引用的开头四个句子比较中变得清楚起来的是，这里文字音乐使用的基本原则是每个音节与莫扎特音乐中的每个音在节奏上的相互关联。此外，还有个微结构类比：语句的重复模仿乐句的重复（或变奏）（斜体字段落暗示的是对不同"声部"和位置上的对位"效仿"）。所有这些赋予文本一种歌唱性，努力去呈现几乎完美的文字描绘具体的音乐段落。这与乔伊斯仅仅是一般性的对音乐的模仿尝试形成了对比。从类型上来说，《莫扎特与狼帮》的这个段落因此是"以文述乐"，而

"塞壬"中的那段不是。伯吉斯的文本甚至完美地对应于薛尔的以文述乐的一个条件,即"用文字逼近真正的……乐谱","暗示音乐的体验或效果"。

如我们在最后一个例子中可以看到的,以文述乐是媒介间性效仿技术的特殊使用方式,但它本身不是种独立的技术。如果我们把薛尔关于"以文述乐"的描述当作承诺一种音乐的"体验"的意思,不管是"真实的或虚构的",严格来说,我们应加上一些作为文学中特殊的、准互文音乐参照的进一步的特点。首要的目的在于区分文学文本中的以文述乐与仅仅提及音乐(例如在小说中人物的话语中,说他喜欢某部交响乐)的区别。与这样的参照点对比,为了达到它要唤起的效果,"以文述乐"必须由广泛的参照组成。

由于以文述乐努力在文学文本中唤起一种具体音乐的在场,另一个必须详细讨论的是以文述乐、主题化与音乐化的技术形式(效仿音乐)间准确的关系。与主题化的关系比较简单:在所有的情况下,以文述乐都需要一些音乐的主题化(作曲家、具体作品或音乐形式),否则将很难暗示出具体的音乐参照。然而"讲述"的模式只是次要的,只是音乐作品广泛的准互文主题化甚至也还不能构成"以文述乐":最多不过是非文学的音乐学讨论,这也是薛尔自己想从以文述乐的概念中排除的(参阅 1970,第 149 页和第 151 页)。所以,以文述乐必定也与音乐效仿的技术形式相关。

不过,这种关系比与主题化的关系复杂。即使薛尔尝试把"以文述乐"、与"文字音乐"、"音乐形式模仿"区分开来,出现的问题是,如果不使用一种或两种这些音乐模仿技术的某些方式,以文述乐如何取得它的"描绘……音乐的理性与情感的含义,以及暗示了符号内容"的效果。但这两种形式确实不能涵盖所有主要的技术变体。虽然文字音乐与结构类比技术上构成了音乐化小说的"核心",无论是个别地还是结合在一起,在所有我们称之为"音乐化"的小说作品中都应该是可以辨认的。还有第三种即次要一点的形式①,在下面赫胥黎的《点对点》对巴赫 B 小调组曲第二乐

---

① 与文字音乐、结构类比相比,这种形式在小说的音乐化中不那么重要,在之前的文章中,我将其忽略了。

章叙述"描写"中可以看到：

> 回旋曲优雅地开始了,纯朴的旋律,几乎像支民歌。是少女在为自己歌唱爱情,孤独地,温柔而悲伤。少女在山林里歌唱,云彩在头上漂浮。如一朵浮云般的孤独,有位诗人在聆听她的歌声。唤起他思绪的是,紧随着回旋曲的萨拉班舞曲。他的对美的缓慢、可爱的沉思……深邃的善……一体的世界。（译者注：此处参考了龚志成的译文,但有较大改动。[英]阿道斯·赫胥黎,《旋律的配合》,龚志成译,上海译文出版社,2002年版,第30页）

> The Rondeau begins, exquisitely and simply melodious, almost a folk-song. It is a young girl singing to herself of love, in solitude, tenderly mournful. A young girl singing among the hills, with the clouds drifting overhead. But solitary as one of the floating clouds, a poet had been listening to her song. The thoughts that it provoked in him are the Sarabande that follows the Rondeau. His is a slow and lovely meditation of the beauty[...], the profound goodness[...], the oneness of the world. (29 f.)

除了一些有助于辨认有意识的音乐参照的音乐主题化例子（"回旋曲","旋律优美的,几乎是支民歌","歌唱"等）,用发展至今的术语很难理解该段落的技术层面。没有文字音乐,几乎没有结构的类比（如果忽视对整个组曲的"描写"的事实,我们的段落只是一部分,大略地跟随巴赫的乐章顺序和各乐章氛围）,然而这个段落是一种将"音乐翻译成文学"。叙述者这里所做的是薛尔在他的以文述乐概念中所说的,"主观的对音乐的反应"的描写或"暗示音乐体验或效果"（1968,第8页;1970,第149页）。然而,如果以文述乐主要是音乐文学媒介间性的参照形式,在上面段落中的技术层面上,我们需要另一个术语。显然,这里叙述者意译了他赋予巴赫音乐的,以想象内容的方式的音乐对他的影响。这样,这里我们遇到的是第2章第3节提到的文学利用音乐的综合能力以触发视觉图像。当然,这些想象的"图像"一方面受制于文化,另一方面也极其特殊,很难理解为是音乐的换置(这正是我把这种形式只当作次要音乐化技术形式的原因)。而除了讲述模式中的辨认外,这里使用的诗的意象(一个孤独女孩的"温柔悲伤"之歌;一个观者;像"云"一样飘,在某种意义上是华兹华斯著名的《水仙花》[Daffodils]中"漫游者"的追忆;以及自然,也许同样是华兹华斯式的场景①),可以看到与激发了它的音乐有一定的联系:萨拉班德舞曲是一个相对缓慢、忧沉和如歌的乐章,唤起的是温柔起伏的线条,这种特征与下文甚至更缓慢的回旋曲密切相关,在这里突兀的长笛独奏暗示了"孤独的"效果。如我们看到的,意象不只存在于主观画面以及与音乐无关的叙述唤起中,而且是努力在文学媒介中模仿音乐:具有文学意象、隐喻展开和叙述上下文中比较的典型特征。

鉴于此,比较合适的是把音乐译为文学的这种形式归类为一种跨媒介"效仿"的技术形式,将之命名为"想象内容的类比"②。如果说文字音乐是在突出语言的音响维度方面,专门使用了语言的能指;如果说结构类比可以用语言符号的两种维度——能指和所指,来暗示与音乐的形式相似性;想象内容类比只使用文学的所指,通常以"诗"的意象形式,也可以用与音乐的叙述关联(如一位诗人偷听一个唱歌的女孩)的其他方式。与文字音乐和结构类比相比,想象内容类比提供的是倾向于音乐中所没有的:指涉内容。另一个特性在于,由于文字音乐与结构类比可以在没有参照具体音乐作品的情况下使用,想象内容类比,本质上是将特定的音乐移入文学文本中,通常与具体的参照相联系。因而这种与以文述乐的密切关系,使薛尔在一个术语里合并了技术和参照层面。

通过使用特殊的诗意语言,想象内容类比旨在一种唤起的性质,唤起

---

① 参阅他的"组诗《露西》"(Lucy Poems)。
② 这个类型与 Edgecombe 所谓的"标题读乐诗"(*programmatic* melophrasis)(《读乐诗:对文学/音乐对话之独特体裁的界定》,1993,第 12—15 页)有密切关联,从他的角度,描述为"让一支特定的音乐流淌脑际,流进因而关联了当下"(12)的结果。

某种音乐的"生动性"[Anschaulichkeit],有人也许会这么说。回到"以文述乐",这种唤起性质同时是这种媒介间性形式的另一个典型特征。这种唤起特征也得到了其他两种可以用在以文述乐中的技术手段的支持,虽然手段不同:文字音乐和结构类比,以及以文述乐所需要的音乐参照的广泛性。

综上所述,"以文述乐"某种意义上可以被重新定义,既与薛尔的大部分观点一致,但又赋予这个现象在音乐-文学媒介间性类型中不同的位置。以文述乐是文学中一种隐蔽的音乐在场形式,更准确地说,是一种特殊的准互文媒介间性的指涉变体,它可以唤起个别的、真实或想象的音乐作品,在文学作品中通过主题化模式,但首先是通过广泛地使用音乐模仿来暗示音乐的在场,这种模仿可以是文字音乐或结构与想象内容类比的形式①。

迄今为止介绍的类型形式,都可以在伯吉斯的关于《莫扎特与狼帮》中的"K. 550(1788)"这一章中得到说明,上面已经提到过了。小说是以这样的方式开始的:

作品第 550 号(1788)

第一 乐章

  地毯的方切图案。方切地毯的图案。图案切方的地毯。从敞开的门铺到各个窗户。如果没有被烧坏,被撕毁,或干脆被人偷去,这些都很有可能,那么不久别人的脚就会,别人的脚就会踩上来。他自己,他自己,他自己在那郁闷的早晨踱步。……地毯的方切图案。他踩在上面。

  朝着窗户,窗棂,踱步回来观察(他自己他自己他自己观察)一排排的花园,静止,白杨夹道,世俗的榆树,榆树夹道的小径,

---

 ① 文学中视觉艺术的跨媒介在场方面,读画诗(ekphrasis,在其传统意义上)将是可以与以文述乐相比的例子:如具体视觉艺术作品的以文字描述,与通常的具有"绘画"效果的对景色的描绘。由于对视觉艺术的唤起旨在某种"生动性"(Anschaulichkeit),读画诗通常也超越了仅仅提及如一幅具体的绘画作品(亦可参阅 Clüver,《音乐诗:读画诗体裁备忘》[The *Musikgedicht*: Notes on an Ekphrastic Genre]1999,他对这个术语的使用,超出了对视觉艺术的参照,但与此特征不谋而合)。

4 音乐-文学媒介间性与文学/小说的音乐化:定义与类型   87

在阴郁的天空下。……暴民不会来,大门也不会因为暴民的狂暴而打开。他自己,他自己,他自己微笑起来。

牢不可破的秩序的胜利。牢不可破的凡尔赛。物在其所,人在其位。位。位。围盘盛住太阳的银光。……教堂的礼仪,床笫的礼仪。这都被大大延迟了。……

门外。大厅。……他自己,他自己,他自己站在她的门口她的门口她的门口。维护维护插入钥匙。邪恶的魔法作祟拿错了钥匙。不是他的钥匙。不,就是他的钥匙。可是锁被堵死了……

她在屋里把巧克力饮料喝光。她静静地躺在床上。圆圆的太阳抓住她优美的身体。身上只盖着缎被子,只盖着毛绒单子。在方形四杆床上躺着。注意"四"对于静止、时代、福音、季节的意义。四肢伸展作女士慵懒状。在背面镀银的手镜里,双眼望着双眼。……

精雕细镶的桌子爪脚(四,注意四)上的短趾。……她怡然自得,感到满意。他也怡然自得,但又并非如此。礼仪推后了,权力未维护。她梳头。

在正下方书斋里他在踩踏。地毯的方切图案。……从敞开的门铺到各个窗户……

全部重复一遍。就到这里。(《莫扎特与狼帮》,王之光、蒲隆译,译林出版社,第285—287页)

K. 550(1788)

First movement

THE squarecut pattern of the carpet. Squarecut the carpet's pattern. Pattern the cut square carpet. Stretching from open door to windows. Soon, if not burned, ripped, merely purloined, as was all too likely, other feet would, other feet would tread. He himself, he himself, he himself trod in the glum morning. [...] The squarecut pattern of the carpet. He trod.

Towards window, casement, treading back observed(he himself, he himself, he himself did) ranged gardens, stasis, walk with poplars, secular elms, under grim sky. [...] The mobs would not come, the gates would rest not submitting to mob's fury. He himself, he himself, he himself smiled.

Triumph of unassailable order. Versailles unassailable. Everything in its, everybody in his place. Place. Place. Plate ranged catching sun's silver. [...] Church rite, bed rite. This much delayed, [...]

Out of door. Wide hall[...] he himself, he himself, he himself, stands by her door by her door by her door. Assert assert insert key. By foul magic wrong key. Not his key. Yes. his key. But lock blocked[...]

SHE in room drinks off chocolate. She in bed still. Full sun catches elegant body. Clothed but in satin sheets, in wool coverlet. In square fourposter lies. Note four for stasis, ages, gospels, seasons. Four limbs stretched in lady's laziness. Two eyes meet two eyes in silverbacked handmirror. [...]

Stubs toe on clawfoot (four, note four) of table marquetry. [...] She is herself content. He is himself, not so. Rite postponed, right unasserted. She combs.

Below in right library he treads. Squarecut pattern of carpet. [...] Stretching from open door to window[...]
Repeat all. To here. (82)

如章节的题目和副题"第一乐章"所指明的,这是莫扎特著名的G小调交响曲开始乐章的以文述乐方式的记录。对这部作品的直接跨媒介参照不仅通过文本内的主题化传达,而且首先是通过效仿传达。

当然这里最明显的是与莫扎特第一主题开头小节的对应,伯吉斯通过"他自己,他自己,他自己踱步(He himself, he himself, he himself trod)"来表现。如在上面引用的第二乐章的开始中一样,这里的策略又是文字音乐(通过突出抑扬格节奏而凸显了语言材料的音响效果①)与对音乐的微结构类比的混合(语句间隔反复的语言重复模仿主题开头的"降E-D-D"动机的三次出现)。

图11 莫扎特,G小调交响曲(Symphony in G minor, K. 550),第一乐章,第1—4小节。

此外,引用的段落也构成了对音乐的宏观结构类比:模仿莫扎特在这部交响曲中采用的奏鸣曲的呈示部。第一和第二段对应于第一主题的展开与重复,第三段对应的是衔接第一和第二主题的间插段,以"她……"(SHE[…])开始的第四段和第五段对应于第二主题的展开,又与它的重复对应,最后的段落对应于呈示部的"尾声"。按照古典奏鸣曲形式的要求,于是全部段落重复,如最后一个句子指示的。同样的,例如,这个句子提及的"错的钥匙"[the wrong key]是"技术"主题化的一种形式,这是乐谱中(反复段[da capo]与连接部从G小调转向了与之对应的降E大调,即第二主题的调性)用词语清楚地表示出来的。文本在这种意义上继续,与接下去的赋格:发展部、再现部和终曲做了出色的类比。在发展部中值得注意的是莫扎特音乐中第二主题的缺席又一次被用语言主题化为:"她自己不在那儿,而是转变成了下面摸得着的尖叫"(She herself not there but transformed to palpable scream beneath[83])。

这一章的叙述内容也不是随意的,而是对音乐的想象内容类比的典型案例。作品的故事[histoire]层面明显受到了两种文化意义的影响。首先是意外事件的含义,由这样的事实造成的:莫扎特的交响曲正好在法

---

① 在头韵中也在强调声音:"everybody in his place. Place. Place. Plate"。

国大革命(这件事促使贵族进入凡尔赛宫,看起来是旧制度表面上的"停滞",其实是秩序的崩溃)爆发前一年完成。第二层含义与莫扎特作品中隐含的形式有关。这里伯吉斯将音乐翻译成小说的方式证实了纽保尔的观点,即对音乐的理解总是预设了文化叙事(参阅 Neubauer,1997):伯吉斯实际上清楚地讲述了熟悉的叙事,将奏鸣曲形式与有关两个"人物"的"故事"相关联,这两个人先被认为是作为对手,与另一个"斗争",最后和谐相处。按照性别化的文化实践,通常奏鸣曲形式"有力的"第一主题作为男性,"柔和的"第二主题作为女性①。这里伯吉斯以(已婚?)夫妻(Louis XVI 和 Marie Antoinette?)的形式创造了拟人的有相互关系的人物。因此第一主题在文本中从技术上被复制了,因为它在以语义的想象内容类比(男性形象与"地毯的方切图案[squarecut pattern of carpet]"有关)形式出现的同时,如已经显示出来的,也以文字音乐/微结构类比的形式出现。第二主题也有一个与女性形象相关的双重参照,重点在"四",一个或者相当于主题第二小节四个四分音的元素,或相应于构成第一个乐句的四小节:

图12 莫扎特,G 小调交响曲(Symphony in G minor, K. 550),第一乐章,第 44—47 小节。

情节也沿着文化涵义激发的想象内容类比的线索展开。"呈示部"中具有性别色彩的第一与第二主题间的对立,以及调性上的距离被转换成两个人物之间地点上的分离。这两个人,至少就男性方面来说,想在"床的仪式"上相遇——性行为。传统上充满紧张感"发展部",被渲染为男性伴侣的暴力性幻想。他盼望着这场想象中的性相遇("他自己,他自己,他自己冷笑着,已经转化为暴烈的黑暗,他在维护又在伤害。他烧,他撕,要求得到腰肢"[83])。然而,这个情节还没有结束。它还在"再现部"中延伸,他返回有着"地毯的方切图案"(83)的大厅,并且凭借"正确的钥匙"

---

① 见上文,第 42 页。

(84)最终进入她的房间,介绍自己。按照奏鸣曲形式,莫扎特音乐的相应段落中,让两个主题在同一个调性上会合,伯吉斯则这样表现:两人最后通过性合二为一("她是他的,他是她的,他们是他们的,二者为一"[84])。乐章接近尾声,在接下来的"乐章结尾"以"貌似有序的自信和弦"(85)结束。在三页半以"展示"模式巧妙的参照音乐之后,这个参照在这里又一次以"讲述"的方式被证实①。

4.5 通过联想引用唤起声乐的形式

如我们已经看到的,一般媒介间性理论使得隐蔽媒介间性的主要形式——"讲述"与"展示"之间可以做类型上的区分,这个区分可以立即置换成文学中相应的音乐在场的主要形式,同时还有我们到现在为止所处理过的这两个类型的从属形式。然而,在文学中还有一种音乐在场的主要形式不能轻易从一般的媒介间类型中推断出来,因而,这里将在比较特殊的音乐-文学关系的语境中介绍:通过联想引用的另一种媒介(音乐)的唤起。

这种形式只能在一定的条件下存在,除了媒介主导条件(在讨论中的媒介间现象的分类中已经暗示,作为一种隐蔽媒介间性的变体):将要在主导("目标")媒介中重新呈现的非主导("其他"或"源")媒介或媒介次类型,本身必须是包含外显跨媒介混合的,是讨论中的主导媒介的成分之一。在音乐-文学媒介间性中,这样的一系列现象会在文学文本作为目标媒介与声乐作为源媒介之间出现,因为声乐是"纯"音乐与语言文本的外显跨媒介混合,本身已经包含了具有文学特征的媒介元素②。

---

① 交响曲接下来的三个乐章被以大致相同的方式译进小说,因此这部分是伯吉斯的《拿破仑交响曲》——主要的以文述乐的试验的缩小版。

② 这样一种混合体裁的另一个经典例子,体裁的一种成分正好是文学,是电影的混合了音乐、图像与语言文本。然而,这样一种杂交不是所有可能(源)媒介(如,不是绘画的)的典型情况。这也是我为什么在上一章关于一般的媒介间性中,未将这种现象作为媒介间转换的另一个基础介绍。

不难明白,至少有一部分混合体裁如声乐,其语言部分很容易便可转置进文学。用一般的方式表达,技术上是这样来完成的:通过转换两种媒介共有的(在声乐的例子中:语言文本)成分材料,从混合"源"作品(全部、部分、直接或间接)引用到"目的"作品中,因此源作品,包括它的其他没有被引用的部分,通过联想而被唤起①。关于音乐,埃基寇姆(Rodney Stenning Edgecombe,参阅 1993)已经指出文学中这样的唤起是如何起作用的(虽然他限制在"换词歌曲"[contrafactum,1993,第 7 页]中的间接引用歌词):文学作品中引用真实或想象的歌词(或歌剧咏叹调),通过联想②可以触发读者脑中的音乐。理想的情况是,如鲍恩(Zack Bowen,1993,第 33 页)在涉及《尤利西斯》时所说的,这能够使我们"阅读这个段落,就像我们听到音乐和语词",因为这部小说中频繁使用隐蔽音乐-文学媒介间性的技术。上文引用的段落就是一个例子(见第 59 页),其中唤起了弗洛托[Friedrich Flotow]的歌剧《玛尔塔》[Martha]中的一首歌:"回来吧,迷失的你/回来吧,亲爱的你"(*Co-ome thou lost one/Co-ome thou dear one*)(7.59 f. ,第 97 页)。

由于这种跨媒介手段卷入了引用,因此可以看作是其中的媒介间性融合了真正的互文性的例子。不言而喻,接受者可以这么认为,只有互文从实际的或虚构的前文本转换,才可以唤起跨媒介效果,如,由于引用记号和/或上下文而把引用的段落当作歌词。当然,在文学实践中这种手段在读者熟悉歌曲及其旋律时会产生最好的效果(就像乔伊斯必须先预设的一样),即主导媒介中"他者"媒介的跨媒介卷入之处,不只是作为所指,也作为具体的指涉,暗示了它的在场。

结果,通过联想的声乐唤起通常在具体的参照形式中出现。因而唤起的手段不仅仅可以看作是一种在文学文本意义中卷入了特定声乐作品

---

① 文学与电影之间的跨媒介关系中,这样一种过程也是可能的;一个合适的例子是,小说的一个段落中,从著名的电影中引用了个对话。在小说中,甚至存在一整个类型,以电影图像联想而写作的语言文本,即那种在电影之后写就的小说。

② 埃基寇姆的换词歌曲(contrafactum)实际上是这种简单一点的形式的复杂化:由它所模仿的文字文本的引用构成,但不同于著名的唱本,从而间接触发出音乐。

的互文媒介间性形式,而且好像与以文述乐也存在某种相似之处(尽管应该注意的是,严格的以文述乐通常不包含真正的互文引用[语言的])。然而,还有另一种可能,例如,假使布莱克的《欢笑歌》(见上文,第21页)中的音节如"啦,啦,啦"[la, la, la]或可爱的合唱调"哈、哈、嘻"[the sweet chorus of ha, ha, he]以文学人物或几个人物的话语出现,并且意在被读作(片段的)未指明的声乐作品。假若这样,对歌曲的参照结合了对"歌曲"体裁的一般参照或甚至只是对一种"旋律优美"(参阅 Kramer, 1999)的概念的参照。虽然好像没有涉及具体的旋律,这仍然是文学中通过联想的跨媒介音乐唤起。

无论如何,"通过联想的唤起"手段需要进一步的类型上的澄清。由于它与外显媒介间性的密切关系,这就显得特别必要,因为这里的"唤起"暗含了一种媒介的能指组成部分在另一种主导媒介中的直接在场。然而,通过联想引用的声乐的文学暗示与外显媒介间性,在以下两个方面上不同:一是他者媒介整合的部分正好与文本的语言媒介相同,因此不能从媒介上区分开来(这在外显媒介间性中是必须区分开的);第二是他者媒介卷入主导媒介的意义之中,目的是表现不直接在场(也即音乐的不直接在场)的歌曲。上文已经说明,"通过联想引用的唤起"事实上是在这个范围内证实的一种隐蔽或间接媒介间性。

在隐蔽媒介间性的类型内,"通过联想的唤起"位于"主题化"与"效仿"之间。就歌词来说接近于效仿,与歌剧脚本相似,可能在节奏或总体结构上模仿与其相随的音乐。另一方面也许是更明显的关联,至少通过引用一部分(如果说不是"源"媒介的一个成分的全部),而接近于主题化。然而,应注意的是"通过联想引用的唤起"与真正的主题化不完全是一回事儿,因为"主题化"意味着只是对其他媒介的一种(一般或特殊)参照,而不是这种将他者媒介的部分引入到"目标"媒介中的唤起,如在这里描述的这种媒介间性①。

---

① 结果,如果只是小说人物提到歌曲题目,文学上下文中没有暗示出歌曲在故事层面上的实现,就不能指向读者在脑中富于想象力地再创造出那/一支旋律,就应是"主题化",而非上文意义上的"唤起"。

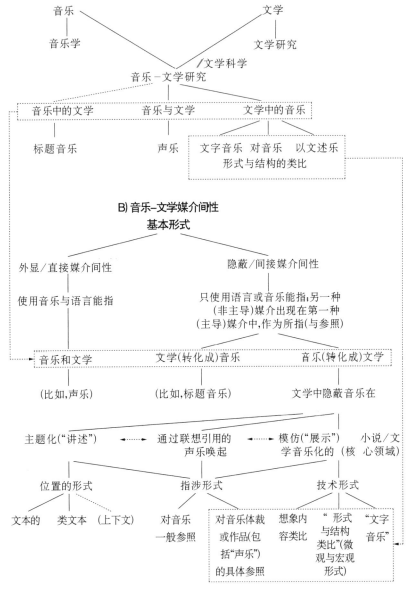

图表 III

至于通过联想引用的唤起与出现的位置(如74页第4章第3节讨论的关于主题化)之间的关系,当然,最经常的联系是与文本的出现有关,但类文本的出现原则上也不能排除在外。

作为关于通过联想引用唤起音乐的最后的论述，要指出的是，虽然理论上这种形式是文学中音乐在场的"主要形式"（与主题化和效仿一起），实际上没有主题化与效仿那么重要①。而且，类似于音乐的主题化，但与效仿不一样，它不构成我们兴趣的中心——小说的音乐化的核心部分，事实上它也许是独立地出现的。

为了对介绍到现在的类型区分作个总结，梳理我对薛尔有影响的类型区分的调整，我们可以将第 3 章末尾（见第 67 页）的图表 II 扩展成上面的图表 III②，由薛尔的系统（A 部分）和我自己的修改版（B 部分，其中重点在于"文学中的音乐"，特别是"小说中的音乐"；不过，如已经说过的，主要的类型稍作调整，大体上也可以转换到"音乐中的文学"以及"戏剧和诗歌中的音乐"）组成：

---

① 因此我在《音乐化小说与媒介间性：文字与音乐研究理论》（Wolf, 1999b）的类型划分中忽略了这种形式。

② 这个图表早一些的版本，参见伍尔夫，《音乐化小说与媒介间性：文字与音乐研究理论》，第 52 页。

5 如何在阅读时识辨音乐化小说

在前文呈现出来的音乐-文学媒介间性的类型中,我们暂且理所当然地认为音乐化的概念,是音乐不仅以主题化和/或通过联想引用唤起的模式卷入小说意义中,而且最重要的是以形象的模仿方式卷入。然而作为读者,如何意识到这样一种卷入,出于论述的原因而被悬置了起来。现在是时候回想起我们之前说的(见第2章),由于音乐和文学之间相似的性质与范围的局限性,因此限制了音乐以效仿的方式"在"小说中重新呈现的可能性。我们还应记住"小说的音乐化"作为这样一种效仿的结果,被归类为"隐蔽媒介间性"的隐性形式。对读者来说,在这种形式中"发-现"[dis-cover]音乐特别困难:不仅因为没有真实的音乐可以听,而且因为这种形式的性质也暗示着没有明显的对音乐的参照。所有这些的结果显然是:一般来说声称的音乐化小说与音乐化文学的"音乐性",很大程度上总是个隐喻,这种理由根本不是自明的。因此声称一个文学文本是音乐化的,要相当谨慎地对待。如果要将音乐术语运用到文学文本中,也同样应该这样。

很多音乐-文学批评显示,这种谨慎确实是必要的,因为缺乏理论的自我意识和普遍的"隐喻性印象主义"(Scher,1972,第52页)都损害了这种批评。盖迪[James Guetti]的《文字音乐:叙事小说美学》[*Word-Music. The Aesthetic of Narrative Fiction*,1980]就是一个意味深长的例子。盖迪简单地称为非逻辑与非线性小说的每一种"音乐的"形式,在这些形式中是能指层面(有时)支配所指层面。与这种印象主义同样惊人的一个现象是,评论家以不同方式装作可以在《尤利西斯》的"塞壬"插曲(部分)中,找到荒唐的多种异质性与部分互相冲突的音乐体裁:"赋格结构"(Cole,1973;亦可参阅 Rogers,1990;与 Budde,1995),"卡农"(L. L. Levin,1965—1966,第13页),"变奏"(Petri,1964,第35页),"回旋曲"(Böse,1984,第57页),甚至认出了"交响乐的"(Blamires,1966,第108页)或"歌剧元素"(M. P. Gillespie,1983),或被认为是与"音乐"密切相关的一个特别奇特的例子(Bowen 1967,第251页)。因而各处都很难避免对音乐隐喻的怀疑;常常只是作为批评语言的漂亮点缀,而不是用于探索式的目的。更可悲的是,经常在描述的文本中没有根据、无差别地使用音乐术语的趋势,总体上使音乐-文学媒介间性研究处于受质疑的险境。因此,经常性的混淆和滥用导致诸如在拉巴特的研究中可以看到的从整体上否定音乐化小说(参阅 Rabaté,1986①)的激烈反应,就不足为奇了。

面对经常的质疑,如果不想再无意义地使用音乐术语,问题出现了:何时在文学中使用音乐比喻确实是有意义的?何时我们可以使用音乐术语来阐释叙事文本,因为音乐化概念在这里好像特别成问题?或者,换一种说法,用强调读者的观点的其他词汇:如何在阅读时识别音乐化小说?

很不幸的是,这个根本问题还没有引起多少注意,即使一些理论家提出了许多警告,如薛尔(参阅 Scher,1972),特别是布朗②,他在现如今已变得著名的公式:"小心比较"[Caveat comparator](Brown,1984,第30页)中总结了他对"文学与音乐换置关系研究的理论基础"的思考。然而,即使是这些慎重的理论家们也很难为读者提供实际的指南,来决定给定

---

① 见上文"引言"中的引用,第4页。
② 关于这个讨论不太系统的一些成果,亦可参阅 Peacock,《音乐语言问题》(Probleme des Musikalischen in der Sprache,1952/1984)或 Cupers,《音乐文学创作对象的选择:阿道斯·赫胥黎的音乐评论》(De la sélection des objects musico-littéraires: Aldous Huxley critique musical,1981)与《查尔斯·狄更斯的音乐喜剧解读:若干比较研究以及音乐文学的比较研究法》(Approches musicales de Charles Dickens: Etudes comparatives et comparatisme musico-littéraire,1982)。

的文本(特别是如果是叙事文本)是否可以安全地视为"音乐化"了的或不是。我自己在第4章第1节中给出的音乐化小说的定义也留下了一些盲点,特别是在这个公式中:音乐化存在于"能证实的或至少令人信服地可辨认的与音乐(作品)的'形象'相似或(对作品的)类比,或类比音乐产生的效果"。何时音乐化是"可证实的",何时音乐化的意图"令人信服地可以辨认"呢?

提出这些问题意味着音乐化不能被视作单独的某种东西,只是简单地在文学文本中"在那儿",而是需要读者在文学交流过程中解码,所以也是一种阅读的结果。因此,读者个体的解码能力、他的参照框架特别是他的音乐知识和概念在接受音乐化文本中扮演了重要的角色。然而,这些读者的因素,就像在任何文学过程中卷入的读者反映一样,很大程度上都是主观的,也许是特殊的,在任何情况下都很难辨认。因为据我所知,在对读者反应中的音乐联想领域,至今还没有经验式的研究。我将集中在脱离个别读者而独立的因素,假定一个"见多识广"的读者,他卷入到了他那个时代的音乐文化,具备一定的音乐与音乐形式知识,至少达到在考虑之中的小说作品所预设的程度①。因为音乐化小说涵盖的历史时期几乎没有超过两个世纪,这个办法也许是可行的。

在下面的论述中,将系统地讨论(上下文)文本证据的类型与一些标准,以回答上文的问题,并澄清关于何时上文的音乐化小说概念可以合理地用于具体作品的问题,以便在用音乐隐喻来描述文本与将之写入音乐化文学的历史中时,我们可以被证明是正当的。同样,我们将集中在小说上,但下文我们将详细展开的同样也适用于一般意义上的音乐化文学。

---

① 我不得不接受审美幻觉理论相关领域中同样的局限性(参阅 Wolf,《叙事艺术中美学幻想和幻想断裂:以英语幻想受阻叙事文学为重点的理论和历史》[*Ästhetische Illusion und Illusionsdurchbrechung in der Erzählkunst*：*Theorie und Geschichte mit Schwerpunkt auf englischen illusionsstörenden Erzählen*]1993a),尽管希望出现的经验神经心理学读者反映研究的子学科(参阅例如 Miall,《文学反应中的期待与情感:从神经心理学的角度来看》[*Anticipation and Feeling in Literary Response. A Neuro-psychological Perspective*]1995),也许将会有助于阐明这里依然需要搁置的问题。

5.1 识别音乐化小说的证据类型和标准①

有诸多明显因素可以帮助我们识别音乐化小说。首先我们要做的是对这些潜在指标的系统概述,可以依此区分间接或上下文证据与文本证据(如直接包含在所探究作品中的证据)。

间接或上下文证据包括间接或次要的文献与事实,即所讨论文本之外的、适用于使音乐化小说看上去是合理的因素。这是指作家生活时代的一般文化语境与盛行的音乐和文学观念,使得他们偏爱媒介间性或音乐化的思想(如浪漫主义、现代主义或后现代主义美学及其对跨媒介试验各不相同的倾向,具体的音乐、文学观念及二者之间的关系)。此外,在各自文本责任人——作者的传记中,也可能会存在一些线索。因为一位作者的音乐知识,或至少是对音乐的兴趣,与他或她的演奏某种乐器,都可以使这位作者的小说音乐化试验显得更为合理。同样,如果有"双重天才"[*Doppelbegabung*]的证据,就是说如果一位作家可能是或已经是著名的作曲家,也可以使试验更可信。了解一位作者的大致音乐背景与程度也是有帮助的,尤其是他或她的非小说写作中显示出的对他或她②有效的关于音乐的概念。

当然,由于这些证据能够但却不必需指向所讨论作品,很明显这种间接证据只有一些很有限的指示价值。然而作者评论或处理音乐的频率和范围,在我们的文中却不能完全忽视,因为对这个问题否定性的证据至少也有一定的指示价值:比如,假设传记文献显示一位作者对音乐完全没有

---

① 关于这一章一些方面的简洁表述,参见 Wolf,《可以将故事读作音乐吗? 音乐隐喻用到小说中的可能性与限制》(Can Stories Be Read as Music? Possibilities and Limitations of Applying Musical Metaphors to Fiction,1992a),第 3 章,与《音乐化小说与媒介间性:文字与音乐研究理论》(Musicalized Fiction and Intermediality: Theoretical Aspects of Word and Music Studies,1999b),第 4 章。

② 这是 Huber,《文本与音乐:20 世纪精选叙述文学里叙事和意识形态功能关联中的音乐符号》(*Text und Musik: Musikalische Zeichen im Narrativen und Ideologischen Funktionszusammenhang Ausgewählter Erzähltexte des 20. Jahrhunderts*,1992,如第 135 页,第 169 页)在方法论上强调的一个观点。

兴趣,很显然,在这位作者的文本中给予任何音乐化小说的认同都将不会特别令人信服。

另一种间接证据的子类型,是同一作者可能的并行作品,因为在这类作品中小说的音乐化(或至少媒介间兴趣)已经确立起来或显示出可能性。然而具有同样的局限性。再一次地,要牢记所有间接或上下文证据的成问题状态。一般来说,这种类型的证据只会起到支持作用(很少相矛盾),但永远不能替代文本证据。

显然,更有价值的是对所讨论作品音乐性的直接参照,最好是作者他/她本身的评论,这些评论越具体、详尽,当然对阐释目的来说就越好。但即使是在正确无误的作者自我解释或自我风格化的情况下,关于这种证据的可靠性问题依然存在①。另外的问题(这也指上文讨论的其他类型的证据),即对一般读者而言相关文献有限的有效性。如作者书信或诗学文章中的论述:他的/她的某个作品是"纯音乐"(乔伊斯曾这么说自己的《芬尼根的守灵夜》,参阅 Schmidt-Garre,1979,第 267 页),对专家来说有指示价值,但对一般读者来说通常没用。

有效性问题显然不适用于第二种类型的证据:文本证据。在这种类型的变体中,有(主要是假设,因为相当少)一种可能,即语言文本与音乐/音乐符号之间某种外显跨媒介混合内在于考察中的作品,一种在这个作品中显出与音乐广泛关联的跨媒介现象。然而,这种证据的指示价值,即使在各自的作品中以一定的频率在相当的范围内出现,可能也是一种次要的类型,因为至多用于对音乐化论点的旁证支持。这个根据与音乐主题的融合程度而定(如第 81 页提到的伯吉斯的《莫扎特与狼帮》的例子),不过仍然是个有意思的现象。

另一种潜在的文本证据,是通过联想引用的声乐唤起的出现,然而也相对比较少。通过联想引入的音乐可能是一种暗示:文本中有比通过这种暗示更多的音乐,但是,与迄今为止讨论过的所有例子一样,并不都需

---

① Huber 在《文本与音乐:20 世纪精选叙述文学里叙事和意识形态功能关联中的音乐符号》(1992,参阅第 135 页和第 193 页)中不信任这种文学的"音乐阐释"基本上是对的,因为这种阐释主要基于作者的自我诠释,而且不加批判。

要如此。这里也用到频率与范围标准,并且还有这种唤起的具体与详细的程度问题。如上文提到的(见第 4 章第 5 节),比起对唱着某种歌这种不具体的暗示,对著名声乐作品的具体参照,更能唤起读者脑中的音乐。然而,因为从效仿音乐的意义上说,这种唤起不是真正地去音乐化语言文本,它们的出现也只具备有限的指示价值。

比较重要的音乐化指示也作为音乐化本身的核心出现,即,跨媒介效仿领域的指示。若没有从这种文本证据中证实,所有前文讨论过的证据类型当然都没有意义。它由三个部分相关原则的效果构成,来源于我们在第 2 章中讲的所有音乐的大体特点:突出音响原则,自我指涉化原则与偏离指涉或语法一致性和(叙事)合理性原则。由于音乐的有序声音本质、重要的重复出现与自我指涉性,如果叙事文学文本显示出下列征状,确实可以说至少接近了某些音乐特征:

1. 如果文本话语具有不寻常地突出语言能指的音响维度的特点,即强调感觉(听觉的)经验(从技术上来说是通过文字音乐实现了这个"突出音响原则"),并且使用了诸如音高、音色、音量,尤其是节奏这些元素,超越了纯粹口头形态的模仿①;

2. 如果文本话语和/或故事(元素),包括意象,显示出一种明显的模式构成或重复出现(在音韵学上、语法的、语义的或主题的层面)趋势,因而产生了不平常的文本自我指涉性(这种"自我指涉化原则",技术上与文字音乐、对音乐的结构与想象类比相关联);

3. 如果文本主要因为一般性地突出"音乐的"音响和/或模式与重复出现("以文述乐"也因为它对个别音乐作品的准互文参照),具有明显地偏离了以下几个传统的或典型的故事讲述的特点:偏离(模仿的)异指涉性,如对可能的(更是指外部的)现实中事件的参照(一系列);偏离似乎遵从文本外现实与由常规形式触发的叙述连贯性与合理性;有时甚至偏离语法的正确性(这个"偏离叙事合理性与指涉的或语法连贯性原则"可以

---

① 从传统上来看,对口头形态的效仿是真正的文学手段,这通常与小说的音乐化毫无关系。

同时在文字音乐领域与创造对音乐形式/结构和想象的类比中显示出来)。

可以看到这三个原则对叙事的影响,它们通常会产生一些效果。下面可以简单讨论这些影响与它们对可能的音乐化的真正指示价值,以及一些用来进一步评估源于文本特征的、可以说是遵循了三个原则的证据的参数和指示:

1. 由三个原则产生的(音乐的?)效果:一般来说音乐效仿征状的存在,源于前述原则在对叙事语言与惯例的典型、常规使用,在各自叙事中的陌生化结果中。对读者来说,就像可以从上文对伯吉斯《莫扎特与狼帮》的冗长引用中(见第 86—87 页)体会到的一样,叙事话语效果通常或多或少明显地显得晦涩,如果不说是一种疏离的感觉。换句话说,所有这些使得对叙事的阅读出现了某种程度上的困难。因而如果尝试沿着指涉的叙述线索,"与媒介相悖"地来"阅读"音乐,便产生了一种双向的效果。强调音响,是一种不寻常的、明显的偏离,特别是在小说中。重复、再次出现模式与自我指涉性的强烈倾向也是如此。自然地,越是音乐化了的文本越是偏离常规因而越强化了这种晦涩,当然这也增强了它们的指示价值。然而,推到极限,这种偏离最后将使文本无法被认为是叙事。这也就是任何小说的音乐化将遇到的逻辑限度:完全音乐化的叙事是不可能的。

如果说晦涩常常是音乐化的指示,就像作为前述原则的结果那样,但很显然不是所有的叙事晦涩都是音乐化的。因此若要确定这些原则的跨媒介性质,必须还有其他进一步的指示与参数。

2. 仍然是在这个具有征状效果内进一步的指示之一,可能是谐音的效果或通常认为是音乐特征的"和谐",至少对持传统音乐观点的读者来说是这样的。然而,这很成问题,至少乍一看来。诚然,不是所有的音乐声音对所有听众而言都是好听的,一般来说也不能将"和谐"定义为音乐必备的特征。而且,这个标准太容易让自己陷入一种评价性的印象主义,而不能用来辨别音乐化的小说。特别是当仅仅作为文学话语修饰的"诗意语言"使用时,尤其如此。

从理论的观点来看，和谐的效果还不够重要。但如果从历史的和功能的角度来看，情况便不是这样，特别是与秩序概念相关联时。毕竟，从毕达哥拉斯的宇宙音乐思想开始，音乐一直作为秩序与和谐的象征，因此主题、世界观或话语结构层面上对这些元素日渐增多的关注，确实可以在辨别音乐化小说中起到一定的作用。

3. "情感性"，这个经常用作支持文学音乐性的观点同样是成问题的，这在关于音乐的意义中已经讨论了，但在有些情况下也可能有助于对音乐化的辨别。弗莱（参阅 Frye,1957,特别是 xi—xiii）与薛尔（参阅 Scher,1972,第 56 页）排除了这个标准，我自己在之前对小说中音乐指示的讨论中也是这么做的（参阅 Wolf,1992a,第 213 页），因为对"丰富的感情语调"的察觉常常不过是对"和谐"的文学文本的积极反应。即使诉诸情感可能是音乐常有的效果，但我们必须记住不是所有的音乐都是这样的。此外，情感性远不只属于音乐与文学，实际上可以在所有的艺术中感受到（参阅 Füger,1998,第 44 页）。如果只从理论的观点来看，我们又一次倾向于拒绝将情感性作为声称的音乐的标准。

另一方面，必须再一次考虑历史的和功能的观点：音乐与情感表现之间特殊的密切关系几个世纪以来一直都是音乐美学的重要内容，特别是在浪漫主义与后浪漫主义的语境中（亦可见下文第 6 章，第 138 页），因此，对感觉的强调对音乐化问题而言在功能上具有重要作用，不能完全排除其作为可能的指示。但情感性与和谐无论如何都不能被视作主要的，更不要说是单独的音乐化标准。由于它们多少成问题的性质，两种标准都只是在某种历史语境中对音乐化问题是有益的，假若它们和其他不那么成问题的指示一起出现。

4. 对这种指示的辨认，前文提到过的原则的出现"频率"与"范围"参数是有益的：如果这些原则与它们的结果——对传统或讲故事特征的偏离，不仅仅是在罕见和孤立的小范围中出现，而是遍布在漫长的文本中或很频繁地出现，对辨别音乐媒介间性问题而言，它们自然变得比较重要。

5. 同样重要的是"与功能和解释相关"的参数。已经讨论的作为模仿音乐潜在迹象的标准，大体上还有别的意涵。就对传统或典型的故事讲述的偏离而论,即使它们频繁出现、在很多段落中很突出,造成了深度晦涩,这更应该被看作元小说,而不是音乐化小说的证据。与(音响的)和谐和情感性效果一起,同样的标准如果是孤立的,也仅仅表示是"抒情小说"①。然而,如果不将文本的主题、(美学的)规范层面放在与音乐的功能关系中便不能轻易对之进行阐释,那么所有这些作为音乐化征状的指标与参数的指示性质便在加强。例如这样一种情况,小说中音乐作为元美学主题的一部分(如《莫扎特与狼帮》中,伯吉斯对莫扎特的致敬),尤其是这个主题可以解释为构成了试验美学的一个元素。在这种美学中,去指涉化现象、感觉与语言的音响特质非常重要,甚至文学与音乐的跨媒介关联也许都有其作用②。

6. 在辨认模仿音乐的过程中进一步的一个参数是暗含的音乐参照的特殊性。同样,高度的特殊性,可以是指特定的音乐形式或个别的作品(这种情况下的参照是准白文的),而这有助于对所考察的话语手段的音乐性质的解码。如果可以发现参照著名的音乐作品,尤其是如此,就像在伯吉斯的"K. 550(1788)"的例子中一样。也就是说,如果在阅读过程中认出了潜在的音乐手段与指示,可以将之并入以文述乐中很容易辨认的那一类。

上面的一些观点,以及任何试图音乐化的小说都会受到的局限,还有迄今为止所讨论的指示,将简单地以乔伊斯的《尤利西斯》中著名的"塞壬"插曲的开头来举例说明。即使这里作为指示的以文述乐缺席,这些诗行也惊人地说明:在实现文学模仿音乐的原则上,结合前述的某些高度参数(1、4 和 5),小说的音乐化可以走多远。读者在这里面对的是一页半相当密集、难懂的文本(11. 1—63,第 210—211 页),这可以看作是一个极端的例子。语言在这里与那种非指涉"纯形式"的音乐特征③非常接近。这

---

① 没有完全将"'抒情'小说"与"音乐性小说"区分开来,Freedman 将后者称为前者的一个"分支"(《劳伦斯·斯特恩与音乐性小说的起源》[*Laurence Sterne and the Origins of the Musical Novel*],1978,第 11 页),也许是他下文对《项狄传》(*Tristram Shandy*),这是他的音乐性解读显得可疑的原因之一,见第 5 章第 2 节。

② 为了认清"展示"领域话语手段的音乐性阅读的这种功能上的"支持","讲述"领域的指示是必需的;见下文。

③ 因此甚至 Rabaté(《塞壬的沉默》[The Silence of the Siren]1986,第 84 页)也不得不承认这个"序曲"(ouverture)是"纯粹的音乐段落"。

里，前面的几行作为例子也许便足够：

> Bronze by gold heard the hoofirons, steelyringing. Imperthnthn thnthnthn.
>
> Chips, picking chips off rocky thumbnail, chips.
>
> Horrid! And gold flushed more.
>
> A husky fifenote blew.
>
> Blew. Blue bloom is on the.
>
> Goldpinnacled hair.
>
> A jumping rose in satiny breast of satin, rose of Castile.
>
> Trilling, trilling: Idolores.
>
> Peep! Who's in the.... Peepofgold?
>
> (11.1—10, p.210)

> 褐色挨着金色，听见了铁蹄声，钢铁零零响。
>
> 粗噜噜，噜噜噜。
>
> 碎屑，从坚硬的大拇指甲上削下碎屑，碎屑。
>
> 讨厌鬼！金色越发涨红了脸。
>
> 横笛吹奏出的沙哑音调。
>
> 吹奏。花儿蓝。
>
> 绾成高髻的金发上。
>
> 裹在缎衫里的酥胸上，一朵起伏着的玫瑰，卡斯蒂利亚的玫瑰。
>
> 颤悠悠，颤悠悠：艾多洛勒斯。
>
> 瞥儿！谁在那个角落……瞥见了一抹金色？
>
> (《尤利西斯》，萧乾、文洁若译，译林出版社，第339页)

显然，这里可以看到，或更应该说是听到对语言音响层面给予了非常不寻常的关注，通过头韵（"Blew. Blue bloom[...]"）、一些疯狂的语词形构（如，"Imperthnthn"），或者之后的突出拟声（"Jingle jingle jaunted jingling"

[11.15,同上])来显示出来。除了这些杰出的文字音乐例子,"塞壬"引言也显示出音乐形式重复出现的同样不寻常的密度(特别突出的是重复、篇首词语"Bronze by gold"的各种融合与变体)。这些做法的结果是,对整个引言的总体印象是一系列难解的短语和语句碎片,缺乏一贯的叙述异指涉性,无视语法规则,传达的几乎是不可理喻的晦涩印象。事实上,初次阅读无法对文本加以理解。然而,就像任何人在他或她的阅读过程中将发现的,不能将这个段落看作是孤立于其他章节之外,而是引子。"塞壬"接下来的部分,回溯性地重现了引言部分的意义:它们预示了动机、主题材料,以及余下章节的发展轮廓。只有在文本的大部分是更为清晰的叙述,低程度的音乐性晦涩,较高程度的指涉透明度时,这种感觉的重新建构才是可能的。这再一次让人想起所有试图音乐化的小说的主要局限:在叙事文本中纯音乐形式的不可能性。如已经说过的,文本音乐性程度越高,作为叙事小说的可辨认性就越低。假如下文章节的主要部分不在某种程度上至少厘清它的高度晦涩,乔伊斯的引言已经越过了叙事的极限。

的确,没有人会怀疑"塞壬"引言的令人不安的效果。有一种观点是,这是由音乐的媒介间性努力引起的,在一定程度上可以通过这个段落功能上与整体上影响《尤利西斯》的激进现代主义美学的联系得到确证,特别是后面的部分,而这些通过"塞壬"插曲引介出来。这是种偏离模仿而对语言的物质性给予越来越多关注(除书面之外还有口头的与听觉的)的美学。很显然,"塞壬"引言可以看作这种实验美学的杰出例证。然而,这始终仅仅加强了和音乐的密切关联的合理性,而没有成为必然可信的论点。毕竟,如已经指出的,不是所有基于放弃模仿、连贯的故事讲述与突出语言物质性的晦涩试验,都需要成为"音乐的"。事实上,增加自我指涉性与减少叙事话语的透明度,因此偏离了以故事为中心与叙事指涉性(至少是传统小说的特征),并不会自动地暗示这种结果就会唤起音乐。

将乔伊斯的"塞壬"引言作为音乐化小说来解码的问题说明了一些更广泛的关涉:只与音乐模仿手段结合(如,我们如何确认特定技术或参照具体音乐作品功能上的关联,如果我们把自己限制在跨媒介"展示"的领域?),上文标准的指示价值是不够的,并且几乎到目前为止提到过的所有文本证据类型,事实上都同样不确定。外显跨媒介混合与对声乐作品的语言引用的出现,至多是对音乐化论点的外围支持,声称的模仿音乐的征状也许也可以由纯粹的文学内实验或如上面提到过的叙事的"抒情"性来说明,无论如何不是由音乐-文学的媒介间性来说明。识别音乐化的这个问题源于其作为隐蔽媒介间性隐性形式的性质,一种听不到真正音乐的形式。

我们可以认知框架理论①来重构这个问题。长篇小说和短篇故事由于语言叙述的性质与其他文化上实现的信息,"自然地"进入了"文学"的媒介框架。一旦读者选择了这种框架,框架就从他活跃的意识中消失了,至少在接受绝大多数的文本中(这些文本不突出它们的媒介性②)是这样的,但这并不意味着这个框架不再影响阅读过程。将文本当作音乐来读,应相当于从建构牢固的"自然"到"不自然"的指涉框架的转变,这从来不会自然地完成。在叙事中也许甚至可以避免运用前述的指示,因为"小说"框架在这里像是不合适:在这些例子中,读者的反应大概是寻找最近的文学框架,也就是"诗歌"框架。

所有这些显示,为确保参照"陌生的"音乐框架来阅读文本,必须使用强有力的记号。即使"展示"模式中的旨在音乐-文学的艺术换位[transposition d'art],使用了最精心的手段,如"塞壬"中使用的,充其量也总是停留在隐性的音乐性上,我们只能知晓这是受到试图音乐化的影响,不是其他别的。如果我们得到显性框架,即:在语言框架中鼓励使用"音乐"框架。这种显性框架,如伯吉斯的作为作品一部分的章节标题"K. 550 (1788)",在主要题目中提及"莫扎特"(乔伊斯的"塞壬"也存在这样的框架,将在第8章第2节中详细讨论)③。事实上,如库伯斯(参阅 Cupers,

---

① 至于文学中的框架理论与"构架"(framings)(框架标记)的关联,参阅 Wolf,《小说框架:叙事学概念反思与一个例子——布雷德伯里的〈谎言〉》(Framing Fiction: Reflections on a Narratological Concept and an Example: Bradbury. *Mensonge*, 1999a)。

② 当然,许多文本包含了自反元素,有些甚至会唤起整体上的(于是成为如"元小说"或"元诗歌"或"元戏剧"的样本)自我或元反映;然而只有一小部分自反性达到了作为语言媒介性基本特征的程度。

③ 在小说中意味着在音乐框架内阅读,在自反性方面,首先是这个框架所使用元素中包含的元文本信息,这无疑可以从进一步的自反性元素中找出。这个过程也许是理论上已经探讨过的(见第3章第5节)机制之一,我们在本研究的历史部分将一再地遇到,也就是说媒介间性与自反性之间通常有着某种密切的关联。

1981,第 275 页)和其他学者已经指出的,所有"展示"模式的音乐类比,如果要像这样来解码,都需要一定量的明晰的刺激源,直接或间接地"告诉"读者音乐的阅读是可能的或有意的。这种主题化,如我将命名的,构成了上文勾勒的间接的或上下文证据类型的主要组成部分,但我们这里关心的是文本证据所具有的更大的指示价值。

按照克莱默(1992,第 140 页)的说法,文学文本中以显性方式"指示"出精确对应于"指涉对象"的跨媒介意义的必要性,是对音乐中相对应例子表达意义解码过程所必需的。音乐中的一些"指涉对象"甚至显示出与文本的主题化类型具有重要的相似性,这种主题化是文学中表明音乐化的必要条件:"……标题、大纲与题辞;对音响、风格或具体作品的音乐暗示。"(1992,第 140 页)[①]在第一种情况下,与文学类文本的相似,第二种情况下与文本内主题化的相似。

与其他证据类型一样,音乐(类/内)文本主题化的不同形式也具有不同程度的指示价值。下面的参数也许可以帮助确定,在这种主题化的基础上,给定的文本或故事在何种程度上可以被当作潜在的"音乐化小说":

1. 主题化的特殊性或具体性:在所有情况下出现的——包括类文本(与上下文)的——音乐术语可能或多或少都被用作"修饰性的"(因而含糊)隐喻,否则就是以具体的方式真的指向音乐。第一种可能性的例子,是狄更斯《艰难时世》中第 5 章的标题"主调音"[The Key Note],一个纯粹以隐喻方式预示的标题,因为在接下来的章节中(工业城市反常的生活条件)是对中心背景(焦煤镇)的描写与主要"主题"的介绍。第二种可能性的例子是伯吉斯的标题《拿破仑交响曲》,明确参照贝多芬的 Eroica(降 E 大调第三交响曲)。显然后者(准互文例子)具有比较高的征状价值[②]。

[①] 然而 Kramer 像是只考虑 Cupers(《音乐文学创作对象的选择:阿道斯·赫胥黎的音乐评论》[De la Sélection des Objects Musico-littéraires: Aldous Huxley Critique Musical] 1981,第 275 页)所谓的"内部因素"[considérations intérieures](我称之为"类文本与文本主题化")而忽略"外部因素"(considérations extérieures)(Cupers,同上:库伯斯的类型对应于我的"语境主题化"类型)。

[②] 不过应记住的是像章节标题或前言这样的类文本也会是"不可靠的"(虚构的)修辞策略的一部分。

2. 参照范围(音乐参照对全部或只是部分文本的适用性):有关音乐化现象的评论可能涉及的是给定文本的部分或总体。显然,那些具有一定功能的音乐主题化,只是涉及给定小说的部分文本〔如,伯吉斯的《莫扎特与狼帮》中"K.550(1788)"作为独立章节的音乐性标题〕的,与那些参照作品整体的文本相比(例如,《拿破仑交响曲》作为整部小说的标题),一般来说关于是否是音乐化的问题不那么重要。

3. 音乐主题化的频率和范围:正如音乐模仿中较频繁与范围较大的音乐主题化,尤其是如果这些意味着音乐的"主题"(特别用于文本的出现),作为可能的音乐化迹象,与整部小说中如只有一两个有关音乐的词语相比,具有较高且更可靠的指示价值。

4. 参照的特殊性与功能(异指涉 vs. 一般元美学/元媒介或元文本 vs. 明确的元小说主题化与所讨论作品的直接自我指涉):与在音乐模仿领域的指示一样,一般来说,如果对音乐的参照在功能上高度相关,同时也是对主题化的加强。程度相对低的可以归属于主要作为异指涉功能的音乐主题化(如,作为人物音乐偏好的例子)。更重要的是那些具有某种元功能的例子,也即那些暗含了些一般美学或媒介问题的例子,这些问题至少可能与正在阅读的那个文本间接地关联。如第3章第5节中解释的,不是所有小说中的音乐主题化同时是"元美学"或"元媒介"表达,但作为可能的音乐化指示,可以具有特殊意义。这是合理的,因为就是将文本音乐化的这个行为,已经暗示了(隐含)作者高度的元美学意识。如在语境主题化的例子中,那些元表达当然具有最高的指示价值,它包含了各自小说作品音乐性的直接参照,因而,融合了元美学或元文本/元媒介与直接自我指涉的元小说思考。所以,卢梭的《新爱洛伊丝》(即使棘手,但在主题上很重要)中对音乐美学的一般讨论,对一个可能对该小说可能的(但在这个例子中没有)音乐性感兴趣的人来说没什么价值,比起赫胥黎的《点对点》中的寇勒斯的"小说音乐化"(第301页)的元小说计划来说。寇勒斯的评论,是由虚构作者在他做的实验小说计划中作出的,显然是暗示了赫胥黎自己的实验小说的一个嵌套式结构[mise en abyme]①大纲,作为文本元小说,揭示出诸多关于《点对点》②(预期)的跨媒介状况。

5. 可靠性:不言而喻,与上下文主题化一样,涉及音乐化手段或意图的个别表达,以及所有前述标准的指示价值最终取决于说者的可靠性,这是叙事学(参阅 Nünning 编,1998)中最近被日益关注的问题。在文本证据方面,类文本与文本内主题化的位置区分在这个语境中比较重要,因为通常类文本的陈述特别可靠,一般地,它们或多或少可以构成(隐含)作者的直接评论。理论上来说,下一个可靠性来自(可靠的)文本内叙述者,最后是人物,虽然在各自例子中可靠性的程度有所不同。

不幸的是,与小说中试图模仿音乐情况一样,大部分"主题化"类型的指示也不是完全可靠的小说音乐化的迹象。因而,即使像纪德的《田园交响曲》(1919)这样,在小说题目中具体使用了音乐的表达,但对文本是否真的音乐性来说可能还是危险的。潘热[Robert Pinget]的《帕萨卡利亚舞曲》(1969)也是这样:虽然这部新小说[nouveau roman]在其仿效了主题与变奏的大致结构范围内是音乐化的,但并没有准确显示出标题所宣称的音乐模式。可以想象,这种不可靠的情况在叙述者与人物层面甚至更常见。即使非常有帮助的主题化,如相对可信赖人物的文本元小说表达,结果都可能是个假的线索。例如,在纪德的《伪币制造者》(即使这些跨媒介思考显然影响了赫胥黎在《点对点》中对寇勒斯的想象,以及他的小说音乐化计划)中,爱德华叔叔[Uncle Edouard]的沉思就是这样的:

> 我想取法的是颇像音乐中赋格曲的那种技巧。我想不出在音乐中可能的,何以在文学中就一定不可能……③

---

① 关于嵌套式结构(mise en abyme)的概念——艺术作品中高层(元素)对低(虚构的)层的镜像——参阅 Dällenbach,《递归嵌套叙事:关于剧中剧的若干文章》(Le Récit spéculaire. Essai sur la mise en abyme)1977/1989。
② 具体细节见下文,第 10 章第 1 节。
③ 纪德,《伪币制造者》,盛澄华译,上海译文出版社 1983 年,第 185 页。——译者注

与《点对点》相比,这些元小说评论在《伪币制造者》中作为音乐化的指示,只有非常有限的价值:事实上文本没有以展示的方式证实这里以讲述的方式所宣称的。

这些局限性的结果很清楚:与模仿音乐的征状一样,一个指示通常是不够的,个别因素信息价值的加强与其他指示确证音乐化思想的数量成正比。更重要的是事实上仅仅是纯粹的主题化,或纯粹的试图模仿(更不用说外显跨媒介混合或通过联想引用唤起音乐的例子)本身都是不够的:在后者的例子中,音乐参照的辨认在很多情况下都极其困难,如果说不是不可能;在前者的例子中,即使试图音乐化的高度"讲述"主题化,如果不在"展示"层面与话语策略匹配,仍然是空洞的。

上文讨论的证据类型可以归纳为下面的表格 IV:

小说音乐化的潜在证据类型

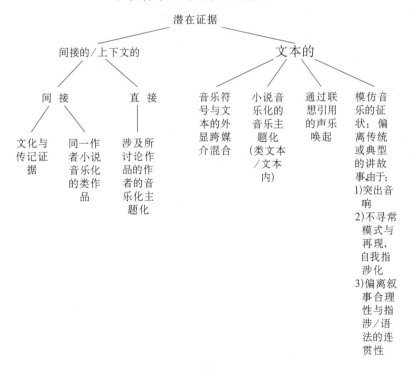

表格 IV

关于适用于个别证据类型的(多组)参数与指示,可能有助于(进一步)辨别给定小说文本的音乐化,使它看起来是可信的。这些可以归纳为以下条目,其中下面以特殊字体标示的标准是具有相对较高的指示价值的,证据的类型根据它们递升的重要性划分:

当然,所有指示具有意义的前提是读者个人的解码能力。除此之外,上文所讨论的几乎所有例子中的证据类型,单独证据类型的高频率和大范围出现,比起出现相对少与范围有限(因此这些参数不再列出)的,将被赋予更高的指示意义。另外,下面是根据不同证据类型列出的参数目录:

1. 间接的/上下文证据 I-间接/外围的(文化或传记的)证据:

a. 关于所讨论作品各自证据的高度特殊性 vs. 仅仅间接或模糊的适用性;

b. 高度可靠 vs. 不那么可靠。

2. 间接的/上下文证据 II-同一作者包含/是音乐化小说的并行作品:这里所提到的所有其他标准可以递归使用。

3. 间接的/上下文证据 III-小说音乐化的直接主题化:如 1a)和 1b)的参数;最重要的是所讨论的作品,在著者的自我解释中特殊性与可靠性的结合。

4. 文本证据 I(它本身比上下文证据重要)-外显跨媒介混合:这里音乐"段落"(音乐表示法的范例)高度的主题化整合到语言文本中,比孤立的出现(在下文作比较,7c)将产生更有说服力的证据。

5. 文本证据 II-主题化:

a. 高度特殊性和具体性 vs. 参照音乐的隐喻性;

b. 音乐参照对所讨论文本的总体或只是部分的适用性;

c. 主题化(音乐-文学媒介间性直接主题化)的特殊自反性质/功能 vs. 一般元美学沉思和纯粹指涉主题化;

d. 音乐主题化说者的高度可靠性 vs. 不那么可靠;与此相联系:类文本 vs. 文本主题化。

6. 文本证据 III-通过联想引用的声乐唤起:参照著名的、具体的声乐作品,而不是如虚构的歌曲或"歌唱性"的抽象想法,将提高指示价值。

7. 文本证据 IV-模仿音乐的征状(包括偏离传统或典型的讲故事的

证据,及其"晦涩"效果,或由于突出音响、自我指涉化或偏离叙事合理性与指涉或语法连贯性):

　　a. 高度音响的)和谐和/或情感性与低程度上的(?)

　　b. 暗含音乐参照的特殊性(对个别音乐作品或形式)vs. 音乐参照的一般性;

　　c. 在音乐阅读的语境中,偏离传统讲故事的功能和阐释上的高度关联,与一些或很少缘由来说明这种偏离的结合,vs. 无甚关联和存在有说服力的选择;

　　d. 偏离传统讲故事的高度密集性和随之而来的晦涩效果 vs. 低程度的。

　　已论述过的与音乐主题化相关的标准,适用于整个目录与各种证据类型:这些标准与(多组)证据,没有一个能够单独便具有决定性价值;它们的意义更取决于累加的效果。虽然在这样的累加中没有上限,但讨论给定文本的音乐化是否有意义的最低要求是:

　　1. 第7种"文本证据Ⅳ-模仿征状"证据的存在:至少三个主要音乐化证据之一必须在场;

　　2. 第1到3或5中某些证据类型的存在:上下文的,或更好的是文本的"音乐主题化";

　　3. 在"主题化"特别是"模仿"(第5和7类型)层面上音乐元素的"高频率与大范围"标准的适用性,是进一步的要求,如果我们不仅仅谈论纯粹的音乐化小说段落,而是整部音乐化小说(长篇小说或短篇故事)。

　　然而,即使在上文的大部分标准适用的地方,也不得不承认对小说音乐化概念以及它的无可争论的"可证明性"思想的某种怀疑也不能完全免除。面对叙事小说的一段,不用说整部小说作品,"音乐化"总是一种可以讨论的陈述。但将这样一种陈述置入二元对立的"是或不是"中,也许也是有问题的。毕竟,辨认音乐化叙事的多重标准之间区分的可能性,难道不是也表明"音乐化"不是一个"或-或"或"是或不是"的问题,而是一个"多或少"的问题?"音乐化"确实像是不仅在艺术转换的技术使用方面而且在其密集度方面都很不同的现象,这产生了进一步的可识别性问题,至少在密集度比较低部分是这样的。密集度极高的部分亦如此,正如已经说过的关于乔伊斯"塞壬"的开头部分,一个文本获得越多的音乐性质,(传统)叙事性变得越少——这也证明了已经指出的,即完全的小说的音乐化是不可能的,因为在设想的例子中,这种音乐化文本将无法被辨识为叙事①。

无论如何,上面潜在证据的类型,在这些类型内部或之间起作用的各种各样的参数,以及每个例子中适用的标准,也许至少可以防止那种对某种叙事音乐性的印象主义的论述,这种论述曾使拉贝特(Rabaté,1986)一笔勾销了音乐化的概念。此外,它们可能揭示出小说的音乐化毕竟不是那么难以捉摸的现象,以至于使用这个概念毫无意义。

在何种程度上,我们的音乐化概念与伴随的标准确实既可以作为对某些宣称"音乐的"文本或文本特点作印象主义阐释的拒绝手段,也可以作为证明与其关联的音乐术语的正当性的手段,现在将在可疑的或至少矛盾的例子的简短分析中予以揭示。这种情况将与下文历史部分分析(见第 7 到 13 章的)的更有说服力的小说音乐化例子相对照。这些文本,其中的音乐化努力大多极为突出,且影响整个文本(或章节),也许也可以读解为是对我的理论阐述的正面说明,并且作为下文对一个有疑问例子的简单考察的补充。

5.2 斯特恩的《项狄传》——一部"音乐小说"?②

斯特恩[Laurence Sterne]的杰作《项狄传》[Tristram Shandy],由于其试验性质,在各种各样的语境中都被认为是种子小说。例如,其创新的主观性建构、弥漫的元小说性与对传统意义系统和(模仿的)讲故事的准

---

① 参阅 Burgess 对一位作者的高度形式主义"接近音乐"(《这个人与音乐》[This Man and Music]1982,第 156 页)的小说的评论,"[……]如果他过于集中在形式上,将不再是小说家"(第 159 页)。

② 这一章是 Wolf 的《介于透明与模糊之间的情感语言:18 世纪英国感伤小说的符号学》,1992b;第 4 章的修订。

后现代主义的怀疑主义。英语中关于小说音乐化历史也是这样认为（大概并不意外）。确实，在《劳伦斯·斯特恩与音乐小说的起源》[*Laurence Sterne and the Origins of the Musical Novel*]（1978）一书中，弗雷德曼[William Freedman]曾宣称斯特恩的小说是最早的"音乐化小说"的例子。（第 28 页①）。

如我们将看到的，无法否认《项狄传》确实包含了小说音乐化的跨媒介努力的元素——总体上实验性的、非模仿倾向使它无论如何很可能偏离传统的"单媒介"故事讲述。然而，在进一步的考察中，所谓的《项狄传》（第 188 页）"遍布的音乐性"元素缩减到如此之少，以致弗雷德曼的书，价值只在于筛选了很多关于斯特恩、《项狄传》与音乐之间的材料。也许很大程度上这部小说可以看作是可疑的"比喻性的印象主义"的典型例子，即经常可以在文学批评中对音乐术语的使用中看到。与弗雷德曼的"主要地[……]音乐的小说"（第 14 页）的单维度阅读《项狄传》相比，我的观点是斯特恩的作品是矛盾的：虽然确实可以在一些细节中看到包含了 19 世纪后期与 20 世纪音乐媒介间性试验的萌芽，小说总体上不能称为"音乐的"，特别是如果使用上文第 5 章第 1 节中提出的标准时。

事实上，《项狄传》的音乐阅读到底是如何得成问题，也许在间接证据与文本主题化中已经可以看到。无可否认，有一些斯特恩对音乐的热情兴趣的间接证据，特别是他演奏古大提琴[viola da gamba]（参阅 Freedman,1978,第 14—16 页与第 192—193 页,注释 25 和 26）。然而在弗雷德曼引证的上下文材料中，无论如何没有直接证明斯特恩去音乐化《项狄传》的特别意图。至于进一步的间接证据，也没有其他任何一部斯特恩的小说作品可以表明可信的音乐化尝试，没有可以诉诸的并行例子，至少给《项狄传》的音乐化一些可能性。

就文本证据而言,《项狄传》不包含外显跨媒介元素（音乐符号）表示音乐的在场与也许是对音乐的关注，也没有类文本的音乐主题化，这样可

---

① 参阅：还有"……斯特恩是第一个大规模将音乐技术与模式带入小说的作者……"（第 17 页）。

能泄露音乐化意图。虽然如此,是存在一些文本内音乐主题化可以理解为有这个倾向,但就像我们将揭示出来的,这个重要证据类型的指示价值非常模糊。

在故事层面上有一些对音乐的暗示,大多数集中在托比叔叔[如他一再地用口哨吹 Lillabullero①,这也是为数不多的一个可能可以看作通过联想引用的声乐唤起的例子②]。不过,总的来说,这些主题化远不够突出到可以构成一个持久的音乐主题(如,托马斯·曼的《浮士德博士》[Doktor Faustus]中对音乐的讨论),它们偶尔的出现与有限的关联,很难从中推断出弗雷德曼所认为的(第139页)"弥漫的'音乐动机'"。

然而,有一种音乐的主题化,甚至是音乐隐喻性地应用于文本——虽然不是用于叙事小说,而是用于一种通常被归类为非小说的文本——需要给予更多的关注:约里克的试图将他的布道"音乐化"(参阅Ⅵ/11)。仔细看一下这一章是值得的,因为约里克(虽然是次要的但不是不重要的人物)的跨媒介试验,最后可能是一个在总体上影响《项狄传》的类似嵌套式结构的泄密者,因而是隐蔽元小说形式的音乐主题化例子。如特里斯舛在熟读约里克的手稿时发现,曾是"音乐人"的教区牧师,当他写下他意味深长地称为"作曲"[composition(s)](第413页)的东西时,用了各种各样的"音乐术语"(第414页)。然而,这个古怪的内叙事层(intradiegetic)③的音乐媒介间性之旅,不是通过叙述者的表述(在这种情况下,可能也有人会说是作者)来作为一般的适合音乐化文本(包括小说)的可行范式,而是在唤起音乐现实上完全地失败了——至少对读者来说是这样的。特里斯舛,作为作者死后出版的这些布道的读者,承认"把那样一些隐喻古怪地应用到著作上,这些音乐术语在他的(如约里克的)想象中留下了非常

---

① 英国内战时期的一种进行曲。——译者注
② 然而严格来讲,由于托比只是吹出曲调,这个引用简化到只是个纯粹的标题"Lillabullero"。然而这个语境中有时会暗示出剧情世界里真实音乐的在场。
③ 关于"(内)故事"层[叙述故事的主要层面]、"次故事"层(故事之内的故事层)与"外故事"层(故事之"外"的层次,如虚构叙述者层)之间的区分,是从 Gérard Genette(参阅《辞格三集》[Figures III],1972)的叙事学接受过来的区分。可以参阅 Rimmon-Kenan 的《叙事虚构作品:当代诗学》(Narrative Fiction: Contemporary Poetics,1983),第91—92页。

深刻的印象……",但他很怀疑"它们对别人的想象是否也如此"(第414页)。他自己无论如何全然地困惑:

> 约里克把 *lentamentè*[法文:缓慢地],-*tenutè*[持久,持续到足够价值],-*grave*[极缓,庄严地],——有时候 *adagio*[缓慢地,优美地]……而且用它们概括他的一生布道文的特点到底用意何在,我不敢妄加揣测。——我发现有一篇上面标有 *a l'octava alta*![以高八度奏]——另一篇背面写着 *Con strepito*[吵闹地];——第三篇上面是 *Siciliana*[慢(如西西里舞曲风格)];——第四篇上是 *Alla capella*[教堂风格,不用乐器伴奏];——这篇上面是 *Con l'arco*[用弓(与"拨奏"相对)];——那一篇上面是 *Senza l'arco*[不用弓,拨奏],便更加茫然了,——我只知道这些术语都是音乐术语,有意思……(第414页)①

音乐术语当然有意义,这是对的,尽管它们与所讨论的布道的关系对特里斯舛来说仍然晦涩难解。《项狄传》的读者也许可以破解其中的一些术语(如"缓慢地"[*lentamente*]或"庄严地"[*grave*]),作为如何来读这个文本的指示——在这种情况下,音乐术语成了某种演说术的修辞隐喻——,而其他的(如"用弓"[*Con l'arco*]或"拨奏"[*Senza l'arco*])也许与对特里斯舛一样,对他或她依然晦涩难懂。这一段的重点明显是语言的无力描绘音乐的效果。这个无力符合斯特恩通常对待洛克派的"不完美的语言"思想的态度,这种不完美的凸显也构成对媒介间性的含蓄批评,很不幸的是弗雷德曼没有考虑到这一点(参阅 Freedman,第145—146页)。除此之外,约里克的音乐"比喻"当然主要是他古怪的幽默(这最明显的大概是在"小教堂"传道中使用"无伴奏合唱"[*Alla capella*]来布道)的有趣例子。所有这些导致这样的结论:将约里克的古怪、很大程度上模糊的布道修辞音乐化的企图,提升为《项狄传》整部小说的严肃原则,像是个严重的

---

① 《项狄传》,蒲隆译,上海译文出版社2012年,第395页。——译者注

误读。

从话语层面的音乐主题化乍一看来,可能会得出非常不同的结论,这种话语就是弗雷德曼(参阅 Freedman,第 145—146 页)和著名的斯特恩批评家梅尤科斯引述(参阅 Jean-Jacques Mayoux,1970/1980,第 387 页)为小说声称的"音乐基础结构"(参阅 Mayoux,第 389 页)的证据:叙述者的观点是"写一本书是让整个世界像在哼唱一首歌一样"(Ⅳ/25,第 313 页)。与约里克对他的布道的音乐评论相反,我们这里好像有一个由看上去可靠的叙述者本身作出的,对《项狄传》整体上具体、直接的自反性参照例子。然而,即使这个看起来有力的证据也是危险的,因为这个比较不适于特里斯舛(更别提斯特恩)写作的计划,而只为非常有限的目的服务。特里斯舛以此作为"平衡"[equipoise and balance](第 313 页)美学的例证,他提到这是为了证明他在卷四中遗漏了著名的失踪书页是合理的,据说失踪的这些页"远远超过"他"能够描绘的""任何事件"(同上)。音乐(绘画也一样)本身在这里并未主题化,而只是作为"比例与和谐"(同上)的转喻①。而且,整个与音乐融在一起并进行比较的观点("您只要使它合您的调门就行了……,您把它提多高还是压多低并不重要"[同上]),是(在这个例子中)不可靠叙述者的假观点:毕竟,《项狄传》在他离题的奇特行为中不是遵循"平衡"的美学,"比例与和谐"不是小说的主要原则②。

《项狄传》中具有类似可疑指示价值的在这一段落中:在这里,音乐在叙述者的话语中非常重要,同时作为主题化的对象与以文字音乐的形式出现。在第五本书的第 15 章中,真正的争论点是(又一次③)好读者与坏

---

① 至于具体音乐本身的主题化的类似用法,参阅紧接着的下一页,特里斯舛使用"音"(note)的双关语,把 Homenas 博士的调子哼了一遍(第 313 页);在现实中布道是有"调子"(notes)的,特里斯舛再一次哼唱它们只是为了说明"比例问题":他所谓的"可以容忍的"调在文本中开始时还过得去,突然被一种"曲调"打断,这种曲调"神圣"的美与平庸的余下部分不成比例(同上)。亦可参阅 IV/27 中音乐的隐喻用法,人物的"观看"与"声调"之间的关系在这里被描述为"三度音程或五度音程","谐和音程……本身"很好,对于当时的情景而言是"走调"了(第 315 页)。

② 弗里德曼未看到这个不一致,像是认真地将"和谐"作为《项狄传》的美学原则(第 145—146 页)。

③ 参阅之前的 I/4。

读者之间的区别,以及对设法在感情上影响接受者的好作者的赞赏。这个元小说观点(显然自反地指向《项狄传》)是在广义的音乐讨论中提出的。在这个讨论中,"拉小提琴的"成了(文学)美学生产的转喻,好的接受者是一个有着很好的耳朵的人。他与"严肃的黑衣人"相反,这个人声称在美学方面(第365页)有"很好的判断力[……]",但在现实中即使是最糟糕的不谐和音也伤害不了他。然而,这个看起来清晰的对立,以这样一种方式发展,以致极大地削弱了观点的清晰度。这首先是由于特里斯舛为了举例说明而使用音乐参照,因此这一章成了次要的主题维度(虽然在我们的语境中非常重要):通过语言媒介传达音乐现实的跨媒介问题。

为检验他的读者的好听力,特里斯舛问他或她"你知道我这把琴的调门儿准还是不准吗?[……]这应是五度音程"(同上)。这是个古怪的问题,因为特里斯舛——由于他对字母表中所有五个元音的强调使用——只是用语言让读者"听到":"扑铃……铃……铃———通——喧——扑啦——哧啦——(……)哧啦……a. e. i. o. u.——喧(……)哧啦……扑啦——",因此读者只能从这些刺耳的文字音乐中,尤其是从特里斯舛明确的评论推断出"弦调得糟糕极了"(同上),小提琴的音不准。但是,当然,即使是最好的接受者也不能真正听到这个不准,不能听到最后的"哧啦……扑啦"之间的任何区别,这个特里斯舛现在用作他的乐器最后奏出"这个调子还真不赖"(同上)的文字说明。在接下来的段落中,为描述"严肃的黑衣人"不好的耳朵,特里斯舛弹了一段"在[他的]琴上跑调离谱"的旋律,一段据说"扰乱"读者的旋律,但不会"伤着……[严肃的人]的一根神经":"嗒嘟嘀嘟,嘚嘟嘀嘟,——嘚嘟嘀嘟……扑啦——哧啦——克里希——克拉希——克鲁希。"(同上)然而,用语言文字实现的这段糟糕的"旋律"只是稍稍不同于下面的"阿波罗"式的音调:"嘀嘟嘀嘟,嘀嘟嘀嘟,嘀嘟嘀嘟——轰——咚——谆"(同上)。文字音乐变成了矛盾的不可信的"乐器":虽然它努力传达至少一些和谐或不谐和(这是斯特恩小说音乐化初步试验值得注意的效果)的想法,但是当然,这太模糊了,读者很难听得到如音程与调性是否符合的效果。显然,这种缺乏准确性是所有试图音乐化的文本中,真正音乐缺席的必然结果。然而,如在后面的章节中将看到的,在"积极的"尝试中,这种不足通常被遮蔽了。在《项狄传》中,这个有趣但含蓄的批评性段落的关键,泄露出斯特恩的元小说、元语言甚至元媒介问题的大体倾向,相反的是让读者意识到音乐与(文学)语言间不可克服的区别,即便是像这样地来拟声。然而,和斯特恩往常一样,他的怀疑并没有走向绝望,而是通过幽默与滑稽来达到平衡:毕竟,我们的"音乐的"章节始于(自-)讽地声明放弃[*praeteritio*]——"如果这一卷是一场闹剧……"(同上)——以对明显滑稽的好琴家的赞美结束:他们的成功将特里斯舛作为听众在于诱惑他热情地花掉比他负担得起的更多的钱。然而这个愉快的结论并不能抹去这里根本上的争议:与其说是宣传了音乐-文学媒介间性的可能性,不如说这个情节明确坚持了二者之间的局限性,至少是这样一种计划部分地失败了,正如约里克试图将他的布道音乐化所做的一样。

面对这些成问题的音乐主题化,它的内容结果是暗中削弱了可能的音乐化思想,而不是去证实它。不足为怪的是在寻求尝试模仿音乐(更多)的元素中,也不能得出有意义的与明确的积极结果。《项狄传》明显偏离了传统的故事讲述,小说的话语既晦涩又高度自我指涉,因而的确像是显示出音乐化的一些主要征状。然而,在这个例子中,这些征状是出于其他的原因,特别是斯特恩在整体上的试验动机与元小说动机,而不是对小说音乐化的关注。

《项狄传》作为音乐化小说的观点有多可疑,可以在关于音乐模仿方面看到,事实是几乎没有文本音乐化可能的"技术"形式:文字音乐、结构与想象内容的对音乐类比的任何例子。至于文字音乐中准音乐的突出语言的音响维度,就频率、范围或相关段落晦涩结果来说,不是在《项狄传》中扮演了不重要的角色,虽然有一两个例外(包括上文讨论的第Ⅴ/15章),而是正好在这部小说中就不存在。的确,特里斯舛/斯特恩的目的在于一种特殊的像生活一样的"对话风格",但像弗雷德曼那样,认为都在强调口头表达与"说话的音乐性"的"语音"幻觉,很难令人信服。像这样——如已经说过的(见上文第102页)——并没有可能的音乐化指示,即使叙述者有时用排字印刷技术做实验,如"破折号……斜体字、括号、空格、大写字母、各种字号与字体等等"(Freedman,1978,第 177 页)。另一方面,这些元素主要是为了元小说的目的去突出《项狄传》的口头形态与文本性的幽默方式。无论如何,这些所谓的文字音乐例子没有产生乐谱的效果,更别提创造出一种音乐作为音响现实的形象相似性。因此弗雷德曼的观点中,文字音乐最终只剩下对"(斯特恩的)散文的丰富独特的音乐性"(同上)的赞赏。然而,这样将"音乐性"作为一个简单的"评价术语"的用法,弗莱(Northrop Frye,1957,第 xi 页)已经比较恰当地批评过了。

如果将考察范围扩展到对音乐结构或想象内容的类比,也很难找到更多有说服力的材料来确证《项狄传》作为音乐化小说的观点。同样,这里也不是频率、范围或话语的晦涩问题,而恰恰是这种密切联系是否存在的问题。毫无疑问,《项狄传》与其他复杂的文学作品一样,包含了自我指涉性的重复出现与不少的"主题",但将如"性、……时间"或"木马"(Freedman,1978,第 93 页)这样纯粹的"主题"存在看作音乐性的指示显然是不能令人满意的,如弗雷德曼所做的。更不能令人满意的是将它们任意挤压成奏鸣曲形式的各个不同部分:"呈示部"(89)、"发展部"(94)和"再现部"(127)。如果这部小说作为奏鸣曲来"听",将是非常不成比例的作品:呈示部与再现部仅仅包含了不超过书的开始和结束章节,而发展部将荒诞地延续了所有剩下的数百多页的小说。在弗雷德曼犹豫的阐释中,在宏观结构层面寻找合适的音乐类比的困难,是关于《项狄传》最像哪一种(其他)音乐体裁。为了替斯特恩的离题倾向找到合适的音乐比喻,有时他选择"歌剧"(9),有时他想到如"狂想曲"、"序曲[…]"(84),"即兴作品"或"幻想曲"(85)这样的"自由形式"。即使无视其中大多数乐曲形式彼此之间兼容的困难,更不提所暗示的奏鸣曲形式,仍然存疑的是:无论以何种方式的非连续性的任何叙事话语,也许都可以被称为"幻想曲"或"即兴作品",因而奇迹般地转变成某种音乐的东西。同样成问题的是,把"音乐与精神生活等同"(47)的"常识"作为支持音乐化的论据,而《项狄传》中支持这个观点的其他元素又如此之少。

那些少量的元素之一像是斯特恩一再试图暗示出一种对比的"复调"同时性。弗雷德曼正确地挑选出了一些最突出的例子：当听特里[Trim]布道（参阅Ⅱ/17）时，不同的人物做出的各种各样的评论；托比叔叔的伴随司娄泼医生用主教厄努尔夫的术语诅咒俄巴底亚[Obadiah]（参阅Ⅲ/11）与络腮胡须插曲（参阅 V/1）。的确在话语层面上，对比性的虚构现实的快速切换确实暗示了故事层面的同时性，某种意义上类似于，巴赫的技术上（主要）单声部的奏鸣曲与上文提到的小提琴与大提琴组曲（见第 2 章第 2 节，第 31 页）的复调幻觉。然而，《项狄传》中的这种话语手段是否可以读作模仿音乐的"对位"（Freedman，1978，第 62 页）是可疑的。或者，就此而言，V/1 中博西耶小姐的"骑上"是否可以看作为"固定低音，平静自顾地在下面流淌……上方是凶险的旋律缠绕"(61)是可疑的。事实上，弗雷德曼的例子只有其中的一个音乐的阅读是合理的，这是由于主题化与对音乐现实的唤起：托比叔叔对着司娄泼医生诅咒奥巴代亚的"流淌的低音"(189)，连续不断地"吹着《利拉布勒罗》[*Lillabullero*]"(Ⅲ/11，第 182 页)。这里"复调"以双重的方式被暗示出来：即排版（拉丁文本和英语译文并置）与对托比音乐行为的参照，把放在括号内的段落一再地插入诅咒的译文中。有一次托比的"旋律"甚至以"持续音"[organ point]的形式出现，在"他的曲子[*Lillabullero*]的第二小节硬是使用了一个二分音符"，把"一个连续音一直吹到句子的末尾"(189)。不得不承认这个插曲事实上是小说试图模仿真正的音乐作曲手段（复调"作品"中的"持续音"）的早期例子——并且明确地指向音乐的媒介间性。然而，这样一个孤立的例子对《项狄传》总体上成为音乐小说当然是不够的。一般来说，如果没有足够的模仿音乐手段的证据，将小说中可能出现的各种二元对立贴上"对位"（参阅 1978，第 62—63 页）术语的标签，是不能令人满意的，如弗雷德曼所做的。弗雷德曼书中还有更多不能令人满意的地方，以陈腐的方式来说明对这个术语的选用："斯特恩作品中的声音彼此之间是对位关系，因为人类的声音通常是……"(66)。

在这么多可疑的音乐化指示情况下，最后也很重要的没有说服力的例子是,集中在将"小说比较感伤性的章节"(181)作为小说与音乐密切关系的另外的"证据"。如已经指出的(见上文,第120—122页),这是方法上成问题的程序,将音乐与情感性建立在可疑的等值基础上。

讨论过这些之后,我想"《项狄传》是音乐小说吗?"这个问题的答案应该很清楚了,它"不是"。文中没有按照音乐原则,有效地突出叙述语言的音响维度;尽管有明显的叙事晦涩与自动的指涉性倾向却没有有效地指向大体上模仿音乐(如乔伊斯的"塞壬")的模式与重复出现;《项狄传》也没有模仿具体的音乐形式,更别提具体的音乐作品(像伯吉斯的"K.550[1788]"那样)。至于《项狄传》中的音乐主题化,它们都(有一个例外)只是部分类型的(即,它们不是指向小说整体),出现的频率不高,范围也不大,尤其是所有的都太模糊,某种程度上甚至可以怀疑是否能够解释为音乐意图的指示。它们的主题相关性因此作为一种音乐阅读是可疑的,就像少量手段的大部分的功能关联性可能被读作模仿音乐元素的尝试是可疑的一样。

然而,我们的标准用于一个可能音乐化的否定性结果,不是必然的意味着谈论斯特恩的小说至少一些部分的"小说的音乐化"就是完全无意义的,也不是《项狄传》在小说试图音乐化的理论与历史中是不合适的。就理论来说,《项狄传》至少说明了在寻找和使用隐蔽媒介间性的潜在证据中可能碰到的困难。至于小说音乐化的历史,《项狄传》是没有音乐化的小说,但它包含了小说段落音乐化的早期元素。这可以在第 V/15 章文字音乐中看到(即使就令人信服的用语言表现音乐而言,这种文字音乐结果是一种可疑的性质),尤其是可以在克服叙事"单声部"的限制,达到"多声部"共同在场的同时性现实合适手段的探索上看到。这里《项狄传》开辟了后来的文学中类似的模仿音乐复调的努力的道路。我们不应忘记,在元小说与元符号学主题先行的总体语境下,《项狄传》是英语文学中,第一部隐蔽地反思音乐-文学媒介间性可能性的小说,即使这个可能性的评价最后是否定的。然而,这个含蓄的对小说在音乐方向上的媒介间跨越边界的怀疑,不是必然的。斯特恩的小说在何种程度上预示了后来的——更持久的和正面的——小说音乐化的努力,可以在下面的章节,英语文学中小说音乐化的历史中看到。

下篇:历史

英语文学中小说的音乐化:
从浪漫主义到后现代主义的美学前史与跨媒介试验

6 小说音乐化前史:从 18 世纪到浪漫主义音乐的美学地位上升
——阶段与因素①

6.1 从"语言主导音乐"到"音乐从语言(与文学)中解放"

如我们所看到的,如果我们忽视《项狄传》在文学音乐化的方向上仅包含的孤立元素与段落,真正将文学文本整体(或大部分)音乐化的实际努力的历史的确不是从 19 世纪之前开始的。这一点在叙事小说上是最明显的,德·昆西的《梦的赋格》(1849)是英语文学中的第一个例子,某种程度上抒情诗也是这样的。虽然对音乐模糊隐晦的类比源于抒情诗的强调语言音响维度,并且这种情况也许一直在抒情诗这种体裁中存在。另一方面,如克莱默(1984,第 15 页)曾指出的,"文艺复兴期间"音乐已经"学着积极地响应诗歌"。因此明显地跨越诗歌与音乐的媒介间边界仅仅是在浪漫主义之后才成为值得注意的现象。突出的例子便是布莱克的一部分像歌曲一样的抒情诗,如"欢笑歌",之后是法国的象征主义与帕尔纳

---

① 这一章是沃尔夫《小说的音乐化:19 和 20 世纪英语叙述文学中音乐与文学间的跨媒介界限跨越尝试》(1998)第 2 章的修订与扩展;我要特别感谢 Pia-Elisabeth Leuschner,她允许我先拜读她 1994 年 2 月在慕尼黑大学做的还未发表的讲稿(Das "Musikalische" in ästhetischer Thoerie und Dichtungspraxis in der englischen und deutschen Romantik)。

斯流派[Parnassiens]①的诗歌。

尽管相对晚近出现了小说音乐化的尝试,这种现象与很多看起来是文化历史中的新现象一样,可以说并不是奇迹般的出现,而是有着至少部分前史的原因与前提条件。除了《项狄传》中部分的实际试验,这个前史可以追溯到普通与比较美学理论领域的关键阶段,以及18世纪特别是前浪漫主义与早期浪漫主义中讨论的音乐美学。而且个别作者的偏好无疑对音乐化小说的发展也起着作用,也就是在这些地方,他们为持久的赋予语言文本以音乐形貌的试验开辟了相当部分的道路。在本文中特别不应忘记的是蒂克[Ludwig Tieck]在浪漫戏剧《错乱的世界》[*Die Verkehrte Welt*](1799)中表达的观点:这部早期的"交响曲"中,一个以文述乐唤起虚构音乐作品的试验,包含了"用声音思考"与"用字词和思维演奏音乐",以此来丰富音乐与语言艺术(见这一卷的第一个题辞②)的可取性的跨媒介思考。同样值得记住的是,施莱格尔[Friedrich Schlegel]著名的片断no.88中不仅是关于诗歌的而且也是小说的音乐性思想。虽然这个片断听起来有些神秘,但从中清晰浮现的是小说的"最内核形式",同时(也)是音乐的本质:

> 小说的最内核形式是……(数学的),……(修辞的),……(音乐的)。力量越增强,越先进与非理性;而且越具有……修辞的特征。对音乐而言,这是自我解释。③

---

① 关于18世纪后的"诗歌与音乐的融合",参阅Kramer,《19世纪及之后的音乐与诗歌》(*Music and Poetry: The Nineteenth Century and After*,1984)。

② 然而那里引用的不是1799第一版文本,而是沿用了蒂克的《文集》(*Schriften*,1828—1854)上的。

③ "Die innerste Form des R(omans)ist[...](mathematisch),[...](rhetorisch),[...](musikalisch). Das Potenziren, Progr(essive), Irrationale; ferner die[...]rhetorischen Figuren. Mit der[...]Musik versteht sichs von selbst."-(Schlegel 1801/1981:261);关于施莱格尔的更多详情,参阅Naumann,《由于音乐,不言而喻:弗里德里希·施雷格对类型诗歌场景下音乐元素的思考》(*Mit der Musik versteht sich's von selbst': Friedrich Schlegels Reflexion des Musikalischen im Kontext der Gattungspoetik*,1988)和《音乐的理念(思想)工具:早期浪漫派诗歌和语言理论中的音乐元素》(*Musikalisches Ideen-Instrument: Das Musikalische in Poetik und Sprach-theorie der Frühromantik*,1990)。

这种在音乐-文学媒介间性方面的理论思考预示了后来在这个领域的实际努力。一些关于音乐的主要思想，以及18世纪出现或被反复强调的它的一般功能也是这样的，因为可以看到就是这些功能在音乐化小说历史中发挥了重要作用。克莱默所讲的结构类比可以为总体上的小说音乐化做个概括：所尝试之处，大多数情况下正是文学"尝试获得与[音乐]相关的某种价值"的征状，并且这种"获得""一般地"是由于"匮乏"（Kramer，1989，第162页）引起的。而且，也可以说是由音乐的"他者"魅力引起的，一般来说这种艺术在文学中只处于不太重要的边缘，但在一定文化或美学条件下可以变得异常活跃。为了认识这些条件是什么和什么是音乐提供给小说（像是小说缺乏）的，检视一下19世纪与20世纪的作者们历史性地处理音乐以及音乐与语词间关系的不同概念是很重要的。事实上，就像我们将看到的，这些概念与它们的文化关联构成了一种可能性之源，将在小说中的音乐与小说音乐化的功能中起到决定性作用。

接下来，我将通过勾勒音乐与语言或文学间关系史的主要时期，给出致力于将音乐作为最高艺术的终极理解的重要音乐概念与因素的概貌，简要概括音乐化小说试验的理论史前史。重点将集中在18世纪与浪漫主义，因为这是紧接着前面第一个音乐化文学尝试的时期①。

---

① 关于单独对音乐美学发展的一般性介绍，与本文语境有关的时期，可参阅 Dahl-haus,《音乐美学观念史引论》(*Musikästhetik*,1967)和《古典和浪漫时期的音乐美学》(*Klassische und romantische Musikästhetik*,1988)；或简短一些的介绍，参阅 Freedman,《劳伦斯·斯特恩与音乐性小说的起源》(*Laurence Sterne and the Origins of the Musical Novel*,1978),第7—8页和第33—34页；关于音乐-文学美学的专门比较史，参阅 Schueller,《文学与音乐作为姊妹艺术：18世纪英国美学理论的一个方面》(Literature and Music as Sister Arts: An Aspect of Aesthetic Theory in Eighteenth-Century Britain,1947/1948)；Abrams,《镜与灯：浪漫主义文论及批评传统》(*The Mirror and the Lamp: Romantic Theory and the Critical Tradition*,1953/1958)；以及对暗示出这些作者所使用的简单化二元基础模式"模仿 vs. 表达"的批评矫正，参阅 Hagstrum《姊妹艺术：从新古典主义到浪漫主义》(The Sister Arts: From Neoclassic to Romantic,1968)与更令人信服的 Neubauer,《关于音乐理论与18世纪文学中对模仿的舍弃》(On Music Theory and the Abandonment of Mimesis in Eighteenth-Century Literature,1981)；关于特殊的关联，是 James Anderson Winn 的信息极丰富的著作,《诗歌与音乐的关系史》(*History of the Relations between Poetry and Music*,1981),以及 Neubauer 1986 与 Barry,《语言、音乐与符号：从柯林斯到科勒律治的美学、诗学与诗歌实践研究》(*Language, Music and the Sign: A Study in Aesthetics, Poetics and Poetic Practice from Collins to Coleridge*,1987)。我也想标记为有价值的音乐美学历史文献选集的是 Lippman 编,《音乐美学：历史性读者》(*Musical Aesthetics: A Historical Reader*,1986)。

在发展到施莱格尔小说音乐性理论宣言以及几十年后首次主要的小说音乐化尝试之前,西方美学史上可以区分出三个不同的发展时期:

1. 第一个时期是从古希腊到 18 世纪语词与音乐关系的漫长复杂的历史时期,一个可以用纽保尔的章节标题来描述的时期:"语言主导音乐"(John Neubauer,1986,第 22 页)时期。从柏拉图开始,理解音乐有各种角度:形而上学的、宗教的、道德的、教育的、情感的、修辞学的和美学的①。然而,所有这些不同类型的理解都不足以在美学反思中唤起更为持久的努力,从而使这种努力将音乐确立为主导艺术。音乐依然是"诗歌"(按照当代术语,即"文学")的"他者";至多只是补充,无论如何是次等的并且处于边缘的,因此很少或没有诱发文学的音乐化。歌剧的历史是这种"语言主导音乐"的范例。当歌剧在 16 世纪晚期的佛罗伦萨被"创造"出来时,众所周知,并不是为了颠覆至高无上的语言戏剧,而是巩固它作为古希腊悲剧复兴(误解)的地位。这种文本主导与音乐附从的关系基本保持不变超过两个世纪,虽然歌剧形式如意式返始咏叹调[*da capo* aria],由于典型的特点是需要重复,显示出对文本某种程度上的独立性。18 世纪的美学家和/或(歌剧的)作曲家证实了这种文本的主导性,如狄德罗、卢梭,特别是格鲁克,他意味深长地批评了传统返始咏叹调的"反常",即,偏离语言话语通常的发展。

一直到 18 世纪,维持语词相对至上的最强有力动机是模仿学说,不管是口头的、书面的还是唱的。在这个框架内,音乐由于它的拙于模仿(外部)现实,确实处于困窘境地。的确,人们一再地尝试去挽回音乐的模仿能力,特别是对情感方面的"模仿"(首先是在情感语境中做出这种尝试,这对格鲁克、狄德罗、卢梭和其他人都很重要)。然而从整体上来看,只要经典美学与它的模仿原则盛行,音乐就保持相对的被贬抑状态。这种贬抑主要指"纯音乐",即器乐与绘画和"诗歌"(被认为占据了艺术等级

---

① 参阅,特别是 Neubauer 1986 第 2 章,还有 Bernhart,《真正的诗化:关于伊丽莎白女王时期诗歌实践和艺术意识形态的研究。包括同时代的有声歌曲》("*True Versifying*": *Studien zur elisabethanischen Verspraxis und Kunstideologie. Unter Einbeziehung zeitgenössischer Lautenlieder*,1993),第 307—313 页。

中的最高位置)相比,但从总体上看,音乐也是相对受歧视的状态。虽然模仿性音乐可能在努力争取,但在模仿的阴影下总是被证明不如诗歌。有位古典学者将音乐贬抑到了相当的程度,他就是雅各布,他的论文《关于姊妹艺术》[*Of the Sister Arts*](1734)中,在对音乐与绘画的介绍评价之后述及:"可以肯定的是,人们普遍认为诗歌(不是音乐!)是最优雅的愉悦,最令人愉快的引导:一种更高尚和谐的哲学……。"(Hildebrand Jacob,1734/1974,第7页)如这里看到的,音乐的拙于模仿在18世纪美学中并不是它的唯一"弱点"。只要是强调艺术的实用或说教的功能("须知"),这另一个弱点便一直是焦点:音乐难以传达准确的语义概念,它的引导潜力不能与"诗歌"相提并论。

2. 然而,18世纪不仅仅是个延续了"语言主导音乐"的时期。在这同一个时期内,正如纽保尔的研究题目指出的,一个决定性的"音乐从语言的解放"特别是从占绝对优势的"诗歌"中的解放开始了。这个解放伴随着这样的认知:音乐本身有独立的价值与美。从对音乐的贬抑到对音乐价值重估的变化,在18世纪后半期变得特别明显。逐渐承认音乐价值的一个迹象是这样的,在与其他"姊妹艺术"重新融合的过程中,现在认为音乐是诗歌重要的伙伴,如果说在某些方面仍然是较低的话。在英国,亦如布朗在《论诗歌与音乐的兴起、融合与权力、推进、分离与堕落》[*A Dissertation on the Rise, Union, and Power, Progressions, Separations, and Corruptions of Poetry and Music*](1763)中倡导的观点。然而他有意免除了史诗文学,认为不适合被提议参加艺术的再融合(参阅 John Brown,1763/1972,第224页)。在法国,早期歌剧风格的总体艺术[*Gesamtkunstwerk*]的框架内刚开始解放的音乐元素,可以在狄德罗的一种新的抒情体裁概念中看到,例如,他在他的1757年的《关于[私生子]的讨论》[*Entretiens sur le Fils naturel*](同上,参阅第161—162页①)中描述的。

3. 第三个时期具有根本性的变化特征,几乎是对古典艺术等级的一

---

① 对于 Brown——就像狄德罗——"音乐家(依然)从属于诗人"(Brown,《论诗歌与音乐的兴起、融合与权力、推进、分离与堕落》,1763/1972,第224页),但音乐达到了值得并且必然有益于革新类的(媒介间)艺术的程度。

个倒转:音乐现在占据了最高的位置①。事实上,就像施莱格尔[Friedrich Schlegel]提出②的,音乐现在成了"[19]世纪的艺术",而他也是第一个提出小说音乐化的人。18 与 19 世纪之交开始的重估音乐,可以在歌德、德国浪漫派、或坡[E. A. Poe]的美学③中看到。这些变化最后导致音乐在 19 世纪美学中前所未有的霸权。先前处于边缘的"他者"移到了中心。在美学理论、法国帕尔纳斯流派与象征主义(戈蒂耶、马拉美、瓦莱里)的诗歌实践以及 19 世纪晚期英国唯美主义如王尔德与佩特这里,都可以感受到这种霸权。通常认为音乐的影响在佩特著名的格言"一切艺术都以逼近音乐为旨归"(Pater,1877/1973,第 45 页)中达到顶点,虽然如达尔豪斯曾指出的,几乎相同的表达已经可以在叔本华④的文本中找到,叔氏音乐美学反过来非常倚重于浪漫派。

---

① F. Schlegel 如,称音乐是"最高的……在所有艺术中"[d(ie)höchste(...)unter allen Künsten]《诗与文学之碎片》[Fragmente zur Poesie und Litteratur.]1801/1981,第 213 页);关于这个时期参阅 Naumann,《由于音乐,不言而喻:弗里德里希·施雷格对类型诗歌场景下音乐元素的思考》,1988 和《音乐的理念(思想)工具:早期浪漫派诗歌和语言理论中的音乐元素》,1990;Di Stefano,《遥远的音声:德语传奇小说中音乐作为诗学理想》(Der ferne Klang: Musik als poetisches Ideal in der deutschen Romantik,1994/1995)。

② "Die Musik ist eigent[lich]die Kunst dieses Jahrhunderts."(Schlegel,《诗与文学之碎片》1801/1981,第 258 页)。

③ 参阅歌德在《1805 年的日记和年记》(Tag-und Jahreshefte zu 1805)中赞音乐(1805/1988,第 488 页)是所有"诗歌"的源头[der Tonkunst, dem wahren Element, woher alle Dichtungen entspringen und wohin sie zurückkehren],依此他像是预示了佩特(参阅 Walter Pater,《艺术辩证法:乔尔乔纳画派》[The Dialectic of Art: The School of Giorgione]1877/1973)与王尔德("从形式的观点来看,所有艺术的类型都是音乐家的艺术",Wilde,[《道连格雷的画像》"序",第 5 页])的同样的观点。至于坡,参阅他的文章"诗的原则"(Poe,《诗学原则》[The Poetic Principle]1850/1967,第 506 页):"诗的感情……可以各种不同方式自主发展……在音乐中非常特殊。"至于更多地表明了音乐成为其他艺术的范例的有趣思考(如蒂克[Tieck],米凯利斯[Christian Friedrich Michaelis]与霍夫曼[E. T. A. Hoffmann]),参阅达尔豪斯《古典和浪漫时期的音乐美学》1988,第 16—19 页。

④ 参阅叔本华《遗稿集》[Handschriftlicher Nachlaß],E. Grisebach 编,莱比锡,未注明出版日期,第四卷,第 31 页。从达尔豪斯 1988,第 19 页引用:
  人们在聆听音乐时别无他求,他们拥有了一切,感到心满意足;这一艺术已登峰造极,世界在音乐中被完美地重复和表达。她是艺术中的佼佼者、是王中之王。如何成为音乐,这是每种艺术追求的目标。(着重后加。译文选自卡尔·达尔豪斯,《古典和浪漫时期的音乐美学》,尹耀勤译,湖南文艺出版社 2006 年版,第 4 页。)

6.2 从 18 世纪起音乐在美学评价中的上升及其主要原因

从"语言主导音乐"到音乐从语言的"解放"最后到了至高无上的地位，这个变化的原因是什么？像通常一样，原因与结果的问题，最终是提出如何解释历史变化的棘手问题，复杂且难以回答。在重估音乐的过程中，牵涉诸多因素，其数目、相互关系与相对的重要性难以准确估量。然而，以下六种确实在美学史中出现的因素，也许可以作为随后在小说音乐化中发挥作用的因素。所有这些原因都是来源于关于音乐的历史概念，或者如果愿意，可以说来源于关于音乐的"神话"。其中一些有着古老的传统，而其他的相对"现代"一些，至少在理论上（需要注意的是这里我们必须处理理论问题，而非音乐的实践①）是如此。无论是个别地还是一起地，这些因素不只有助于音乐在 18 世纪后半期美学评价中地位的明显上升，而且就像我希望厘清的，它们也阐明了 19 世纪和 20 世纪音乐化小说的功能轮廓：

1. 第一个在音乐上升中起作用的因素是个历史久远的思想的重构：将音乐作为悦耳的艺术的哲学理解，这种艺术特别适于将对世界根本性的和谐与秩序的抽象信仰转译为作为经验的美学现实与在场②的宇宙音乐[musica mundana]。这种音乐作为形而上秩序与意义的类比与指数或作为"自然的原初语言"（参阅 Huber，1992，第 19 页）的颂扬，根植于毕达哥拉斯"天体音乐"[music of the spheres]的观念。整个中世纪和文艺复兴都

---

① 就像 Winn（《毋庸置疑的修辞：诗歌与音乐关系的历史》[*Unsuspected Eloquence: A History of the Relations between Poetry and Music*]1981，第 202 页，第 263 页与其他各处）已令人信服地指出的，（当前的）音乐（"神话"）思想，不必然要符合一个时期的音乐实践，但却仍然对文艺美学与实践产生影响。

② 关于这个音乐的哲学功能化，参阅 Winn，《毋庸置疑的修辞：诗歌与音乐关系的历史》1981：第 1—2 章；Huber，《文本与音乐：20 世纪精选叙述文学里叙事和意识形态功能关联中的音乐符号》，1992，第 27—29 页；Kramer，《音乐与再现：以海顿的〈创世记〉为例》(Music and Representation: the Instance of Haydn's *Creation*, 1992)，第 142—143 页；或 Edgecombe，《读乐诗：对文学/音乐对话之独特体裁的界定》(Melophrasis: Defining a Distinctive Genre of Literature/Music Dialogue, 1993)，第 1—7 页（关于诗歌）。

证实了这一观念,通过所谓的音乐与数学①间的密切关系,一种基于经常在音乐中唤起"比例"的重要性②的密切关系。米尔顿在颂诗"庄严的音乐"[At a solemn Musick](1645)③中仍然在重申这种观点,德莱顿[John Dryden]在《圣·塞西莉亚节歌》[A Song for St. Cecilia's Day](1687)的开头几行中也是如此:"从和谐,从神圣的和谐/宇宙的格局开始[…]。"④在浪漫主义那里(首先在德国,然后是英国),这种观念见证了在 18 世纪(参阅 Freedman,1978,第 7 页)某种程度上不太引人注意之后的非凡的复兴,这在风鸣琴纯洁"自然"音乐的卓越象征中有显著体现⑤。对诺瓦利斯来说,音乐的比例类似于自然的基本比例⑥。在"音乐沉思"[Die Wunder der Tonkunst](虚构的约瑟夫·伯灵格的文章)中,瓦肯罗德尔甚至称音乐为"天使的语言"(Wilhelm Heinrich Wackenroder,1799/1991,第 207 页⑦)。杭特在他的诗"音乐遐想"[A Thought on Music](Leigh Hunt,1815)中说到音乐具有"细腻的意义……在天堂中有回应它们的和弦",认为"这是一种有良好素养的心灵应能感受/沉浸其中的美好语言",并且创造性地用"音乐是不用语言的天堂的声音"(第 254—255 页)总结他的音乐形而上

---

① 在古典与中世纪的七艺(septem artes liberales)体系中,音乐是四门高级学科的一部分,与算数、几何、天文归一起。

② 在 George Puttenham(《英国诗歌艺术》[The Arte of English Poesie]1589/1936,第 64 页)对艺术的初步比较中,音乐与诗歌之间的密切关联,数学的"比例"起了主要的作用。康德在《判断力批判》[Kritik der Urteilskraft]中依然强调音乐形式主义的数学本质,音乐像是通过数学比例(1790/1957,第 432 页])传达了一种完满的思想。然而,正如达尔豪斯(参阅《古典和浪漫时期的音乐美学》1988,第 10 页)指出的,康德没有想到这一点不再是与音乐有主要关系。

③ 米尔顿颂诗中提及音乐与诗歌的融合,提醒天体的"天使般的音乐"的说者,一种"众生所创造/给造物主"(《诗集》[Poetical Works],415)的音乐,由于他的"不相称的罪",堕落的人变得疏离于这个音乐,但是在"与天堂一致"(同上)的形式中依然保留了规范的道德理想。在"声音与诗行"(Voice and Vers)的"混合能量"的颂诗中,体现为一种协助人达到那个目的(亲近天体音乐)的手段(414)。

④ 从《诺顿诗集》[The Norton Anthology of Poetry]引用,第 375 页。

⑤ 更多细节,参阅艾伯拉姆斯《镜与灯:浪漫主义文论及批评传统》,1953/1958,第 51 页之后。

⑥ "对我而言,自然是音乐比例的基本条件"[Die musikalischen Verhältnisse scheinen mir recht eigentlich die Grundverhältnisse der Natur zu sein.](Novalis,《断篇集》[Fragmente] 1802/1957,第 I 页,第 354 页)。

⑦ 英语译文在 Lippman 编,《音乐美学:历史性读者》,1986,第 II 页,第 13 页。

学。同样,坡觉得"带着颤抖的喜悦,尘世的竖琴传出的令人心碎的音符,这些音符一定是天使们所熟悉的。"(E. A. Poe,1850/1967,第 506 页)。然而,古老的毕达哥拉斯思想的复兴并不足以说明音乐变得至高无上的局面。毕竟这种观点在音乐不被重视时期已经存在,原来的理性与数学的"比例"定义好像也并不特别地吸引浪漫派——若不是与之前时期以及浪漫主义强调的音乐特点有什么不同或另外的特征的话。

2. 其中一种观点是,如果说不是最古老的那个,音乐也是最古老的艺术之一。这种将音乐理解为"人类原初的自然的表达方式"(Neubauer,1986,第 134 页),可以在一般的前浪漫主义回到理想的"自然"源头的更广语境中看到,卢梭便是因此变得有名。就音乐与文学来说,这个回归暗含着前面提过的艺术间再次融合的思想①,其翻版可以在 19 世纪联觉整体艺术[Gesamtkunstwerk]理想中看到。还有坡,对他而言,"毫无疑问在诗歌与音乐的融合中……我们将找到诗歌发展的最广阔的领域"(Poe,1850/1967,第 506 页)。在早一些的版本中,这种思想目的在于恢复失去的与原初的浑一状态,如果说这种状态不是在人类童年时期②的史前时代,人们猜想或许存在于古典时代,在史前时代,音乐被认为与其姊妹艺术诗歌和绘画合一③。因而,音乐不仅被誉为是至少和它的姊妹艺术一

---

① 有趣的是,布朗提到卢梭(参阅 Brown,《论诗歌与音乐的兴起、融合与权力、推进、分离与堕落》[*A Dissertation on the Rise, Union, and Power, the Progressions, Separations, and Corruptions of Poetry and Music*]1763/1972,第 207 页),目的在于克服他的专著标题暗指的"诗歌与音乐分离与堕落"。这种思想基本上已经在米尔顿的"庄严的音乐"颂诗中出现,说者在那里说出了"一对幸福的海妖……/天生和谐的姊妹,声音,与诗行"(《诗集》414)。然而,在米尔顿的这个融合中传达的是强烈的宗教寓意,这在 19 世纪类似的跨媒介理想的版本中消失了,这里强调的是其美学可能性。

② 具有前浪漫主义与浪漫主义特征的系统发生的与个体发生的之间的类比,无疑也是比如柯勒律治看到音乐与童年之间的联系的缘由:
　　如果我们沉浸音乐中我们的童年回来了带着它所有的希望与所有它的模糊回忆与它的信仰对我们高贵内心的信赖以它自己的证词。我们感到自己被如此深沉地打动就像是除了痛苦道德生活中没有什么能够如此感动我们……(Coleridge,《第四讲》[*Lecture IV. The Philosophical Lectures*]1819/1949,第 168 页)

③ 如 Neubauer(1986,第 134 页)正确地指出的,这个"寻找音乐与语言的共同源头像是妨碍了音乐的解放,但实际上为它的主导地位做了准备"。

样古老庄严的艺术,而且与此同时,其自身的更多元素构成它在哲学与美学上日益积极稳定的另外缘由。

3. 在本文中,重要的是新近得到强调的综合了从古希腊开始的诸多思想的音乐特点。在这个音乐思想的发展过程中,"激情"或感情越来越被作为正面的现象对待,从 17 世纪晚期①开始变得与音乐越发相关:音乐的情感与表现性质②。由于这些性质,用康德的话来说,音乐被看作"普遍能理解的情感语言"("eine allgemeine, jedem Menschen verständliche Sprache der Empfindungen"[1790/1957,第 432 页]),这是一种无视音乐语言传统中重要的很难"普遍能理解的"姿态。音乐的"自然"感情性在 18 世纪"情感"语境中得到特别强调,通过"自然"、纯朴和原始的表达诉诸情感,在艺术中变得极为重要:它是"自然的呼声"[le cri de la nature],即,激情和情感,现在两个都被视为语言的起源(参阅卢梭,1754/1975,第 53 页)与包括音乐在内的所有艺术的对象(参阅狄德罗,*Entretiens* 第 168 页,170)。例如,这种"艺术的……表现理论"(Abrams,1953/1958,第 70 页),在英国音乐理论中,被阿维森[Charles Avison]在他的《论音乐表现》[*Essay on Musical Expression*](参阅 1753/1967)或比业提[James Beattie]在他的《论诗歌与音乐》[*Essay on Poetry and Music*](1762)③中大力提倡。音乐主要应当表达并诉诸情感,并且事实上在所有艺术中,音乐在这方面是有特殊地位的思想,在这个世纪的发展中变得越来越重要。瓦肯罗德尔让他的伯灵格热情地呼喊,"没有哪一种艺术勾勒情感以这样一种……诗意……方式。……人们的心灵在音乐声音的映

---

① 再次参阅德莱顿(Dryden)的"塞西莉亚节歌"[A Song for St. Cecilia's Day]:"什么热情音乐不能够激起与平息!"(从《诺顿诗集》引用,第 375 页)

② 在艺术的等级中"音乐变成一种精神与情感最直接的表现的艺术"(艾伯拉姆斯,《镜与灯:浪漫主义文论及批评传统》1953/1958,第 50 页)

③ 参阅,如"所有真正音乐的尽头是将某种感情,或感情的敏感性引入人们的脑中"(James Beattie,1762/1975,第 443 页);亦可参阅其他原始资料,Lippman 编,《音乐美学:历史性读者》,1986:第一卷;对这个观点的证实,如 James Harris,《谈谈音乐、绘画与诗歌》[*A Discourse on Music, Painting, and Poetry*]1744/1986)或 Thomas Twining,《两篇关于诗歌与音乐模仿的论文》[*Two Dissertations on Poetical and Musical Imitation*]1789/1986)。

照下熟悉了它自身……"(Wackenroder,1799/1991,第220页①),赫兹里特多少以更冷静的方式回应了同样的概念:"音乐和根深蒂固的激情间存在密切关系"(William Hazlitt,1818/1930,第12页)。强调艺术特别是音乐的情感性是更大的发展的一部分,纽保尔选择这个发展部分作为专著的副题:"偏离模仿"(参阅 Neubauer,1986)。然而,如哈格斯达勒姆(参阅 Jean Hagstrum,1968)与纽保尔自己(参阅 Neubauer,1981 和 1986)已经指出的,一般的发展比简单的公式"从模仿到表现"暗示的要复杂得多。无论如何,强调"自然的"感情表达而不是正确的原则与令人信服的"模仿",只是构成宣布古老的模仿理想崩坏的其中一个征状——尽管事实是表面上"模仿性质"或"情感"的词汇继续被广泛地使用②。事实上,所有下文讨论的音乐的含义,都可以看作是"偏离模仿"进一步的征状,因为至高无上的模仿传统的失落,变成为对音乐"他性"日益增长的兴趣的一个重要原因。

4. 与日益强调艺术的表现性和情感性质相联系的是,由于对想象的非理性影响(Avision 已经指出这一点,参阅 1753/1967,第2页和第72页)与对精神状态的表现,音乐被赋予越来越多的价值。这种浪漫派音乐欣赏中的"心理学转向"("Psychologisierung der Musik",[Huber,1992,第19页]③)可以在好几位作者中看到,这里再一次地提到瓦肯罗德尔,他的角色伯灵格赞美音乐不仅能够诉诸"情感的无数细微差别"("der tausendfältige Übergang der Empfindungen"),而且诉诸"许多精彩丰富的幻想"([Lippman 编,1986:Ⅱ,25];"die wunderbaren, wimmelnden Heerschaaren[sic]der

---

① "Keine Kunst schildert die Empfindungen auf eine so[...]*dichterische*[...]Weise[...]In dem Spiegel der Töne lernt das menschliche Herz sich selber kennen"。参阅 Lippman 编,《音乐美学:历史性读者》,1986;第Ⅱ页,第25页与第24页。

② 参阅如 Harris,《谈谈音乐、绘画与诗歌》,1744/1986 或 Twining,《两篇关于诗歌与音乐模仿的论文》,1789/1986;他们二位依然在谈音乐的"模仿",但像是对此相当怀疑,并且主要集中在音乐的情感与表现功能上。

③ 亦可参阅 Kramer,《19世纪及之后的音乐与诗歌》,1984,第16页。然而克莱默像是不认为心理模仿能力是纯粹的历史"信念"(第16页)。对他而言,音乐更像是具有一种一般的"暗示性"。而这源于其"体现复杂精神状态的能力(黑格尔首先认识到),就像它们可能在前语言意识中出现一样"(1984,第6页)。

Phantasie")[Wackenroder,1799/1991,第 220 页]①。柯勒律治宣称:

> 哦!我拥有音乐语言/极尽变化的表现能力/即使是这样的个人化/我心弹奏着不停息的音乐/为此我需要外面的释者/语词彷徨/一再彷徨!(1804—1808/1962:第二卷,断章 2035,1804 年 4 月)

音乐前行到与想象和精神的本质相关,部分地可能是通常情况下音乐唤起形象与联想的能力的结果,但还有更具体的历史原因:在浪漫派的思想中(特别是在风鸣琴的象征中),精神(无意识)和想象都与宇宙秩序的音乐性质关联。由于这种密切的关联,赫兹里特[Hazlitt]可以谈论"精神的音乐"②,柯勒律治可以假定"'一个灵魂中没有音乐的人'实际上永远不能成为真正的诗人"(Coleridge,1817/1983,第 20 页),对于所有艺术还有文学的基本音乐性思想这样一种新兴观点,这是一份重要文献。然而,在这个音乐的"心理化"中,很多作者好像将毕达哥拉斯的音乐含义扩展为与精神的和谐,如在华兹华斯的第一本书《序曲》(1799/1806)中便可以看到的:

> 人们的思想被框制 实际上像是呼吸
> 与音乐的和谐……
> (第 292 页,Ⅱ.第 352—353 页)

然而,一小部分作者与这种和谐的音乐含义有所偏离,并且还将之与不和谐状态相联系。例如,史密斯离世后出版的对音乐(音乐与非逻辑的

---

① 诺瓦利斯认为文学与音乐都是灵魂的表现:"Worte und Töne sind wahre Bilder und Ausdrücke der Seele"(Novalis,《断篇集》,1802/1957,第Ⅰ页,第 354 页)。
② 对 Hazlitt(《导言:论普通诗学》[Introductory: On Poetry in General]1818/1930,第 12 页)来说,音乐性实际上是精神与诗歌共同的性质:"……诗歌……是语言的音乐,是对精神音乐的回应……"

精神经验间)所作的相关思考中至少可以看到部分这样的迹象,器乐(以前因为远离模仿而被贬抑)在这儿被认为是最适合的:

> 思维与想法的火车在脑际不停驶过,不总是以相同的节奏前行……或相同的秩序与关系……器乐……能够……自行调适于快乐的、安详的或悲伤的氛围……(Adam Smith,1795/1967,第159—160页)

5. 第五个对音乐逐渐重视的原因与情感、想象和精神的性质相关,这些越来越被认为是音乐的特点。可以说音乐的这种特点提供了这些性质的基础:音乐作为特殊的动态时间性媒介,特别适于表现与诉诸变动不居、模糊和不稳定的存在状态①。瓦肯罗德尔的伯格灵甚至将"灵魂"的运动比作溪流(意识或无意识),一种最好通过音乐之流来表现的"溪流"②。这种音乐观点又与更广意义上的语境相联系:18世纪感伤主义语境中出现的新的"感觉"[sense],艺术和文学是作为想象和情感"过程"而非稳定的模仿的"作品",就像古典主义语境中提出的那样(Frye,1956,第145页)③;以及福柯(参阅 Michel Foucault,1966)描述的从古典到现代的

---

① 对 Avison 而言,"运动"(Motions)与"声音"(Sounds)是音乐能够"模仿"的唯一现象,虽然"不完美"(《关于音乐表达》[*An Essay on Musical Expression*]1753/1967,第66页)。

② "Ein fließender strom soll mir zum Bilde dienen. Keine menschliche Kunst vermag das Fließen eines mannigfaltigen Stroms[...]für's *Auge* hinzuzeichnen[...]die Tonkunst strömt ihn uns selber vor."(Wackenroder,《艺术幻想,艺术之友,瓦肯罗德。作品和书信全集:历史批评版本》,1799/1991,第219—220页)在18世纪的美学中,音乐"运动"或"乐章"要么与音乐(残余的)模仿暗示了运动的外部现象的能力有关(就像 Avison);要么与内在运动、"动物精神"(关于这个更古老的机械概念,参阅达尔豪斯,《音乐美学观念史引论》,1967,第32—33页)相联系;还有像瓦肯罗德尔那样,与激情相联系,一般认为这是"撼动"了灵魂(亦可参阅 Harris,《谈谈音乐、绘画与诗歌》[*A Discourse on Music, Painting, and Poetry*]1744/1986或 Webb,《诗歌与音乐对应管窥》[*Observations on the Correspondence between Poetry and Music*]1769/1986)。

③ 亦可参阅 Kevin Barry,《语言、音乐与符号:从柯林斯到柯勒律治的美学、诗学与诗歌实践研究》([*Language, Music and the Sign: A Study in Aesthetics, Poetics and Poetic Practice from Collins to Coleridge*,1987],第49—50页),他评论"艺术作为作品与艺术作为能量之间的对比",认为这是18世纪下半叶美学发展中的重要因素。

知识型[épistémè]的大体转向,在这里变化、发展与历史起了决定性的作用。巴瑞(参阅 Kevin Barry,1987,第 38—42 页)指出韦伯[Daniel Webb]与其他的 18 世纪作家,在音乐美学方面在什么样的程度上强调音乐传达永远变化中的思想、情感与想象的"印象"的能力,柯勒律治甚至将音乐带来的变化、变奏般的印象与"读者在历史过程中可能为自己创造出的形象"①相比较。

6. 美学评价中音乐上升的第六个也是最有争议的"现代"理由,是新的、形式主义的理解:将(乐器)音乐作为特殊的美学、"纯粹的"如去语义化、非模仿与自我指涉的艺术。正是在这里音乐的重估与"偏离模仿"也许有着最直接的联系。事实上,如艾伯拉姆斯曾恰当地论及的,"音乐是第一种可以在本质上看作非模仿的艺术"(M. H. Abrams,1953/1958,第 50 页)。而反对音乐的模仿的观点早在音乐的表现理论语境中便可以看到(例如 James Beattie 明确表述"音乐不是一种模仿艺术"[1762/1975,第 441 页]②),但音乐批评中这种艺术"客观理论"的肇始,可以在史密斯的论述中看到:

> 不用任何模仿,器乐便可以产生惊人的效果……沉迷于……悦耳的声音,构思成……如此完满、规律的系统,精

---

① 参阅柯勒律治,《朋友》(*The Friend*,1818/1969),第 129—130 页,他将历史过去的"原创性"与"他性"的现代思想与作为同中之异的古老历史概念相融合,并将两方面与音乐进行比较,在接受的过程中,他的文章也显示出熟悉与"独创性"的新颖:
……在好的音乐中有一个长处,对此……我们可能会在历史文献中发现或做出类比。我提到认知[recognition]感,在伟大作曲家最具创意的段落中,这种感觉伴随着我们的新颖感。如果我们聆听 CIMAROSA 交响乐,呈现出的张力依然不仅仅是(回忆)recal[原文如此],而且几乎是重建一些过去的乐章,是另一个乐章,但其实还是同一个! 每一个当下的乐章似乎是在唤起并体现之前流逝的一些旋律精神,预示并像是努力赶上一些即将到来的:音乐家达到了艺术的顶峰,通过过去来修改当下,他同时将过去融到当下中去并铺展出相应的未来。听者的思想与情感在同样的影响下翻涌……在历史段落中读者也可能会为自己营造出类似的效果……一个时代的事件与人物,就像音乐中的张力,令人想起另一个,每一个都是个体化的多样性,不只给予相似性一种敏锐和魅力,而是同样也使整体更为明了。
② Twining 也热衷于讨论这个问题(参阅《两篇关于诗歌与音乐模仿的论文》[*Two Dissertations on Poetical and Musical Imitation*]1789/1986,第 252 页)。

神……不只享受巨大的感官快感,还有高度的智识愉悦……(器乐)产生的无论何种效果,都是旋律与和声的直接效果,而不是其他的什么所指……:事实上它们什么也不指。(Adam Smith,1795/1967,第167—169页)

有趣的是,音乐的非模仿自足性,因此是自我指涉性(如巴瑞已经指出的,部分地影响了18世纪下半叶的语言理论①)的,在诺瓦利斯的童话的音乐性论文《童话的音乐性》[Das Märchen ist ganz *musikalisch*](Novalis,1802/1957,第Ⅰ、391页)②中,已经与叙事文学相关联。音乐主要作为内在自足的系统、自我指涉关系的思想(也可以在歌德③和其他一些人中发现),在19世纪越来越紧密地联系在了一起(汉斯立克[Eduard Hanslick]将音乐定义为"声音的运动形式"[tönend bewegte Formen]④-"共鸣的运动形式"-成了最著名的表达)。

形式主义"自足美学"(参阅达尔豪斯,1988,第16—17页以下)事实上构成对有影响的音乐表现观念最重要的挑战,后者是直到20世纪之初

---

① 关于对洛克的相信语言符号指涉的清晰性原则上总是能够达到的开始的不安,参阅 Barry,《语言、音乐与符号:从柯林斯到柯勒律治的美学、诗学与诗歌实践研究》,1987,特别是"序言"与第1章;亦可参阅 Wolf,《介于透明与模糊之间的情感语言:18世纪英国感伤小说的符号学》(The Language of Feeling between Transparency and Opacity: The Semiotics of the English Eighteenth-Century Sentimental Novel,1992b)。

② 也可参阅诺瓦利斯的另一个片段:
　　童话故事实际上如梦一般——互不联系……,[就像]例如音乐幻想一样——风弦琴的和谐效果,是自然本身。(Ein Märchen ist eigentlich wie ein Traumbild-ohne Zusammenhang [...] [wie] z. B. eine *musikalische Fantasie-die harmonischen Folgen einer Äolsharfe-die Natur selbst.*)(《断篇集》,1802/1957,第I,390页)

③ 参阅歌德的《漫游者遐想》[Betrachtungen im Sinne der Wanderer](1821/1829/1988,第290页):"出现在音乐中的艺术尊严也许是最为突出的,因为这里无需附着于任何物质。全只是形式和内容。""Die Würde der Kunst erscheint bei der Musik vielleicht am eminentesten, weil sie keinen Stoff hat, der abgerechnet werden müßte. Sie ist ganz Form und Gehalt[...]"至于一般的形式主义音乐概念,参阅 Barry,《语言、音乐与符号:从柯林斯到科勒律治的美学、诗学与诗歌实践研究》,1987。

④ 汉斯立克,《论音乐的美》(*Vom musikalisch Schönen*),1854,转引自 Huber,《文本与音乐:20世纪精选叙述文学里叙事和意识形态功能关联中的音乐符号》1992,第24页。

依然与形式主义相伴却正相反的美学观①

在这个形式主义的语境中,可以看到艺术的非模仿、"创作"[poietic]概念被运用到音乐中:强调艺术的创造性与想象的独立性,不再看作是同样的映照"现实",而是凭本身创造一个现实,无论如何"本身是完满的"。因此,对史密斯来说,音乐是"完整的和规律的……系统……(没有)暗示……任何别的对象,通过模仿或其他方式……。所以,它的意义可以说本身便是自足的……"(Adam Smith,1795/1967,第168—169页)②。

我列举的每一个不同因素,都致力于指向前述的音乐美学评价发展中的第三个阶段,这种新的理解可能反过来被看作是个重要的前提,即小说作者不顾小说语言体裁限制而模仿音乐的前提。这些解释性因素在另一方面也很重要:尽管它们所表现出的特点是历史上便被认为是属于音乐的,而很少是其他媒介的特征,包括文学(即使有些情况下,这种情绪性与和谐,从严格的理论观点来看它们的典型性是有疑问的),在那些向音乐"他者"敞开的语言小说中可以再次看到这些特征。事实上,由于18世纪后半期开始的音乐成为这样一种中心艺术,可以想象的是浪漫的与后浪漫的小说音乐化尝试的功能形貌,至少部分地延续了或受到音乐那些特征的影响。毕竟,超越文学与音乐媒介间的边界不单是对有趣试验的盎然兴趣引起的,而且还如已经说过的,由对传统文学媒介的局限性与不足的不满引起的,或至少由在文本中纳入另外维度的愿望引起的,对此音乐被认为是特别有效的。

如果正如上文描述的,我们可以认为小说的音乐化是由上文讨论的这六个因素的功能上的考虑激发的,某种程度上讲,也可以做如下解释:

1. 也许某种程度上迄今为止所解释的音乐,是(或过去是)被认为能

---

① 参阅Huber《文本与音乐:20世纪精选叙述文学里叙事和意识形态功能关联中的音乐符号》出色的概述,1992;第一章。

② 这种音乐"创作"理念的发展的稍后阶段:可以在坡(《诗学原则》[The Poetic Principle]1850/1967,第506页)这里看到:"也许就是在音乐中灵魂最大限度接近伟大的目标,因为当被诗意情感激发,它挑战——超自然美的创造。"

够使(想象的或理性的)和谐与秩序的体验在格外高的程度上成为可能;所以小说的音乐化在文本中不是难以想象的,在这里和谐或秩序与主题相关,是也许不怎么和谐的现实的隐含规范或背景的一部分,或在话语结构层面上发挥着作用(也许作为文本中其他方面的混乱倾向的平衡手段)①。

2. 对音乐的敞开也受到想在跨媒介作品中创造或再创造一个艺术整体的欲望的影响,在这种作品中可以传达一种协作的效果或经验的完满,而这是单独的传统文学媒介无法达到的。

3. 至于音乐的表现性质,小说的音乐化也可能是特别强烈的追求非理性、情感或感觉的表达、印象或体验的结果。

4. 同样,存在于音乐与想象或非理性精神状态间的密切关系,一般来说在音乐-文学媒介间性试验中也会起到作用:如果音乐被视为精神层面最卓越的语言,那么文学集中在这种语言的话确实能够从借用音乐的性质中受益。

5. 关于音乐作为时间特别是动态艺术这一点上也是这样的:跨媒介地关注音乐而不是关注静态的视觉艺术也有着重要作用,因为这在这样的作品中是合理的,这些作品中无论是作为历史的、文化的还是精神的现象中的变化、不稳定性与时间的流逝感都非常重要。

6. 最后但并非不重要的是,就形式主义、非模仿甚至对音乐的非概念性理解来说,文本中小说的音乐化也可以被预期:传统的异指涉或甚至概念意义失去了先前的优势,不再是(唯一)组织原则——无论是因为日益强调自我指涉性,也许甚至强调元小说的自我质疑,还是因为题材或主题与传统模仿技术不一致。在这样的文本中,参照音乐与对这种艺术的跨媒介模仿能够成为对语言艺术(余下的)可能性的隐性或显性元小说或元美学思考的肥沃土壤②。

---

① 比起非纯粹的"和谐的声音","秩序与和谐"在文本的这个宏观层面上,与音乐有着更密切的关联,前者只出现在文体的微观层面上。在第5章第1节对音乐化的可能指示的讨论中已经陈述过了(见第89页)。

② 关于这个特殊的功能,参阅 Lagerroth,《将音乐化文本读作自我反省式文本:跨艺术话语的一些层面》(Reading Musicalized Texts as Sel-Reflexive Texts: Some Aspects of Interart Discourse,1999)。

具体的文本在什么样的程度上实际上回答了这些期待,将会在下文的英语文学历史上一些重要的小说音乐化例子概貌中显示出来。

7 浪漫主义小说的音乐化:德·昆西之《梦的赋格》①

7.1 梦及其主题含义

由于18世纪晚期美学理论以及浪漫派对音乐越来越正面的评价,英语中音乐化小说的第一个例子,德·昆西[Thomas De Quincey]的《梦的赋格》[Dream Fugue](1849)深深植根于浪漫主义语境便不足为怪了。这种语境不只是指表面上的传记事实,即德·昆西是英国浪漫派音乐重估的主要倡导者之一柯勒律治的朋友,而且很大程度上也指文本本身。

尽管在音乐化小说历史上是个"第一",《梦的赋格》的媒介跨性质并不为人所熟知②。如题目所标明的,文本是梦的叙述,也就是在这个层面上,以及与心理、传记相关的问题,是迄今为止诸多的文学研究集中探讨

---

① 这一章是 Wolf,《小说的音乐化:19和20世纪英语叙述文学中音乐与文学间的跨媒介界限跨越尝试》(The musicalization of fiction': Versuche intermedialer Grenzüberschreitung zwischen Musik und Literatur im englischen Erzählen des 19. und 20. Jahrhunderts,1998)第3章的扩展与修订。

② 除了 Brown,《音乐与文学:艺术之间的比较》,第151—160页这个值得注意的例外,对这个文本的跨媒介性质的诠释通常(至多)是粗略的或一笔带过的评论(参阅,如 Hopkins,《德·昆西的战争观以及〈英国邮车〉的田园风构思》[De Quincey on War and the Pastoral Design of *The English Mail-Coach*]1967;Aronson,《音乐与小说:20世纪虚构作品研究》[*Music and the Novel*:*A Study in Twentieth-Century Fiction*]1980,第9—10页;Porter,《魔幻的过去:德·昆西与自传的困境》[The Demon Past:De Quincey and the Autobiographer's Dilemma]1980,第603—605页;Jordan,《掠过边缘:德·昆西的讽刺》[Grazing the Brink:De Quincey's Ironies]1985)。

之处。《梦的赋格》是《英国邮车》[The English Mail Coach]的最后一部分。《英国邮车》是1854年作者为三个自传式文本选集起的书名:"英国邮车或运动的荣耀"[The English Mail Coach or The Glory of Motion]、"猝死之光"[A Vision of Sudden Death]和"梦的赋格"[Dream Fugue],原先出现在《黑檀杂志》上。《梦的赋格》的副题,"基于之前的猝死主题",涉及之前的《英国邮车》部分中详细叙述的自传式相关体验:叙述者乘坐在四轮马车上,以最快的速度在小路上飞驰,眼看着急速靠近另一马车,一对年轻的情侣坐在车中,及时阻止了一起事故。根据文本,使叙述者印象最深刻的是年轻女士对九死一生的反应姿势:"……她站起来又跌在座位上,跌下又站起来,双手疯狂地举向天空……"(第317页)

  这个发生在40年前的事故,在叙述者那里挥之不去,"给绚烂的拼贴之梦投上哀伤的葬礼之荒芜色彩"(第319页),如他在《梦的赋格》①的开头承认的。我们文中一系列的奇艺幻觉中实现的正是这个"拼贴之梦"。这种奇异事实上植根于这样的事实,叙述者对他的原初体验(即从一开始古怪"幻觉"中的女士的反应)进行编码,不只是作为"猝死的激情"来"诠释",而且是作为不死的"女人挣开阴森的镣铐……紧扣着的敬崇的双手——等候、怅望、颤抖、恳求喇叭的呼唤永远地飞离尘世"(318)的恐惧状态来"诠释"。因此,叙述者所有的梦幻觉集中在他自己与危险中的女性形象的邂逅,一个从第一场便明白无误地被当作是"从可怖的幻觉来的无名女士"(第319页)的形象。

  五个编了号的连续的梦片段的第一个,事故被置换到夏日海景:叙述者在"英国旧式船"上旅行,遇到了"可爱的小艇"(同上),他看到这小艇上在青年男子快乐陪伴下的"无名女士",女人"在音乐中""跳舞[……]"(同上)。突然音乐停止,他们的船像是"分崩离析",女士与饮酒狂欢者消失了。叙述者担心这是他自己的船非常接近"死亡阴影"(同上)的结果。此后不久叙述者又得到警告消息:另一只船也正在以危险的速度靠近并且

---

  ① 亦可见1854年的"作者后记":"真实的景象,就像从邮车上往下看,变成一个梦……"(第329页)。

面临下沉的危险。事实上，在第二部分中，开始的田园之夏被海上风暴替代，两只船在此躲过了丝毫之差的碰撞。那位女士，叙述者发现她站在第二艘船上，幸免于难。"梦的赋格"第三部分是一起在海岛沙滩上的事故叙述，叙述者在那儿未能及时警告女孩有一些危险的"流沙"(321)，不得不眼见着她活生生被埋葬。他仍在伤心，突然被战争与胜利的声音打断：他被诱拐到一个遥远国家的前奏(在第四部分中)：英格兰的梦一般的扭曲变形。这里已经在庆祝滑铁卢的胜利，叙述者不得不以"匆忙的速度"冲向"壮丽的大教堂"(322)，随着它的靠近、它的墓地和巨大的车轮的中心部(原先小路上事故的回声)，其中有个"女孩"(324)没有注意到她的危险，靠近叙述者，他的同伴"在四轮马车中和花儿一样的脆弱"(324)。小孩从视线中消失了一会儿，但不久又可以看到，尽管现在变成也在危险中的女人：这次是作为灵魂冲突的对象。她的灵魂之战以她的"更美好的天使"(325)的胜利结束，因此最后一部分"有力的赋格"(326)能以凯旋的游行结束，叙述者、女人们和"许多狂欢者"，所有人都加入其中(同上)。

主题上，这个梦系列也许可以从下面三种方式来理解：

1. 很明显与这个框架一致的是作为创伤体验的"心理叙述"①，这种体验在叙述者的无意识中酝酿了几十年；

2. 作为法国大革命与滑铁卢战胜拿破仑之间的英国历史的政治寓言：从第一次提起"英国"作为"从太阳升起到落下的地方"(319)的帝国的统治者，就给出了这样的解释。并且在致命的危险、"滑铁卢"战争及胜利(322)，以及紧接着的滑铁卢胜利②之后的(社会？)危险的进一步暗示中发展；

3. 作为宗教的复兴寓言，人类将分享对上帝和"他的爱"(327)的感恩。

对《梦的赋格》的跨媒介形式来说，所有三种读法都是重要的，这一点

---

① 此处及下文，我并不是在描绘思维特殊方式的、与意识流形成对照的狭窄意义上，使用"心理叙述"(psycho-narration)，而是集中在心理经验叙述更一般的意义上使用的。

② 至于历史与"政治主题"，参阅 Lindop，"序言"(Introduction)1985，第 xviii—xxi 页(在第 xix 页引用)以及德·昆西的"作者后记"(参阅第 329 页)。

也将在下面的章节中将显示出来。

7.2 音乐化的证据

在我们讨论《梦的赋格》中音乐化的细节前,关于这个文本是否具有跨媒介性质、可以在何种程度上以小说音乐化的方式来诠释是首先必须要回答的问题。这个问题甚至也涉及在叙事小说意义上的术语"小说"。在 1897 年出版的《托马斯·德·昆西作品全集》[*Collected Writings of Thomas de Quincey*]第 14 卷,我们的文本被划分到一个矛盾的类别"传说与幻想散文"[Tales and Prose Phantasies]中。然而,也许将《梦的赋格》视为叙事小说不会有太大的问题,因为文本包含了这个体裁一般意义上要求的基本构成因素:1)叙述者的存在(在我们的例子中是第一人称叙述者,在所发生的事件中有很重要的作用),2)"故事"的存在(在我们的例子中,或者说是几个故事或一个故事的几个版本),如有一个集中在人物上,至少部分地触发和相连的体验或意外事件的时间系列,但彼此之间不是自然的发展①。而且,框架部分与"作者后记"都表明了文本的叙事状态,很显然《梦的赋格》是由梦的叙事"报告[……]"(第 329 页)组成。

将《梦的赋格》作为可能的音乐化小说来考察极其合理,如果说是因为德·昆西众人皆知的对音乐②的兴趣和知识这种间接证据,不如说更是因为在几个文本主题化例子中已经暗示出的跨媒介意图。这些例子包括非常可靠的类文本元素。首先,在题目中包含了对具体音乐形式的参照,暗示了整个继而发生的文本③与赋格形式的关联。而且还有题辞,是

---

① 关于这些"叙事性"的成分,参阅如 Bal,《叙事学:叙事理论导论》(*Narratology: Introduction to the Theory of Narrative*,1980/1985),第 4—9 页;或 Rimmon-Kenan,《叙事虚构作品:当代诗学》(*Narrative Fiction: Contemporary Poetics*,1983),第 1—3 页。

② 更具体的证据,参阅 Brown,《德·昆西〈梦的赋格〉中的音乐结构》(The Musical Structure of De Quincey's "Dream Fugue",1938),第 342—343 页,以及布朗的《音乐与文学:艺术之间的比较》,第 152 页。

③ 这种相关不完全是"整体"上的,严格来说,除了开始的段落,这从"赋格"本身构成了接下来一系列梦的框架。

从米尔顿《失落的天堂》[*Paradise Lost*]中引用的,包含了对"乐器的声音…竖琴和管风琴"的参照,以及对"嘹亮的赋格"(第 318 页)的参照。此外,还有开始的"引子"或"前奏"①("*Tumultuosissimamente*"[318])的音乐说明。最后并且很重要的是,应该提到"作者的后记",在这里作者建立了《梦的赋格》与"音乐的赋格"(第 329 页)之间清晰密切的关系。

在文本内形式中甚至出现了更频繁的音乐主题化:在将原初经验格式化为"音乐"(第 319 页)中,在梦的情节过程中许多对音乐与乐器的参照,以及在临近文本结尾提及的"有力的赋格"的"完成"(第 326 页)中。因此,内文本以及类文本层面上所包含的具体特殊的音乐指示,甚至特定音乐形式的指示,与已经提到的间接证据一起,构成《梦的赋格》令人信服的证据:确实可以看作音乐化小说。考虑到德·昆西这是全新的跨媒介试验,如此大量的信息也许是个必要的前提,去引导读者注意这种音乐化的思想。

7.3 对赋格结构的类比与从传统故事讲述的偏离

《梦的赋格》中事实上存在"讲述"方式的小说音乐化的指示,不过没有太大价值:尽管出现得相对频繁、具体,具特殊性与可靠性,但在"展示"模式中没有对应,也即在话语层次上没有音乐模仿。《梦的赋格》中几乎没有任何不寻常的突出语言音响性的元素,没有任何"文字音乐"(除了德·昆西散文中一些有节奏的秩序倾向),音乐模仿的征候主要可以在结构与想象内容对音乐的类比这两种音乐化技术中找到:不寻常或重复出现的模式、意象,自动指涉性与去指涉化倾向。这种效果可能主要与题目中暗示的对赋格这种音乐形式的模仿有关。

然而,将《梦的赋格》读作结构上类比音乐的赋格,给布朗造成了足够严重的问题。他曾试图到目前为止最详细地分析了文本对音乐赋格结构

---

① 对于"梦的赋格"框架作为接下去"赋格""序曲"的观点,亦参阅 Brown,《德·昆西〈梦的赋格〉中的音乐结构》,第 344 页。

的类比(参阅 Brown,1938 和 1948/1987,第 151—160 页),但问题严重到他以在某种程度上放弃了的观点总结这个努力:"……找不到完整的音乐模式。"(1948/1987,第 160 页)但这并不意味着再尝试一次没有意义,或应该放弃找出《梦的赋格》对赋格或至少类似赋格的音乐形式的结构类比的想法。毕竟,布朗的放弃部分是由于所有(叙事)语言想转变成音乐的"自然"阻力,况且这里"只"在结构的层面上。而且他的反应部分地可能是对一些问题的疏忽或得出错误答案的结果,而这些问题对赋格作为作品的对位形式而言却是关键①:"赋格"的主题是什么?它的"纵向"分成哪几个不同的明显的对位"部分"(依此,这些部分至少必须暂时同时在场,并且各自基本独立,尽管彼此之间还有频繁的模仿关系)?声称的赋格的"横向"部分是什么,文本显示出呈示部所有声部的一连串连续主题的进入的典型赋格结构了吗?在接下来的发展部中每个声部重复接续这个主题了吗?

关于赋格主题的辨认,布朗在能指层面上对其进行的描述分析是可信的:"主题不是一组语词,而是一丛想法。"(1948/1987,第 153 页)确实,《梦的赋格》的主题应该是语义的,不是纯粹的音韵学上的或形态学单位,因为事实上能指层面没有重复出现的元素可以满足赋格主题的条件:在每一声部进入的开始出现,随后在所有声部中重复出现。然而,不完全可信的是布朗的这个语义学主题的描述:"速度、紧急,猝死的危险中女孩"(同上)。在我看来,"速度"的想法是非常接近目的,但将"猝死的危险中女孩"纳入进来是成问题的——尽管副题中已经暗示了这个想法(在这个细节中可能是误导②)。如果"猝死的危险中女孩"是赋格主题,结果将是相当古怪的赋格。布朗(1938,第 349 页,在重版的布朗的 1948/1987 第 157 页中)提供的音乐的"梦的赋格图表"几乎无法去除这种古怪。因为在文本第一部分的三个片段中,女性人物在突然的危险中的文思每个只

---

① 关于对位更详细的讨论,见下文第 209 页。
② "基于之前的猝死主题"的措辞,不必一定意味着"猝死"事实上是接下来赋格本身的技术主题;只是作为引出另一个(也许是相关的)主题的文思已经非常足够,或只是暗示了一种氛围或主导性概念,就像标题音乐题目中的通常情况一样。

出现一次，(总共包含三页)，每一部分都必须当作包含一个声部的进入，因此第一部分和第三部分应读作不成比例冗长地对应于"呈示部"，这就是布朗的图表实际上所暗示的。于是第四部分（它的三页半几乎不比"呈示部"长）就成为"中间部分"，如在布朗图表中的情况，仍然只包含两个主题的进入（"马车危及小孩"，"圣坛上的女人"），尽管事实是它确实是在"中部"或"发展部"，在赋格中这种进入应该特别频繁。与中部相比，结束的第五部分应该包含四个凝缩的和简略的主题在这个奇特的句子中的进入：

……在沉睡的世界里，千万次，(我)看见你，随后的是上帝的使者，经风历雨、渡过荒弃的大海，穿过流沙的黑暗，借着梦，和梦中可怕的启示……（第326—327页）

这些宣称的"主题进入"在布朗的图表中以"加速"[stretto]出现。"加速"的想法乍一看来挺有吸引力的，但我认为，是由于对赋格错误的类比。

并且除了这个未解决的赋格比例问题，布朗的解读最大的弱点是未能令人信服地解决"音乐的"声部同时性的辨认这个关键问题，而且事实上得出了一些站不住脚的结论。布朗的阐释是基于三声部赋格的观点。这是合理的，但在他对"呈示部"（以及"结束部"）的解读中，这部分似乎对应于第一部分的在连续的梦场景Ⅰ和Ⅲ中叙述的三个场景（上部："危险中的船"；中部："风暴中消失的船"；下部："流沙"；1948/1987，第157页）。为使有效，这个对应不只要求三个场景（或者它们的元素）中的每一个某种程度上必须同时发生，而且它们都必须以某种方式在"回响"，就是说，在下面的部分中有一些想象性的延续，而的确这也是布朗的图表所暗示的。问题只是文本中搜集不到那种材料。确实问题依然没有解决：在布朗的"中部"中，宣称的赋格主题的进入在何种程度上被意译成"圣坛上的女人"，并依然是可辨认的先前的"风暴中消失的船"的延续？为何开始的"危险中的船"应该与"滑铁卢、四轮马车和大教堂"片段及"马车危及小孩"这些插曲一起构成一个音乐部分？辨别独立声部的类似问题也在布朗的"最后部分"的诠释中出现。

由于布朗对重要细节的解读像是不确定的,我将提供另一种思路:我建议作为赋格主题的是,常与"速度"特征相伴出现的"横向运动",因为文本明显充满这种运动重复出现的暗示(如,"驶向我们"[319],"逃走","她下来了","热烈的步伐……跑","离开炼冶厂"[320],"沿着孤独的海滨跑"[321]等等)。这样一种运动主题可以被辨认,不仅是《英国邮车》特殊的语义内容和结构的结果,也许也源于音乐与运动状态的一般性关联,这被认为是音乐最善于最自然地能够唤起的所指。事实上,我们将在音乐化小说历史中多次遇到作者利用这种语义关系的例子。如果这是个赋格,关于在这里必须展开的中心主题的不同的、(部分地)同时的和独立声部,它们不是作为布朗所认为的连续的场景出现,而是作为被重复描述的三个人物或一群人物,同时地或单独地,卷入在各种各样的(快速)横向运动中,并且其中的某个在文本唤起的虚构场景中总是能够至少被想象为在场。这三组人物是:1)女性形象;2)叙述者-I;3)作为第三声部,也许是由几种乐器同时"演奏",不过其独立性多少减弱了,伴随女性人物或叙述者,或之后或之前的各种各样(或拟人的寓言如"秘密语词"[322])的人物。理论部分(见上文,第20—21页)探讨的在线性文学文本中实现音乐的同时性几乎是不可能的通常问题(更别提多声部的同时性),因此能够通过"迂回"方式抵达读者的想象。文本中只能连续展开的想象因素(人物与他们的经历),确实能够同时在场。根据读者思想上对文本内容的重建,它们可以一起发出"声音",进入相似或模仿与对立的"对位"关系。这种将人物作为声部(人声或乐器)的阐释,也与文本中发现的很多参照它们的各个乐章一致,这些乐章尤其强烈地暗示了对位音乐:第一部分的开始,女士、她的同伴与"我自己"(第319页)"和谐的"乐章;在接下来的部分中三个声部的对立;叙述者的"模仿"乐章,他"跟着她在狂风呼啸之前奔跑,被愤怒的海鸟追赶"(第320页),在下一章节中所回应的模仿情景是,叙述者"跟着"女人"奔跑[……]极匆忙地"(第321页);在第四部分中,叙述者又在他的在场中,模仿在他和他的同伴(第322页)(后来,这个寓言式的"词"也与女性人物后面的回忆联系了起来:"那个秘密语词在"她"面前晃动"[326])面"前"晃动的"致命的词";在最后部分中,所有人物又在和谐的游行队伍中联合在一起,"步伐一致地前进"(第 326 页)。在将达到整体上的停止之前(第 325 页),有个一般性的休止作为最后能量释放的准备:"生活,狂乱的生活,再一次(泪)流满面返回各自轨道。"(第 325 页)

在这个解读中,紧随着开始的海上田园生活的场景(或连续的梦片段)应是类似于赋格的"发展部"。由于这些场景在氛围上明显地不同,这意味着这个"赋格"不是纯粹地遵循古典巴洛克赋格的模式,它——如通常所认为的——主要地是静态人物,营造一种"氛围"。事实上《梦的赋格》几乎在每一部分中的情绪特征都在变化,因此成为一种"动态的"或"交响性"赋格,一种赋格的变体。这种变体在音乐历史中也的确存在①过。如果将《梦的赋格》看作这样一种"交响性赋格",在最后部分中所出现的奇怪现象,致使布朗陷入的问题便有可能解决:"在紧接段[stretto]中,(布朗如此认为)主题在同一个声部上出现了两次"(1948/1987,第 156 页)②的现象。这里我们看到的("荒弃的大海","风暴","流沙","可怕的启示"[327])不是"紧接段"中赋格主题的重复,而是带有女孩的危险的所有四个梦场景的重复出现。这种重复出现可以"读"(或听)作前面"乐章"和它们不同氛围的准交响曲的回想,就像贝多芬在他的第九交响曲最后乐章中插入的(或后来布鲁克纳在他的第八交响曲最后乐章中的)一样。

在对特殊音乐形式的结构类比层面,即使不得不承认这是一种对正

---

① 事实上在巴洛克时代之后的音乐史中,还有罕见的将赋格与交响曲或奏鸣曲形式(参阅[Müller-Blattau,《赋格史概述》[*Grundzüge einer Geschichte der Fuge*]1931,第 112 页之后;或 Trapp,《舒伯特与雷格的德国浪漫主义赋格发展与意义研究》[*Die Fuge in der deutschen Romantik von Schubert bis Reger*:*Studien zu ihrer Entwicklung und Bedeutung*]1958 结合的努力,例如莫扎特最后的 C 大调交响曲("Jupiter")第四乐章,或贝多芬的有时自由有时严谨的大赋格[*Große Fuge*,*bald frei*,*bald streng gearbeitet*](由于其极为不同氛围的交替,这特别有意思地对应于德·昆西对赋格形式的改编。考虑到赋格的动态转化,应记住的是德·昆西显然不再认为这种形式情感上是静止的,典型特征就是只用于一种氛围。如"作者后记"中的一段这样写道:真实的场景,就像从邮车上往下看,转变成一场梦,就像音乐的赋格一样喧闹、变动不居(第 329 页,强调为引者后加)。

② 布朗赋予"低音部"以"风暴"与"梦想",而将"荒弃的大海"留给"中音部","流沙"给"高音部"(第 157 页)。

统的巴洛克赋格的偏离,《梦的赋格》仍然符合了一般文学音乐化辨认的重要标准。除了以"讲述"的模式强调音乐,还必须强调的是相对低的异指涉性,这使得我们的文本明显地偏离了传统的叙事(主要涉及一个单独的自传性事件以及其在梦中的变形)。此外,还有相当一部分的结构上的自我指涉,以及若说没有参照音乐便很难解释的重复出现。它们不仅包括主要主题"(快速的)横向运动"的多种呈示,而且包含基本处境"女性人物的危险"的重复变奏,以及可以从主要赋格主题中推断出来的一些动机:纵向运动变体的频繁出现:"上升,下沉"(第 320 页之后),以及布朗已经注意到的,部分地与此关联的显而易见的四到五系列数字"动态的"的现在分词(参阅 1948/1987,第 154 页,如"waiting, watching, trembling, praying"[318],"rising, sinking, fluttering, trembling, praying"[320]或"tossing, faltering, rising, clutching"[321])。

的确,不一定求助于所谓的《梦的赋格》的音乐媒介间性,也能尝试为其中一些重复出现找到指涉理由:在他骚动的梦中,把它们与强迫性的重复出现和叙述者体验的转变联系在一起。然而,我们将无视这一事实,在德·昆西的文本中,从原初经验到它最后的话语化发展与音乐的密切关联,并且在最后一步的话语化之前,即在它之前的心理过程中已经出现这种关联。事实上,整个过程出现为一系列的解释与感觉翻译,在真正的浪漫主义风尚中,其中的(叙事)视觉经验以联觉的方式与听觉相互关联。如上面提到的(见第 7 章第 1 节),"梦的赋格"从这个过程开始其第一步,叙述者"通过被转移的符号……的影子",主观地将原初经验"解释"为使人顿悟的,随后是挥之不去的"猝死的激情"(第 318 页)的"幻觉"。仍然在这个框架内,紧接着第二步,可以看到原初的创伤经验已经用音乐的方式表达:

> 音乐片段太过激情,听过一次,便再也听不到了,你有什么苦处呢。穿过所有沉睡的世界,不时升浮出你幽沉起伏的和弦,四十年之后依然充满恐怖?(第 319 页)

这里心理层面上,是上文描述的(第4章第4节)隐含"想象内容类比",作为一种小说音乐化技术形式的过程的倒转。如果"想象内容类比"是基于将音乐置换为视觉的诗意画面与经验,这里的视觉经验像是翻译成赫兹里特所谓的"精神音乐"(Hazlitt,1818/1930,第12页);译成灵魂的"起伏的弦"。在第三步中,这个"精神音乐的片段"——这次是对隐含想象内容类比过程的直接类比——重新译为构成《梦的赋格》话语层面的梦的体验。并且,假若要证实无意识的音乐特性与视觉和音乐体验的联觉的浪漫派思想,话语层面以梦的叙述的形式在小说的音乐化中回应了这种特性。

7.4 试图音乐化的小说的功能

从形式上的指示来看,《梦的赋格》确实是第一部真正尝试音乐化的小说,这可以通过文本中跨越文学与音乐媒介边界功能上高度的关联来确证。《梦的赋格》的音乐化功能在大多数情况下都可以与第6章中勾勒的美学语境,特别是自(前)浪漫主义以降,被认为是典型的音乐的特征相联系。

某种程度上,这种上下文联系已经通过第一个功能建立起来,这可以从上文已经论述过的推断出来。在音乐形式与视觉经验的联觉结合中,即使不说幻觉的,《梦的赋格》的音乐化回应了18世纪特殊的浪漫派风尚中音乐与诗歌再次融合的思想,并且在小说中获得了至今还不甚清楚的协作效果。

第二个功能也与一种熟悉的思想相关,即从前浪漫主义开始就一再强调的,音乐的强烈感官刺激特性,以及它的易于诉诸情感的特征。具有强烈的情感与感官诉求,也是德·昆西文章的特点。有趣的是,这个(与音乐联系的)特点,受到伍尔夫的激赏,她自己就是位在小说音乐化的历史上非常重要的作家:

(他的)文章……并不指望去争辩或转变或甚至讲述一个故

事。我们可以从语词本身获得我们所有的愉悦……我们就像聆听音乐那样——感官被调动起来,而不是头脑……(Woolf,1932/1967,第1—2页)

在这个德·昆西的散文和音乐的比较中,伍尔夫提及他风格的另一个特征,一个也适用于《梦的赋格》的特点,而且也被象亚当·史密斯这样的美学家认为是音乐的特征:德·昆西不是去"争辩或……转变或甚至……讲述一个故事"的效果。如我们已看到的,虽然《梦的赋格》中的情节大略遵循叙事的模式:开头、中间与结尾,它们的重复与缺少因果关系和逻辑大大削弱了叙事性。事实上,《梦的赋格》中占主导的不是叙事意义(也不是任何"观点"),而是一种想象与强烈的情感性。正如开场"序曲""猝死的激情"的音乐表明,除了其他目的,小说的音乐化加强了这种情感效果。

另一个音乐与《梦的赋格》之间历史和功能上的相似性,表现在德·昆西的关注对心理状态的表达。根据一个如可以在著名的《牛津英语文学指南》中看到的传统主题,由于德·昆西"对梦的心理研究……(以及他的探究)童年经验与痛苦如何在梦中变成象征"(第268页),被认为是位在某些方面预示了弗洛伊德对梦和无意识研究的作者。《梦的赋格》,不只是题目,还有开始的框架与"作者后记",实际上都表明了这是一个试验性的梦的实现。他的集中在作为"它本身法则"("作者的后记"第330页)的"那个梦",与内在精神世界中发生的"联想"(第329页),德·昆西明显偏离了传统的在"意识模仿"方向上对外部现实的模仿,似乎预示了现代主义的心理探索。《梦的赋格》是试图以异常的强度传达传统模仿所关注的"他者"的一种心理叙事:非理性、主观变形和无意识噩梦般的某种焦虑状态。结果是文本的音乐性不只在一个方面显得合情合理。一般来说,它是合理的,因为音乐可以看作是传统的模仿文学的"他者"。还有可能在叙述者古怪的联觉想象方面,由于外伤的经验被翻译成"热情的音乐片段"——在这个意义上,他的文本的音乐化也致力于叙述者隐蔽的自我刻画。而且如前文指出的,由于(前)浪漫派美学中所建立的音乐、情感、心理与艺术的非模仿概念间的密切关系,从历史层面看也是合理的。在这个传统内,贯穿他的"激情"与"喧哗"的《梦的赋格》——但如我们将看到的,不是在结尾——德·昆西好像将他的音乐化基于音乐与不和谐心理状态的对应之上。

如果在强烈情感与紧张精神状态的非模仿表达中,《梦的赋格》与音乐间可能在这个方式上建立起一种功能上的联系,如在前几十年音乐美学中所认为的那样,进一步的功能联系便是音乐通过结构自我指涉创造出模仿叙述①指示之外的连贯性能力。这里《梦的赋格》由于内在的(自我-)指涉异常之多,又一次唤起早先的音乐观点,在这种情况下是指史密斯[Adam Smith]与其他人所持的形式主义音乐观点。

《梦的赋格》主要集中在梦上,对梦的主要印象是"恐怖"(第319页)。乍一看来,对"恐怖"的激发、非理性梦幻觉与作为形式主义艺术的音乐之间关系可能不明显。而且,在浪漫主义中,像深受他的影响的坡一样,用语言描绘噩梦更应是德·昆西自己也致力的文学体裁②:哥特小说。《梦的赋格》的某些部分确实包含奇异的与超自然元素,也许主要可以视为哥特元素。然而,由于《梦的赋格》总体上相似的变奏、(好像)前后不一的状况以及没有任何有趣连贯的"行动"框架的冗长描述,与哥特小说的以情节为中心的叙述结构,以及它的悬念、惊悚和恐怖的统一效果相左。如果哥特小说不能为德·昆西的梦的幻想提供一个框架,音乐(如已经说过的,也可以与不和谐精神状态相联系)能够履行这个功能,因为重复与《梦的赋格》结构拟态的不可能间有着合理的相互关联。因此,《梦的赋格》的音乐化也许可以看作是一个给出形式问题的答案的文学试验:如何为倾向于无定形的主题保持美学连贯性的问题,由于这种主题的强烈情感性、非理性、重复

---

① 按照Barry(参阅《语言、音乐与符号:从柯林斯到柯勒律治的美学、诗学与诗歌实践研究》,1987)的说法,一种类似的功能促激了浪漫主义与前浪漫主义抒情诗中文学语言的音乐化趋势,他在其中看到了活跃着的反模仿动力。文学的非或反模仿概念与音乐作为支持这种概念的姊妹艺术之间的联系,从浪漫主义开始就像是个相当普遍的想法,一种绝不仅仅局限于诗歌的音乐化的想法。这不只在整个音乐化小说历史中可以看到,甚至也可以在斯蒂文森[Robert Louis Stevenson]的美学思考中看到,但他的作品中并未真的显示出音乐化征状(参阅Dekker,《詹姆斯与史蒂文森:现实主义与浪漫的混合》,1994,第134—135页)。

② 在《假面舞会》(*Klosterheim*,1832)中。

与非模仿特征,对传统叙事逻辑与已然建立的叙述类型构成了挑战。

《梦的赋格》中的连贯性与模仿指涉性的确是个问题,这可以在叙述者的元文本评论透露出的矛盾中看到:《梦的赋格》事实上是"[如,一个]梦"或是一个"梦的连续"("作者后记"第 329 页)的描绘,一直都不太明确。文本本身也是矛盾的,因为很难将一系列奇怪的反复微叙事与一些像是总体的宏观故事[macrostory]结合在一起。即使将文本看作是在不同时间里做的许多相似的梦,并试图整合到一个故事里,通过这个办法来解决矛盾,但由于各部分间动机不明的空间与时间过渡的背离,其叙述方面的连贯性依然是不确定的。对叙述性,甚至对梦的逻辑("那个梦"作为"它本身的法则")的诉求太弱了,不能在美学上将棘手的精神材料整合成一个令人信服的整体。然而,《梦的赋格》的形式问题参照音乐框架可以理顺:就音乐而言,空间和时间跳跃,例如,可以发展成在其他"调"上、主题材料基本相似的(赋格)"发展部"。就像将在音乐化小说进一步的历史中看到的,从音乐的跨媒介借用将继续在解决类似的形式问题中发挥作用。因此,这也许不是巧合,在德·昆西开创,乔伊斯与乔西波维基[Josipovici]继承的历史中,赋格这样一种古老的、非常有规律与组织的形式,相对经常地被用来平衡受到迷失威胁的美学连贯性。作为这个形式内含平衡功能的结果,赋格形式多少被扩展了,如我们已经看到的,但有意思的是这也正是在浪漫主义音乐本身历史中所有过的"保守的"赋格技术的功能。如特拉普(Klaus Trapp,1958,第 269 页)在他的关于德国浪漫主义赋格的书中谈到这种形式时说道:

> 浪漫和声越是倾向消解并使调性受到摧毁的威胁,就越是会寻求更加严实的传统结构形式,以使音乐在混乱中依然能够进行表达。①

---

① 此处根据 Wolf 的英译译出。——中译者注。([...]je mehr die romantische Harmonik ihrer Auflösung entgegenstrebt,je mehr die Tonalität zu zerbrechen droht,desto stärker wird das Suchen nach festgefügten überlieferten Formen,die geeignet sind,die musikalische Aussage vor einem Chaos zu bewahren.)

德·昆西的"赋格"致力于抵制"混乱"甚至也可以在主题层面上看到。这个音乐结构不只含纳了话语形式层面梦的潜在混乱,而且也许是由"赋格"这个术语语源学激发的,也对应于一定的主题运动。确实,可以看到这种运动在被视为音乐典型的特征与"梦的赋格"的音乐化之间形成了进一步的联系:它们共同的动态特征。因此我上文设想的赋格主题的核心,即"运动",获得了更高的意义。这种运动概括了中心动态因素预示的有着两辆四轮马车(这里又指回邮车作为《英国邮车》前面部分中加速了的和加速中的现代化过程的仪式缩影)的自传场景;对应于由原初经验产生的各种梦引起的总体动态印象;并且还有一种与英国从政治危机中获释的历史发展的一般关系,同时与临近结尾时的重要末世论运动有关系;从原初经验来的女士在这里作为"未知姐姐"(第326页)出现,她转变成一个堕落男人的象征,受到死亡与"毁灭"威胁但最后被"他的爱"拯救(第327页)。

《梦的赋格》中这种从否定性状态到最后肯定性状态的运动,作为最初的自传性经验以及政治与宗教的末世主题的特征,还可能与音乐化的最后一个功能相联系。这个功能与最古老的音乐含义之一相关,其重要性在浪漫主义音乐理论中依然可以看到:作为宇宙秩序的表现的音乐思想。然而这样一种联系乍一看来并不明显,因为如我们说过,《梦的赋格》集中在由表面上看起来没有意义的危险和毁灭造成的"恐怖因素"(第319页)上。然而,不应忘记的是危险、灾难的消极性与其"恐怖"的情感效果,虽然预示了叙述者最初的经验以及早期梦的版本的大部分,但并不是最终的意思(即使"恐怖"在字面上来看是"序言"[参阅第319页]的最后一个词,而且可以说回应了开头阴沉的"猝死的激情!")。令人惊讶的是,从恐怖的消极到最后胜利的积极,虽然不是直线的但却显著的发展,弥漫在《梦的赋格》所有的三个主题层面[①]:在梦的模仿层面,我们从噩梦连连变成快乐的和谐幻觉;在历史层面从拿破仑战争的危险到英国得意的胜利的转变;并且

[①] 如 J. Hillis Miller 曾指出的,"越来越深地陷入到无望的黑暗中,在最后一刻突然蹿升到光亮之中"。在德·昆西作品(1963,第76页)中是普通的乐章;它显然对应于"梦的赋格"的主要"动机"之一。

最重要的也许是这个运动在宗教层面上得到回应,特别是在象征"未知姐妹"的最后一个单引号和最后的"和弦"中呈现出自身:

> 无数次,在睡眠的魅影中,我看到了你……沉落,升攀,狂言,绝望……上帝的使者跟随着……;若非到了最后……也许他还能把你从废墟中夺回,可能颂扬你的解脱,他的爱的无尽复活。(第326—327页)

这种积极的运动最终证实了一种依然朝向有意义的世界观,并且在某种程度上显示出与音乐概念的对比,一种暗含在毕达哥拉斯与浪漫主义宇宙观①中的隐藏秩序与意义在感觉上相关的音乐概念。由于这个对比,古老的赋格音乐形塑《梦的赋格》,便获得一种特别有说服力的性质。这种赋格之前被视为"生命安全的、有秩序的结构象征"["Sinnbild eines gesicherten und geordneten Lebensgefüges"](Trapp,1958,第22页)。考虑到这个隐含意义,最后一个梦的高潮,上帝解救英国于国难与人类的杀戮中,也许可以说对应于音乐化文本的目的和休止点,其中所有的声部,在漫长的对位发展与诸多不谐和之后,在最后一个和弦的光彩中终了停止,与最后一个词"love"重合。

7.5 19世纪文学音乐化试验语境中的《梦的赋格》

《梦的赋格》是音乐化小说历史中相对孤立的"第一个"。事实上,如果说19世纪为音乐化文学作出了巨大贡献,这主要是由于法国诗歌的发展,其中"帕尔纳斯流派"与象征主义因他们持久的和计划性的试图音乐化诗歌语言而出名。与诗歌相比,英国和欧洲大陆两处的19世纪小说历史在跨

---

① 按照Rodney Stenning Edgecombe(参阅《读乐诗:对文学/音乐对话之独特体裁的界定》,1993,第3页)的说法,可以说以音乐化的语言文本去使"天体音乐"(一种在"尘世"被认为听不到而且很难通过"世俗音乐"表现的音乐)变得可听,是种特别合适的手段,因为天体音乐的思想是"完全由先验的语言陈述创造的"(同上)。

媒介试验方面并不是可比较的显著时期。留心音乐-文学媒介间性的学者们明显地拓展了"音乐化"这个术语,远远超过我在第 4 章第 1 节与第 5 章第 1 节中勾勒的界限,于是产生了一些相应的结果,有些很可疑,但即使如此他们的成果依然寥寥。就德国文学来说,罗特蒙德(参阅 Erwin Rotermund,1968)曾尝试以音乐的方式解读霍夫曼[E. T. A. Hoffmann]的《公猫穆尔》[*Kater Murr*](1819/1921)。至于法国小说,博邹斯卡(参阅 Matthias Brzoska,1995)最近以一种格外令人信服的方式,诠释乔治·桑的中篇小说《走私者》[*Le Contrebandier*](1837)中的音乐形式。在英国,除了德·昆西,还有一位作者在我们文中好像是特别值得注意的人选:狄更斯。然而,《艰难时世》(在"关键词"一章中包含著名的"焦煤镇"的描述)中小说材料结构上的元美学隐喻层面的音乐唤起还不足以作出"音乐化"的判断;库伯斯在讨论狄更斯的最后一部小说(片段)《艾德温·德鲁德之谜》(1870)中的发现多少更充实一点,然而这本小说作为"一种未完成的赋格"([une sorte de fugue inachevée],Jean-Louis Cupers,1982,第 38 页;),其解读也不是完全令人信服的。总的说来,这证实而非否定了 19 世纪小说好像不情愿公然表示"渴望达于音乐状态"(Pater,1877/1973,第 45 页)的印象。尽管在佩特、王尔德和其他人的纲领性的音乐颂词中,音乐在理论上是"典型的,或理想完美的艺术",因为在这个媒介中("不是在诗歌中")"发现了完美艺术的真正类型或标准"(Pater,1877/1973,第 45、47 页),但还是勉强的。

造成这种情况的主要原因不难理解。19 世纪对音乐的赞美以及偶尔的文学音乐化的努力,基本上可以看到与这样一种美学相联系:一种传统的模仿与现实主义的异指涉性至少暂时地边缘化了的美学。只要小说——在此处不同于抒情诗的倾向——仍然植根于(现实主义)模仿美学,建立与主要作为非指涉艺术的音乐的跨媒介关系的小说试验,就很难被预期在大范围内出现。所以这个领域内的第一个英语试验《梦的赋格》,由与浪漫主义有深切渊源的作者写就,带着在 19 世纪美学中与现实主义形成对照的倾向,这绝非巧合。音乐化小说历史中的下一阶段,即现代主义,也是处于这样的情境中,与模仿作为现实主义的特征相比,模仿在这里并不发挥主要作用,这也绝不是偶然。

8 现代主义小说的音乐化 I:乔伊斯的《尤利西斯》中的"塞壬"插曲①

8.1 小说试图音乐化历史的第一个高潮:现代主义

随着现代主义的到来,音乐化小说历史有了重要的变化。如果说之前的音乐化试验很少,现在则变得更为突出、频繁。然而这也不足为怪,因为现代主义毕竟对(模仿)讲故事的惯例大规模遗弃,其关注点从集中在外部世界的指涉转到专心于内在精神世界与艺术媒介的可能性以及界限自反探索。通过对其他媒介(元素)的跨媒介借用的试验,尝试跨越给定媒介的传统边界,是达到这个目的显而易见的方式,特别是这后一个目的。通常情况下,音乐并不是试验性文学现在寻求的唯一"他者"媒介。绘画与电影同样被用于类似的跨媒介试验。就绘画来说,弗吉尼亚·伍尔夫在媒介间

---

① 这一章是 Wolf,《可以将故事读作音乐吗?音乐隐喻用到小说中的可能性与限制》,1992a,第 220—231 页的修订与扩展;特别感谢 Fischer,《怪异的语词,奇异的音乐:乔伊斯的〈尤利西斯〉中"塞壬"插曲的以文述乐》(Strange Words, Strange Music: The Verbal Music of the "Sirens" Episode in Joyce's *Ulysses*, 1990)和 Budde,《赋格作为文学形式?乔伊斯的〈尤利西斯〉之塞壬》(Fuge als Literarische Form? Zum Sirenen-Kapitel aus *Ulysses* von James Joyce, 1995)(这三篇文章虽然存在部分相似之处,然而彼此都是独立写就的)。另外我还想提及的是慕尼黑大学 Robert Böse 的未出版硕士论文(参阅《伍尔夫、赫胥黎与乔伊斯小说中的音乐结构》[*Musikalische Strukturen in Romanen von Virginia Woolf, Aldous Huxley und James Joyce*],1984),在众多试图阐释乔伊斯的音乐化中这篇论文显得极其令人信服。

性历史中显得比较突出(见下文,第8章第1节);至于电影,英语世界中最著名的现代主义作家也许是多斯·阳索斯[John Dos Passos],由于他的《美国》[U.S.A.]三部曲(1930—1936)①从这个媒介中的明确借用。

当然,由于音乐与叙事文学间的媒介不同,而且小说不可避免地要讲述或多或少的指涉性故事,即使是现在,小说的音乐化还依然是个例外(到我们的时代这也不会变化)。不过,在现代主义中音乐化叙事出现如此频繁,因此这个时期可以看作音乐-小说媒介间性历史的第一个高峰②。

现代主义在这个语境中变得有多重要,在对被作为音乐-小说媒介间性历史候选对象讨论过的一些作品和作家的简短回顾之后,便可以看到。如所预料的,托马斯·曼在德国文学中影响巨大,很多学者在研究《浮士德博士》[Doktor Faustus](1947);并且,不应忘记曼的〈托尼奥·克罗格〉[Tonio Kröger](1903)③。这个中篇小说显示出对奏鸣曲式的

---

① 参阅 Larsson,《相机眼:美国的"电影叙事"与〈万有引力之虹〉》(The Camera Eye: "Cinematic" Narrative in U.S.A. and Gravity's Rainbow,1980)。考虑到"塞壬"在音乐化小说历史中的地位,应提及的是《尤利西斯》也被置放在文学-电影媒介间性的当代语境中(参阅 Leon Edel,他认为"《尤利西斯》具有电影特征"。《小说与摄影》[Novel and Camera],1974,第178页)。

② 还应指出的是音乐与视觉艺术关系中十分重要的类似发展进程:在19世纪不多的绘画音乐化尝试之后,现代主义是第一个加强了同样试验的历史时期;较好的综述,可以参见 Maur 编,《图像的声音:20世纪艺术中的音乐》(Vom Klang der Bilder: Die Musik in der Kunst des 20. Jahrhunderts,1985/1994)。一般来说,不应低估在诸如T.S.艾略特的《四个四重奏》(1944;关于艾略特与音乐的关系,参见 Cooper 编,《T.S.艾略特的乐队》[T.S. Eliot's Orchestra]1999)这种晚期现代主义诗歌标题中也可看到的现代主义跨媒介推进,这一点已经被指出来了(参阅 Hoesterey,《后现代杂交:视觉文本、文本艺术》[Postmodern Hybrids: Visual Text, Textual Art],1993 与 Albright,《松开巨蟒:为现代比较艺术学重塑〈拉奥孔〉》,1999,二位都谈到 Clement Greenberg 的"走向更新的拉奥孔"[Towards a Newer Laocoon],1940/1986;以及 Greenberg 以太过绝对的方式赋予现代主义艺术过分突出的"媒介纯粹性")。

③ 对"Tonio Kröger"的阐释,参阅如 Basilius,《托马斯·曼的〈托尼奥·克罗格〉中音乐结构与技巧的使用》(Thomas Mann's Use of Musical Structure and Techniques in Tonio Kröger,1944);Petri,《文学与音乐:形式与结构相似性》(Literatur und Musik: Form- und Strukturparallelen,1964),第 43—46 页;与 Lech Kolago,《20世纪德语文学中的音乐形式与结构》(Musikalische Formen und Strukturen in der deutschsprachigen Literatur des 20. Jahrhunderts,1997),第 209—226 页;关于曼的一般的音乐(化),亦可参见 Schönhaar,《托马斯·曼早期作品中描写的与虚构的音乐》(Beschriebene und imaginäre Musik im Frühwerk Thomas Manns,1995);或 Huber,《文本与音乐:20世纪精选叙述文学里叙事和意识形态功能关联中的音乐符号》(Text und Musik: Musikalische Zeichen im narrativen und ideologischen Funktionszusammenhang ausgewählter Erzähltexte des 20. Jahrhunderts,1992),第2章第1节和第3章第2节。

结构类比,作者自己曾做了这样的评论"史诗般的散文结构",在这里他"第一次在[他的]艺术中学习将音乐用作形塑因素"(Mann,1936/1974,第112页)。其他在德国现代主义音乐化倾向语境中被讨论的小说作者,包括赫尔曼·黑塞(作品《荒原狼》,1927,参阅 Ziolkowski,1957/1958),阿尔弗雷德·德布林[Alfred Döblin](作品《柏林亚历山大广场》[Birlin Alexanderplatz],1929,参阅 Huber,1992,第 3.3.1 章),海米托·冯·多德勒[Heimito von Doderer]与汉斯·亨尼·雅恩[Hans Henny Jahnn](参阅 Huber,1992,第 4 章第 1 节①)。在法国文学中,提到过罗曼·罗兰的《约翰·克里斯多夫》(1904—1912/1932,参阅 Cupers,1982,第 17 页)和保罗-埃米尔·凯迪拉克[Paul-Emile Cadhilac]的《牧歌》[La Pastorale](1924,参阅 Brown,1948/1987,第 174—176 页),并且还会想到纪德的《伪币制造者》。然而,这部小说尽管曾是赫胥黎的音乐化经典《点对点》(1928)的范本,也不能算入持久地尝试音乐-文学媒介间性中②。在美国文学中,卡森·麦卡勒斯[Carson McCullers]的第一部小说《心是孤独的猎手》[The Heart Is a Lonely Hunter](1940)在过去的二十年中得到了一些关注③。在英国(与盎格鲁-爱尔兰)文学中,福斯特

---

① 其他的文本中,Martin Huber 讨论 Jahnn 的《佩鲁加》(Perrudja,1929)与 Doderer 的《嬉游曲》[Divertimenti](1920 年代的短篇故事);关于 Doderer,亦可参阅 Kolago,《20 世纪德语文学中的音乐形式与结构》,1997 第 75—164 页,他指出了 Doderer 的《嬉游曲》中对音乐的结构类比,"Johann Peter Hebel 主题的七个变奏"与"奏鸣曲"。

② 《伪币制造者》确实包含小说家镶嵌进 Edouard 宣布音乐化概念的著名段落(正是这一段落将成为赫胥黎的特殊参照),但就像已经提及的(见第 82 页),小说的结构除了一定的"对位风格"(参阅 Rohmann,《赫胥黎与法国文学》[Huxley und die französische Literatur]1968,第 135 页)趋势,并不能证实 Edouard 提出的以任何持续的方式对巴赫《赋格的艺术》的规划性模仿。

③ 参阅 M. C. Smith,《赋格中的声音:卡森·麦卡勒斯的〈心是孤独的猎手〉的人物与音乐结构》(A Voice in a Fugue': Characters and Musical Structure in Carson McCullers' The Heart Is a Lonely Hunter,1979)、Fuller,《〈心是孤独的猎手〉中的对位与赋格惯例》(The Conventions of Counterpoint and Fugue in The Heart Is a Lonely Hunter,1987. 不总是令人信服)与 Farrelly,《〈心是孤独的猎手〉:一部文学交响曲》(The heart Is a Lonely Hunter: A Literary Symphony,1988)的赋格阅读;Barbara A. Farrelly 的阐释是基本音乐概念缺席的情况下,所能作出的弄巧成拙怪诞的"音乐"诠释的典型例子:她尝试将 McCullers 的小说读作对贝多芬第三交响曲的结构类比,一个从一开始就由于混淆了奏鸣曲与交响曲形式而有问题的解读(得出了奇怪的观点,贝多芬的《英雄》第二乐章是第一乐章的发展!)。

[E. M. Forster]的《霍华德庄园》[*Howards End*](1910)至少应该提到，因为包含了以文述乐的重要样例（参阅 Neubauer,1997），尤其是由于三位著名的作者，英国与盎格鲁-爱尔兰现代主义小说的历史成了分析音乐化试验的特权领域：杰姆斯·乔伊斯，弗吉尼亚·伍尔夫与阿道斯·赫胥黎。与德·昆西相比，对这些作家已经有了大量的跨媒介研究（对伍尔夫的研究也许少于赫胥黎，首先是对乔伊斯的研究）。然而不幸的是其中的很大一部分停留在学者们如布朗与薛尔感叹的那种隐喻式印象主义上。这种局面，证明了基于上文引言和第 1—5 章的理论假设与术语探讨，对这些小说作家进行重新讨论的合理性。除此之外，这三位现代主义者的极端重要性，使得实际上不可能在英语音乐化小说历史上忽略他们中的任何一位。

在下面的三章中，我打算分析这些英国现代主义经典作品。和在对德·昆西的讨论中一样，需要特别强调的将不仅是我们在多大程度上可以将一些个体作品当作是"音乐化小说"，而且还要强调常被悲惨地忽略掉的一个方面：各种各样音乐化尝试的功能。由于致力于这种功能变化史[Funktionsgeschichte]，媒介间性的历史变得特别有意思，即便不能够总是以完全令人信服的方式来阐明细细研究下的每一个跨媒介转换的技术细节。

8.2 "塞壬"：主题化层面上的音乐化证据

虽然乔伊斯的《芬尼根守灵夜》(1939)在我们的文中也会是有趣的小说①，但我将集中在乔伊斯最有名的音乐化小说试验上：《尤利西斯》(1918/1922)中著名的"塞壬"插曲。这是个经典文本，在所有的音乐-文

---

① 乔伊斯被认为将这部作品构思为"纯音乐"（参阅 Schmidt-Garre,《从莎士比亚到布莱希特：诗人及其与音乐的关系》[*Von Shakespeare bis Brecht：Dichter und ihre Beziehung zur Musik*]1979,第 267 页），这部作品构成了现代主义偏离传统故事讲述最激进的一个（并且以音乐符号的形式包含了外显媒介间性，参阅第 44 页和 272 页）。《芬尼根守灵夜》也是至今为止罕见的小说：有几页被谱成曲（参阅第 157—159 页，Samuel Barber 将小说的摘录运用于他的歌曲"Nuvoletta"[1947]）。

学媒介性试验中,激起了最重要的回应①。不过它仍然值得阐释,不仅因为上文给出的理由,而且因为除了赫胥黎的《点对点》,乔伊斯的跨媒介试验对后来同一领域突出的一位实践者有很大的影响,他就是我们在综述中讨论过的伯吉斯。

从"讲述的模式"中很明显可以看到有分量的证据,证明乔伊斯计划在"塞壬"中进行跨媒介试验。这样的证据到处都是。就类文本主题化而言,插曲的原初题目"塞壬"值得一提,因为它不仅建立了与荷马神话的塞壬之间的联系,而且建立了与之相关歌曲和音乐的关系。

由于在《尤利西斯》书中章节标题被删除掉,文本内证据变得更为重要。在"塞壬"中经常被论及的音乐在历史层面几乎无处不在:在所描述的外部现实中(在都柏林奥蒙德酒店的酒吧中唱歌和演奏钢琴),以及布鲁姆的思维②内部现实中。还值得注意的是,《尤利西斯》中存在大量的对个别音乐作品特殊的、准互文的参照,而在"塞壬"中达到了顶点,这种

---

① 参阅,在此举几个有疑问的音乐阅读例子,Frederick W. Sternfeld(《诗歌与音乐——乔伊斯的〈尤利西斯〉》[Poetry and Music-Joyce's *Ulysses*],1957/1984;Sternfeld 在整体上处理《尤利西斯》),L. L. Levin,《塞壬插曲作为音乐:乔伊斯的散文复调试验》(The Sirens Episode as Music: Joyce's Experiment in Prose Polyphony,1965—1966);Bowen,《金铜色的塞壬之歌:乔伊斯的〈尤利西斯〉中塞壬插曲的音乐分析》(然而文章是那些对"塞壬"中音乐参照有兴趣的人的资料库)1967,M. P. Gillespie,《奥蒙德酒吧里的瓦格纳:〈尤利西斯〉之'塞壬'插曲中的歌剧元素》(Wagner in the Ormond Bar: Operatic Elements in the "Sirens" Episode of *Ulysses*,1983);Lees,《"塞壬"与卡农赋格导引》(The Introduction to "Sirens" and the *Fuga per Canonem*,1984)与 Rogers,《"塞壬"中的赋格解码》(后二者的缺点是试图在"塞壬"与赋格形式之间建立太狭隘的关联)1994;或 Rabaté,《塞壬的沉默》(The Silence of the Siren,1986)。在较中肯且有意思的讨论中,如 Cole,《〈尤利西斯〉塞壬插曲的赋格结构》(1973);Fischer,《怪异的语词,奇异的音乐:乔伊斯的〈尤利西斯〉中"塞壬"插曲的以文述乐》(1990);Herman,《勋伯格之后的"塞壬"》('Sirens' after Schönberg,1994)和 Budde,《赋格作为文学形式?乔伊斯的〈尤利西斯〉之塞壬》(Fuge als Literarische Form? Zum Sirenen-Kapitel aus *Ulysses* von James Joyce,1995)的文章。我也想至少提及 Knowles 编,《褐色挨着金色:詹姆斯·乔伊斯的音乐》(*Bronze by Gold*. *The Music of James Joyce*,1999),一部在本研究手稿完成之后出现的书。

② 参阅,例如 Bowen,《怪异的语词,奇异的音乐:乔伊斯的〈尤利西斯〉中'塞壬'插曲的以文述乐》(The Bronzegold Sirensong: A Musical Analysis of the Sirens Episode in Joyce's *Ulysses*,1967),第 251 页;《〈尤利西斯〉中作为喜剧的音乐》(Music as Comedy in *Ulysses*,1993)和《布鲁姆古老甜蜜的歌:乔伊斯与音乐》(*Bloom's Old Sweet Song*: *Essays on Joyce and Music*,1995)。

参照有时甚至接近了"以文述乐"的程度①。"塞壬"也是在第 4 章第 5 节中已经讨论的"通过联想引用的音乐唤起"发挥重要作用的诗歌之外的稀有例子之一。鲍恩甚至坚持认为,乔伊斯这里汇集了多达"47 首歌的 158 个参照"(Zack Bowen,1977,第 249 页)②。虽然对普通读者来说不是所有的参照都容易被觉察,但这一章弥漫的效果是音乐的一直在场。

也许"塞壬"中最值得注意的跨媒介指示因素,是主题化也在具有相对高的指示价值的类型中出现:在对音乐(和字词)各方面的元美学思考中。然而,不得不承认这些思考没有一个有叙述权利(根据主要的内在视点,所有的都是赋予人物的,特别是布鲁姆),尽管布鲁姆频繁地思考音乐,却总是对音乐保持着一定的怀疑距离,并且他的一些沉思像是矛盾的。一方面,如他把"所有的歌曲"([a]ll songs)集中在"那个主题":"迷失的你"[Thou lost one](第 228 页),在这个成问题的观点中(至少关于声乐),像是偏爱一种参照方法;而另一方面,他也强调对音乐的形式主义方法:

> 都是数字!想想看,所有的音乐都是如此。二乘二除二分之一等于两个一。这些是和弦,产生振动。……冥想数学。而你还认为自己在倾听天体音乐哪。(第 228 页)

除了(未必认真)对音乐边界("世上处处都有音乐。拉特里奇的门吱吱响。不,那只是噪音")以及文化叙述中音乐嵌入性的思考("莎士比亚说的音乐有一种魔力。一年到头每天都在引用的名句"),还有一些有趣的元美学跨媒介比较。例如,布鲁姆确信像语言一样的音乐性质:"全都是在试着找个话题。一中断就会引起不快,因为你很难说。"(第 237 页)在

---

① 关于"模拟真正的……音乐",如《唐璜》笔记"(第 231 页),参阅 Fischer,《怪异的语词,奇异的音乐:乔伊斯的〈尤利西斯〉中"塞壬"插曲的以文述乐》,1990,第 50—51 页,在第 51 页引用。如上文,引用之后在括号内给出《尤利西斯》的页码参照,所指的是 Walter Gabler 版本,除非另外指出。

② 亦可参阅 Fischer,《怪异的语词,奇异的音乐:乔伊斯的〈尤利西斯〉中"塞壬"插曲的以文述乐》,1990,第 46 页。

他的另一沉思中他特意回顾了音乐和字词可能的共同基础:"歌词?音乐?不:是那背后的东西。"虽然,由于《尤利西斯》中没有足够的直接指向小说的自动指涉段落,因而没有明确的关于"塞壬"音乐化的元小说陈述,但这些暗示已经足以将敏感的读者的注意力集中在音乐上了,如果不是集中在这种艺术的跨媒介试验的可能性上。

上下文主题化方面还有一些明显的、虽然不是没有问题的指示。最突出的是一封经常被引用的给哈里特·肖·韦弗[Harriet Shaw Weaver]的信,乔伊斯在信中解释了他的部分章节作为"卡农赋格的八个常规部分"[the eight regular parts of *a fuga per canonem*]①,引发了从有影响的吉尔伯特[Stuart Gilbert]的《杰姆斯·乔伊斯的"尤利西斯"》(1930/1952)②开始的,对"塞壬"隐含的赋格结构的批评讨论。除了这个段落,另一个批评家们重复强调的上下文证据,是乔伊斯曾对乔治·伯拉赫[Georges Borach]做的口头评论:

> 这几天,我完成了塞壬这一章。艰巨的任务。我带着音乐的技术资源来写作这一章。这是有着所有音乐符号的赋格:弱、强、渐慢等。里面也出现了五重奏,就像在《名歌手》中一样,我最喜爱的瓦格纳的歌剧……③

---

① 乔伊斯,《书信选》(*Selected Letters*)第 129 页;同一个词组"fuga per canonem"也出现在 Linati 与 Gilbert 提要中(参阅世界经典[The World's Classics]版,第 735 与 738 页;关于这些提要的大体情况见下文第 185 页注释2)。

② 在这些研究中,参阅 David W. Cole(《〈尤利西斯〉塞壬插曲的赋格结构》,1973)和 Gudrun Budde(《赋格作为文学形式?乔伊斯的〈尤利西斯〉之塞壬》,1995)的有意思的文章,Böse(《伍尔夫、赫胥黎与乔伊斯小说中的音乐结构》,1984)有关《尤利西斯》同样具有启发性的章节,以及作为无望的跨媒介过度探索的负面例子,Margaret Rogers(《"塞壬"中的赋格解码》,1990)试图将"塞壬"开头的独特字母读解为赋格的音符。

③ 从 Budde 的《赋格作为文学形式?乔伊斯的〈尤利西斯〉之塞壬》(1995)第 199 页引用,他从 Potts 编《放逐艺术家肖像:欧洲人对詹姆斯·乔伊斯的回忆》[*Portraits of the Artist in Exile: Recollections of James Joyce by Europeans*]1979,第 69—72 页]引用;亦可参阅 M. P. Gillespie(《奥蒙德酒吧里的瓦格纳:〈尤利西斯〉之"塞壬"插曲中的歌剧元素》,1983,第 157 页)。

虽然乍一看来,这些上下文主题化像是乔伊斯跨媒介思想相当清楚的指示,但若更仔细地考察,变得有点难解。布德曾恰当地指出,乔伊斯对伯拉赫的评论暗示了赋格的一种相当"浪漫的"含义(我们在德·昆西的讨论中已经遇到过),这一般被看作是乔伊斯的音乐学能力比较有限(参阅 Budde,1995,第 200 页),虽然弗兰克·勃金(Frank Budgen,1972,第 135 页)坚持乔伊斯曾是"男高音歌唱家与音乐爱好者"。有人确实会问"五重奏"放在赋格中干嘛。更莫名其妙的是乔伊斯的作为"卡农赋格的八个常规部分"的"塞壬"的特点意味着什么。

奇怪的"卡农赋格"的并列引起了真正的问题,因为就我能看到的来说,这种形式不是通行的音乐概念①。无论如何,就像曾经争论过的一样,在我看来非常不可思议的是,乔伊斯应该提到"卡农"②的变体,因为这种形式的严格完全不适合在叙事小说中做音乐的类比。更可能的是乔伊斯用"per canonem"的表达来标明一种"权威的",即,"常规的"赋格(然而,这使得整个短语"卡农赋格的八个常规部分[如规范的赋格]"听起来很罗嗦)。作为"常规赋格"的解读,从布德那儿可以得到确证,他最近提出(参阅 Budde,1995,第 200 页)《格罗夫音乐与音乐家辞典》中威廉姆斯的文章"赋格"可以作为乔伊斯词汇的一个可能的来源。如布德所说,在这篇文章(在第二版字典中(1904—1910))中,这个术语确实解释为"按照规范的赋格"加以使用(卷 3,第 514 页)③。然而,使这个非常有趣的发现

---

① Cole(《〈尤利西斯〉塞壬插曲的赋格结构》,1973,第 222 页)将之描述为"一个 16 世纪的术语,指按照一种规则发展的模仿性结构",但没有给出这种认同的任何资料。Budde(《赋格作为文学形式? 乔伊斯的〈尤利西斯〉之塞壬》,1995,第 200 页)甚至否认这个并置是个恰当的音乐技术术语(terminus technicus):"……这个表达式不是一个技术术语。"

② L. L. Levin(参阅《塞壬插曲作为音乐:乔伊斯的散文复调试验》1965—1966)在一个可疑的阐释中采用了这个观点,他将"per canonem"视为单独的音乐类型,而不是作为"赋格"体裁的简单说明,然后解决"塞壬"与带几个主题的卡农之间建立联系的麻烦事情。

③ "在 16 世纪,这个词[fugue]意味着卡农曲中的一个乐章;事实上'卡农'[canon]的名字只是 fuga per canonem 的缩写:根据规则的赋格。"(从第五版引用)Budde 也引用了这一段,怀疑 fuga per canonem 是 Vaughan Williams 创造的,他批评这个词"非常混乱"是对的(参阅《赋格作为文学形式? 乔伊斯的〈尤利西斯〉之塞壬》1995,第 200 页),因为它合并了"卡农"的两层意思,这个词可以指一定的作曲技法与"规则"。

有点削弱了的是,强调卡农的"规范性"与乔伊斯曾经非常模糊的"赋格"观点冲突,如果相信他曾经对布拉赫说的评论。

更有疑问的是"八个常规部分"这个短语。"部分"是什么意思?一个组成因素,在音乐学意义上"声部"的"部分",或赋格的"横向"片段?布德(参阅 Budde,1995)倾向于第一种解释,但是她参照相当难解的法语赋格课本①,列举了从不同逻辑层面的八的构成②。有些令人惊讶,对我来说像是不太可信的。而且不清楚(就像此语境中提到的所有参考书一样)乔伊斯是否真的读过这个课本。第二种解释,"部分"作为"声部",同样成问题,因为没有规定说赋格由"有规律地"八个部分组成。相反情况是:大多数规则的赋格有四或三个声部。最后剩下的解释,"部分"作为"横向的片段",也不完全地可信,因为也没有规则将赋格分为八个片段,来证明"规则的部分"的并列是合理的。然而,不能排除乔伊斯指的是一连串的"呈示",许多"发展",以及这两者之间的自由"间插部",可能也是赋格呈示部前自由的"前奏曲"③。不管选择哪一种解释,关于乔伊斯到底指向哪一种形式类比总是会留下一些疑问。但有一件事像是清楚的:"塞壬"插曲中确实有小说音乐化的意图。这样,与"主题化"领域中其他指示一起,完全可以尝试将乔伊斯的文本作为一个音乐化的试验来解读。与拉贝特宣称的相反——他完全排除这种音乐的解读(参阅 Jean-Michel Rabaté,1986),我认为如果不想忽视乔伊斯(毕竟)留下的倾向于这种解读的各种各样的线索的话,我们甚至不

---

① André Gédalge,《赋格的原则》(*Traité de la fugue*),巴黎 1901。参阅 Budde,《赋格作为文学形式? 乔伊斯的〈尤利西斯〉之塞壬》,1995,第 201 页。

② 依照 Budde(《赋格作为文学形式? 乔伊斯的〈尤利西斯〉之塞壬》,1995,第 202 页)从 1907 年的德语译本引用,那些"部分"包含这样的异质因素:"1. 主题 2. 对答,3. 一个或多个的对位,4. 呈示部,5. 反行……(die *Gegendurchführung*[…])"。

③ 另一个问题是乔伊斯的音乐类比指示的精确参照。他的信的内容含糊:"亲爱的 Weaver 小姐……也许我不应再多说《塞壬》主题,但你提到的那个段落……都是卡农赋格曲的八个规则的部分……"(《书信选》第 129 页)"你提到的那个段落"原则上可以指整个"塞壬"插曲——大部分批评家包括我自己都如此认为,因为这与 Linati 和 Gilbert 的提纲一致——或者只是指插曲的一部分。无论如何,令人惊讶的是这个含糊迄今为止并没有让批评家烦恼,结果也没有做出努力去找出 Weaver 小姐提到的到底是什么。我自己也没能够解决这个问题。

得不这么做。

然而,是否应该在这种音乐的解读中包含对一个或多个音乐宏观形式或结构类比的问题依然存在。事实上很多批评家这么做,因而得出了各种各样的观点和结果。这部分是由于乔伊斯个人对"塞壬"的音乐结构的观点不明确,许多批评家也都没有认真对待他的对赋格结构类比的言论,因而他们诉诸各种形式,在第5章已经列出:卡农、变奏、回旋曲、交响曲结构或甚至音乐的。然而这些解释,由于它们奇异的和矛盾的特征,加深而不是阐明了结构问题的费解。看起来只有两种摆脱窘境的办法:或者完全放弃寻找形式类比的尝试;或坚持乔伊斯最后在他自己的评论中的主张,坚持计划中的"塞壬"与赋格或至少像赋格一样的多声部作品的相似性。下面,我打算至少暂时地遵循第二种解释,尝试(再一次)将"塞壬"插曲作为一种文学赋格来解读。

8.3 模仿音乐 I:"塞壬"插曲作为"前奏和赋格"?

"塞壬"作为文学"赋格"——即使认真对待乔伊斯的这个线索,舍弃其他不可能的形式类比,依然有大量问题:在这个赋格"作品"中有多少"声部"? 我们应该在哪个符号层面寻找主题,在能指还是所指层面? 赋格的主题是哪个或哪些? 所宣称的赋格的"横向"结构是什么,我们能说开始的段落是赋格之前的"前奏曲"吗?

关于这些问题的第一个,我想提出下面的答案:我认为"塞壬"和三声部赋格作品间具有建立某种密切联系的可能性,如在《梦的赋格》中,三个声部可以对应于三个独立和不同(组)的人物:1)酒吧女服务员道斯[Douce]小姐和肯尼迪[Kennedy]小姐,两个"塞壬",作为高音部,2)布鲁姆,《尤利西斯》的中心人物,是中音部,3)博伊兰[Blazes Boylan],与其他各位男性人物一起,是低音部,在巴洛克赋格中,这对赋格的分段来说特别重要(作为发展部开始或终止的标志,与自由"插部"形成对照,如,在巴赫的管风琴赋格中经常没有低音)。在这章中通过将许多人物归类为几个群体以减少声部的数目,确实像是必要的,如果要避免超过一打声部的荒唐赋格①。当然,这种特殊归类方式的合理性问题依然存在。我希望能够通过专注于文本的发展而在某种程度上解决:如我们将看到的,如果假设三个而不是更多声部的存在(但与严格音乐形式类比的局限性不可避免地将贯穿在下面的"赋格"阅读中),文本精确地显示出与赋格的最明晰的密切联系。

在关于将音乐形式"赋格""翻译"成小说的问题中,最关键的问题无疑是对赋格主题的辨别。就像在德·昆西的"梦的赋格"中一样,很重要的是要认识到"塞壬"中,一开始能指层面上没有能够形成与赋格主题及其特征对应的重复出现因素:相对简洁,可辨认的特征(即使以各种形式出现),在呈示部"模仿"、对位、必须的展开过程中在所有声部的数次"游走",所有的声部都必须从主题开始,一个接一个地出现。我们可能首先想到,这种结构排除了动机"褐色挨着金色",因为它总是和两位"高音部"的女服务员相联系。然而,就像在德·昆西的文学赋格中一样,有一个所指层面的主题满足所有这些条件②。而且,这个主题与两位女服务员——现代"塞壬"激起的语义联想有密切联系,即他们对男人的兴趣。事实上,这个主题包含了这些语义的联想扩展:欲望③。从感情和性渴望

---

① 在 Cole(参阅《〈尤利西斯〉塞壬插曲的赋格结构》,1973)那也可以看到各部分与人物相对应的观点。Budde(参阅《赋格作为文学形式?乔伊斯的〈尤利西斯〉之塞壬》,1995,第294页)提供了另一个解决方案:四个声部与四个小说空间之间的类比,这些空间是个体人物归属的地方(酒吧,沙龙,餐厅与都柏林的街道)。然而这是有问题的,因为"塞壬"的空间结构不允许赋格主题以那种赋格开始时的典型方式重复出现,再则这样酒吧场景将不成比例地过于重要(插曲的主要场景)。

② 偏向语义学主题而非形式主题(一种在音乐化小说历史中一再遇到的现象)是语言的异指涉意义一般趋势的症候,在这个意义上,也是以模仿模式的艺术转换(transposition d'art)或多或少总会暗示出来的大量转变的症候。

③ 与 Gilbert 的"'塞壬'歌曲"(《詹姆斯·乔伊斯的〈尤利西斯〉研究》[*James Joyce's "Ulysses": A study*],1930/1952,第248页)"主题"以及 Friedman 的类似文章将"酒吧女侍的(sic)'歌'作为"主题"(《意识流:文学手法研究》[*Stream of Consciousness: A study in Literary Method*],1955,第136页;亦可参阅 Burgess,《这个人与音乐》,1982,第140页,他认为"塞壬表现主题,布鲁姆是回应")相比,"欲望"相对接近于 Cole 所认为的"性欲"(《〈尤利西斯〉塞壬插曲的赋格结构》,1973,第224页;Cole 提出"饥饿与渴望"[同上]作为第二主题)主题,以及 Böse 与 Budde 所认为的将"引诱"或"性感女人"作为主要主题(参阅 Böse《伍尔夫、赫胥黎与乔伊斯小说中的音乐结构》,1984,第47页;Budde《赋格作为文学形式?乔伊斯的〈尤利西斯〉之塞壬》,1995,第205页)。然而,Budde 像 Cole 那样,忽视纯粹性暗示之外的"欲望"的语义外延的可能性,将"引诱"局限在那两位性感女人道斯小姐和肯尼迪小姐("塞壬中两位女侍者所体现的性感女人是赋格的主题……"[同上]);这样便很难在所有声部中看到欲望主题的盘绕。

的意义上来说，这个主题曾经甚至清楚地在能指层面出现：在已经提到的布鲁姆对音乐和语言的思考的中心元美学之一中，也即他听弗洛托[Flotow]的歌剧《玛尔塔》[*Martha*]中的"莱昂内尔的歌"[Lionel's song]（第226页）时引起的思考。在这个段落中，"欲望"意味深长地成了这两个表达模式的共同主题：

> 歌词？音乐？不，是那背后的东西。
> 布卢姆缠上又松开来，结了个活扣儿，又重新解开来。布卢姆。温吞吞、乐融融、舔光这股秘密热流，化为音乐，化为情欲……

与文中其他动机不同的是，"塞壬"中所有三个声部都承继了欲望主题，在变奏中也依然是可以被辨识的。

这些变奏也可能由倒置形式构成，"欲望"或"爱好"以它的否定形式"不喜欢"出现（如女服务员表现出对靴子、对"那个小乳臭未干的小孩"[212]的嫌恶，或者布鲁姆不喜欢、想躲避[218]博伊兰）。一个独特的倒转或紧缩形式是对盲人钢琴调音师欲望之戏不可能性的坚持（他看不到"达利的窗户"内的"美人鱼"[237]，后来没有意识到那两个女服务员是"褐色的"与"金黄色的"[238]）。另一种变奏形式是主题在不同"调"上的换位：插曲结尾布鲁姆急于放屁的滑稽形式中的欲望；或者主要的异性恋主题的转变到更普通的利奈翰先生[Lenehan]想开始与迪达勒斯先生[Dedalus]接触的形式。

欲望主题也可以是相当简洁的"对位"，一种未实现的欲望的效果：挫折和孤独①。这两种变体中的第一个可以在如利奈翰接近其中一个酒吧

---

① 再一次，这非常接近于 Böse（参阅《伍尔夫、赫胥黎与乔伊斯小说中的音乐结构》，1984，第47页，"孤苦"[forlornness]），以及 Richard Kain 的"孤独"（《精彩的旅行：詹姆斯·乔伊斯的〈尤利西斯〉》1947/1959，第157页）；Friedman（《意识流：文学手法研究》1955，第136页），这里同样非常印象主义（Boylan 的试图掩盖），还有 Gilbert（《詹姆斯·乔伊斯的〈尤利西斯〉研究》，1930/1952，第248页："布鲁姆的进场与独白"）；Budde（《赋格作为文学形式？乔伊斯的〈尤利西斯〉之塞壬》，1995，第205页）认出一个"对题的失败"（"Gegenthema[...]Untreue"）。

女服务员的受挫的欲望中("肯尼迪连睬都不曾睬他一眼,可他还是试着向她献殷勤"[215])看到,第二个主要集中在布鲁姆身上,他感觉"如此孤独"(230)。但是有时也和其他生物结合,如与沙丁鱼怪诞的孤独结合(参阅第237页)。

进一步地,欲望主题可以贯穿在上面描述的所有声部,并徘徊数次。在"呈示部"中以"规范的"方式引入和重复①,它的第一次出现包含了女服务员渴望的凝视,看总督随从中"那个戴大礼帽的家伙"(第211页)驾车经过。稍后,主题转到了布鲁姆,"怀中"带着他特殊欲望的象征:他买的(第212页)色情文学书"偷情的快乐";最后,它在第三部分中出现,通过靴子体现出来,他显然想让有魅力的酒吧女服务员注意到他②。

当然,这种在多声部结构中主题游移的阐释,不得不面对另一个上文已经勾勒过(见第2章第1节)的根本的不同,就是在任何一个音乐和文学间比较的局限性:语言,(叙事)文学的"单声部"媒介模仿音乐的多声部的困难。毫无疑问,在多声部形式如赋格中,声部的同时性异常重要。在德·昆西"梦的赋格"的音乐解读中,我曾设想通过在小说空间中人物的同时在场,进行音乐的同时性召唤。基本上,"塞壬"文学文本想象所指本身也能够提供同样的资源,但能指领域有值得注意的不同。德·昆西显然甚至没有想通过文本的能指暗示多声部,乔伊斯至少在某些段落中这么做了。在这些段落中,乔伊斯把一种技术更激进化了,这种技术我们在斯特恩的《项狄传》(见第5章第2节)某些部分中已经可以准确观察到:通过上文第2章第1节中提到的逐字地近似于那种"碎片的多声部"暗示音乐的同时性。如果说斯特恩在这个领域初步的试验即使没有"多声部"的视点仍然很容易理解,乔伊斯这里创作的文

---

① 为了不使事情过度复杂化,这里我(就像本研究中提及的其他赋格类比一样)略去与音程和调性可能的类比的讨论,一般认为在常规赋格的呈示部与尾声中主题会在这里出现。

② Cole(《〈尤利西斯〉塞壬插曲的赋格结构》,1973,第223页)也将"Douce 小姐和 Kennedy 小姐的欲望"视为主题的第一次出现,将布鲁姆的欲望视为它的"对答",然而对他而言靴子的出现是对"主要主题的对位",一个模糊了赋格呈示部结构的观点,主要主题在不同声部的重复因而迷失了。

本,如果没有认识到隐含的声音同时性,乍一看来像是相当难解的文本。因而费歇尔,在其特别清晰的分析中,用他所谓的"剪切与拼接"(Andreas Fischer,1990,第 47 页)方法,解释这些如果不这样解读将很难懂的段落如何才能被准确阅读为语言实现声音的同时性。费歇尔(参阅同上)引用其中的一个段落,是聚集在奥蒙德酒吧中的男士们对西蒙唱《玛尔塔》中的"Lionel's song"的反应:

Bravo! Clapclap. Good man, Simon. Clappyclapclap. Encore! Clapclipclap clap. Sound as a bell. Bravo, Simon! Clapclopclap. Encore, enclap, said, cried, clapped all[...]

"妙哇!"啪啪啪。"真了不起,好得很,西蒙。"劈啪劈啪。"再来一个!"劈啪劈啪。很是嘹亮。"妙哇,西蒙!"劈里啪啦。"再来一个!"再来鼓掌。(227 着重号后加的)

用费歇尔的"剪切与拼接"技术,结果如下:

Bravo! Good man, Simon. Encore! Sound as a bell. Bravo, Simon! Encore,
Clapclap. Clappyclapclap. Clapclipclap clap. Clapclopclap. enclap, said, cried, clapped all

就像在这个技术中变得清晰的一样,语言赞美和掌声不是轮流发生,而是被想象为两个同时在场的声音。在叙述者通过混合的新词"enclap"[再来鼓掌]概括小场景的话语中,凸显了这种同时性,而这个新词本身也包含了两个"声道"的元素。显然,如果我的音乐阐释(如在我所读过的所有其他作品中)完全只用于描述故事层面,这种故事外叙述[extradiegetic]声音不能整合进赋格结构中。但最重要的是乔伊斯显然想找到一种一般的与音乐复调的文本关联。在这种回想的技术中,如巴赫的小提琴独奏的奏鸣曲,单线文本(类似于单声部音乐之流)通过在不同层面(音高)上的摆动暗示多声部,因而读者(听者)本能地赋予不同"声部"(部分)以不同现实(旋律)轮廓,但很大程度上只是在想象中听到声音。

插曲第一页以及最后部分的再次使用强调了这种叙事技术的重要性。开头的段落如此写道:

> Avowal. *Sonnez*. I could. Rebound of garter. Not leave thee. Smack. *La cloche*! Thigh smack. Avowal. Warm. Sweetheart, goodbye!（210）

> 表明心迹。敲响。我舍不得……袜带弹回来的响声……离开你。啦!那口钟在大腿上啪的一下。表明心迹。温存的。心上人,再见!

这一段可以分成三个不同且部分同时发出的话语/声音:1)叙述者的声音:后来在同一段的"长版本"中变得清晰起来("He〔Blazes Boylan〕pleaded over returning phrases of avowal"〔219〕),叙述者评论博伊兰和利奈翰想听(和看!)道斯小姐拍打她的吊袜带的淫荡欲望;2)利奈翰催促道斯小姐这么做,和 3)道斯小姐哼唱"再见,甜心,再见"之歌(参阅同上):

> a) Avowal……Rebound of garter……Smack………Thigh smack. Avowal. Warm…………
> b) …………*Sonnez*——————————————*La cloche*! …………………
> c) ………………I could———————Not leave thee————————————sweetheart, goodbye!

在插曲的结束页中,通过采用"剪切与拼接"方法,下面的段落同样可以变得清晰。原来的段落是:

8 现代主义小说的音乐化 I:乔伊斯的《尤利西斯》中的"塞壬"插曲   177

Seabloom, greaseabloom viewed last words. Softly. *When my country takes her place among.*

Prrprr.

Must be the bur.

Fff. Oo. Rrpr.

Nations of the earth. No-one behind. She's passed. *Then and not till then.* Tram kran kran kran. Good oppor. Coming. Krandlkrankran. I'am sure it's the burgund. Yes. One, two. *Let my epitaph be.* Karaaaaaa. *Written. I have*

Pprrpffrrppffff.

Done. (238 f.)

腻腻的布卢姆,油腻腻的布卢姆悄悄地读着那最后几句话。当我的祖国在世界各国之间。

噗。

准是那杯勃艮第在作怪。

呋!噢。鲁鲁。

占有了一席之地。背后一个人也没有。她已经走过去了。直到那时。只有到了那时。电车喀啷喀啷喀啷。好机会。来了。喀啷得喀啷喀啷。我敢说是那杯勃艮第。是的。一、二。方为我写下。喀啦啊啊啊啊啊啊。墓志铭。我的话。

噗噜噜噜噜呋。

完了。

跟随"声部"出现的顺序,可以译写为语言"乐谱",其中"——"和上面一样,指"音符"/单词可能的时值:

a) Seabloom, greaseabloom viewed last words. ——— ....
b) .... Softly ....

  c) ·············· *When my country takes her place among*————

  d) ································ Prrprr————————

  e) ···

  a) ···

  b) Must be the bur.————Oo ···························

·························· No-one behind. She's passed·······

  c) ····· *Nations of the earth*. ·························

····························· *Then and not till then*——————

  d) ············Fff.————————Rrpr. ·················

  e) ···

  a) Tram——————————Coming ····················

  b) ·····················Good oppor.—————————

—I'am sure it's the burgund. Yes. One,two.————————

  c) ——————————————····················

  d) ···

  e) ·····kran kran kran.————————Krandlkrankran.———

  a) ···

  b) ···

  c) *Let my epitaph be.*————————————— *Writ-*

ten. I have ————————————————————

—————— *Done.*

  d) ···················· Pprrpffrrppffff.——————

  e) ——————————Karaaaaaa——————————

————————

在这个"乐谱"中,a)也是叙述者的话语,b)布鲁姆的内心独白,集中在他想放屁的欲望上,c)文本的"罗伯特·埃米特最后的话"伴随着(在现实中或布鲁姆的脑中)布鲁姆"从莱昂内尔·马克的橱窗里看到的……"(第238页)①"那幅豪迈英雄的肖像",d)布鲁姆身体的声音,e)流浪者发出的声音(参阅Fischer,1990,第45页)。

这只是这种技术在"塞壬"中重复运用的一些卓越例子。如已经在这些例子中看到的,它们并没有精确对应于前面要求的赋格的三个"声部",而是模仿同时的声音和(无声的)声部的简单出现,不顾它们的出处(最常用的拟声表达表明乔伊斯的强调真实的声音)。这也不奇怪:读者很容易就能够记住多声部的声音和/或话语,并可以保持一小段时间,特别是在拟声表达和/或斜体字的帮助下,就音乐而言地想象人物和它们主题上相互关联的思想或态度的同时存在,更可以延长一小段时间。然而,在这个框架中,从章节的开始和结束的例子,在我们的赋格阅读(利奈翰与道斯小姐和她的歌;布鲁姆和互文地"在场"的第三个人物:埃米特)中(另外)可以认出确实代表着"声部"的人物,还有一些(至少片段的)"欲望"主题的出现:从开始页的例子中,"欲望"是隐蔽在场的,在利奈翰的性暗示"敲钟"以及所赋予道斯小姐的"互文"参照中;她的哼唱爱之歌②;在临结束时布鲁姆的身体欲望的例子中;以及又一次的互文表达:在埃米特想看到他的国家在"世界各国"中占有一席之地的政治欲望中。

即使乔伊斯没有设法在贯穿整个章节中保持赋格必须的多声部效果,可以看到他做了显著的努力使叙事语言与复调音乐相似。鉴于这个至少部分的复调暗示,不同声部的存在和在某种意义上具有赋格特征的主题的进入,如果将"塞壬"插曲作为有着典型的呈示结构及紧接着的发展部的赋格来阅读,进一步的可能性是什么?

呈示部之后,欲望主题伴着变化的"低音"发展了,贯穿另外的六个部分,每一个都集中在奥蒙德酒吧中新人物的进入,以及他们以某种方式的接过主题:

---

① 斜体表示这个"声部"应该视为独立的。
② 赋格主题只以隐蔽和/或紧缩的形式在场是可以理解的,因为(小说)开头不能视为恰当的赋格,并且只以精简的方式包含了之后的发展(见下文)。

1) 西蒙·迪达勒斯(他与道斯小姐攀谈,抓住她的手,赞美她的"褐中带白"[214]),

2) 利奈翰(他向肯尼迪小姐"示好"[215]),

3) 博伊兰(这个"得意洋洋的英雄"[217],尽管他"急不可耐,热切而大胆地"去见莫莉·布鲁姆[222],但却立即且有点比他的前任更成功地进入与两个塞壬的欲望之戏中),

4) 布鲁姆(带着对莫莉和他的色情书内容的双重欲望),于是

5) 乔治·利德维尔(他和西蒙·迪达勒斯一样,边问候边泄露了秘密地抚摸道斯小姐"潮湿的……女士的……手"[222]),最后

6) 盲人钢琴调音师(第 237—238 页)。在这个赋格最后的"发展"中,"视而不能见的"(第 237 页)钢琴调音师和布鲁姆间构成一种奇怪的张力,如上面指出的,他不参加欲望之戏,而布鲁姆,他"在莱昂奈尔·马克的窗户中看一幅壮丽的英雄图"(第 238 页),表现出欲望。在这个段落中,布鲁姆的欲望以急于放屁的形式出现,在已经引用的段落中最后发现一个引人发笑的释放,并在结束的粪便学"音符""Pprrpffrrppffff. Done"[噗噜噜噜噜呋。完了](第 239 页)中解决。

如果将开始页.插曲的"导言"包括进不同"部分"(乔伊斯使用的术语)中,结果就是八重结构(导言、呈示加上六个发展),那么将构成大致相当于乔伊斯提到的有疑问的"八个常规部分"①。然而,这个分割法预先假定不允许把共同进入的本·多拉德[Ben Dollard]和考利神父[Father Cowley]还有汤姆·克南[Tom Kernan]和里奇·古尔丁[Richie Goulding]作为单独片段或赋格的"发展部"出现,因为这些人物没有加入欲望之戏。然而,即使回避确切到底有多少部分不是特别与音乐的阐释相关的问题,困难在于还有一些人物或"部分"并没有接过假设的主题②。这

---

① L. L. Levin 提出另一种看法,他将"八个部分"诠释为卡农的八个声部(参阅《塞壬插曲作为音乐:乔伊斯的散文复调试验》1965—1966),然而在文本中很难为这个观点找到令人信服的合理性。Böse(参阅《伍尔夫、赫胥黎与乔伊斯小说中的音乐结构》,1984,第 47 页)将数字八读作标明章节八个连续的片段比较合理,虽然他分割成"前奏曲"、一部由四个发展和三个插曲构成的赋格也不完全令人信服。

② 然而,在一些结构松散的赋格中存在类似的情况。

也是另一个通常的文学文本音乐阐释极限的例证,就像这里很难在每一个细节上跟随音乐模式一样。

对另一个还没提到的形式问题也是这样的:关于"塞壬"的开始页中是否存在形式的音乐类比问题。它们通常被称为"前奏曲"或"像前奏一样的"(参阅如 Milesi,1992,第 134 页;或 Cole,1973,第 225 页),我自己也曾这么称呼(参阅 Wolf,1992a,第 227—228 页)。尽管再进一步思考,"前奏曲"好像有些误导:"塞壬"的开始由对下面的几页高度简略的概述组成,这是一种从未在前奏曲和赋格中发现的关系。如果想坚持赋格阅读,最好回避"前奏曲"这个比喻,但找到与这个段落更适合的音乐对应也不容易。乔伊斯的步骤等同于"表演前指挥快速地浏览乐谱"[①]。这听起来是合理的,然而没有与之对应的作曲技法或形式。最接近的可能是歌剧的"序曲",因为在这种形式中至少一部分下面的音乐可能出现在预期的缩略形式中[②]。然而选择这种对应又陷进新的困难。这是赋格和"序曲"的古怪组合,而这个序曲中包含了序列中将出现的(在音乐中不存在的组合)随后的赋格片段,那么问题是就音乐形式而言如何来解释这个晦涩的"序曲"。事实上,如果没有把它们嫁接到接下来的叙述中,这些页将比有音乐序曲的演奏而没有接下来的歌剧更莫名其妙:虽然这样乔伊斯的文本将更没有意义,因而扰乱了叙事媒介的实质,但是音乐"序曲"至少某种程度上是可以理解的,不过第一次听可能还没意识到与下文的关系[③]。再一次,我们想起了文学模仿音乐的极限。

8.4 模仿音乐 II:对音乐微观结构的类比与"塞壬"中的文字音乐

在前面的章节中我们已经看到,坚持将"塞壬"作为文学("序曲"与)赋格来解读依然是有问题的,特别是如果想沿着乔伊斯有点神秘的自我

[①] 参阅世界经典丛书(The World's Classics)版中 Jeri Johnson 的注释,第 875 页。
[②] 也可参阅 Bowen,《〈尤利西斯〉中作为喜剧的音乐》1993,第 36 页,虽然我到现在为止还不想将整个"塞壬"插曲称为"音乐喜剧"(同上)。
[③] 序曲可能可以作为单独器乐作品来听(事实上记录了)。

阐释的指示来阐释文本。基本上没有对整个文本作为"常规赋格"的一致的阅读。布朗(参阅 Brown,1948/1987,第 160 页)对德·昆西"梦的赋格"中音乐宏观结构领域类比研究的总结,好像有些在"塞壬"这里也是合理的。不过,这并不意味着在《尤利西斯》中寻找音乐化小说的整个事情必然是无效的。相反,应该说"塞壬"是最大胆的和成功的音乐化小说试验之一。既然已经包含了对音乐微观结构、一般的作曲技法以及一些精彩的文字音乐的突出类比,这个最高级的词汇可能只归因于"塞壬"插曲中是否构成对音乐宏观结构如赋格的持久形式类比的问题。

就微观结构和作曲技法的模仿而言,一个特别突出的例子已经在可能的赋格形式的讨论中说明过了,即乔伊斯的对位多声部模仿。另一个重要技术是重复出现中"动机"的大量使用和多样化的词链创造了强烈的自我指涉性效果。例如,动机"Jingle Jingle jaunted jingling"[辚辚,轻快二轮马车辚辚](第 210 页,同样参阅第 217 页或第 220 页、第 222 页、第 223 页以下),表示布莱泽斯·博伊兰与婚床的叮当声,布鲁姆担心这里将在他对手和莫莉的通奸行为下颤动。最明显的动机是对那两个酒吧女服务员道斯小姐和肯尼迪小姐"bronze by gold"[褐色挨着金色](第 210 页)的描述。这个短语构成了章节的第一个词,在整个文本中重复出现了超过二十次,或以原来的面貌出现(如第 211 页),或稍加变化的形式(如"Bronzelydia by Minagold"[褐发莉迪亚挨着金发米娜][211]或"gold after bronze[...]bronzegold,goldbronze"[金色的紧跟着褐色……褐金的,金褐的][214]),有时变成碎片("sister bronze"[褐发女侍][218],"Lovely. Gold glowering light"[可爱灿烂的金光][223])。这个动机原先的指涉功能和它的叙事透明度(唤起女孩头发的颜色,因而转喻女孩们自己)渐渐几乎听得见,由于创造了一种"晦涩"的和统一的自我指涉语言回音网,就像在音乐作品中一样。然而,获得统一不仅是通过纯粹的形式自我指涉性,而且(完全按瓦格纳动机的方式)还通过这个动机产生的语义联想,除了它的作为辨认两位人物身份的准确功能。这些联想集中在文本中第一次提到的女服务员特有的特点:她们有魅力、像塞壬一样对男人的兴趣,这在章节的"呈示部"中,当她们仰慕(参阅第 211 页)的总督随从中一位富有吸引力的绅士经过酒吧时一并体现了出来。因此,每当"动机""褐色"和/或"金色"出现,读者就被唤起这章重要的语义元素。

至于文字音乐,这种文学音乐化的技术形式也许是"塞壬"中使用的最明显的技术。斯特恩在《项狄传》(见第 5 章第 2 节)的一章中在这个领域内做了试验性质的探索后,乔伊斯又作为一位特别激进的试验者出现。在"塞壬"中,可以"看到"上文勾勒的(见第 5 章第 1 节)所有三个作为音乐-文学媒介间性的象征原则都被同时使用:突出音响、自我指涉化和偏离语法连贯性和指涉合理性,连同加强指示价值的参数一起:高频率、大范围和不寻常声音模式的烦扰效果的强度(同样适用的高度"功能联系",见下文,第 8 章第 5 节)。

最著名和密集的文字音乐(也是去指涉化和叙事晦涩的结果)例子在引言部分中可以看到,这已经作为音乐化小说(见第 91—95 页)合并了多种指数的文本讨论过了。其他可以辨别的(按照一些批评家的说法①,综合了对作曲技法微观结构的类比)的文字音乐的适恰例子,包括李奥纳多·布鲁姆想起早期和莫莉的关系时意识流的"颤音","Her wavyavyeavyheavyeavyevyevyhair un comb:'d"[她那波-浪-状、沉-甸-甸的头发不曾梳理](第 228 页),或"接下来的事","A sail! A veil awave upon the waves"[帆船!面纱随着波涛起伏。](第 210 页),或其他如下面的"断续的"段落:

Far. Far. Far. Far.
Tap. Tap. Tap. Tap.

遥远。遥远。遥远。遥远。
笃笃。笃笃。笃笃。笃笃。(第 236 页)

---

① 参阅,例如 Gilbert,《詹姆斯·乔伊斯的〈尤利西斯〉研究》,1930/1952,第 249—251 页;Bowen,《金铜色的塞壬之歌:乔伊斯的〈尤利西斯〉中塞壬插曲的音乐分析》,1967,第 250 页;和 Böse,《伍尔夫、赫胥黎与乔伊斯小说中的音乐结构》,1984,第 57—58 页。

即使不总是容易看到或甚至"听到"这种大体上暗示性的语言对音乐的形象同化与具体作曲技法间的直接对应,"塞壬"中文字音乐的存在和大量使用是很难忽略的事实。总的来说,之前研究(虽然其中一些给出的解释基于相当印象主义的联想①)中都做过令人信服的讨论,因此在这里进一步的辛苦似是没有必要。在费歇尔(参阅 Fischer 1990)对"塞壬"中拟声文字音乐的出色探讨之后特别地不需要了。然而,应注意的是连续地对语言音响维度的强调有着重要的效果:贯穿整个插曲都在提醒读者,这里的(音乐的)声音至少和叙述内容一样重要。这种效果是被传达出来了,尽管事实是文学和音乐之间根本的不同,甚至在乔伊斯明显地想要成为"音乐"、"塞壬"如此深地受到了文字音乐的影响的文本中也能感到:由于语言不可避免的意义指涉倾向相对减少了强调能指音色属性的可能性,突出声音维度依然只是一小部分。

8.5　试图音乐化的"塞壬"插曲的功能

尽管在对"塞壬"插曲的音乐阐释中,不是所有细节都能够像乔伊斯自己暗示的那样能够顺畅地用音乐的方式阅读,有一个关键性的事情是很清楚的:对乔伊斯文本的音乐阐释比类似的尝试如《项狄传》(见第 5 章第 2 节)的更有意义。这是事实,不只因为,如果考虑到遍布"塞壬"的对音乐多方面的语言类比,和乔伊斯跨媒介意图的清晰线索至少部分地能够被证实,而且还因为这个文本中各种各样的音乐和小说音乐化的功能。由于"塞壬"确实能够显示出参照音乐在功能上的高度相关性,《尤利西斯》的这部分符合了另一个使得音乐阅读有意义的主要标准。

---

① 应特别注意 Gilbert 的一些阐释中的某种印象主义(参阅《詹姆斯·乔伊斯的〈尤利西斯〉研究》,1930/1952)。一方面,必须承认他在一些例子(对我刚才引用的颤音来说这是正确的,以及"断音"、"滑音"的例子诸如"Rain. Diddle, iddle, addle, oodle, oodle"或"延音效果"也是如此;)中发现有意思的音乐—语言的相似点;另一方面,他有时冒险进入相当可疑的猜想中,如把"vast manless moonless womooonless marsh"想象为"和弦的渐进扩展"或"Big Benaben. Big Benben. Big Benben"想象为"明显的终止式——属到主"(1930/1952,第 149—151 页)。

乔伊斯的跨媒介试验部分功能上的重要性与《尤利西斯》的特性相联,这种特性即作为几乎是百科全书式的书,指向一般生活的各个方面,同时还指向特定的当代艺术、文学、科学和其他话语,以及大量的个别文本。在这些当中,对荷马的《奥德赛》的互文参照为《尤利西斯》提供了一个专门的结构背景。关于这个前文本,"塞壬"的音乐化第一个(指示)功能是:这是一种独创性的表明与荷马史诗关系的方式,因为在《奥德赛》对应的插曲中,在神秘的女巫之歌中音乐也是很突出的。这种类似甚至延伸至乔伊斯"赋格"主题和布鲁姆的姿态:荷马的塞壬引诱男人①的欺骗性"欲望"之戏中预示了这个主题。尤利西斯,不像他的战友,他抵制住欲望和音乐,正如布鲁姆保持与奥蒙德酒吧中演奏的音乐的沉思距离,与他的同伴相反,没有参加与酒吧女服务员(虽然他也表现出有欲望)的调情。这种将音乐化作为隐性互文标志,为《尤利西斯》的书面版本获得了另外的关联,在关联中乔伊斯抑压了他原来章节的标题。

《尤利西斯》中除了标志几乎涉及百科全书式的大量话语特别突出的元素外,小说的音乐化也是致力于这种百科全书倾向的。如在著名的"里纳提与吉尔伯特提纲"中看到的,乔伊斯也关心将各种艺术、科学、人类身体的不同器官及它们各自的功能包括进他的小说。就这一点来说,意味深长的是"音乐"明确地扮演了"艺术"之一的角色,并且事实上是"塞壬"插曲主要的参照话语,这是由于"耳朵"②是人类器官的焦点。然而,幸亏由于音乐化的技术,乔伊斯文本中的音乐没有保留在抽象的参照状态,而是尽可能地"举例说明",结果赋予它一种特别的"知觉感官的"性质。

百科全书倾向影响了《尤利西斯》,而小说中处理的全景范围主题也

---

① 参阅 Gilbert,《詹姆斯·乔伊斯的〈尤利西斯〉研究》1930/1952,第 252 页,"散文的音响与对位是主题本身——塞壬的'迷惑之歌'"激发的。亦可参阅里纳提提纲(Linati Schema)中将"甜蜜的谎言"作为"塞壬""意义"的关键词(世界经典版,第 738 页;也可参见下一个注释),以及乔伊斯的已经引用的给 Harriet Shaw Weaver 的信,在信中他是这样解释"塞壬"的音乐化动机:"……我不知道以什么样的方式去描述超越尤利西斯旅行之外的音乐的诱惑。"(《书信选》第 129 页)

② 参阅《尤利西斯》世界经典版,第 735 和 738 页;这些提纲是乔伊斯自己提供的《尤利西斯》结构的两把"钥匙",并分别由 Carlo Linati 和 Stuart Gilbert 出版;两个提纲都在世界经典版"附录 A"、第 734—739 页中重版;更多细节参见 Jeri Johnson 的"前言",p. xv.。

产生了一种异质性效果,因此出现了美学统一性和连贯性问题。乔伊斯使用各种方式来解决这个问题:包括他的古典主义的时空整体惯例;《奥德赛》互文背景的选择;至少就"塞壬"来说,也用了音乐化的技术。在德·昆西的《梦的赋格》中基本上也可以看到这种技术为同样的功能服务。以音乐的多声部模式安排众多人物在一种境况或面临一个"主题"的行动时同样和不一样的反应,当然是使美学统一的有效方式。乔伊斯坚持赋格形式像是特别符合这个目的,因为这种形式特别适合一个主题不同方面的探索。"欲望"是赋格所处理的主题也许也不是巧合,因为欲望的无边(特别是对布鲁姆来说,很大程度上依然不满足)与赋格相对开放的形式间有某些类似,特别是如果和奏鸣曲形式对比①。所有这些都显示,如果将赋格形式翻译成文学,可以是处理异质材料和一种反终结的主题发展的理想手段,而与此同时,以美学上的完满和创新形式整合这些材料。

  叙述材料的异质性不仅在于客观上人物众多,而且更在于通过典型的现代主义者布鲁姆的意识流和内心独白表现出来的叙事世界中大量的主观描写。在"塞壬"(在其他章节中也是)的大范围铺展中,布鲁姆的思想事实上以看起来原始的、杂乱的状态呈现给读者。即使在一些地方布鲁姆不是主要人物,叙述者经常给读者提供的只是"印象主义的"零碎,而不是去安排事件、环境和人物,以形成一致的整体。结果呈现出来的各方面不连续的混乱、变幻莫测的奇行和经常非理性的联想造成的形式问题,音乐这时作为形塑力量可以帮助解决②。

  顺便提及的是,在"梦的赋格"中已经可以看到音乐作为描绘精神状

---

  ① 这是 Cole(参阅《〈尤利西斯〉塞壬插曲的赋格结构》,1973,第 225 页)想表达的,虽然他的断言"一旦基本(赋格)主题(!)通过呈示部的结构惯例建立起来,那些主题的置换便可以无限叠加"(同上)是误导。

  ② 关于从历史角度看意识流与音乐化倾向的关系,参看 Brown,《作为研究领域的音乐与文学之关系》1970,第 103 页,以及他 1984 年写的 1948/1984(参阅《文学和音乐相互关系研究的理论基础》[Theoretische Grundlagen zum Studium der Wechselverhältnisse zwischen Literatur und Musik]xii)导言;此外,还有 Aronson(《音乐与小说:20 世纪虚构作品研究》)1980,特别是第 I/4 章:"20 世纪小说家的关注音乐作为语言学的挑战")。

态的秩序原则的同样功能,这好像回溯性地证实了音乐和精神有特殊的密切关系的浪漫主义观点(对音乐在美学评价中的上升具有重要作用)。如已经在《梦的赋格》中一样,也许可以说音乐化手段在那种使自身远离了创造美学连贯性的传统方式的文本中具有补偿功能。

同时,"塞壬"的音乐化也符合乔伊斯的唯美主义形式美①的承诺,从而承续了"巴那斯派"为艺术而艺术,如戈蒂耶或法国象征主义诗歌所具有的那种音乐化功能。某种程度上,这里(一般来说用作秩序的手段)依然可以看到音乐化与传统的音乐作为美的秩序的象征功能的联系。这个古老的理想依然在现代主义中发挥重要作用(尽管越来越多哲学上的怀疑),它有助于这样一个奇怪事实的解释,乔伊斯和其他20世纪进行小说音乐化试验的作者明确地指向古老的、"和谐的"音乐与如赋格这样的传统形式,而不是指向革新的形式和当代先锋派作曲家的更不和谐的音乐②。然而,在意义丧失了的现代主义语境中,秩序现在经常意味着不再主要的是哲学意义上的(宇宙的或形而上的),而纯粹是美学的。虽然一般来说有时对音乐的跨媒介参照依然可以看作一种(残余的)相信世界是(如在《梦的赋格》中的情况)有意义的秩序的象征,即音乐继续具有宇宙和谐的含义。"塞壬"中的音乐化履行的作为对传统叙述秩序丧失的美学(唯美主义)补偿功能,更是现代世界中意义的去中心化的一种症候。

然而,在叙述人物拥挤和倾向无定形意识流中建立某种美学秩序,并不是"塞壬"插曲小说音乐化最明显的功能。应该有其他更传统的达到这个目标的方式,不过乔伊斯反对的正是这种传统的讲故事、创造意义和叙事秩序的方式,并且试图在他的小说中进行"解构"。因此小说的音乐化这里为很显而易见的试验功能服务。事实上,《尤利西斯》是最具创新精神的现代主义英语小说之一。它的创新性很大程度上可以

---

① 在这方面,乔伊斯与瓦尔特·佩特和奥斯卡·王尔德作品中的倾向一致,众所周知,那两位都追求文学的音乐化(见上文,第101页与第100页,注释3)。

② 就现代主义精神而言,Daniel Herman 在他探察"塞壬"与阿诺德·勋伯格(参阅《勋伯格之后的"塞壬"》[Sirens' after Schönberg]1994)的音乐之间相似性的有趣尝试中,像是无视这个奇怪的传统主义。

描述为偏离传统的模仿讲故事。然而这个偏离在小说中并不是均匀分布。按照传统的标准,小说仍然以相当"可读"的方式开始,但从第7章("埃俄罗斯"[Aeolus])之后,试验变得更频繁和激进,虽然始终没有完全放弃模仿参照爱尔兰现实。在这个远离传统叙事的动作中,"塞壬"(见第11章)可以作为对每个读者的一种考验,看他或她是否愿意接受新的写作线索。在极为晦涩的"导言"中这一点更明显,这是《尤利西斯》的读者至今为止遇到的最困难的段落。由于这个段落激进的特征,首先是作为读者放弃传统期待、向某种全新东西敞开的挑战。并且因为这种新的写作方式主要具有偏离(现实主义)异指涉和传统的模仿,乔伊斯选择臭名昭著的远离异指涉的音乐来作为那一章中注意的焦点并不奇怪,也许是为愿意接受这个试验的读者进入《尤利西斯》接下来的部分做了最好的准备。

当然,"塞壬"的音乐化不只是总体上《尤利西斯》试验性质的姿态象征,就它本身而言①,它是杰出的偏离模仿和一般的传统故事写作的可能性试验。它是作者享受打破传统、偏离线性叙述、探索美学一致性新方式的手段。结果,"塞壬"有时像是接近了文学媒介的极限。如我们已经看到的,小说的开头正是这样的,其中叙述语言的指涉维度松散到几乎拒绝理解的程度。在这个探索中,对音乐的跨媒介接近结果建构了另外一种有趣的讲故事方式,即另外的或甚至独立于传统线性情节和它的假定参照文本之外现实②的方式。

作为一部具有高度试验性和美学自我意识的小说,《尤利西斯》与最早的创新英语小说《项狄传》相似。《项狄传》也是作者不信任传统创造意义的方式的产物,不断地把注意力从模仿故事转到叙事话语的功能上。然而,斯特恩更多地依赖明确的元小说,乔伊斯用的是其他方式。代替直接和明确的方式的是,他像其他许多现代主义作者一样,偏爱间接的技术,小说的音乐化技术是"塞壬"插曲中最重要的一个。事实上,"塞壬"不

---

① 关于《尤利西斯》的模仿,"塞壬"的音乐化既能够为表现生活多重性(散乱无章的)层面的模仿目的服务,也能够为非模仿试验主义反映一般的模糊性目的服务。
② 关于"塞壬"中传统叙事的瓦解,参阅 Herman,《勋伯格之后的"塞壬"》,1994。

得不放在拉格罗特[Lagerroth]最近强调的,一般跨媒介文本通常的功能的语境中来考察:"跨艺术自反性"[interart self-reflexivity](1999,第206页)。乔伊斯的音乐化小说确实为重要的元美学或元小说目的服务:既自反性地凸显美学形式,又有助于乔伊斯的典型的现代主义叙事媒介极限的探索。

元美学功能的另一方面是,批评家感到好奇的是关于音乐化是否也包含了一些对当代语言和文学重要思想的含蓄评论。费舍尔(Fisher,1990,第53页)曾提出,如果"'塞壬'(文中的拟声效果极为突出)"不是"召唤一个自然稳定的世界",那么"在这里意义"(与索绪尔的结构主义相反)"与形式自然联系,所指和能指是如此接近以至于几乎成为一个了"。然而费舍尔的思考结果是指向另一个方向上的。他得出这样的结论,在"塞壬"中,乔伊斯比索绪尔的放弃符号指涉定义还要激进,"塞壬"做了这样的改变:"能指从与所指的关系中解放自身,完全凭本身飞翔",因而结果是"'塞壬'走向绝对形式,走向抽象"(第53页)。如果"塞壬"的音乐化确实像是在那个方向上迈出的一"步",留下了这样的问题:这一步有多远?可能也有人会问,乔伊斯的音乐化小说试验最终在什么样的程度上可以是讲故事的另一个严肃选择。

约翰森(参阅 Jeri Johnson,《尤利西斯》世界经典版,第875—876页)曾指出"塞壬"中的另一种可能的元美学评论:对瓦尔特·帕特著名的观点"一切艺术都以逼近音乐为旨归"(Pater,1877/1973,第45页)的评论。约翰森令人信服地指出乔伊斯完全不同意这种观点。虽然乔伊斯在

> 《尤利西斯》中,《塞壬》对(小说的)(传统)形式发起最戏剧性的挑战……他也戏仿地让佩特承认富于感觉的语词构成的叙述,正说明小说必然拒绝分解成音乐中需要的纯粹音响。所以《尤利西斯》(依旧是《尤利西斯》)不会成为塞壬之歌。(876)

这确实很重要:不仅为了正确地坚持即使如"塞壬"这样一个激进的音乐化试验,也遵从媒介的局限性,依然守在叙事媒介立场上,因此这个著名

的自我意识文本某种程度上同时可以读作叙事小说极限和任何音乐化小说①的元美学评论,而且因为约翰森这里提及"塞壬"的另一个方面:它的戏仿的、不严肃的倾向。这个方面可以与文本功能联系,这个功能在关于这一章的跨媒介性质和目的的严肃学术文章中经常被忽略掉:其拉开读者与文本距离,用有趣和滑稽的动力来取悦读者的双方面潜力②。

事实上,在对荷马的尤利西斯相似距离的模仿中,布鲁姆总是与他的"塞壬"和音乐或"冥想数学"[Musemathematics](第 228 页)保持一定的距离,这是乔伊斯在这一章的某些段落中总体上保持与音乐的距离的症候,尽管乔伊斯声明了音乐化意图。如果说布鲁姆的距离要是反思类型的,与他的大体智识倾向一致;那么隐含作者的距离,根据《尤利西斯》的写作的活跃的试验和滑稽动力,主要的是有趣的,有时甚至是在巴赫金意义上的"狂欢的"[carnivalesque](音乐和小说间不稳定的关系在本身就可以看作一种文学和它的媒介"他者"间狂欢式的"逆俗匹配"[mésalliance])。这种引人发笑的游戏性最生动的例子是章节最后的"音符"。它们是紧邻着的上下文已经显出奇特的矛盾了。一方面,如我们已经看到的,结束页包含了语言复调的详尽例子:其中出现了不下五个声部。另一方面,至少在一个层面上集中在滑稽的粪便学主题上,与"严肃"的美学试验像是互相抵触:集中在布鲁姆如何没有引起尴尬注意地放屁的问题上。这个矛盾在最后一个词"完了"[done](第 239 页)上变得更为尖锐。一方面,它又很严肃,因为这是布鲁姆正在阅读的埃米特可怜的最后语词,也因为是对引言最后(暂时的)一个词"开始!"(第 211 页)的回应,从而形成了对章节"完成"了的元小说评论。然而,另一方面,再一次的是狂欢化突降法的有趣例子,因为也评论了布鲁姆终于放屁了及他的

---

① 这是伯吉斯也强调的方面,根据他自己的意见,在以及对他自己的音乐化小说《拿破仑交响曲》中甚至更重要(见下文第 259 页)。

② 关于这方面,参阅 Bowen,《金铜色的塞壬之歌:乔伊斯的〈尤利西斯〉中塞壬插曲的音乐分析》,1967,和《〈尤利西斯〉中作为喜剧的音乐》,1993,虽然他将整部《尤利西斯》解读为"音乐喜剧"[musical comedy](1993,第 31 页,在 Bowen,《布鲁姆古老甜蜜的歌:乔伊斯与音乐》[Bloom's Old Sweet Song: Essays on Joyce and Music]1995 中再次出现,第 125 页)多少有点牵强。

消化问题"完成"了。自然"风的乐器"刺耳的声音,与流浪者的喧哗一起,事实上形成了章节的最后声响,在结束前的两页,仍然还有布鲁姆对各种(其他)"乐器"的冥想,"甚至"包括"梳子和面纸"(第237页)。音乐化文本中"高潮"落在这样突降的与不和谐的最后的"和弦"上,确实会引发这样的问题:整个音乐-文学媒介间性研究在多大程度上可以给予认真对待①。即使我不会达到无视这个试验与乔伊斯隐含的关于赋格形式评论的程度,作为一个纯粹的恶作剧或如伯吉斯说的(见这一卷的题词三②)"一个笨拙的玩笑","塞壬"的滑稽层面至少是这样一个提醒:跨媒介的试验能够将重要的(元)美学探索和语言的有趣使用结合在一起,而不总是指望语言的严肃或和谐的效果。

---

① Laurent Milesi(《乔伊斯"塞壬"的文本策略》[The Signs the Si-ren Seal:Textual Strategies in Joyce's "Sirens"]1992,第141页)甚至提出文本的非严肃性可能是乔伊斯的策略,目的在于"诱使我们进入阐释的错误状态"。

② 亦可参阅 Burgess(《这个人与音乐》,1982,第141页):"因为完全是无上的音乐艺术,赋格的高贵结构最后成了嘲弄。"

9 现代主义小说的音乐化 II:伍尔夫的《弦乐四重奏》①

9.1 作为跨媒介作者的伍尔夫

在英国现代主义作家中,有对文学之外的艺术兴趣,并在他们的全部作品中留下了重要的跨媒介迹象的,弗吉尼亚·伍尔夫是其中最突出的作者之一。由于伍尔夫的个人兴趣和她在布鲁姆斯伯里团体(罗格·弗莱和她自己的姐姐范奈沙·贝尔)与画家的熟识,视觉艺术在她的小说中显得很突出。我们可以看到她赋予绘画以中心角色的作品,如《去灯塔》、她的"印象主义式"描绘"蓝与绿"[Blue and Green](1921)或"邱园记事"[Kew Gardens](1921)。她的写作和绘画特别是一些小说文本的绘画性质,也因此已吸引了很多的注意(参阅 Stewart,1982;Quick,1985;D. F. Gillespie,1988;Goldman,1997;Reichert,1998;和 D. F. Gillespie 编的一些文章,1993)。然而,伍尔夫对音乐也有强烈的兴趣,有时她沉迷于中,她自己将强烈程度描述为"堕落"②。这个兴趣导致她尝试小说的音乐化,

---

① 这一章是 Wolf,《媒介间性作为文学新范式?一项以文学为中心的、以弗吉尼亚·伍尔夫的〈弦乐四重奏〉为例的文字艺术与其他媒介间超越界限的研究概述》,1996,第 97—111 页的修订与扩展。

② 1906 年 12 月 16 日致 Violet Dickinson 信。相关段落中音乐经验与"色彩及织体"联觉地交织在一起,抒写如下:

我曾沉迷于音乐,听到一些触动我的音符——纯粹简单的音符——能抚平所有的激情与脆弱,令人无瑕如宝石。这对我如此重要……现在你也明白声响也有形状、色彩和织体了吗? (书信 I,第 263—264 页)

这在她的全部作品中有着重要的虽然不大为人知的作用。

在她非虚构和虚构作品中存在值得注意的对音乐-文学媒介间性有意识的主题化。伍尔夫在她的一篇文章中这么写道:"写作的艺术……几乎与音乐艺术一样。"(Woolf,1905,第 31 页)在给作曲家史密斯[Ethel Smyth]的信中,她曾写道:"我想考察音乐对文学的影响。"在另一封信中,与特立威廉[Elizabeth Trevelyan]交谈,她宣称,"我写之前总是把我的书当作音乐来想象"①。音乐和小说,对伍尔夫来说好像是相似的,是在材料外形之外范围内探索意义同样有效的方式。至少早在她的第一部小说《远航》(1915)中,伍尔夫就让一个她的主要角色作家泰伦斯·希威特[Terence Hewet](他非常喜欢音乐)在他与女主角罗切尔[Rachel]的一场对话中做了准标题式的音乐陈述:

> 我在写小说时非常想做的正是你在弹钢琴时所要的……我们想知道隐藏在事情背后的东西……我想将它们融合……我想说出来……(第 206—207 页)

在伍尔夫的音乐-文学媒介间性兴趣的文献中,还应该提到的是,《音乐》[Music]作为未完成的小说《帕吉特家族》多种计划的原始题目之一的事实,这部小说最后改写进《岁月》[The Years]之中(参阅 Rosenthal,1979,第 181 页)②。另一个并且是更重要的表明伍尔夫思想中音乐与叙事的关系有多近的,是《海浪》(1931)中的一个关键段落。在这个段落——最后会发现这是小说结构上特别重要的部分——中,六个主角之一,知识分子伯纳德,评论他在试图讲述他和他朋友生活的故事时遇到的问题。他有问题,因为他想以某种意义上不同于"整齐划一进行"的方式来叙述,一种他批评为纯粹的"方便,谎言"(第 172 页)的结构:

---

① 1940 年 12 月 6 日信(信 VI,450)与 1940 年 9 月 4 日信(信 VI,426)。
② 然而这部小说缺乏伍尔夫其他众多作品那样的试验主义特征,因此原来类文本的对音乐的提及,也许不应评价过高。

怎么可能将它们安排妥当；一个个分离开来，或给予整体的效果……像音乐那样。交响乐用它的谐和与不谐和，它的上层曲调与下层繁杂的低音，然后发展壮大！每个人弹奏他自己的调子，小提琴，长笛，喇叭，鼓或随便什么可能的乐器。（第173页）①

这读起来像是伍尔夫自己的有计划的嵌套式结构[mise en abyme]，她在《海浪》中力图偏离线性讲故事，偏爱某种同时性、非线性和像音乐一样的叙事。

根据这种陈述，不难理解为何在伍尔夫小说中，《海浪》作为音乐化小说的现代主义试验引起了特别的注意（参阅 G. Levin, 1983；Schulze, 1992）。然而接下来，我将讨论伍尔夫的另一部音乐化小说，迄今还少有人将之作为跨媒介试验来看：短篇故事《弦乐四重奏》②。不过这是一个音乐-文学媒介间性的现代主义用法较好的例子，特别是关于在与现代主义世界观的关系方面。

9.2 《弦乐四重奏》中的音乐-文学媒介间性形式

《弦乐四重奏》属于试验性故事集《星期一或星期二》中的一篇，最初在1921年出版。它是最典型的现代主义小说之一，对那些寻找明显的外在事件和行动的读者来说，小说中像是什么也没有发生。故事发生在一战③之

---

① 更多伍尔夫致力于音乐的材料，参阅 Jacobs，《前厅里小提琴第二次调音：弗吉尼亚·伍尔夫与音乐》(The Second Violin Tuning in the Ante-Room: Virginia Woolf and Music, 1993)。

② 对这个故事只有零星单独的评论，见 Blackstone 的《弗吉尼亚·伍尔夫论》(参阅 *Virginia Woolf: A Commentary*, 1949, 第 49—50 页），Aronson 的《音乐与小说：20 世纪虚构作品研究》(参阅 1980, 第 29—30 页）和 Fleishman 的《伍尔夫短篇小说的形式》(参阅 Forms of the Woolfian Short Story, 1980, 第 67 页）中。在 Jacobs 的《前厅里小提琴第二次调音：弗吉尼亚·伍尔夫与音乐》(参阅 1993, 第 242—244 页）那里可以看到更详细的讨论；但尽管 Peter Jacobs 对伍尔夫对音乐的兴趣做出了良好的概述，他对"弦乐四重奏"的解读在很多方面都与此无关（见注释 283, 297 和 298）。

③ 第 27 页上提到凡尔赛"和约"（此处以及下文，引文出处为伍尔夫 1953 年版之《闹鬼的屋子及其他》[*A Haunted House and Other Short Stories*]）。

9 现代主义小说的音乐化Ⅱ:伍尔夫的《弦乐四重奏》

后不久伦敦的一幢房子中,那里正在进行一场室内音乐会。文本的中心是一个无名的"焦点"人物,假定是个女人①。她在结构上以及就她的感觉而言占据了特殊的位置。在一页半的简短介绍之后,小说已经提供了这个主要人物的思想和其他音乐会观众的对话片段,让我们读下面的段落:

  鲜花浪漫,山泉泻水,春芽冒尖,银瓶崩裂! 山冈上梨树放花。喷泉飞溅;水珠泻地。但罗讷河奔流,水又深又急,在桥拱下涌过,横扫着漫衍的水草,把黑影冲过银鱼;花斑鱼随水逐流,时而被卷入一个漩涡;——这就麻烦了——所有的鱼儿全聚于一池;跳跃,溅泼,刮擦着尖锐的鳍;水流湍急,像沸腾了一般,黄色的卵石被搅得团团旋转——时而自由自在,奔腾而下,甚至灵巧地打着旋儿,跳到空中;又像从刨子下面出来的薄薄的刨花,蜷成一团,向上,向上……看那些步履轻轻,笑脸盈盈的人儿闯荡,真是痛快淋漓! 还有那些乐不可支的老渔妇们,蹲在桥拱下,全是些满嘴脏话的老太婆,走起路来笑得多么开心,东摇西晃,打打闹闹,哈哈!

  ……

  忧伤的河水载着我们前进。月光从垂柳枝间照进来,我看见了你的脸面。我听到了你的声音;我们经过柳林,有鸟儿在低吟浅唱。你在悄声细语说些什么? 悲哀,悲哀。欢乐,欢乐。交织在一起,宛如月光下的芦苇。交织在一起,纠结难分,裹着苦痛,掺着悲哀——咔嚓!

  船沉下去了。人影儿升起来,但现在那片薄薄的树叶,越变越尖,化作一缕幽魂,顶端有火苗窜动,从我的心中抽出它双倍的激情。它为我歌唱,开启我的悲哀,融化同情,用爱的洪水淹

---

  ① 下文,我将认为必然是这个性别,虽然在文本中并未明确表述。但主角思维最后一丝中的突兀变化,一场情色相遇("他跟着我穿过走廊,因为我们拐了个弯……"[31,强调为引者后加])中从第三人称到显然扮演女性的第一人称,使得女性性别的识别成为可能。

没这没有天日的世界;不停地减弱它的柔情,但手法灵巧,微妙,编织出来,编织进去,直到编织成这种图案,这种完美,所有分裂的都统一起来;奋飞,幽咽,沉静,悲哀和欢乐。

为何悲伤?要什么?仍不满足?我说,一切都已安排妥当;对,在纷纷坠落的玫瑰花瓣的床罩下安歇。纷纷坠落。(第28—29页)①

这是关于句法(看着这些奇怪的词语链、重复和无动词句子片段)和意象方面奇特的去熟悉化文本:罗讷河,"卖鱼妇"和似乎无视地球引力的鹅卵石,所有这些都是在伦敦别墅中想起的,在这里有"地铁,电车,公共汽车……私人马车……四轮马车"(第27页)。对那些熟悉现代主义意识模仿的读者来说,这个文本看起来可能像那个时期典型的意识流或内在独白小说之一。然而,虽然毫无疑问可以看到我们的段落也是在这个语境中的,但这不只是唯一的解释。

即使现代主义的意识描绘可能常常看起来令人不知所措,但它们通常是合理的,主要或由于某些刺激源在外部世界,经常是视觉体验,或是人物心里所关注的,并且通常遵循一定的结构,大多数情况下联想模式都是源于各自人物的内在世界。某种程度上我们的段落也是这样的。文中部分确实由于主角专注于内心,结果具有重要的主题和功能价值。故事的开头介绍道:人类交流的问题,是一个指向相互的理解和交流过程中对幸福的隐在欲望问题②。由于这个从主角意识出现的最初主题,"愉快的老渔妇"和"那些笑脸盈盈闯荡的人"的思绪,以及在心爱的人陪伴下的船上短途旅行的部分想象看上去比较可信。然而,这个主题未能解释的是河流的思绪先是"很快地流",然后变得"忧愁",这种奇特的句法变形,而

---

① 弗吉尼亚·伍尔夫《雅各的房间 闹鬼的屋子及其他》,蒲隆译,人民文学出版社2003年。——译者注
② 首先,这个问题在主角对伦敦交通工具(借由此人们聚集在一起)("交织的路线从伦敦的一头到另一头[27]")看起来庸俗的初步思考中出现,但之后大部分在交流失败的消极中。

且事实是还讲了很多关于潮涨潮落的事情。按照"人类交流问题"的主题,将难以进一步解释这个段落的整体结构,并且与前面的段落相比,首先将无法说明文本惊人的感情化和奇怪的意象。事实上,这个段落奇怪地偏离了外部环境,因此出现了相当程度上的去指涉化。而且与我们引用之前叙事话语的混乱、缺乏秩序特点形成鲜明的对比①:如果说先是不连续的思绪和对话片段,现在则是秩序和重复出现都明显加强,最后自我指涉性也提高了。

  故事层面上给出的心理线索未能解释的东西,可以通过焦点人物的经验和坚持文本音乐化尝试的话语实践来说明。是音乐唤起了上文引用的主角的思绪,她在音乐会上所听的音乐与读者在文本中碰到的奇怪的和无法解释的意识转变有关:过于活跃的因素、突如其来的变化、直言不讳的情绪性和自我指涉性,而所有这些现象确实常常是属于音乐的特征。与德·昆西和乔伊斯在这个领域的试验相比,我们在这个短篇故事的主要部分看到或理想地"听"到的是一种新的音乐化小说,一种典型的现代主义小说:渗入思维的音乐描绘,一种对人物身上发生的现代主义模仿,"谱写"和表达得如此之好的"意识音乐"②,以至于创造了一种特别令人信服的音乐转变成文学语言的效果。德·昆西和乔伊斯在他们的音乐化小说中也都使用了意识流或内心独白,因此延续了在前浪漫主义和浪漫主义时期的音乐重估中已经起了很重要作用的音乐和精神状态的联系。然而他们都没有将小说层面真实音乐的

---

① 参阅,如:
  "七年了,从我们相遇!"
  "最后一次在威尼斯。"
  "你现在住哪儿?"
  "哦,傍晚会更适合我,不过,如果不是问得太多——"
  "但是我立刻认出你来!"
  "战争仍然造成了分离——"(第 27 页)

② 这里我使用了 Patricia Laurence(《弗吉尼亚·伍尔夫与音乐》[Virginia Woolf and Music]1992,第 4 页)创造的词,但是在不同意义上使用的:不是在 Laurence 印象式文章("声响与感觉的思考")中想到的宽泛意义上,而是作为"人物的"(figural)小说音乐化的意义上,即,通过虚构焦点人物[focalizer-character]传达的音乐化,与通过叙述者传达或作者负有直接责任的音乐化相对照。

在场用来激发音乐化的段落①。而伍尔夫就是这么做的。她的音乐化小说技术上大体可以描述为对音乐"想象内容类比"的创造,就指涉性而言,《弦乐四重奏》的中间部分是以文述乐的典型例子。

这个音乐化段落隐含的音乐前文本好像是一部弦乐四重奏。这至少是故事的题目以类文本主题化方式所暗示的。尽管严格来说题目也可以指一群音乐家,即音乐会开始前提到的"四个带着乐器的穿黑衣服的人"(第28页),然而以这种方式解释没有什么意义。这个故事中重要的不是那些音乐家而是他们的音乐,所以文本中的音乐,而不是音乐家几次被主题化了:在她的内心独白中,主角有时回顾音乐对她而言的关系以及外部演出("它为我歌唱";"啊,它们停止了"[第29页])境况,真实的音乐声音和她想象的场景一起也一再地唤起乐器对她的暗示,如"圆号"、"喇叭"、"号角"(第31页)②。题目中没有提到正在讨论的弦乐四重奏的作曲家,但是可以从文本内证据中推断出来:在第一部分音乐演奏完之后,其中一个听音乐会的人说,"显然,这是早期的莫扎特"(第29页)③。然而,很难找到沃尔夫冈·莫扎特现存的弦乐四重奏适合文本所暗示的音乐模式。很明显,这一定是部三个乐章的作品:举弓和提到的"第一小提琴数着一、二、三——"(第28页)明确表明了第一乐章的开始,接下来乐章的开始以警告"安静"(第29和30页)为标志,一些显然喜欢音乐的人想这样打断从乐章间短暂的休息开始的聊天④。的确,莫扎

---

① 在"塞壬"表现布鲁姆思维的部分,偶尔可以看到集中在音乐上(在抽象的以及真实的音乐上),但"塞壬"整体上的音乐化不是被中心人物意识(因此不是"人物的"而是"作家的"音乐化)中进行的激发出来;与此相对照,在"梦的赋格"中的确有这样一个动机;然而就像我们看到的,回应的只是叙述者经验的无声的或想象的"思维音乐"。

② 进一步支持音乐媒介间性阅读的音乐主题化(与其他例子一起),包括一些(也)可以视为具有音乐意义的矛盾表达,如"女士……爬上梯子(音阶,runs up the scale)"或"众生进行曲"(31,强调为引者后加)。

③ 当然,也应该考虑到这个评论只是属于也许十分无知的次要人物的不可信、主观观点的可能性,这样就不应算作是特殊的跨媒介前文本的暗示。然而,这个评论毕竟还有被严肃对待的证据,即在文本更早的版本中:这里是主角自己通过下面的话语确证了其他人物的身份:"在莫扎特的慢乐章之后,没什么好讲的。"(伍尔夫,《短篇小说全集》[*The Complete Shorter Fiction*]294,强调为引者后加)

④ Bernard Blackstone(参阅《弗吉尼亚·伍尔夫论》,1949,第49—50页)建议四个乐章的四重奏,将最后一部分分为"小步舞曲"与"终曲快板"。然而,他显然没看到从这个细分导致的不规则性:第一、二和三乐章之间出现的插入对话构成的结构性标志,将在他宣称的第三、四乐章间奇怪地消失了,而这并不是通过对外部情境的任何参照划分的。因此,"弦乐四重奏"中具有四乐章音乐结构的假定是站不住脚的。

特早期的一些四重奏是三个乐章的,其中嬉游曲 K.136 到 138 也可以算,因为他们存在于管弦乐和四重奏版本中。然而,我没能找到遵从这两个条件,并且完全符合伍尔夫故事文本中暗示的莫扎特的四重奏,虽然好像明显对应于流行的 F 大调嬉游曲 K.138。伍尔夫在故事中用的以文述乐派生形式的问题,即她是否想准确对应于存在的作品或只是想大体给出一个大概的莫扎特四重奏观念,是可以讨论的。然而这既不妨碍"弦乐四重奏"的音乐化小说阅读,也不否定伍尔夫确实在这里使用了以文述乐的事实,因为如上文界定的(见第 4 章第 4 节),这种形式也可能指虚构的音乐作品。

然而,将之归类为"以文述乐"在何种程度上是合理的仍然有待确定。到目前为止,我们只讨论了一些音乐的主题化和伍尔夫的跨媒介意图,以及伍尔夫的一个视作为"想象内容类比"创造的技术。但是《弦乐四重奏》文本的奇特可以合理地看作是试图模仿音乐吗?如果是这样的,想象内容类比的使用是伍尔夫使用的唯一技术,或还有其他模仿音乐技术的例子,无论是文字音乐还是结构类比领域的技术,我们可以由此而谈论"以文述乐"?

就文字音乐来说,按照前面的观点,下面的这些因素可以看作是这样的例子,而不是纯粹抒情散文的象征:许多头韵("soar, sob, sink to rest, sorrow and joy"[第 29 页],对照的还有故事的最后段落,这还没有被引用过:"Tramp and trumpeting, clang and clangour"[第 31 页]);段落中出现的如"Flourish, spring, burgeon, burst!"(第 28 页)或者"leaping splashing, scraping sharp fins"(同上)的明显节奏;还有拟声表达如"hum, hah!"或"crash"(第 29 页)。在"hum, hah!"中,也许最重要的是话语偏离语言的纯粹"抒情"性质;达到这样的程度,这里的感叹词不只是渔妇笑声的描绘,由于它的位置是在"第一乐章"的末尾,因此它也是最后两拍属-主音终止式的语言模仿。同样,"crash"好像更多地不是由语义语境而是被令人惊讶的极强[fortissimo]和弦的音响模仿激发,这个和弦标志着第二乐章第一部分和中间部分的转换。最后,也可以将某些重复作为文字音乐的形式,这是些很难用语义术语来解释的重复,如"up and up","round and round, round and round"和"Sorrow, sorrow, joy, joy"(第29页)。

总的来说,我们在《弦乐四重奏》中找到相当数量的文字音乐。不比突出语言的音响和节奏性质的许多因素少的是形式和结构的类比,以及伍尔夫通过想象内容类比创造以文述乐效果的那些细节。就像在文字音乐的例子中一样,伍尔夫在她的努力中远远不止于唤起"意识音乐",而更是通过这种意识所具有的效果暗示音乐。基本的形式不仅从外部环境(乐章间的嘈杂声)出现,而且从主角的意识流的不同转向出现,与已经说过的一样,在作品宏观结构上有三个乐章。除此之外,音乐唤起的联想使关于乐章内在形式和它们的一般特点的进一步推测成为可能,下面将详细说明。

第一乐章,快板乐章的简短、急促的句法单位和重复出现的表达,可能是由几个和弦组成的简短引子的快板:"鲜花浪漫,山泉泻水,春芽冒尖,银瓶崩裂!"[Flourish, spring, burgeon, burst!]。

第二乐章,从"忧伤的河水载着我们前进"(第29页)开始,也许是"忧伤"的柔板小调。这些可以在被抑制的语义层面上找到这些迹象,有时可以在如"忧伤的河水"、"悲伤的""蔓生的柳树枝"、"躺下来休息"(第29页)短语中暗示出悲伤的氛围及慢板乐章。进一步的指示也许可以在句法层面的长句倾向中找到。乐章的内在结构明显是三重的:由它的语句关联词细分成三个段落暗示出来(见上文长长的引用)。在这个三重结构中,可能有人甚至能够看到对奏鸣曲形式的类比,因为第一段介绍了(在"呈示部"中)"悲伤"和"快乐"两个对抗性的主题,在它们在最后部分("再现部")找到彼此的和谐关系之前,在接下来的"发展部"中彼此对立。而且有一些旋律的轮廓通过文本的语言可以"听到":如果在第一乐章中,旋律像是连续快速起伏,呈现为重复的转向(由"漩涡"[第28页]这个词暗示的,还有"round and round"[团团旋转]的重复[第29页]),第二乐章显示出的特点则是缓慢下降的旋律线(如"直到编织成这种图案,这种完美,所有分裂的都统一起来;奋飞,幽咽,沉静,悲哀和欢乐"(第29页),或在句子的最后:"啊,他们停止了。只有一片玫瑰花瓣,从高空飘落下来……翻转、飘摇,晃晃悠悠"[第29—30页])。

第三乐章以"这些是草坪上的恋人"(第30页)开始,又营造了相当活泼的乐章效果,从刚开始的语义和句法中都暗示了这一点:

> 绅士急忙回答淑女,她的音调越来越高,他们互相标榜,言辞极为俏皮,最后变成了一声情绪激烈的抽泣;结果言语变得模糊难辨,尽管意思十分明确——爱情、欢笑、逃逸、追求,齐天的鸿福——这一切都在柔情似水的欢快涟漪上飘荡……

(第31页)

这个乐章的内在形式很难评价,但是音乐唤起的宁静氛围与旧式联想一起,集中在城堡公园里的一对情人的图像,还有宴会以及带着"丝绒便帽"(第30页)的王子,在凯旋的队伍进入城市的幻觉中结束,也许伍尔夫指向的也是具有旧式含义的形式,也许是小步舞。然而,这仅仅是个猜测。

尽管不可避免的显得不确定,这主要源于任何进行小说音乐化的自然局限性,因此也是任何试图在语词下面令人信服、一致地辨认音乐的自然局限性。《弦乐四重奏》所包含的模仿音乐的指示,其说服力还是足以支持这个故事主要的是以文述乐试验的结果。无论如何,只有参照小说音乐化概念,文本中的其他一些令人困惑的方面才可以得到说明。

9.3 《弦乐四重奏》的音乐化功能

将《弦乐四重奏》当作音乐化小说来阅读不仅有助于澄清《弦乐四重奏》的一些形式和语义的奇特,而且重要的是阐明了这个短篇故事的意义和功能。在说明文本的形式和语义问题中,如果音乐化段落的文本内结构是重要的,我们将不得不拓宽音乐和音乐化功能的讨论范围,以便使音乐化和与框架性的非音乐化段落间的关系变得清楚。

这里打击读者的是故事的两种构成元素之间的对比:日常世界和音

乐世界(或一般的艺术)①间的对比。这是关于两个主要主题在功能上的特殊重要性的对比：人类交流或情感实现的欲望和在生命中找到意义中心和认同的问题。

我们的故事中唤起的日常生活的特点是具有明显的否定性和缺陷。事实上，文本描述了一战后混乱的大都市世界里，渴望人与人之间真正的交流却经常受挫，与个人过去的记忆相联系的感情生活和认同感被日常生活的琐碎和物质需求抑制，即使不能说是离心的。早在开始的几行我们就看到，主角对伦敦的多种运输方式是否能将人们结合在一起表示"怀疑"(第 27 页)，后来在音乐会听众给她的印象中证实了这种怀疑的合理："……一百来号人坐在这儿，穿戴整齐、被围堵起来、裹着裘皮、酒足饭饱……"(第 28 页)。人类交流的匮乏在她无意中听到的平庸对话碎片中也很明显，就是说激起"遗憾"，留下了未满足的"欲望"(第 27 页)。这也出现在音乐会之前和中间休息间她不连贯的思绪和感知中，一种伍尔夫的无可缓解的话语的不连贯。这里伍尔夫使我们面临一种疏远的、混杂的和令人困惑的世界征兆，在这里只能产生出零碎的印象，再也不能在这里找到至关重要的生命问题的答案。所有这些都映射在主角一系列没有答案的奇特问题的思绪中，由无意偷听到的对话片段激起的问题：

> 如果头脑被这些小小的箭头射穿，而且——因为人类社会强迫着它——一支刚刚射出，另一支又上弦了；如果这能发热……；如果说一件事，在很多情况下，就能引发一种改良和修正的需要，除了懊悔还能激发快乐、虚荣和渴望；如果这就是我

---

① Jacobs(参阅《前厅里小提琴第二次调音：弗吉尼亚·伍尔夫与音乐》，1993，第 242—243 页)也认为"弦乐四重奏"的特点是音乐与日常生活之间的对比，但是——在接下来 Avrom Fleishman 成问题的诠释(参阅《伍尔夫短篇小说的形式》，1980，第 67 页)中——他将小说的音乐化以我认为站不住脚的方式扩展到整个文本。这个扩展的结果是，Jacobs 提炼出两个"主题"，"被中断的观众主题"和"叙述者尝试描述她的和谐音乐经验的主题"(244)，将这个主题的结果揉进"莫扎特四重奏双主题轮流出现模式 A-B-A-B-A-B-A"(同上)。除了伍尔夫的故事中恰巧没有"叙述者尝试描述她的经验"，而是焦点人物以几乎直接的方式传达她的思想，我未能看到 A-B-A...形式与"莫扎特四重奏"之间的关联。

说的事实……浮在面上的——那还有什么机会呢?

什么机会?我为什么不顾一切,坐在这儿,相信我现在说不出发生过什么,甚至记不起它上次发生的情况,要说还真是难上加难。(第27—28页)

在一个强加给个人如此多的分心事物使他耽搁了更重要的事情的社会中,无法回答的与未答的中心问题,好像是个人如何依然能够意识到他或她的身份和解释他或她的存在("为什么……我坐在这里")。所使用语词的低效及需要不断修正的语言缺陷("说一件事……就引发一种改进和修正的需要")似是加剧了这个问题。尽管语言媒介依然是成问题的,在这个混乱的世界中,即使是典型的现代主义,也还没有完全放弃寻求意义,如焦点人物说的"因为确有迹象……证明我们大家都……偷偷摸摸地搜寻着什么"(第28页)。然而,由于无数的琐碎和分心,这种追寻不再能达到它的目标:"……坐立不安……如此担心披风是否合身;手套——该扣紧还是解开"(同上),所有这些吸引了太多的注意。

不像其他人物,主角的异常敏感像是深受这种状态之苦,并且无论如何要使她自己远离它。这在一个不相关的细节中透露出来:无名女人不寻常的物质上的成功,她已经"在马尔姆斯伯里"买了别墅,对音乐会听众之一来说像是"幸运的",但对主角来说不是这样的:"相反,"她沉思着说,"我觉得她完蛋了,且不管她是谁,因为那无非是些套房、礼帽、海鸥之类的事儿……"(第28页)

与这个世界的否定性、缺陷和碎片形成对照的,是一个大多数人也处于丧失他们对音乐美的感受的危险中的世界,如音乐会听众的一些批评话语显示出来的①,是音乐作为积极性、丰足和秩序王国的象征。就像《梦的赋格》和"塞壬"中一样,这里也不是当代的,而是"古老的"音乐带来了这些隐含意义的世界。与音乐关联,前文介绍的处于不足中

---

① 参阅"那是最糟的音乐!"(29)或"那是最糟的音乐——这些愚蠢的梦"(30);后一句评论包含了音乐与梦之间的有趣联系,令人想起德·昆西的"梦的赋格"中相似的关联。

的主题出现了：人类交流和情感实现的欲望，以及意义问题。但现在主要出现在积极的一面，有时甚至以圣歌的方式对待。它们通过音乐化的话语传达，其自动指涉的相互关系网像是保护了日常生活中失去的秩序和统一①。因此音乐再一次与它的作为隐在秩序的化身这一最古老的含义之一相联系。作为对现实中秩序和意义丧失的反应②，对异质材料如人类意识"流"关注的结果，传统的叙事模式被大规模地弃绝，因而从仍然能够来提供秩序和统一性的艺术中进行跨媒介借用，成为现代主义小说中越发急迫的事情。

音乐会之前，如果说人类的欲望像是惨遭挫败，个体是去中心的，那么现在莫扎特音乐在主角心里激起的思绪主要（虽然不是仅仅）是安宁；主要集中在令人满意的人类关系上，并产生了深刻的情感，也许还有有利于稳固她的认同感的回忆（特别出现在第二和第三乐章第一人称的段落中③）。她幻想微笑着的人们，微笑着的夫妇，尽管还有说不出的"忧伤"，他们依然深深地属于彼此，因此"分裂的都统一起来"（第 29 页），然后是一对快乐迷人的"情侣"，他们的"逃逸"和"追求"（第 31 页）明显具有性的含义④。这里又可以看到音乐与有助于 18 世纪重估过程的隐含意义之一相关联，对焦点人物而言则是敞开了一个情感世界，一种与感觉的萎缩和日常世界的无趣形成鲜明对比的情感。在第二乐章中的某一个时刻，从主角个人角度对此做了明确的对比：

---

① 参阅 Blackstone,《弗吉尼亚·伍尔夫论》,1949,第 50 页："音乐作为秩序模式来安放……无目的的人类。"

② 亦可参阅 Robin Gail Schulze 对伍尔夫在《海浪》(*The Waves*)中小说的音乐化的相关评论，他解释为"伍尔夫对音乐的美学上的渴望"的结果，反过来这是"一直需要某种美学秩序去形成意义与解救作者的彻底混乱"导致的（《动态构思：弗吉尼亚·伍尔夫与勋伯格作品中的语词、音乐与连贯性找寻》[*Design in Motion: Words, Music, and the Search for Coherence in the Works of Virginia Woolf and Arnold Schoenberg*]1992,第 13 页和第 7 页）。

③ 亦可参阅 Alex Aronson,《音乐与小说：20 世纪虚构作品研究》,1980,第 29 页，然而她在聚焦者的思想与伍尔夫自身的思想之间做了太直接的传记关联。

④ 参阅"他踩上了我衬裙的花边……拔出剑，连刺几下，仿佛要把什么捅死似的……我正好向墙逃了过去，扑到这件披风上，把踩脏的裙子遮住……"(30)。

> 它为我歌唱,开启我的悲哀,融化同情,用爱的洪水淹没这没有天日的世界;不停地减弱它的柔情……
>
> 为何悲伤?要什么?仍不满足?我说,一切都已安排妥当;对,在纷纷坠落的玫瑰花瓣的床罩下安歇。纷纷坠落。(29)

在第三乐章的结尾,出现了"爱情,欢笑,逃逸,追求,齐天鸿福"(31)的想法,她仿佛看到强有力的胜利队伍,踏着铜管乐,正在进入欢庆中的城市,而这仍然是情感上的触动:

> ……白色的拱桥,坚实地栽在大理石上,横跨过天空,就像小号加入了圆号的行列,又得到尖音喇叭的支持……咚咚,嘟嘟。丁丁,当当。机构结实,基础稳定。万众一心。(31)

音乐这种通常的积极效果在与四重奏最后和弦的关联中被以空前的方式强化了。它被当作是胜利的音符激发了富有意义的积极性并达到了顶点:"混沌喧嚣被踩到地上。"(第31页)像是类似于《梦的赋格》的结论,决定性的胜利席卷了主角前面所遭受的所有消沉。作为极端积极的使人顿悟的启示,这里大概可以最清楚地看到音乐所承继的古老的形而上学意义。

主角能够感觉到这种积极性事实上凸显了她的个性和她异常的敏感。因此音乐和大量使用主观想象内容类比的音乐化不仅成了"通过这样来描绘人类的意识"(Aronson,1980,第29页)的媒介,而且在故事层面上还起到另一个作用:个体人物的刻画①。类似的功能在"梦的赋格"中叙述者隐含的自我刻画中已经可以看出来,一种与一般浪漫派类似的观点,即无意识和音乐间的关联。而在《弦乐四重奏》中,这种一般联系的背景已经丧失,甚而像是加强了音乐和音乐化作为个体刻画方

---

① 关于这个功能,参阅 Edgecombe 甚至赋予其以他的"读乐诗"(melophrasis)类型形式之一:"具有读乐诗的特点"(《读乐诗:对文学/音乐对话之独特体裁的界定》,1993,第15页)。

式的重要性①。假如主角的怪癖和对音乐的想象内容类比显示出(很可能)女性人物的特征,我们可能会想着对伍尔夫的音乐化采用性别化的观点,建立一种关于小说的音乐"他者"与关于父权社会的女人的"他者"间的联系。经常与音乐在音乐化小说和它之外(如意识与无意识的对照联系,或情感和感官认知与理性和概念的对照联系)的美学传统结合的其中一些特征或"神话",确实指的是这样的(而且音乐的寓言表征总是女性)。然而,应小心对待这样的一般化。在"弦乐四重奏"中,例如,在音乐方面敏感的主角的女性气质便没有那么重要,这从与她相对照的人物、对手的常态世界这个简单的事实可以看出来,后者并未明显男性化了②。所以压倒性的积极感觉,好像主要不是与主角的(很可能的)女性气质有关联,而是与作为个体的异常敏感相联。

然而,这还不是全部。在这种通过音乐化内在独白传达的准形而上学积极性的效果中也很突出的是,它不只局限在焦点人物的主观性上,而且也通过密集与精心"谱写"的跨媒介模仿,延续到敏感的读者——他或她的感情和想象上。事实上,《弦乐四重奏》不只是集中在无名人物极为主观的音乐体验的描述上,也不只是集中在抽象的音乐主题化上,而是尽可能在叙事媒介允许的范围内,为读者提供再次体验席卷身心的音乐的机会。

"……言语变得模糊难辨,尽管意思十分明确——爱情,欢笑……齐天洪福……"(第 31 页)——焦点人物所作的这个思考,可以读作"弦乐四重奏"中跨媒介音乐再陈述的主要功能的隐晦元评论。这里主题化的也许就是伍尔夫小说音乐化的主要功能,一种符合现代艺术主要目的之一的功能:提供理性话语和模仿表现之外情感和美学体验的意义,去指向意义,虽然语词已变得"模糊难辨",缺乏清晰的指涉。伍尔夫进行的小说音

---

① 然而,即使看起来主角的这个典型特质与现代主义的一般倾向不过是巧合——作为积极的精英特质的审美与想象敏感度,参照下文的讨论。

② 同样地,本研究中讨论的这些文本证据并不支持这样一种性别阅读(音乐化要么被赋予了男性角色,如在"梦的赋格"中,要么是类似的男性隐含作者),但这可能是太局限的文本语料库的后果,无论如何,在性别化"跨媒介他性"上下文中的音乐与音乐化的重要性都将值得进一步考察(我很感谢 Anja Müller-Muth 为我指出这个问题)。

乐化试验是为了营造"弦乐四重奏"的这个效果,这当然不会是巧合,因为至少从18世纪的重估开始,音乐就被当作一种特别能够不用清楚的指涉意义①便创造出情感经验的艺术。这样,相对于主角在其元语言评论所暗示的"说一个事情",便制造了"改进和修正的需要"②的补充问题来说,音乐也是一种相对安全的艺术。

相关的具有重要性的是伍尔夫和现代主义宣称的目的这个语境中的媒介间性试验:几乎是艺术的印象主义再感官化,包括语言艺术③。乔伊斯的《尤利西斯》对人类器官的专注正是这样一种目的的体现。取代典型的现实主义特征的"事实记录能力"的是,就像伍尔夫在一篇文章中所说的,她努力表现那些直到那时还被小说家忽略或边缘化的"感知":"视觉的刺激,树的形状或颜色的游戏给我们的印象";最后还有"音乐的力量"(Woolf,1927/66,第229页)。因此音乐化手段看来也能实现以前小说中内含着的陌生的"他者"。对伍尔夫(和很多其他人)来说,音乐在情感和感官吸引方面确实是那个有特权的媒介,这在上文引用的(见第119页)她对德·昆西散文的评论中已经很清楚:

> (他的)散文……并不意在争辩、转变或甚至讲述故事。我们可以从语词本身获得快乐……我们就像受到音乐影响那样——感官被激发起来了,而不是头脑……(Woolf,1932/1967,第1—2页)

---

① 参阅,在这个语境中,伍尔夫在对她而言回避了话语意义的情况下称颂音乐的"无言":Roger Fry 的葬礼:我很高兴星期四我们去了葬礼。一切都很简洁、庄严。音乐。……他们演奏巴赫。……他们又一次演奏——稍后,我想:古老的音乐。是的。我喜欢那种无言……(《日记》,9月15,1934;IV,243)。

② 语言学怀疑主义与求助于作为创造性的、无指涉艺术的音乐的结合,伍尔夫这里显然延续了被 Barry(参阅《语言、音乐与符号:从柯林斯到柯勒律治的美学、诗学与诗歌实践研究》,1987)描述为(前)浪漫主义中重估音乐的重要动力。

③ 关于视觉重新感官化,这个趋势早期的一个常被引证的例子是康拉德(Joseph Conrad)写的《白水仙号上的黑家伙》(*The Nigger of the Narcissus*,1898)"序言":"我的任务……是,通过书面文字的力量让你听见,让你感觉——是,尤其,让你看见。"(《"白水仙"号上的黑家伙与台风及其他》[*The Nigger of the "Narcissus" and Typhoon and Other Stories*],第 x 页)

除了其他方面的探索,伍尔夫在《弦乐四重奏》中还有这种对"感官的激发":音乐和身体的密切关系,罗兰·巴特在他对音乐的思考(参阅 Roland,1982/1985)中已一再强调。音乐给主角的这种情感的、节奏的吸引,既有助于对她的刻画,也可以说是通过伍尔夫的小说音乐化让读者自己去感觉它的。

还有另一个与伍尔夫的音乐化相关联的功能。在伍尔夫对德·昆西的评论中可以看到,对她来说偏离"争辩"、说教的"转变"和指涉的"讲故事"是值得赞许的。这也是现代主义者如伍尔夫和乔伊斯与传统讲故事之间的问题之所在。将音乐作为卷入到新的小说叙事中的形塑力量,是解决这些问题的一个可能性。同时,这样一种小说的跨媒介敞开,可能也是看看文学到底能在多大程度上接近音乐、感官和非语言体验①的有趣试验的一部分。这样一种探索和可能拓展艺术媒介界限的试验,不仅可以在《弦乐四重奏》和伍尔夫作为"跨媒介作者"②的其他文本中看到,而且如上文提及的(见第 8 章第 1 节),是现代艺术中整体上值得注意的一个元素。

这个音乐-文学媒介间性的试验功能与已经讨论的关于"塞壬"的"跨艺术自反性"的变体相关联。事实上,形式的元美学自我审查和艺术的功能一样,同样是现代主义的表征以及有趣的试验动机。如果认为音乐常常是转喻地表现艺术,就像在伍尔夫的故事中出现的一样,在《弦乐四重奏》中就出现了这种隐含的元美学功能。从这个观点来看,可以看到音乐的唤起在释放了生动的想象中实现了元美学功能,也即我们看到在主角的思维中发生的,不只是可以读作局限在特定人物的艺术接受的特殊例子,而且还强调了艺术形式的一般特征,至少一些敏感的精英接受者会从中受惠:它强调了艺术和想象间的密切联系,这种联系令人想起从浪漫主义开始便被赋予音乐和其他艺术的另一个优点。

然而,《弦乐四重奏》中音乐卷入的最重要的元美学功能,在于说明艺术

---

① 在面对 Aronson 将故事的功能局限在试验性的"人类思想的描绘"时,这一点必须得到强调(《音乐与小说:二十世纪虚构作品研究》,1980,第 49 页)。

② 见上文第 9 章第 1 节。有意思的是伍尔夫的一些卓越的文学-绘画媒介间性的试验,"邱园纪事"(Kew Gardens)和"蓝与绿"(Blue and Green)与"弦乐四重奏"出现在同一个文集《周一或周二》(*Monday or Tuesday*,1921)中。

的欢愉对像主角这样敏感的人的作用:伍尔夫固执地坚持在沉闷的和不能令人满意的日常世界与由艺术接受激发出来的幸福幻觉世界之间作出对比。由于这种对比是在最初的日常世界框架与后来的沉湎于音乐间建立的,如果我们专心于这种对比,伍尔夫好像是赋予艺术以近乎救赎的性质,某种意义上是对晚期浪漫主义的回应。并且好像艺术仍然有能力克服俗世所有的消极:"混沌喧嚣被踩到地上。"然而故事确实不是以这种欢快音乐高潮的意译意味深长地结束,而更是日常框架的再现。小说最后部分的第一节,进入城市的意象在继续,好像是莫扎特的音乐依然在主角的脑中回荡盘旋。然而,在她的黎明意识和其他音乐会听众现实处境的影响下,可以看到发生了决定性的变化,那种想象的音乐接受唤起的积极性正被暗中削弱的变化。如果在之前不久,主角还有奇异的大理石城市的幻觉,那里在庄严地欢迎队伍进入城市,现在则发生了非常不同的转变,她的思维慢慢转到真实的伦敦:

> 可我们要去的这座城市既没有石头,更没有大理石……没有一张脸,没有一面旗招呼、欢迎我们。走吧,让你的希望风流云散;让我的欢乐垂萎沙漠;赤条条前行。石柱光秃秃的,不给任何人吉兆;投不下影子;辉煌耀眼;严厉肃穆。然后我退了回来,不再渴求,只希望走开,找到那条街……(第31页)

这个变化透露了艺术及其效果的局限性。与浪漫主义观点相反,艺术在这里并不能够是永恒的救赎,不能取代形而上学的确定性。一旦接受的过程结束,就像是主角从天堂被逐回"严峻的"当下现实一样:她依然是"赤裸裸的",没有"希望"也没有"欢乐",坠回到"生活的荆棘"中,没有仍然在激励着唱颂雪莱的"西风颂"①的人的那种希望。这种再次进入消极

---

① Jacobs(《前厅里小提琴第二次调音:弗吉尼亚·伍尔夫与音乐》,1993,第244页)错误地认为这一段是对音乐(!)的评论,音乐作为"荒凉的'城市'[叙述者从这里]兴高采烈地返回伦敦熙熙攘攘的街道"。除了这个否定性的音乐观点与Jacobs自己的陈述相左,按照"弦乐四重奏"中的音乐可以说是能够"提供安慰与洞悉"(同上),主角"兴高采烈地"离开音乐世界的想法,与显然反高潮的"然后我退了回来,不再渴求"以及她回家路上"啊不,我走那边"(第31页)的最后叹息矛盾。

世界的反高潮幻觉以始终如一的方式在音乐会之后继续着:音乐会期间,洋溢着的幸福相聚的图景与欲望的满足,音乐会结束听众被撒下,主角和他们重新回到了同样的那个世界的艰难中,即故事开始引起不满足的欲望和孤立的世界:

"晚安,晚安。你走这边?"
"啊不,我走那边。"(第31页)

故事在这看上去平庸但非常具有暗示性的对话片段中结束了。

然而,这样假设是错误的:这个结尾是对一般艺术元美学的贬抑。这个最初的日常消极性的循环出现在最后是使积极的音乐体验相对化了,而不是将之抹除:它形构因而包含了积极性。因而艺术虽然不再能够是永恒的救赎,但至少在接受的时间内,它依然可以让人从消极的日常生活表面解放。不能将这种解放误解为不重要的逃避[①],这样对《弦乐四重奏》的性质及伍尔夫对音乐总体上的高度评价是不公平的。在伍尔夫看来,艺术,或更准确地说是莫扎特的古典音乐,还有偏爱美学体验和元美学思考、努力从传统表达束缚中挣脱的现代试验文学,很像是最后一个因此也特别珍贵的积极性的避难所。但这种积极性不是简单地给予的,而是必须在美学生产和接受过程中去创造的。

作为人文主义者,伍尔夫在自传《往事杂记》[A Sketch of the Past]被引用很多的段落中宣称,她相信平庸日常"非存在片刻"(第70页)的"棉绒后面"(1939/1976,第72页)有意义维度的可能性,"棉毛之后是隐藏的模式;我们,我意思是所有的人类,都与此相关"(第72页)。在《岁月》[*The Year*](1937)中,埃莉诺[Eleanor]在一个重要的问题中,已经把这个模式与音乐联系在一起:"……有一个模式;主题,重复出现,像音乐那样……随时可以感觉到庞大的模式? 这种想法给了她极大的快乐……"

---

① 同样地,Jacobs的解释对我来说像是有问题的:"……[音乐的]效果必然是短暂的,因此[?]最终是微不足道的。"(《前厅里小提琴第二次调音:弗吉尼亚·伍尔夫与音乐》,1993,第244页)

(279)。以一种怀旧的浪漫主义方式,这里音乐像是成了欣然宣称的准形而上的秩序化身。然而必须马上注意到的是这种积极性体验是一掠而过的、片刻的,并且显然是限于一定的特殊时刻的(在埃莉诺的案例中是幻觉记忆[deja-vu]激发的一种"模式"观念)。因此伍尔夫的《往事杂记》中的另一个限定变得清晰:她解释联系(人与人之间)的积极方面的瞬间意识,其"模式"不是去探寻的,而是具有美学创造性质的,并以一种非凡的方式将之与杰出的文学和音乐(而且和音乐四重奏!)经典作品对比:

> ……整个世界就是一部艺术品;……我们是艺术品的一部分。《哈姆莱特》或贝多芬的一部四重奏就是这个我们称之为世界的庞然大物的实质。但是没有莎士比亚;没有贝多芬;当然最重要的是没有上帝;我们就是语词,我们就是音乐;我们就是事物本身。(Woolf,1939/1976,第72页)

这个将艺术作品或音乐作为世界的"深层结构"的特殊概念,表明了伍尔夫与音乐作为形而上和谐世界[harmonia mundi]启示的浪漫颂扬的关系和距离,就像艾兴多夫[Joseph v. Eichendorff]在著名的诗《万物里皆有一首歌沉醉》[Schläft ein Lied in allen Dingen]中所概括的。一方面,对伍尔夫来说,潜在的意义是世界本身固有的,她已经不再承认有一个意义的先验作者,而只是人类制造他们历史的词语和他们的存在的音乐。另一方面,尽管具有这种反浪漫派的偏离形而上气息,艺术和音乐仍然保持了某些浪漫主义的重要性:不是作为被给予的或理所当然的意义的象征,而是在生产和接受过程中可以创造意义和美的领域,即便这只是从"非存在"[non-being]生活的可能性与消极性的瞬间释放,稍后就会痛苦地重新证实这种生活的存在。

这是《弦乐四重奏》中音乐体验描绘的部分意义,通过音乐化小说手段传达的:从天堂被驱逐出去不是绝对的。幸亏有了艺术,我们可以不时地再次进入,因为它包含在日常生活中,正如在伍尔夫的故事中,对音乐的接受也包含在城市生活的框架之内。在这个乐园中,也许作为乐园存在的前提,话语意义的具体性显然已失去了它的重要性,这就是为何《弦乐四重奏》中意义问题依然未答,为何音乐被指定为艺术的象征。相反在这种艺术鉴赏中重要的是卷入瞬间的感觉经验①和审美,如在乔伊斯的《尤利西斯》中一样,而不只是理性推论,并且只有一种感觉参与。如我们看到的,这正是《弦乐四重奏》的音乐化给予的。

而且,通过艺术还可以体验人类的相聚,一种"编织来,编织去,直到编织成这种图案,这种完美,所有分裂的都统一起来;奋飞,幽咽,沉静,悲哀和欢乐"(第31页)②的体验。这种不稳定的统一的总体化姿态,伍尔夫可能觉得在现代生活中越来越受到威胁,还会有进一步的回响。在故事的层面上,在主角的想象中人类得以统一,在话语层面亦有美学对应:在统一那些艺术——音乐和文学的努力中,对伍尔夫来说,像是更想唤起"棉毛背后的模式"。事实上由于两种艺术的统一与在音乐化小说中合作的结果,伍尔夫从中获得了从她的第一部小说开始便对她很重要的东西:允许读者"找出事情背后的东西"(《远航》[*The voyage Out*],207)和(重新)体验现代主义艺术依然能够传达的残余积极性。这是一种例外的和富于想象力的(即使不说是虚构的)积极性。的确是这样的,也许我们会需要有点像音乐指涉的模糊性,以及她的跨媒介故事《弦乐四重奏》中的试验艺术的挑战,但这依然是一种积极性。

---

① 参见,第一乐章结束时一个听音乐会的人的反应是:我想跳舞,大笑,吃粉红蛋糕,黄色蛋糕,喝轻淡、浓烈的酒。或来个不雅的事情,现在——我可以享用。(29)

② 这种感觉和人际之间的积极性与艺术接受相关联,并开启了新的现实视点,这在最初版本主角对第二乐章的反应中也出现了:

在莫扎特的缓慢乐章之后,寂然无语。我们都沉浸在音乐里,当裙摆平顺了,如梦初醒,招呼彼此。但我没有意识到。比那更纯粹;更完整;更强烈! 啊,更为强烈! ……难道不是灵魂已飞出躯体,舒展放松,自由起舞,音乐停止,猛然记起,家在远方? 只剩下一个乐章了,看在上帝的份上,仔细看看这些脸,家具,墙上的图画,透过窗帘的缝隙,望见灯光中的树枝摇曳。收集这个可爱的激动人心的宇宙中的每一个讯息。倾听,交流。(伍尔夫,《短篇小说集》[*Complete Shorter Fiction*],294)

10 现代主义小说的音乐化Ⅲ：赫胥黎的《点对点》①

乔伊斯和伍尔夫之后，音乐化小说历史中一个特殊的位置应留给阿道斯·赫胥黎。他对音乐的兴趣在他的音乐批评（参阅 Aplin,1993）和小说中都有足够的记录，音乐在其小说中是个重要的因素。特别值得注意的是《岛》[*Island*]（1962），在第 15 章中漫长的对巴赫"第四号勃兰登堡协奏曲"的参照，以及作为"小说音乐化"领域的经典和《点对点》（1928）②题目所标示的这个术语的创新（301，见这一卷的第二题词）文献。虽然一些批评家③已经对这部跨媒介小说进行研究，但它值得在我们的文中重

---

① 这一章是 Wolf,《小说的音乐化：19 和 20 世纪英语叙述文学中音乐与文学间的跨媒介界限跨越尝试》,1998 第 4 章的修订与扩展。（本章中引用的《点对点》译文，部分参考了龚志成的中译本《旋律的配合》，上海译文出版社，2002。——译者注）

② 关于赫胥黎其他相关作品的综述，参阅 Cupers,《赫胥黎的音乐主题变奏：从"理查德·格雷诺的荒唐历史"中的门德尔松和弦到〈岛〉中的音乐审美（联觉）》(Huxley's Variations on a Musical Theme: From the Mendelssohnian Chord in "Farcical History of Richard Greenow" to the(Syn)Aesthetic Experience of Music in *Island*,1996)。

③ 例如简单列举几位批评家，Fietz,《阿道斯·赫胥黎的理念小说中的人类形象和小说结构》(*Menschenbild und Romanstruktur in Aldous Huxleys Ideenromanen*,1969); Meckier,《阿道斯·赫胥黎：讽刺与结构》(*Aldous Huxley: Satire and Structure*,1969); Firchow,《人文音乐：〈点对点〉》(The Music of Humanity: *Point Counter Point*,1972/1974); Roston,《对位技巧》(The Technique of Counterpoint,1977); Bowen,《〈点对点〉中的音乐作品暗示》,1977 与 Watt,《〈点对点〉的赋格结构》,1977;其中 Bowen,《〈点对点〉中的音乐作品暗示》可能是最值得注意的。

新探讨,不仅因为它包含了英语文学历史中音乐化小说概念的第一个有计划的讨论(还是对这一计划的引人注目的试验),而且还可以看到音乐和小说的音乐化在其中扮演的功能角色。因为从历史的角度看,特别是在这个功能领域,与此前的具有重要的相似之处,特别是与现代主义的音乐-文学媒介间性试验的相似,甚至如我们看到的,类似于为小说中音乐跨媒介的稳定打下基础的(前)浪漫主义音乐美学。

10.1 赫胥黎"对位"小说中菲利普·寇勒斯的"小说音乐化"的跨媒介计划与实现

《点对点》中最明显的音乐-文学媒介间性形式,同时也是意图音乐化的强有力(文本内)证据,是著名的"小说音乐化"(第 301 页)的元美学讨论,在第 22 章,题名为"摘自菲利普·寇勒斯的笔记本"[*From Philip Quarles's Notebook*]:

> 小说的音乐化。不是以象征主义方式,让意义从属于声音。……而是大范围地,在结构中。……意境的变化,闯入性的连接部……更有意思的依然是转调,不是从一个调性到另一个调性,而是从一种氛围到另一种氛围。……在系列的变奏中推进发展。(第 301 页)

虚构的小说家菲利普·寇勒斯在他笔记本的摘录中,匆匆记下意图的试验小说的构思,脑子里清晰的是一种特别的音乐化技术形式:不是有"声音"特权的文字音乐,也不是创造可能唤起特定音乐作品的想象内容类比,而是形式和结构的类比。更明确地说,他指出了下列三种技术:"闯入性连接部"、"转调"、"变奏"。

当然,这样也就出现了关于这些技术如何运用于小说写作的问题。寇勒斯自己提出了这个问题:"把这些应用于小说,怎么办?"并给出了三种答案。关于"闯入性连接部",他的办法是:"所有你需要做的只是足够的人物

10 现代主义小说的音乐化Ⅲ：赫胥黎的《点对点》

和平衡，对位性情节"；至于转调和变奏，寇勒斯好像有点困惑，他说：

> 小说家通过重复场景和人物转调。他让几个人以不同方式陷入爱河，或死去，或祷告——以不同方式解决同一问题。反之亦然，同样的人们面对不一样的问题。这样，你可以通过你的主题的所有层面来转调，你可以写作无数个不同氛围的变奏。（第302页）

显然就"闯入性连接部"来说，在这个案例中，寇勒斯的构思中共通的特征是诉诸故事结构。对他而言，音乐化小说的主要方式事实上是偏离传统的集中在一个或两个"男主角"或"女主角"的线性讲故事，而更偏爱多重人物、情节和情节-环境，并以形式主义的方式处理这些，也即更音乐变奏式的回忆，而不是模仿叙事。作为这些故事和它的话语组织层面上的另一个可能，对这些"连接部"、"变奏"和"转调"的小说描绘，寇勒斯试验性地提出了单就话语层面形塑的特殊方式：

> 小说家可以假定具有上帝般的独有创造力，只选择去考虑故事中事件的不同方面——情感的，科学的，经济的，宗教的，形而上的，等等。（同上）

这个方式中的"小说家"明显指的是"叙述者"，像是在加强叙述介入，点评故事中的个体事件。然而寇勒斯自己也觉得这是个有问题的步骤。虽然他认为现代主义着迷于"改善不存在的叙述者"已经走得太远了（"现如今我们对这些个人特征太神经质了"），但他也意识到这样的事实：这种多视点叙述的"音乐化"对一些读者来说，像是"强加的太过专横的作者意志"（同上）。因此真正有趣的解决办法看来是处理或创造故事材料的新的方式。

小说中，除了对音乐技术某些方面及对音乐可能的模仿的思考，寇勒斯的日记还包含了一些关于他意图的跨媒介计划的功能的评论。它们在批评讨论中一般被忽略,因为只停留在隐蔽的联系层面,如计划的音乐化与倾向偏离传统模仿的试验形式主义间的关系。而且,第 301—302 页中大部分的功能暗示与真正的小说音乐化讨论被"闯入性连接部……"(事实上缺少连接部,而是用赫胥黎话语层面的一系列星号表示)分开了,这个连接部正是第 22 章中偏离寇勒斯的跨媒介计划的关键。这一章从两个观点明显不一致的大纲开始。寇勒斯想将此作为小说的开头,一个紧随着另一个,"没有连接部",只通过典型的现代主义"联想之桥"连接起来:英国女人和印度鳄鱼(!)嘴里的白色牙龈。"那就是头脑自然运转的方式……这对我的小说是多么意外啊!"这是寇勒斯的注释说明(301)。这样的写作方式不仅说明强调意识作用是现代主义注意的主要中心,而且暗含的意思是现代主义小说必须从一开始就以某种方式表现或模仿这些意识的过程。这不可避免地带来了德·昆西应该已经感觉到的问题,即如何将潜在的无(逻辑的)"连接部"无形式的"意识流"整合进叙述的美学结构。这也是"小说音乐化"的真正问题,下面段落的主题化中提供了解决方案。同样,如果只是在跨媒介主题化和元美学思考层面,这里我们会遇到浪漫派已经颂扬过,德·昆西、乔伊斯和伍尔夫探索过的音乐与"思想的音乐"间的密切关系。小说音乐化的确使得寇勒斯即使没有别的文学手段也可以达到目的,即如他后来说的(302),让"所有的思维和感觉……在有机的关联中"。

对意识的模仿与对人类"思想和感觉"的全景探索并不是寇勒斯跨媒介试验的唯一动机。他还有意进行的是通过"剥离我们的习惯赋予的显明性外壳"(301),传达一种"陌生和奇幻"的效果。这读起来奇特得像是当代"陌生化"概念的重写,而这"陌生化"是俄罗斯形式主义者什克洛夫斯基(参阅 Viktor Shklovsky,1925/1984)提出的文学的主要功能。另一方面,在下面段落的对照中不难看到与试图音乐化的关系,由于情节"奇特的"缠绕,与传统线性和模仿的可信性的小说写作相反,音乐模仿能够为带来新的体验性质的陌生化提供大量的材料。

有人指出(也许不适当地将寇勒斯与赫胥黎混在一起),"从音乐的观点来看","赫胥黎的"一些"方法论思考","很像是涉猎浅薄"(Scher,

1982,第 232 页)。然而,这些"思考"构成迄今为止文学中可以发现的小说音乐化最广泛的思考,它们在《点对点》中起到了重要的作用——一种几乎过于明显的作用,在同样这第 22 章中紧接着所讨论过的段落部分:

> 安排一位小说家到小说中。他来证明美学的大纲,这也许会很有趣……他也证明试验的合理性。(第 302 页)

小说中的小说家寇勒斯建议他预期的小说中的小说家去做的,揭示出的是赫胥黎自己要让小说《点对点》中的寇勒斯去做的一个嵌套式结构:寇勒斯作为"有趣的美学大纲"的"证明",阐明了内含在试验小说中的方方面面。并且显然,这是有意让《点对点》的读者将寇勒斯的思考(不只是上面引用的那个)读作隐在《点对点》中(跨媒介)计划的元小说主题化。结果,我们要比较寇勒斯理论上建议的与赫胥黎实际上完成的。在这个比较中,就像嵌套式结构通常的情况,我们应预料到形式细节和功能(后一方面将在第 10 章第 2 节中探究)层面上的相似,以及一些相异之处①。

至于技术细节,菲利普·寇勒斯的言论至少有一个方面不大可靠:忽略音乐化的一种形式,这种形式明显出现在《点对点》中,即对音乐的想象内容对比。在两个扩展的以文述乐中,可以说赫胥黎使用这种形式建构了小说:在第 2 到 4 章对"巴赫的 B 小调管弦乐组曲"(第 29 页)的描述,以及第 37 章的以语言表现贝多芬晚期 A 小调弦乐四重奏 op. 132。对巴赫组曲的描述甚至包含了这种技术的经典样本,这也是早在理论部分(见第 4 章第 4 节)我就用了其中的部分作为阐释例子的原因。例如,在对巴

---

① 不是 Quarles 所有的思考都应严肃对待,这个事实是通过他自己在可以无限进行的嵌套式结构描述中的自我嘲讽暗示出来的:
> 将小说家安排到小说中。……但为何在你的小说内部拒绝一位小说家?为何不是第二部小说在他的里面?甚至第三部在第二部小说之中?如此类推至无限……(第 302—303 页)

这个方法像预示了后现代主义现实与虚构的混乱,但这里是以玩笑形式使用,因为可能的后果被以下面的方式描述出来:
> 在第十次调整时,可能会有位小说家讲述你的故事,以代数符号的方式或以血压、脉搏、无管腺的分泌物与反应时间的变奏方式。(303)

赫组曲开始乐章中赋风曲的表现中,通过赋予他们个体的和准自我中心的声音,叙述话语尝试给独立的多声部部分以平衡:"'我就是我,'小提琴断言;'世界围着我转。''围着我,'大提琴叫道。'围着我,'长笛坚持。"(第29页)将贝多芬的音乐翻译成文学散文的以文述乐依然是暗示性的。选取一小段也许就可以说明问题:

> 缓缓地,缓缓地,旋律展开。古老的吕底亚和声回荡在空气中。这是冷静的音乐,透明、纯粹,水晶般纯粹,像热带海洋,像高山湖泊。①

虽然想象内容类比技术不在菲利普·寇勒斯的考虑中,但《点对点》中没有文字音乐则是真正有计划的。语言音响方面如它的节奏和声音的形塑,事实上贯穿整部小说中都没有明显偏离通常的叙述。这个对文字音乐的忽视构成了《点对点》与乔伊斯的"塞壬"插曲、伍尔夫的"弦乐四重奏"明显的对照。同时像是与菲利普·寇勒斯表达的陌生化思想构成了轻度的张力。然而,应该意识到这样一个事实,他的陌生化概念,与什克洛夫斯基的经验的重新感官化理想不一样,尽管也有一些相似之处。寇勒斯的概念更是打开一个看待异质的或甚至表面上混乱的现象间的联系的新方式:"每一客体与事件在自身内包含了深层中的无限深度。一点也不像是看起来的那样——或毋宁说是同时像许许多多其他的东西。"(第301页)按照第22章中"思想小说"同样程序化的讨论与赫胥黎的大致倾向(尽管一再尝试将之消解),《点对点》中理智主导情感和感觉:从长远观点来看,是理智能够辨别不同表面下隐藏着互相联系的结构。

这种与深层隐蔽关系形成对照的表面上明显的分离,在《点对点》结构中有其对应部分,形成与菲利普·寇勒斯音乐化小说想法最显著的对

---

① 在这一乐章的唤起中,也是在大范围内尝试将音乐置换入想象内容:小说中诗歌意象的重复出现与"转调"模式,是用缓慢抒情与更快的主要段落的对照的方式,重描音乐内在模式,直到二者在最后部分的"永恒生活与永恒眠憩的奇迹般的悖论"(442)中达到了融合。

比。我们已经可以看到《点对点》频繁地使用星号来补充不同情节的分离。它们明显地将各自段落或场景分开，标明寇勒斯提到的"闯入性连接部"。另一方面，如研究显示出的，小说建立了一个主题、思想、人物、情节和环境层面的隐蔽的关系网。这正是赫胥黎的文本中寇勒斯的"转调"和"变奏"的实现之处。然而由于所有这些音乐手段（还有"闯入性连接部"）都能够用于主调音乐中，赫胥黎明显地更喜欢寇勒斯只是一掠而过地提到作为证明他的"闯入性连接部"的文学方式的技术，即作为复调音乐标志的对位法。对音乐对位法的结构类比，题目中已经显示出来了，事实上是小说的主要形式原则，同时也是它的音乐化的主要技术。与此相反，寇勒斯的计划中提到的另外选择，由一个和同一个叙述者表现同样对象的不同观点组成的多视点，如在与音乐化功能相联系的讨论中将显示的，作用不太大，虽然不是完全可以忽略。从技术的观点来说，偏爱对位不是偶然的：寇勒斯和赫胥黎都像是如此喜欢不连贯和插话式的叙述方式，为了让它们结构上显得合理，这是个理想的手段，而且从美学上来看组织众多情节和他们俩都喜欢的"重复的环境和人物"（第302页）也是这样。在一部包含了过量人物（Lothar Fietz[参阅 1969，第 70页]算了不少于 38 位），还有异乎寻常多的情节和各种主题群的小说中，确实需要组织原则。

　　情节方面包括了瓦尔特、卡灵和塔特蒙的三角爱情故事；寇勒斯家庭的故事，集中在伊利诺·寇勒斯对她丈夫菲利普的感情上不满，以及随后与法西斯主义者英国自由民领导韦伯列的通奸，还有她的儿子小菲利的惨死；还有韦伯列的政治故事，他被貌似是虚无主义者的斯潘德雷尔谋杀；以及老一代的问题（通奸、受难和死亡）和更多的内容。

　　这部"思想小说"中表现的与各种各样人物相关的主题和观点同样丰富。按照菲茨（参阅 Fietz,1969）的说法，中心对照主题是画家约翰·比特雷克所代表的纵欲主义，与作家菲利普·寇勒斯代表的理智主义[①]。但还有更多的主题单位，如道德立场方面（比特雷克与塔特蒙的放荡与卡

---

① Murray Roston,《对位技巧》1977 依据感情主义 vs. 理性主义来看待这个对照。

灵压抑的中产阶级道德观的对照),或世界观对照(寻找上帝失败燃起的伊列奇的共产主义、斯潘德雷尔的虚无主义,兰皮恩的 D. H. 劳伦斯对文明严厉批判的怀旧生活哲学,以及"文学世界"的编辑,伪善的基督徒布拉帕,与他对比的是更严肃地信仰基督的菲利普·寇勒斯的妈妈)。另外,仅举几个最重要的主题群,如对艺术(缺乏鉴赏能力与艺术鉴赏作为宗教辅助手段,布拉帕的姿态与作为比特雷克理想的纵欲空间)、爱、疾病和死亡的不同态度。在寇勒斯"用不同方式解决同一个问题"的计划建构中,这个步骤的结果是在众多人物之间产生了一个关系网。对爱与性的不同态度也许可以作为我们的第一个例子:卡灵的"优雅的、有教养的、苍白的精神性"(第 14 页)与她的反性欲,作为"精神欲望"(第 71 页)的"爱的观念",与瓦尔特对比,他感到强烈的"身体……欲望"(同上),满足于与塔特蒙的关系,她对她自己的性喜好比卡灵自由,因而是与老淫棍比特雷克对应的女性人物。然后还有幼稚(反常)的性,以布拉帕与他秘书奇怪的关系为代表;最后是伊利诺·寇勒斯渴望她在婚姻中无法找到的基本情感满足。疾病和死亡相关主题的对位发展构成了人物和环境同样广的范围。早在第 1 章它们就出现在瓦尔特的生病的园丁的童年记忆中。在消失了很长一段时间以后,主题在第 24 章惹人注目地与比特雷克的癌症(在它本身是与他的纵欲的"对位")一起再次进入。第 27 章中主题在比特雷克越来越"沮丧、恐惧、着迷于自怜"中发展(第 333 页)(这也是以对位的方式,为他的乡下房子带来新的活力,特别是给仆人:临死的时候,他鼓舞了他们的生活[第 334 页])。主题在第 32 章韦伯列的暗杀中继续,第 35 章中与之对应的是小菲利和老比特雷克不同的死亡,前者死于髓膜炎。第 37 章中主题在刺客斯潘德雷尔的谋杀上达到了高潮,他被自己报复他的牺牲品韦伯列的政治追随者所吸引。最后一个死亡主题的"对位"是在小说结束前出现的,当读者读到:紧接着最后一个布拉帕和情妇的性场面之前,布拉帕的秘书以自杀作为被他不公正解雇的回应。

鉴于之前的研究中已对小说"对位"结构作了全面梳理,如果同意鲍恩(Zack Bowen 1977,第 499 页)所说的早在 1970 年代这种梳理就已经导致主题的"耗竭",再重新描述小说结构更多的细节像是多余的。然而不太为人注意的方法论问题好像不是多余的,如关于我们确实可以将这个结构隐含的原则称为"对位"吗,或者这个术语也仅仅是经常在跨媒介研究①中碰到的又一个"印象主义隐喻"例子?

对位作为一种音乐手段是一种抽象的作曲原则,是指复调音乐作品中对声部的组织(上文已经详细描述过)(见第 7 章第 3 节),主要具有以下一些特点:1)声部的同时性,2)它们相对同等的重要性和彼此的独立,3)声部间显而易见的关系和表面上的相互影响,因此一个声部看来像是激发了另一声部的对比或相似(模仿)的"回应",4)原则或系统的存在为声部间的相互关联提供规则,并抑制它们的"个体主义";在西方传统音乐中,音调系统的规则和基于大小调的和声惯例,通过音乐形式的节奏和框架②提供了这种限制。

显然,与很多音乐技法一样,精确地将"对位"转移到小说中是有困难的。从"对位"对象看已经是这样的情况了:由于音乐中的对位明确指的是声部,在《点对点》这样的小说中声部的指涉却不那么清楚。寇勒斯在他的计划中暗示"情节的对位",但乍一看来,人物和主题看来至少也都具备被对位处理(我们必须承认主题也可以出现在音乐的对位关系中,因为他们可以出现在不同的声部)的资格。

关于第一个特征同时性,我们遇到了另一个众所周知的问题:文学中信息的真正同时性几乎是不可能的。然而,至少作为部分的解决方案,我们再一次指的是通过或者人物或者相关情节想象的同时性来代替真正的同时性。在"梦的赋格"和"塞壬"中,我选择了人物作为对位处理的主要材料,并且这看起来还是合适的。但在《点对点》中这种音乐声部与人物

---

① 关于《点对点》,必须提及的是例如 Donald Watt(参阅《〈点对点〉的赋格结构》,1977)不太令人信服地用"赋格曲的建构"的方式分析这部小说形式的尝试,如它的标题所预示,这个尝试是基于相当模糊的"赋格"概念;相反,他的《点对点》暗含三重结构的观点更令人满意,部分地与 Lothar Fietz 的研究结果(参阅《阿道斯·赫胥黎的理念小说中的人类形象和小说结构》,1969)一致。

② 至于更多细节,参阅《新格罗夫音乐与音乐家辞典》[*The New Grove Dictionary of Music and Musicians*],参看"对位法"词条(1980:IV,第 833—852 页)。

的类比将是没有说服力的,因为由 38 个声部组成是不可想象的,并且《点对点》不允许通过挑选出主要人物,将次要人物归成一组以减少个体人物的数目,而这在"塞壬"中是可能的。如果考虑将《点对点》中的众多人物对应于乐器演奏,一个接一个地或独自地进来,作为情节经纬的不同部分,这样像是更准确。

对位的下一个特征独立的音乐声部的相对同等重要性,将之转置到《点对点》中像是相对容易一些。可以看出,这部小说由很多情节组成,但没有一个能够主导故事,就像帕梅拉[Pamela]的故事主导塞缪尔·理查德森[Samuel Richardson]的小说那样(这就是为什么《点对点》被认为是"本质上没有情节"的小说[Meckier,1969,第 133 页],虽然有些夸张)。各声部特定性质的同样对位原则也被赋予了主要人物,因此可以说《点对点》是一部对应于没有独奏乐器的音乐作品。不过,菲利普·寇勒斯和兰皮恩像是占据了有点特殊的位置:寇勒斯有点像是隐含作者的元小说传声筒,兰皮恩可以看作是他哲学上的传声筒。不过这两位都有明显的片面性,因此很大程度上削弱了他们作为"乐器"或隐含作者发言人的特权位置。寇勒斯太理智了,兰皮恩相对地把自己看作"变态卖弄学问者,耶利米变态者,担心悲惨旧世界的变态者",并且"首先"作为"喋喋不休的变态者"(第 417 页)。

就对位的第三个特征声部间显而易见的关系和相互影响而言,《点对点》中某种程度上也可以构成这种对应:通过影响小说的结构对比和模仿原则,对人物、环境和主题或思想的处理达到。至于音乐中声部间表面上发生的影响,当然,应该说声部本身不能真正"影响"彼此,因为通常它们不是被动或主动的生命典型。这种影响更是音乐的"话语"功能上的:形式规则功能和要求音乐"模仿"或"'对'点"的作曲思想。不过,如果复调音乐中出现(甚至有规律地)"影响"、"回应"、"矛盾"等效果,这是一种接受者将之"人格化"了,如果不说是将之"叙事化"了(见上文,第 2 章第 3 节)。与此相反,令人好奇的是赫胥黎到底有多严格去坚持真正的音乐对位方法的"影响"。虽然对他来说在故事层面建构"真正的"影响是很容易的,特别是以情节经纬间随意关系的形式,但这种影响惊人地少，并且限于如伊利诺与她丈夫这种令人沮丧的偶然关系，这种关系使寇勒斯的故事与韦伯列/伊列奇的故事之间建立了联系。《点对点》中大部分对比和平行关系不是在故事层面上由传统的随意方式激发的，而好像是碰巧发生的，即，真正地作为话语功能和个体情节经纬的"结构"。结果，人工创造的效果（尽管这部小说模仿的是1920年代的英国）的重要表征，是非叙述原则在起作用。虽然不得不承认对比和平行是美学建构的一般原则，当然不只是音乐是这样的，因此不能将它们本身作为小说音乐化的证据，但《点对点》中使用的频率和缺乏动机确实使它与音乐有了密切的联系。

至于最后一个音乐对位特征，最高组织原则的存在使各声部不至于分崩离析，但与对比和平行（因为无论如何这些属于对位的本质）要求不一样，也许可以看一下一些"思想意识"的类比。从这个有利的类比意义上来说，《点对点》中表面或真正的混乱才依然是有意义的。假若这样，如音调或和声这样的音乐形式规则，应是转置到规范和世界观层面了。如我们将看到的，音乐本身确实在《点对点》的世界观中有重要的作用，但我们现在可以说，这部小说中没有明确的主导性意义体系。

总之，可以说与其他讨论至今的例子一样，虽然很难在《点对点》中找到语言文本与音乐技术间精确的类似，特别是对位这样一种技术，但这部小说显示出了创造这种对音乐组织形式结构类比的持久努力。因此将"对位"这个音乐术语用于这部小说的结构，不能消解为仅仅是隐喻性的。如果小说题目中对位的类文本暗示结果是可信赖的，关于菲利普·寇勒斯小说音乐化的元小说计划的许多因素同样可以这么说。事实上，这个计划与赫胥黎的文本间的相似是如此之多，以至于我们可以放心地将《点对点》列入杰出的音乐-文学媒介间性的现代主义试验中。

10.2 巴赫、贝多芬与《点对点》的音乐化功能

正如已经变得清楚的，《点对点》中音乐以各种形式出现：是突出的元

小说和元美学主题化对象;在扩展段落中出现的对巴赫和贝多芬①的以文述乐参照的想象内容类比,以及整体叙事上看到的结构类比方面,都是突出的跨媒介模仿对象。然而,从历史的观点来看,至少与音乐在场形式一样重要的是,音乐与其跨媒介模仿在这部小说中的功能。与技术细节一样,菲利普·寇勒斯理论上对音乐化功能的考虑结果也与赫胥黎自己在这方面的叙事实践相关。事实上,除了这个像是寇勒斯音乐化计划重要激发因素的非理性精神状态探索,但总体上这种探索在《点对点》的跨媒介性质中没有起到很主要的作用,寇勒斯提到的大部分音乐化功能也可以在赫胥黎的小说中找到,另外还有一些像是与伍尔夫的"弦乐四重奏"有一些类似的功能。

伍尔夫的短篇故事显示出一种明显的对比特点:主角意识中呈现出的一战后余波中近乎混乱的"不和谐"生活,与莫扎特音乐唤起的比较和谐一致的幻觉构成对比。这个对比是那类短篇故事中音乐化的重要功能特征:以一种特殊方式理解音乐的能力有助于对主角的刻画,通过她充满音乐体验的意识;它使得有可能变得混乱的材料可以进行美学组织;即使已经放弃了传统连贯故事讲述的关键元素,而且,让读者可以卷入到残余的审美体验中,在这种体验中现代现实的不和谐被暂时搁置;最后,隐含的叙事极限试验敞开了现代世界中的艺术功能的元美学视点。

《点对点》中也出现了这些功能。当这里的音乐体验通过人物如埃弗拉德或斯潘德雷尔传达出来,也有助于理解他们虚构的个性特点(这特别地可以在小说的主要以文述乐段落中看到)。将无组织倾向的材料构建起来在《点对点》中也很重要,这种功能在德·昆西、伍尔夫和乔伊斯的文本以及菲利普·寇勒斯隐蔽的思考中都可以看到。然而,与德·昆西的《梦的赋格》不同的是,这里无组织的担心不是来自中间聚焦者和他的意识流及幻觉。《点对点》中的无组织倾向更是来自碎片式的叙述材料本

---

① 关于其他音乐参照,如对门德尔松的参照,参阅 Bowen,《〈点对点〉中的音乐作品暗示》,1977。

身,特别是1920年代的城市生活[赫胥黎的小说事实上提供了相当广泛的生活全景与1920年代伦敦上层(中层)阶级坚信的知识、道德、哲学和美学①],尤其是从所有这些表现出来的视点。这个视点在菲利普·寇勒斯的一次元小说思考中变得清晰起来:他感兴趣的不是"个体",而是"环境",甚至这些也只是他"想试验的"(第198页)"一种看事情的新方式"的"借口……"。关于这个感知现实的"新方式",他说:

> ……新的观照方式的本质是多重性的。眼光的多重性与理解层次的多重性。……每一层看到……事件的不同面向,现实的不同层面……(第199页)

这里菲利普·寇勒斯又被当作元小说的传声筒,为了宣布试验小说部分计划与总体上的《点对点》相关。在这种新的小说类型中,对外部现实的一致模仿不再是唯一或主要的目标,传统的表现类别如"情节或环境"(第199页)失去了他们古老的重要性,转而青睐新的、现代主义的"看事情的方式"。事实上,《点对点》不只是描述现实而且是编写了"看事情的方式"。在这个卷入到典型的现代主义变化过程中,从传统的强调对一种现实的表现,到认识论上许多种感知细查的方式,这种方式产生了很多的主观现实,并且没有一种能再有资格是真实的、客观的。结果"多重性"层面和视点就是这种"看事情的新方式"的特征。如我们已经看到的,这也是为何《点对点》中的叙事不是按照一个主要情节或主题来组织的,而是在某种意义上允许最大限度的现代城市生活的方方面面和元素都得到关注。

但在一些现代主义小说作品(包括"塞壬",如我们看到过的)中已经表现出这种多重性和碎片化产生的美学问题:用这种典型的现代主

---

① 在这种当代(城市)生活全景观倾向中——不是作为一个连贯的、易于理解的与有意义的整体,而是作为碎片式的印象团块、观点和人们——显然一定程度上类似于"塞壬"。然而不同的是,赫胥黎的小说一方面更片面地集中在上层与中层阶级,另一方面,比起《尤利西斯》可能更是对现代大都市生活的不满(虽不能说是愤世嫉俗的)。

义精神写作带来的危险,是文学材料解体成主观看法的碎片,因此完全不适于以叙事方式来处理。事实上这是叙述者在小说的开头便指出来的,在一段插入的对爱德华勋爵房子里举行的音乐会的以文述乐描述的评论中:

> 在人类的赋格中,有着十八亿个声部。由此产生的噪声对统计学家而言可能是有用的,但对艺术家而言毫无意义。(第29页)

意味深长的是,如果想实现音乐文本中出现的"人类赋格"惊人的"多重性"所出现的美学问题的形成:这是由"快板赋格"的叙述诱发的,这个快板是巴赫 B 小调组曲序曲的中心部分。因为这是音乐,就一定的复调音乐而论,在缩减规模上的实现,因而不仅仅是对现代存在的多重性和不稳定性的回想,对"一个繁复群集的世界"(第 29 页)的回想,而且同时孕育了美学问题解决办法的种子。因此这个段落指向《点对点》中音乐和音乐化履行的主要功能之一,和在其他现代主义叙事中一样:音乐的跨媒介包含成了主题化或阐释现代主义表现问题的元美学思考领域,同时再一次地这些问题本身包含了答案。而这个解决办法最终是小说的音乐化试验本身,因为是这些手段使现代主义小说家能够以美学上令人满意的多视点方式表现生活的全景。叙述者找到的关于如何将"人类赋格""令人困惑的多样性"(第 30 页)翻译成艺术作品的问题的答案,这种多样性唯恐堕落成白色"噪音",正指的是这层意思:"只有一次考虑一个或两个部分,艺术家才能理解任何事情。"(第 29 页)这是一种所有艺术中隐含的极端的(也许有点太极端[①])选择和简化原则,并且至少"一次"只能集中在"两个声部",这也是《点对点》中为了对现代主义"多重性"使用的妥协对位原则。事实上,通过

[①] 在他的以文述乐描述中,为了给紧接着赋格曲之后的不那么复杂的乐章营造出一个过渡,叙述者这里显然有点过火了,因为"一次一个[……]声部"会暗示出主调音乐或至少一个声部的主调特质,这与巴赫音乐和赫胥黎小说的复调都不相符。

在语言"对位结构"中简化"人类赋格",现代生活才可以表达,可以在某种意义上避免虚渺,而后可以传达强烈的"相异性"和个体"声部"的独立性。因此赫胥黎的"多重性"处理和巴赫赋格各声部的效果间能够看到可以辨别的对应:

> 那些声部过着自己独立的生活。他们彼此接触,他们的道途交集,他们相携片刻,营造出一个看似是终极完美的和谐,只为了再次裂分。每一声部都总是孤单、单独和独特的……都同样正确,同样错误。(第29页)

早在小说的第2章就出现了第一个持久的复调唤起、对位音乐,表现出的是《点对点》隐含的音乐化小说大体计划与音乐化的突出功能。如几位批评家指出的①,这个突出的功能在于允许异质材料的特定美学组织方式。在强调美学形式而不是叙事模仿中,菲利普·寇勒斯的音乐化计划与赫胥黎自己的实现之间功能上的类似也许更是显而易见的。

然而可能有人会问,为什么要把这种新的叙事组织视为音乐的,为什么赫胥黎显然坚持认为他的小说是音乐化的? 毕竟,如帕索斯[John Dos Passos]的《曼哈顿中转站》[Manhattan Transfer](1925)和他的《美国》三部曲(1930—1938)或者德布林[Alfred Döblin]的《柏林亚历山大广场》[Berlin Alexanderplatz](1929)的例子显示出来的,小说形式中对现代"多重性"创新的、试验的表达完全没有跨媒介"借用"也可以达到,或作为选择,可以使用新媒介电影作为借用的资源。显然,如果不再是传统叙事,赫胥黎认为他的材料组织方式依然是可以被认可为是美学方式的,并且寻求的是普遍认可的高级艺术,而不是他那个时代的电影艺术。与《点对点》中故事层面上的艺术(有一位小说家、另外几位作家、两位画家、几

---

① 参阅 Meckier,《阿道斯·赫胥黎:讽刺与结构》1969;Firchow,《人文音乐:〈点对点〉》1972/1974,第100页,第103页;Bowen,《〈点对点〉中的音乐作品暗示》,1977,第507页;和 Erzgräber,《从约瑟夫·康拉德到格雷厄姆·格林的英语小说》(Der englische Roman von Joseph Conrad bis Graham Greene,1999),第300页。

位音乐爱好者等等)的重要性一起,这种将音乐化作为叙事试验中的形塑手段来使用,也是这部小说中一般音乐和音乐美学具有非同寻常价值的体现。

这把我们带回了这样一个问题,关于是否仍然存在可能的原则或"主音"可以给冲突观念的"不和谐"以意义,给如《点对点》中表现的一般生活以意义。首先,可能有人倾向于将一定的人物视为意义的据点。这里想到菲利普·寇勒斯和兰皮恩,但是如已经说过的,他们俩都太相对化和片面了,不能提供可靠的意义中心。可以看到在德·昆西《梦的赋格》与伍尔夫的《弦乐四重奏》之后,又一个确实是更有希望的,又可能将音乐视为意义中心的想象,即音乐不只作为纯粹的文本形式组织原则,而是有着丰富哲学含义的艺术,并且在小说的世界观中发挥作用。而且,这个方面的意义也许也能为《点对点》的音乐化努力提供另外的与有趣的正当理由。

一些传统上与音乐关联的隐含意义确实在《点对点》中有所回应,我认为它们对赫胥黎的音乐化具有纲领性的作用。在形构小说的对巴赫 B 小调组曲和贝多芬的作品 132 的以文述乐描述中,它们是很突出的,这不仅因为它们的位置,也因为他们与这部小说中隐含的世界观相关。例如,巴赫的萨拉邦德舞曲,诱发了叙述者下面的思考:

> 这是对美(尽管肮脏愚蠢)、深刻的善(尽管所有的邪恶)、世界统一性(尽管如此令人眩惑的多样性)的舒缓愉悦的沉思。这是美,善,统一,没有智识研究能够发掘,分析不能抵达,但其真实性,却一次次瞬间全面征服精神世界。(第 30 页)

关于美和终极世界统一的同样的沉思,叙述者感觉在巴赫的音乐中得以揭示,而这也激发了自然科学家爱德华勋爵。他正好在科学书籍中读到一个音乐比喻("伟大的自然的和谐……没有破坏和睦……"[第 34 页]),这使他突然想到音乐和它与世界的关系:"一切都像是音乐;和声、对位和转调。"一般说来,这里音乐体现为宇宙和谐的象征,"宇宙音乐会"(第 35

页)使人深深想起毕达哥拉斯的天体音乐思想,以及后来的可以在弥尔顿的颂诗"庄严的音乐"[At a Solemn Musick]①中找到的基督教版本。

好像为了促进这种和谐的含义,音乐成了第2章叙述者对巴赫组曲描述中高度分歧的观点的焦点。这里,菲利普·寇勒斯后来像是在他的跨媒介计划中提到,将音乐的对位翻译成小说的另外的方式,已经逐渐显示出来:代替情节建构中的对位的是,这里我们倾听叙述者,他成了对位的中介者,因为他"选择从方方面面去考虑故事中的事件"(第302页)。寇勒斯列举的前两个方面"感情的"和"科学的"(同上),对应于两种不同话语形式,当然不是巧合。这些话语是叙述者化合在他的以文述乐中的,对整部小说也很重要(因此小说个别段落的音乐化便能够反映更大的结构):一方面是感情和纵欲的话语,另一方面是强调理性的或甚至科学的话语②。前者出现在对音乐家的描述中:

> 年轻的多利一如既往优雅别致地指挥,腰部天鹅般起伏弯曲,手臂追随空气中甘美华丽的曲子挥舞,就像他随乐起舞,……伟大的彭结列奥尼像胶住般地亲吻他的长笛。(第29页)

理性支配了断断续续的描述,其中音乐几乎以讽刺性的方式降至身体现象:

> 他吹过洞嘴,圆柱形的空气柱振动……小提琴手在羔羊撑拉着的肠上牵拉他们用松香擦过的马鬃……(第29页以下)

---

① 亦可参见 Fanny Logan 对巴赫回旋曲的反应:
音乐极其悲伤;但令人慰藉。所有的都被认可……。世界上的所有悲伤都被表达出来,从悲伤的深处,它是可以被证实的——谨慎地,安静地,没有太多的抵制——所有的事情某种程度上都恰到好处,可以接受的。包括一些更巨大、深广的幸福中的悲伤。(31)

② Peter Firchow(《人文音乐:〈点对点〉》,1972/1974,第111—112页)很不一样地(在我看来不太有说服力)将其对立面描述为"精神与物质的二元性",他将此与兰皮恩与斯潘德累尔的生活观相联系。

同样的对照在爱德华勋爵对巴赫音乐的反应的描绘中可以看到：一方面他以非常感性的方式被吸引（"无法抑制地渴望巴赫"，第 39 页），另一方面，这里音乐也降至理性的、科学上可解释的过程（叙述者的话语像是受到人物观点的"影响"，如经常可以在 19 和 20 世纪的小说中看到的）："颤动的空气振动了爱德华勋爵的鼓膜；相互连接的锤骨、砧骨与镫骨运动起来……"（第 38 页）特别有趣的是这些明显相反、之前交替出现的音乐观点在对"最后的谐谑曲"的描述中统一了：

> 欧几里得原理用基本统计学的公式度假。算术举行农神节露天狂欢；代数雀跃。在数学的快活狂欢中音乐走向结束。（第 41 页）

乍一看，这很像是夸张，如果不是讽刺漫画手法便很难认真对待。然而，与先前对立的感官/情感与理性的音乐理解方式对照，这里所描述的便具有了严肃的意义：矛盾修饰法"数学的狂欢者"跃升为统一的化身。它成了音乐美①激发的"和谐对立"[harmonia Contrarium]，这对《点对点》中的音乐和小说音乐化的哲学功能化都很重要。显然，在体验音乐和阅读音乐化小说的过程中，冲突的状态和碎片间的否定性之间的不和谐是可以克服的②。

在美妙的音乐中这个碎片的悬置的重要性确实被以强调的方式传达给读者。赫胥黎确实不仅仅以一些人物（虽然这种传达形式对描绘音乐化的功能很重要）被诱发出来的特殊反应的形式来表现音乐和它的效果，也不仅仅是以音乐只是作为比较远的刺激源的或多或少理论上的哲学思考或推测的形式传达。如我们在第 10 章第 1 节中看到的，他宁可尝试以

---

① 参阅 Erzgräber，《从约瑟夫·康拉德到格雷厄姆·格林的英语小说》1999，第 300 页："《〈点对点〉中的音乐》是乌托邦式完美的载体，是看到的讽刺意味的现实的替代。"

② 然而必须承认这个段落也许能够引起共鸣，但不是没有缺点。巴赫演奏大师的"谐谑曲"（Badinerie）可能更倾向于暗示出感官的快乐而非理性，即使巴赫经常——在这种不恰当的贬低中——被视为是最伟大的理性主义者与"秩序、规则和形式的象征"（Bowen，《〈点对点〉中的音乐作品暗示》，1977，第 490 页）。

文述乐的方式重新表现巴赫的音乐,这样就得大量地使用暗示性诗意内容类比,因此这里读者至少能够在一定程度上卷入到音乐的体验中,就像在伍尔夫的"弦乐四重奏"一样。

在古典音乐的功能化为积极性的象征中,关于巴赫的(描写)最后章节甚至超越了小说的开头。这个积极性被悖论地与愤世嫉俗的虚无主义者斯潘德累尔的观点联系在一起,他仍然沉迷于对上帝的永恒(永远失败)寻求之中。这个寻求的一个焦点是贝多芬的作品132的第三乐章,"很缓慢的"[molto adagio]乐章,章名为《献给上帝的感恩歌,根据吕底亚调式》[*Heiliger Dankgesang eines Genesen*[*d*]*en an die Gottheit, in der lydischen Tonart*]。对斯潘德累尔来说,这个有着暗示性叙事题目的著名乐章,能够是上帝存在、"灵魂"和"善良"(第437页)的最终美学证据。像是如此明白的一个证据,以至于他想使兰皮恩和他的妻子玛丽相信这个音乐的形而上学的重要性,邀请他们去他的公寓听音乐。确实,当他们来了,听贝多芬的四重奏,音乐被描述为"不是在这个世界的重生",是"非尘世的美",唤起的"宁静是神所赐的平安"(第440页)。和巴赫的段落一样,这个美被以交织着内容类比的强烈暗示性散文传达给读者,而内容也一再地集中在高度象征性的清澈生命之水的思想上:

> 音乐就像焦涸土地上的水。是如此多年枯旱之后的溪流,泉水。
>
> ……
>
> ……水上之水,静宁滑过宁静;界限和平静的层次在膨胀,一种宁静的对位。一切清晰明朗;没有雾霭,没有薄暮昏糊。是静寂安详与狂喜冥想,不是困倦或觉眠。是从高烧醒来渐愈的宁静,发现自己又降生到美的国度。但高烧是"高烧称作生活",重生不是来到这个世界;那种美是非尘世的,那种渐愈的宁静是神所赐的平安。(第438页和440页)

除了诗意地将这些想象的音乐内容换置到语言散文中,叙述者甚至

求助于细节的"技术"主题化。这是第三乐章的开始:

> 一把小提琴奏出一个长音,接着在该音上方六度奏出第二个长音,随后降至(第一个音的)上方五度音(同时第二小提琴在第一小提琴开始的位置跟进),而后奏出八度跳进,并悬置在那里达两个长拍之久。(第439页)

"乐章的开始当然被精确地描绘出来了",鲍恩(Bowen,1977,第503页)评论道,也有人可能倾向于赞成:

> 大病初愈,献给上帝的感恩歌,根据吕底亚调式
> (*Canzona di ringraziamento offerta alla divinita da un guarito, in modo lidico*)

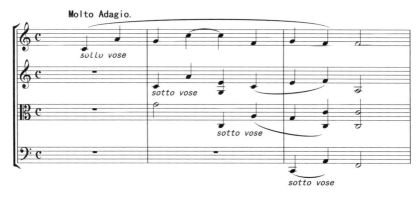

图例13 路德维希·凡·贝多芬,弦乐四重奏,作品132,第3乐章,第1—3小节。

然而,可能有人会不同意鲍恩在这个描述中的观点:"赫胥黎戏仿了科学实验的精确性以及与其对应的文学现实主义"(第504页)①。与其

---

① 我对Aronson多少太绝对的赫胥黎"没能成功地让这个插曲在音乐上……令人信服"(1980,第151页)的观点持保留意见。

说是戏仿，不如说是尝试尽可能准确地唤起那些读者脑中的音乐，他们熟悉这些音乐，因此能够用他们内在的耳朵听，从而能够"感觉"下面的诗意内容类比与唤起它们的音乐之间的联系。显然，我们在这里或类似段落中读到的，更技术、理性的主题化与诗意内容类比的跨媒介模仿，都为读者再体验内含在（根据叙述者和一些人物）贝多芬和巴赫的音乐中的某些积极性服务。就像对巴赫组曲的以文述乐描述一样，这里音乐也是作为能够统一分歧（理性的，感官的或情感的）观点的焦点。

那么《点对点》中以准浪漫主义风格出现的音乐、艺术，是对所有生离死别和俗世邪恶的救赎吗？就像在伍尔夫的"弦乐四重奏"和现代主义中的通常情况一样，我们理应怀疑艺术依然能够以这种方式替代宗教的暗示。事实上，《点对点》中音乐的积极效果最后也是很相对的和有限的。早在对巴赫音乐会的描述中，叙述者便削弱了他对这种作为"美"、"善"和"统一"的模仿的音乐的诗意颂扬，提出怀疑论的终极问题：这是幻觉或最高真理的揭示吗？（第30页）一如既往地，这个令人焦虑的问题没有得到任何使人宽慰的答案，而是紧随着另一个问题："谁知道？"（同上）就斯潘德累尔的上帝的美学证据而言，结果是"失败"（第441页）：兰皮恩不相信，斯潘德累尔被迫对自己提出焦急的问题："音乐在它自身与其创造者的气质之外无所指？"（第441页）不久以后他成了杀手的牺牲品，而杀手是他自己故意引到自己的公寓的。斯潘德累尔自杀性的暗杀与他拼命希望通过庄严的音乐得到个先验信息的美学仪式的同时性，具有奇特的双重效果：一方面"仪式"像是回顾性地进行并且有点假，另一方面，他的死证实了不和谐现实的力量，从而讽刺性地削弱了他的和谐宇宙的形而上学希望。斯潘德累尔表面上对音乐的虚幻信仰与严酷现实间的反讽对比，得到在斯潘德累尔被击垮之后出现的泄露性"对位"音响的强调：当"他的双手张开了合拢，又张开合拢，抓擦"他公寓地上的"木板"，贝多芬的音乐结束了："突然地，再没有音乐；只有唱针擦划过转动的唱片。"（第443页）突出这个不和谐的抓擦声音的类似，暗示的是《点对点》中的音乐的积极性，真的不过是没有意义地无尽循环的世界的一种纯粹幻觉？

尽管《点对点》和许多现代主义作品一样，显示出深刻的怀疑主义

(参阅 Bowen,1977,第 490 页),将小说读作对所有积极性的否定,读作对任何可能的"主音"的拒绝,这个"主音"作为"人类赋格"中出现的对位"多重性"分歧的参照点,可能都有点矫枉过正。因为一般来说,包括《点对点》(Bowen,1977,第 492 页),音乐作为艺术的转喻确实具有一定的价值:虽然不再能够象征形而上学真理,但对暂时有限的美学积极性经验依然是有效的①。斯潘德累尔甚至在他最后的实验之前便痛苦地意识到这个暂时的限制:"音乐是证据;上帝是存在的。但只是在小提琴演奏的这段时间里。"(439)最后,在小说的结尾,当他意识到他的"失败",他依然进一步地相对化音乐的价值并且问自己:"那证明,终究,没有证据?"(第 441 页)然而在所有这些削弱和弊端之后,赫胥黎使斯潘德累尔得出一个不再矛盾的结论:"即使它是没有意义的……它是美的,只要它在持续。并且也许它并不是没有意义的。毕竟兰皮恩不是绝对正确的。"(第 441—442 页)这种暗示很明显:卓越艺术的美是不灭的,无论如何,它能够给予一些幸福的体验。根据赫胥黎自己的评论,这个暗示中隐含着的是整部小说②艺术概念的典范,《点对点》包含了现代主义音乐哲学意义的残余,这在"弦乐四重奏"中也曾回应过,最终又回到了毕达哥拉斯的思想③。

总之,赫胥黎的"小说的音乐化"结合了许多通常意义上的具现代主义特征的功能。如嵌入的小说家菲利普·寇勒斯的作品,对音乐的结构类比作为探索小说写作新方式的试验,这样可以对模仿讲故事的常规有个调整,通过"为小说"提供新的"结构秩序和框架"(Bowen,1977,第 507 页)来描绘现代的"多重性"。虽然,与乔伊斯、伍尔夫一样没有完全放弃

---

① 《岛》(*Island*)的末尾关于巴赫的第四《勃兰登堡协奏曲》(参阅 311—316)作为"美的启示",音乐被赋予相似的功能。参阅论审美功能,Bowen,《〈点对点〉中的音乐作品暗示》,1977,特别是第 507 页。

② 参阅赫胥黎 1945 年 12 月 30 日至 Jean E. Hare 的信,他在信中解释贝多芬的插曲是"贯穿该书的那种美学神秘主义的集中表达,并且是终极的另一个层面上的类似,精神神秘主义"(从 Aronson 1980,第 150 页引用)。

③ 关于赫胥黎之后的发展,音乐与迷幻药(mescalin)效果结合,重新获得了一个真正的超自然维度,参阅 Aronson,《音乐与小说:20 世纪虚构作品研究》1980,第 151—156 页。

模仿，由于强调对音乐的形式主义的结构类比，可以看到赫胥黎的音乐化有着明显的对传统模仿的偏离。就音乐化来说，不只回应了菲利普·寇勒斯作为小说家的嵌套式结构的计划，而且延续了音乐作为模仿性文学的"他者"，以及从浪漫主义音乐美学开始已经感觉到的形式主义冲动与非模仿之间的紧密关系。结构类比也隐蔽地证明和突出了小说中使用新的叙事组织的特殊美学是合理的，否则小说可能会像是人物和场景的随意集合。在这部高度自我意识的小说中，还可以看到对美学坚持做出的更明确的元美学评论，甚至说过这主要是"一本关于如何写一本书的书"(Bowen,1977,第 492 页)①。这样明确的陈述不只出现在菲利普·寇勒斯"小说音乐化"的元小说计划中，而且出现在致力于将理论计划付诸实践的以文述乐的段落中。这里，小说的音乐化让赫胥黎既可以对关于艺术的价值做出明确的元美学陈述，也可以通过精神的、感觉的和杰出音乐作品的美学暗示来阐释这个价值。即使在小说中有时像是太片面地强调结构与对理性的颂赞，但是音乐化所引入的感觉层面，正是音乐本身的实质，并且使得《点对点》在总体上达到了一定的平衡。最后也很重要的是，元美学主题化和音乐的跨媒介模仿两个都延续了古老的将音乐功能化为意义载体，以唯美主义艺术观作为最后一个积极性据点（参阅 Bowen,1977,第 507—508 页）。

特别要严肃地加上的是音乐和小说的音乐化这些多重功能中的最后一个，一个在成问题的音乐的文学化中的对应。在这里，贝多芬的音乐被作为美学的"天堂的揭示"（第 442 页），"巴赫，诗人"的作品成了"真理和美的冥想"（第 30 页）。这里典型的现代主义强调形式、自反性和去语义化，与相反的倾向冲突，然而，同样也是现代主义的特征的是：依然在不断地寻求意义（参阅 Bowen,1977,第 507—508 页），尽管理性证据与此相反②。如

---

① 关于 20 世纪德语中相应于赫胥黎与伍尔夫的音乐化，音乐化的功能融合为试验与元美学"反思空间"(Reflexionsraum)，参阅 Huber,《文本与音乐：20 世纪精选叙述文学里叙事和意识形态功能关联中的音乐符号》,1992(第 11 页引用)。

② 参阅 Roston,他看到了《点对点》（"心灵渴望相信……"）中情感方面与"理智"（《对位技巧》,1977,第 37 页)的紧张，用"悲剧"的方式来考虑悬而未决的"视角的多重性"）。

艾隆森(参阅 Alex Aronson,1980,第 37 页①)已经注意到的,为了这个寻求,《点对点》与其他 20 世纪小说音乐化的试验,经常指回"古老的"、巴洛克和古典音乐作为结构范例以及作为以文述乐的参照"文本"②。和"塞壬"一样,关于乔伊斯的坚持赋格结构,这里也可以看到同样的现象,不难猜到这个看起来不合时宜的事情的可能原因:是这种音乐,其著名的形式准则比较容易既可以用作过时文学形式的替代,也可以用作文学试验的支持,并且也是在这种音乐而不是如十二音体系的音乐中,其中美与和谐的效果看起来依然足够作为积极性的补偿性召唤,而这种积极性在现代主义中很大程度上已经在美学之外的领域迷失了。

---

① Marianne Kesting 指出了 19 世纪后期与 20 世纪的音乐化戏剧尝试这一值得注意的类似现象(参阅《发现与毁坏:艺术的结构性变革过程》[*Entdeckung und Destruktion: Zur Strukturumwandlung der Künste*]1970,第 302 页)。

② 然而著名的例外是托马斯·曼的《浮士德博士》(1947)与贝克特的"乒"[Ping] (1966/1967,见下文,第 11 章第 3 节和第 4 节。)

11 后现代主义小说的音乐化 I:贝克特的《乒》
——一个媒介边缘的例子

11.1 小说试图音乐化历史的第二个高潮:后现代主义

后现代主义是到目前为止小说试图音乐化的最后一个阶段。后现代主义作为从 1960 年代开始(西方)文学的一种(如果说不是主要那个)趋势,本质上是一种多元现象,并且部分地由于这个原因,这个术语因为不准确而常被攻击(参阅 Schulz-Buschhaus,1997①)。然而在英国和美国的研究中,这个术语现已被广泛接受(参阅 McHale 1987),并且一般与一些共同特征联系在一起,大部分可以归纳为现代主义特征的修正或激进化。

首先,这样一种激进化可以在后现代主义哲学与美学基础中看到。后现代主义使现代主义的怀疑激进到(指涉)意义的可能性都成问题的程度。这个质疑根植于坚信语言决定论与后结构主义语言观。按照他们的说法,语言被设想为开放的系统,能指与所指间没有稳定的关系,也没有对任何语言外现实的真实指涉。所以,小说被认为是织进了所有的意义甚至织进了我们感知到的现实。这种对语言的建构性和(我们体验的)现实虚构性的信仰,在引人注目的批评的一致推动下,出现了典型的后现代

---

① Ulrich Schulz-Buschhaus 的评论目的在于这个术语在不同文献的不同意义,以及与"现代主义"概念的模糊关系,在他看来,这些同样地是不明确的定义。

主义:对等级关系、话语边界与一般逻各斯中心思维的"去自然化"与"解构",特别是对二元对立和概念,如:现实/虚构(导致泛虚构性[pan-fictionality]的感觉),自我/他者(带来主题的去中心化,这在现代主义中仍然是主要的关注点和叙述媒介),创造者/作品(导致"作者死了"),原创性/模仿(出现泛互文性的效果),等等。

类似于这种否定论的哲学基础的是,后现代主义美学可以描述为对现代主义反模仿倾向的激进化。如果说现代主义小说在表现碎片化的现实中仍然保留了一些指涉因素,还集中在对主题和现实的主观感知上,后现代主义则抛弃了所有这些特征。同时后现代主义不再坚持始终在很大程度上统治着现代主义的美学尊严,因为至少在这种传统的形式中,美学现在被认为是"枯竭"了,只适合在讽刺的和/或开放的折衷方式中"再循环"。

基于这些前提的小说,后现代主义继续并且强化了现代主义的试验主义。激进的后现代主义的变体正是如此(与"温和"的和讽刺性地保持、恢复或折衷地结合了传统讲故事方式以及公认的文学体裁的,更容易阅读的变体相对照,通常认为这些变体在英语文学中特别受欢迎①)。后现代主义小说倾向于表现各种各样的反故事,强调元美学自反性,比现代主义小说更多地消遣它自己的虚构和中介性质,常流露出一种超越以严肃为主、对现代主义试验性的揶揄的游戏性质。结果,在现代主义中依然具有重要作用的美学幻觉,不再是严肃的意图效果,而至多只是在讽刺性的削弱形式中幸存。

如果与媒介间性的历史没有直接的关联,对这个著名的后现代主义特征的(不完全)归纳也许是多余的。的确,一些重要的后现代主义特征是偏向跨媒介试验的,特别是音乐-文学间的。当然,最明显的是偏离传

---

① 还有一种是将这两种倾向划归为"晚期现代派"(late-modernist) vs. "后先锋派"(post-avantguardist)(参阅 Schulz-Buschhaus,《后先锋派叙事文学中侦探小说的功能》[Funktionen des Kriminalromans in der post-avantgardistischen Erzählliteratur],1997),但这在英国与美国文学的批评中依然是少数;另一种分类也是这样,"晚期现代主义"(late-modernism) vs. "后现代主义"(postmodernism)(而前一个术语同样也对应于我所说的"激进后现代主义",后者对应于"温和的后现代主义")。

统的模仿,和伴随着的对自反性的强调,因为这两个特征都支持我们已经反复在音乐化小说历史中看到的趋势。还有特别相关的是后现代主义的放弃美学幻觉,转而关注象征媒介作为对"意义"(随意)建构、对所有话语解构的负有责任上,即体裁的和媒介的、边界或定义的,并且越来越趋向实验的游戏性,这种游戏性通常(看上去)不再受到任何惯例、文法、叙事或其他限制,以及任何关于异指涉意义的限制:所有这些使得跨媒介试验意义在小说历史中,某种意义上到目前为止仍然是未知的。

在这个背景下,甚至比在现代主义中更不足为奇的是,后现代主义小说中音乐化小说的例子特别频繁地出现,媒介间性在此一般都比较重要①,特别是关于电影的。音乐-文学媒介间性的例子确实多到可以在音乐化小说历史上占据第二个(且是迄今最显著的)高峰,更准确地说是后现代主义时代。

后现代主义中音乐文学媒介间性与二战后出版的一般文学作品之间的关联,在批评中并不是没有得到注意。很大一部分文本确实已经吸引了批评的注意,尽管由于通常在媒介间性领域臭名昭著的印象主义,不是所有宣称的音乐化都经得起第4章第1节②中勾勒的标准的严格细查。从二战开始的法国、德国/奥地利和美国文学中出现的小说,在媒介间性语境中得到注意的包括下面一些:杜拉斯[Marguerite Duras]的《琴声如诉》[*Moderato Cantabile*,1957](参阅 Kauffmann,1982),潘热[Robert Pinget]的《帕萨卡利亚舞曲》[*Passacaille*,1969](参阅 Prieto,1993),吐尼

---

① 就像在第1章(见第2—3页)中谈及的,简单举几个例子,电影元素和结构可以在洛奇(David Lodge)的《换位》(*Changing Places*,1975)、拉什迪(Salman Rushdie)的《撒旦诗篇》(*The Satanic Verses*,1988)、库弗(Robert Coover)的《保姆》(The Babysitter,1970)、品钦(Thomas Pynchon)的《万有引力之虹》(*Gravity's Rainbow*,1973;参阅 Larsson,《相机眼:美国的"电影叙事"》与《万有引力之虹》,1980)中看到。至于英语文学中更多的例子,参阅 Nünning,《20世纪的英语小说》(*Der Englische Roman des zwanzigsten Jahrhunderts*)1998,第177—180页。

② 例如,Raymond Queneau(按年代地)的"前-后现代派"的《风格练习》(*Exercices de style*,1947)就是如此。虽然这部作品显然是依据"变奏"原则建构起来的,并且被读解为音乐化小说(参阅 Petri,《文学与音乐:形式与结构相似性》,1964,第25—27页;Picard,《文学中创作原则的变化》[Die Variation als kompositorisches Prinzip in der Literatur]1995,第46—60页),影响这个试验的音乐思想的证据几乎不足以支持这样的跨媒介阅读。

尔[Alain Tournier]的《桤木王》[*Le Roi des aulnes*,1970](参阅 Klettke, 1995),索莱尔[Philippe Sollers]的《H》[*H*,1973](参阅 Kristeva,1974/77),希尔德斯海默[Wolfgang Hildesheimer]的《屯塞特》[*Tynset*,1965](参阅 Scher,1984,第 13 页;Kolago 1997,第 227—263 页),安德森[Alfred Andersch]的《埃弗莱姆》[*Efraim*,1967](参阅 Huber,1992,第 4.3 章),伯恩哈德[Thomas Bernhard]的《伐木》[*Holzfällen*,1984](参阅 Grim,1999,第 242—243 页),和莫里森[Toni Morrison]的《爵士乐》[*Jazz*,1992](参阅 Lagerroth,1999,第 215—217 页)①。在英语及相关文学中,还应该指出的是达雷尔[Lawrence Durrell]的《亚历山大四部曲》[*Alexandria Quartet*,1957—1960](参阅 Chaffin 1980),莱辛[Doris Lessing]的《金色笔记》[*The Golden Notebook*,1962](参阅 S. Brown,1989),布若非[Brigid Brophy]的《雪球》[*The Snow Ball*](1964)和《过境》[*In Transit*,1969](参阅 Maack,1984,第 33 页),阿克罗伊德[Peter Ackroyd]的《英国音乐》[*English Music*,1992](参阅 Nünning,1998,第 179 页)以及一位著名的作者,特别是他后来的短篇"小说",越过了叙事的边界,倾向于一种晦涩的抒情/音乐散文:塞缪尔·贝克特(参阅 Catanzaro,1992,1993,和 Bryden 编,1998)②。

接下来,我将揭示的是音乐化小说的概念在多大程度上可以适用于贝克特的一个短篇散文文本,在这个文本中他的试验所达到的极端程度甚至超过了许多后现代主义作品。然后,我将转到一位作者,他的小说《拿破仑交响曲》(1974)也许值得在小说音乐化的后现代主义试验的章节中更多地讨论:小说家、批评家和作曲家安东尼·伯吉斯。最后讨论的文本,将阐释

---

① 在美国后现代派文学中,当然有人也会提及品钦(Thomas Pynchon)的小说,他在其早期的短篇故事"熵"(Entropy)(1960)中,将重复出现的音乐主题化与故事的对位建构以及复杂的复调主题结合在一起,导致熵的"白噪声"。至于更多的作者,参阅信息量极其丰富的 Gier/Gruber 编的卷册,《音乐与文学:结构亲缘关系的对比研究》(*Musik und Literatur: Komparatistische Studien zur strukturverwandtschaft*,1995)。

② 如果想接着 Shirley Chew 热情的评论,文本清单上应加上那种"可以说是渴望音乐状态"(《赋格的艺术》[The Art of the Fugue]1999,第 22 页)、"新英语文学"(New Literatures in English)领域中全新的小说:Vikram Seth 的《对等音乐》(*An Equal Music*,1999)

的是还不那么有名的作者加布里尔·夏希波维奇的短篇故事,一个值得但还没有在后现代主义音乐文学媒介间性语境中得到注意的文本。

11.2 贝克特与音乐

根据塞缪尔·贝克特亲属最近的一个评论,"(他)作品中的音乐……对一般读者而言可能并不明显"(W. Beckett,1998,第 181 页)。然而,贝克特和音乐之间有着密切的关系,例如,玛丽·布莱登[Mary Bryden]最近出版的大量文献显示出来的正是这样(参阅 Bryden 编,1998)。有一些密切关系是属于传记性质的:贝克特与一位钢琴家迪梅尼尔[Suzanne Deschevaux-Dumesnil]结婚,1938 年他在巴黎遇到她。与在我们的历史中考察的大多数作者一样,他是著名的音乐爱好者(参阅 Knowlson,1996,第 495—496 页;Grindea,1998;Bryden,1998,第 42 页)。他弹钢琴,不断评论音乐,甚至被认为他曾宣称,对他来说,音乐是"最高的艺术形式",因为"它从来不会被迫使处于明晰状态"(Shainberg,1987,第 116 页,引自 Bryden,1998,第 31 页[①])。

除此之外,许多批评家在贝克特的戏剧和小说作品中都发现了音乐元素[②]。考虑到他的一般美学观念,这就一点也不奇怪了。贝克特的非

[①] 至于贝克特对音乐的理解,让人想起歌德对音乐的理解(见上文第 107 页),亦可参阅《普鲁斯特论》(*Proust*)中的评论,他在文中将音乐颂赞为"所有艺术中最非物质的"(《塞缪尔·贝克特与乔治·迪蒂三对话》[*Proust (and) Three Dialogues: Samuel Beckett and Georges Duthuit*]1931—1949/1965,第 92 页)。

[②] 关于戏剧,参阅 Kesting(《发现与毁坏:艺术的结构性变革过程》,1970,第 284—286 页)与 Knowlson(论《戏剧》[*Play*,1964]作为"以音乐方式结构"[《塞缪尔·贝克特的一生》,1996,第 497 页]);有关小说,参阅 Mary F. Catanzaro(《音乐形式与贝克特的〈不足〉》[*Musical Form and Beckett's Lessness*]1992 与《〈不足〉中的歌曲与即兴演奏》[*Song and Improvisations in Lessess*]1993)对"不足"(Lessness)(1969/1970)的解读,Heath Lees(《"塞壬"与卡农赋格导引》[*The Introduction to "Sirens" and the Fuga per Canonem*]1993)对《瓦特》(*Watt*,1953)的诠释,以及 Bryden 编的《塞缪尔·贝克特与音乐》(1998)中诸多作者们的解读;至于更多有关"贝克特作品可能对照的音乐形式"的书目信息,参阅 Bryden,《贝克特与寂静之声》[*Beckett and the Sound of Silence*]1998,第 38 页(引用同上)。这个领域最新近的研究,我想至少应提及的是 Oppenheim 编,《塞缪尔·贝克特与艺术:音乐、视觉艺术与非印刷媒介》,1999,一本在本研究底稿已经完成后出现的著作。

模仿、形式抽象（避免指涉的"明确性"）的著名倾向，强调声音特别是语言的声音特性（如他自己强调的："我一直在为声音写作"[Bernold 1992，第107页，引自 Bryden，1998，第 32 页]）和他文本明显的自我指涉性，所有这些都在趋向音乐。本文中特别值得注意的是，贝克特在他罕有的自己声音的磁带录音中对《不足》[Lessness]的自我解释(1969/1970)。在这个录音中，贝克特以诵唱的方式背诵其散文"作品"：他用低沉、有力和缓慢的"抒情"声音，清晰地重读出节奏单位，甚至通过敲击桌子表明节之间停顿的时间，最长间隔的敲击达到了 4 次①。

然而音乐不仅仅是在贝克特的作品中被"发现"，如布莱登指出的（参阅 Bryden，1998），在他相当多的作品中音乐都是显著的在场。在一些文本中，音乐以"讲述"的方式出现，即以"公开引用作曲家"(Bryden，1998，第 37 页)的形式，还有许多对音乐和音乐术语的参照，如在《莫菲》[*Murphy*，1938](参阅 Bryden，1998，第 37—38 页)中。其他作品中，如电视剧本《鬼魂三重奏》[*Ghost Trio*](1977) 和《夜与梦》[*Nacht und Träume*](1983)，特殊的音乐结构形成了戏剧结构的组成部分（分别是"贝多芬第五号钢琴三重奏[鬼魂]的广板乐章"(《短篇戏剧集》[*Collected Shorter Plays* 254]与舒伯特的艺术歌曲《夜与梦》，"*Nacht und Träume*"）。如果我们相信贝克特自己的评论，音乐形式也以"展示"的方式出现在他称之为"静止的赋格"(Bernold，1992，第 108 页，引自 Bryden，1998，第 36 页) 电视剧本《游走四方形》[*Quad*]②中。其中音乐直接在场最明显的例子，同时至少是部分音乐化的有趣例子，不是小说，而是戏剧或更是广播剧《语词与音乐》[*Words and Music*](第一次由伦敦 BBC 在 1962 年 11 月 13 日播出，1966 年用法语出版，题目为 *Paroles et Musique*)。这个剧本是少

---

① 那个录音，源于 Martin Esslin 录制一期有关贝克特的 BBC 广播节目，可能是现存唯一的贝克特诵读贝克特作品的录音，首次公开播放是在斯特拉斯堡的贝克特会议上(1996 年 3 月 30 日—4 月 4 日)。参阅 Hiebel，《斯特拉斯堡的贝克特会议与贝克特节》(Die Beckett-Konferenz und das Beckett-Festival in Straßburg，1997)，第 165—166 页。我非常感谢 Hans Hiebel 让我注意到了这个录音。

② 《游走四方形》(Quad)原先是用德语以 *Quadrat I + II* 广播，Süddeutscher Rundfunk 1981 年 5 月 19 日播出。

有的外显与隐蔽媒介间性同时出现的例子。剧本中,音乐与语词作为不同媒介轮流或交替出现,在一些段落中与歌曲的外显媒介间形式结合。音乐,也就是管弦乐队的声音作为独立的声音,对"语词"的语言文本与被称为"低哑声"[Croak]第三组的回应。因为这里音乐声音明显被用作一种好像是由"戏剧人物……"(Knowlson,1996,第496页)说出的语言,结果是音乐的隐蔽媒介间"文学化"或"戏剧化"。此外,这种音乐转化成人物("音乐")是由"语词"说出的文本的双向音乐化弥补,文本是按照许多"主题"组织的,在一些地方显示出对变奏与系列技法音乐形式的结构类比。

尽管如上所述,而且还有贝克特明确的陈述,但批评家贸然在他的文本中判断"音乐化"时依然需谨慎。贝克特显然不相信以整体艺术[*Gesamtkunstwerk*]的方式进行的艺术媒介间"合作":"我不相信艺术间的合作,我想让戏剧处于它本身的位置。"(Labrusse 写道,1990,第676页,引自 Bryden,1998,第33页)即使这里的参照限于戏剧和"瓦格纳风潮"[wagnerisme](同上),在另一个贝克特与格鲁安[John Gruen]做的访谈中,从"给文学另一个形式语境"意义上,他与特定隐蔽媒介间性有一定的距离也是显而易见的:

> 也许,就像作曲家勋伯格与画家康定斯基一样,我已经转向一种抽象语言。然而,与他们不同的是,我努力不使抽象具体化——不给它其实只是另一种形式语境。(Gruen 1970,第108页;引自 Bryden 1998,第41页)[①]

如果将所有这些陈述和指示放在一起看,并用作对贝克特特定文本阐释的间接证据,结果便有点矛盾了。如我们刚刚看到的,与如乔伊斯的

[①] 如刚才引用的排斥"瓦格纳体系"(Wagnérisme),贝克特这里显然流露出媒介"纯粹主义"(purism)倾向,按照 Greenberg(参阅《走向新拉奥孔》[Towards a Newer Laocoon] 1940/1986)的说法,具有现代主义的典型特征。然而,正如贝克特的文学实践暗示的,并且,希望也正如我接下来对《乒》的阐释将揭示的,这些陈述不应只从字面上来理解。

例子相比,对贝克特的例子的跨媒介阅读持一定的慎重态度甚至是更合适的。然而也存在大量的好像是鼓励考察贝克特文本与音乐进一步关系的指示。《乒》[Ping]就是这样一部作品(1966年用法语出版为"Bing",1967年出版贝克特自己的英语译本①)。因为这个文本中存在特别有说服力的证据指向它的音乐特征:非常类似于音乐散文《不足》[Lessness](这证明了《六个残片》[Six Residua]中两个文本联合出版的合理性),并且迄今为止不少于四次被谱为音乐②。

11.3 《乒》——一部音乐化了的小说?

然而,在尝试给贝克特令人费解的语言试验《乒》在后现代主义音乐化小说语境中定位之前,必须意识到几个更进一步的困难。除了我们已经讲过并得出矛盾的间接证据,与本研究历史部分中其他作品的阐释相比,任何这种尝试都必须面对这样一个事实,《乒》中连一个能够明确指向音乐作为跨媒介范例的文本内线索都没有。虽然文中不断提到"声音"[sound]这个词以及与其相反的"无声"[silence](第42页和各处),但《乒》更频繁地提到颜色和视觉现实,并且"声音"和"无声"也不必然指涉音乐。还有与标题同一个音节的"ping"的频繁出现,也许可以读作短音符的拟声表现。然而这也是个可疑的证据,正如洛奇曾指出的,"ping"也可以指"水滴的声音"或者"会客室里的'乒乓'游戏"(Lodge,1971,第180

---

① 《乒》在贝克特的《否定之利刃》(No's Knife)中首次出版。之后出现在《短篇散文集》(Collected Shorter Prose,1946—1966)(1967),最后收录《六个残片》[Six Residua](1978)中。尽管根据Ruby Cohn的说法,比起原版法文《贝克特的新近残片》[Beckett's Recent Residua]1969,第1052页),英语译本中的"音响设计较为松散",因为本文集中在英语文学,我指的就是这个英语版本,如果不是另外说明。

② Bryden编(参阅《塞缪尔·贝克特与音乐》1998,第261—262页)列出了下列曲子:Roger Reynolds,Ping(1968);Clarence Barlow,Textmusic for piano 6(1973);Anthony Gnazzo,Ping(1975);Jean-Yves Bosseur,Bing(1980—81)。对其中三部作品的讨论,参阅致力于此的Bryden编的《塞缪尔·贝克特与音乐》(1998),见Reynolds《烤炉对烤肉的冷漠》[The Indifference of the Broiler to the Broiled]1998),Barlow《无词歌:TXMS与〈乒〉的钢琴演奏》[Songs within Words:The Programme TXMS and the Performance of Ping on the Piano]1998),和Bosseur《〈乒〉:在词语与沉默之间》[Between Word and Silence:Bing]1998)。

页),而且,也可以是写作过程中机械打字机的声音的元小说暗示(参阅 Lodge,1971,第 178 页)①。总之,在这每一个例子中,音乐的含义都不是明显的。与我在理论部分(见 5 章第 1 节)的设想一样,如果要求作为音乐化文本来阅读,就要在"讲述"的方式中有某种更合适的文本内证据,因此《乒》是音乐化文本的观点像是成问题的。

不过,我加到这章题目"'乒'作为一部音乐化小说?"上的问号,不是像第 5 章第 2 节题目"斯特恩的《项狄传》——一部'音乐化小说'?"后的问号一样,表达一种根本的怀疑。即使没有直接指向音乐象征的背景,因此我们只将《乒》看作纯粹媒介间性的边界例子,但如我们将看到的,这个文本确实远比《项狄传》更要求音乐的阅读。

按第 5 章第 1 节中阐明的,《乒》的音乐特征的一般指示可能是文本明显偏离传统或典型的讲故事特征。如果说这个征状也在《项迪传》中出现,那是由于这个小说是试验元小说的反小说,然而《项狄传》依然保留了典型的叙事特征。而在《乒》中,偏离得如此极端,后现代主义体裁(甚至语言的极限)极限的试验是如此彻底,以至于出现了关于这个文本中是否还存在任何故事讲述(元素)的问题。

在《乒》中,一系列重要的修正和删除(参阅 Cohn,1969)的结果,是贝克特简化和压缩的总体倾向达到了非常严重的地步。这可以从外在维度几乎只有三页半的文本上看到,而且也可以在通常的叙事"世界"构成缩到了极少,有些方面甚至缩减为零上看到。就现场的布景而言,仅仅由带天花板的正方形庭院,像棺材一样的长方体,和"一两码长"的墙(第 41 页)组成。这是在无限的现场空间中最少的空间布景,并且只有很少的一些特点:封闭的、白色的和较为暖和。至于时间背景,在历史外部的确定性上也是模糊的,关于内部的关系几乎同样含混:尽管有一些时间术语如"一秒"和"简短的"(第 41 页),并且尽管无处不在的音节"乒"暗示的"标点",时间好像几乎停顿了。所有这些因素不过是传统时间指示因素的记

---

① 对 Susan D. Brienza(《塞缪尔·贝克特的新世界:元小说风格》[*Samuel Beckett's New Worlds. Style in Metafiction*]1987,第 161 页)来说,"Ping"甚至"暗示了突然闪现的回忆"。

忆,但在现实中已经失去它们相应的功能。显然对这个文本来说,文本内时间的进程已经没有意义。

同样的简化主义在人物和行动层面上也可以看到:只有一个无名人物在虚构世界中明确在场。她/他[S/he]是不限年龄和性别的,可以说,他/她唯一明显的特征是他/她拘禁在长方体中,他/她赤裸裸的,他/她的"双腿像缝起来一样紧紧粘在一起"(第 41 页),他/她的嘴巴紧闭,她/他正在受难("白色疤痕几乎看不到白得像旧伤口刚刚被撕开"[第 43 页])。也许还有第二个人,如重复的短语暗示的"也许不是孤单一人"(第 43 页和各处),但这依然只是臆测。

内容或故事层面一般和典型的贝克特式的贬抑,在布景和人物方面都比较明显,而在行动方面更是极端的:《乓》中什么也没有真正发生。人物待在长方体中,也许记得还有另一个人(但这也远不够清楚),偶尔转动下他/她的眼睛。静默与含糊不清的低语轮流着(?),以及提到"也许摆脱那里"(第 42 页和各处)。然而,这个"摆脱"也仅仅是残留的指涉:即指涉可能目的论的情节组织。这是停留在纯粹虚拟化状态的可能性,因为人物没有做出任何真正使他/她自己自由,跨越不自在的里面和外面(如果首先存在一个这样的外面)边界的努力。因此,文本最后是洛特曼意义上的"平静无事的"完美小说例子(参阅 Lotman,1970/1973)。

所有这些都在突出的事实是《乓》的叙事性确实是成问题的。在这个文本中,我们只有一个虚拟的残留行动,甚至叙述者的存在都是可疑的。我们好像在目睹无名代理人观察长方体中的他/她这个人物时的混乱的"意识流"。这个代理人有一双摄像机一样的眼睛,以毫无感情的方式记录一个没有希望的境况。文本在结构上显示出与戏剧性独白或者说更是散文诗的密切联系。然而也许由于《乓》不是以诗的方式印刷,通常被放在"小说"题目下(如在马尔科姆·布雷德伯里[Malcolm Bradbury]编的《企鹅丛书:现代英国短篇小说》[*The Penguin Book of Modern British Short Stories*]中)。由于没有更恰当的术语,这里我也采用这种做法,但应注意的是无论如何,《乓》不仅是关于媒介间性而且也是关于文学体裁的边界例子。

同时《乒》也偏离了典型的故事讲述,选择了一种与"故事"层面极端简化有关而具有的典型音乐特征:缺少那种我们在叙事中预期的指涉性。事实上,《乒》中的指涉"意义"缩减到"也许有个意义"的虚拟性程度——如自反短语一再含蓄暗示的(如第 42 页)。这种后现代主义意义的解构,被一些明显的话语方式证实:几乎没有确定的东西,整个文本没有一个限定动词,也没有人称代词(参阅 Brienza,1987,第 160 页)。结果文本就像是听音乐时的回想:没有外部现实中的指涉点,也没有任何时间深度,只是连续在场的印象。

另一个特征加强了这种连续流动的印象,因此可以说《乒》显示出与音乐的密切联系。除了完全的停顿(结束),小说没有外部的分割:没有逗号、分号、冒号、段落。在话语层面,这种没有分割与故事层面上的缺乏逻辑和指涉结构相关。与在音乐结构中一样,《乒》不是按照故事进展的叙事逻辑建构的,甚至都不顾英语语法①和语汇②,但遵循了其他的两个主要音乐原则:第一是强调语言的音响维度。替代所指叙事内容的是,文本实际上更是探索能指的声音性质,所暗示的音响维度令人想起乔伊斯在"塞壬"开头设计的"文字音乐"。第一行突出的头韵"[ɔː]","[w]","[b]"和"[l]""[s]"以及这里典型的节奏结构:

All **K**nown **a**ll **wh**ite **b**are **wh**ite **b**ody fixed one yard **l**egs joined **l**ike **s**ewn. **L**ight

heat **wh**ite floor one **s**quare yard never **s**een. **Wh**ite **w**alls **o**ne yard by two **wh**ite

ceiling **o**ne **s**quare yard never **s**een. (第 41 页,强调为引者后加)

---

① 在处理基本语法时特别地可以看到非逻辑与非语法特点,因为具体标点符号的缺席只是外在的标志,但这样出现了大量的歧义。"Traces blurs light grey almost white on white"(41),例如,可以读作"Traces/blurs /light/grey/almost white on white"或"Traces/blurs/light grey/almost white on white"。

② 参阅"Head haught"(41)中的新词"haught"。

这个开始的段落也包含了一系列行间韵("**light** heat **white** floor"①)的第一个。而且,它是文本总体上占优势的单音节字的典范。因此,未被强调的音节变得不寻常地稀少,这样,如果大声朗读文本,就大大降低了阅读的速度。与模糊的语法和句法关系一起,这样几乎导致从意义到听得见的"催眠的音乐流"(Cohn,1969,第1052页)的转变,其缓慢对应于内容层面上难以忍受的、几乎觉察不到时间流逝的慢。所有这些都使得《乒》有了种诵唱[*Sprechgesang*]的效果,一种至少和"不足"[*Lessness*]中一样生动的效果。我们当然应该像贝克特朗诵"不足"那样来诵读《乒》。

与这种像音乐般的声音强调相伴的是《乒》中的第二种音乐性质,后者可能是它最突出的特点,同时也是文本的不寻常与晦涩最主要的原因。《乒》的组织中出现了最大量的自我指涉关系,而这造成了交叉指涉、相似性和对立的非常密集的网。部分的自我指涉是因为文本几乎仅仅由少量的语义重复出现或"同位素"组成,最重要的是下面这些:

身体和身体部分:"腿"、"手"、"手掌"、"脚"、"脚后跟"、"眼睛",等等;
现场布景元素:"地板"、"墙壁"、"天花板"、"平面"等等;
时间术语:"秒"、"时间";
音响术语:"低语"、"静默";
颜色:"白色"、"灰色"、"蓝色"、"黑色";
语言术语:"痕迹"、"符号"、"模糊"、"意义";
表示量的术语:"所有"、"总是"、"一"、"刚刚才"、"简短";
尺寸:"一个庭院"、"一两码"、"一秒"、"直角";
表示否定性或不确定的术语:"从不"、"不"、"不是"、"不-"、"非-"、

---

① 另外的例子是:"Traces blurs **light** grey almost **white**"; "**light** heat **white** planes", "given blue **light** blue almost **white**"(41,强调为引者后加);应注意的是法文原版在这方面更为丰富,就像第一行已经显示出来的:"Tout **su** tout blanc corps **nu** blanc un mètre jambes collées comme cous ues. Lumière chaleur sol blanc un mètre carré jamais **vu**."(《残片》[*Rasidua. Prosadichtungen in drei Sprachen*],109,强调为引者后加)

"也许"。

细查之下可以发现这些同位素内和之间还有进一步的联系:或多或少有系统的对照,如"静默"与"低语";"总是"与"从不";"未结束的"与"结束的";"黑"与"白";"没有意义"与"也许有意义"。由于相似和/或对照的术语重复的出现构成了整个文本的外表,语义层面上的《乒》成了自足的和简约的所指世界。简约得如故事层面上唤起的幽闭恐怖症的世界一样。而且,因为它们通常指向同一个虚构"现实",这些对照致力于《乒》暗含的一般贝克特式原则:元素建构继之以对它们的解构,最后导致任何稳定意义的"解构"。

然而,创造了最生动的准音乐结构效果的自我指涉技术,不是在所指层面上而是在能指层面进行的,或更准确地说,可以在根据序列变形原则的话语组织中看到。这种组织一开始就对《乒》产生了影响。一部分开头的短语,如上文引用的("white bare white body fixed"),由四个词组成(其中第一个词出现了两次)。与其他词一起或离散或结合,这些词贯穿了整个文本。在我们读到的开始的系列 1—2—1—3—4 之后,第一页上(41),下面的(再)结合在一起:2—1—3—4,然后又是开始的系列 1—2—1—3—4,接下来再一次 2—1—3—4(四次)。下一页中主要的结合是 2—1—3—4 重现,在系列瓦解成单独的词("white"这个措辞出现得特别经常,在第一页中以各种各样的结合形式出现了不止 30 次,而且依然在最后一页中出现,但只有一行)之前,第 43 页接着的是它的碎片(2—1 和 1—4)。其他系列包括"Traces blurs signs no meaning","Legs joined like sewn"或"light heat"(所有的都在第 41 页开始)短语。

在一定程度上,这里使用的技术可以看作是对一种历史作曲技法的结构类比:特定的十二音体系的变形原则。可能有人会想起有影响的作曲家韦伯恩[Anton v. Webern][1],以及他的由一系列可互换的音符组成的"乐音域"及所预示的序列技法。也许还有不那么有名的作曲家

---

[1] 根据 James Knowlson 所说,贝克特大体上熟悉十二音音乐,特别是韦伯恩(Webern)的音乐(参阅 James Knowlson,《塞缪尔·贝克特的一生》,1996,第 496 页)。

豪尔[Joseph Matthias Hauer,1883—1959]和他的十二音体系的变体,这种变体即在"特罗普"[trops]中,由于这些序列技法中的元素序列可以变化(参阅 Vogt,1972/1982,第 112—113 页)①,六个音或和弦的无调性组重复出现。就像在这种音乐中(除了六种元素一个单位的原则不适用于《乓》)一样,贝克特文本的进展至少部分倾向于像序列技法那样(也经常独自出现)有限元素的变形和重组。无论如何结果是贝克特简约主义的引人注目的实现:按照巴罗(Clarence Barlow,1998,第 238 页)的说法,《乓》是"一部只依靠 123 个词汇(每 13 个词汇 238 词)962 个单词的文本"②。《乓》中这种几乎是对无限语言词汇源的故意限制,是人们对文学作品可以想象的最惊人的偏离。同时还有这样一种现象:作品中只有很少的单词只出现一次。正因为这样,文本超过文学而指向音乐,特别是指向作曲家通常使用的有限的音符库。和在音乐作曲中一样,同样的因素一再出现,"white"这个词甚至出现了不止 90 次(如果它是文本中的第一个和最后一个字,有人会认为"白色"是与主音相关联的,但是根据文本的"无调"的离心效果,这不符合实际)。所有这些都加强了《乓》的一个重要特征:将重复推向了极致。它将文本的指涉意义撤空到以前的文学史中很难达到的程度,使它不只在一个方面具有了像音乐一样的性质。同时过量的重复是使接受者意识到这个"结构"下面变形与变奏形式原则的一种方式,并将他们从内容中拽出来。这种效果类似于频繁的头韵激发出来的:不像是由要表现的外在现实的出现决定,而像是文本的"可听见"是由话语材料本身产生,当然这种生发形式与在法国新小说[mouveau roman]中同样的大量不太简略的形式中可以看到。因此系列变形原则决定了《乓》好像不只指向音乐的而且也指向文学文本。然而,考虑到其他准音乐特征,特别是强调语言能指的声音方面,与音乐的密切关系是最主要的。

---

① 另一种是,有人提出的与赋格的类比(参阅 Brienza,《塞缪尔·贝克特的新世界:元小说风格》,1987,第 172 页),但是在《乓》这个例子中,特别是关于复调问题不易解决,在我看来几乎没有可能性。

② 奇怪的是,Cohn(参阅《贝克特的新近残片》1969,第 1053 页)算的是 1130 个字。

11.4 《乒》可能音乐化的功能层面

如果认可上文描述的《乒》与音乐紧密联系的文本特征，与在这个研究中讨论过的其他音乐化小说例子中一样，如果把这种密切归之于功能上的某种关联，问题就出现了。《乒》的音乐阅读可以得到什么？

由于小说试验的游戏性，文学语言的高度去指涉化、强调形式，进而对美学一致的强调远远超过讲故事传统的非模仿，《乒》像是相当"古怪"的、不能比较的独一无二的文本。然而，将它与音乐联系，让我们可以把它放在音乐化试验传统的其他文本背景中。这样，贝克特看来像"只是"有点激进的倾向，这种倾向在这个传统中其他地方也可以看到，例如，在"塞壬"的开头。从这个观点来看，并且在一个更广义的解释层面上，对音乐的参照能够找到《乒》的激进试验和后现代主义特征的共同特性。当然，尽管音乐的方法不能阐明这个晦涩文本的所有方面，至少可以妥善处理一些非叙事甚至非文学的方面，从而揭示出博瑟尔所谓的它的"固有的音乐性"(Jean-Yves Bosseur, 1998, 第 241 页)。无论如何，将音乐作为《乒》的背景考虑，打开了从集中在文本意义的理性问题转向文本感觉性质①的可能性，而前者多半是个死胡同(参阅 Lodge, 1971, Brienza, 1987)。事实上，在本研究讨论的所有文本中，《乒》是最需要大声朗读的一个。这样一来，相当大的语义困难并不会消失，但是接受者在某种程度上被他或她所体验的咒语般的声音转移了这种困难。如果不集中在另一个功能上的可能性，至少这是可能的。这另一种功能与偏离（如果说不是破坏）传统叙事语言而偏爱音乐有关：集中在将这种偏离读作"崇拜贝克特式的"隐蔽元语言或元美学阐释，即"语言无法表达的"(Catanzaro, 1993, 第 214

---

① 早在《但丁……布鲁诺·维柯……乔伊斯》(Dante...Bruno. Vice...Joyce)中，贝克特便显出对语言感觉方面的敏感，即在他对乔伊斯的《进行中的作品》(*Work in Progress*)（就是后来的《芬尼根守灵夜》）使用的"去复杂化"(desophisticated)语言的理解中，对贝克特而言，作品的"美""对可听性的依赖与可视性一样多"(Beckett,《但丁……布鲁诺·维柯……乔伊斯》,1929/1972, 第 15 页)。

页)。无论如何,文学语言的音乐化非常适于贝克特总体的简约主义与撤空语言指涉意义的倾向。

当然,那种能够最好地阐释《乒》的音乐与(前)浪漫派作为特殊情感和表现媒介的音乐不同,也不是作为表示动态变化的媒介的音乐。如果说音乐或音乐的一个方面,与贝克特明显的形式支配内容的文本可以合理地相关联,那便是作为"纯粹形式"意义上的音乐。事实上,在《乒》音乐性质所有可能的功能中,支持非模仿、自我指涉形式主义①的功能可能是最重要的。在历史层面上也是如此,因为这个功能有助于贝克特以及一般意义上后现代主义文学共同的美学倾向。

虽然后现代主义中形式主义与非模仿倾向特别强烈,在本研究的其他文本讨论中也可以看到音乐化与强调形式的关系。但很多情况下音乐化也与进一步的功能相联系:将音乐作为有意义的形式和秩序的象征。不过《乒》的准音乐形式没有包含毕达哥拉斯的和谐与秩序②的意义,也不是作为对美的救赎。如洛奇便认为(参阅 David Lodge,1971,第173页)《乒》中如此显著的重复手段不是用来加强意义,像通常在文学中那样;也没有产生任何真正的秩序意义。为了说明这个奇怪的结果,洛奇提到了重复的过度使用,但此处应该还有更多的意味。我们已经看到《乒》中确实出现了一些模式,并且《乒》也是在这个意义上与其他文本一样显示出对音乐的结构类比。然而,贝克特建立这些模式像只是为了再次摧毁它们。文中的模式恰好只是足够使读者能够期待一种秩序和形式意义。但是往下读,便会发现这是错觉:恰恰不存在允许我们整合的不变的秩序原则,例如,将"白色"或"乒"的单词重复整合进整体结构当中,更别提预示它们的出现。在序列重组与在单独的词中出现(如最显著的"ping"音节)的突出的偶然性排除了这种可能。因此《乒》像是成了文本

---

① 再一次地,可以与"但丁……布鲁诺·维柯……乔伊斯"这一段相比,贝克特在此显示出对这种美学的偏爱,按照贝克特的说法,他在乔伊斯的《进行中的作品》中看到的是"形式""是内容,内容是形式"与"写作不是关于某事,而正是某事本身"(1929/1972,第14页)。

② 上文提出的贝克特的文本与豪尔(Hauer)的十二音之间的类比显然不能延伸到这一点上,虽然豪尔认同这一层意义。

和声音机器，不仅解构指涉意义而且将解构动力扩展到结构意义层面。由于这种偶然性，《乓》中隐含的像音乐一样的形式主义，不是提供一种秩序，而是以否定的方式起作用：不仅作为非模仿替代小说过时的指涉与叙事组织，而且作为贝克特在生产文本中达到他的目的之一的积极方式。1949年在他与迪蒂[Georges Duthuit]的对话中曾经用了一个现在很有名的表述："没有东西……以及责任去表达的表达。"（Beckett，1931—1949/1965，第103页）对应于这个"表达的责任"的是部分（准音乐的）形式与残余内容的建构，而对这种建构的削弱和破坏，与"没有什么可表达"相关，从而阐明了特别地影响了贝克特的战后写作以及这些写作与后现代主义密切相关的彻底解构的否定性思想。

既然对贝克特而言没什么好说的，已经说过的便不得不以无数的组合与变化一遍遍重复，不管有没有意义。对语言的这种处理方法不仅创造而且摧毁了意义和秩序，因此在这个过程中出现了一种"白色"噪音。结果是像《乓》这样的文本，使人想到没有激情的、以形式为导向的和也许是十二音体系的（但没有清楚的多声部）无调性音乐。由调性的解体而来的十二音体系的不和谐特征，确实可以与《乓》有合适的关联，因为《乓》激进的意义去中心化引起小说的"荒诞"、"不和谐"的语言或只是声音游戏的效果。甚至可以说十二个音的绝对平等产生的和谐的"熵"，与熵或对贝克特的文本特别是《乓》有很大影响的意义的否定性之间有一个类比，并且这种熵、这个意义的不可能性，是《乓》作为特别引人注目的否定性寓言的真正主题。在"没有什么可表达"的意义上，也即不同"事情"和稳定意义缺席的情况下，"没有-事情"[no-thing]是美学"表现"唯一剩余的对象。这就是为什么在《乓》的一开始"一切都是已知的"，为什么《乓》中什么也没发生，也许也是为什么"白色"是最经常出现的词①：一种当所有波长的光融合在一起出现的颜色，因此差异不再了。一旦无意义变奏，或可能的意义彼此抵消并且在研究者中造成了相当大的混乱②，便足够呈现

---

① 《乓》中描述的熵状态的另一个征状可能是充满长方体的热。
② 关于各种尝试解决《乓》中的"谜"的讨论，是一个对文本音乐性质只一笔带过的讨论，参阅Brienza，《塞缪尔·贝克特的新世界：元小说风格》，1987。

所有话语的熵的无意义思想,此时这种"否定性音乐"就可以(但不需要)在最后的"乒静寂乒结束了"(第44页)上结束。虽然,由于文本结构的偶然因素,这个结尾显得随意(原则上,文本能够无尽地发展下去①),但文本达到了这样一个状态,即贝克特的很多文本不仅过分地主题化,而且目的在于作为否定的某种弥补:沉默。

总之,关于《乒》是否能够读作音乐化小说这个问题的答案,严格来说,在某种程度上依然是矛盾的。一方面,如我们看到的,《乒》包含了(甚至在很高的程度上)所有潜在音乐模仿的主要指示,和在第5章第1节中讨论的一样:突出语言的音响维度;不寻常、高度自我指涉模式和重复出现;明显偏离了典型的有意义、合理和一致的故事叙事。另一方面,我们可能依然会犹豫是否将音乐-文学媒介间性概念应用于《乒》中,不仅因为在"讲述"模式中没有明白的文本证据,而且因为一些文本的"奇特之处"通过《乒》与诗的关联也能够得到说明。

然而,由于有说服力的指向音乐的间接证据,在"展示"的模式中存在对音乐的强烈文本内类比,可以看到是音乐而非诗歌与《乒》的主要特征具有共性,因此说这个文本至少是个音乐化小说的边缘例子是没有什么问题的。这里的"音乐化"也许比在其他例子中更多的是个批评性隐喻,贝克特也许从来都不想真的写一部音乐化的散文。然而,激进地实行他的美学和否定性的世界观在叙事小说中产生的结果,是不仅接近了邻近的体裁诗歌,而且在相当程度上接近了文学的"姊妹艺术"音乐,因此完全可以将《乒》称为"用法语或英语写成的最引人注目的旋律之一"(Cohn, 1969,第1053页)。即使由于方法的原因,《乒》可能不是不成问题的音乐化例子,但如果将这个文本放在音乐-文学媒介间性(后现代主义)的试验语境中来看,则是合理的。无论如何,如果以应有的谨慎处理,如有人说过的(Murphy,1990,第109页),"《乒》与音乐之间的比较"当然不是"误导",而是强调了文本的构成和功能的重要方面。

---

① Cohn宣称《乒》的结论中"用恳求的眼光来看待他者的可能性"是个高潮结局(《贝克特的新近残片》,1969,第1054页),他尝试以此来降低这种任意性。然而"dim eye[...] imploring"(43)这个词组第一次并没有在贝克特文本的最后一句中出现。

12 后现代主义小说的音乐化 II：伯吉斯的《拿破仑交响曲》

12.1 《拿破仑交响曲》：上下文、文本证据与音乐化的主题化

与贝克特的《乒》相比，伯吉斯的《拿破仑交响曲》是音乐化小说无可争辩的例子，批评家们也一致这么认为。虽然小说没有像乔伊斯的"塞壬"或赫胥黎的《点对点》那样引发了那么多的批评，但已经吸引了足够的注意①，使读者不由得怀疑为何还要对这部小说进行再一次的"音乐阐释"。也许由于普遍的对音乐-文学试验（因为《拿破仑交响曲》在这方面特别丰富）的技术细节感兴趣，对我们的历史途径至关重要的功能层面像是被忽略了。在我们的历史中已一再地遇到这种情况，对于《拿破仑交响曲》也是这样的，也许除了一个例外，即艾娜·沙贝特（参阅 Ina Schabert,1990）的研究。但她不是集中在跨媒介方面而是将重点放在《拿破仑交响曲》作为（后现代主义）虚构传记的样本上。因此，与不少其

---

① 参阅 Beyer,《安东尼·伯吉斯:〈拿破仑交响曲〉》(Anthony Burgess. *Napoleon Symphony*,1977);Mowat,《乔伊斯的同代人:安东尼·伯吉斯的〈拿破仑交响曲〉》(Joyce's Contemporary: A Study of Anthony Burgess' *Napoleon Symphony*, 1978); McNeil,《安东尼·伯吉斯:喜剧小说作曲家》(Anthony Burgess: Composer of Comic Fiction,1983a)和《小说的音乐化:"音乐爱好者伯吉斯"的〈拿破仑交响曲〉》(The Musicalization of Fiction: The "Virtuosity of Burgess" *Napoleon Symphony*, 1983b);Schabert,《找寻另一个人:虚构作品作为传记》(In Quest of the Other Person: Fiction as Biography,1990),第 183—202 页。

他"音乐的"文本一样,在这个功能层面必须恢复一定的平衡。除此之外,伯吉斯在音乐化小说历史语境中通常值得被注意的是:不仅因为他对乔伊斯①的赞赏和感激,使他成为沟通了现代主义与后现代主义的承上启下的人物;而且因为他的批评兴趣在于原生-后现代主义者乔伊斯晚期作品《芬尼根守灵夜》②与总体上③的当代文化和文学,这使他对音乐文学试验史的小说有可能揭示小说音乐化的一些后现代主义特别方面。《拿破仑交响曲》在我们的语境中值得讨论,最重要的是因为它在很多方面都是部无与伦比的小说:如我们将详细展示的,《拿破仑交响曲》中最大量的证据使其成了音乐化意图影响小说最清晰的案例;小说在相当广的范围内以及在所有相关层面上(从文字音乐到结构和内容的类比)密集地使用了音乐化技术。最后且依然很重要的是,就我所知,这是音乐化历史上第一部整篇以文述乐小说。就这点而论,如大卫·麦妮尔正确指出的那样(David McNeil,1983b,第 101 页):"在具有将音乐范例作为叙事形式基础特征的那一类小说中,这是迄今为止最大胆的。"如果说之前以文述乐还局限于孤立的段落,例如在《点对点》中,那么伯吉斯这里做了这样的试验:依循著名的音乐作品——贝多芬的第三交响曲[*Eroica*]来组织整部小说。

很显然,如果我们考虑到小说中包含了第五章中详述的所有可能的证据形式,除了外显多媒介性或媒介间性,那么从音乐-文学媒介间性的角度处理《拿破仑交响曲》是非常合理的。事实上,这个小说甚至可以用作那一章中阐释的证据类型学的范例。

就间接的上下文证据而言,《拿破仑交响曲》的作者是我们的历史上第一次碰到的真正的音乐文学双重天才[*Doppelbegabung*]。与经常提到的一样,伯吉斯不只是著名的小说作者,同时也是作曲家(参阅 Beyer,

---

① 参阅他对乔伊斯的批评性介绍:《众生都来》(*Here Comes Everybody*,1965),关于伯吉斯对乔伊斯特别是对"塞壬"的感激,参阅伯吉斯《这个人与音乐》(1982)中的"重温乔伊斯",以及下文将论及的《拿破仑交响曲》后记"致读者"。

② 参阅他的《简本芬尼根守灵夜》(*A Shorter Finnegans Wake*,1966)。

③ 参见他的《当代小说》(*The Novel Now*,1967)。

1977,第 313 页；Burgess,1982,特别是第一章中的"音乐传记"；McNeil,1983a,第 91 页；1983b,第 101—102 页)。

除了这个传记因素,还有进一步的上下文证据,这些证据远不只是表明伯吉斯在他的文学写作中专业地处理音乐的纯粹可能性,同时也是他为小说领域的音乐赋予了真正的重要性。他大量地评论乔伊斯在"塞壬"中的音乐化试验(参阅 Burgess,1982 第 8 章,以及 McNeil,1983a,第 91 页),并且早在 1962 年的 BBC 广播节目中就勾勒出一种美学,这种美学读起来像是菲利普·寇勒斯小说音乐化计划的重写。他说

> [……]小说家可以从音乐形式中获益良多:用奏鸣曲式、回旋曲式和赋格曲式来写小说是完全可行的。音乐中的氛围、速度对比也有诸多可学之处:小说家可以有他的慢板乐章和谐谑曲。他也可以从音乐中学会如何转调,如何再现;何时该是其主题的正式呈现,何时该是自由的幻想曲。(Burgess,1962,第 761—762 页)

这里伯吉斯表达的,也可以读作他自己小说中相当大部分的计划。值得强调的是,对他和赫胥黎的菲利普·寇勒斯来说,音乐能够实现主要的形式功能。

由于他的另一些小说也被从音乐化小说层面作出阐释,因此在他对《拿破仑交响曲》进行音乐化的努力中,也还存在更多的间接证据。包括《马来亚三部曲》[*The Malayan Trilogy*,1956—1959/1972](参阅 McNeil,1983a),《蓄意的颤栗》[*Tremor of Intent*,1966](参阅 Bly,1981)和《世界末日讯息》(*The End of the World News*,1982)(参阅 Nünning,1995:Ⅱ,第 369—370 页;虚构的"前言"甚至包括了明晰的"小说的音乐化"[vii]参照,这可以在小说的三个"对位"情节结构中看到)。在伯吉斯的音乐化试验中,也可以算上《莫扎特与狼帮》[*Mozart and the Wolfgang*,1991]的"K.550(1788)"部分,他在小说中尝试用以文述乐的方式

描绘莫扎特的 G 小调交响曲 K.550。

比这些间接证据更确定的,是伯吉斯在他的文章《降 E 调波拿巴》[Bonaparte in E Flat]中对《拿破仑交响曲》音乐化的直接评论,文章以"这本书是一部交响曲"(Burgess,1982,第 181 页①)的陈述结束。除此之外,还有一些文本证据的例子。至于类文本证据,最明显的一个当然是题目,其中已经包含了对贝多芬的准互文参照,但更有趣的是小说的附录"致读者信"。在这个类文本中,伯吉斯暗示了围绕着拿破仑历史形象建构的(准-)互文和文化层、小说的滑稽性质和一些他的音乐化文学领域的前辈:乔伊斯、赫胥黎和 T.S. 艾略特(《四个四重奏》)。然而对我们来说最有趣的,是他还以明白无误的方式陈述他的音乐化意图:

> 我在音乐中成长,依然在谱写
> 糟糕的曲子,但自从我选择
> 小说家的职业,一个疯狂的想法
> 挥之不去,我在这里完成了
> 抑或是尝试——就是:在某种程度上赋予
> 语言叙事以交响乐形貌,
> 强加于生活,即使神经在尖叫与抵抗,
> 交响作曲家的抽象模式。
> ……
> ……于是,这部小说,是:
> 拿破仑的生涯,未经梳理,编织到
> 从贝多芬借用的模式中。
>
> (第 348—349 页)

小说文本内的一些段落中也显露出音乐化意图,在这些地方音乐是主题化了的。而在小说几处提及乐器和音乐(大多是一般性质的,因而不

---

① 下文我将返回伯吉斯的一些自我诠释。

是直接自我投射)中,最重要的是第二章中的一段,拿破仑在这里含蓄地提到将贝多芬第三交响曲的"葬礼进行曲"作为这一章的跨媒介范例,回想"[他]梦中的葬礼进行曲[……]庄严的主题[……]"(第130页),另外的两个段落出现在小说的最后部分。这里读者可以看到圣海伦娜的囚犯拿破仑,邂逅了一位无名女士,和她谈他的人生(按照伯吉斯的思路,在这个场景中我们"死后和拿破仑一起"[join N after death][Burgess,1982,第190页],即使文本本身也给我们这样的印象,我们追随着拿破仑正在消逝的思维:他在试图总结自己的一生)。在对话中,出现了音乐作为"英雄精神"(第331页)的体现的话题,正当拿破仑要发表通常针对音乐的批评时,即它"缺乏精确的内容",女士打断了他:

> "您在那里做得不好",她微笑,带着一丝年轻女人的恶意。"这一切都是为了您安排的,您知道,他撕毁了献辞。您知道我指的是谁,我想。"(第332页)

在这种对贝多芬的《英雄》[Eroica]作为《拿破仑交响曲》全书的前文本的不加掩饰的参照之后,拿破仑对他变化不定的生活的回顾性沉思,在小说的跨媒介特征方面变得更有自我投射性:

> 毕竟,没有,未曾有,一连串能看到的动作,并非徒劳,去表达一些伟大和谐的三联画或者(为什么不是呢?)甚至四联画的铿锵面板,为了它们的广义的(虽然不常如此)和声与对位的(虽然他对赋格曲、赋格的暗示不寒而栗,直到他看到它可能不太会被解释为逃离,而是作为一种结构的与多重的自由,不及物的或是其他的事物)表达。(第333页)

表面上,这读起来可能像是个纯粹的幻想,但仍然是对贝多芬(文体上也存在戏仿元素,下文我将会回到这个话题,见第213页)的历史参照。然而,在联觉术语"铿锵画板"[sonorous panels]与"和谐的三联画或……四联画"中暗示的不仅是与绘画的,而且是与音乐的跨媒介比较。同时还有这样一个事实:读者即将读完的是一部由四部分组成、集中在拿破仑"连续活动"的小说,这部小说指向他人生"音乐"的另一种置换,即置换成正在阅读的小说。

总而言之,就《拿破仑交响曲》来说,上下文证据和文本内主题化层面上的音乐化暗示都特别强烈。但即使如此,如果在模仿音乐层面上,即小说本身的准音乐内容层面上存在对应的证据,那么这些暗示也只是有助于跨媒介阅读。现在便来探讨这种准音乐内容的存在和形式,特别是其"交响乐形貌"。

12.2 《拿破仑交响曲》中(第二"乐章")模仿音乐的技术: 赋予语言叙述以交响乐的形貌

《拿破仑交响曲》和许多(后)现代主义试验小说一样,是个"难懂的"、"晦涩的"文本(这也许可以看作是第一个可能模仿音乐的文本症候)。小说原本应是按照大致时间顺序记叙的拿破仑历史传记,包括从1796年的意大利战役到1821年在圣海伦娜的死。然而小说宏观层面给人的第一印象是"表面上随意的情节、感觉和表达顺序"(Mowat,1978,第186页)。文本分成许多事实上像是彼此完全没有关系的情节(一种《点对点》的话语已经产生的效果,但是在《拿破仑交响曲》中,由于能够架起无数意义间鸿沟并创造出一致性的显在叙述者大多数情况下都是缺席的,这种效果得到了加强)。而且这些情节在强调某种氛围时像是动机不明,有时像是集中在不相关的细节上,历史上关于拿破仑生涯的重要事实却不涉及,如1813年的莱比锡会战或下一年的联军进入巴黎(当然,将从1813年到1815年的包括百日统治和滑铁卢败战的决定性事件,挤压进只有32页的最短的一章,这与占了72页的拿破仑在圣海伦娜的生活相比,在拿破仑传记中像是不成比例的)。另外引人注意的是拿破仑公私生活方面的重复并置(特别在第一章中)、第四章中离合诗的重复出现、看上去与叙述内容不协调的小说奇特的欢快结尾、英雄的死,最后也很重要的是,充塞文本的无数或多或少突出的回声与重复。例如,第一章以"共和四年芽月"(第15页)这个短语,以及拿破仑深情地想念约瑟芬的内心独白开始,这一构象在那一章第三部分的开头重现,"共和七年芽月……"(第78页)。第三章第一部分与第三部分的开始之间出现了类似的重复(对比"从营地到营地到营地到营地……'离那些该死的火把远一点……'"[241]与"从夏纳……到格拉斯到塞拉农到迪涅……'去死吧我的朋友……'"[261]),最明显的重复可以在第二章中看到。它的第一部分是:

  他躺在那里
  流血的暴君
  哦 血淋淋 血淋淋的暴君
  看吧
  在他深红色的皮肤之下
  涌动着
  怎样的罪恶
  从头到脚(127)

这种奇特的诗句(或至少它的第一部分)在第130、142、155和236页中逐字重复,它的变体(即不同的措辞遵循同样的节奏)出现在第142、146、155、170—171(只是部分)、172和175(也只是部分)、193、198和203页(两次也都是作为部分回应)和236页。

  文本的微观层面也有诸多明显的异常特征。例如,小说中特别多的抒情段落,这些段落大部分看起来好像既不是事件也不是任何人物的思想激发起来的。在叙事小说的上下文中频繁地出现以声音为导向的语言——诗句,这本身已经是在突出能指层面(与音乐化试验通常表现出来的一样)了。在个别段落中更是如此,其中词语几乎完全撤空了指涉意义而成了纯粹的声音。例如,下面是从上文引用的第二章中"诗"的(部分)重述:

铛嘀 铛

嘀 铛 嘀 铛滴

铛

铛

铛 迪得铛 迪得铛

铛

铛(193)①

微观层面上试验手段进一步的例子,包括看上去奇怪的毫无意义的字母堆叠("N","Ng","Ngi","Ngis","Ngise","Ngiser",[169—170]),这成了第二章中拿破仑满脑的一个念头——"Resign"(第 170 页)的镜像;还包括第 288 页中印刷上的异常安排;最明显的是一些暗示了事件或叙事同时性的段落。同时性的第一种描绘的是,拿破仑刚得知妻子约瑟芬的不贞,闭门埋首于自己的书房(他的想法通过大写字母表现出来),他的妻子(一般的字体)和孩子们(斜体字)恳求他的宽恕,从门的另一边寻求和解:

O GOD TO THINK THAT ONE TO WHOM I ENTRUSTED MY VERY INNERMOST HEART IN KEEPING but I swear it is all long over it was foolish but it is long done I have lived a life of solitary virtue there is evidence talk to Madame Gohier your whole family is against me they will say anything I WOULD HAVE DONE BETTER TO LISTEN TO MY FAMILY A MAN CAN TRUST ONLY HIS KIND O GOD GOD THE TREACHERY LET ME NEVER TRUST ANY WOMAN AGAIN I WHO SPENT SUCH TRUST ON A WORTHLESS WORTHLESS *let us speak for our mother let us speak for ourselves let us be a happy and unite family she loves you we love you you love her* [...]. blacken me in your I AM A MAN eyes and as for

---

① 类似的在"La"音节上的'变奏',见第 175 页。

black they talk of the tarbrush which is more WHO SEEKS BUT calumny PEACE PEACE and out of a mere pecadillo oh you are breaking our AND LOVE they wish to break all our AND A FAMILY OF LOVING *hearts* hearts HEARTS.

哦上帝想想那位我信赖的留驻我心最深处的人但我发誓这早就结束了这是愚蠢的但此事久矣我过着独善其身的生活有与戈耶夫人的谈话为证你全家都反对我他们什么话都说得出我本应做得更好听从家人人能相信的只有他的同类哦上帝啊上帝背信弃义但愿我再也不相信任何女人再者我竟然如此信任一个不值得信任的人不值得信任的人让我们为母亲说句话让我们为我们自己说句话让我们成为幸福和睦的家庭她爱您我们爱您您爱她[……]抹黑我在你的眼里我是这样一个人至于黑他们谈到黑人血统这是更大的我要的只是诽谤和平和平出于纯粹的轻蔑哦您伤了我们的与爱他们希望伤透我们所有人的以及一个家庭充满爱心心心。(第66—67页)①

在第108—109页和第155页中可以看到使用了类似的印刷(不同字体或将文本分成两列)手段。关于这个手段,显而易见的是伯吉斯的各式偏离传统的故事讲述,不"仅仅"是后或晚期的现代主义试验,同时也是他将小说音乐化明确意图的一部分。这里,伯吉斯的技术准确对应于费歇尔在他阐释乔伊斯的"塞壬"中界定的"切割与拼接"(Fischer,1990,第47页)技术,使小说可以在"单声部"语言文本(见上,第134页)中实现音乐的多声部。

除了这个特殊的手段,《拿破仑交响曲》具有第5章第1节中详细描述的作为模仿音乐标志的所有主要特征。如我们已经看到的,小说频繁地突出语言的音响维度;在宏观和微观层面上都充满自我指涉的重复出现和模式;并且尽管主要的指涉主题是"拿破仑",但文本有时也显示出令

---

① 原文中的大写,译文中用楷体表示;原文中的一般字体,译文中用仿宋体表示;原文中的斜体,译文中用宋体表示。——译者注

人困惑的去指涉化甚至元反性[meta-reflexivity]倾向。

文本大多数的"奇特处"都可以追溯到伯吉斯的将整部小说转变成"以文述乐",以及以贝多芬第三交响乐的模式来建构小说的意图上。与贝克特的《乒》相比,这个跨媒介试验像是从音乐-文学媒介间性的另一极开始的。如果说《乒》是从文学开始,由于各种试验技术,而成了像音乐一样的作品,那么伯吉斯的《拿破仑交响曲》则是从特定的音乐结构开始,努力将之翻译成文学。作为以文述乐的典型特征,他不仅将形式特征翻译成文本,而且在某种程度上实现了音乐中蕴含的语义潜力。

贝多芬的交响乐与伯吉斯的小说在宏观与微观层面、形式与语义方面确实存在惊人的相似之处。宏观层面上一个明显的形式类似是将小说分成四章,对应于贝多芬交响乐的四个乐章(根据伯吉斯自己的解释,第一章之前的开始几页只是"初步材料"[Burgess,1982,第181页],不应算在内的①)。诚如伯吉斯指出的,小说与贝多芬第三交响乐的相似不仅表现在"形式和速度"上,而且延续到"时值"(Burgess,1982,第180页)上,并且有助于解释如为何将从1813年到1815年这样一个时期压缩到只有32页的问题:因为不这样的话,小说章节的比例就不能与贝多芬的乐章一致②。就语义方面的相似而言,贝三作为跨媒介、准互文范例,是支配《拿破仑交响曲》四章明显不同氛围(第一章的戏剧性、第二章的忧沉、第三章的欢快,最后一章结尾部分怪异的胜利,紧接着拿破仑的死)以及第四章中卓著的文体"戏仿或仿作"(这是实现贝多芬最后一个乐章变奏结构的方式[参阅Burgess,1982,第189页])的关键。

而且,《拿破仑交响曲》的意图以文述乐人物也说明了一些微观层面上值得注意的形式和语义细节。例如,它说明了这样的事实,第一章对应

---

① 按照McNeil的说法,这些页"显然意在象征乐队调音"(《安东尼·伯吉斯:喜剧小说作曲家》,1983b,第104页)。

② 如果以里卡多·穆蒂诠释的贝三(CDS 7 49487 1/2/4)为例,相对于整部交响乐的长度,四个乐章的相对时间长度是34%,31.4%,11.5%和23.1%。这的确(只有轻微的出入)对应于伯吉斯的四章相对于小说总共330页(34%,34.5%,9.7%和21.8%)的比例。

于贝多芬交响曲的第一(奏鸣曲形式)乐章,这里在拿破仑作为将军的公共勋绩与以他妻子为中心的私人事件之间有明显的比照。这个比照对应于在古典奏鸣曲形式中第一和第二主题的对立,以及它们的调性、主-属间的不同,并且利用了我们在伯吉斯的"K.550(1788)"中已经遇到的两个主题性别化了的文化含义。以文述乐参照也可以解释为何最戏剧性的、可以再划分为四个部分(A到D①)的章节是第二部分("展开部",紧接着"呈示部"),而接下来的C部分("再现部")映照了A部分的构象,并且预示了最后一个部分,在拿破仑的胜利加冕礼中达到高潮(对应于贝多芬第一乐章的尾声)。微观层面上进一步的细节是上文引用过的"复调"段落,伯吉斯曾说,这是"大致对应于贝多芬的"第一乐章中"发展部的赋风曲"(Burgess,1982,第184页)。

我们遇到的宏观与微观层面上对第三交响乐的各种类比(还有一些对它的偏离②),以及在赋予"语言叙事以交响乐形貌"的过程中出现的不可避免的困难③,前人已做过令人信服的讨论。伯吉斯自己(参阅Burgess,1982,第11章)与一些批评家(参阅Beyer,1977和1987,第78—89页;Mowat,1978;McNeil,1983b)也已经在一些细节上做过合理的探究。因此没有必要对四章中的所有技术细节再系统地描绘一遍。在这种大致的考察之后,选择第二章作为伯吉斯真正想尝试将他的小说音乐化到何种程度以及用了哪些特殊技术为例足以。

贝多芬的第二乐章是C小调,被称为"葬礼进行曲,极柔的柔板"[Marcia funebre,adagio Assai],从结构上来说是融入了奏鸣曲式元素的扩充的三部曲式。乐章分成五个部分:1)呈示部,包含两个主题:著名的葬礼进行曲主题(第1到8小节)和降E大调第二主题(第17到23小节);2)乐章中段,C大调;3)中段的延续,类似展开部,F小调,具有强烈

---

① A:第15—39页;B:第40—77页;C:第78—102页;D:第103—124页。

② 因此,McNeil(参阅《安东尼·伯吉斯:喜剧小说作曲家》,1983b,第105页)恰当地指出伯吉斯的"展开部",在他的第一章中重复展示了"女性主题"与"男性"主题的对立,而贝多芬这里几乎只集中在第一"男性"主题上。

③ 参考伯吉斯的关于小说中进行长篇幅逐字重复的不可能性的评论,以及他的还是要暗示再现所要求的形式重复的态度(《这个人与音乐》,1982,第182页)。

戏剧性的赋格效果;4)第一部分的再现(然而其中的第二主题依然是降 E 大调);5)乐章的尾声(参阅 Kloiber,1964,第 78—79 页)。伯吉斯的第二章(127—269)也可以说分成了五个部分,虽然接近结尾时结构不甚清晰。从表面上看来,文中以印刷上空白行(155、175、193、218①)的形式表示这种分割。关于文中的内容及所使用的音乐化技术,这一章可以描述如下:

在外部事件的传记年代学层面,这一章集中在拿破仑的俄国战役失利与返回巴黎,但这个历史事实一开始不足以引入哀伤的基调,就像贝多芬的前文本需要的那样。伯吉斯使用了想象内容类比这种音乐化技术来处理这个困难,而这种技术也特别适合于这种情况。萦绕在拿破仑和约瑟芬许多梦(或噩梦)中的"想象",使伯吉斯可以引入结构上的必要材料,可以重现历史和预知未来。由于这个方式,他能够以上文已经引用的抒情段落作为那一章的开端,这一段落较为贴切地将死去的拿破仑作为想象主题:

> 他躺在那里
> 流血的暴君
> 哦 血淋淋 血淋淋的暴君
> 看吧
> 在他深红色的皮肤之下
> 涌动着
> 怎样的罪恶
> 从头到脚(第 127 页)

正如伯吉斯在《这个人与音乐》[This Man and Music]中自己表明的那样,这里他使用了后来也在《莫扎特与狼帮》中使用的进一步的音乐化技术,也即利用文字音乐与微观结构类比的结合,使文本可以真正作为音乐来哼唱,因其与某一作品的特定段落精确吻合。在我们的案例中,文本模仿的

---

① 然而,在第三部分之后,另外的一些空白行多少模糊了这种印刷手段在结构上的重要性;同时必须承认的是这一章的文本比例也不完全对应于贝多芬的音乐时间上的比例,在伯吉斯的文本中第 1)和第 3)部分太短。

是贝多芬的葬礼进行曲前面几个小节的节奏和结构:

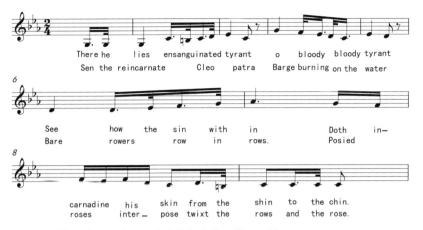

图14　引自安东尼伯吉斯,《这个人与音乐》,第185页。

接下来,伯吉斯将这个葬礼进行曲段落的重复或变体作为"视觉的参照点(和在管弦乐谱中一样)"(Burgess,1981,第183页),因此能够以一种特别醒目的方式标明那一章的以文述乐结构。在葬礼进行曲主题的展示之后,伯吉斯依照文字音乐和微观结构类比的相似结合,引入降E大调中对比性的第二主题的类比(参阅《拿破仑交响曲》,第132页)。在他的《这个人与音乐》中,伯吉斯再一次给出了他文本的准确的音乐副本:

图15　引自安东尼伯吉斯,《这个人与音乐》,第185页。

这里是对拿破仑记忆中与德国的爱国者斯代普斯有关的"学生之歌"(132)的参照,斯代普斯在1809年曾试图谋杀拿破仑。与葬礼进行曲主题的对比,正体现在这些行中所表达的乐观的爱国主义之中。

和贝多芬一样,伯吉斯重复了呈示部,但这次不是从拿破仑和他的梦的角度重复,而是从那时起的他的前任妻子约瑟芬的角度,她的自己成为女神的幻觉(参阅第142—155页)。角度的转变可从此处看出,葬礼进行曲原来的以文述乐版本,这里紧接着的是约瑟芬的版本("看那转世的克里奥佩特拉"[142]),在伯吉斯自己的解释中(见图14),他认为这与贝多芬的音乐节奏也非常合拍。第二主题在这个重复中不那么明显,也许可以看作是约瑟芬的回忆,她第一次面对因爱国而必须离婚。在这一部分的末尾,伯吉斯明显地偏离了贝多芬,两个角度奇怪地合并在一起了——葬礼进行曲主题与双方角度上的话语并置在一起了(参阅第155页)。

接下来的中间部分("C大调";参阅第155—175页)也以一些文字音乐开始,"一、二、三"(第155页)。从指涉内容上看,这些词语很难解释,但是作为"互文的"文字音乐,却相当清楚:描绘的是贝多芬的a)和b)部分间的第68小节中低音部的(G、A、B)这三个经过音。伯吉斯的这部分章节也采用了想象内容类比,即从"呈示部"沉郁的氛围转到拿破仑较欢快的一个梦:他的战胜普鲁士与试图赢得战败的沙皇亚历山大作为同盟的回忆。而贝多芬音乐中并不太稳定的欢快氛围,文中通过时而重现的葬礼进行曲死亡主题(贝多芬交响曲的这部分中没有出现)得以实现。

第三部分,像展开部一样的部分(参阅第175—193页)中,伯吉斯集中在一个历史事件上:倒霉的伟大军队从俄罗斯撤退或者说是逃离。在贝多芬的前文本中,这是整个乐章最具复调性质的部分,包括具有赋格曲效果的著名的C小调。伯吉斯在他的以言语描绘的这部分内容中明显利用了语源学,将"fuga"用作"flight"①,但他也尝试实现它的复调效果。在他的自我解释中,他引用了这部分开始的段落:

> 通知大家未来建设性的任务中不可避免的困难,特别强调对极致的随机应变能力的需要……爱比利将军说……勒布尔军士说:是的,伙计们,各位知道,我们在奥尔沙失去了该死的舟桥纵列,我们所拥有的只是一堆废铁……(第175页)

根据伯吉斯的说法,这里及下面几页的"官方语言与民众语言的交替"

---

① Manfred Beyer 在写作他的文章时,还不了解伯吉斯合理的自我解释,完全曲解了此处的结构,将之后的场景对应于赋风曲(参阅《安东尼·伯吉斯:〈拿破仑交响曲〉》,1977,第318页)。

(Burgess,1982,第 186 页),以及从直接话语到间接话语和简述的不断转换,都产生了复调效果。在贝多芬的音乐与伯吉斯的文本中,接近这部分尾声时皆明显加强了"密度",虽然两种媒介使用不同的方式。贝多芬以戏剧性的踏板结束他的赋风曲,伯吉斯以庆祝奈伊元帅的像民谣一样的抒情诗结束(参阅第 191—193 页)。

第四部分再现部(参阅第 193—218 页),贝多芬交响乐中以葬礼进行曲主题开始,在伯吉斯的文本中以相应的抒情开始:

铛滴 铛

嘀 铛 嘀 铛滴

……(第 193 页)

与章节的开头一样,这是拿破仑的梦的一部分。在音乐前文本以及伯吉斯的小说中,我们相继遇到第二主题(参阅第 206 页)。但之后,《拿破仑交响曲》偏离贝多芬第二乐章的结构,也许因为现在不得不处理太多的历史材料:拿破仑匆匆返回巴黎,与第二任妻子玛丽-路易斯会合,拜访玛尔梅森(他第一任妻子的住处),阴影临近拿破仑的晚期统治。

结束部(参阅第 218—238 页)也很难与贝多芬的音乐联系(这里拿破仑微行游荡巴黎,然后又去玛尔梅森看望约瑟芬),但其中的开始和结尾与音乐的对应较为明显。同样地,这里也从简短的文字音乐范本开始("嘚嘚。嘚嘚。嘚嘚。嘚嘚。"[Clop. clop. Clop. clop.][218]),作为与第 209—201 小节中八分音符断奏 C-降 A、C-降 A 的语言关联,最后我们在两个"文本"中都遇到了葬礼进行曲主题(参阅第 236 页,也描绘为拿破仑和约瑟芬同时做的梦)。

在对《拿破仑交响曲》第二章的简短分析中我们已经看到,伯吉斯的叙述不是停留于对贝多芬音乐的一一对应(亦可参阅 McNeil,1983b,第 110 页)。这在一些结构上的细节与"氛围"的细微差别方面来说正是如此。贝多芬的音乐特征是庄严的悲怆,适于赞美民族英雄的理想;而伯吉斯一再地(这里还有他小说中其他章节)弱化氛围的严肃性(如

第三部分中使用"通俗"语言)①,逐渐打破拿破仑作为伟大军人和民族英雄的神话。这种观点显然是为了彰显拿破仑声称的不少理想是纯粹的伪善。二者之间还有一些不同之处。这是由于在两部作品中不同的意图,以及音乐和语言叙述这两种媒介固有的差异,而且也由于伯吉斯自己声称的某种"诗的自由"。不过,从伯吉斯文本中显现出来的是持久的音乐化努力,这种音乐化达到的强度可能只有乔伊斯的"塞壬"可以匹敌。通过使用文字音乐和结构及想象内容类比领域的技术手段,伯吉斯设法创造了一部以文述乐作品,文中不断提醒读者小说的音乐前文本,并且的确让人留下了生动的印象:这"语言叙述"确实被给予了"交响乐的形貌"。

12.3 《拿破仑交响曲》音乐化的功能

就像跨媒介试验通常的情况那样,一旦技术细节澄清到一定程度,便不得不提出这个关键问题:在这些之中最重要的是什么?在《拿破仑交响曲》音乐化的例子中,许多答案都是可能的,其中一些已经由伯吉斯自己在他的《致读者信》中提供了。

首先是传记性质的,不过也许只是《拿破仑交响曲》音乐化不太重要的理由,即伯吉斯对文学和音乐的双重兴趣,音乐化技术使他能够将二者结合到同一部作品中。这至少是上面已经引用的《致读者信》段落中,伯吉斯想暗示的:

> 我在音乐中成长,依然在谱写
> 糟糕的曲子,但自从我选择
> 小说家的职业,一个疯狂的想法
> 挥之不去,我在这里完成了

---

① 参阅伯吉斯的强调《拿破仑交响曲》原被设想为"喜剧交响曲"(348);这种"矫情"的姿态也是伯吉斯以后现代主义的"修正主义"方法对待历史与萦绕在拿破仑身边的神话的一部分,像我们将在下一章讨论的一样。

12 后现代主义小说的音乐化 II:伯吉斯的《拿破仑交响曲》

抑或是尝试——就是:在某种程度上赋予
语言叙述以交响乐形貌
……(第348页)

在同一个阐释文本中,下面的几行提到了第二个动机:小说的形式与极限的有趣试验:

我知道一些文学作品
已经玩过这个游戏……
(同上,着重为引者后加)

将小说音乐化同时也是玩文学媒介的"游戏"的想法,已经可以在伯吉斯的典范之一——乔伊斯的现代主义"塞壬"中看到一些关联。也许可以说,这在后现代主义的叙事试验中显得更重要。然而,奇怪的是伯吉斯像是对这样的试验结果相当悲观。在已经引用的段落——作为这个研究的第三个题辞中,他称赞乔伊斯的"塞壬"是:

世人所知这个疯狂的领域内
最野心勃勃的努力
让叙事散文像音乐一样……
(第349页)

然而像是通过召唤"塞壬"来否定音乐化思想:

……这只是个笨拙的玩笑
恰恰证明,此事不可为。
(同上)

紧接着他的这个概括了小说中真正意义上模仿音乐的不可能之后,因而

（谨慎地？）对他自己的"努力"作了暗示："这也不能［做到］。"（同上）同样的怀疑观点在《莫扎特与狼帮》结尾著者的评论中出现，伯吉斯在这里批评自己在这个文本中尝试对莫扎特交响乐第 40 号 G 小调进行类比的以文述乐："小说的交响乐化是难以置信的事情……"（第 146 页）然而，悬而未决的是，当伯吉斯将这种试验的功能局限于如下的说法，他是否真的能够说服读者："……有时试验一些事情是为了说明它们是无法完成的。"（同上）无论如何，他对《拿破仑交响曲》好像有更多的想法在里面，而不只是证明有趣的跨媒介试验的失败。

这些想法之一是一种对他的"互文"范例的"考古学"评论或重建，即根据著名的轶事，在贝多芬撕毁原本要给拿破仑的题献之后，尝试"将拿破仑恢复到《英雄》的交响乐谱中"（McNeil，1983b，第 109 页），用伯吉斯自己的话来说：

> 我作为小说家的任务？复归那位流氓无赖
> 那位邪恶的巨人，到交响乐计划中
> ……（350）

这个"考古学"功能，是上文提到过的伯吉斯的以文述乐实现了音乐中蕴含的语义潜力的特别生动的例子。

与这个功能相联系的是，一种用特殊来阐释如英雄这样的一般概念的亚里士多德式思想，曼弗雷德·拜尔曾认为（虽然有些简化和神秘）这是《拿破仑交响曲》音乐化的主要功能，如果说不是唯一的（参阅 Manfred Beyer，1977，第 315 页；和 1987，第 79 页）。伯吉斯自己很明确地关注这个在这里让我们最感兴趣的问题，即在这个一般化的过程中音乐化起了何种作用：

> 面对坚实的特殊但依然
> 唤起何为一般
> 在音乐中……
> （350）

而文学,由于它的精确指涉,可以指向"坚实的特殊",音乐的指涉性(此处确实指向音乐外的某些东西)几乎"总是一般"的。因此可以说两者媒介的结合便可使特殊性与一般性两种倾向结合起来,从而从功能上证明音乐化的合理性。然而依然还有一些疑问。乍一看,合理的一般化的目标是拿破仑,他作为"原型英雄"(McNeil,1983b,第109页)的象征。然而,进一步细想,对一个只想强调这个主题与一般性的关联的作者来说,使用音乐化手段像是走了奇怪的弯路,因为文学本身也能够进行一般化。与沙贝特曾做的一样,最好通过指出音乐前文本、文学主题与伯吉斯的话语处置方式间特殊的密切联系,再来尝试解释音乐化功能。拿破仑、贝多芬的第三交响乐与伯吉斯的《拿破仑交响曲》之间确实存在密切的关联,即他们都具有"大胆的创新性"(Schabert,1990,第195页)[①]:拿破仑不同寻常的军事谋略、贝多芬的偏离古典交响乐模式,和伯吉斯的文学试验主义。然而,依然有这样的感觉,这种结构上的密切不能完全证明伯吉斯在他小说中音乐化的努力是合理的。并且同样不完全合理的是,将音乐化的功能局限于给见多识广的读者提供愉悦,就像一些后现代主义小说确实特意预谋的那样:当阅读时还有另一个"互文"参照的愉悦点。

迄今为止,提到的更重要的音乐化功能,是文学音乐化与强调形式而非内容的模仿之间熟悉的关系。虽然这里的形式主义的偏离模仿没有如贝克特的《乒》中那么突出,但依然是个显著的特征。这种特征将《拿破仑交响曲》的音乐化与在音乐化小说历史中一再遇到的音乐美学的传统立场之一相联系。也许有人认为,撰写像拿破仑这样的人物传记小说会需要模仿的框架,因为文本的结构和内容好像在历史中是已经"在那"的。然而将叙述降到重描这种表面上看起来"自然的"或"给定的"文本之外的现实结构,正是后现代主义者比现代主义者更不自信的地方,因为这样一种模仿重描模糊了重要的(后-)现代主义原则:所有叙述,事实上是所有艺术,都是建构性的。除了别的原因之外,由于这个不同,以及伴随的对

[①] 参阅关于贝多芬与伯吉斯,McNeil,《安东尼·伯吉斯:喜剧小说作曲家》,1983b,第114页。

传统叙事形式的不满,一些现代主义者已经转向将音乐结构作为对日益过时的叙事传统的一种选择或补充。乔伊斯、伍尔夫和赫胥黎都已经这么做了,因为有了音乐的借用,他们可以放弃叙事形式而依然忠于一些美学形式。而且因为美学形式本身的某些东西显然不容易被丢掉,特别是在强调形式自觉的美学语境中。在后现代主义的解构时代,这个美学形式意愿像是不那么重要,在艺术中表面上任意的选择变得更能让人接受,如在偶然音乐或在自动写作[écriture automatique]中那样。然而突出形式,在不是全心地拥护偶然主义的后现代主义美学中依然有它的魅力。首先是作为自反地指向人工作品虚构性的方式。由于传统叙事方式在后现代主义比在现代主义中更成问题,找到一个可行的选择就变得更为急迫。无论如何伯吉斯依然是这么"保守",把美学形式作为小说中的重要(常常被低估)因素来考虑。

似乎这种凸显形式(连同找寻一种美学一致性的有趣方式的益处①)在伯吉斯将《拿破仑交响曲》作为音乐化小说来设计的时候确实出现在他的脑中。这不仅可以从他的《致读者信》明确地将"拿破仑的在场"与"音乐的形式实质"相联系中看出来(第 350 页,强调为引者后加),而且从他的《这个人和音乐》所做的评论中也可以看出:"要问的依然是一般的问题:音乐能够教小说家什么呢? 是的:结构的重要性。"(Burgess,1982,第 191 页)在这本书的另一个阐释性段落中,伯吉斯区分了以下两种小说:1)一种传统的、以故事为中心的小说,其中"语言(被预期)作为一种中性镜片,通过它(读者)可以窥见日常世界的明晰行为",这是他所谓的"小说类型 1"(第 156—157 页);2)以话语为中心、形式主义的、倾向去指涉化的小说,他标记为"小说类型 2"(同上),以乔伊斯的"塞壬",弗拉基米尔·纳博科夫的《洛丽塔》为例,还有他自己的《发条橙》(参阅第 156—157 页)。然后他以某种简化了的但启示性的方式,将不同媒介间的密切联系赋予现实主义的"1 类"与(后)现代主义的或至少形式主义的"2 类":"如果说 1 类小说接近电影,那

---

① 参阅伯吉斯在《拿破仑交响曲》中对小说音乐化的评论:"……将一团历史材料统一起来是种尝试……"(Cullinan,《安东尼·伯吉斯访谈》[Interview with Anthony Burgess] 1973/1986,第 32 页,强调为引者后加)。

么 2 类小说就近于音乐。"(156)① 正是基于这些观点,可以放心地说,伯吉斯的音乐化在功能上同时符合非模仿形式主义传统(这种传统对音乐化历史的绝大部分作品都有影响)以及更大范围内的一般(后)现代主义②。

正如我们已经看到的,《拿破仑交响曲》当然不是传统小说。这种偏离传统也可以在伯吉斯的音乐化最原初和最值得注意的功能方面看到,以及还没有提过的一个方面,即致力于解构性的后现代主义,沙贝特在她将《拿破仑交响曲》作为对"传统传记"的偏离的解读中,已经令人信服地揭示了其中的一部分(参阅 Schabert,1990,第 194—202 页)。

一般来说,在很多情况下传记类似于经常指的那种传统的现实主义小说。这种作品有这样一个预设:一个个体,他的或她的性格、"生活和观点",简而言之个性与生活的"本质"是可知的事实,并且这些基本上能够通过各种文献(非语言和语言的,口头或最好是书写性质的)来掌握,整理成有意义的叙述。然而几乎不可避免的是,这些文献将有一些缝隙,它们可能互相矛盾抑或是显得难解,并且所有这些越显眼,传记主人公就位于越遥远的过去。然而传统上来看,这些问题并未出现在传记的表面,因为通常有位传记叙述者也许在出版之前完成了文献材料的安排、筛选、评价,并且有序地去叙述、表现。大多数情况下,结果是传记主人公的生活和个性相当的统一,无论如何,我们所阅读的持续的和有意义的叙述,是被传记作者个人的观点主导着的。

在真正的后现代主义风潮中,《拿破仑交响曲》偏离了这种传统传记。

---

① 参阅伯吉斯在 1973 年的采访中,亦是对《拿破仑交响曲》所作的陈述:"我在构思一部具古典交响乐风格的小说……这种动机将纯粹是形式上的……"(Cullinan,《安东尼·伯吉斯访谈》1973/1986,第 31 页)另外有趣且值得注意的是,伯吉斯将他明显的形式功能化的跨媒介试验与结构主义联系在一起。关于《拿破仑交响曲》,他曾说道:"这是一部这样的小说,如果由一位读过克洛德·列维·斯特劳斯的音乐家来写可能更好。"(《这个人与音乐》,1982,第 161 页)

② 因此,Alison Byerly 最近关于浪漫主义所声称的,即"对音乐的参照强调的是"文学世界的"自然性而非技巧性"(《现实主义、表达与 19 世纪文学中的艺术》[Realism, Representation, and the Arts in Nineteenth-Century Literature],1997,第 16 页),完全不适于像《拿破仑交响曲》所暗示的这种后现代主义/形式主义的跨媒介试验(对现代主义的相关作品来说也大多是这样)。

对拿破仑,著者这里没有统一的观点,只有令人困惑的部分分歧的多重观点,其中表现出的根本不是人物的真正本质。除了偶尔洞察拿破仑对他自己的建构(其中的部分是以典型的意识流小说形式实现的),在故事层面,我们面对的是如此不同的人物,如约瑟芬、参加俄罗斯战役的士兵、巴黎的居民或当代英国人的多重观点。然而本文中更重要的,是通过拿破仑在话语层面上表达的各种互文观点。这些观点包括特殊的文学体裁和表达模式(如"喜剧的、流浪汉小说的、模仿英雄气概的、现实主义的、感伤性的、可怜的"[Schabert,1990,第200页]),还有"文学风格的多样性和白话英语"(同上)。此外,在第四章的戏仿中存在着众多作者的风格,这是仿效乔伊斯的《尤利西斯》的"太阳神的牛"一章(乔伊斯是伯吉斯最重要的典范之一,如对"塞壬"①开头的互文参照,以及《拿破仑交响曲》的最后一个词"欢欣"[Rejoice][343]②所暗示的)。此外,伯吉斯唤起现代主义的"神话的方法",涉及积聚在拿破仑周围的一些主要"神话"。拿破仑作为一个"满身染血的暴君"(参阅第二章的第一"主题"),由"从恺撒到希特勒的影射"作为负面神话的代表(Schabert,1990,第200页③),而普罗米修斯和耶稣基督作为神话的另一面,完全挫败了由拿破仑④所代表的这一方。事实上,正如沙贝特已经指出的,《拿破仑交响曲》是名副其实的互文性仿作。从这个弥漫的互文性,读者得到的整个印象是伯吉斯的拿破仑不是以"现实主义的生活-写作方式"的传记式"自然模仿"(Schabert,

---

① 参阅"开始!"(12),回应从"塞壬""序曲"到第一章的过渡。

② 《拿破仑交响曲》篇末的最后词语不仅包括对乔伊斯的同音参照,同时也回应了伯吉斯1965年的美国版题目:《重温乔伊斯》(Re Joyce,1968)。伯吉斯为自己的传记《这个人与音乐》(1982)的第八章选择了同样的题目《重温乔伊斯》。而且,《拿破仑交响曲》结尾部分的地点与日期的"构成"意味,也让人回想起乔伊斯在《尤利西斯》结尾同样的手法。

③ Schabert还提及了C.-J. Rougemaître de Dieuze的《科西嘉的食人魔》(L'Ogre de Corse)作为属于这个拿破仑神话观的进一步参照(参阅《找寻另一个人:虚构作品作为传记》,1990,第200页)。

④ 第三章拿破仑参加的歌剧中,普罗米修斯是最突出的,第四章中弥漫着的是主导动机"INRI"离合诗(Imperatorem Napoleonem Regem Interfaciamus)中的基督。关于这个问题及拿破仑"圣徒语录"(hagiograph[y])的其他背景,请参阅Schabert,《找寻另一个人:虚构作品作为传记》,第199页。

1990,第 97 页),而是一个人的"本质"被深埋在如此多层的个体和集体的解释和建构①之中,真相将永远被隐藏,如果说这种本质真的存在的话。

因此,无论在哪提到"本质"(第 331—333 页),只能是一种建构。这种建构主义观点正是最后一章中,在已经提到的拿破仑和他的女性来访者之间的邂逅幻想中所暗示的。在这个主题上的中心场景,她指出了拿破仑作为"英雄的本质"(331):

> ……不是非得存在。为了丰富对英雄形象的想象——通过一些高超的(因此也许是英雄式的)想象也可以做得到。……谁能做得到……你?……你原本可以做得到,而且做得相当好,通过一些大师的妙笔生花,你知道的。……(329,331)

这明显是对《拿破仑交响曲》和它的英雄虚构性的元小说揭示。本质主义的解构也涵盖了女性对话者"最纯粹的她自己",因为她(死亡和/或光荣的化身?)出现为"一连串的声音",而不是作为意义明确的本质。它甚至像是打扰了拿破仑最后的自反性沉思。虽然在冗长的对自己个性以及对个性表达的可能性沉思中,他完全将"他自己的本质"(332)的存在当作是理所当然的,而文本上的那种他的自我认同的表达方式,却完全削弱了这个确定性:

> 这是无可置疑的感觉,去寻找最好的语词,从被强调的,或肯定已经被强调的,已经着手的一群类别中剥离,虽然不是唯一生动的,这个业已建构的,他已习惯如此想象的存在模式,虽然不必如此表达,解释他自己的**本质**,他现在尝试表达,"吟唱",……带着纯粹意图的热情,以一种明显的精神推力的方式,这种,可以说,他一直看到的他会有的功能的旋律对应,惟有他

---

① 正如伯吉斯的"致读者信"所澄清的,这些解释亦包括之前的拿破仑文学版本,比如列夫·托尔斯泰的《战争与和平》和托马斯·哈代《列王》中的拿破仑;参阅 Schabert,《找寻另一个人:虚构作品作为传记》,第 194 页。

的,非常(由于区分出那个同样的功能和前文提及的本质是毋庸置疑的困难)像他自己,虽然不只是他,远离他的本质,对他公正,看清自己。(332)①

拿破仑的本质本身从未被认同,而且某种程度上是在这个臆想的迷宫中迷失,除了这个重要的事实,他的自省在这里通过戏仿互文性来传达,使人想到亨利·詹姆斯晚期风格的错综复杂。取代对正在讨论的问题的本质揭示的是,话语指向它本身,指向它的另一种话语依赖,最终指向看起来是终极真理陈述的话语建构。

因此,在中心"英雄"明显的小说虚构中,他的传记成了所有各种话语的巴特式的"回音室"。《拿破仑交响曲》汇集了许多主要的后现代主义原则:身份的去中心化、解构任何达到非语言学真理的可能性、突出语言和思维的不可避免的条件的"泛虚构性"和"泛互文性"。在强调它的英雄表现上的互文特征时,小说也阐明了作者之死[*la mort de l'auteur*]的巴特式宗旨(参阅 Barthes,1968),因为作者-传记作者伯吉斯像是在厚厚的其他声音层中全然地消失了。

音乐以及小说的音乐化在这个上下文中起了何种作用? 显然,诉诸于音乐,更准确地说是诉诸于贝多芬对拿破仑和/或英雄的观点,《拿破仑交响曲》所要表现的英雄,使这个已经有很多互文视点的人物上又加上了另一层理解。结构上,不可否认的是这个跨媒介视点甚至有着极其独特的意义,因为这个:

……小说,将是:
拿破仑的生涯,未梳理地,编织进
从贝多芬借鉴来的模式。
(第 349 页)

---

① 亦可参见上文从第 333 页的引用("毕竟,不存在……"),第 199—200 页。

12 后现代主义小说的音乐化 II：伯吉斯的《拿破仑交响曲》

问题只是，是否这个观点在其他观点当中更有资格作为（更）真实的或也许是最符合实际的那个。当然，答案是：不是。因为伯吉斯小心地通过一个他的人物和他自己的声音（在"致读者信"中）提醒我们，贝多芬则自己删除了对拿破仑的参照（参阅第332页，第349—350页），并且，更重要的是，贝多芬的版本本身是"互文的"：

> 在他的尾声中……
> 他弹出一个低音 一个主题来自他
> 自己的芭蕾舞曲 关于普罗米修斯……

换句话说，贝多芬的"戏仿"可以看作是伯吉斯自己的互文嵌套式结构。因此，将贝多芬的第三交响曲作为所表现的传记主人公另外的并且是结构上特殊的映衬，这不是提高而是降低了指涉的真实性和直接性。

这个特殊的跨媒介映衬——"贝多芬的第三交响曲"的真实情况，也适用于一般情况下对音乐的跨媒介借助。毕竟，对音乐来说，其指涉和模仿上的艰难本来就臭名昭著。因此在音乐模式上建构传记，是表示与传统的指涉和模仿美学的距离的一种方式。这里伯吉斯延续了音乐化小说传统的重要方面，同时遵循了我们在贝克特的《乒》中也可以看到的典型的后现代主义倾向。因此音乐在《拿破仑交响曲》中不仅在结构上具有特殊地位，而且有助于小说的主旨和暗示的世界观：准确地讲是因为这里不是指向一个明确定义的和稳定的（传记的）现实。在逐渐削弱稳定性的过程中，可能还有另外的与音乐的功能上的联系。即音乐作为特殊的动态艺术，去表现从十八世纪开始强调的表达变化和不稳定的特殊能力，并且这种能力在其他音乐化小说如《梦的赋格》中也有影响①。

在分析过这些之后，很明显《拿破仑交响曲》中小说的音乐化不只是

---

① 参阅 Schabert 对《拿破仑交响曲》的中肯评论："总体印象是积蓄的能量的释放，冲力，快速的变动，甚至匆忙。"《找寻另一个人：虚构作品作为传记》1990，第201页）

纯粹的骗人伎俩(如我们看到的,虽然小说也致力于某些有趣的语言试验,这在"塞壬"中也能看到)。它还为很多"严肃"的功能服务,其中最有趣的是,由于它的不可避免的突出媒介①,有助于后现代主义的主题和更普遍意义的去中心化。如果从这个角度来说,伯吉斯的媒介间性像是真正的后现代主义的,然而另一方面,也不得不承认《拿破仑交响曲》不能归类为激进的后现代主义试验②。(历史的)异指涉性确实是减少了,然而不是完全丢弃。借用大卫·洛奇富有创意的文章《十字路口的小说家》中的一个短语,可以说在伯吉斯的小说中"从不会允许现实原则完全消逝"。因而这部小说不是激进的解构,而只是一部"成问题的小说"(1969/1977,第105页)。尽管存在许多非模仿试验手段(在音乐化小说中可能是最明显的一个),但这部小说依然是历史传记类型的,因此是一种"温和"的后现代主义的范本,或多或少具有1970和1980③年代英国小说的特征。

---

① 参阅 Mowat,《乔伊斯的同代人:安东尼·伯吉斯的〈拿破仑交响曲〉》,1978,第194页:"……戏仿、模拟、音乐形式、与语言的暧昧……是提醒读者,随处可见,我们不是在参与真正的历史经验的再现……无论如何,都没有可能穿越语言的迷障……"

② 选择贝多芬的音乐作为跨媒介参照也许可以视为标示之一。因此,再一次地,是"古典"的音乐。

③ 对"温和的"后现代主义的具体讨论,请参见 Wolf,《叙事艺术中美学幻想和幻想断裂:以英语幻想受阻叙事文学为重点的理论和历史》,1993a:第四章6.3。

13 后现代主义小说的音乐化 III：夏希波维奇的《赋格》①

13.1 夏希波维奇作为后现代主义者及《赋格》音乐化的证据

在《拿破仑交响曲》温和的后现代主义中，由于小说主题上的历史指涉性，"现实原则"或多或少依然可以辨别，尽管偶尔隐然不见。在音乐化小说历史案例的这个概述中，我要讨论的最后一个例子，这个原则几乎消失了：加布里尔·夏希波维奇［Gabriel Josipovici］的更激进的后现代主义短篇故事《赋格》［*Fuga*］(1987)。

虽然夏希波维奇最近被称颂为"一位试验小说家、剧作家和优秀的文学批评家"(Cardinal，1997，第24页)，作为杰出的当代后现代主义小说作家，他还没有得到应有的注意。所以，在讨论《赋格》中一些可能的音乐化证据之前，也许比较恰当的做法是简单介绍一下他的全部作品，包括他的许多非小说作品②，并从中推断出他的美学观点。

---

① 这一章是 Wolf，《小说的音乐化：19 和 20 世纪英语叙述文学中音乐与文学间的跨媒介界限跨越尝试》1998；第 5 章的修订与具实质性的扩展。
② 参阅，例如 Josipovici，《世界与书籍：现代小说研究》(*The World and the Book: A Study of Modern Fiction*，1971)；《现代主义课堂》(*The Lessons of Modernism*，1972/1977)，或《书写身体》(*Writing the Body*，1982)；涉及重要规划性论述的扼要篇章是 Josipovici，《写作、阅读与文学研究》(*Writing, Reading, and the Study of Literature*，1989—1990)。

就语言与艺术去表达或揭示任何确切积极意义的能力意义上来说，夏希波维奇在很多方面都是后现代主义怀疑论者，但在他高度非传统的讲述故事方式中，同时也可以说他是位后现代主义者。这就是他简约、"晦涩"、元小说和/或寓言性的文本，缺乏现实主义的细节与幻像性的吸引力，强调对话，常炫示出睿智的试验（如他的也许最著名的故事，杰出的《莫比尔斯脱衣舞娘》[Mobius the Stripper, 1972]），常挫败任何对统一（指涉）意义的追寻。如这些文本显示出来的，他的美学立场是坚定地反现实主义、反模仿与通常的反幻像性①。照此，他的楷模不是19世纪伟大的大师，而是偏向更试验性的现代主义作家，以及博尔赫斯、贝克特和新小说派作家。和贝克特的大多数文本（包括《乒》）一样，夏希波维奇的否定性倾向总是指向"无声"，这个"无声"连同"游戏"一起，是他作品的关键词之一②。然而，这并不是意味着他的小说一点都不严肃。相反。除了被作为试验性的语言游戏领域，对夏希波维奇来说，文学有一个重要的功能：对现代主义者来说，这个功能即"揭示什么是不能被言说的：（语言）极限之外的世界存在"（Josipovici, 1971，第306页）。与那种一再被批评为主要在于纯粹"噱头"的后现代主义相比，夏希波维奇小说的目的是一种朝向远方的否定性。我将此称为："形而上学否定性的戏剧化"（参阅Wolf, 1993b）。这个形而上学的否定性意味着对边界的兴趣和拷问。虽然这种边界首先是哲学类的问题，在夏希波维奇关于媒介边界的作品中可以看到同样的姿态，他怀疑有时甚至想超越的边界。至少，这是在下面对他的故事集《在肥沃的土地上》[In the Fertile Land] (1987)里短篇故事《赋格》的阅读中我所希望揭示的。

然而，乍一看，将这个故事作为（后现代主义）小说音乐化接下来的案例，像是建立在很薄弱的基础上。就文本证据而言，不像伯吉斯在《拿破

---

① 参阅夏希波维奇关于现代主义文学作品典型功能的观点："不是……对外在或内在现实的直接模仿，而是……对行为或过程的直接模仿，是一种建构与探索……"（《世界与书籍：现代小说研究》，第263页）

② 参阅他那个议题的文章中提到的"现代主义"的主要"教训"："……艺术……在书页之外的静寂中找到其真正意义"，"……我们应认识到所有艺术中的游戏因素……"（Josipovici,《现代主义课堂》，第122页）。

仑交响曲》中那样,夏希波维奇并没有给出明确的音乐化意图的暗示,除了故事的题目。至于上下文证据,不得不承认没有可以与伯吉斯相比的音乐-文学双重天赋,并且就我所知,在夏希波维奇的全部作品中,也没有任何其他小说音乐化试验可以佐证《赋格》的音乐阅读。尽管如此,夏希波维奇一再地表现出对其他艺术的兴趣。如他在萨塞克斯大学就职典礼上指出(参阅 Josipovici,1989—90,第93页),他的故事集《在肥沃的土地上》中出现了"赋格"这样的题目,还包括"短短的故事",这个题目涉及的是保罗·克利(他有时因为试图音乐化他的媒介而出名)的一幅画。这个就职演讲引人注目,也因为是夏希波维奇的美学的纲领性陈述,特别是系统地囊括了文学与绘画和音乐之间的参照和对比。夏希波维奇这里重申了"艺术的统一"的古老思想,但不是以他所谓的帕特依然在梦想的"浪漫的梦想"的形式,即"一切艺术都以逼近音乐为旨归",而是卷入"不同于任何关于艺术的谈论"(即从任何话语知识[Josipovici,1989—90,第75—76页])的一般性质,即不同于任何推论性知识。而且,我们文中值得注意的还有夏希波维奇在这个演讲中也论及他喜欢的作曲家和音乐类型:他明确排除了"古典"作曲家如"贝多芬、瓦格纳和勃拉姆斯"(第81页),还有奏鸣曲形式和歌剧的"目的论的"和"表达的"音乐。与此相反,他像是喜欢斯特拉文斯基和韦伯恩这样的作曲家,还特别提到了后者对"中世纪后期复调"(同上)的兴趣。

仔细考察一些间接的文本证据,至少《赋格》像是在夏希波维奇多样小说试验基础上又增加了一种,一种努力将小说音乐化的形式。如已经说过的,关于"主题化"最有力的证据可以在故事的题目中看到。然而,和我们已经在伯吉斯处理贝多芬第二乐章《英雄》中出现的赋风曲一样,这个题目的麻烦是小说作者倾向于重新唤起"赋格"[fuga]的语源学意义,将之用作"逃离"的暗示而不是(或充其量是与)音乐形式(参照相结合)。如果"逃离"确实是夏希波维奇的故事题目的唯一意义(如将看到的,它的内容并不完全排除这个),那么这个文本证据当然就失去了跨媒介阅读的指示价值。但在《赋格》这个例子中,依然可以直接追问作者的观点,而他的答案是:"当然,'赋格'是作为赋格来写……"①总之，可以说尽管小说音乐化的证据就"讲述"的模式来说，在《赋格》中并没有和《拿破仑交响曲》一样清晰，但依然足够有力，因而不会被排除在跨媒介阅读之外。然而，既然甚至是刚刚引用的作者的陈述也还有疑问，和至今讨论过的其他文本一样，最终的考察应该是在"展示"的模式中找到证据。

13.2　故事及其被作为语言赋格阅读的可能

《赋格》的故事隐约是在当代城市背景中展开，准确地说是在一个单独的房间里，这个房间最显著的特征是它华丽的墙纸。作品以典型的短篇故事风格，将叙事集中在削减了人物数量的生活中（在本案例中是无名的）一个单独的事件上（包括前史和结果）。这些人物包括奇怪的消极、无声的母亲，坐在房子中间；和她的害羞、未婚的女儿，这两个女裁缝的生活和工作都在同一个公寓里；还有一个成年的儿子，没有和她们一起住，但会定期来看他们；以及儿子的朋友，在一段时间里他成了这个小家庭频繁的访客。这些行动，让人想起田纳西·威廉斯[Tennessee William]的《玻璃动物园》[*The Glass Menagerie*]（1944），被组织进前史（可以在结构情节分析中算作"零"阶段或"0"）与五个按时间顺序排列的阶段（"A"到"E"）。

这里可以由故事中所讲述的来重构前史：由母亲和女儿两个人单调、重复、与世隔绝的生活构成，她们很难见到任何人，儿子希望这个情况能够变化。这就是为什么他邀请他的一个朋友去看望他的姐姐，也许也是为了帮他姐姐找一个合适的丈夫。A阶段是"如何开始"（第51页）：这位朋友的第一次访问。接下来是这位朋友开始喜欢这位女孩（B阶段），直到在一次决定性的访问中（C阶段），他叫她和他一起出去。她拒绝了，他突然明白，意识到"在外面她将什么也不是，她只在那个房间里与墙纸相

---

① 1997年4月15日给我的信件。相关段落的全文如下："当然，'赋格'（Fuga）是作为赋格以及关于逃离来写的。是关于画家Vuillard的小短篇，恰好在我关于Bonnard的小说《黑暗旅行》(*Contre Jour*)之前写的。"

对时才有存在感"(第52页)。在这个高潮之后,这位朋友依然去看了她一或两次(D阶段),当他最后中断了他的无结果的努力时,我们又回到了前史状况(E阶段=O)。因此结构上,《赋格》是个循环故事,让人想起具现代主义和后现代主义特征的故事层面被贬抑的平静无事,而且也再次让人想起(首先是在没有希望、静如止水和日复一日的状况下)夏希波维奇最仰慕的作者之一:贝克特。

《赋格》在话语层面与现代主义的密切联系特别突出。三页半的故事由没有段落也没有标点的文本构成。与这种手段(夏希波维奇激进化了)的范例——乔伊斯的《尤利西斯》的最后一章中一样,这个话语过程所对应的内在独白技术,在《赋格》中也使用了。如莫莉·布鲁姆的独白,还有像贝克特后期的一些短篇散文中的指涉,特别是个人的发声有时是口齿不清的。这种不确定性所显示出的对意义性区分的有意解构,事实上影响了整个文本。然而,尽管初看文本呈现出一些晦涩难懂的地方,但文中出现了清晰的形式手段:多重视点。这种手段结构了所有人物连续的内在独白,除了沉默的母亲(来访者的、女儿的和儿子的思绪),并且就像按照这种多重视点原则建构的现代主义小说一样,个体的各种观点掩盖了大体上相似的叙述基础。在我们的案例中,这种相似性指的是所有三个独白处理的都是A到C阶段的行为,一样包括可以重建前史的线索。然而,独白在对另外阶段的涵盖上、在他们的视点、在他们的时间观点方面都是不同的:来访者在C和D阶段之间是聚焦者,仅仅是回溯的视点;那位女儿作为聚焦者位于D阶段,将回溯视点与构成她的独白的当下观点相结合;至于儿子作为聚焦者,位于E阶段,他有着对过去、现在和未来的看法。

然而《赋格》不只是对现代主义讲故事的模仿,虽然它明显地受到一些现代主义手段的启发。除了其他之外,与现代主义的不同之处是其奇怪的简约主义。这个简约主义确实不像《乒》那样极端,但它远远超过了通常在短篇故事中的限制。取代具有幻像性细节,或至少可以重建主体世界观以及个体、"圆形"人物细节的丰富故事的是,尽管有不同的聚焦者,《赋格》的叙述依然明显是中立的。替代现代主义心理模仿的指涉性的是,读者遇到的是一种影响了一些法国新小说(如罗伯-格里耶[Alain Robbe-Grillet]的《窥视者》[*Le Voyeurs*][1995]),还有贝克特的《乒》的创生[générateur]原则的自我指涉性联想。这个原则暗含了叙事文本的建构是基于最少量的故事因素,这些因素被一遍又一遍地重复和重新排列,因此暗中削弱或破坏潜在的目的论叙述结构(然而,《赋格》中的不同在于变奏和交换的游戏依然受制于故事的逻辑、叙事一致性的一定意愿,这由故事有一个清晰的开始、中间部分和结尾体现出来)。

在何种程度上《赋格》证实了标题的小说音乐化暗示?从一开始就应该注意的一件事是:由于没有文字音乐元素("赋格"在这方面类似于《梦的赋格》和《点对点》),文本中也没有任何可以辨认的对音乐的想象内容类比,因此如果存在音乐化,必然又是在于对音乐的结构类比,当然,倾向的是对赋格形式的类比。结构类比,如果《赋格》使用的也是这种形式,那么应该是本研究中所有讨论过的文本最经常使用的技术手段(与文字音乐相比,这也许并不奇怪,因为比起突出语言音响维度,一定的结构形塑更容易与叙事小说相融合)。与在前面章节中分析的德·昆西和乔伊斯的其他语言赋格一样,赋格的阅读不得不面对主题及选择对位动机的问题;而且,应该能够指出对赋格"纵向"结构类比的存在,如可以说不同部分或"声部"是对另一个的模仿;并且应该还有对赋格横向结构的对应,即与特有的"卡农"呈示部加上许多复调发展的对应。

鉴于《赋格》的特殊结构,对赋格最明显的对应也许是与音乐的各声部建立起来的:甚至比德·昆西和乔伊斯的赋格试验还要清晰的是,我们在这里可以分辨出三个不同声部,即作为构成故事三个内在独白源头的三个聚焦者。这里对复调音乐的形式类比特别地突出,因为在故事的大部分中,三个聚焦者不只经历了故事层面上发生的同样事件,就像德·昆西和乔伊斯的语言赋格中的人物那样;他们也作为话语层面上的平行人物出现,在这里他们涵盖了相似的,虽然不是同样的叙事基础。他们作为个体的不同就好比音乐各个声部、"纵向"有序的音高(第一声部:来访者;第二声部:女儿;第三声部:儿子),而关于所发生的通过他们聚焦的偏离,可以与三个"声部""唱"的音乐的不同"横向"伸展对比。因此,建立对音

13 后现代主义小说的音乐化 Ⅲ：夏希波维奇的《赋格》

乐同时性的语言类比这个棘手的问题，夏希波维奇的多重视点以部分创新的方式解决了：虽然与很多其他语言"多声部"的例子一样，最后这种同时性也不得不在读者的想象中（重）营建。

如果我们接受将它作为三个声部的语言赋格来阅读，也不难发现这个文本的"横向"结构：对应于故事的个别阶段，第一次访问（A 阶段）作为"呈示部"。

至于赋格主题，与《梦的赋格》和"塞壬"相似，我们的确可以认出故事语义层面上持久的主题。和在"塞壬"中一样，这是一个"欲望"，但这一次不是性的或身体的欲望，而是人物想改变不尽如人意的人类间隔绝、静止状态的普通欲望；更准确地说，是创造和保持人类间的交流的欲望。在所有三个声部中，这个主题或它的结果、特别的行动，与赋格的呈示部类似，在三个聚焦者回顾性话语的开始或开始的几个句子中出现（Ⅰ："有一天他带我去看他的母亲和妹妹……"[51]；Ⅱ："我不知道他为何现在来了……我是多么希望他能够带个什么人来……"[52]；Ⅲ："我带着他转转……我满心希望……"[53]）。在下面的段落中，这个主题由所有的聚焦者频繁地重复着（如第一部分中："我喜欢她……他希望我们成为朋友……她喜欢你，他说"[51]；Ⅱ："我喜欢他坐得笔直的样子……我想和他说说话……我希望他会拉我的手"[52—53]；Ⅲ："……她也希望我们都希望……我和她母亲对她有同样的期待"[53]）。

与有望建立人类之间的交流这个积极主题相对照的是，有两个"否定的"对题也在所有声部中重复出现：a）无声的主题，b）女儿与房间墙壁纸之间奇怪的关系：如 a）在Ⅰ中："（她们）没有许多的语言交流……她是……静默的……她从未开始一场对话……那位母亲没有回答……"（51—52）；a）在Ⅱ中："我没有什么可说……这里静悄悄的"（52）；a）在Ⅲ中："没有人大声喊叫，一切都静悄悄的……母亲在（房子）中间，静默、严肃"（53—54）①；b）在Ⅰ中："她紧贴墙壁……抱拥墙壁……他妹妹身穿花裙子，蜷缩在贴着花墙纸的墙边，就像她想完全消失在墙里"（51）；b）在Ⅱ

---

① 这位儿子话语中的重复提及"死亡"与"尽头"也许也应该算作是这个动机的变奏。

中:就像这就是我的领地(53);b)在Ⅲ中:"她变成墙纸,她让自己越来越紧地贴着房间的墙壁,直到完全消失……当墙纸邀她的那一刻她意识到她属于这个房间"(53—54)。所有三个内在独白在对"对题""无声"的隐性或显性参照的最后"和弦"中达到顶点(Ⅰ:"我又试了一次,没有什么好说的,但没太确定"[52];Ⅱ:"母亲(她总是静默地)坐在那,她保护过我们,她养育了我们"[53];Ⅲ:"在这里我们将永远永远,永远只有墙纸、剪刀的声音和静默"[54])。这些对题或动机与主要主题突出的重复出现和变化,营造出"赋格"作为自我指涉因素的回声室效果,这些因素确实可以与音乐的结构相比,特别是与对位的、模仿类型的相比。由于这种结构是基于变奏和重复原则而不是发展的思想上的,它与赋格作为"静态的"作曲形式的传统观点特别和谐。

然而,集中在对赋格结构类比阅读中的一个问题,是如何找到对赋格呈示部单独声部依次进入典型结构的对应。在乔伊斯的"塞壬"中,根据相关人物依次进入都柏林的奥蒙德饭店(然而不能用于布鲁姆,"塞壬"中第一次提到他时,他依然在都柏林游荡),这个问题至少在某种程度上解决了。在夏希波维奇的故事中,求助于故事层面没有什么意义。由于依次给了三位聚焦者以话语空间,这里是通过话语层面上依次进入的想法营造出来的。如果不是假定读者阅读这个故事超过三遍,这依然是种有问题的描绘依次进入的声部同时性赋格效果的方式。有一个决定性的例外是:如已经显示出来的,三个焦点人物不是完全地揭示同一个故事,但这个故事部分的不同"伸展"像是从不同的视点来的。事实上,故事中的每一个连续的"声部"都涵盖了不止一个阶段(Ⅰ:A-C;Ⅱ:A-D;Ⅲ:A-E;)。这个结构有双重的效果:儿子部分具有一些特权(Ⅲ部分),由于它是覆盖最广的一个并且构成了时间上的完整性(过去、现在和未来),因而这里有了这样的效果,好像这里各声部依次进入的赋格技术反过来成了延迟的离去。确实,就他们作为正在进行的故事的聚焦者功能而言,那些部分就像在进行当中的约瑟夫·海顿的"告别"交响曲[Abschiedssymphonie](升F小调第45号)最后一个乐章中的乐器,一个接一个地安静下来。最后,就在这个观念的主题化之后真正的"无声"抵达:"……我们将永远只是墙纸、剪刀的声音和静默……"(54)。从结尾来看,主要主题不是创造人类间交流的积极欲望,而是消极的无话可说与沉默。但是在这个特殊的赋格中,和在"逆行运动"[per motum retrogradum]的结构中一样,开始和结尾可能是可以互换的。它的主题与对题,像是人物存在的两级,这种存在也许如《赋格》中所描述的一般人类存在状况:游移不定。

因此,如果忽略将某种音乐性质如真正的同时性翻译到小说中通常的困难,《赋格》确实在相当程度上证实了它的标题,虽然不得不承认这个故事中的音乐化仅仅依靠结构对比。无论如何,《赋格》与《梦的赋格》和"塞壬"一起,证明了布朗的一个观念是不正确的。与他的论题"赋格作为文学形式毋宁说是个孤立的现象"(Calvin S. Brown, 1948/1987,第159页)相反的是,显然这个传统音乐形式甚至在后现代主义中也持续产生影响。尽管如此,与其他音乐化小说的试验例子一样,技术方面只是问题的一半,另一半是媒介间性尝试的功能问题。

13.3 《赋格》的赋格结构的功能

与前文讨论过的其他文本一样,《赋格》中结构音乐化试验可能有的任何功能,都与故事的一般功能和意义相关联。这种一般意义的第一个暗示是那四个人物保持匿名。这也许可以读解为《赋格》目的不在于(现代主义)对特定人物的模仿,也不在于对主观性探究的证明。很显然,这些人物某种程度上被表现为可以让读者将他们看作一般问题的抽象象征,就像在寓言中一样。

《赋格》的寓言式阅读必须考虑的不仅有人物,而且还有背景和行动,并且夏希波维奇在其他短篇故事中的频繁诉诸于此(参阅 Wolf, 1993b),也支持了这种阅读。与在贝克特的文本中一样,我们面对的是一个几乎幽闭恐怖的房间,房间里面与外面的世界隐约形成了对照。里面是母亲和女儿的房间。儿子有走到外面的可能性,但他被"也被锁在这"(53)这样一种感觉纠缠。确切地可归于外面的是来访者,儿子引他进入房间,他使每个人都期待变化,但最终没有完成他们的期待而消失在外面。结果倒转回原来的幽闭恐怖状态,这是整个故事具有循环与静止无事效果的主要原因:没有发生洛特曼所谓的跨越边界时叙述"事件"的"革命性"影响(参阅 Lotman,1970/1973),最终证实了里面和外面的边界。给定的极其有限,因而所有关于内部的重要描述不仅作为客厅、工作室,而且作为带有绿色自然内涵的空间(在华丽的墙纸中),将这个空间作为生活空间的寓言来看并不牵强,和在贝克特许多类似的文本中一样(如在《乒》以及在《想象死亡的想象》[Imagination Dead Imagine]或在《终局》[$Endgame$]中)。那位儿子证实了这种阅读:当他意识到自己的计划失败后,"所有希望的尽头"也到了,他说"这就是生活……现实生活开始于我们接受我们拥有的生活的生活"(53)。

如果里面预示着生活的空间,那么外面应是某种远方,这里我们又遇到了夏希波维奇写作实践和美学中一个熟悉的形象。无论如何,这种里面和远方空间的对立阐明了一些人物的寓言意义。来访者可以读作一种救赎人物,至少作为希望的投射中心,一个能够"逃离"不满意状况的希望,所有"里面"的人物在某个时刻或其他时候都分享了这个希望。夏希波维奇的形而上学否定性特点就是,这个希望的使者指向远方的思想而却不能完成任务,因此仅仅是一个否定的救赎者。

至于母亲形象,故事层面上她有一些奇怪的特征:她很明显地位于起居室的中心,缝合与剪开一种类似于墙纸和她女儿裙子的衣服,她从不说话,然而被来访者吸引,她不吃也不喝,但"保护"和"养育"她的孩子们(参阅第 53 页)。而且,在话语层面上她具有特殊的地位,因为她是唯一一位同时不作为聚焦者的人物。结果,她像是静默的中心,是生命的源头,也许同时也有权利结束生命,就像自然母亲或命运女神帕尔卡一样的人物。

女儿处于与这个母亲形象特殊的关系中,因而像是一般人希望从这日常生活的囚室被救赎或逃离的一个寓言。然而夏希波维奇强调她与墙纸的相似和她的"使自己紧贴"(53)着墙纸,使我们可以另一种方式来解释她:她看起来也像个后现代主义的"纸人",以隐蔽的元小说方式,一个指向他或她自己的作为人工艺术品的不真实状态,也许甚至指向他或她不得不生活在"语言的牢笼里"。

另一个人物:儿子的存在证实了这第二层元美学意义。他是一位画家;按照夏希波维奇自己的解释,他是对爱德华·维亚尔[Edouard Vuillard]①的回忆。除了故事层面上创造对《玻璃动物园》的互文参照,话语层面上与音乐的跨媒介关系,夏希波维奇在《赋格》的主题层面上引进了第二个跨媒介维度:与绘画的关系。那位儿子作为一位画家变得清晰甚至独立于夏希波维奇的规范,当接近他的独白尾声时,他决定:"我描画他们……我画墙纸,烟囱,有一天我将画她,在她意识到自己属于这个房间的时刻,在墙纸邀她的时刻。"(53—54)因此那个儿子在那些人物当中,从结构上看已经具有一些特殊性:他不但赋予故事以终极哲学"信息",没有(形而上学)希望地"接受生活",而且由于他是一位艺术家,一位传统上专门来传达元美学或甚至元媒介问题的特权人物,都助长了这种特殊性。他想画的图将强调他姐姐和墙纸间的相似。在一幅绘画中,这将导致对墙壁映衬下的三个维度的人物幻像的漠视,一般来说会导致具有维亚尔②和其他后现代主义画家所具有的非幻像风格特征,这种非幻像风格倾向也影响了夏希波维奇的《赋格》。毕竟《赋格》的人物给人的印象是奇怪的两个维度的人物形象:儿子和母亲,而且来访者和女儿都是"扁平"人物的典型例子。关于女儿,不但缺乏心理深度而且也缺乏文学上的真实,因而是福斯特式的[Forsterian]隐喻:因为她穿着"花裙子","将自己紧贴在房间的墙壁上"(53),很难从"花墙纸"(51)中区分出来。而且,那种静止的氛围笼罩着房间,故事的唯一背景生动地唤回一种绘画性的内在[intérieur]。至少在这些细节中,《赋格》更是一个关于绘画的而不是音乐的跨媒介试验:在故事的范围内,好像通过儿子这个人物,把绘画作为跨媒介参照,模仿特定的绘画风格。因而儿子的计划描画他的坐在和生活

---

① 见上文第284页。
② 《赋格》中与维亚尔的更多关联,此处无法详细探讨,如在传记中提到的维亚尔的母亲曾经是裁缝;对《赋格》而言值得注意的可能还有"纳比画派"[Nabis],维亚尔通常被看作是画派的杰出代表,这个画派被认为创造出了"沉默的挂毯"(tapisseries of silence)(参阅 Zahn,《艺术史:从洞穴绘画到20世纪》[*Geschichte der Kunst: Von der Höhlenmalerei bis zum 20. Jahrhundert*],第496页)。

在房间里的母亲和姐姐,很大程度上并且明显符合夏希波维奇在《赋格》中所做的,所以儿子的艺术行为可以看作夏希波维奇自己故事讲述的一个元美学嵌套式结构。

除了夏希波维奇的画家叙述者嵌套式结构,儿子作为艺术家的身份对故事的功能也很重要。然而夏希波维奇不是简单地将之限制于另一个存在无意义的后现代主义例证,而是用这个例证作为他的"形而上学否定性"的典型,表达朝向难以言喻的远方的姿态。无论如何,有这样一种姿态内在于故事之中,也即在儿子艺术活动的目的中:按照他自己的思想,他的绘画较少"关于"现实的指涉(这里的儿子的美学像是同时符合维亚尔和夏希波维奇的),而更多的是关于某种很难(如果说不是不可能)以理性叙述表达的东西:

> 不会是关于她是关于我甚至不是关于我是关于房子中间静默严肃的母亲或关于其他别的东西一些我们只能意会的也许那是我将要做的事情……(54)

假定儿子的大体功能是作为艺术家和(隐含)作者的嵌套式结构,显然这里所表达的也涉及了《赋格》总体上的功能。

最后,不得不考虑到《赋格》像是让标题的语源学意义再次焕发生机,同时也不排除其音乐意义:这是现实接受中一次失败的"逃离"故事,一次至少在儿子这个人物这里产生了一种对生活新观点认同的逃离。这种观点的确比较悲观,但至少在其创造性方面,有着这样的好处:无论小说内外部世界都为美学提供了材料。

在故事一般功能的背景映衬下,现在哪个/哪些是与赋格结构相似的准确功能? 首先是作为我们在音乐化小说历史的开始遇到的对音乐结构类比的功能:目的在于试验和找到一种传统模仿之外的叙事组织和统一形式。另外,《赋格》中的试图音乐化符合怀疑论的世界观与类似的拒绝继续沿着传统的讲故事方式,一种我们至少从乔伊斯的"塞壬"开始便一再看到的结合。在《赋格》中,音乐也可以看作为补充或替代模仿叙事形式的"拐杖",一种受到在这些形式中失去了信心,然而依然认为形式问题是小说艺术中心的作者欢迎的拐杖。

用拐杖使走路成为可能,然而,依靠拐杖走路永远不会平稳和自然。同样地,小说的依靠音乐形式的拐杖行走也很不自然。这也可以用作反对音乐化试验的批评论据,但是"不自然"当然也可以是有目的的疏远效果,使得阅读困难和使读者意识到语言建构的虚构性。这当然是在《拿破仑交响曲》中的情况,可以说《赋格》中也是这样的。如我们已经看到的,《赋格》的音乐化技术上依靠的是"复调的"多重视点。在现代主义的意义上,这种手段不是一定得突出主观性,不是作为心理学的而是形式主义的功能。在形式的突出上,《赋格》的音乐化功能上类似于《拿破仑交响曲》,虽然夏希波维奇的试验不是依靠以文述乐而是特殊的结构类比,因此附带地营造出另一个跨媒介回应:从使用三个视点表现同一个故事中,《赋格》的多声部以同样的方式偏离了模仿表现,与绘画(有时与小说的多重视点相比较)中的立体主义具有类似的效果:它偏离了幻像性的模仿,对表达对象去熟悉化,自觉指向人工作品的虚构性——立体主义绘画只有通过强调自身媒介状态,与它本质上的双维度才能达到这个目标,《赋格》则使用了从绘画和音乐两种跨媒介的借鉴达到。

必须看到《赋格》中音乐的跨媒介在场的暗示与影响《赋格》的世界观、与这个故事中出现的隐蔽元美学主题相联系,和其他很多音乐化文本中为了(元)美学自反性的目的使用媒介间性一样。表面上《赋格》当然是文学,只公开处理以各种方式影响故事的绘画,音乐仅仅在话语层面上起作用,不是直接用于元美学讨论,这与其他音乐化文本不一样。不过,好像通过引入音乐,在这个故事中实现了古老的"姊妹艺术"诗歌、绘画和音乐的重新统一的后现代变体:不是为了浪漫的整体艺术,也不是为了加强感情效果,而是为了对艺术相关性的思考(虽然这在伍尔夫的《弦乐四重奏》或赫胥黎的《点对点》中更直接一点)。这种相关性,按照夏希波维奇后现代主义怀疑论的观点,如已经说过的,很大程度上在于对静止的否定性阐释中,在如果我们寻求一个终极意义,回答我们的静默中。一方面,一般来说音乐在这方面并不擅长:它是有声的,而非无声的;如果我们还记得毕达哥拉斯传统,音乐传统上更是与宇宙的积极秩序与意义相联系而不是否定性,并且前浪漫派的将音乐作为动态艺术与变化相联系也像是远离《赋格》的中心问题。另一方面,这里选择赋格形式仍然具有功能上的关联。如果我们忽视德·昆西将这个形式作为情感上的动态的浪漫观点(或误读),如已经说过的,赋格一般被看作是静态形式。夏希波维奇准确地选择这种形式作为一种跨媒介参照也许并不是巧合,除此之外还有对本质上静态的绘画的参照。毕竟,《赋格》是一个受静止的氛围和没有事件的情节结构影响的故事,因而是一个描述静止的,即没有希望、顺应生活作为固有世界观基调的故事。从这个观点来看,甚至最后的强调"静默",也可以看到与音乐化功能上的关系。因为静默不仅构架了语言和音乐艺术作品,它也是意义缺席和/或它的难以企及的音响上的相互关联。然而这种声音的缺席透露出的意义缺席不是绝对的否定性,而是类似于音乐作品表演之前或之后,蕴含着它的反面:尚未或不再听得到的有意义的声音,正如音乐化小说是无声的文本,但却指向作为它的媒介"远方"的音乐。

然而,音乐化功能上的关联不只限于《赋格》的哲学层面,作为总体上对艺术更积极地示美学思考的一部分也是很重要的。如《赋格》暗示的,艺术除了阐释形而上学否定性,还有重要、隐约的宗教功能(一种奇怪的浪漫派艺术联想,在后现代主义中期作为宗教的替代!):如已经说过的,表现为朝向远方的行为,而且作为进行着的具有积极意义的行为,像是以某种方式抵消了哲学上的否定性。因此《赋格》中小说音乐化的尝试可以看作处于后现代主义哲学上的怀疑主义,与更古老的将艺术作为最后一个朝向潜在积极性领域的方式的艺术观点相结合的双重语境中。

正如夏希波维奇一次又一次强调的,这种积极性(如果存在)无法成为理性的话语。由于音乐典型的非指涉性,在话语参照方面是一种"无声"形式,像是一种特别适于表达这种积极性的非话语性媒介。虽然夏希波维奇音乐化的重点在于结构,因而是音乐和小说间的理性类比,他最终考虑到的好像是艺术作为朝向"一些我们(只能)意会的东西"(54,强调为引者后加)的媒介。在这个隐蔽地将音乐和情感或至少非理性和非话语经验的联系中,夏希波维奇像是承继了小说音乐化历史中另一个古老的传统,就像音乐与非模仿动力的关系一样,回到了19世纪和更早的世纪①的音乐美学上来。

重新回顾,我们可以这样说:虽然《赋格》中音乐的跨媒介模仿不是特别地显眼,而且还有对绘画的借鉴,但依然可以在这个故事的结构类比中看到音乐-文学媒介间性,并且可以看到在功能层面上有重要的作用。这比起如《点对点》,显得不那么明显,因为夏希波维奇音乐化的一部分功能仅仅对文本总的元美学构成影响,它最明显的跨媒介参照是对绘画的参照。然而,在一些细节中对音乐的特别参照,以及一些方面甚至对特定的赋格形式的参照,显示出与故事的一些重要问题及其渲染的世界观。最后,由于小说对田纳西·威廉姆斯的戏剧《玻璃动物园》互文回溯,音乐与绘画的媒介间性结合,《赋格》是后现代主义超越文本和体裁、媒介边界的绝好例子,同时也是在我们时代日益重要的媒介间性概念的绝好例子。

---

① 与传统的进一步关联,可能暗示了与音乐由来已久的积极观点的一种残余关联,可能正是基于此,夏希波维奇与上文讨论过的所有作家一样,也是将"古典"音乐作为它的音乐化典范。

14 结　语

　　前文研究的起点是基于这样两个相互矛盾的事实(见"引言"):一方面是许多文学叙事中所声称的那样在某种程度上存在音乐化的历史事实,另一方面是将音乐真正"翻译"到小说中是不可能的理论事实。本研究试图回答的问题正是这两个事实之间的紧张:如果音乐不能真正地转化到小说中,那么还能使小说在某种程度上像音乐吗?如果是,那么如何在理论上描述这样一种准翻译的结果呢?从小说的音乐化实验中能得到何种益处呢?在这个试验中,又是什么样的积极因素和功能一直在发挥作用,并贯穿着各个时代呢?尽管存在媒介困难,所有已完成的小说音乐化的实验,能给予(叙事)文学史什么样的启示呢?

　　理论部分中探讨了(第Ⅰ部分)第一系列的一般问题,历史部分(第Ⅱ部分)处理的是第二系列的问题。为了对试图音乐化的小说历史案例的阐释做一个铺垫,下面需先讨论一些具体问题:

　　1) 音乐和(叙事)文学在何种程度上具有可比性,并且在何种程度上是相容的?

　　2) 如果存在一定的可比性,甚至相容性,这种相容性允许在一部作品中文学和音乐的共同卷入,那么这样一种卷入中存在或可以建构出什么样的理论框架?如何来描述它?在这个大框架以及适用于小说音乐化的特殊框架内,类型上可以区分出哪些一般形式?

　　3) 如果一部给定的小说作品被认为是音乐化了的,如何证实这种观点,什么时候我们最好拒绝这种观点?

在第2章的概述中,我们讨论了音乐与文学的可比性和相容性问题最重要的方面。讨论的依据是过去几个世纪的西方文化史,并且有一个这样的预设,即两种艺术都表征文化实践,可以从符号上,也就是从它们的能指和(可能的)所指方面进行比较。为了举例说明,选择巴赫的被视为音乐的典型——赋格作为器乐的范例,文学的例子是布莱克的一首诗,因为抒情诗被公认为是特别恰当的"文学性"例子。

就两种艺术能指领域的可比性而言,它们共同的时间性和音响性质构成它们最明显的相似性。两种艺术都可以呈现出各种形式的重复出现,两种艺术的单独作品至少宏观层面上都可以比较的方式进行分段,都具有共同的如节奏或音高这样的声音性质。两种艺术通过使用音响渠道都可以真正实现这些声音性质,而如果选择"书面文本"这个渠道也能保持自己的实质不变。

与这些基本相似性相对照的是,音乐对声音性质及其精确性给予了远比文学多得多的注意。而且,音乐可以有更多的"逐字"重复,但在接受时间过程中的自由比较少。一个特别重要的不同是音乐通过多重能指链(声部)同时传达不同系列信息的能力,然而在文学中,这种"多声部"在能指层面上几乎不可能。大多数例子中这种情况降低到想象的同时性,例如在给定的背景中人物同时行动,几乎总是基于所指在读者想象中产生的效果。

在意义层面上(两种艺术中包含的不同意义使之复杂化了)音乐和文学间的不同特别突出。文学能指和所指的关系几乎仅仅是象征的,这使得文学意义几乎是对无限的概念库的参照,并且偏爱异指涉意义。与此相反,音乐符号倾向于与所指处于一种形象的关系,这在很大程度上限制了音乐的指涉范围,只在相当少的例子中会存在异指涉含义。而且,音乐意义依赖在文学中很难达到的程度的自我指涉性,即,依赖"固有的"或"内组织"的功能。

然而,这些不同不是绝对的,两种艺术中都存在缩减这种不同的倾向,偏爱这种基本上边缘化的对立。当然,自我指涉性也是文学中著名的美学现象,事实上经常被视为构成"文学性"的主要原则之一。相反地,通过各种方式音乐也能产生异指涉或至少外在的意义:通过"互文地"参照一些其他音乐,形象地暗示乐章思想;通过音乐材料的安排,某种程度上激发出一系列的情感或营造出叙事效果;通过一般附属于音乐的文化含义。

关于音乐与文学主要媒介性质讨论的结果是,尽管有很大的不同,两种艺术还是拥有足够的连接点,可以确保文学在某种意义上音乐化的可能性不会被绝对排除。然而,这种音乐化像是更容易出现在抒情诗或至少在有韵律的文本中,而不是在叙事散文中,因为比如音响维度在后者中并不重要。然而,即使是在诗歌中,也应该强调"音乐化"这个术语根本上还是个比喻。当然,这并不表示文学文本真的成了音乐,而只是显示出比"正常"文学文本在更高程度上具有通常的音乐特点。

第3章处理的是"音乐化"文本中能够插入的更大的理论框架:媒介间性。由于到目前为止没有一致的媒介间性理论与类型学,本文试图填补这一空白。首先,借着广义的"媒介"意义,给臭名昭著的模糊术语"媒介"以可使用的概念,一种不限于技术的媒介,而是涵盖了更广范围的传统上使用特殊渠道和符号系统的不同交流方式。在这个基础上,媒介间性可以在与相关符际互文形式类比中,界定为一种"内结构"现象:作为艺术品意义中可证实的不止一种不同传统媒介直接或间接卷入的现象。接下来,设计出媒介间性的类型,主要基于以下标准来区分:1)主导媒介(几个媒介卷入同一部作品,有或没有主导媒介);2)各个媒介卷入的性质。关于后一个标准,是用来区分"外显"或"直接"与"隐蔽"或"间接"的媒介间性。在"外显"变体中,媒介关心的是它们的传统能指,媒介混合出现之处,个体媒介依然保持着自己的可以被辨认与独特性(虽然卷入媒介间的相互影响程度在邻近领域和相互的适应上可能各不相同)。在"隐蔽"变体中,可能只有一个主导媒介以其传统能指出现,而另一个,非支配媒介只作为纯粹的所指在场,并且像是通过主导媒介①的能指在场。结果,隐

---

① 当然,同样的是,当案例中超过一种"他者"媒介卷入时。

蔽媒介间性作品在媒介上看起来像是同质的,因为从作品表面上来看非主导媒介像是缺席的,虽然它是"隐蔽地"在场的。这种隐蔽的对其他媒介的参照(当然,这个以"讲述"或"主题化"模式的参照并没有改变讨论中作品的媒介状态)可以频繁出现,或可以在更有趣的主导媒介以隐性"展示"或"模仿"模式形象地模仿(具有特征的)非主导媒介的例子中出现。

按照上文的定义和类型学,作为媒介间性一般理论的初步成果,第4章中将文学(包括小说)的音乐化描述为音乐-文学媒介间性的特殊例子。一般来说,音乐-文学媒介间性分成三个基本种类,与薛尔划分的类型大概一致:1)外显音乐-文学媒介间性,包括音乐和文学(根据主导媒介的存在或不存在而具有从属形式);2)文学在音乐中或转化成音乐(如在标题音乐中)的间接在场产生的隐蔽媒介间性;3)音乐在文学中或将音乐转换成文学的间接在场产生的隐蔽媒介间性的相反形式。在这些类型中,小说的音乐化可以在标题中找到。更准确地说,就是那种隐蔽的或间接媒介间性,将音乐以隐性"展示"模式整合进小说。(部分)小说或短篇故事中可以看到小说的音乐化之处,在于话语层面的特殊影响,有时在故事中也可以看到,因此是能证实的,或至少是令人信服可辨认的"形象"相似或类似于音乐(作品),或音乐营造出的效果,因此在读者方面产生了特殊的印象:一般音乐或特殊的音乐作品卷入叙述表现过程中的效果,进而可以在阅读时间接体验到音乐。和在这个定义中出现的一样,音乐在文学中间接在场的另一种形式,即以显性"讲述"或主题化模式将音乐整合进文学,它本身不能算作音乐化手段。

就文学/小说中模仿音乐的各种手段来说,可以区分出三种技术形式,其中两种可以直接从薛尔的类型中接收过来:1)"文字音乐",在语言能指层面上对音乐声音性质的模仿;2)"对音乐的结构类比",在语言的能指和所指层面对音乐宏观和微观层面及作曲技法(如"对位"、"变奏"、"赋格"或"奏鸣曲形式")的模仿;3)第三个技术形式,"对音乐的想象内容类比",指的是将音乐转换成文学,但不在音响或结构上,而是以"抒情"的方式,通过思维、意象或其他文学现象,创造出由特殊(真实的或虚构的)音乐作品的想象内容和效果激发和指引的效果。由于与它们诗意地唤起的特殊音乐作品的关系,"想象内容类比"类型上与薛尔的另一种形式有关:"以文述乐"。然而,与薛尔的将"以文述乐"类型上和他的其他两种形式("文字音乐"和"结构类比")在一样的层面上的定位不一样的是,我认为以文述乐应该是一种对特别的、真实的或想象的音乐(可以在展示或讲述的模式中出现,与对音乐的非特别参照相反)作品具体参照的形式。像这样一种参照性的定义形式,以文述乐可以从对音乐的跨媒介模仿技术形式如文字音乐、结构与想象内容类比中区分开来。

正如隐蔽与隐性媒介间性所暗示的音乐化性质,在给定的文本中不总是能够轻易"发现"媒介间性这种形式。由于没有可靠的有意义的音乐化"诊断"标准,许多批评都是有缺憾的,因为在对个别文学作品的描述中(滥)使用"印象主义的"音乐比喻。接下来是布朗著名的警告:"警惕滥用比喻!"(Calvin S. Brown,1984,第30页),在第5章中我尝试勾勒一些适用于它们的证据、标准或参数的类型,也许有助于使音乐的阅读成为可能。第一个,比较弱的证据形式,是旁证,包含了直接和间接线索。在间接线索中,是关于讨论中作者的传记资料、可能倾向或不倾向媒介间性的文化气候因素,以及这同一位作者类作品为人所知的跨媒介性质。直接的旁证线索是"上下文"主题化,即评论讨论中作品的音乐特性(特别是作者他/她自己的)。通常更有用的是"文本的"证据形式。作为模仿音乐的结果,下面的一个或几个特征(都源于音乐典型的特征)在文本中应该是明显的:突出音响,一种自我指涉化与或多或少明显偏离指涉或语法的连贯性和(叙述)合理性倾向。由于是隐性展示模式,几乎在所有例子中这些症候都使文本或多或少显得"晦涩",因为音乐性与语言叙述的"媒介质地背道而驰"。然而,这对辨别音乐化是不够的。必须以讲述的模式,通过一些涉及音乐或音乐化意图的明确暗示,来帮助读者理解文本的跨媒介性质:通过类文本或文本内主题化。而且,上述证据类型在与一定的参数如高频率和强度(首先是源于音乐的叙事陌生化的"晦涩")、大范围(如突出音响特征的段落)或特殊的跨媒介指涉化(例如,如果音乐模仿能够准"互文地"与著名的音乐结构相关)的结合中得以减轻负担。为了阐释各种证据和参数类型,研究中建议将斯特恩的《项狄传》作为音乐化小说讨论的测试例子。小说整体上的测试结果主要是否定的：斯特恩的试验性杰作不是"音乐小说"，虽然预示了一些在随后的音乐化小说历史中变得重要的音乐化手段。一段也许可以说是在数十年之后开始的历史，放在第二部分中进行勾勒。

第二部分的一个大体想法，是为第一部分中发展的理论分类和类型提供一个在特殊文学作品中阐释应用和测试的空间。案例是为了实际目的从英语文学中选择的，尽管理论的有效性并不局限于英语文学。这种理论主要用于音乐化小说证据的辨认和评价，以及分析个别文本中使用的跨媒介技术。除此之外，要特别强调的是小说音乐化的功能、它们的历史发展和其中的一些功能在音乐化小说传统中明显的承继性。

在与抒情诗的对比中看出，抒情诗从一开始（虽然持久的音乐化试验是一种更晚近的事）就与音乐有一定的密切联系，而这个传统在小说中是相对迟来的现象。事实上，英语文学中在"小说出现"不止一个世纪后，在德·昆西的《梦的赋格》(1849)后才显现出来。这并不是偶然的。几个因素有利于它的出现和随后的音乐化小说传统的发展。除了个别作者私人的音乐爱好，文艺美学、音乐美学和音乐文化观念上的意义深远的变化是最重要的因素。

如在第6章中讨论的，这些变化在18世纪后半期特别是浪漫主义初期变得更为显著。对接下来音乐化小说发展特别重要的是这个时期音乐在美学评价中的上升。在这个上升中，传统的与更现代的(前)浪漫派以及与音乐相联系的形式主义思想的结合起了重要作用：经典的作为宇宙秩序象征的毕达哥拉斯的音乐概念；新的、前浪漫派的音乐作为最古老的艺术之一应与姊妹艺术——"诗歌"和绘画重新结合；越来越多地强调音乐作为一种特别适合诉诸情感和想象的艺术；音乐是一种与心理状态（"意识音乐"）有着密切关系的媒介，并且适于表达变化、模糊、不稳定的存在状态；最后，将音乐作为一种特殊的形式"纯粹"的非模仿艺术，因而是种"本身自足"的艺术。如在接下来的章节中讨论的，可以看到其中的许多因素影响了音乐化文本和它们的功能。事实上也由于一再使用这些同样的技术手段倾向的功能因素，特别在与古典音乐的参照结合中（典型的如在对形式如赋格和奏鸣曲的结构类比的营造中),在一定程度上这些文本构成了连续的传统。

可以说,英语文学中这个传统的创始文本《梦的赋格》(第7章),通过许多明白无误的文本与类文本元素彰显了它的跨媒介性质。这些元素包括解释性的"作者后记",文本结构透露出的一些与音乐性质潜在的密切联系,以至于其突出的重复出现模式,相当程度上淡化了模仿讲故事的逻辑。技术上,《梦的赋格》的音乐化确实主要是依靠结构层面。德·昆西的文本表现出对三段式赋格(快速的)横向乐章主题上的类比,而这个"赋格"好像是特别浪漫的,即情感上动态的赋格。功能上,音乐化唤回了许多在前几十年中曾导致音乐地位日益上升的音乐特性。除了文本为了加强情感效果而诉求于音乐,《梦的赋格》中使用的音乐还与另外两个因素相关,令人联想到晚近的音乐观点:本质上动态的主题(文本中描述的原初经验是在快速行进的马车中死里逃生),尤其是梦想萦绕心头的非同寻常的精神状态的表达。这里的音乐化不仅是叙述者作为个体的一种刻画方式,在某种意义上,也使更一般的音乐和无意识间密切关系的浪漫观点戏剧化,同时,可以进行一次"姊妹艺术"音乐和诗歌重新联合理想的实际试验。而且,音乐结构也作为一种统一的手段和美学秩序的补充,使拒绝模仿性的讲故事传统的潜在无组织梦系列得以实现。《梦的赋格》中最后一个音乐化的功能与古老的音乐在哲学上的稳定性相联系。有时,尽管它的噩梦般的性质,《梦的赋格》在喜庆的顶点上达到了高潮,其中积极的爱国主义和宗教内容(提到英国战胜拿破仑以及复兴)与特别频繁的音乐主题化混合在一起。虽然在这个积极的结尾之前,音乐化也与不和谐的(精神)状态联系,这里音乐形式的选择显然是受到毕达哥拉斯的音乐与宇宙秩序间联系的启发。

如果说在主张现实主义模仿说的19世纪,尽管也有一些孤立的进一步的音乐化例子(见第7章第5节),《梦的赋格》依然是相当稀有的现象,那么媒介间性倾向,包括小说的音乐化,随着现代主义的到来而日益增多了(第8章第1节)。这个时期,文学中最杰出的音乐化试验是乔伊斯的《尤利西斯》中的"塞壬"插曲(见第8章第2节到5节)。小说中存在大量的音乐在这个文本中起到很重要作用的文本证据,特别是在音乐主题化与对音乐的思考上。而且,还有"塞壬"音乐化的著名的上下文线索,尤其是在乔伊斯的一封信中,他有点神秘地承认选择"卡农赋格曲"[fuga per canonem]作为音乐形式。在音乐化的技术形式层面,文本在一定程度上证实了这个说法。在一定的限度内,"塞壬"确实可以读作另一个试图模仿三声部赋格的作品,这一次是集中在欲望特别是性欲望主题上。然而,即使在"塞壬"的赋格阅读中,也不是所有的细节都令人信服,但在对音乐技法的频繁类比中弥补了这一缺陷,如通过"剪切与拼接"(Fischer,1990,第47页)技术的多声部模仿,动机再现与文字音乐的使用。在开始的段落中文字音乐的使用特别引人注目,表现出一些与歌剧"序曲"(而不是"前奏")的密切关系。功能上,"塞壬"中小说的音乐化至少和在《梦的赋格》中一样丰富。除了彰显出互文的荷马的范例(在荷马这儿,音乐也很重要),对音乐艺术的引入有助于《尤利西斯》整体上的百科全书倾向。而且,这里小说的音乐化也作为创造叙事统一性和连贯性的一种方式。与在《梦的赋格》中一样,由于文本中显示出对潜在混乱的意识流的明显兴趣,一种结合了漠视传统模仿讲故事的兴趣,美学一致问题变得很重要。而且,由于乔伊斯引入了相当多的人物,"塞壬"中一致性的问题是致命的。将音乐作为叙事一致的方式也可以解释为对古老的音乐作为秩序化身的回应,虽然"塞壬"中这个秩序不再与《梦的赋格》一样指向宇宙维度,而是显示出美学家对形式美的礼赞。与《梦的赋格》相比的创新之处是,一方面是音乐化的游戏层面,另一方面是它的元美学功能:迂回地将音乐作为探索小说极限、从叙事意义到"纯粹形式"的可能性以及对语言艺术美学重估的试验手段。

像乔伊斯一样,英格兰-爱尔兰现代主义历史中另一位杰出的小说家弗吉尼亚·伍尔夫也进行了音乐化的试验,例如在《海浪》中。她的短篇故事《弦乐四重奏》(第9章)不只在题目上,而且在小说中所赋予音乐的重要性上都具有音乐化倾向。故事的绝大部分都是以文述乐的扩展,设想去实现在无名听者的意识中也许是莫扎特的四重奏音乐作品的效果。技术上,故事将奇幻的想象内容类比与一些文字音乐结合在一起,并试图模仿讨论中作品的结构。功能上，值得注意的是这里的音乐化也不仅仅是带着拓展小说极限的试验意图，而且还意在表现意识流。假如说伍尔夫总体上偏离模仿叙事是比较有名的，那么在《弦乐四重奏》中也是这样的，也许可以说跨媒介借用在这里具有替代的功能：它在丢弃了传统的讲故事之后提供了一种新的形式一致性。而且，与在《梦的赋格》中一样，音乐化为表达高度的情感状态服务，因而既有利于聚焦者的特征化，也有利于一种几乎是印象主义的文学的（重）感官化（因此延续了音乐与强烈的感觉和情感体验之间的传统联系）。与音乐体验相互关联的积极情感状态在《弦乐四重奏》中，与感觉的萎缩和一战后现代生活的碎片和贫瘠形成对照。在这个对照的基础上，音乐化作为超越了日常存在的幸福想象的诠释，这种幸福对象伍尔夫这样的现代主义者来说，在短暂的"存在片刻"中依然能够被感觉到，特别是在体验艺术时。在这个艺术作为最后一个积极性领域的意味中，《弦乐四重奏》的音乐化因而也具有元美学功能。它与已经在德·昆西的《梦的赋格》中看到的同样的哲学积极性的变体相联系。

作为第三个现代主义音乐化的经典例子，第 10 章讨论的是赫胥黎的《点对点》。至今为止所讨论过的所有阐释中，这部小说也许有着最为确定的音乐化证据。这种证据出现在元小说的嵌套式结构中，与此同时这部小说也是到目前为止小说作品中可以看到的对音乐文学媒介间性所做的最广泛的思考的作品。在这个嵌套式结构中，虚构的小说家菲利普·寇勒斯解释他的"小说音乐化"（第 301 页）计划，这计划明显适用于《点对点》本身的技术和功能层面。技术上，《点对点》按照寇勒斯的计划，排除了文字音乐而强调结构类比，特别是对位的作曲技法，而且也包含了两个著名的用以文述乐方式表现巴赫和贝多芬作品的想象内容类比例子。至于媒介间性功能，《点对点》第四次证实了寇勒斯的思考中已经出现的印象（这也适用于后现代主义文本），即音乐化是营造美学一致性的一种方式。在由于各种原因而不再支持传统小说写法的美学语境中，这样一种方式作为另一个选择显得特别有必要。《点对点》中，另一种组织原则的试验选择是必要的，不仅由于赫胥黎对形式主义的关注（和在"塞壬"中一样,在音乐化中找到合适的表达),而且因为他试图从不同角度描绘当代城市生活的"多重性"、复杂性和不稳定性:把小说音乐化,赫胥黎便可以描绘这样的多重性,而不失去对必需的异质材料的美学统辖。同时音乐化也又一次被作为元美学思考的领域。这个功能选择比在《弦乐四重奏》中得到了更深广的探究:不仅在人物的(菲利普·寇勒斯的)沉思中,而且在文本整体上。而且,也可以发现音乐与古老的哲学积极性的联系,唤起一种确定的情感性与感觉特征,一种虽然《梦的赋格》和《弦乐四重奏》中是在不同程度上唤起的联系。在《点对点》以文述乐的例子,以及小说的开始和结尾出现的思考中,这些性质都特别突出。然而,和在《弦乐四重奏》中一样,通过音乐体验到的幸福(在人物斯潘德雷尔身上这种幸福甚至得到了一种形而上性质),不是后浪漫主义的永恒救赎,也不是形而上学确定性的顿悟。它只是意识的刹那状态和转瞬即逝的美的揭示。如果这在哲学层面上并不太重要,它的重要性在于赋予音乐化小说中的音乐和"再表现"以重要的功能,即接近残余的确定性。

音乐化小说历史在后现代主义这里达到第二个高潮。这里反模仿美学与强烈的试验、元美学倾向,以及一般的漠视体裁和媒介边界相结合,形成了特别有利于媒介间性(见第11章第11节)的氛围。

在跨越动机上比较激进的后现代主义例子是贝克特的《乒》(见第11章第2到4节),虽然在这个文本中的跨越边界可能更明显的是关于小说和诗歌之间的体裁区别,而不是关于文学和音乐两种媒介间的区别。即使没有任何明确的媒介间性指示,但至少能够被看作是音乐化小说的边缘例子。这特别是因为在这个晦涩的散文作品中,高度的去指涉化,伴随着明显的突出语言的音响维度与极端的形式主义特征。弥漫的文本发展的形式原则,重复、交换和有限词语的重复组合,事实上产生了更类似于音乐的效果,而不是叙事小说或就这一点而论的任何其他艺术。除了激进的反模仿与形式主义倾向的症候,这些与音乐的密切联系还关乎并有助于《乒》的一般功能:作为后现代主义的示例,对语言与哲学否定性及所有稳定指称意义的瓦解之结合缺乏信心。

第二个后现代主义小说音乐化(第12章)的例子,是伯吉斯的《拿破仑交响曲》，英语文学可以为拥有世界文学中最彻底的试图音乐化的小说而自豪。与《乒》相比，这部小说包含了明白无误的音乐化思想的证据，以及类文本"致读者信"中对音乐化计划的说明，同时引人注目的是，这是第一次将以文述乐扩展到整本书的长度。伯吉斯使用了所有技术领域的手段，沿着贝多芬的《英雄》的旋律线索建构拿破仑传记，从而彰显出这个交响曲的创作与英雄人物拿破仑（然而伯吉斯蔑视他的英雄的高大形象与英雄主义一般观点）之间的原本关系。和乔伊斯一样，很大程度上试验性与滑稽影响了这部力作，并且和其他讨论过的文本一样，这里的音乐化也伴随着明显的非模仿倾向。隐隐地延续了 18 世纪后期的音乐美学脉络，以及在其他作者中也会碰到的这种对文学音乐化的使用，伯吉斯也将音乐作为主要的形式手段：因此音乐化成了一种凸显叙事形式的方式，否则由于小说突出的历史指涉性将很容易被淹没。然而，在其致力于对稳定的身份"本质"的后现代主义去中心化思想中，可以看到最重要的音乐化功能。整体上，《拿破仑交响曲》揭示了我们对如拿破仑这样的英雄的虚构性与互文建构性思想。将这样一位英雄的整个传记基于持久的对交响曲（反过来包含了对普罗米修斯神话进一步的参照）的参照，就是这种互文性与虚构性的显著例证。

238　　与《拿破仑交响曲》相反，夏希波维奇的短篇故事《赋格》（见 13 章）直接的音乐化证据只有小说标题与作者写的一封信中的一个解释性段落。然而，文本本身显示出足够的"奇特"，特别是同样的故事被讲述了三遍，具有明显的去指涉化倾向，引人进行音乐式的阅读。《赋格》中没有出现文字音乐与想象内容类比层面的技术手段，这里也是结构手段使得可以进行跨媒介阐释：更准确地说，将这个多重视点文本，解读为对多声部赋格的模仿，主题是建立和保持人类之间交流的欲望。然而《赋格》不只是包含音乐的媒介间性元素，它也显示出与绘画的密切关系，因此成了古老的姐妹艺术诗歌、绘画和音乐重新联合的后现代主义版本。后现代主义不仅体现在跨越多重媒介边界与反模仿漠视传统讲故事的惯例与异指涉性中，也体现在故事隐含的哲学上的怀疑主义。因而作品可以读作是一个人类状况的寓言：唯一还能确定的知识，是任何关于根本变化的希望,就形而上学意义上的救赎而言,都是毫无意义的。这种很大程度上是悲观的故事的核心是无希望的静止状态,这与选择"赋格"这个传统上静态的形式作为文本结构的媒介间范例非常匹配。再一次地,这个音乐结构作为试验的"拐杖"取代了更传统的叙事组织形式。在真正的后现代主义风潮中,这作为明显的"拐杖",同时也有利于彰显文本形式的艺术性。最后而且也重要的是,与通过对绘画的跨媒介参照发展出的元美学主题一起,音乐化还有元美学与哲学上的功能(夏希波维奇在某种程度上超越了后现代主义的否定性):致力于将艺术同时作为诠释存在的否定性与指向"静默"远方的方式的思考,这样就避免了某种知识与话语的理性。

总之,从德·昆西到后现代主义的音乐化小说传统当然只是文学史中的小支流,但只是在量上是小的,而不是美学性质上的。如我们可以看到的,抨击跨媒介试验为"艺术的混淆"(Greenberg, 1940/1986,第23页)是不恰当的:与其说是危及媒介的"纯正"(不管怎样这是个有问题的价值观),不如说这些试验也许会丰富已建构的媒介,会是对这些媒介"他者"的有趣敞开。音乐化小说是文学对媒介"他者"的敞开,这看起来很遥远,当然这也是音乐化小说处于少数派状态的主要原因。然而,正是由于这种遥远,结果对整体上的小说发展中很多重要的美学倾向有着重要意义。这可以在音乐化可能有的许多功能的追溯比较中看到:或者作为对故事和话语层面的影响,或在美学领域与各自文本中隐含的世界观,又或在与其他文本的互文关系中。的确,有些功能如"指明互文参照"(《尤利西斯》中对荷马的参照)或"评论前文本"(伯吉斯集中在《英雄》、拿破仑与普罗米修斯间的原初关系)只在个别例子中出现。同样的事实是一些功能好像彼此之间冲突(例如音乐和音乐化作为肯定性象征的哲学功能,与此相对的是在我们的后现代主义例子中对意义的解构;或者在美学功能领域,强调非理性,与强调形式主义——明显的理性自我指涉结构的对照;或"百科全书式的现实表现"的故事功能与"偏离模仿"的话语功能的对照)。然而整体上,包含下面功能的一定的面向变得可以辨识，这些功能以明显的频率出现（即在超过一半的例子中①）。就话语/美学功能来说，音乐化特别经常被认为可以在传统叙述惯例之外提供一种美学一致性方式。这被证明对潜在混乱的材料特别有用，如意识流或现代存在的复杂性。而且，这个对美学组织的关注经常伴随着对美学形式的强调，和/或强调非理性/感情性，尤其是明显偏离作为传统叙事基础的模仿。这些功能的大多数可能具有的共同特性，是对既定传统的不满，特别是对模仿讲故事的不满，因此由于音乐的"他性"，成了叙事组织的有价值的选择范例。小说的音乐化经常也可以看作一种对小说媒介边界的探索和试验，而在美学语境中这些边界是成问题的。与这些功能相关的是另一个特别重要的功能：音乐化作为自反手段用来对（含蓄地）文学、音乐或一般美学问题进行评论的元美学功能②。直到现代主义对音乐的积极肯定（这种艺术从前浪漫主义开始如鱼得水），这种肯定对小说（的功能）有着积极的影响，特别是对作为音乐的远方"侄儿"的音乐化小说。这个肯定的评价一再地与占音乐化主导的哲学功能相关：尽管后现代主义是例外的，大多数例子中可以看到音乐思想和它的语言模仿构成了一种肯定性、一线有意义的秩序、希望和美。即使像在伍尔夫和赫胥黎的文本中，这种肯定性只是残余的和短暂的，其中依然可以察觉到毕达哥拉斯音乐思想的蛛丝马迹。

　　小说的音乐化是一个棘手的领域，萦绕着的警告如上面引用的布朗的"警惕滥用比喻！"或伯吉斯在《拿破仑交响曲》结尾的《致读者信》中甚至更激进的声明：

......叙事性散文

---

　　① 有趣的是，正如 Kesting 分析的那样，这部分中的一些功能侧面在音乐化戏剧中也能找到对应。

　　② 就像我们看到的，"艺术是艺术的解释"（ars est artem demonstrare），美学并没有作为媒介上纯粹的现代主义作品的资源，像 Greenberg 就会这么认为（《走向新拉奥孔》，1940/1986，第 34 页），但通常以与媒介间性融合的方式出现。这也再一次证实了第 3 章第 5 节中提出的媒介间性与元美学自反性关联的设想。

让其像音乐那样
......
......此事不可为（第349页）

然而这些诗节也许讲得并不那么认真,因为伯吉斯自己的"叙事散文"像是与之不符,但也应该认真对待这些警告。一些将音乐转化成小说的主张在技术细节上可能确实总是有疑问的,并且还有讨论的余地,这不可否认地也适用于本研究中的阐释。另一方面采取一个纯化论者的姿态,漠视音乐-文学媒介间性的努力,因为严格来说"此事不可为"在我看来是事与愿违:这不只是等于对小说中确实一再地尝试音乐化的历史事实视而不见,同时由于它多种功能的使用,也可能放弃了将它们作为证据来探索的机会,这些证据可以使个别作者或作品和整个时代或美学倾向更为清楚。而且在小说以及新媒介的发展过程中,可能会错过观察一种终究会越来越重要的现象的机会:在人工作品的意义中包含超过一种体裁或不止一个媒介的日益增长的趋势,简言之,媒介间性的趋势。就小说中非文学媒介的卷入来说,这里媒介间性的存在也许是一般趋势的结果,特别是伍尔夫所讲的将来这个体裁接管抒情诗特征的可能性,她曾这样描述:"小说这个庞然大物,已经吞噬了如此多的艺术形式,并且还将继续吞并更多。"(Woolf,1927/1966,第224页)

小说的音乐化确实只是更晚近的小说和短篇故事历史中的一种跨媒介现象。还有包括其他的如从电影的媒介跨借用,以及最近的,从计算机的超文本(参阅 Landow,1992;Landon,1993)得到的灵感。在这些试验中,有一个至少从历史上看和音乐化手段一样重要:将古老的"诗如画"思想运用于小说,特别是以描述的模式运用。关于风景描述领域对绘画范例的有意识模仿,这种小说的跨媒介扩展最初受到"壮观的"和"如画的"美学的影响,这从18世纪后半叶(特别是在英语文学中从安·拉德克丽夫[Ann Radcliffe]开始的哥特小说)便可以看到。分析这种媒介间性在什么样的程度上与音乐化的功能相似和不同确实是很有意思的。然而,这将是另一个研究①的材料，本书勾勒的媒介间性理论也许可以得到进一步的应用，或者如果需要可以做出调整。

---

① 参阅 Byerly,《现实主义、表达与十九世纪文学中的艺术》[*Realism, Representation, and the Arts in Nineteenth-Century Literature*, 1997]对 19 世纪文学整体上跨媒介发展的综述(一个历史学的研究，但遗憾的是没有通过媒介间性理论进行任何方面的推进，研究包括了对音乐、绘画和戏剧的参照、主题化，但未集中在跨媒介效仿)。

参考文献

原典(小说)文献

Beckett, Samuel, *Collected Shorter Plays*. London/Boston: Faber and Faber, 1984.
贝克特,《短篇戏剧集》
——. "Ping". S. Beckett. *Six Residua*. London: John Calder, 1978. 41—44.
——,《乒》
——. *Residua. Prosadichtungen in drei Sprachen*. Frankfurt/M.: Suhrkamp, 1970.
——,《残片》
Blake, William. "Laughing Song". William Blake. *Selected Poems*. Ed. P. H. Butter. London: Dent, 1982. 16.
布莱克,"欢笑歌"。卞之琳中译本,《卞之琳译文集》(中卷),合肥:安徽教育出版社 2000 年。
Bradbury, Malcolm, ed. (1987). *The Penguin Book of Modern British Short Stories*. Harmondsworth: Penguin.
布拉德伯里编,《现代英国短篇小说》
Brontë, Charlotte. *Jane Eyre*. Ed. Q. D. Leavis. Harmondsworth: Penguin, 1966.
布朗特,《简爱》,吴钧燮中译本,北京:人民文学出版社,1990 年。
Brophy, Brigid. *In Transit: An heroi-cyclic novel*. London: Macdonald, 1969.
布罗菲,《过境》
Burgess, Anthony. *The End of the World News*. Harmondsworth: Penguin, 1983.
《世界新闻末日》
——. *Mozart and the Wolf Gang*. London: Hutchinson, 1991.
——,《莫扎特与狼帮》,蒲隆中译本,南京:译林出版社,2001 年。
——. *Napoleon Symphony*. London: Cape, 1974.
——,《拿破仑交响曲》
Carroll, Lewis. *The Annotated Alice. Alice's Adventures in Wonderland and Through the Looking Glass*. Ed. Martin Gardner. Harmondsworth: Penguin, 1970.

卡罗尔,《详注版爱丽丝》,王永年中译本,南宁:接力出版社,2012年。
Conrad, Joseph. *The Nigger of the "Narcissus" and Typhoon and Other Stories*. Collected Edition of the Works of Joseph Conrad. London: Dent, 1950.
康拉德,《"水仙号上的黑水手"、台风及其他》
De Quincey, Thomas. *The English Mail Coach*. Th. De Quincey. *The Collected Writings*. Ed. David Masson. 14 vols. London 1897. Vol 13. 270—330.
德·昆西,《英国邮车》
Diderot, Denis. *Entretiens sur Le Fils naturel*. D. Diderot. *Œuvres esthétiques*, Ed. Paul Vernière. Paris: Garnier, 1968. 69—175.
狄德罗,《关于〈私生子〉一剧的谈话》
Fowles, John. *Daniel Martin*. London: Picador, 1989.
福尔斯,《丹尼尔·马丁》
Gide, André. *Les Faux-monnayeurs*. Paris: Gallimard, 1925. Rpt. 1985.
纪德,《伪币制造者》,盛澄华中译本,上海:上海译文出版社,2010年。
Hardy, Thomas. *Tess of the d'Urbervilles*. Ed. James Gibson. London: Everyman, 1984.
哈代,《德伯家的苔丝》,张谷若中译本,北京:人民文学出版社,1984年。
Hunt, Leigh. "A Thought on Music". L. Hunt. *The Poetical Works*. Ed. H. S. Milford. Oxford: Humphrey Mildford, 1923. 254—255.
亨特,《音乐断想》
Huxley, Adous. *Island*. London: Granada, 1976.
赫胥黎,《岛》,鄢佳中译本,成都:天地出版社,2018年。
——. *Point Counter Point*. London: Granada, 1978.
——,《点对点》。龚志成中译本译为《旋律的配合》,上海:上海世纪出版集团,2002年。
Josipovici, Gabriel. "Fuga". G. Josipovici. *In the Fertile Land*. Manchester: Carcanet, 1987. 51—54.
乔西波维基,《赋格》
Joyce, James. *Finnegans Wake*. London: Faber and Faber, 1975.
乔伊斯,《芬尼根守灵夜》,戴从容中译本,上海:上海人民出版社,2013年。
——. *Ulysses. The Corrected Text*. Ed. Hans Walter Gabler, Wolfhard Steppe, Claus Melchior. New York: Random House, 1986.
——. *Ulysses*. The World's Classics. Ed. Jeri Johnson. Oxford: Oxford Univ. Press, 1993.
——,《尤利西斯》,萧乾、文洁若中译本,南京:译林出版社,2005年。
Milton, John. "At a Solemn Musick". J. Milton. *The Poetical Works*. Ed. Helen Darbishire. London: Oxford Univ. Press, 1958. 414 f.
弥尔顿,"庄严的音乐"
The Norton Anthology of Poetry. Ed. Alexander W. Allison et al. New York: Norton, third edition 1983.
《诺顿诗歌选集》
Schnitzler, Arthur. "Fräulein Else". A. Schnitzler. *Fräulein Else und andere Erzählungen*. Frankfurt/M.: Fischer, 1987. 41—160.
施尼茨勒,"艾尔泽小姐",吴秀芳等中译本,上海:上海译文出版社,1992年。
Sterne, Laurence. *The Life and Opinions of Tristram Shandy, Gentleman*. Ed. Graham Petrie. Harmondsworth: Penguin, 1967.
斯特恩,《项狄传》,蒲隆中译本,上海:上海译文出版社,2012年。

Tieck, Ludwig. *Die Verkehrte Welt.* L. Tieck. *Werke in vier Bänden.* Ed. Marianne Thalmann. Vol. 2. *Die Märchen aus dem Phantasus. Dramen.* Munich: Winkler, 1964. 271—357.
蒂克,《颠倒的世界》
Verlaine, Paul. *Œuvres poétiques.* Ed. Jacques Robichez. Paris: Garnier, 1969.
魏尔伦,《诗集》
Wilde, Oscar. *The Picture of Dorian Gray.* Harmondsworth: Penguin, 1949.
王尔德,《道林·格雷的画像》,孙法理中译本,南京:译林出版社,2002 年。
Woolf, Virginia. *The Complete Shorter Fiction.* Ed. Susan Dick. London: Hogarth Press, 1985.
伍尔夫,《短篇小说全集》
——. *A Haunted House and Other Short Stories.* London: Hogarth Press, 1953.
——,《鬼屋及其他》
——. *To the Lighthouse.* London Granada, 1977.
——,《到灯塔去》,瞿世镜中译本,上海:上海译文出版社,2009 年。
——. *The Voyage Out.* Ed. Jane Wheare. Harmondsworth: Penguin, 1992.
——,《远航》,孟西慧、梁晨中译本,武汉:华中科技大学出版社,2020 年。
——. *The Waves.* London: Grafton, 1977.
——,《海浪》,曹元勇中译本,上海:上海译文出版社,2019 年。
——. *The Years.* London: Pan, 1948.
——,《岁月》,莫昕中译本,武汉:华中科技大学出版社,2020 年。
Wordsworth, William. *The Thirteen-Book Prelude.* Duncan Wu, ed. *Romanticism. An Anthology.* Oxford: Blackwell, 1994. 284—474.
华兹华斯,《前奏曲》

二手文献

Abrams, M. H. (1953/58). *The Mirror and the Lamp: Romantic Theory and the Critical Tradition.* Rpt. New York: Norton, 1958.
艾布拉姆斯,《镜与灯:浪漫主义文论及批评传统》,郦稚牛中译本,北京:北京大学出版社,2004 年。
Adorno, Theodor(1963/84). "Fragment über Musik und Sprache". Th. Adorno. *Quasi una fantasia. Musikalische Schriften 2.* Frankfurt/M.: Suhrkamp. Rpt. In Scher, ed. 1984: 138—141.
阿多诺,《音乐与语言断想》
Albright, Daniel(1999). "Untwisting the Serpent. Recasting *Laokoon* for Modernist Comparative Arts". Berhart/Scher/Wolf eds. 1999: 79—91.
奥尔布赖特,"松开巨蟒:为现代比较艺术学重塑《拉奥孔》"
Aplin, John(1993), "Aldous Huxley's Music Criticism: Some Sources for the Fiction". *English Language Notes* 21(1). 58—63.
"阿道斯·赫胥黎的音乐批评:一些小说批评的来源"
Aronson, Alex(1980). *Music and the Novel: A Study in Twentieth-Century Fiction.* Totowa, N. J.: Rowman & Littlefield.

阿隆森,《音乐与小说:二十世纪虚构作品研究》
Avison, Charles (1753/1967). *An Essay on Musical Expression*. Monuments of Music and Music Literature II, 55). Facsimile New York: Broude Brothers, 1967.
阿维森,《关于音乐表达》

Bakhtin, Mikhail M. (1963/84). *Problemy poetiki Dostojewskowo*. *Problems of Dostoevsky's Poetics*. Ed. And transl. Caryl Emerson. Manchester: Manchester Univ. Press.
巴赫金,《陀思妥耶夫斯基诗学问题》,白春仁、顾亚玲中译本,北京:生活・读书・新知三联书店,1988年。
Bal, Mieke (1980/85). *Narratology. Introduction to the Theory of Narrative*. Transl. of *De theorie van vertellen en verhalen* by Christine van Boheemen. Toronto: Univ. of Toronto Press, 1985.
巴尔,《叙事学:叙事理论导论》,谭君强中译本,北京:中国社会科学出版社,2003年。
Barlow, Clarence (1998). "Songs within Words: The Programme TXMS and the Performance of *Ping* on the Piano". Bryden, ed. 1998: 233—240.
巴罗,"无词歌:TXMS 与〈乒〉的钢琴演奏"
Barricelli, Jean-Pierre, Joseph Gibaldi, eds. (1982). *Interrelations of Literature*. New York: MLA.
巴里塞利、吉巴尔迪编,《文学的交叉关系》
Barry, Kevin (1987). *Language, Music and the Sign: A Study in Aesthetics, Poetics and Poetic Practice from Collins to Coleridge*. Cambridge: Cambridge Univ. Press.
巴瑞,《语言、音乐与符号:从柯林斯到科勒律治的美学、诗学与诗歌实践研究》
Barthes, Roland (1968). "La Mort de l'auteur". *Mantéia* 5. 12—17.
巴特,"作者之死"
——. (1982). *L'Obvie et l'obtus: Essais critiques III*. Tel Quel. Paris: Seuil.
——,《显性义和隐性义,批评文集之三》
——. (1982/85). *The Responsibility of Forms: Critical Essays on Music, Art, and Representation*. Transl. of Barthes 1982 by Richard Howard. Berkeley: Univ. of California Press.
——,《形式的责任:关于音乐、艺术与表现》
Basilius, H. A. (1944). "Thomas Mann's Use of Musical Structure and Techniques in *Tonio Kröger*". *The Germanic Review* 19. 284—308.
巴西利厄斯,"托马斯・曼的《托尼奥・克律格》中音乐结构与技巧的使用"
Beattie, James (1762/1975). *An Essay on Poetry and Music, As They Affect The Mind*. J. Beattie. *Essays*. The Philosophical and Critical Works of James Beattie 1. Ed. Bernhard Fabian. Facsimile Hildesheim: Olms, 1975. 347—580.
比蒂,《关于诗与音乐对心智的影响》
Beckett, Samuel (1929/72). "Dante...Bruno. Vico...Joyce". S. Beckett and others. *Our Exagmination Round his Factification for Incamination of Work in Progress*. London: Faber, 1972. 1—22.
贝克特,"但丁、布鲁诺、维柯、乔伊斯"
——. (1931—1949/1965). *Proust [and] Three Dialogues: Samuel Beckett and Georges Duthuit*. London. Calder & Boyars, 1965.
——,《普鲁斯特论、塞缪尔・贝克特与乔治・迪蒂三对话》

Beckett, Walter (1998). "Music in the Works of Samuel Beckett". Bryden, ed. 1998: 181—182.
贝克特,"塞缪尔·贝克特作品中的音乐"
Benveniste, Emile. (1974). *Problèmes de linguistique générale II*. Collection Tel. Paris: Gallimard.
本维尼斯特,《普通语言学问题》(第二卷),王东亮中译本,北京:生活·读书·新知三联书店,2008年。此为选译本。
Bernhart, Walter(1993). "*True Versifying*": *Studien zur elisabethanischen Verspraxis und Kunstideologie. Unter Einbeziehung zeitgenössischer Lautenlieder*. Studien zur englischen Philologie n. s. 29. Tübingen: Niemeyer.
伯恩哈特,"真正的诗化:关于伊丽莎白女王时期诗歌实践和艺术意识形态的研究。包括同时代的有声歌曲"
——(1994). "Prekäre angewandte Opernästhetik: Ausdens 'Sekundäre Welt' und Hans Werner Henzes *Elegie für Junge Liebende*". W. Bernhart, ed. *Die Semantik der musiko-literarischen Gattungen: Methodik und Analyse. Eine Festgabe für Ulrich Weisstein zum 65. Geburtstag*. Tübingen: Narr. 233—246.
——,棘手的应用歌剧美学:奥斯汀的"第二世界"和汉斯·韦那·亨策的"年轻恋人的挽歌"
——, Steven Paul Scher, Werner Wolf, des. (1999). *Word and Music Studies: Defining the Field. Proceedings of the First International Conference on Word and Music Studies at Graz*, 1997. Amsterdam: Rodopi.
——,伯恩哈特、薛尔、维尔纳编,《文字与音乐研究:领域界定》
Bernold, André(1992). *L'Amitié de Beckett*. Paris: Hermann.
班诺德,《贝克特的友谊》
Beyer, Manfred(1977). "Anthony Burgess. *Napoleon Symphony*". Rainer Lengler, ed. *Englische Literatur der Gegenwart*. Düsseldorf: Bagel. 313—324.
拜尔,"安东尼·伯吉斯:《拿破仑交响曲》"
——(1987). "Anthony Burgess". Rüdiger Imhof, Annegret Maack, eds. *Der englische Roman der Gegenwart*. UTB 1467. Tübingen: Francke. 68—91.
——,"安东尼·伯吉斯"
Blackstone, Bernard(1949). *Virginia Woolf: A Commentary*. London: Hogarth Press.
布莱克斯通,《弗吉尼亚·伍尔夫论》
Blamires, Harry(1966). *The Bloomsday Book: A Guide through Joyce's "Ulysses"*, London: Methuen.
布拉迈尔斯,《布鲁姆日之书:乔伊斯〈尤利西斯〉导读》
Bly, James I. (1981). "Sonata Form in *Tremor of Intent*". *Modern Fiction Studies* 27/3. 489—504.
布莱,"《蓄意的颤栗》中的奏鸣曲形式"
Böse, Robert(1984), *Musikalische Strukturen in Romanen von Virginia Woolf, Aldous Huxley und James Joyce*. Unpublished M. A. thesis. Univ. of Munich.
博泽,"伍尔夫、赫胥黎与乔伊斯小说中的音乐结构"(未出版之硕士论文)
Bosseur, Jean-Yves (1998). "Between Word and Silence: *Bing*". Bryden, ed. 1998: 241—247.
伯塞尔,"*Bing*:在词语与沉默之间"

Bowen, Zack (1967). "The Bronzegold Sirensong: A Musical Analysis of the Sirens Episode in Joyce's *Ulysses*". Eric Rothstein, Thomas K. Dunseath, eds. *Literary Monographs*. Vol. 1. Madison, Milwaukee: Univ. of Wisconsin Press. 247—320.
鲍恩,"金铜色的塞壬之歌:乔伊斯的《尤利西斯》中塞壬插曲的音乐分析"
——(1977). "Allusions to Musical Works in *Point Counter Point*". *Studies in the Novel* 9. 488—508.
——,"《点对点》中的音乐作品暗示"
——(1993). "Music as Comedy in *Ulysses*". Ruth H. Bauerle, ed. *Picking Up Airs: Hearing the Music in Joyce's Text*. Urbana: Univ. of Illinois Press. 31—52.
——,"《尤利西斯》中作为喜剧的音乐"
——(1995). *Bloom's Old Sweet Song: Essays on Joyce and Music*. The Florida James Joyce Series. Gainesville: Univ. Press of Florida.
——,《布鲁姆古老甜蜜的歌:乔伊斯与音乐》
Brienza, Susan D. (1987). *Samuel Beckett's New Worlds. Style in Metafiction*, Norman: Univ. of Oklahoma Press.
布里恩扎,"塞缪尔·贝克特的新世界:元小说风格"
Broich, Ulrich (1985). "Bezugsfelder der Intertextualität: Zur Einzeltextreferenz". Broich/Pfister eds. 1985: 48—52.
布洛赫,"互文性的相关领域:单独一个篇章的所指"
——, Manfred Pfister, eds. (1985). *Intertextualität: Formen, Funktionen, anglistische Fallstudien*. Konzepte der Sprach- und Literaturwissenschaft 35. Tübingen: Niemeyer.
——,与普菲斯特合编,《互文性:形式、功能与英语作品案例研究》
Brown, Calvin S. (1938). "The Musical Structure of De Quincey's 'Dream Fugue'". *The Musical Quarterly* 24: 341—350.
布朗,"德·昆西《梦的赋格》中的音乐结构"
——(1948/87). *Music and Literature: A Comparison of the Arts*. Rpt. Hanover: Univ. Press of New England, 1987.
——,《音乐与文学:艺术之间的比较》
——(1970). "The Relations between Music and Literature As a Field of Study". *Comparative Literature* 22. 97—107.
——,"作为研究领域的音乐与文学之关系"
——(1984), "Theoretische Grundlagen zum Studium der Wechselverhältnisse zwischen Literatur und Musik". Scher, ed. 1984: 28—39.
——,"文学和音乐相互关系研究的理论基础"
Brown, John (1763/1792). *A Dissertation on the Rise, Union, and Power, the Progressions, Separations, and Corruptions of Poetry and Music*. Rpt. Westmead: Gregg, 1972.
布朗,《论诗歌与音乐的兴起、融合与权力、推进、分离与堕落》
Brown, Sandra (1989). "'Where words, patterns, order, dissolve': *The Golden Notebook* as Fugue". Carey Kaplan, ed. *Approaches to Teaching Lessing's "The Golden Notebook"*. New York: MLA. 121—126.
布朗,"《金色笔记》作为赋格之语词、模式、规则与解决"
Brüderlin, Markus (1995). "Der Rahmen will Bild werden. Das Rahmen(Kunst)Werk des 20. Jahrhunderts". Supplement to Mendgen, ed. 1995: 17—29.
布吕德林,"框架成为图画"

Bruhn, Siglind(1999). "Piano Poems and Orchestral Recitations: Instrumental Music Interprets a Literary Text". Bernhart/Scher/Wolf, eds. 1999: 277—299.
布鲁恩,"钢琴诗歌与乐队吟诵:器乐阐释文学文本"
Bryden, Mary(1998). "Beckett and the Sound of Silence". Bryden, ed. 1998: 21—46.
布赖登,"贝克特与寂静之声"
——, ed. (1998). *Samuel Beckett and Music*. Oxford: Clarendon.
——,《塞缪尔·贝克特与音乐》
Brzoska, Matthias(1995). "Musikalische Form und sprachliche Struktur in George Sands Novelle 'Le Contrebandier'". Gier/Gruber, eds. 1995: 169—184.
博邹斯卡,"乔治·桑小说《走私者》中的音乐形式与语言结构"
Budde, Gudrun(1995). "Fuge als Literarische Form? Zum Sirenen-Kapitel aus *Ulysses* von James Joyce". Gier/Gruber, eds. 1995: 195—213.
布德,"赋格作为文学形式? 乔伊斯的《尤利西斯》之塞壬"
Budgen, Frank(1972). *James Joyce and the Making of "Ulysses" and Other Writings*. London: Oxford Univ. Press.
巴津,《詹姆斯·乔伊斯与尤利西斯和其他作品的创作》
Burgess, Anthony(1962). "The Writer and Music". *The Listener* May 3. 761—762.
伯吉斯,"作家与音乐"
——(1965). *Here Comes Everybody*. London: Faber and Faber.
——,《众生都来》
——(1966). *A Shorter Finnegans Wake*. London: Faber and Faber.
——,《芬尼根的短暂清醒》
——(1967). *The Novel Now*. London: Faber and Faber.
——,《当代小说》
——(1982). *This Man and Music*. London: Hutchinson.
——,《这个人与音乐》
Byerly, Alison(1997). *Realism, Representation, and the Arts in Nineteenth-Century Literature*. Cambridge Univ. Press.
拜尔利,《现实主义、表达与十九世纪文学中的艺术》

Cardinal, Roger(1997). "Tactile yearnings" (Review of Gabriel Josipovici, *Touch*). *Times Literary Supplement* April 11, 1997. 24.
卡迪纳尔,"触觉的渴望"(书评)
Catanzaro, Mary F. (1992). "Musical Form and Beckett's *Lessness*". *Notes on Modern Irish Literature* 4: 45—51.
卡坦扎罗,《音乐形式与贝克特的〈不足〉》
——(1993). "Song and Imporivations in *Lesess*". Marius Buning/Lois Oppenheim, eds. *Beckett in the 1990s. Selected papers from the Second International Beckett Symposium, Held in The Hague 8—12 April*, 1992. Amsterdam: Rodopi. 213—218.
——,《〈不足〉中的歌曲与即兴演奏》
Chaffin, Glenda Lynn(1980). "Musical Structure in Durrell's *The Alexandria Quartet*". DAI 40: 5062 A.
查芬,"杜雷尔的《亚历山大里亚四重奏》中的音乐结构"
Chatman, Seymour(1978). *Story and Discourse: Narrative Structure in Fiction and Film*.

Ithaca: Cornell Univ. Press.

查特曼,《故事与话语:小说与电影中的叙事结构》,徐强中译本,北京:中国人民大学出版社,2013年。

Chew, Shirley(1999). "The Art of the Fugue". *Times Literary Supplement* April 2, 1999. 22.

周,"赋格的艺术"

Clüver, Claus(1993), "Interart Studies. An Introduction", Swedish transl. by Stefan Sandelin: "Interartiella studier: en inledning". Ulla-Britta Lagerroth et al. , des. *I musernas tjänst: Studier i konsterternas interrelationer*. Stockholm/Stehag: Symposion. 17—47.

克吕弗,"跨艺术研究导引"

——(1997). "Ekphrasis Reconsidered: On Verbal Representations of Non-Verbal Texts". Lagerroth/Lund/Hedling, eds. 1997: 19—33.

——,"读画诗再思考:"副语言文本的语言表达

——(1999). "The *Musikgedicht*: Notes on an Ekphrastic Genre". Bernhart/Scher/Wolf, eds. 1999: 187—204.

——,"音乐诗:读画诗体裁备忘"

Cohn, Ruby (1969). " Beckett's Recent Residua ". *The Southern Review*. N. s. 5. 1045—1054.

科恩,"贝克特的新近残片"

Cole, David W. (1973). "Fugal Structure in the Sirens Episode of *Ulysses*". *Modern Fiction Studies* 19: 221—226.

科尔,"《尤利西斯》塞壬插曲的赋格结构"

Coleridge, Samuel Taylor(1804—8/1962). *The Notebooks*. Ed. Kathleen Coburn. London: Routledge and Kegan Paul, 1962. Vol. 2.

柯勒律治,《笔记本》

——(1817/1983). *Biographia Literaria*. The Collected Works of Samuel Taylor Coleridge 7. Ed. Kathleen Coburn. London: Routledge and Kegan Paul, 1983.

——,《文学传记:柯勒律治的写作生涯》,王莹中译本,北京:中国画报出版社,2019年。

——(1818/1969). *The Friend*. The Collected Works of Samuel Taylor Coleridge 4. 1. Ed. Barbara E. Rooke. London: Routledge and Kegan Paul, 1969.

——,《朋友》

——(1819/1949). "Lecture IV". Coleridge. *The Philosophical Lectures*. The Collected Works of Samuel Taylor Coleridge 8. Ed. Kathleen Coburn. London: Routledge and Kegan Paul, 1949. 144—169.

——,"第四讲"

Cooper, John Xiros, ed. (1999). *T. S. Eliot's Orchestra. Critical Essays on Poetry and Music*. Border Crossiongs 5. New York: Garland.

古柏,《T. S. 艾略特的乐队》

Crystal, David(1997). *The Cambridge Encyclopedia of Language*. Cambridge: Cambridge Univ. Press, 2nd ed.

克里斯托,《剑桥语言百科全书》,任明等中译本,北京:中国社会科学出版社,1995年。

Cullinan, John(1973/86). "Interview with Anthony Burgess". Paris Review 56: 118—163. Rpt. In Geoffrey Aggeler, ed. *Critical Essays on Anthony Burgess*. Boston, Mass. : G. K. Hall, 1986. 23—55.

卡利南,"安东尼·伯吉斯访谈"
Cupers, Jean-Louis(1981). "De la sélection des objets musico-littéraires: Aldous Huxley critique musical". Konstantinovic/Scher/Weisstein, eds. 1981: III, 273—280.
库佩斯,"音乐文学创作对象的选择:阿道斯·赫胥黎的音乐评论"
——(1982). "Approches musicales de Charles Dickens: Etudes comparatives et comparatisme musico-littéraire". Raphael Célis, ed. *Littérature et musique*. Publications des Facultés Universitaires Saint-Louis 28. Bruxelles: Facultés universitaires Saint-Louis. 15—56.
——,"查尔斯·狄更斯的音乐喜剧解读:若干比较研究以及音乐文学的比较研究法"
——(1996). "Huxley's Variations on a Musical Theme: From the Mendelssohnian Chord in 'Farcical History of Richard Greenow' to the (Syn) Aesthetic Experience of Music in *Island*". Bernfried Nugel, ed. *Now More Than Ever: Proceedings of the Aldous Huxley Centenary Symposium Münster* 1994. Frankfurt/M.: Lang. 83—105.
——,"赫胥黎的音乐主题变奏:从'理查德·格雷诺的荒唐历史'中的门德尔松和弦到《岛》中的音乐审美(联觉)"

Dahlhaus, Carl(1967). *Musikästhetik*. Musik-Taschenbücher. Theoretica 8. Köln: Hans Gerig.
达尔豪斯,《音乐美学观念史引论》,杨燕迪中译本,上海:上海音乐学院出版社,2006年。
——(1979). "Musik als Text". Günter Schnitzler, ed. *Dichtung und Musik: Kaleidoskop ihrer Beziehungen*. Stuttgart: Klett. 11—28.
——,"音乐作为文本"
——(1988). *Klassische und romantische Musikästhetik*. Laaber: Laaber-Verlag.
——,《古典和浪漫时期的音乐美学》,尹耀勤中译本,长沙:湖南文艺出版社,2006年。
Dällenbach, Lucien(1977/89). *Le Récit spéculaire. Essai sur la mise en abyme*. Collection Poétique. Paris: Editions du Seuil, 1977/ *The Mirror in the Text*. Transl. by J. Whiteley and E. Hughes. Oxford: Polity Press, 1989.
达伦巴赫,《递归嵌套叙事:关于剧中剧的若干文章》
Dekker, George(1994). "James and Stevenson: The Mixed Current of Realism and Romance". Robert M. Polhemus/Roger B. Henkle, eds. *Critical Reconstructions: The Relationship of Fiction and Life*. Stanford, Cal.: Stanford Univ. Press. 127—149.
德克尔,"詹姆斯与史蒂文森:现实主义与浪漫的混合"
Di Stefano, Giovanni(1994/95). "Der ferne Klang: Musik als poetisches Ideal in der deutschen Romantik". *Euphorion*: 88. Rpt. In Gier/Gruber, eds. 1995: 121—143.
迪·斯蒂法诺,"遥远的音声:德语传奇小说中音乐作为诗学理想"

Edel, Leon(1974). "Novel and Camera". John Halperin, ed. *The Theory of the Novel. New essays*. New York: Oxford Univ. Press. 177—188.
艾德尔,"小说与摄影"
Edgecombe, Rodney Stenning(1993). "Melophrasis: Defining a Distinctive Genre of Literature/Music Dialogue". *Mosaic* 26/4. 1—20.
埃基寇姆,"读乐诗:对文学/音乐对话之独特体裁的界定"
Eicher, Thomas, Ulf Beckmann, eds. (1994). *Intermedialität: Vom Bild zum Text*, Bielefeld: Aisthesis.
艾彻,《媒介间性:从图像到文本》

Erzgräber, Willi(1999). *Der englische Roman von Joseph Conrad bis Graham Greene*. UTB 1989. Tübingen: Francke.
艾兹格雷贝尔,《从约瑟夫·康拉德到格雷厄姆·格林的英语小说》
Escal, Françoise(1995), "Theme in Classical Music". Claude Bremond, Joshua Landy, Thomas Pavel, eds. *Thematics: New Approaches*. Albany, N. Y. : State Univ. of New York Press. 149—220.
埃斯卡,"古典音乐中的主题"

Farrelly, Barbara A. (1988). "*The heart Is a Lonely Hunter*: A Literary Symphony." *Pembroke Magazine* 20. 16—23.
法雷利,"《心是孤独的猎手》:一部文学交响曲"
Fietz, Lothar(1969). *Menschenbild und Romanstruktur in Aldous Huxleys Ideenromanen*. Tübingen: Niemeyer.
菲茨,《阿道斯·赫胥黎的理念小说中的人类形象和小说结构》
Firchow, Peter(1972/74). "The Music of Humanity: *Point Counter Point*". Firchow. *Adlous Huxley Satirist and Novelist*. Minneapolis. Chap. 4. Rpt. In Robert E. J. : Prentice-Hall: Univ. of Minnesota Press, 1974. 97—118.
菲尔乔,"人文音乐:《点对点》"
Fischer, Andreas(1990). "Strange Words, Strange Music: The Verbal Music of the 'Sirens' Episode in Joyce's *Ulysses* ". Margaret Bridges, ed. *On Strangeness*. SPELL 5. Tübingen: Narr. 39—55.
费歇尔,"怪异的语词,奇异的音乐:乔伊斯的《尤利西斯》中'塞壬'插曲的以文述乐"
Fleishman, Avrom(1980). "Forms of the Woolfian Short Story". Ralph Freedman, ed. *Virginia Woolf: Revaluation and Continuity*. Berkeley: Univ. of California Press. 44—70.
弗莱施曼,"伍尔夫短篇小说的形式"
Forster, Edward Morgan(1927/62). *Aspects of the Novel*. Rpt. Harmondsworth: Penguin, 1962.
福斯特,《小说面面观》,冯涛中译本,北京:人民文学出版社,2009 年。
Fowles, John(1964/80). *The Aristos*. Rpt. London: Cape, 1980.
福尔斯,《智者》
Freedman, William(1978). *Laurence Sterne and the Origins of the Musical Novel*. Athens, Georgia: Univ. of Georgia Press.
弗里德曼,《劳伦斯·斯特恩与音乐小说的起源》
Friedman, Melvin(1955). *Stream of Consciousness: A study in Literary Method*. New Haven: Yale Univ. Press.
弗里德曼,《意识流:文学手法研究》,申雨平中译本,上海:华东师范大学出版社,1992 年。
Frye, Northrop(1956). "Towards Defining an Age of Sensibility". *Journal of English Literary History* 23. 144—152.
弗莱,"关于感性时代的定义"
——(1957). "Introduction: Lexis and Melos". Frye, ed. 1957: ix-xxvii.
——,"引言:词汇与旋律"
——, ed. (1957). *Sound and Poetry*. English Institute Essays 1956. New York: Columbia Univ. Press.

——,《声音与诗歌》
Füger, Wilhelm(1998). "Wo beginnt Intermedialität? Latente Prämissen und Dimensionen eines klärungsbedürftigen Konzepts". Helbig, ed. 1998: 41—57.
费格尔,"媒介间性何处开始? 一个需要阐释的概念的潜在前提和维度"
Fuller, Janice(1987). "The Conventions of Counterpoint and Fugue in *The Heart Is a Lonely Hunter*". *Mississippi Quarterly* 41. 55—67.
福勒,"《心是孤独的猎手》中的对位与赋格规则"

Genette, Gérard(1972). *Figures III*. Collection "Poétique". Paris: Editions du Seuil.
热奈特,《辞格三集》
——(1987). *Seuils*. Collection "Poétique". Paris: Seuil.
——,《门槛》
Gier, Albert(1995a). "Musik in der Literatur: Einflüsse und Analogien". Zima, ed. 1995: 61—92.
吉尔,"文学中的音乐:影响与分析"
——(1995b). "'Parler, c'est manquer de clairvoyance'. Musik in der Literatur: vorläufige Bemerkungen zu einem unendlichen Thema". Gier/Gruber, eds. 1995: 9—17.
——,"缺乏先见的交谈"
——(1998). *Das Libretto. Theorie und Geschichte einer musikoliterarischen Gattung*. Darmstadt: Wissenschaftliche Buchgesellschaft.
——,《剧本:一种音乐文学类型的理论与历史》
——, Gerold W. Gruber, eds. (1995) *Musik und Literatur: Komparatistische Studien zur strukturverwandtschaft*. Europäische Hochschulschriften. Frankfurt/M.: Lang.
——,《音乐与文学:结构亲缘关系的对比研究》
Gilbert, Stuart(1930/52). *James Joyce's "Ulysses": A study*. Rpt. London: Faber and Faber, 1952.
吉尔伯特,"《詹姆斯·乔伊斯的〈尤利西斯〉研究》"
Gillespie, Diane F. (1988). *The Sisters' Arts. The Writing and Painting of Virginia Woolf and Vanessa Bell*. Syracuse: Syracuse Univ. Press.
吉莱斯皮,《姊妹俩的艺术世界:弗吉尼亚·伍尔夫与凡妮莎·贝尔的写作与绘画》
——, ed. (1993). *The Multiple Muses of Virginia Woolf*. Columbia: Univ. of Missouri Press.
——,《弗吉尼亚·伍尔夫的缪斯诸神》
Gillespie, Michael Patrick(1983). "Wagner in the Ormond Bar: Operatic Elements in the 'Sirens' Episode of *Ulysses*". *Irish Renaissance Annual* 4. 157—173.
吉莱斯皮,"奥蒙德酒吧里的瓦格纳:《尤利西斯》之'塞壬'插曲中的歌剧元素"
Goethe, Johann Wolfgang, *Briefe. Januar-Juli 1827*. J. W. Goethe. *Werke*. IV. Abtheilung. Vol. 42. Weimar: Böhlaus Nachfolger, 1907.
歌德,"1827 年 1 月至 7 月间的信件"
——(1805/1988). *Tag- und Jahreshefte* (*zu* 1805). J. W. Goethe. *Werke* (Hamburger Ausgabe). Munich: dtv, 1988. Vol. 10. *Autobiographische Schriften II*. 429—528.
——,"1805 年的日记和年记"
——(1821/1829/1988). "Betrachtungen im Sinne der Wanderer". J. W. Goethe. *Werke* (Hamburger Ausgabe). Munich: dtv, 1988. Vol. 8. *Romane und Novellen III*. 283—

309.

——,"漫游者角度的观察"

Goldman, Jane (1998). *The Feminist Aesthetics of Virginia Woolf. Modernism, Post-Impressionism and the Politics of the Visual*. Cambridge: Cambridge Univ. Press.

戈德曼,《弗吉尼亚·伍尔夫的女性主义审美:现代主义、后印象主义与视觉政治》

Gombrich, Ernst H. (1960/77). *Art and Illusion: A Study in the Psychology of Pictorial Representation* (1960). Oxford: Phaidon Press.

贡布里希,《艺术与错觉:图画再现的心理学研究》,范景中、林夕、李本正中译本,浙江摄影出版社,1987年。

Green, Jon D. (1983). "Music in Literature: Arthur Schnitzler's 'Fräulein Else'". *Collage* 10—11. 141—152.

格林,"文学中的音乐:阿图尔·施尼茨勒的《埃尔泽小姐》"

Greenberg, Clement (1940/86). "Towards a Newer Laocoon". *Partisan Review* 7(4). 296—310. Rpt. In C. Greenberg. *The Collected Essays and Criticism*. Vol. 1. *Perceptions and Judgements*. Ed. John O'brian. Chicago: Univ. of Chicago Press. 1986. 23—38.

格林伯格,"走向新拉奥孔"

Greene, David B. (1970). "Schubert's 'Winterreise': A Study in the Aesthetics of Mixed Media". *Journal of Aesthetics and Art Criticism* 29/2. 181—193.

格林,"舒伯特的'冬之旅':混合媒介的美学研究"

Grim, William E. (1999). "Musical Form as a Problem in Literary Criticism". Bernhart/Scher/Wolf, eds. 1999: 237—248.

格里姆,"文学批评中作为问题的音乐形式"

Grindea, Miron (1998). "Beckett's Involvement With Music". Bryden, ed. 1998: 183—185.

葛林迪,"贝克特之卷入音乐"

Grove's Dictionary of Music and Musicians. Ed. Eric Blom. London: Macmillan. 5th ed. 1954.

《格罗夫音乐与音乐家辞典》

Gruber, Gerold W. (1995). "Literatur und Musik-ein komparatives Dilemma". Gier/Gruber, eds. 1995: 19—33.

格鲁伯,"文学与音乐——比较的困境"

Gruen, John (1970). "Samuel Beckett talks about Beckett". *Vogue* 127/2, Feb. 1970. 108.

格鲁恩,"塞缪尔·贝克特谈论贝克特"

Guetti, James (1980). *Word-Music: The Aesthetic Aspect of Narrative Fiction*. New Brunswick, N. J.: Rutgers Univ. Press.

盖迪,《叙事小说美学层面上的文字音乐》

Hagstrum, Jean (1968). "The Sister Arts: From Neoclassic to Romantic". Stephen G. Nichols Jr., Richard B. Vowles, eds. *Comparatists at Work: Studies in Comparative Literature*. Toronto: Waltham. 169—194.

哈格斯达勒姆,"姊妹艺术:从新古典主义到浪漫主义"

Halliwell, Michael (1999). "Narrative Elements in Opera". Bernhart/Scher/Wolf, eds. 1999: 135—153.

哈里威尔,"歌剧中的叙事元素"

Hansen-Löve, Aage A. (1983). "Intermedialität und Intertextualität: Probleme der Korrelation von Wort- und Bildkunst-Am Beispiel der russischen Moderne". Wolf Schmid, Wolf-Dieter Stempel, eds. *Dialog der Texte：Hamburger Kolloquium zur Intertextualität*. Wiener Slawistischer Almanach, Sonderband 11. Wien：Gesellschaft zur Förderung slawistischer Studien. 291—360.

汉森-洛夫,"媒介间性与互文性：语词与图像艺术的相互关系问题,以现代俄罗斯为例"

Harris, James(1744/1986). "A Discourse on Music, Painting, and Poetry". J. Harris. *Three Treatises Concerning Art*. Extracts in Lippman, ed. 1986：I, 177—184.

哈里斯,"谈谈音乐、绘画与诗歌"

Harweg, Roland, Ulrich Suerbaum, Heinz Becker(1967). "Sprache und Musik：Diskussion über eine These". *Poetica* 1. 390—414.

哈尔维克、苏尔鲍姆、贝克尔,"语言与音乐：一个观点的讨论"

Hazlitt, William(1818/1930). "Introductory：On Poetry in General". W. Hazlitt. *Lectures on the English Poets and A View of the English Stage*. The Complete Works of William Hazlitt 5. Ed. P. P Howe. London：Dent, 1930. 1—18.

赫兹里特,"导言：论普通诗学"

Helbig, Jörg, ed. (1998). *Intermedialität：Theorie und Praxis eines interdisziplinären Forschungsgebiets*. Berlin：Schmodt.

赫尔比希,《媒介间性：跨学科研究领域理论与实践》

Herman, David(1994). "'Sirens' after Schönberg". *James Joyce Quarterly* 31. 473—494.

赫尔曼,"勋伯格之后的'塞壬'"

Hess-Lüttich, Ernest W. B. (1990). "Code- Wechsel und Code-Wandel". E. W. B. Hess-Lüttich, Roland Posner, eds. *Code-Wechsel：Texte im Medienvergleich*. Opladen：Westdeutscher Verlag. 9—23.

赫斯-吕梯希,"符码更迭与符码变革"

Hiebel, Hans H. (1997). "Die Beckett-Konferenz und das Beckett-Festival in Straßburg(30. 3—5. 4. 1996)". *Arbeiten aus Anglistik und Amerikanistik* 22. 161—171.

希贝尔,"斯特拉斯堡的贝克特会议与贝克特节"

——, ed. (1997). *Kleine Medienchronik：Von den ersten Schriftzeichen zum Mikrochip*. Becksche Reihe. Munich：Beck.

——,《小媒介历史：微芯片的第一个角色》

Hoesterey, Ingeborg(1993). "Postmodern Hybrids：Visual Text, Textual Art", I. Hoesterey/Ulrich Weisstein, eds. *Intertextuality. German Literature and Visual Art from the Renaissance to the Twentieth Century*. Columbia：Camden House. 64—80.

豪斯特莉,"后现代大融合：视觉文本、文本艺术"

Hopkins, Robert(1967). "De Quincey on War and the Pastoral Design of *The English Mail-Coach*". *Studies in Romanticism* 6：129—151.

霍普金斯,"德·昆西的战争观以及《英国邮车》的田园风构思"

Huber, Martin(1992). *Text und Musik：Musikalische Zeichen im narrativen und ideologischen Funktionszusammenhang ausgewählter Erzähltexte des* 20. *Jahrhunderts*. Münchener Studien zur literarischen Kultur in Deutschland 12. Frankfurt/M.：Lang.

胡伯,《文本与音乐：20世纪精选叙述文学里叙事和意识形态功能关联中的音乐符号》

Hutcheon, Linda(1980/84). *Narcissistic Narrative：The Metafictional Paradox*. London：Methuen, second ed. 1984.

哈琴,《自恋叙事：元小说的悖论》

Jacob, Hildebrand(1734/1974). *Of the Sister Arts: An Essay*. Rpt. Los Angeles: Augustan Reprint Society, 1974.
雅各布,《论姊妹艺术》
Jacobs, Peter(1993). "The Second Violin Tuning in the Ante-Room: Virginia Woolf and Music". Gillespie, ed. 1993: 227—260.
雅各布斯,"前厅里小提琴第二次调音:弗吉尼亚·伍尔夫与音乐"
Jakobson, Roman(1960). "Linguistics and Poetics". T. A. Sebeok, ed. *Style in Language*. Cambridge, Mass.: MIT Press. 350—377.
雅各布森,"语言学与诗学"
Jordan, John E. (1985). "Grazing the Brink: De Quincey's Ironies". Robert Lance Snyder, ed. *Thomas De Quincey: Bicentenary Studies*. Norman: Univ. of Oklahoma Press. 199—212.
乔丹,"掠过边缘:德·昆西的讽刺"
Josipovici, Gabriel(1971). *The World and the Book: A Study of Modern Fiction*. London: Macmillan.
夏希波维奇,《世界与书籍:现代小说研究》
——(1972/77). "The Lessons of Modernism". Rpt. in G. Josipovici. *The Lessons of Modernism and Other Essays*. London: Macmillan, 1977. 109—123.
——,"现代主义课堂"
——(1982). *Writing the Body*. The Northcliffe Lectures 1981. Princeton, N. J.: Princeton Univ. Press.
——,《书写身体》
——(1989—90). "writing, Reading, and the Study of Literature". *New Literary History* 21. 75—95.
——,"写作、阅读与文学研究"
Joyce, James. *Selected Letters*. Ed, Stuart Gilbert. London: Faber and Faber, 1975.
乔伊斯,《乔伊斯书信集》,蒲晓中译本,上海:上海译文出版社,2013年。

Kain, Richard(1947/59). *Fabulous Voyager: James Joyce's "Ulysses"*. Third ed. Chicago: Chicago Univ. Press, 1957.
凯恩,"精彩的旅行:詹姆斯·乔伊斯的《尤利西斯》"
Kant, Immanuel(1790/1957). *Kritik der Urteilskraft*. I. Kant. *Kritik der Urteilskraft und Schriften zur Naturphilosophie*. Werke in sechs Bänden 5. Ed, Wilhelm Weischsedel. Frankfurt/M.: Insel, 1957. 237—620.
康德,《判断力批判》,宗白华、韦卓民中译本,北京:商务印书馆,2000年。
Kauffmann, Judith(1982). "Musique et matière Romanesque dans *Moderato cantabile* de Marguerite Duras". *Etudes Littéraires* 15. 97—122.
考夫曼,"玛格丽特·杜拉斯之《琴声如诉》中的音乐及传奇素材"
Kesting, Marianne (1970). *Entdeckung und Destruktion: Zur Strukturumwandlung der Künste*. Munich: Fink.
凯斯廷,《发现与毁坏:艺术的结构性变革过程》
Kleeman, Janice E. (1985). "The Parameters of Musical Transmission". *The Journal of Musicology* 4: 1—22.

克里曼,"音乐传播的特征"
Klettke, Cornelia (1995). "Die Affinität zwischen Mythos und Musik in der Konzeption von Claude Lévi-Strauss und ihre Übertragung in den postmodernen Mythenroman Michel Tourniers". Gier/Gruber, eds. 1995:61—81.
科勒特科,"列维-施特劳斯理论中神话与音乐的亲和及它在米歇尔·图尼埃的后现代神话小说中的迁移"
Kloiber, Rudolf (1964). *Handbuch der klassischen und romantischen Symphonie.* Wiesbaden: Breitkopf & Härtel.
克罗伯,《古典主义与浪漫主义音乐手册》,
Knilli, Friedrich (1979). "Medium". Werner Faulstich, ed. *Kritische Stichwörter zur Medienwissenschaft.* Munich: Fink. 230—251.
克尼里,"媒介"
Knowles, Sebastian D. G., ed. (1999). *Bronze by Gold. The Music of James Joyce.* Border Crossiongs 3. New York: Garland.
诺尔斯,《褐色挨着金色:詹姆斯·乔伊斯的音乐》
Knowlson, James (1996). *Damned to Fame, The Life of Samuel Beckett.* London: Bloomsbury.
诺尔森,《塞缪尔·贝克特的一生》
Kolago, Lech (1997). *Musikalische Formen und Strukturen in der deutschsprachigen Literatur des 20. Jahrhunderts.* Wort und Musik 32. Anif: Müller-Speiser.
寇拉格,"20世纪德语文学中的音乐形式与结构"
Konstantinovic, Zoran, Steven Paul Scher, Ulrich Weisstein, eds. (1981). *Literature and the Other Arts: Proceedings of the IXth Congress of the International Comparative Literature Association, Insbruck 1979.* Innsbruck: Amoe.
康士坦丁诺维克、薛尔、韦斯坦编,《文学与其他艺术》
Kramer, Lawrence (1984). *Music and Poetry: The Nineteenth Century and After.* California Studies in 19th century music 3. Berkeley: Univ. of California Press.
克莱默,《十九世纪及之后的音乐与诗歌》
——(1989). "Dangerous Liaisons: The Literary Text in Musical Critisism". *Nineteenth Century Music* 13(2):159—167.
——,"危险的合作:文学文本用音乐批评"
——(1990). *Music as Cultural Practice: 1800—1900.* California Studies in 19th Century Music &. Berkeley: Univ. of California Press.
——,《音乐作为文化实践:1800—1900》
——(1992). "Music and Representation: the Instance of Haydn's *Creation*". Scher, ed. 1992:139—162.
——,"音乐与再现:以海顿的《创世纪》为例"
——(1995). *Classical Music and Postmodern Knowledge.* Berkeley: Univ. of California Press.
——,《古典音乐与后现代知识》
——(1999). "Beyond Words and Music: An Essay on Songfulness". Bernhart/Scher/Wolf, eds. 1999:303—319.
——,"语词与音乐之外:论歌唱性"
Kristeva, Julia (1974/77). "Polylogue". *Tel Quel* 57:19—55. Rpt. in J. Kristeva. *Poly-*

logue. Collection 'Tel Quel'. Paris: Seuil, 1977. 173—222.
克里斯蒂娃,"多元逻辑"

Labrusse, Rémi (1990). "Beckett et la peinture". *Critique* 46(519—520). 670—680.
拉布吕斯,"贝克特与绘画"

Lagerroth, Ulla-Britta (1999). "Reading Musicalized Texts as Sel-Reflexive Texs: Some Aspects of Interart Discourse". Bernhart/Scher/Wolf, eds. 1999: 205—220.
拉格罗特,"将音乐化文本读作自我反省式文本:跨艺术话语的一些层面"

——, Hans Lund, Erik Hedling, eds. (1997). *Interart Poetics: Essays on the Inter-relations of the Arts and Media.* Internationale Forschungen zur Allgemeinen und Vergleichenden Literaturwissenschaft 24. Amsterdam: Rodopi.
——,《跨艺术诗学:论艺术与媒介的相互关系》

Landon, Brooks (1993). "Hypertext and Science Fiction". *Science-Fiction Studies* 20: 449—456.
兰德勒,"超文本与科学小说"

Landow, George P. (1992). *Hypertext: The Convergence of Contemporary Critical Theory and Technology.* Baltimore: Johns Hopkins Univ. Press.
兰多,《超文本:当代批评理论与科技的融合》

Larsson, Donald F. (1980). "The Camera Eye: 'Cinematic' Narrative in *U. S. A.* and *Gravity's Rainbow*". Peter Ruppert ed. *Ideas of Order in Literature and Film. Selected Papers from the Fourth Annual Florida State Univ. Conference on Literature and Film.* Tallahassee: Univ. Press of Florida. 94—106.
拉尔森,"相机眼:美国的'电影叙事'与《万有引力之虹》"

Laurence, Patricia (1992). "Virginia Woolf and Music". *Virginia Woolf Miscellany* 38: 4—5.
劳伦斯,"弗吉尼亚·伍尔夫与音乐"

Lees, Heath (1984). "The Introduction to 'Sirens' and the *Fuga per Canonem*". *James Joyce Quarterly* 22. 39—54.
利斯,"'塞壬'与卡农赋格导引"

——(1993). "*Watt*: Music, Tuning, and Tonality", S. E. Gontarski, ed. *The Beckett Studies Reader.* Gainesville: Univ. Press of Florida, 167—185.
——,"《瓦特》:音乐、调音与调性"

Levin, Gerald (1983). "The Musical Style of *The Waves*". *The Journal of Narrative Technique* 13. 164—171.
莱文,"《海浪》的音乐风格"

Levin, Lawrence L. (1965—66). "The Sirens Episode as Music: Joyce's Experement in Prose Polyphony". *James Joyce Quarterly* 3. 12—24.
莱文,"塞壬插曲作为音乐:乔伊斯的小说复调试验"

Lindley, David (1990/91). "Literature and Music". Martin Coyle, Peter Garside, Malcolm Kelsall, John Peck, eds. *Encyclopedia of Literature and Criticism.* London: Routledge, rpt. 1991. 1004—1013.
林德莱,"文学与音乐"

Lindop, Grevel (1985). "Introduction". Thomas De Quincey. *Confessions of an English Opium Eater and Other Writings.* The World's Classics. Oxford: Oxford Univ. Press.

Vii—xxi.
林多普,"序言"
Lippman, Edward A. , ed. (1986). *Musical Aesthetics: A Historical Reader*. Aesthetics in Music 4. 3 vols. New York: Pendagron Press.
李普曼,《音乐美学:历史性读者》
Lodge, David(1969/77). "The Novelist at the Crossroads". *The Critical Quarterly* 11. 105—132. Rpt. in Malcolm Bradbury, ed. *The Novel Today: Contemporary Writers on Modern Fiction*. Manchester: Manchester Univ. Press, 1977. 84—110.
洛奇,"十字路口的小说家"
——(1971). "Samuel Beckett: Some Ping Understood". D. Lodge. *The Novelist at the Crossroads and Other Essays on Fiction and Criticism*. London: Routledge & Kegan Paul. 172—183.
——,"塞缪尔·贝克特:《乒》的一点理解"
Longacre, Robert E. , Vida Chenoweth(1986). "Discourse as Music". *Word* 37. 125—135.
龙格克瑞、维达,"音乐话语"
Lotman, Jurij M. (1970/73). *Struktura chudozestvennogo teksta*, Moscow 1970. *Die Struktur des Künstlerischen Textes*. Ed. And transl. by Rainer Grübel. Frankfurt/M.: Suhrkamp, 1973.
洛特曼,《艺术文本的结构》,王坤中译本,广州:中山大学出版社,2003年。

Maack, Annegret(1984). *Der experimentelle englische Roman der Gegenwart*. Erträge der Forschung 213. Darmstadt: Wissenschaftliche Buchgesellschaft.
马克,《当前英语试验小说》
McClary, Susan(1994). "Narratives of Bourgeois Subjectivity in Mozart's Prague Symphony". James Phelan, Peter L. Rabinowitz, eds. *Understanding Narrative*. The Theory and Interpretation of Narrative Series. Columbus: Ohio State Univ. Press. 65—98.
麦克拉瑞,"莫扎特《布拉格交响曲》的中产阶级主体性叙事"
McHale, Brian(1987). *Postmodernist Fiction*. London: Routledge.
麦克黑尔,《后现代主义小说》
McLuhan, Marshall(1964). *Understanding Media: The Extensions of Man*. New York: McGraw-Hill.
麦克卢汉,《理解媒介:论人的延伸》,何道宽中译本,北京:商务印书馆,2000年。
McNeil, David(1983a). "Anthony Burgess: Composer of Comic Fiction". *The International Fiction Review* 10/2. 91—97.
麦妮尔,"安东尼·伯吉斯:喜剧小说作曲家"
——(1983b). "The Musicalization of Fiction: The 'Virtuosity of Burgess' *Napoleon Symphony*". *Mosaic* 16/3. 101—115.
——,"小说的音乐化:'音乐爱好者伯吉斯'的《拿破仑交响曲》"
Mann, Thomas(1936/74). "Preface" to *Stories of Three Decades*. Th. Mann. *Gesammelte Werke*. 13 vols. Frankfurt/M.: Fischer, 1974. 111—115.
曼,"《三十年小说集》序"
Maur, Karin von, ed. (1985/94). *Vom Klang der Bilder: Die Musik in der Kunst des 20. Jahrhunderts*. Munich: Prestel, revised ed. 1994.
冒尔,《图像的声音:20世纪艺术中的音乐》

Mayoux, Jean-Jacques (1970/80). "Temps réçu et temps crée dans *Tristram Shandy*". *Poétique* 2. 174—186. "Erlebte und erzählte Zeit in *Tristram Shangdy*". Gerd Rohmann, ed. And transl. *Laurence Sterne*. Wege der Forschung 167. Darmstadt: Wissenschaftliche Buchgesellschaft, 1980. 375—393.
梅尤科斯,"《项迪传》里的固有时间与时间创造"
Meckier, Jerome(1969). *Aldous Huxley: Satire and Structure*. London: Chatto & Windus.
麦基尔,《阿道斯·赫胥黎:讽刺与结构》
Mendgen, Eva, ed. (1995). *In Perfect Harmony: Bild und Rahmen* 1850—1920. Exhibition catalogue Van Gogh Museum/Kunstforum Wien. Zwolle: Waanders.
门德根,《完美的和谐:图画与框架 1850—1920》
Meyer, Leonard B. (1956). *Emotion and Meaning in Music*. Chicago: Univ. of Chicago Press.
迈尔,《音乐的情感与意义》,何乾三中译本,北京:北京大学出版社,1991年。
Miall, David S. (1995). "Anticipation and feeling in literary response. A neuro-psychological perspective". *Poetics* 23. 275—298.
迈阿尔,"文学反应中的期待与情感:从神经心理学的角度来看"
Milesi, Laurent(1992). "The Signs the Si-ren Seal: Textual Strategies in Joyce's 'Sirens'". Daniel Ferrer, Claude Jacquet, André Topia, eds. *"Ulysse" à l'article: Joyce aux marges du roman*. Tusson: Du Lérot. 127—141.
米兰西,"乔伊斯的'塞壬'之文本策略"
Miller, J. Hillis (1963). *The Disappearance of God: Five Nineteenth-Century Writters*. Cambridge, Mass.: Belknap Press of Harvard Univ. Press.
米勒,《上帝的消失:五位十九世纪作家》
Mowat, John(1978). "Joyce's Contemporary: A Study of Anthony Burgess' *Napoleon Symphony*". *Contemporary Literature* 19. 180—195.
莫维特,"乔伊斯的同代人:安东尼·伯吉斯的《拿破仑交响曲》研究"
Müller, Jürgen E. (1996). *Intermedialität: Formen moderner kultureller Kommunikation*. Münster: Nodus.
穆勒,《媒介间性:现代文化传播的形式》
——(1997). "Intermediality: A Plea and Some Theses for a New Approach in Media Studies". Lagerroth/Lund/Heldling, eds. 1997: 295—304.
——,"媒介间性:媒介研究新方法的建议与几点看法"
——(1998). "Intermedialität als poetologisches und medientheoretisches Konzept: Einige Reflexionen zu dessen Geschichte". Helbig, ed. 1998: 31—40.
——,"媒介间性作为诗歌和媒介理论概念:对其历史的一些思考"
Müller-Blattau, Joseph M. (1931). *Grundzüge einer Geschichte der Fuge*. Königsberger Studien zur Musikwissenschaft 1. Second ed. Kassel: Bärenreiter.
穆勒-布拉陶,"赋格史概述"
Müller-Muth, Anja (1999). "A Playful Comment on Word and Music Relations: Anthony Burgess's *Mozart and the Wolf Gang*". Bernhart/Scher/Wolf, eds. 1999: 249—261.
穆勒-穆特,"戏谑的文字与音乐关系评论:安东尼·伯吉斯的《莫扎特与狼帮》"
Murphy, Peter J. (1990). *Reconstructing Beckett. Language for Being in Samuel Beckett's Fiction*. Toronto: Univ. of Toronto Press.
墨菲,《重构贝克特:塞缪尔·贝克特小说中的语言》

Nattiez, Jean-Jacques (1987/90). *Musicologie générale et sémiologie*. Paris: Christian Bourgeois. *Music and Discourse: Toward a Semiology of Music*. Transl. Carlyn Abbate. Princeton, N. J.: Princeton Univ. Press, 1990.
纳蒂埃,《普通音乐符号学》
Naumann, Barbara (1988). "'Mit der Musik versteht sich's von selbst': Friedrich Schlegels Reflexion des Musikalischen im Kontext der Gattungspoetik". Eberhard Lämmert, Dietrich Scheunemann, eds. *Regelkram und Grenzgänge: Von poetischen Gattungen. Literatur und andere Künste 1*. Munich: text & kritik. 72—94.
瑙曼,"由于音乐,不言而喻:弗里德里希·施雷格对类型诗歌场景下音乐元素的思考"
——(1990). *Musikalisches Ideen-Instrument: Das Musikalische in Poetik und Sprach-theorie der Frühromantik*. Stuttgart: Metzler.
——,《音乐的理念(思想)工具:早期浪漫派诗歌和语言理论中的音乐元素》
Neubauer, John (1981), "On Music Theory and the Abandonment of Mimesis in Eighteenth-Century Literature". Konstantinovic/Scher/Weisstein, eds. 1981: III, 241—244.
纽保尔,"关于音乐理论与十八世纪文学中对模仿的舍弃"
——(1986). *The Emancipation of Music from Language: Departure from Mimesis in Eighteenth-Century Aesthetics*. New Haven: Yale Univ. Press.
——,从语言解放的音乐:十八世纪美学中的偏离模仿
——(1997). "Tales of Hoffmann and Others on Narrativization of Instrumental Music". Lagerroth/Lund/Hedling, eds. 1997: 117—136.
——,"霍夫曼及其他作家的故事中关于器乐的叙事化"
The New Grove Dictionary of Music and Musicians. Ed. Stanley Sadie. London: Macmillan, 1980.
《新格罗夫音乐与音乐家辞典》
The New Princeton Encyclopedia of Poetry and Poetics. Ed, Alex Preminger, T. V. F. Brogan. Princeton, N. J.: Princeton Univ. Press, 1993.
《新编普林斯顿诗歌与诗学百科全书》
Newcomb, Anthony (1992). "Narrative archetypes and Mahler's Ninth Symphony". Scher, ed. 1992: 118—136.
纽科姆,"叙事原型与马勒第九交响曲"
Novalis (1802/1957). *Fragmente*. Ed. Ewald Wasmuth. 2 vols. Heidelberg: Lambert Schneider, 1957.
诺瓦利斯,《断篇集》
Nünning, Ansgar (1995). *Von historischer Fiktion zu historiographischer Metafiktion*. Literatur-Imagination-Realität 11. 2 vols. Trier: Wissenschaftlicher Verlag Trier.
纽宁,《从历史虚构到历史超小说》
——(1996). "Zwischen der realistischen Erzähltradition und der experimentellen Poetik des Poetik des Postmodernismus: Erscheinungsformen und Entwicklungstendenzen des englischen Romans seit dem Zweiten Weltkrieg aus gattungstheoretischer Perspektive". A. Nünning, ed. *Eine andere Geschichte der englischen Literatur: Epochen, Gattungen und Teilgebiete im Überblick*. WVT-Handbücher zum literaturwissenschaftlichen Studium 2. Trier: Wissenschaftlicher Verlag Trier. 213—240.
——,"在现实主义叙述传统与后现代诗歌中的经验性诗歌之间:从类型理论视角看二战后

英语小说的出现形式与发展趋势"
——(1998). *Der Englische Roman des zwanzigsten Jahrhunderts*. Uni Wissen. Stuttgart: Klett.
——,《20 世纪的英语小说》
——, ed. (1998). *Unreliable Narration. Studien zur Theorie und Praxis unglaubwürdigen Erzählens in der englischsprachigen Erzählliteratur*. Trier: Wissenschaftlicher Verlag Trier.
——,《不可靠的叙述：英语文学中不可靠故事讲述理论与实践》

Oppenheim, Lois, ed. (1999). *Samuel Beckett and the Arts. Music, Visual Arts, and Non-Print Media*. Border Crossings 2. New York: Garland.
奥本海默,《塞缪尔·贝克特与艺术：音乐、视觉艺术与非印刷媒介》
Orlov, Henry(1981). "Toward a Semiotics of Music". Wendy Steiner, ed. *The Sign in Music and Literature*. Austin: Univ. of Texas Press. 131—137.
奥尔洛夫,"关于音乐符号学"
The Oxford Companion to English Literature. Fifth ed. Ed. Margaret Drabble. Oxford: Oxford Univ. Press, 1985.
《牛津英国文学指南》

Pater, Walter(1877/1973). "The Dialectic of Art: The School of Giorgione". W. Pater. *Essays on Literature and Art*. Ed. Jennifer Uglow. London: Dent, 1973. 43—47.
佩特,"艺术辩证法：乔尔乔纳画派"
Peacock, Ronald(1952/84). "Probleme des Musikalischen in der Sprache". Walter Muschg, Emil Staiger, eds. *Weltliteratur: Festgabe für Fritz Strich zum 70. Geburtstag*. Bern: Francke. 85—100. Rpt. in Scher, ed. 1984: 154—168.
皮科克,"音乐语言问题"
Petri, Horst(1964). Literatur und Musik: Form- und Strukturparallelen. Göttingen: Sachse & Pohl.
佩特里,《文学与音乐：形式与结构相似性》
Pfister, Manfred(1977). *Das Drama: Theorie und Analyse*. UTB 580. Munich: Fink.
普菲斯特,《戏剧：理论与分析》
——(1985a). "Bezugsfelder der Intertextualität: Zur Systemreferenz". Broich/Pfister eds. 1985: 52—58.
——,"互文性的相关领域：系统指涉"
——(1985b). "Konzepte der Intertextualität". Broich/Pfister eds. 1985: 1—30.
——,"互文性概念"
Picard, Hans Rudolf (1995). "Die Variation als kompositorisches Prinzip in der Literatur". Gier/Gruber, eds. 1995: 35—60.
皮卡德,"文学中创作原则的变化"
Plett, Heinrich F. (1991). "Intertextualities". H. F. Plett, ed. 1991: 3—29.
普勒特,"互文性"
——, ed. (1991). *Intertextuality. Research in Text Theory*. Berlin: de Gruyter.
——,《互文性》
Poe, Edgar Allan(1850/1967). "The Poetic Principle". E. A. Poe. *Selected Writings: Po-*

ems, *Tales, Essays and Rebiews*. Ed. David Galloway. Harmondsworth: Penguin, 1967. 499—513.

坡,"诗学原则"

Porter, Roger J. (1980). "The Demon Past: De Quincey and the Autobiographer's Dilemma". *Studies in English Literature* 20. 591—609.

颇特,"魔魇昨日:德·昆西与自传的困境"

Potts, Willard, ed. (1979). *Portraits of the Artist in Exile: Recollections of James Joyce by Europeans*. Seattle: Univ. of Washington Press.

波茨,《放逐艺术家肖像:欧洲人对詹姆斯·乔伊斯的回忆》

Prieto, Eric(1993). "Recherches pour un roman musical: L'exemple de Passacaille de Robert Pinget". *Poétique* 24(94): 153: 170.

普列托,"音乐小说研究:以罗伯特·潘热的《帕萨卡里亚》为例"

Prümm, Karl(1988). "Intermedialität und Multimedialität. Eine Skizze medienwissenschaftlicher Forschungsfelder". Rainer Bohn/Eggo Müller/Rainer Ruppert, eds. *Ansichten einer künftigen Medienwissenschaft*. Sigma Medienwissenschaft 1. Berlin: Sigma Bohn. 195—200.

普吕姆,"媒介间性与多媒介性:媒介科学研究领域概览"

Puttenham, George(1589/1936). *The Arte of English Poesie*. Ed. Gladys Doidge willcock, Alice Walker. Cambridge: Cambridge Univ. Press, 1936.

普顿汉,《英国诗歌艺术》

Quick, Jonathan(1985). "Virginia Woolf, Roger Fry and Post-Impressionism". *Massachusetts Review* 26. 547—570.

奎克,"弗吉尼亚·伍尔夫、罗杰·弗莱与后印象主义"

Rabaté, Jean-Michel(1986). "The Silence of the Siren". Morris Beja, Phillip Herring, Maurice Harmon, David Norris, eds. *James Joyce: The Centennial Symposium*. Urbana: Univ. of Illinois Press. 82—88.

拉贝特,"塞壬的沉默"

Rabinowitz, Peter J. (1992) "Chord and Discourse: Listening Through the Written Word". Scher, ed. 1992: 38—56.

拉比诺维茨,"和弦与话语:聆听书写文字"

Reaver, J. Russell(1985). "How Musical is Literature". *Mosaic* 18/4. Special issue *Music and Literature*. 1—10.

瑞弗尔,"音乐的如何文学"

Reichert, Klaus(1998). "Literatur, Kunst, Politik-Übergänge bei Virginia Woolf". Christoph Bode/Ulrich Broich, eds. *Die Zwanziger Jahre in Großbritannien. Literatur und Gesellschaft einer spannungsreichen Dekade*. Tübingen: Narr, 219—238.

赖歇特,"文学、艺术、政治——弗吉尼亚·伍尔夫的过渡"

Rempel, W. John, Ursula M. Rempel(1985). "Introduction". *Mosaic* 18/4. Special issue *Music and Literature*. v—xi.

伦佩尔、乌苏拉,"引言"

Reynolds, Roger(1998). "The Indifference of the Broiler to the Broiled". Bryden, ed. 1998: 195—211.

雷诺兹,"烤炉对烤肉的冷漠"
Rimmon-Kenan, Shlonith(1983). *Narrative Fiction: Contemporary Poetics*. New Accents. London: Methuen.
里蒙-凯南,《叙事虚构作品:当代诗学》,姚锦清等中译本,北京:三联书店,1989 年。
——(1995). "What is Theme and How Do we Get At It?". Claude Bremond, Joshua Landy, Thomas Pavel, eds. *Thematics: New Approaches*. Albany, N. Y.: State Univ. of New York Press. 9—19.
——,"何为主题,我们如何获得?"
Rogers, Margaret(1990). "Decoding the Fugue in 'Sirens'". *James Joyce Literary Supplement* 4. 15—20.
罗杰斯,"'塞壬'中的赋格解码"
Rohmann, Gerd (1968). *Huxley und die französische Literatur*. Marburg: Görich und Weiershäuser.
若曼,《赫胥黎与法国文学》
Rosenthal, Michael(1979). *Virginia Woolf*. New York: Columbia Univ. Press.
罗森塔尔,《弗吉尼亚·伍尔夫》
Roston, Murray(1977). "The Technique of Counterpoint". *Studies in the Novel* 9. 379—388.
罗斯通,"对位技巧"
Rotermund, Erwin(1968). "Musikalische und dichterische 'Arabeske' bei E. T. A. Hoffmann". *Poetica* 2. 48—69.
罗特蒙德,"E. T. A 霍夫曼作品中音乐和诗的阿拉伯风格"
Rousseau, Jean-Jacques(1754/1975). *De L'inégalité parmi les hommes*. J. -J. Rousseau. *Du Contract social et autres œuvres politiques*. Ed. Jean Ehrard Paris: Garnier, 1975. 25—122.
卢梭,《论人与人之间的不平等的起因和基础》,李平沤中译本,北京:商务印书馆,2007 年。

Schabert, Ina (1990). *In Quest of the Other Person: Fiction as Biography*. Tübingen: Francke.
沙贝特,《找寻另一个人:虚构作品作为传记》
Scher, Steven Paul (1968). *Verbal Music in German Literature*. Yale Germanic Studies 2. New Haven: Yale Univ. Press.
薛尔,《德语文学中的以文述乐》
——(1970). "Notes Toward a Theory of Verbal Music". *Comparaitve Literature* 22. 147—156.
——,"关于以文述乐理论"
——(1972). "How Meaningful a 'Musical' in Literay Criticism?". *Yearbook of Comparative and General Literature* 21. 52—56.
——,"文学批评中'音乐的'如何有意义?"
——(1981). "Comparing Literature and Music: Current Trends and Prospects in Critical Theory and Methodology". Konstantinovic/Scher/Weisstein, eds. 1981: III, 215—221.
——,"文学与音乐比较:批评理论与方法的当前趋势与前景"
——(1982). "Literature and Music". Barricelli/Gibaldi, eds. 1982: 225—250.
——,"文学与音乐"
——(1984). "Einleitung: Literatur und Musik-Entwicklung und Stand der Forschung".

Scher, ed. 1984: 9—25.

——, "导引:文学与音乐——研究的发展与地位"

——(1992). "Preface". Scher. Ed. 1992: xiii—xvi.

——, "前言"

——(1999). "Melopoetics Revisited: Reflections on Theorizing Word and Music Studies". Berhart/Scher/Wolf, eds. 1999: 9—24.

——, "再论歌诗学:文字与音乐研究理论化反思"

——, ed. (1984). *Literatur und Musik: Ein Handbuch zur Theorie und Praxis eines komparatistischen Grenzgebietes*. Berlin: Schimidt.

——, 编,《文学与音乐:边缘领域比较研究理论与实践指南》

——, ed. (1992). *Music and Text: Critical Inquiries*. Cambridge: Cambridge Univ. Press.

——, 编,《音乐与文本批评探究》

Schlegel, Friedrich(1801/1981). *Fragmente zur Poesie und Litteratur*, F. Schlegel. *Werke* (Kritische Friedrich-Schlegel-Ausgabe). Ed. Ernst Behler. Paderborn: Schöningh, 1958—1995. 35 vols. Vol. 16. *Fragmente zur Poesie und Literatur I* (1981). 253—337.

施莱格尔,《诗与文学之碎片》

Schneider, Reinhard(1980). *Semiotik der Musik*. *Darstellung und Kritik* (Kritische Information 90). Munich: Fink.

施耐德,《音乐符号学》

Schmidt-Garre, Helmut(1979). *Von Shakespeare bis Brecht: Dichter und ihre Beziehung zur Musik*. Taschenbücher zur Musikwissenschaft 49. Wilhemshaven: Heinrichshofens.

施密特-加尔雷,《从莎士比亚到布莱希特:诗人及其与音乐的关系》

Schönhaar, Rainer(1995). "Beschriebene und imaginäre Musik im Frühwerk Thomas Manns". Gier/Gruber, eds. 1995: 237—268.

舍恩哈尔,"托马斯•曼早期作品中描写的与虚构的音乐"

Schueller, Herbert M. (1947/84). "Literature and Music as Sister Arts: An Aspect of Aesthetic Theory in Eighteenth-Century Britain". *Philological Quarterly* 26. 193—205. Rpt. in Scher, ed. 1984: 61—70.

舒勒尔,"文学与音乐作为姊妹艺术:十八世纪英国美学理论的一个方面"

Schulz-Buschhaus, Ulrich(1997). "Funktionen des Kriminalromans in der post-avantgardistischen Erzählliteratur". U. Schulz-Buschhaus, Karlheinz Stierle, eds. *Projekte des Romans nach der Moderne*. Munich: Fink. 331—368.

舒尔茨-布赫豪斯,"后先锋派叙事文学中侦探小说的功能"

Schulze, Robin Gail(1992). "Design in Motion: Words, Music, and the Search for Coherence in the Works of Virginia Woolf and Arnold Schoenberg". *Studies in the Literary Imagination* 25(2). 5—22.

舒尔茨,"动态构思:弗吉尼亚•伍尔夫与勋伯格作品中的语词、音乐与连贯性找寻"

Schweizer, Albert(1908/72). *J. S. Bach*. Rpt. Wiesbaden: Breitkopf & Härtel, 1972.

史怀哲,《巴赫》

Shainberg, Lawrence(1987). "Exorcising Beckett". *Paris Review* 29(104). 100—136.

西恩博格,"驱除贝克特"

Shklovsky [Sklovskij], Viktor(1925/84). *O teorii Prozy* (Moscow 1925). *Theorie der Prosa*. Ed. And transl. Gisela Drohla, Frankfurt/M.: Fischer, 1984.

什克洛夫斯基,《小说理论》

Smith, Adam(1795/1967). "Of the Nature of that Imitation which Takes Place in What Are Called the Imitative Arts". A. Smith. *The Early Writings*. Ed. J. Ralph Lindgren. New York: Augustus M. Kelley, 1967. 135—174.
史密斯,"模仿在所谓的模仿艺术中发生的本质"
Smith, Mack (1995). *Literary Realism and the Ekphrastic Trasdition*. Univ. Park, Pa.: Pennsylvania State Univ. Press.
史密斯,《文学现实主义与读画诗传统》
Smith, Michael C. (1979). "'A Voice in a Fugue': Characters and Musical Structure in Carson McCullers' *The Heart Is a Lonely Hunter*". *Modern Fiction Studies* 25. 258—263.
史密斯,"赋格中的声音:卡森·麦卡勒斯的《心是孤独的猎手》的人物与音乐结构"
Sternfeld, Frederick W. (1957/84). "Poetry and Music-Joyce's *Ulysses*". Frye, ed. 1957: 15—56. Rpt. in: Scher, ed. 1984: 357—379.
斯坦菲尔德,"诗歌与音乐——乔伊斯的《尤利西斯》"
Stewart, Jack. F. (1982). "Impressionism in the Early Novels of Virginia Woolf". *Journal of Modern Literature* 9: 237—266.
斯图尔特,"弗吉尼亚·伍尔夫早期小说中的印象主义"

Traber, Christine. "In Perfect Harmony? Entgrenzungen in der Kunst des frühen 20. Jahrhunderts". Supplement to Mendgen, ed. 1995: 221—248.
特雷博,"处于完美的和谐? 20世纪早期艺术的界限消失"
Trapp, Klaus(1958). *Die Fuge in der deutschen Romantik von Schubert bis Reger: Studien zu ihrer Entwicklung und Bedeutung*. Unpublished Diss. Frankfurt/M.
特拉普,《舒伯特与雷格的德国浪漫主义赋格发展与意义研究》(未出版论文)
Twining, Thomas (1789/1986). *Two Dissertations on Poetical and Musical Imitation*. Extracts in Lippman, ed. 1986: I, 243—253.
特文宁,"两篇关于诗歌与音乐模仿的论文"

Vogt, Hans(1972/82). *Neue Musik seit* 1945. Stuttgart: Reclam. Third ed. 1982.
沃格特,《从1945年起的新音乐》
Vos, Eric(1997). "The Eternal Network: Mail Art, Intermedia Semiotics, Interarts Studies". Lagerroth/Lund/Hedling, eds. 1997: 325—336.
沃斯,"永恒的网络:信件艺术、跨媒介符号学、跨艺术研究"

Wackenroder, Wilhelm Heinrich(1799/1991). *Phantasien über die Kunst, für Feunde der Kunst*, W. H. Wackenroder. *Sämtliche Werke und Briefe: Historisch-kritische Ausgabe*. Ed. Silvio Vietta, Richard Littlejohns. Vol 1. Heidelberg: Winter, 1991. 147—252.
瓦肯罗德尔,《艺术幻想、艺术之友、瓦肯罗德。作品和书信全集:历史批评版本》
Wagner, Peter(1996). "Introduction: Ekphrasis, Iconotexts, and Intermediality-the State(s) of the Art(s)". Wagner, ed. 1996: 1—40.
瓦格纳,"引言:读画诗、图像文本与媒介间性——艺术的境况"
——, ed. (1996). *Icons-Texts-Iconotexts: Essays on Ekphrasis and Intermediality*. European Cultures. Studies in Literature and the Arts 6. Berlin: de Gruyter.
——,《图像-文本-图像文本:关于符像化与媒介间性》
Wallace, Robert K. (1977). "'The Murders in the Rue Morgue' and Sonata Allegro Form".

Journal of Aesthetics and Art Criticism 35. 457—463.

华莱士,"'莫尔格街凶杀案'与奏鸣曲式"

——(1983). *Jane Austen and Mozart*: *Classical Equilibrium in Fiction and Music*. Athens, GA: Univ. of Georgia Press.

——,《简·奥斯汀与莫扎特:小说与音乐中古典的平衡》

Watt, Donald(1977). "The Fugal Construction of *Point Counter Point*". *Studies in the Novel* 9: 509—517.

瓦特,"《点对点》的赋格结构"

Webb, Daniel(1769/1986). *Observations on the Correspondence between Poetry and Music*. Extracts in Lippman, ed. 1986: I, 201—214.

韦伯,《诗歌与音乐对应管窥》

Weisstein, Ulrich(1992). "Einleitung: Literatur und bildende Kunst: Geschichte, Systematik, Methoden". U. Weisstein, ed. *Literatur und bildende Kunst*: *Ein Handbuch zur Theorie und Praxis eines komparatistischen Grenzgebietes*. Berlin: Schmidt. 11—31.

韦斯坦,"文学与视觉艺术的历史、分类、方法介绍"

Winn, James Anderson(1981). *Unsuspected Eloquence*: *A History of the Relations between Poetry and Music*. New Haven: Yale Univ. Press.

文,《毋庸置疑的修辞:诗歌与音乐关系史》

Wolf, Werner(1992a). "Can Stories Be Read as Music? Possibilities and limitations of applying musical metaphors to fiction". Bernd Lenz, Elmar Lehmann, eds. *Telling Stories*: *Studies in Honour of Ulrich Broich on the occasion of his 6oth Birthday*. Amsterdam: Grüner. 205—231.

沃尔夫,"可以将故事读作音乐吗? 音乐隐喻用到小说中的可能性与限制"

——(1992b). "The Language of Feeling between Transparency and Opacity: The Semiotics of the English Eighteenth-Century Sentimental Novel". Wilhelm G. Busse, ed. *Anglistentag 1991 Düsseldorf*: *Proceedings*. Tübingen: Niemeyer. 108—129.

——,"介于透明与模糊之间的情感语言:十八世纪英国感伤小说的符号学"

——(1993a). *Ästhetische Illusion und Illusionsdurchbrechung in der Erzählkunst*: *Theorie und Geschichte mit Schwerpunkt auf englischem illusionsstörenden Erzählen*. Buchreihe der *Anglia* 32. Tübingen: Niemeyer.

——,"叙事艺术中美学幻想和幻想断裂:以英语幻想受阻叙事文学为重点的理论和历史"

——(1993b). "'To understand our distance from understanding'-Gabriel Josipovicis epistemologisch-metafiktionale Kurzgeschichten als Inszenierrungen transzendenter Negativität". *Anglishtik und Englischunterricht* 50. *Recent British Short Story Writing*: 131—152.

——,"'了解我们与理解之间的距离'——夏希波维奇的认识论-超虚构短篇小说作为超验否定的编排"

——(1996). "Intermedialität als neues Paradigma der Literaturwissenschaft? Plädoyer für eine literaturzentrierte Erforschung der Grenzüberschreitungen zwischen Wortkunst und anderen Medien am Beispiel von Virginia Woolfs 'The String Quartet'". *Arbeiten aus Anglistik und Amerikanistik* 21: 85—116.

——,"媒介间性作为文学新范式? 一项以文学为中心的、以弗吉尼亚·伍尔芙的《弦乐四重奏》为例的文字艺术与其他媒介间超越界限的研究概述"

——(1998). "'The musicalization of fiction': Versuche intermedialer Grenzüberschreitung zwischen Musik und Literatur im englischen Erzählen des 19. und 20. Jahrhunderts".

Helbig, ed. 1998: 133—164.
——,"小说的音乐化:19 和 20 世纪英语叙事文学中音乐与文学间的跨媒介界限跨越尝试"
——(1999a). "Framing fiction. Reflections on a narratological concept and an example: Bradbury. *Mensonge* ". Walter Grünzweig/Andreas Solbach (eds.). *Grenzüberschreitungen: Narratologie im Kontext/Transcending Bounsaries: Narratology in Context*, Tübingen: Narr. 97—124.
——,"小说框架:叙事学概念与一个例子——布雷德伯里的《谎言》反思"
——(1999b). "Musicalized Fiction and Intermediality: Theoretical Aspects of word and Music Studies". Bernhart/Scher/Wolf, eds. 1999: 37—58.
——,"音乐化小说与媒介间性:文字与音乐研究理论面面观"
Woolf, Virginia. *Collected Essays*. 4 vols. London: Hogarth Press, 1966—67.
伍尔夫,《散文集》
——. *The Letters*. Ed. Nigel Nicolson. 6 vols. London: Hogarth Press, 1975—80.
——,《书信集》
——. *A Writer's Diary. Being Extracts from the Diary of Virginia Woolf*. Ed. Leonard Woolf. London: Hogarth Press, 1965.
——,《作家日记》
——(1905/86). "Street Music". V. Woolf, *The Essays*. Ed. Andrew McNeillie. London: Hogarth Press, 1986. 3 vols. ,vol. 1. 27—32.
——"街头音乐"
——(1927/66). "The Narrow Bridge of Art". Woolf, *Collected Essays* II, 218—229.
——,"狭窄的艺术之桥"
——(1932/67). "De Quincey's Autobiography". Woolf, *Collected Essays* IV, 1—7.
——,"德·昆西的自传"
——(1939/76). "A Sketch of the Past". V. Woolf. *Moments of Being. Unpublished Autobiographical Writings*. Ed. Jeanne Schulkind. London: Univ. of Sussex Press, 1976. 64—137.
——,"一段过去的素描"

Zahn, Leopold(n. d.). *Geschichte der Kunst: Von der Höhlenmalerei bis zum 20. Jahrhundert*. Gütersloh: Bertelsmann.
茨恩,《艺术史:从洞穴绘画到 20 世纪》
Zander, Horst (1985). "Intertextualität und Medienwechsel". Broich/Pfister, eds. 1985: 178—196.
赞德,"互文性与媒介变化"
Zapf, Hubert(1988). *Das Drama in der abstrakten Gesellschaft: Zur Theorie und Struktur des modernen englischen Dramas*. Theatron 2. Tügingen: Niemeyer.
察普夫,"抽象社会里的戏剧:现代英语戏剧的理论与结构"
Zima, Peter V. , ed. (1995). *Literatur intermedial: Musik-Malerei-Photographie-Film*. Darmstadt: Wissenschaftliche Bucvhgesellschaft.
奇玛,"跨媒介看文学:音乐-绘画-摄影-影视"
Ziolkowski, Theodore (1957—58). "Herman Hesse's *Steppenwolf*: A Sonata in Prose". *Modern Language Quarterly* 18—19. 115—133.
佐伊科夫斯基,"赫尔曼·黑塞的《荒原狼》:散文奏鸣曲"

索 引

[索引中所示页码均为本书页边码,对应原英文版页码]

Abrams, M. H. 艾布拉姆斯, 98, 102—104, 107
Ackroyd, P. 阿克罗伊德, 185
Adorno, Th. 阿多诺, 11, 12
Albright, D. 奥尔布赖特, 125
Andersch, A. 安德施, 185
Aplin, J. 阿普林, 165
Aristotle 亚里士多德, 2
Aronson, A. 艾隆森, 6, 111, 142, 148, 156, 157, 159, 180—182
Auden, W. H. 奥登, 54
Austen, J. 奥斯丁, 36, 49
Avison, Ch. 阿维森, 104—106

Bach, J. S. 巴赫, 13—22, 26—29, 31, 32, 57, 59, 62, 63, 91, 126, 131, 134, 158, 165, 168, 173, 175—182, 229, 236
Bakhtin, M. M. 巴赫金, 21, 31
Bal, M. 巴, 113
Barber, S. 巴伯, 127
Barlow, C. 巴罗, 188, 192
Barricelli, J.-P. 巴利切利, 5
Barry, K. 巴瑞, 6, 99, 106, 107, 120, 158
Barthes, R. 巴特, 23, 28, 159, 213
Basilius, H. A. 巴齐里乌斯, 126
Beattie, J. 比亚提, 104, 107
Becker, H. 贝克尔, 11, 12
Beckett, S. 贝克特, 185—196, 217, 219,
 220, 223
 Endgame《终局》, 224
 Ghost Trio《鬼魂三重奏》, 186
 "Imagination Dead Imagine"《想象死亡的想象》
 "Lessness"《不足》, 186, 188, 191
 Murphy《墨菲》, 186
 Nacht und Träume《夜与梦》, 186
 "Ping"《乒》, 27, 182, 183, 185—196, 197, 202, 209, 214, 220, 224, 237
 Play《剧》, 186
 Quad《游走四方形》, 187
 Watt《瓦特》, 186
 Words and Music《词与乐》, 44, 187
Beckett, W. 贝克特, 185
Beckmann, U. 贝克曼, 1
Beethoven, L. v. 贝多芬, 27, 53, 56, 57, 80, 117, 161, 168, 173, 177, 179—182, 186, 198—200, 202—209, 213, 214, 218, 236—238
Bell, C. 贝尔, 49
Bell, V. 贝尔, 49, 147
Benveniste, E. 本维尼斯特, 11
Bernhard, Th. 伯纳德, 185
Bernhart, W. 班奈特, 54, 99
Bernold, A. 班诺德 186, 187
Beyer, M. 拜尔, 197, 198, 203, 206, 209
Blackstone, B. 布莱克斯通, 148, 152, 156

Blake, W. 布莱克, 13—17, 19, 21, 22, 27, 32, 33, 37, 47, 56, 59, 68, 97, 229
Blamires, H. 布拉迈尔斯, 71
Bly, J. I. 布莱, 198
Bonnard, P. 伯纳德, 219
Borach, G. 布洛赫, 129, 130
Borges, J. L. 博尔赫斯, 217
Böse, R. 波塞, 71, 125, 129, 132, 133, 137, 139
Bosseur, J.-Y. 伯塞尔, 188, 193
Bowen, Z. 鲍恩, 43, 68, 71, 127, 128, 138, 139,
Bradbury, M. 布拉德伯里, 190
Brahms, J. 布拉姆斯, 27, 218
Braque, G. 布拉克, 2, 43
Brienza, S. D. 布莱恩扎, 188, 190, 193, 195
Broich, U. 布洛赫, 46, 57
Brontë, Ch. 勃朗特, 49
Brophy, B. 布罗菲, 20, 21, 56
    In transit《过境》, 20, 185
    The Snow Ball《雪球》, 185
Brown, C. S. 布朗, 5, 6, 12, 19, 20, 35, 39, 55, 59, 72, 111, 113—118, 126, 127, 138, 142, 223, 232, 239
Brown, J. 布朗, 100, 103
Brown, S. 布朗, 185
Bruckner, A. 布鲁克纳, 28, 117
Brüderlin, M. 布鲁德林, 2
Bruhn, S. 布鲁恩, 42
Bryden, M. 布莱登, 185—188
Brzoska, M. 布若斯卡, 123
Budde, G. 布德, 71, 125, 127, 129—133
Budgen, F. 巴金, 129
Burgess, A. 伯吉斯, 3, 4, 85, 127, 132, 146, 197—215
    A Clockwork Orange《发条橙》, 210
    The End of the World News《世界新闻尽头》, 198
    The Malayan Trilogy《马来亚三部曲》, 198
    Mozart and the Wolf Gang《莫扎特与狼帮》, 4, 44, 61—62, 64—67, 74, 75, 77, 80, 81, 92, 198, 203, 204, 208
    Napoleon Symphony《拿破仑交响曲》, 1, 3, 4, 21, 54, 56, 57, 67, 80, 145, 185, 197—215, 218, 237—239
    Tremor of Intent《蓄意的颤栗》, 198
Byerly, A. 拜尔利, 211, 240

Cadhilac, P.-E. 卡迪拉克, 126
Cardinal, R. 卡迪纳尔, 217
Carroll, L. 卡罗尔, 41
Catanzaro, M. F. 卡坦扎罗, 185, 186, 193
Celan, P. 策兰, 3, 37, 56
Chaffin, G. L. 查芬, 185
Chatman, S. 查特曼, 25, 39
Chenoweth, V. 肯诺恩斯, 12
Chew, Sh. 秋, 185
Clüver, C. 克鲁弗, 3, 40, 42, 62
Cohn, R. 科恩, 188, 189, 191, 195, 196
Cole, D. W. 科尔, 71, 127, 129, 131, 133, 137, 142
Coleridge, S. T. 柯勒律治, 103, 105, 106, 111
Conrad, J. 康拉德, 158
Cooper, J. X. 库珀, 125
Coover, R. 库弗, 184
Counterpoint 对位, 171;
    → musicalization of literature/fiction: technical forms: structural analogies to polyphony/counterpoint →文学/小说的音乐化: 技术形式: 对多声部/位法的结构类比
covert/indirect intermediality→intermediality: forms; → literature-music: forms of intermediality
    隐蔽/间接媒介间性→媒介间性: 形式; →文学-音乐: 媒介间性形式
Cruikshank, G. 克鲁克香克, 39
Crystal, D. 克里斯托 23
Cullinan, J. 库里南, 210, 211
Cupers, J.-L. 库伯斯, 6, 72, 80, 123, 126,

Dahlhaus, C. 达尔豪斯, 11, 14, 15, 23, 29, 32, 98, 100—102, 106, 108
Dällenbach, L. 达伦巴赫, 81
De Quincey, Th. 德·昆西 7, 97, 111—123, 126, 127, 129, 131, 132, 134, 138, 141,

150,155,159,167,174,176,238
"A Vision of Sudden Death"《猝死幻象》111
"Dream Fugue"《梦的赋格》,111—123,221,227,233,234,236
"The English Mail Coach or The Glory of Motion"《英国邮车或光荣运动》111
Dekker,G. 德克尔,120
Derrida,J. 德里达,23
Di Stefano,G. 迪·斯蒂法诺,100
Dickens,Ch. 狄更斯,39,123
　　Hard Times《艰难时世》20,80,123
　　The Mystery of Edwin Droold《埃德温·德鲁镇之谜》,123
Dickinson,V,迪金森,147
Diderot,D. 狄德罗,99,100,104
discourse→story and discourse 话语→故事与话语
Döblin,A. 德布林,126,176
Dodderer,H. v. 多德勒,126
Dos Passos,J. 多斯·阳索斯
　　Manhattan Transfer《曼哈顿中转站》,176
　　U.S.A.《美国》,125,176
Dryden,J. 屈莱顿,102,103
Duras,M. 杜拉斯,185
Durrell,L. 德雷尔,185
Duthuit,G. 杜图伊,194

Edel,L 艾德尔,125
Edgecombe,R. St. 埃基寇姆,5,6,55,63,67,68,102,123,157
Eichendorff,J. v. 艾兴多夫,161
Eicher,Th. 艾彻,1
ekphrasis→intermediality in literature 读画诗→文学中的媒介间性
Eliot,T. S. 艾略特,3,37,125,199
Erzgräber,W. 艾兹格雷贝尔,176,178
Escal,F. 埃斯卡 20,27,29
evocation of vocal music through associative quotation→literature-music:forms of covert /indirect intermediality; → musicalization of literature/fiction: textual evidence
通过联想引用的声乐唤起→文学-音乐:隐蔽/间接媒介间性形式; →文学/小说的音乐化:文本证据
extradiegetic level → intradiegetic vs. extradiegetic level
外叙事层面→内叙事 vs. 外叙事层面

Farrelly,B,A,法雷利,126
Fietz,L. 菲茨,165,169—171
Firchow,P. 菲尔乔,165,176,177
Fischer,A. 费歇尔,6,125,127,128,134,140,144,202,235
Fleishman,A. 弗莱施曼,148,154
Flotow,F. 弗洛图,68,132
Forster,E. M. 福斯特,33,126,225
Foucault,M. 福柯,29,106
Fowles,J. 福尔斯,11,24,26,32
Freedman,W. 弗里德曼,20,21,77,86—88,90,91,98,102
Friedman,M. 弗里德曼,132,133
Fry,R. 弗莱,49,158
Frye,N. 弗莱,6,51,76,90,106
Frye,R. 弗莱,147
Füger,W. 费格尔,32,35,76
fugue 赋格,3,13,17,20,30,31,33,47,58,114,117,121,130,132,133,136,142,221;
　　→ musicalization of literature/fiction: technical forms: structural analogies to the fugue
　　→文学/小说的音乐化:技术形式:对赋格的结构类比
Fuller,J. 福勒,126

Gabler,H. W. 加布勒,128
Gautier,Th. 戈蒂耶,3,37,57,101,142
Gédalge,A. 佘达惹,130
Genette,G. 热奈特 56,87
Gibaldi,J. 吉巴尔地,5
Gide,A. 纪德
　　Les Faux-monnayeurs《伪币制造者》,82,126
　　Symphonie pastorale《田园交响曲》,82
Gier,A. 吉尔,5,11,12,14,24,38,39,59,

60,185
Gilbert, St. 吉尔伯特,129,130,132,133, 139—141
Gillespie, D. F. 吉莱斯皮,147
Gillespie, M. P. 吉莱斯皮,71,127,129
Gluck, Ch. W. 格鲁克,99
Gnazzo, A. 格纳佐,188
Goethe, J. W. v. 歌德,31,32,54,100,107, 186
Goldman, J. 戈德曼,147
Gombrich, E. H. 贡布里希,32
Green, J. D. 格林,40
Greenberg, C. 格林伯格,125,187,238,239
Greene, D. B. 格林,41
Grim, W. E. 格里姆,185
Grindea, M. 葛林迪,186
Grisebach, E. 格里瑟巴赫,101
Gruber, G. W. 格鲁伯,5,12,185
Gruen, J. 格鲁恩,187
Guetti, J. 盖迪,5,71

Hagstrum, J. 哈格斯达勒姆,98,104
Halliwell, M. 哈里威尔 30
Hansen-Löve, A. A. 汉森-洛夫,1
Hanslick, E. 汉斯立克,107
Hardy, Th. 哈代
　　The Dynasts《列王》,212
　　Tess of the d' Urbervilles《德伯家的苔丝》,48
　　Under the Greenwood Tree《绿林荫下》54
Hare, J. E. 哈瑞,181
Harris, J. 哈里斯,104,106
Harweg, R. 哈尔维克,11,12,22
Hauer, J. M. 郝尔,192,194
Haydn, J. 海顿,27,29,223
Hazlitt, W. 赫兹里特,104,105
Hebel, J. P. 赫布尔,126
Hedling, E. 赫德林,1,5
Heißenbüttel, H. 海森比特尔 27
Helbig, J. 赫尔比希,1,35
Henze, H.-W. 亨策,54
Herman, D. 赫尔曼,127,143,144
Hesse, H. 黑塞,126

Hess-Lüttich, E. W. B. 赫斯-吕梯希 35
Hiebel, H. H. 希贝尔 35,186
Hildesheimer, W. 希尔德斯海姆,185
Hoesterey, I. 豪斯特莉,125
Hoffmann, E. T. A. 霍夫曼,101,123
Homer 荷马,127,140,141,145
Hopkins, R. 霍普金斯,111
Huber, M. 胡伯,5,6,11,59,73,74,102, 105,107,108,126,182,185
Hunt, L. 杭特,102
Hutcheon, L. 哈琴,39
Huxley, A. 赫胥黎,3,126,165—182,199, 210,239,
　　Island《岛屿》,165
　　Point counter point《点对点》,1,3,56, 57,59,62,81,82,126,127,165—182, 197,198,227,236—237

iconicity 形象性
　　and the musicalization of literature/fiction 与文学/小说的音乐化 52,57,71,72, 90
　　in music 音乐中,15,24,27,28
　　intermedial iconicity → intermediality: forms of covert/indirect intermediality: intermedial imitation 媒介间性形象性→媒介间性:隐蔽/间接媒介间性形式:媒介间模仿
imaginary content analogies to music→musicalization of literature/fiction: technical forms 对音乐的想象内容类比→文学/小说的音乐化:技术形式
imitation of music in fiction/literature→literature-music: forms of covert/ indirect intermediality; 小说/文学中的音乐效仿→文学-音乐:隐蔽/间接媒介间性形式;
　　→ musicalization of literature/fiction: technical forms→文学/小说的音乐化:技术形式
imitation, intermedial → intermediality: forms of covert/indirect intermediality 模仿,媒介间→媒介间性:隐蔽/间接媒介间性形式

intermedial 媒介间
  broad sense 广义, 36
  narrow sense 狭义, 36
INTERMEDIALITY 媒介间性
  →literature-music；→文学-音乐；
  →musicalization of literature/fiction；→文学/小说的音乐化；
  →musicalization of painting；→绘画的音乐化；
  →multimediality；→多媒介间性；
  →mixed mediality →混合媒介性
  and cultural studies 与文化研究, 2
  and intertextuality 与互文性, 1, 35, 46—48, 68
  and metamediality 与元媒介性, 46, 48—49
  and modernism 与现代主义, 125
  and postmodernism 与后现代主义, 2, 184
  definition 定义, 1, 37, 231
  forms 形式, 37—48, 69, 231
    covert/indirect intermediality 隐蔽/间接媒介间性, 41—43, 44—46, 69
    intermedial imitation ("showing") 媒介间效仿("展示") 44—45；
    intermedial thematization ("telling") 媒介间主题化("讲述") 44；
    → musicalization of literature/fiction→文学/小说的音乐化
    diagrams 图表, 50, 70
    overt/direct intermediality 外显的/直接媒介间性, 39—41, 68；
    mutual adaptation or integration vs. contiguity of two media 相互适应与融合两种媒介的接邻, 41, 54
    partial intermediality 部分媒介间性, 38, 53
    primary intermediality 主要媒介间性, 39, 54
    quasi-intertextual intermediality 准互文媒介间性, 46
    secondary intermediality 次要媒介间性, 39, 54
    total intermediality 整体媒介间性, 38, 53
    genesis 发生, 39

  in cyberspace 网络空间中, 2
  in film 电影中, 40, 45, 67
  in literature 文学中
    ekphrasis 读画诗, 3, 5, 43, 49, 62
    intermediality in drama 戏剧中的媒介间性, 3, 40
    literature and film 文学与电影, 2, 67, 125, 184, 240
    literature and hypertext 文学与超文本, 240
    literature and music→ literature-music：forms of intermediality；→ musicalization of literature/fiction 文学与音乐→文学-音乐；媒介间性形式；→文学/小说的音乐化
    literature and the visual arts 文学与视觉艺术, 38—41, 125, 147, 240
  in music 音乐中, 182
    music and literature→ literature-music 音乐与文学→文学-音乐
    music and painting → musicalization of painting 音乐与绘画→绘画的音乐化
  in opera 歌剧中, 3, 6, 30, 38, 40, 41, 43, 54, 69
  in the visual arts 视觉艺术中, 2, 45, 46
    → musicalization of painting→绘画的音乐化
  in vocal music 声乐中, 13, 40, 41, 67, 74, 84
  intermedial turn 媒介间性转向, 2
    medial dominance 主导媒介 38
  intersemiotic forms 符际形式, 46—48
    → intertextuality；→互文性；
    → intermediality；→媒介间性；
    diagram 图表, 47
  intertextuality 互文性, 1, 27, 35—36, 37, 45, 46—48, 56—57, 68, 77, 80, 128, 136, 140, 141, 183, 199, 209, 211—213, 230, 231, 237；
    and intermediality→ intermediality and intertextuality 与媒介间性→媒介间性与互文性
  intradiegetic vs. extradiegetic level 内叙事 vs. 外叙事层面, 87

Jacob, H. 雅各布, 3, 99
Jacobs, P. 雅各布斯, 148, 154, 160, 161
Jahnn, H. H. 雅恩, 126
Jakobson, R. 雅各布森, 26, 48
James, H. 詹姆斯, 104, 213
Johnson, J. 约翰森, 138, 141, 144, 145
Johnson, J. W. 约翰森, 3
Josipovici, G. 夏希波维奇, 121, 185, 217
  "Fuga"《赋格》, 57, 217—228, 238
  "Mobius the Stripper"《莫尔比斯脱衣舞娘》, 217
Joyce, J. 乔伊斯, 3, 7, 68, 121, 126—146, 150, 159, 165, 167, 174, 181, 187, 197—199, 210, 212, 234—235, 237
  Finnegans Wake《芬尼根守灵夜》, 74, 127, 193, 194, 197
  Ulysses《尤利西斯》, 40, 43, 68, 141, 143, 145, 158, 162, 210, 212, 220, 238
  "Oxen of the Sun""太阳神之牛", 212
  "Sirens""塞壬", 1, 3, 4, 34, 55, 60, 71, 77—80, 85, 92, 125, 127—146, 168, 182, 190, 197, 198, 202, 207, 208, 214, 221, 222, 226, 234—235

Kain, R. 凯恩, 133
Kallman, Ch. 卡尔曼, 54
Kandinsky, W. 康定斯基, 43, 187
Kant, I. 康德 24, 102, 104
Kauffmann, J. 考夫曼, 185
Kesting, M. 凯斯廷, 38, 182, 186, 239
Klee, P. 克利, 43, 218
Kleeman, J. E. 克里曼, 23
Klettke, C. 科勒特科, 185
Kloiber, R. 克罗伯 204
Knilli, F. 克尼里, 35
Knowles, S. 诺尔斯, 127
Knowlson, J. 诺尔森, 186, 192
Kolago, L. 寇拉格, 6, 126, 185
Kramer, L. 克莱默, 5, 29, 30, 36, 41, 68, 80, 97, 98, 102, 105
Kristeva, J. 克里斯蒂娃, 46, 185

Labrusse, R. 拉布吕斯, 187
Lagerroth, U. -B. 拉格罗特, 1, 5, 38, 49, 109, 144, 185
Landon, B. 兰德勒, 240
Landow, G. P. 兰多, 240
Larsson, D. F. 拉尔森, 125, 184
Laurence, P. 劳伦斯, 150
Lawrence, D. H. 劳伦斯, 170
Lees, H. 利斯, 186
Lessing, D. 莱辛, 185
Lessing, G. E. 莱辛, 15
Leuschner, P. -E. 洛伊什那, 97
Levin, G. 莱文, 148
Levin, L. L. 莱文, 20, 71, 127, 129, 137
Lévi-Strauss, C. 列维-斯特劳斯, 211
Linati, C. 里纳提, 129, 130, 141
Lindley, D. 林德莱, 12, 33
Lindop, G. 林多普, 112
Lippman, E. A. 李普曼, 99, 102, 104, 105
LITERATURE- MUSIC 文学-音乐
  → musicalization of literature/fiction→文学/小说的音乐化
  forms of intermediality 媒介间性形式, 53—70, 231—232
  covert/indirect intermediality 隐蔽/间接媒介间性, 54, 55—70;
  evocation of vocal music through associative quotation 通过联想引用的声乐唤起, 55, 67—69, 74;
  imitation of music in literature/ fiction ("showing") 文学/小说中的音乐效仿("展示") 57—67;
  →musicalization of literature/fiction; positional forms/forms of occurrence →文学/小说的音乐化; 所处形式/出现形式
  → musicalization of literature/fiction: forms of transmission; →文学/小说的音乐化; 传播形式;
  referential forms(general vs. specific, → musicalization of literature/fiction: referential forms;参照形式(一般 vs. 具体, →文学/小说的音乐化: 参照形式);
  technical forms of musicalization 音乐化的技术形式

→ musicalization of literature/fiction: technical forms; →文学/小说的音乐化:技术形式;

thematization of music in literature/ fiction ("telling") 文学/小说中的音乐主题化("讲述"),51,54,55—57,65,69,79;

authorial narratorial vs. figural thematization 著者叙述 vs. 人物主题化,56;

contextual vs. (intra)textual vs. paratextual thematization 上下文 vs. (内)文本 vs. 类文本主题化

general vs. specific/quasi-intertextual thematization 一般 vs. 具体/准互文主题化,56—57

diagram 图表,70

literature in(to)music 文学在(转变成)音乐中,7,27,39,54,231

music and literature 音乐与文学,6,39,54,231;

→ literature-music: forms of overt/→文学-音乐:外显/直接媒介间性

direct intermediality

music in(to)literature 音乐在(转变成)文学中,6,39,42,54,231;

→ musicalization of literature/fiction: →文学/小说的音乐化:

→literature-music: forms of covert/indirect intermediality →文学-音乐:隐蔽/间接媒介间性形式

overt/direct intermediality 公开/直接媒介间性,54;

mutual adaptation vs. contiguity of music and literature 相互适应 vs. 音与文学相邻,54

partial intermediality 部分媒介间性,53
primary intermediality 主要媒介间性,54
secondary intermediality 次要媒介间性。54

total intermedialtiy 整体媒介间性,53

similarities and differences 相似性与差异性,11—34,229

acoustic nature 音响性质,15—16,74,75
aesthetic illusion 审美幻象,25—26,28

emotionality 情感性,32,76—77,150
evocation of past and future 唤起过往与未来,25
harmony 和声,22,76
meaning 意义,22,23
narrativity 叙事性,29—32,75,172
polyphony, simultaneity 复调,同时性,20—21,116,134,171,201,221
recurrences 重复出现,17—19,27,75
reference 参照,23,75;→ meaning; → self-reference →意义→自我参照
segmentation 分割,15
self-reference 自我参照,23,25,26,74,150
temporality 时间性,15,17—19,20
themes 主题,17,19—20
Locke,J. 洛克,87,107
Lodge,D. 洛奇 2,184,188,193,194,214
Longacre,R. E. 龙格克瑞,12
Lotman,J. M. 洛特曼,12,189,224
Lund,H. 伦德,1,5

Maack,A. 马克,185
Mallarmé,St. 马拉美,37,101
Mann,Th. 曼
 Doktor Faustus《浮士德博士》,87,126,182
 "Tonio kröger"《托尼奥·克罗格》,126
Marx,A. B. 马克思,30
Mattheson,J. 马特松,32
Maur,K. v. 冒尔,2,125
Mayoux,J.-J. 梅尤斯科斯,88
McClary,S. 麦克拉瑞,30
McCullers,C. 麦卡勒斯,126
McHale,B. 麦克黑尔,183
McLuhan,M. 麦克卢汉,35
McNeil,D. 麦妮尔,197,198,202,203,207—209
Meckler,J. 梅克勒,165,172,176
medium(definition)媒介(定义)35—36
melophrasis 读乐诗,5,55,157
melopoetics 歌诗学,5
Mendelssohn-Bartholdy,F. 门德尔松,173
metafictional 元小说,3,21,39,40,42,48,

81,82,86—90
metamedial/meta-aesthetic self-reflexivity 元媒介/元美学自反性
　→ metafiction；→元小说；
　→ musicalization of literature/fiction：meta-aesthetic function
　→文学/小说的音乐化：元美学功能
metatextuality 元文本性,48—49
Meyer,L. B. 迈尔,32
Miall,D. S. 迈阿尔,72
Michaelis,Ch. F. 米凯利斯,101
Milesi,L. 米兰西,137,146
Miller,J. H. 米勒,122
Milton,J. 米尔顿,3,102,103,113,177
mise en abyme 嵌套式,81
mixed mediality 混合媒介性,40；
　→ multimediality →多媒介性
Morrison,I. 莫里森,185
Mowat,J. 莫维特,197,200,203,214
Mozart,W. A. 莫扎特,30,36,43,61,117,151,152,154,156,160—162,198,208,235
Müller,J. E. 穆勒,1,2,35,40,42,46
Müller-Blattau,J. M. 穆勒-布拉陶,117
Müller-Muth,A. 穆勒-穆特,44,157,198
multimediality 多媒介性,3,40
　→ intermediality：forms：overt/direct Intermediality；→媒介间性：形式：外显/直接媒介间性；
　→ mixed mediality →混合媒介性
Murphy,P. J. 墨菲,196
music and literature→ literature-music 音乐与文学→文学-音乐
musicalization of fiction→ musicalization of literature/fiction 小说的音乐化→文学/小说的音乐化
　→ literature-music →文学-音乐
MUSICALIZATION OF LITERATURE/FICTION 文学/小说的音乐化
　evidence 证据,73—85,232
　　circumstantial/contextual 旁证/上下文,73—74,113,129,147,198,218
　　diagram 图表,83
　　textual 文本的,74—77,218

emotionality 情感性,76—77
evocation of vocal music through associative quotation 通过联想引用的声乐唤起,74,86,128；
harmony 和声,76
imitation of music 模仿音乐,74—75,88,89,114,131,138,149,152,168,200—202,219；
intratextual thematization of music 内文本的音乐主题化,80—82,86,113,127,151,165,199；
overtly intermedial mixture 外显媒介间混合,74,86
paratextual thematization of music 音乐的类文本主题化,80—82,86,113,127,151,198
forms of transmission 传播形式
figural 人物的,150,151
narratorial/authorial 叙述者的/著者的,150,151
　functions 功能,4,6,7,77,127,166,197,238
discourse/aesthetics functions：(comic)话语/美学功能：(滑稽)
playfulness 趣味性,145,208,235,237；
achievement of synergetic effects 达到协作效果,109,119,162,226,234；
creation of aesthetic coherence 营造美学一致性,120,121,141,156,161,167,169,174,176,181,234—236,239；
departure from mimesis 偏离模仿,109,143,158,166,176,181,184,194,209,214,226,234,235,237—239；
emphasizing aesthetic form 强调美学形式,142,166,176,181,194,198,209,226,236—239；
emphasizing a-rationality/强调非-理性,
emotionality 情感性,109,119,158,177,227,234—236,239；
emphasizing dynamic change 强调动态变化,109,122,214；
experimentation 试验,121,143,159,166,181,208,226,234—239；
illustration of general concepts 一般概念

的阐述,209,237;
resensualization of art 艺术的重感官化,
141,158,182,193,235,236
genderized function- musicalization and female "otherness"? 性别化功能-音乐化与女性"他者",157
intertextual functions: comment on a pretext 互文功能:评论前文本,208,237,238;
marking a reference 参照标志,141,235,238
meta-aesthetic function/aesthetic self- reflexivity 元美学功能/美学自反性 144,159,175,182,193,210,226,227,235—239
philosophical functions: decentering of truth,suggestion of negativity 哲学功能:真理的去中心化,否定性暗示,194,213,227,237—239;
suggestion of order/positivity 秩序/积极性暗示 108,122,142,155,162,176,180,182,227,234—236,239
story functions: characterization of characters 故事功能:人物的特征,120,157,174,234,235;
encyclopedic representation of reality 百科全书式的现实表现,140,175,181,235,236,239;
exploration of psychic states 精神状态的探索,109,119,142,150,157,167,234
imitation(vs. thematization→ literature -music: forms of covert/indirect intermediality)模仿 vs. 主题化→文学-音乐:隐蔽形式/间接媒介间性
musicalization of drama 戏剧的音乐化,37,43,52,182,186
musicalization of fiction 小说的音乐化,1,3—7,43,51—55,57—67,70,71—92,111—228,231—240;
compared to musicalization of poetry 与诗歌的音乐化对比,19,27,33,230,233;
→ musicalization of poetry→诗歌的音乐化
definition 定义,52,231
musicalization of poetry 诗歌的音乐化,3,6,19,27,37,52
reference to old music 参照古老音乐,121,123,142,156,182,214,223,228,233
referential forms 参照形式,59—60,63
general intermedial reference 一般媒介间性参照,59;
specific intermedial reference 具体媒介间性参照,59;
as quasi-intertextuality 作为准互文性 59;
verbal music 以文述乐,6,45,59—64,65,68,97,151,168,178,197,202,232,235—237;
verbal music: definition 以文述乐:定义,64
technical forms 技术形式,57—67,232
imaginary content analogies 想象内容类比,28,55,57,62—64,66,151,165,168,178,204,206
structural analogies 结构类比,6,55,58,153,165,202,204,205;
to dodecaphony 对十二音的类比,192;
to musical motifs 对音乐动机的类比,61,65,138;
to polyphony/counterpoint 对多声部/对位的类比,20,58,91,116,133,134,136,138,169—173,206,221,236;
to sonata form 对奏鸣曲式的类比,64—66,90,126,153,203,204—207,234;
to the fugue 对赋格的类比,114—117,131—137,138,220—223,234,235,238;
to variation 对变奏的类比,203,222
word music 文字音乐,6,58,65,139,152,165,168,204—207
musicalization of painting 绘画的音乐化,2,43,218
Muti,R. 穆蒂,203

Nabokov,V. 纳博科夫,210
Napoleon,B. 拿破仑,21,56,112,199—

213,234,237,238
Nattiez, J. -J. 纳蒂埃, 11, 14, 23, 28
Naumann, B. 瑙曼 6, 98, 100
Neubauer, J. 纽保尔, 5, 29, 30, 98—100, 103, 104, 126
Newcomb, A. 纽科姆 30
Novalis 诺瓦利斯, 102, 105, 107
Nünning, A. 纽宁, 2, 82, 184, 185, 198

Oppenheim, L. 奥本海默, 186
Orlov, H. 奥尔洛夫 14, 31
    overt/direct intermediality→ intermediality: forms; → literature-music: forms of intermediality; → mixed mediality; →multimediality
    外显的/直接媒介间性→媒介间性:形式; →文学-音乐:媒介间性形式;→混合媒介性;多媒体性

paratext 类文本, 56
Pater, W. 佩特, 100, 101, 123, 124, 142, 144, 218
Peacock, R. 皮科克, 6, 72
Petri, H. 佩特里, 5, 6, 58, 71, 126, 185
Pfister, M. 普菲斯特, 40, 46, 47
Picard, H. R. 皮卡德, 185
Pinget, R. 皮亚杰, 82, 185
Plato 柏拉图, 99
Plett, H. F. 普勒特 2, 12, 42
Poe, E. A. 坡, 53, 100, 102, 103, 108, 120
Porter, R. J. 颇特, 111
Potts, W. 波茨, 129
Prieto, E. 普列托, 185
programme music→ literature-music: forms of intermediality: literature in(to) music 标题音乐→文学-音乐:媒介间性形式:音乐中的(转变成)文学
Prümm, K. 普吕姆, 1, 35
Puttenham, G. 普顿汉, 102
Pynchon, Th. 品钦, 184, 185
Pythagoras 毕达哥拉斯, 29, 32, 76, 102, 105, 123, 177, 181, 194, 227, 233, 234, 239

Quenean, R. 凯诺, 185
Quick, J. 奎克, 147

Rabaté, J. -M. 拉贝特, 4, 71, 78, 85, 127, 131
Rabinowitz, P. J. 拉比诺维茨 29, 30
Radcliffe, A. 拉德克利夫, 240
Ravel, M. 拉威尔, 28
Reaver, J. R. 瑞弗尔 53, 58
Reichert, K. 赖歇特, 147
Rempel, U. M. 伦佩尔 19
Rempel, W. J. 伦佩尔 19
Reynolds, R. 雷诺兹, 188
Richardson, S. 理查德森, 172
Rimmon-Kenan, Sh. 里蒙-凯南, 19, 20, 25, 87, 113
Robbe-Grillet, A. 罗伯-格里耶, 220
Rogers, M. 罗杰斯, 71, 127, 129
Rohmann, G. 若曼, 126
Rolland, R. 罗兰, 126
Rosenthal, M. 罗森塔尔, 148
Roston, M. 罗斯通, 165, 170, 182
Rotermund, E. 罗特蒙德, 123
Rougemaître de Dieuze, C, -J. 卢巨麦特·德·迪乌兹, 212
Rousseau, J. -J. 卢梭, 81, 99, 103, 104
Rushdie, S. 拉什迪, 2

Sand, G. 桑, 123
Saussure, F. de 索绪尔, 26, 144
Schabert, I. 沙贝特, 197, 209, 211, 212, 214
Scher, St. P. 薛尔, 5, 6, 20, 35—37, 39, 40, 42, 51, 55, 57—60, 62—64, 69, 71, 72, 76, 127, 167, 185, 231, 232
Schlegel, F. 施莱格尔, 98—100
Schmidt-Garre, H. 施密特-加尔雷, 74, 127
Schneider, R. 施耐德, 11, 12, 15, 22, 24, 33
Schnitzler, A. 施尼茨勒, 40
Schönberg, A. 勋伯格, 143, 187
Schönhaar, R. 舍恩哈尔, 126
Schopenhauer, A. 叔本华, 101
Schubert, F. 舒伯特, 186
Schueller, H. M. 舒勒尔, 98
Schulz-Buschhaus, U. 舒尔茨-布赫豪斯,

183,184
Schulze, R. G. 舒尔茨, 148, 156
Schumann, R. 舒曼, 54
Schweitzer, A. 史怀哲, 32
Seth, V. 塞特, 185
Shaffer, P. 谢弗, 38
Shainberg, L. 西恩博格, 186
Shakespeare, W. 莎士比亚, 36, 128, 161
　　A Midsummer Night's Dream《仲夏夜之梦》, 20
Shelley, P. B. 雪莱, 160
Shklovsky, V. 什克洛夫斯基, 167, 169
showing → intermediality: forms of covert/indirect intermediality: intermedial imitation; → literature-music: forms of covert/indirect intermediality: imitation of music in literature/fiction; → musicalization of literarure/fiction: technical forms 展示→媒介间性:隐蔽/间接媒介间性形式:媒介间模仿;→文学-音乐:隐蔽/间接媒介间性形式:文学/小说中对音乐的模仿;→文学/小说中的音乐化:技术形式
Smith, A. 史密斯, 105, 107, 108, 119, 120
Smith, M. 史密斯, 3
Smith, M. C. 史密斯, 126
Smyth, E. 史密斯, 147
Sollers, Ph. 索莱尔斯, 185
sonata form 奏鸣曲式, 30, 31, 58, 65, 66, 90, 117, 142, 203, 204, 218;
　　→ musicalization of literature/fiction: technical forms: structural analogies to sonata form →文学/小说的音乐化:技术形式:对奏鸣曲式的结构类比
songfulness 歌唱性, 41, 68
Sterne, L. : *Tristram Shandy* 斯特恩,《项狄传》85—92, 134, 139, 140, 144, 188, 233
Sternfeld, F. W. 斯坦菲尔德, 127
Stevenson, R. L. 斯蒂文森, 120
Stewart, J. F. 斯图尔特, 147
story and discourse 故事与话语, 25, 51
Stravinsky, I. F. 斯特拉文斯基, 218

structural analogies to music → musicalization of literature/fiction: technical forms 对音乐的结构类比→文学/小说的音乐化:技术形式
Suerbaum, U. 苏埃尔鲍姆, 11, 12

telling → intermediality: forms of covert/indirect intermediality: intermedial thematization; → literature-music: forms of covert/indirect intermediality: thematization of music in literature/fiction 讲述→媒介间性:隐蔽/间接媒介间性形式:媒介间主题化;▸文学 音乐:隐蔽/间接媒介间性形式;文学/小说中的音乐主题化
Trackeray, W. M. 萨克雷, 39
thematization of music in fiction/literature → literature-music: forms of covert/indirect intermediality 小说/文学中的音乐主题化→文学-音乐:隐蔽/间接媒介间性形式
Tieck, L. 蒂克, 1, 38, 97, 98
Tolstoy, L. 托尔斯泰, 212
Tournier, A. 吐尼尔, 185
Traber, Ch 特雷博, 2
Trapp, K. 特拉普, 117, 121, 123
Trevelyan, E. 特立威廉, 147
Twining, Th. 特文宁, 104, 107

Vaughan Williams, R. 沃恩·威廉斯, 130
verbal music → musicalization of literature/fiction: referential forms: specific intermedial reference 以文述乐→文学/小说音乐化:指涉形式:具体媒介间参照
Verlaine, P. 魏尔伦, 38, 101
Vogt, H. 沃格特, 192
Vos, E. 沃斯, 5, 40, 42
Vuillard, E. 维亚尔, 219, 224, 225

Wackenroder, W. H. 瓦肯罗德尔, 102, 104—106
Wagner, P. 瓦格纳, 1—3, 46

Wagner, R. 瓦格纳, 41, 43, 54, 129, 139, 187, 218
Wallace, R. K. 华莱士, 36, 53
Watt, D. 瓦特, 165, 171
Weaver, H. S. 韦弗, 129, 130, 141
Webb, D. 韦伯, 106
Webern, A. v. 韦伯恩, 192, 218
Wilde, O. 王尔德, 100, 101, 124, 142
Williams, T. 威廉姆斯, 219, 224, 228
Winn, J. A. 文, 6, 21, 98, 101, 102
Wolf, W. 沃尔夫, 1, 6, 7, 25, 35, 37, 39, 45, 49, 51, 69, 72, 73, 76, 79, 85, 86, 97, 107, 111, 125, 137, 147, 165, 215, 217, 218, 223
Woolf, V. 伍尔夫, 7, 119, 125, 126, 147—163, 165, 167, 181, 182, 210, 239, 240
"Blue and Green"《蓝与绿》, 159
"Kew Gardens"《邱园纪事》, 159
"A Sketch of the Past"《忆旧》, 161
"The String Quartet"《弦乐四重奏》, 34, 147, **148—163**, 168, 173, 174, 176, 178, 180, 227, 235, 236
To the Lighthouse《去灯塔》, 49
The Voyage Out《远航》, 147, 162
The Waves《海浪》, 148, 156, 235
The Years《岁月》, 161
word music → musicalization of literature/fiction: technical forms 文字音乐 → 文学/小说的音乐化:技术形式
Wordsworth, W. 华兹华斯, 19, 63, 105

Zahn, L. 茨恩, 225
Zander, H. 赞德, 2
Zapf, H. 察普夫, 38
Zima, P. V. 奇玛, 1, 35
Ziolkowski, Th. 佐伊科夫斯基, 126

图书在版编目(CIP)数据

小说的音乐化/(荷)维尔纳·沃尔夫著;李雪梅译. --上海:华东师范大学出版社,2018
(六点音乐译丛)
ISBN 978-7-5675-8317-7

Ⅰ.①小… Ⅱ.①维…②李… Ⅲ.①英语—小说史—关系—音乐史—研究—世界 Ⅳ.①I106.4②J609.1

中国版本图书馆 CIP 数据核字(2018)第 210577 号

华东师范大学出版社六点分社
企划人　倪为国

小说的音乐化:媒介间性的理论与历史研究

著　　者　(荷)维尔纳·沃尔夫
译　　者　李雪梅
校　　者　杨燕迪
责任编辑　倪为国　王　旭
责任校对　徐海晴
封面设计　刘怡霖

出版发行　华东师范大学出版社
社　　址　上海市中山北路 3663 号　邮编　200062
网　　址　www.ecnupress.com.cn
电　　话　021-60821666　行政传真　021-62572105
客服电话　021-62865537　门市(邮购)电话　021-62869867
地　　址　上海市中山北路 3663 号华东师范大学校内先锋路口
网　　店　http://hdsdcbs.tmall.com

印　刷　者　上海景条印刷有限公司
开　　本　787×1092　1/16
插　　页　1
印　　张　23
字　　数　268 千字
版　　次　2022 年 1 月第 1 版
印　　次　2022 年 1 月第 1 次
书　　号　ISBN 978-7-5675-8317-7
定　　价　78.00 元

出版人　王　焰

(如发现本版图书有印订质量问题,请寄回本社客服中心调换或电话 021-62865537 联系)

Original English version of "The Musicalization of Fiction: A Study in the Theory and History of Intermediality" by Werner Wolf(1999)
Copyright © 1999 by Koninklijke Brill NV, Leiden, The Netherlands.
Koninklijke Brill NV incorporates the imprints Brill/Nijhoff, hotei and Global Oriental.
The Chinese version of "The Musicalization of Fiction: A Study in the Theory and History of Intermediality" is published with the arrangement of Brill. 英文原版:博睿学术出版社(BRILL)地址:荷兰莱顿 网址:http://www.brillchina.cn
Simplified Chinese Translation Copyright © 2022 by East China Normal University Press Ltd.
All Rights Reserved.
上海市版权局著作权合同登记 图字:09-2015-823号